향목동 계책 춘향전 연구

이윤석

연세대학교 국어국문학과 교수

저역서

『임경업전 연구』
『홍길동전 연구』
『남원고사 원전비평』
『용비어천가』

논문

경판 〈설인귀전〉 형성에 대하여
방각본 연구의 몇 가지 문제
『금방울전』 활판본 원고에 대하여
『문자류집(文字類輯)』에 대하여
『임경업전』 목판본 49장본에 대하여

향목동 세책 춘향전 연구

초판 1쇄 인쇄 | 2011년 3월 21일
초판 1쇄 발행 | 2011년 3월 31일

저 자 | 이윤석
발행인 | 한정희
발행처 | 경인문화사
편 집 | 신학태 김송이 김지선 문영주 안상준 정연규
주 소 | 서울특별시 마포구 마포동 324-3
전화: 718-4831, 팩스: 703-9711
이메일: kyunginp@chol.com
홈페이지: www.kyunginp.co.kr / 한국학서적.kr
등록번호 | 제10-18호(1973. 11. 8)

ISBN : 978-89-499-0777-2 93810
정가 : 25,000원
*파본 및 훼손된 책은 교환해 드립니다.

향목동 세책 춘향전 연구

이윤석

경인문화사

이 저서는 2009학년도 연세대학교 학술연구비의 지원(2009-1-0148)에 의하여
작성된 것임.

19세기까지 세책집은 서울에만 있었는데, 서울에 있던 세책집의 숫자가 얼마나 되는지는 정확하게 알 수 없다. 다만 현재까지 이름이 알려진 세책집이 30여 집은 되므로, 최소한도 이 정도 이상의 세책집이 영업하고 있었음은 분명하다. 현재 남아 있는 세책은 얼마 없지만, 그 많던 세책이 그대로 사라진 것은 아니다. 1910년대 많은 양의 활판본 고소설이 간행될 수 있었던 것은 수많은 세책집의 소설이 원고 역할을 했기 때문에 가능했다.

향목동본 『춘향전』은 10권 10책으로 1900년을 전후한 시기 세책의 전형적인 형태를 갖췄다. 한 권이 대개 30장 내외이고, 한 면에 11행, 한 행이 평균 13~15자 정도이다. 이 책에는 몇 가지 간기(刊記)가 나타나는데, 경자년(1900년. 8권), 갑진년(1904년. 6권), 기유년(1909년. 1, 2, 3, 4권), 신해년(1911년. 5, 7, 9, 10권) 등이다. 이와 같이 여러 가지 간기가 나타나는 이유는, 1920년대에 동양문고에 납품할 때 상태가 좋은 것을 추려서 한 질을 만들었기 때문이라고 본다.

1860년대 필사간기가 있는 세책 <춘향전>인 『남원고사』가 5권 5책이었던 것에 비하면 향목동본은 책 수와 권 수가 두 배가 되었지만, 전체적인 분량은 대체로 비슷하다. 『남원고사』와 향목동본은 세부적인 내용에서는 차이가 있으나 큰 틀에서 보면 기본적으로 같은 이야기이다. 이것은 두 본 사이에 약 40년 정도의 시간적 거리가 있지만 서울의 세책 <춘향전>은 커다란 변화가 없었다는 것을 말하는 것이기도 하다.

향목동본 『춘향전』의 원문을 활자로 옮긴 것은 몇 군데서 나온 것이 있지만, 주석서는 필자의 이 책이 처음이다.(박갑수 교수가 3권까지만 주석을 붙인 것이 있다.) 이 책에서는 원문을 그대로 옮기고 정밀한 주석을 붙였다. 현대어로 옮기면서 주석을 붙일까 하는 생각도 해보았으나, 이 책이 향목동본 <춘향전>의 첫 번째 주석서이므로 원문을 그대로 옮겼다.

부록으로 그동안 필자가 쓴 논문 가운데 향목동 세책 <춘향전>과 관련이 있는 것 세 편을 실었다. 세 편의 글에서 필자는 <춘향전> 연구에서 그동안 연구자들이 소홀히 했던 세책 <춘향전>의 중요성에 대해서 말하고, 현재 학계에서 정설로 받아들이고 있는 "근원설화 → 판소리 → 판소리 계소설" 도식의 문제점을 얘기했다. 각 논문의 요지는 다음과 같다.

첫 번째 논문 "만화본 「춘향가」와 「광한루악부」의 원천"은, 이제까지 <춘향전> 연구에서 중요한 자료로 이용해온 두 편의 한시는 무엇을 바탕으로 한 것인가에 대한 글이다. 많은 연구자들이 만화(晚華) 유진한(柳振漢)의 「춘향가(春香歌)」와 윤달선(尹達善)의 「광한루악부(廣寒樓樂府)」를 1750년대와 1850년대의 판소리 <춘향가>를 바탕으로 쓴 작품으로 생각하고 있으나, 두 작품의 내용은 판소리보다는 세책 <춘향전>과 가깝다. 두 편의 한시는 노래를 듣고 지은 것이 아니라 소설을 읽고 쓴 것으로 보는 편이 좋을 것이다. 그리고 이 논문에서는 얘기하지 않았지만, 만화본 「춘향가」가 과연 1750년대에 쓴 것인가에 대한 정밀한 검토가 필요하다. 왜냐하면 판소리 <춘향가>건 소설 <춘향전>이건 1750년대에 춘향을 주인공으로 한 문예물이 있었다는 근거는 만화본 「춘향가」 이외에는 없기 때문이다.

두 번째 논문 "문학연구자들의 <춘향전> 간행"은, 1950년대까지 간행된 <춘향전> 가운데 전문 연구자들이 간행한 작품은 어떤 것이 있었나를 개관한 글이다. 초기의 연구자들은 완판84장본을 가장 오래된 <춘향전>이라고 보았는데, 이렇게 된 가장 큰 이유는 이들이 서울의 세책 <춘향전>에 대해서는 잘 몰랐기 때문이다. 1950년대에 이르면 전문 연구자들에 의해 완판84장본의 주석서가 몇 가지 나오게 되어, <춘향전> 연구는 완판본 중심으로 이루어지게 된다. 그리고 이러한 완판본 중심의 <춘향전> 연구의 연장선상에서 "근원설화 → 판소리 → 판소리계소설" 도식이 나온다. 학자들의 이러한 연구결과는 19세기까지의 <춘향전> 향유 실상과는 거리가 먼 것이다. 1970년대부터 서울의 세책 <춘향전>이 알려지면서 기존의 완판본 중심의 <춘향전> 연구만으로는 올바른 <춘향전> 연구가 어렵다는 인식이 연구자들 사이에서 일어나게 되지만, 당시에는 세책 <춘

향전>의 위치를 제대로 파악하지 못했기 때문에 더 이상의 새로운 얘기를 해내지 못했다.

　세 번째 논문 "『고본춘향전』 개작의 몇 가지 문제"는 최남선이 향목동 세책 『춘향전』을 개작하여 『고본춘향전』을 간행한 것과 관련된 몇 가지 문제를 다룬 글이다. 최남선은 서울에서 태어나 서울에서 자란 사람으로 서울의 세책에 대해서 잘 알고 있었다. 그는 자신의 집 근처에 있었던 향목동 세책집의 세책을 저본으로 대량의 고소설을 간행하려던 계획도 세웠던 것으로 보인다. 그러나 최남선은 자신이 간행한 『고본춘향전』의 저본이 세책이라는 사실을 어디에서도 말하지 않았다. 1913년 12월에 신문관에서 간행한 『고본춘향전』은 1936년에 중앙인서관의 『소설집』에 실리고, 1941년 잡지 『문장』에도 실린다. 그러나 『고본춘향전』의 저본이 향목동 세책 『춘향전』이라는 사실이 알려지지 않았기 때문에 세책 <춘향전>은 주목을 받지 못한다.

　이 책이 <춘향전>에 관심을 갖고 있는 사람들에게 조금이라도 도움이 되기를 바란다. 이번 주석서에도 필자의 역량 부족으로 상당히 많은 미상처를 남기게 되었다. 그리고 열심히 한다고 했으나 잘못된 곳이 틀림없이 있을 것이다. 독자들의 질정을 바란다.

2011년 3월
이 윤 석

일러두기

* 이 책에서 주석한 『춘향전』은 현재 일본 도쿄에 있는 동양문고(東洋文庫)에서 소장하고 있다.

* 원문을 그대로 옮기고 띄어쓰기와 단락나누기를 하고, 문장부호를 붙였으며, 괄호 안에 한자를 넣었다.

* 주석이 필요한 단어나 문장은 현대철자로 고치고 괄호 안에 한자를 넣어서 각주로 처리했다. 그러나 원문대로 쓸 필요가 있는 곳은 원문을 그대로 썼다.

* 의미를 알 수 없는 단어나 문장은 '미상'이라 했다. 그러나 정확한 뜻은 알 수 없지만 앞뒤의 문맥을 통해 대체로 의미를 파악할 수 있는 데에는 "무엇 무엇으로 보임"이라고 했다. 다만 7권의 놀음 대목과 뭿자리를 말하는 대목에는 일일이 미상이라는 표시를 하지 않았다.

* 원문에 내용이 빠졌거나 명백히 잘못된 것은 다른 이본(異本)을 참조하여 바로잡았다.

* 원문의 장차(張次)를 알 수 있도록, 매 장의 첫 글자에 방점을 찍고 난외에 장수 표시를 했다.

* 부록에 실은 세 편의 논문이 처음 실린 데는 아래와 같다.
  - 만화본 「춘향가」와 「광한루악부」의 원천 : 『택민김광순교수 정년기념논총』, 새문사, 2004. 11.
  - 문학연구자들의 〈춘향전〉 간행 : 『열상고전연구』 30집, 열상고전연구회, 2009. 12.
  - 『고본춘향전』 개작의 몇 가지 문제 : 『고전문학연구』 38집, 한국고전문학회, 2010. 12.

차례

머리말

부록

춘향전 권지일

텬하명산(天下名山) 오악지즁(五岳之中)의[1] 형산(衡山)이 놉고 놉다. 당시(唐時)의 졀문 즁이 경문(經文)이 능통(能通)키로 뇽궁(龍宮)의 봉명(奉命)ᄒ고 셕교상(石橋上) 느진 봄의 팔션녀(八仙女)[2] 희롱ᄒ 죄로 환싱인간(還生人間)ᄒ여 츌상닙상(出將入相)[3]ᄐ가 틱상당(太師堂) 도라들 제, 요조졀디(窈窕絶代)[4]드리 좌우의 버려시니, 난양공쥬(蘭陽公主), 영양공쥬(英陽公主), 진치봉(秦彩鳳), 가츈운(賈春雲), 계셤월(桂蟾月), 젹경홍(狄驚鴻), 심효연(沈裊烟), 빅능파(白凌波)[5]와 슬커

---

1 천하명산(天下名山) 오악지즁(五岳之中)에 : 중국의 명산 다섯 가운데. '오악'은
  동쪽의 태산(泰山), 서쪽의 화산(華山), 남쪽의 형산(衡山), 북쪽의 항산(恒山), 그
  리고 중앙의 숭산(嵩山)을 말함.
2 팔션녀(八仙女) : 『구운몽』에서, 남악의 위부인이 육관대사에게 사례하러 보낸
  여덟 선녀.
3 출장입상(出將入相) : 봉건시대 이상적 인물. 문무(文武)를 다 갖추어서 전장에
  나아가서는 장수가 되고 조정에 들어와서는 재상이 됨.
4 요조절대(窈窕絶代) : 요조숙녀(窈窕淑女)와 절대가인(絶代佳人).
5 난양공주, 영양공주, 진채봉, 가춘운, 계섬월, 적경홍, 심효연, 백릉파 : 『구운
  몽』에 등장하는 여덟 선녀가 지상으로 내려왔을 때의 이름.

졍[6] 노니다가 산종일셩(山鐘一聲)의 잠든 꿈 다 꾀것다. 어마도 셰상명니(世上
名利)와 비우희락(悲憂喜樂)이 니러혼가 ᄒᆞ노라.[7]

청의조흔남니상(青靄朝雲南里上)[8]의 니화방쵸(梨花芳草)로 청녀완보(青藜緩步)[9]
드러가니, 산여옥셕층ᄲᅵ닙(山如玉石層層立)[10]의 만학운봉(萬壑雲峰) 놉하 닛고
쳔ᄉ쥬분졈ᄲᅵ비(川似珠粉點點飛)[11]는 빅두유쳔(百道流川)[12] 기러 잇다. 층암졍슈
졀벽간(層巖淨水絶壁間)[13]의 져 골 찌고리 종달시는 셕양쳥풍(夕陽淸風)의 풀ᄲᅵ
날고 만학젹요(萬壑寂寥) 깁흔 곳의 귀쵹도(歸蜀道)·두견(杜鵑)·졉동·불여귀(不
如歸)[14]라 슬피우니,

> 무심훈 져 구롬은 봉ᄲᅵ(峯峯)이 걸엿는디
> 빅장유ᄉ(百丈游絲)는 징요슈(爭繞樹)[15]라 나무마다 얽키엿고
> 식ᄲᅵ(色色)이 블근 꼿촌 골ᄲᅵ마다 영농(玲瓏)ᄒᆞ니
> 일군교조(一群嬌鳥)는 공졔화(共啼花)[16]라 가지ᄲᅵᄲᅵ 블것는디
> 힝진쳥계블견인(行盡淸溪不見人)[17]은 무릉도원(武陵桃源)[18]이 어디 민고

2

---

6 슬커졍 : 실컷.

7 처음부터 여기까지는 『구운몽』의 내용을 요약한 사설시조이다.

8 청애조운남리상(青靄朝雲南里上) : 푸른 노을 아침구름 낀 남리상.

9 청려완보(青藜緩步) : 청려장(青藜杖)을 짚고 천천히 걸음. '청려장'은 명아주대
   로 만든 지팡이.

10 산여옥석층층립(山如玉石層層立) : 산은 옥석(玉石)이 층층이 서 있는 듯하고.

11 천사주분점점비(川似珠粉點點飛) : 개울은 구슬방울이 점점이 날리는 것 같다.

12 백도유천(百道流川) : 백 줄기 흐르는 시내.

13 층암정수절벽간(層巖淨水絶壁間) : 층암절벽 사이로 맑은 물이 흐름.

14 귀쵹도(歸蜀道) 두견(杜鵑) 졉동 불여귀(不如歸) : 모두 두견이를 말함. 중국 촉
   (蜀)나라 망제(望帝)의 죽은 혼이 이 새가 되었다고 하는 전설이 있음.

15 백장유사쟁요수(百丈游絲爭繞樹) : 백 길이나 되는 아지랑이는 다투어 나무를
   둘러쌈. 당(唐)나라 노조린(盧照隣)의 「장안고의(長安古意)」의 한 구절.

16 일군교조공제화(一群嬌鳥共啼花) : 한 무리의 예쁜 새들은 꽃과 함께 우니. 노조
   린의 「장안고의」의 한 구절.

17 행진청계불견인(行盡淸溪不見人) : 맑고 깨끗한 시내를 다 가도록 사람은 보이
   지 않음. 당나라 왕유(王維)의 「도원행(桃源行)」의 한 구절.

만학천암쇄모연(萬壑千巖鎖暮煙)[19]은 무이산중(武夷山中)[20] 이러훈가

벽도화(碧桃花) 천년 봄은 중결자(重結子)[21]의 푸르엇고

한가(閑暇)호다 춘산계화겸〃홍(春山桂花點點紅)[22]의 블거시니

방장(方丈) 봉너(蓬萊)가 어디미오 영쥬(瀛洲) 삼산(三山)[23]이 여긔로다

요간부상삼빅척(遙看扶桑三百尺)의 금계계파일윤홍(金鷄啼罷一輪紅)[24]은 지척(咫尺)일시 분명호다

오쵸(吳楚)는 어이호여 동남(東南)으로 터져넛고

건곤(乾坤)은 무삼 일노 쥬야(晝夜)로 쩌잇느니[25]

강안(江岸)의 귤농(橘濃)호니 황금(黃金)이 쳔편(千片)이오[26]

노화(蘆花)의 풍긔(風起)호니 빅셜(白雪)이 일장(一丈)이라[27]

챵오운월쳔츈(蒼梧暮雲越天春)의 잠양낙목(潛煙落鶩)[28] 경(景)도 좃타

---

18 무릉도원(武陵桃源) : 도연명(陶淵明)의 「도화원기(桃花源記)」에 나오는 이상향.

19 만학천암쇄모연(萬壑千巖鎖暮煙) : 첩첩이 겹쳐진 깊고 큰 골짜기와 수많은 바위가 저녁 연기에 잠겨 있다. 주자(朱子)의 「무이구곡가(武夷九曲歌)」의 한 구절.

20 무이산중(武夷山中) : 중국 복건성(福建省) 무이산의 아름다운 경치를 말함. 주자의 「무이구곡가」로 유명함.

21 중결자(重結子) : 반도중결자(蟠桃重結子). 삼천년에 한번 열린다는 신선 세계의 복숭아가 다시 열매를 맺는다는 의미.

22 춘산계화점점홍(春山桂花點點紅) : 봄 산에 계수나무꽃은 점점이 붉었네.

23 삼산(三山) : 전설상의 삼신산(三神山)인 방장산, 봉래산, 영주산을 말함.

24 요간부상삼백척(遙看扶桑三百尺)에 금계제파일륜홍(金鷄啼罷一輪紅) : 부상 삼백 척을 멀리 살펴보니, 금계 우는 소리 그치자 붉은 태양이 떠오르네. '부상'은 해가 뜨는 곳. '금계'는 천상에 산다는 금빛 닭.

25 오초(吳楚)는 어이하여~ : 두보(杜甫)의 시 「등악양루(登岳陽樓)」의 한 구절인 "吳楚東南坼 乾坤日夜浮(오나라와 초나라는 동남쪽으로 갈라졌고, 하늘과 땅은 밤낮으로 떠 있네)"라는 구절을 변용시킨 것임.

26 강안(江岸)에 귤농(橘濃)하니 황금(黃金)이 천편(千片)이요 : 강 언덕에 귤이 무르익으니 황금이 천 조각이고. 귤이 익은 것을 황금에 비유했음.

27 노화(蘆花)에 풍기(風起)하니 백설(白雪)이 일장(一丈)이라 : 갈대꽃에 바람이 일어나니 백설이 한 장이나 쌓인다. 갈대꽃을 백설에 비유했음.

28 창오모운월천춘(蒼梧暮雲越天春)에 잠연낙무(潛煙落鶩) : 창오산 저녁 구름은 봄 하늘에 걸려 있는데, 저녁연기 속에 내려앉는 오리 떼. 원문에는 '모'자가 빠졌음.

무산십이(巫山十二) 놉흔 봉(峯)은 구롬 밧게 소스 잇고

동정칠빅(洞庭七百) 너른 물²⁹은 하날흐고 한빗치라

망〃평호(茫茫平湖) 가는 빈는 범녀(范蠡)의 오호쥬(五湖舟)³⁰오

평스십니(平沙十里) 나는 시는 셔왕모(西王母)의 쳥조(靑鳥)³¹로다

강함빅옥규어로(江含白玉窺魚鷺)³²는

옥누쳥풍(玉流淸風) 물가마다 한가흐게 안져는디

산토황금진졉잉(山吐黃金進蝶鶯)³³은

쳥포셰류(靑布細柳) 두던³⁴ 우히 비거비리(飛去飛來) 왕니흐니

원상한산셕경ㅅ(遠上寒山石徑斜)³⁵는 니젹션(李謫仙)의 일흥(一興)이오

소〃낙목귀마슈(蕭蕭落木歸馬愁)³⁶는 빅낙쳔(白樂天)³⁷의 유취(遺趣)로다

즈미동남션아유는 날과 몬져 놀랏는가?³⁸

히 도다 일봉(日峰)이오 달 도다 월봉(月峰)이라

3

좌두봉(左頭峰) 우두봉(右頭峰)의 스지봉(獅子峰) 칙암(冊岩)이라

빅운봉〃옥(白雲峰峰屋)이오 쳔년쳐〃암(千年處處庵)이라

금강무한경(金剛無限景)을 난진소승담(難盡小僧談)이라³⁹

---

29 동정칠백(洞庭七百) 너른 물 : 중국의 동정호(洞庭湖)는 그 둘레가 칠백 리임.

30 범려(范蠡)의 오호주(五湖舟) : 범려는 오·월(吳越)이 싸울 때, 월나라 왕 구천(句踐)을 도와 오나라 왕 부차(夫差)를 쳐서 이겼음. 후에 오호(五湖)에서 은둔 생활을 했음.

31 서왕모(西王母)의 청조(靑鳥) : 서왕모는 불사약을 가진 선녀인데, 서왕모가 오기 전에 청조가 와서 그 소식을 전한다고 함.

32 강함백옥규어로(江含白玉窺魚鷺) : 고기를 노리는 백로는 강이 백옥을 머금은 것 같음.

33 산토황금진접앵(山吐黃金進蝶鶯) : 꾀꼬리 나비 좇는 모습은 산이 황금을 토해 내는 것 같음.

34 청포세류(靑布細柳) 두던 : 버드나무가 푸른 베를 펼쳐놓은 것처럼 서 있는 언덕.

35 원상한산석경사(遠上寒山石徑斜) : 비스듬한 돌길을 따라 산을 멀리 오르는데. 두목(杜牧)의 「산행(山行)」의 한 구절.

36 소소낙목귀마수(蕭蕭落木歸馬愁) : 쓸쓸히 낙엽 지는데, 말 타고 시름없이 돌아감.

37 백락천(白樂天) : 중국 당나라 시인 백거이(白居易). 낙천(樂天)은 그의 자(字).

38 자미동남선아유는 나와 먼저 놀았는가 : '자미동남선아유'는 미상.

"중아."

"예"

"네 졀이 어디완디 원죵셩(遠鐘聲)이 들니느니?"

그 즁이 디답ᄒ디,

"일국지명산(一國之名山)이오 졔블지디찰(諸佛之大刹)이라. 국가의 원당(願堂)
이오 삼한(三韓) 젹 고시(古寺ㅣ)로다."

즁을 ᄯᅡ라 셕문(釋門)의 드러가니, 디웅뎐(大雄殿) 츙누(層樓) 우희 늘근 즁
셜법(說法)ᄒ고 졀문 즁 송경(誦經)ᄒ다. 쥭비(竹篦)ᄂᆞ '쳘 〃' 목탁(木鐸)은 'ᄯᅩ
도락'. 희 갓흔 바라 광증40 달 갓치 번듯 드러 '월르렁 졍쳘 졀걱', 경쇠
요량(搖鈴) 븍소리는 산쳔을 흔드는 듯, 슈좌(首座)즁이 인도ᄒ고 졔승(諸僧)은
염블(念佛)ᄒ다. 나무아미타블(南無阿彌陀佛), 디셰지보살(大勢至菩薩), 관셰음보
살(觀世音菩薩), 쳔니강남(千里江南)은 빈도긱(貧道客)이오, 무량걸식(無量乞食)은
일표공(一瓢空)이오, 각방(各房) 졔승(諸僧)이 졔일식(諸一食)ᄒ니 슈도승장(修道僧
長)이 셩블되(成佛道ㅣ)라.41 이런 경기(景槪) 다 본 후의 어디로 가잔말가?

　

산(山)은 쳡 〃(疊疊) 쳔봉(千峰)이오 슈(水)는 잔 〃(潺潺)42 벽계(碧溪)로다
긔암층 〃 졀벽간(奇巖層層絶壁間)의 폭포창파(瀑布蒼波) ᄯᅥ러져셔
힝심일경(行尋一徑) 빗긴 날43의 장송(長松)은 울 〃(鬱鬱)ᄒ고

---

39 백운봉봉옥(白雲峰峰屋) 흰구름은 산봉우리마다 얹혀 있고
　천년처처암(千年處處庵) 곳곳에 천년 된 암자로다.
　금강무한경(金剛無限景) 금강경의 한이 없음을
　난진소승담(難盡小僧談) 소승은 다 말할 수 없습니다.

40 광증 : 미상.

41 천리강남빈도객(千里江南貧道客) 천리나 먼 강남땅에 객이 되어
　무량걸식일표공(無量乞食一瓢空) 한없는 걸식에 표주박 하나도 비었네.
　각방제승제일식(各房諸僧諸一食) 각 방의 승려들이 다 같이 먹고
　수도승장성불도(修道僧長成佛道) 수도하는 스님들은 불도를 이루라.

42 잔잔(潺潺) : 약하고 가늘게 흐르는 물소리.

43 행심일경(行尋一徑) 비긴 날 : 비탈길로 찾아감. '날'은 '길'의 잘못임. 장적(張
　籍)의 「화위개주성산십이수(和韋開州盛山十二首)」에 "自愛新梅好 行尋一徑斜(새

벽도화(碧桃花) 난만(爛漫) 중의 곳속의 잠든 나뷔

즈최 소리의 펄 〃 날고, 노화홍예(蘆花紅蔘)[44] 젹요(寂寥)흔디

4

아히야! 무릉(武陵)이 어듸니 도원(桃園)[45]이 여긔로다

도화졉무분 〃 셜(桃花蝶舞紛紛雪)이오 유상잉비편편금(柳上鶯飛片片金)이라[46]

동원도리편 〃 츈(東園桃梨片時春)[47]의 희는 어이 슈회 가노.

우양(牛羊)은 하산(下山)흐여 오양[48]으로 차자가고

잘 식는 죽지 끼고 군비투림(群飛投林)[49] 흐는고구

삼간쵸옥(三間草屋) 젹막흔디 일편싀문(一片柴門)[50] 다 〃 두고

니화월빅(梨花月白) 밝근 달의 두견성중(杜鵑聲中) 혼자 안자

칠현금(七絃琴)[51] 빗기 안고 쳔니고인(千里故人) 싱각흐니

산장슈원(山長水遠) 머나먼듸 안졀어침(雁絶魚沈)[52] 더옥 셜다

오동츄야(梧桐秋夜) 달 밝근 밤과 호졉츈풍(胡蝶春風) 희 긴날의

산가촌적(山歌村笛)[53]으로 어부스(漁父詞)룰 화답(和答)흐고

일엽어션(一葉漁船) 흘니져어 장 〃 어스(長丈餘絲) 긴 막디[54]로 낙조강어

로 편 매화를 좋아해서 비탈길로 찾아가네)"라는 구절이 있음.

44 노화홍료(蘆花紅蔘) : 갈대와 붉은 여뀌.

45 무릉(武陵) 도원(桃園) : 무릉과 도원은 모두 이상향을 말함.

46 도화접무분분설(桃花蝶舞紛紛雪)이요 유상앵비편편금(柳上鶯飛片片金)이라 : 복
사꽃 속에 춤추는 나비는 눈 날리는 것 같고, 버들 위에 꾀꼬리는 금조각이
떨어지는 것 같아라.

47 동원도리편시춘(東園桃梨片時春) : 동쪽 정원의 복숭아꽃 배꽃이 피는 잠깐 사
이의 봄. 왕발(王勃)의 「임고대(臨高臺)」의 한 구절.

48 오양 : 외양. 외양간.

49 군비투림(群飛投林) : 무리지어 숲으로 날아 들어감.

50 일편시문(一片柴門) : 사립문 한 짝.

51 칠현금(七絃琴) : 일곱 줄로 된 거문고.

52 안절어침(雁絶魚沈) : 소식이 끊어짐. 기러기 발에 편지를 묶어 보낸 고사와 잉
어의 뱃속에서 편지가 나왔다는 고사에서 기러기와 잉어는 편지를 뜻함.

53 산가촌적(山歌村笛) : 목동과 나무꾼이 부르는 노래와 피리소리.

54 장장여사(長丈餘絲) 긴 낚대 : 길이가 한 장이 넘는 긴 낚싯대. 원문의 '장장어
사'는 '장장여사'의 잘못이고, '막대'는 '낚대'의 잘못임.

(落照江湖) 빗겻는디

자믹풍진(紫陌風塵)⁵⁵ 밋친 긔별(寄別) 산간어옹⁵⁶ 너 몰너라
은닌옥쳑(銀鱗玉尺)⁵⁷ 쒸노는디 야슈강쳔(野水江天) 한 빗치라⁵⁸
거구셰린(巨口細鱗)⁵⁹ 낙가너니 숑강노어(松江鱸魚)⁶⁰ 블월소냐
십니스장(十里沙場) 나려가니 빅구비거(白鷗飛去)^씬이로다
죽장망혀단표즈(竹杖芒鞋單瓢子)⁶¹로 쳔니강산(千里江山) 드러가셔
만학쳔봉(萬壑千峰) 구름 속의 쵸옥싀문(草屋柴門)⁶² 도라드러
금셔소일(琴書消日)⁶³ 흐는 곳의 유쥬영쥰(有酒盈樽)⁶⁴ 흐여셰라
장가(長歌) 단가(短歌) 두셰 곡(曲)의 일비일비부일비(一杯一杯復一杯)라⁶⁵
퇴연옥산(頹然玉山)⁶⁶ 취흔 후의 셕두한침(石頭寒枕)⁶⁷ 잠을 드러
학명구소(鶴鳴九霄)⁶⁸ 끼다르니 계월삼경(桂月三更)⁶⁹씬이로다

5

---

55 자맥풍진(紫陌風塵) : 도시의 속된 일. 자맥(紫陌)은 서울의 큰 길.
56 산간어옹 : '일간어옹(一竿漁翁)'의 잘못.
57 은린옥척(銀鱗玉尺) : 비늘이 은빛으로 빛나는 모양이 좋은 물고기.
58 야수강천(野水江天) 한빛이라 : 들판의 물, 강물, 그리고 하늘이 모두 같은 빛이라.
59 거구세린(巨口細鱗) : 입이 크고 비늘이 잔 물고기. 농어를 말함.
60 송강노어(松江鱸魚) : 송강에서 나는 농어. 소식(蘇軾)의 「후적벽부(後赤壁賦)」에
　　'巨口細鱗 狀如松江之鱸'라는 구절이 있음.
61 죽장망혜단표자(竹杖芒鞋單瓢子) : 대나무 지팡이에 짚신에 표주박 한 개. 간단
　　한 여행차림.
62 초옥시문(草屋柴門) : 초가집에 사립문.
63 금서소일(琴書消日) : 거문고 타기와 책읽기로 시간을 보냄.
64 유주영준(有酒盈樽) : 술항아리에 가득한 술. 도연명의 「귀거래사(歸去來辭)」의
　　한 구절.
65 일배일배부일배(一杯一杯復一杯)라 : 한 잔 한 잔 또 한 잔이라. 이백의 시 「산
　　중대작(山中對酌)」의 한 구절.
66 퇴연옥산(頹然玉山) : 옥산(玉山)이 무너지듯. '옥산'은 용모가 아름다운 사람을
　　비유한 말.
67 석두한침(石頭寒枕) : 차가운 돌베개.
68 학명구소(鶴鳴九霄) : 학은 저 하늘에서 운다.
69 계월삼경(桂月三更) : 달 밝은 밤의 삼경. 달 속에 계수나무가 있다고 해서 달을
　　운치 있게 부를 때 계월이라고 함.

고거사마(高車駟馬)[70] 뜻이 업고 미쥬가효(美酒佳肴) 흥(興)이 난다

송단치지(松壇採芝) 노러ᄒ고[71] 셕젼츈우(石田春雨) 밧출 가니

당우텬지(唐虞天地)[72] 뉘 아니며 갈텬민(葛天民)[73]이 나쓴이라

등동고이셔슈(登東皐以舒嘯)ᄒ고 님청유이부시(臨淸流而賦詩)로다[74]

남젼곡식(南田穀食) 미 리 업고 운지고산(雲在高山) 시비(是非) 업다[75]

셰상용욕(世上榮辱) 다 바리고 물외당산(物外江山)[76] 오며 가며

일디계산(一帶溪山) 젹막(寂寞)ᄒ디 셕조강어(夕照江魚)[77] 쓴이로다

범〃창파(泛泛滄波)[78] 이 니 흥(興)을 녹〃셰인(碌碌世人)[79] 졔 뉘 알니

쳔지만지(千載萬載) 억만지(億萬載)룰 여츳여츳(如此如此) 늘그리라

잇쩌의 미오 이상ᄒ고 신통ᄒ고 거록ᄒ고 긔특ᄒ고 픠려(悖戾)[80]ᄒ고 밍낭훈 일이 잇깃다. 한 노러로 긴밤 시랴. 이 문자(文字)ᄂ 그만 두고 말명[81]ᄒ나 쳥ᄒ리라.

---

70 고거사마(高車駟馬) : 고귀한 사람이 타는 수레. 벼슬하는 것을 말함.

71 송단채지(松壇採芝) 노래하고 : 소나무 언덕에서 채지조(採芝操)를 부르고. 상산사호(商山四皓)의 고사.

72 당우천지(唐虞天地) : 요순(堯舜)시절. 이상적인 태평시대. 당우(唐虞)는 당요(唐堯)와 우순(虞舜), 즉 요임금과 순임금을 아울러 이르는 말.

73 갈천민(葛天民) : 갈천씨(葛天氏) 시대의 백성. '갈천씨'는 중국의 전설적인 제왕.

74 등동고이서소(登東皐以舒嘯)하고 임청류이부시(臨淸流而賦詩)로다 : 동쪽 언덕에 올라서는 노래를 부르고 맑은 시내에서 놀며 시를 읊음. 도연명의 「귀거래사(歸去來辭)」의 한 구절.

75 운재고산(雲在高山) 시비(是非) 없다 : 높은 산에 걸려 있는 구름은 속세의 시비가 없다.

76 물외강산(物外江山) : 번잡스러운 속세를 벗어난 세상.

77 석조강어(夕照江魚) : 석양에 물고기.

78 범범창파(泛泛滄波) : 넓고 넓은 바다의 푸른 물결.

79 녹록세인(碌碌世人) : 하잘 것 없는 세상 사람들.

80 패려(悖戾) : 말과 행동이 도리에 어긋나고 성질이 사나움.

81 말명 : 무당의 열두거리굿 중의 열한째 거리. 여기서는 이야기라는 의미로 썼음.

전나도(全羅道) 남원부ᄉ(南原府使) 니등(李等)[82] 사도 〃 임시(到任時)의 삿도 ᄌ뎨(子弟) 니도령(李道令)이 년광(年光)이 십뉵 셰라. 녀동빈(呂洞賓)[83]의 얼골이오 두목지(杜牧之)[84] 풍치(風彩)로다. 문장(文章)은 니빅(李白)[85]이오 필법(筆法)은 왕희지(王羲之)[86]라. 삿도 사랑이 틱과(太過)ᄒ여 도임쵸(到任初)의 칙방(冊房)의 기싱(妓生) 슈쳥(守廳)[87]을 드리ᄌᄒ니 싁(色)의 샹(傷)홀가 염녀ᄒ고, 통닌(通引) 슈쳥(守廳)[88]을 너츳ᄒ니 용의(容儀) 골가[89] 염녀ᄒ여 관속(官屬)의게 분부ᄒ디,

"칙방의 만일 기싱 슈쳥 드리거나 반〃ᄒ 통인 슈쳥을 드리는 폐(弊) 잇시면, 너희롤 모도 잡아드려 뉴월도(六月桃)ᄶᅧ[90]롤 뜰고 윈 호쵸(胡椒)[91]롤 박으면 웃고 골니라."[92]

이러틋 분부롤 밍낭 지엄(至嚴) 그악히[93] ᄒ니, 엇던 역젹(逆賊)의 아들놈이 살진 암강아진들 칙방(冊房) 근쳐의나 보너리오.

귀신 다 된 아히놈을 드리니, 샹모(相貌)롤 역〃(歷歷)히 쓰더보니, 디골이

---

82 이등(李等) : 이씨 등내(等內). '등내'는 벼슬아치가 벼슬을 살고 있는 동안을 이르는 말.

83 여동빈(呂洞賓) : 중국 당나라 때 사람이라고 전해지는 인물로 팔선(八仙)의 하나.

84 두목지(杜牧之) : 당(唐)나라 시인 두목(杜牧). '목지'는 그의 자. 풍채가 뛰어나서 수레를 타고 양주(楊州)의 거리를 지나가면 기생들이 그 얼굴을 보려고 수레에 귤을 던져 언제나 수레에 귤이 가득 찼다고 함.

85 이태백(李太白) : 당나라 시인 이백(李白). '태백'은 그의 자(字).

86 왕희지(王羲之) : 진(晉)나라의 서예가.

87 수청(守廳) : 높은 사람의 심부름을 하는 일. 기생 수청은 몸을 바쳐서 시중을 드는 것을 말함.

88 통인(通引) 수청(守廳) : 기생 수청은 여자를 들여보내는 것인 데 비해 통인 수청은 남색(男色)을 말하는 것임. '통인'은 지방 관아에서 수령(守令)의 잔심부름을 하던 구실아치.

89 용의(容儀) 골까 : 몸이 상할까.

90 유월도(六月桃)뼈 : 복숭아뼈. 유월은 복숭아에 붙은 수식어.

91 윈 호초(胡椒) : 후추 한 톨.

92 웃고 곯리라 : 간지러워서 웃지만 속으로는 곯는다.

93 그악히 : 모질고 사납게.

눈 북통 갓고 얼골은 밀미판[94]만 흐고, 코는 어러 죽은 쵸병(草殯) 줄기만흐고[95] 입은 귀가지 도라지고, 눈구멍은 춍(銃)구멍 갓흐되 깁던지 마던지 이달의 셜워 울 일이 닛시면 쵸싱(初生)의 눈물이 밎엿다가 스무날긔 되어야 낙누(落淚)흐고, 얽던지 마던지 얽근 구멍의 탁쥬(濁酒) 두 푼치[96]롤 부어도 잘 츠지 아니흐고, 몸집은 동디문(東大門) 안 인졍(人定)[97]만 흐고, 두 다리는 희경원(徽慶園) 졍자각(丁字閣)[98] 기동만 흐고, 키는 팔쳑장신(八尺長身)이오, 발은 계유 기발만 흐디, 죵아리는 비상(砒霜) 먹은 쥐다리 깃트니, 바롬이 부는 날이면 간드렁 〃〃〃 흐다가 된통 바롬이 부는 날이면 각금 낙샹(落傷)

흐는 아희놈을 명식(名色)으로 슈쳥을 드리니, 니도령이 칙방의 홀노 안자 쥬야탄식(晝夜歎息) 우는 말이,

"셰스(世事)롤 솜〃 싱각흐니 묘창히지일속(渺蒼海之一粟)[99]이라. 남기[100]라도 은힝목(銀杏木)은 자웅(雌雄)으로 마조 셔고, 물이라도 음양슈(陰陽水)[101]는 격(格)을 츠즈 도라들고, 시라도 원앙조(鴛鴦鳥)는 웅비죵자(雄飛從雌)[102] 나라들고, 풀이라도 합환쵸(合歡草)[103]는 사시장쳔(四時長川) 마조 나고, 돌이라도 망두셕(望頭石)[104]은 두리 셔〃 마조 보고, 원앙지상냥〃비(鴛鴦池上兩兩飛)오

---

94 밀매판 : 맷돌질을 할 때 바닥에 까는 방석. 얼굴이 넓적하다는 말.

95 초빈(草殯) 줄기만하고 : 초빈 줄기 같고. '초빈'은 임시로 밖에 관을 나무나 풀로 덮어놓는 것임.

96 치 : '어치'에서 '어'가 빠졌음.

97 인정(人定) : 야간에 통행금지를 알리기 위해 치던 종.

98 휘경원(徽慶園) 정자각(丁字閣) : 휘경원은 정조의 후궁 수빈(綏嬪) 박씨(朴氏)의 묘로 현재는 경기도 고양시 덕양구 원당동에 있으나, 처음에는 현재 서울 동대문구 휘경동에 있었다. '정자각'은 丁자 모양의 집으로 능원(陵園)의 아래 홍살문 안쪽에 있어 여기서 제사를 지냄.

99 묘창해지일속(渺滄海之一粟) : 넓고 넓은 바다에 한 알의 좁쌀알 같은 존재라는 뜻으로 인간을 비유함. 소식(蘇軾)의 「전적벽부(前赤壁賦)」의 한 구절.

100 남기 : 나무.

101 음양수(陰陽水) : 끓는 물에 찬물을 탄 물.

102 웅비종자(雄飛從雌) : 수컷이 날면 암컷이 따름.

103 합환초(合歡草) : 전설상의 풀. 밤이면 모든 줄기가 하나가 된다고 함.

104 망두석(望頭石) : 망주석(望柱石). 무덤 앞 양쪽에 세우는 한 쌍의 돌기둥.

봉황누하쌍〃도(鳳凰樓下雙雙渡)라.[105] 날즘싱도 쌍이 닛고 길버러지 짝이 잇고, 헌 고리[106]도 짝이 잇고 헌 집신도 짝이 잇닉. 나는 어닌 팔자(八字)완딕 어제밤도 시오잠[107] 즈고 오날밤도 시오잠 즈고 미양(每樣) 장식[108] 시오잠만 자노. 엇던 부모는 자비(慈悲) 아라 아들 낫코 쌀을 나하 닙장츌가(入丈出嫁)[109] 식인 후의, 아들의 손자 쌀의 손자 안고 지고 지롱(才弄) 보고, 엇던 부모는 쥬변 업고 마련 업고 된 되가 업셔 다만 자식 나 하나 두고 청춘이십(靑春二十) 당호도록 독슈공방(獨守空房) 식이는고. 참아 셜워 못 살긋다."

이러틋시 탄식흐며 시절을 도라보니 씨 맛참 삼츈(三春)[110]이라. 쵸목군싱지물(草木群生之物)이 기유이자락(皆有以自樂)이라.[111] 썩갈남긔 속닙 나고, 노구지리 놉희 떳다. 건넌산의 아지랑이 찌고 잔디〃〃 속닙 나고, 달바자는 쎙〃 울고 삼년 묵근 말가죡은 외용조용 소리흐고,[112] 션동아(先童兒)[113] 군복(軍服)흐고 거동춤예(擧動參豫)[114] 흐라가고, 쳥긔고리 신상토흐고[115] 동니 어룬 차자 보고, 괴양이 셩젹(成赤)[116]흐고 싀집을 가랴흐고, 암키

---

105 원앙지상양양비(鴛鴦池上兩兩飛)요 봉황루하쌍쌍도(鳳凰樓下雙雙渡)라 : 원앙은 연못에서 짝을 지어 날고, 봉황은 누각 아래 쌍쌍이 건너네. 당나라 왕발(王勃)의 「임고대(臨高臺)」의 한 구절.
106 고리 : 고리버들가지나 대오리 같은 것으로 엮어서 상자 비슷하게 만든 것.
107 새우잠 : 새우처럼 등을 구부리고 불편하게 자는 잠.
108 장식 : 항상.
109 입장출가(入丈出嫁) : 장가들이고 시집보냄.
110 삼춘(三春) : 음력 1월부터 3월까지의 봄철 석 달.
111 초목군생지물(草木群生之物)이 개유이자락(皆有以自樂)이라 : 모든 생물이 다 스스로 즐거워한다. 『한서(漢書)』에 나오는 말.
112 달바자는 쨍쨍 울고 삼년 묵은 말가죽은 외용조용 소리하고 : 봄이 되어 만물이 소생하는 것을 나타냄. 달바자는 달풀로 엮은 울타리인데, 이 죽은 울타리도 봄이 되면 살아나고, 삼년이나 된 말가죽도 봄이 되면 '외용조용' 울음을 운다는 의미임.
113 선동아(先童兒) : 선둥이. 쌍둥이 중에 먼저 태어난 아이.
114 거동참예(擧動參豫) : 임금의 나들이에 참여함.
115 신상투하고 : 관례(冠禮)를 행하고 나서 처음 상투를 하고.
116 성적(成赤) : 신부가 얼굴에 분 바르고 연지 찍는 일.

논 서답 추고 월후(月候)ᄒ고,[117] 너구리 넛손자[118] 보고 둑겁비 외증손(外曾孫) 보고, 다롬이 용기 치고,[119] 과부 기지기 혈 제, 사롬의 마음이 홍글항글[120] 홀시, 니도령 마음이 싱슝상슝ᄒ여 츈흥을 못 니길 제, 불승탕졍(不勝蕩情)[121]이라. 산쳔경긔(山川景槪) 보려 ᄒ고 방자 블너 분부ᄒ되,

"네 고을의 구경쳐(求景處)가 어듸가 유명ᄒ다?"

방자놈 엿자오되,

"무삼 경(景)을 보랴하고,[122]

힝〃졈〃졍환사ᄒ니 욕하한공슉원시라 과득편만이별안ᄒ니 촉조인노격노화라. 평ᄉ낙안(平沙落雁)[123] 경(景)이오니 이롤 구경ᄒ랴ᄒ오?

힝쥬비긱ᄉ아동ᄒ니 힝화인〃걸슌풍을 뇌시호신범능응ᄒ니 즁범지거 슈셔죵을. 원포귀범(遠浦歸帆)[124] 경(景)이오니 이롤 귀경ᄒ랴ᄒ오?

---

117 서답 차고 월후(月候)하고 : '서답'은 여성의 생리대. '월후'는 월경(月經).
118 넛손자 : 누이의 손자.
119 용개 치고 : 용두질하고. '용개'는 남자의 자위행위.
120 홍글항글 : 정신이 들떠서 건들건들 지내는 모양.
121 불승탕정(不勝蕩情) : 방탕한 마음을 이기지 못함.
122 보려려고 : '보려하오'의 잘못임. 이 아래 방자가 말하는 내용은 이제현(李齊賢)의 소상팔경(瀟湘八景)에 관한 시 「화박석재윤저헌용은대집소상팔경운(和朴石齋尹樗軒用銀臺集瀟湘八景韻)」이다. 전승되면서 내용이 바뀌거나 와전된 곳이 있음. '소상팔경'은 중국 소상(瀟湘)의 여덟 가지 아름다운 경치를 말함.
123 평사낙안(平沙落雁) : 모래밭에 내려앉는 기러기. 소상팔경의 하나.
　　행행점점정환사(行行點點整還斜) 줄지어 점점이 가지런히 날다가 비껴 날기도 하더니,
　　욕하한공숙난사(欲下寒空宿暖沙) 찬 하늘에서 내려와 따뜻한 모래밭에서 자려고 하네.
　　괴득편번이별안(怪得翩翻移別岸) 이상하게도 훨훨 날아 다른 언덕으로 옮겨가니,
　　축로인어격로화(軸轤人語隔蘆花) 갈대꽃 건너에서 뱃사람 말소리 들리기 때문이네.
124 원포귀범(遠浦歸帆) : 먼 포구로 돌아가는 배. 소상팔경의 하나.
　　행주고객사아동(行舟賈客似兒童) 배 타고 다니는 장사꾼들은 아이들과 같아서,
　　향화인인걸순풍(香火人人乞順風) 향불 피우고 모두들 순풍을 비네.

풍염노화슈국츄호니 일강풍우쇄변쥬를 천년고범무인도호니 단근창오
원야슈라. 소샹야우(瀟湘夜雨)[125] 경(景)이오니 이룰 귀경호랴호오?

반희쵸긱삼경혼호니 만경츄광범소되라 호상슈가취쳘젹호니 벽텬무졔
안항고라. 동졍츄월(洞庭秋月)[126] 경(景)이오니 이룰 구경호랴호오?

낙일관〃함원슈호고 귀호인〃상한증을 어인거닙노화소호니 슈졈취연
만깅졍을. 어쵼낙조(漁村落照)[127] 경(景)이오니 이룰 구경호랴호오?

뉴셔비공욕하지호니 가화낙지역다자라 일쥰츄도강누쥬호니 관도사옹
권조시라. 강쳔모셜(江天暮雪)[128] 경(景)이오니 이룰 구경호랴호오?

뇌시호신능범응(賴是湖神能泛應) 호수 신의 감응에 힘입어,
　중범제거각서동(衆帆齊擧各西東) 여러 돛단배들은 일제히 각자 동서로 간다네.
125 소상야우(瀟湘夜雨) : 소상강에 내리는 밤비. 소상팔경의 하나. 원시(原詩)의 3,
　4구는, '驚廻楚客三更夢 分與湘妃萬古愁'이나 여기서는 다름.
　풍엽노화수국추(楓葉蘆花水國秋) 단풍잎 물들고 갈대꽃 피니 물의 고장에 가
　　　　을이 들고,
　일강풍우쇄편주(一江風雨洒扁舟) 온 강에 비바람 몰아쳐 조각배에 흩뿌리네.
　천년고범무인도(千年孤帆無人渡) 천년의 외로운 배에는 건너는 사람 없고,
　단견창오원야수(但見蒼梧怨夜愁) 다만 창오산의 시름겨운 밤을 바라보네.
126 동정추월(洞庭秋月) : 동정호의 가을 달. 소상팔경의 하나. 원시(原詩)의 제1구
　는, '三更月彩澄銀漢'임.
　반희초객삼경혼(班姬招客三更昏) 반희가 손님을 불러 한밤중은 어두워져 가는데,
　만경추광범소도(萬頃秋光泛素濤) 만 이랑 가을빛이 흰 파도에 떠 있네.
　호상수가취철적(湖上誰家吹鐵笛) 호숫가 뉘 집에서 쇠피리를 부는가,
　벽천무제안항고(碧天無際雁行高) 푸른 하늘 끝없고 기러기 떼만 높이 날아가네.
127 어촌낙조(漁村落照) : 어촌의 저녁노을. 소상팔경의 하나.
　낙일간간함원수(落日看看銜遠岫) 지는 해는 어느덧 먼 산굴로 들어가는데,
　귀조인인상한정(歸潮咽咽上寒汀) 밀려오는 조수는 철썩철썩 찬 물가로 오른다.
　어인거입노화설(漁人去入蘆花雪) 어부는 눈 같은 흰 갈대꽃 속으로 사라져 가고,
　수점취연만갱청(數點炊烟晚更靑) 두어 줄기 밥 짓는 연기만 날 저물어 더욱
　　　　푸르러 보이네.
128 강천모설(江天暮雪) : 저물녘 강천에 내리는 눈. 소상팔경의 하나.
　유서비공욕하지(柳絮飛空欲下遲) 버들개지 허공에 날아 느릿느릿 내려오는 듯
　　　　하고,
　매화낙지역다자(梅花落地亦多姿) 매화꽃은 땅에 떨어져도 역시 자태가 곱네.

막〃평님취가련이라 누터은조격나침을 하상권시풍취거ᄒ니 한아왕가
관식산이라. 산시청남(山市晴嵐)[129] 경(景)이오니 이롤 구경ᄒ랴ᄒ오?

일복단청전부지ᄒ니 슈ᄒᆼ슈목등무룽이라 불응진필웅즉농ᄒ니 남ᄉ종쥰
븍ᄉ종이라. 연ᄉ만종(煙寺晚鐘)[130] 경(景)이오니 이롤 구경ᄒ랴ᄒ오?"

"이슈문이난진(以隨文而難進)이라."[131]

"동정호(洞庭湖)[132] 가랴ᄒ오?"

"동정호 칠빅니(七百里)의 비가 업셔 못 가리라."

"그리면 악양누(岳陽樓)[133] 가랴ᄒ오?"

"두ᄌ미(杜子美) 글의 ᄒ엿시티, '친붕무일ᄉ(親朋無一字)ᄒ니 노병녹고쥬
(老病有孤舟ㅣ)라.'[134] 악양누도 못 가리라."

"그리면 봉황티(鳳凰臺)[135] 보랴ᄒ오?"

　일준차진강루주(一樽且盡江樓酒) 강루의 술 한 동이 다 마시고 있으니,
　간도사옹권조시(看到蓑翁卷釣時) 도롱이 걸친 어옹이 낚싯줄 거둘 때까지 보
　　　　게 되네.
129 산시청람(山市晴嵐) : 산시의 맑은 아지랑이. 소상팔경의 하나.
　막막평림취애한(漠漠平林翠靄寒) 아득히 넓은 수풀에 푸른 안개 차가운데,
　누대은약격라환(樓臺隱約隔羅紈) 누대는 은은히 비단같이 펼쳐진 안개 건너에
　　　　있네.
　하당권지풍취거(何當卷地風吹去) 어떻게 하면 안개를 걷어가는 바람이 불어,
　환아왕가착색산(還我王家著色山) 내게 왕선(王詵)의 채색 그림을 되돌려 줄까?
130 연사만종(煙寺晚鐘) : 연기 긴 절의 늦은 종소리. 소상팔경의 하나.
　일폭단청전불봉(一幅丹靑展不封) 한 폭의 단청을 펼쳐서 봉하지 않으니,
　수행수묵담환농(數行水墨淡還濃) 두어 줄 수묵(水墨)이 엷었다 짙어지네.
　불응화필진능이(不應畵筆眞能爾) 붓으로도 참으로 그려낼 수 없는 것은,
　남사종잔북사종(南寺鍾殘北寺鍾) 남쪽 절 종소리 그치면 이어서 들리는 북쪽
　　　　절의 종소리일세.
131 이수문이난진(以隨文而難進)이라 : 이 글을 따라서는 못 가리라.
132 동정호(洞庭湖) : 중국 호남성(湖南省)에 있는 호수. 둘레가 칠백 리임.
133 악양루(岳陽樓) : 중국 호남성 동정호 동쪽 악양(岳陽)에 있는 누각 이름.
134 친붕무일자(親朋無一字)하니 노병유고주(老病有孤舟)라 : 가까운 이에게서 아
　무 소식이 없고 늙고 병든 몸은 한 척 배뿐이라. 두보(杜甫)의 「등악양루(登岳
　陽樓)」의 한 구절. '자미'는 두보의 자(字).

"봉황디상(鳳凰臺上)의 봉황유(鳳凰遊)러니 봉거디공강자류(鳳去臺空江自流)라.[136] 10

봉황디도 못 가리라."

"그리면 다 더져두고 관동팔경(關東八景)[137] 보랴ᄒ오? 양〃(襄陽)은 낙산

ᄉ(洛山寺), 강능(江陵)은 경포디(鏡浦臺), 삼척(三陟)은 죽셔루(竹西樓), 울진(蔚珍)

은 망향졍(望洋亭), 통천(通川) 춍셕졍(叢石亭), 고셩(高城) 삼일포(三日浦), 간셩(杆

城) 쳔간졍(淸澗亭), 평희(平海) 월숑졍(越松亭)이오."

"아셔라 보기 슬타.

방ᄌ놈 엿자오되,

"예로붓터 이른 말이, 경궁요디(瓊宮瑤臺)[138] 죳타ᄒᆞ디 셩진(成塵)ᄒ여 볼

길 업고, 위무뎨(魏武帝)의 동작디(銅雀臺),[139] 슈양뎨(隋煬帝)의 십뉵원(十六

院)[140]도 ᄌ고비어디상(鷓鴣飛於臺上)[141]이오, 황학누(黃鶴樓)[142] 등왕각(滕王閣)[143]

고쇼셩(姑蘇城) 한산사(寒山寺)[144] 함외장강공자류(檻外長江空自流)[145]라. 고려국

---

135 봉황대(鳳凰臺) : 중국 금릉(金陵)에 있던 누각.

136 봉황대상(鳳凰臺上)에 봉황유(鳳凰遊)러니 봉거대공강자류(鳳去臺空江自流)라 :
   봉황대 위에 봉황이 노닐더니 봉황이 떠나고 나니 봉황대는 비고 강물만 절
   로 흐르네. 이백의 「등금릉봉황대(登金陵鳳凰臺)」의 한 구절.

137 관동팔경(關東八景) : 우리나라 관동 지방의 경치 좋은 여덟 곳. 양양 낙산사,
   강릉 경포대, 삼척 죽서루, 울진 망양정, 통천 총석정, 고성 삼일포, 간성 청
   간정, 평해 월송정 등임.

138 경궁요대(瓊宮瑤臺) : 옥으로 장식한 궁전과 누대(樓臺).

139 위무제(魏武帝)의 동작대(銅雀臺) : 중국 위(魏)나라 조조(曹操)가 지은 누대.

140 수양제(隋煬帝)의 십륙원(十六院) : 수양제가 낙양(洛陽)에 지은 원(院) 열여섯
   곳. '원(院)'은 후궁을 두고 노는 곳.

141 자고비어대상(鷓鴣飛於臺上) : 자고새가 그 위로 날아다니고 있음. 이백의 「월
   중람고(越中覽古)」에 '只今惟有鷓鴣飛'라는 구절이 있음.

142 황학루(黃鶴樓) : 중국 호북성(湖北省) 무한(武漢) 서쪽에 있던 누각. 최호(崔顥)
   의 「황학루」로 유명함.

143 등왕각(滕王閣) : 중국 강서성(江西省) 남창부(南昌府)에 있던 당(唐)나라 시대의
   누각. 왕발(王勃)의 「등왕각서(滕王閣序)」가 유명함.

144 한산사(寒山寺) : 중국 소주(蘇州)에 있는 유명한 절. 당나라 장계(張繼)의 「풍교
   야박(楓橋夜泊)」에 '고소성외한산사(姑蘇城外寒山寺)'라는 구절이 있음.

145 함외장강공자류(檻外長江空自流) : 난간 밖에는 강물만이 흘러 갈 뿐. 당나라

(高麗國) 명산(名山)은 금강산(金剛山)이오, 긔자왕성(箕子王城)[146] 묘향산(妙香山)
이라. 진쥬(晉州)는 촉셔루(矗石樓)[147]오, 함흥(咸興) 낙민누(樂民樓),[148] 평양(平壤)은
연광정(練光亭),[149] 셩천(成川)의 강션누(降仙樓),[150] 밀양(密陽) 영남누(嶺南樓),[151] 창
원(昌原) 벽허루(碧虛樓),[152] 힛쥬(海州) 부용당(芙蓉堂),[153] 안쥬(安州) 빅샹누(百祥
樓),[154] 의쥬(義州) 통군정(統軍亭),[155] 영동구읍(嶺東九邑),[156] 호즁ᄉ군(湖中四
郡)[157] 다 훨젹 더져두고, 동블암(東佛巖), 셔진관(西津寬), 남삼막(南三幕), 븍승
가(北僧伽),[158] 남한(南漢), 븍한(北漢), 관악(冠岳), 청계(淸溪), 도봉(道峰), 망월(望
月)[159] 호거농반(虎踞龍盤)[160]으로 븍극(北極)을 괴온 경이 거룩ᄒ다 ᄒ려니와,
본읍(本邑)의 광한누(廣寒樓)가 경긔절승(景槪絶勝) 유명ᄒ와 시인소긱(詩人騷客)
드리 소강남(小江南)[161]의 비겨 잇고, 풍뉴지ᄉ(風流才士) 칭찬ᄒ더 별건곤(別乾

왕발(王勃)의 「등왕각서(滕王閣序)」의 한 구절.
146 기자왕성(箕子王城) : 기자가 도읍했었다는 평양성.
147 촉석루(矗石樓) : 경상남도 진주에 있는 누각.
148 낙민루(樂民樓) : 함경남도 함흥에 있는 누각.
149 연광정(練光亭) : 평양 대동강 가에 있는 정자. 관서팔경(關西八景)의 하나.
150 강선루(降仙樓) : 평안남도 성천읍에 있던 누각. 관서팔경의 하나.
151 영남루(嶺南樓) : 경상남도 밀양에 있는 누각.
152 벽허루(碧虛樓) : 경상남도 창원에 있는 누각.
153 부용당(芙蓉堂) : 황해도 해주에 있는 누각.
154 백상루(百祥樓) : 평안남도 안주에 있는 누각. 관서팔경의 하나.
155 통군정(統軍亭) : 평안북도 의주읍의 압록강변에 있는 정자. 관서팔경의 하나.
156 영동(嶺東) 구읍(九邑) : 태백산맥 동쪽에 있는 아홉 고을. 평해(平海), 울진(蔚
    珍), 삼척(三陟), 양양(襄陽), 간성(杆城), 고성(高城), 통천(通川), 흡곡(歙谷), 강릉
    (江陵).
157 호중사군(湖中四郡) : 제천(堤川), 단양(丹陽), 영춘(永春), 청풍(淸風)의 네 고을.
158 동불암(東佛巖) 서진관(西津寬) 남삼막(南三幕) 북승가(北僧伽) : 서울 주변의 유
    명한 절. 동쪽의 불암사, 서쪽의 진관사, 남쪽의 삼막사, 북쪽의 승가사.
159 남한(南漢) 북한(北漢) 관악(冠岳) 청계(淸溪) 도봉(道峰) 망월(望月) : 서울 주위
    의 산이나 봉우리 이름.
160 용거호반(虎踞龍盤) : 산세가 훌륭함. 범처럼 웅크리고 용처럼 서린 형세.
161 소강남(小江南) : 중국 양자강 이남을 강남이라 하는데, 이 강남에 버금간다는
    의미.

坤) 별유텬지비인간(別有天地非人間)¹⁶²으로 이르옵니다."

"어허 이 말 갓흐 량이면 졀승경기(絶勝景槪) 분명ᄒ다. 아모케나 구경 가자."

방자놈 엿ᄌ오디,

"이런 분부는 아이의¹⁶³ 싱심(生心)도 마옵소셔. 사도 분부 지엄(至嚴)ᄒ신 줄을 번연이 아ᄅ시고 싱사롬을 골이랴고 구경 가ᄌ ᄒ옵느잇가?"

니도령 이른 말이,

"우리 단 두리 ᄒ는 일을 알 니가 뉘 잇시리? ᄉ도 분부는 염녀마라 그는 니 다 슈시(收刷)¹⁶⁴ᄒ마."

공방(工房) 블너 포진(鋪陳)¹⁶⁵ᄒ고, 쥬모(酒母)¹⁶⁶ 블너 술 드리고, 관쳥빗¹⁶⁷ 블너 안쥬 차리고, 나귀 솔질 솰솰ᄒ여 홍영자각산호편(紅纓紫鞙珊瑚鞭)의 옥안금령황금늑(玉鞍錦韉黃金勒)¹⁶⁸의 쥬먹상모(象毛)¹⁶⁹ 슈안장(繡鞍裝)¹⁷⁰의 은닙사(銀入絲) 션후(先後)거리¹⁷¹ 당(唐)미양이¹⁷² 지어 놋코, 천은슈복(天銀壽福)¹⁷³

---

162 별건곤(別乾坤) 별유천지비인간(別有天地非人間) : 인간 세상이 아닌 별천지.

163 아이의 : 아예.

164 수쇄(收刷) : 수습.

165 포진(鋪陳) : 자리를 마련해서 깖.

166 주모(酒母) : 술집에서 술을 파는 여자.

167 관청빗 : 관청색(官廳色). 관청에서 수령의 음식을 맡아보던 아전.

168 홍영자공산호편(紅纓紫鞙珊瑚鞭) 옥안금천황금늑(玉鞍錦韉黃金勒) : 당나라 잠 삼(岑參)의 「위절도적표마가(衛節度赤驃馬歌)」의 한 구절. 이 대목이 있는 구 절은 다음과 같다. "그대 집안의 적표마(赤驃馬)는 그릴 수 없네. 한 뭉치 붉 은 색이 바람같이 달아나니, 붉은 실로 만든 굴레와 산호로 만든 채찍, 옥으 로 만든 안장과 비단으로 지은 언치 그리고 황금색 실로 얽은 굴레(君家赤驃 畫不得 一團旋風桃花色 紅纓紫鞙珊瑚鞭 玉鞍金韉黃金勒)."

169 주먹상모(象毛) : 주먹같이 크고 뭉툭한 상모. '상모'는 벙거지 끝에 다는 장식 을 말하는 것이므로 주먹상모가 말 장식을 말한다고 볼 수는 있다. 그러나 여기서 주먹상모는 임금이나 벼슬아치가 타는 말에 붉은 줄과 붉은 털로 꾸 민 치레인 주락상모(珠絡象毛)가 와전된 것으로 보인다.

170 수안장(繡鞍裝) : 수를 놓은 안장.

171 은입사(銀入絲) 선후(先後)걸이 : 은실을 넣어 장식한 말의 가슴걸이와 후걸이.

172 당(唐)매양이 : 매듭의 일종.

173 천은수복(天銀壽福) : 좋은 은에 '壽'자와 '福'자를 새긴 것.

오동(梧桐) 셜압(舌盒) 자지(紫地) 녹피(鹿皮)쯘을 다라 방자놈을 차인 후의,[174]
도렴닙 호스 보소. 삼단[175] 갓흔 조흔 머리 히남[176]을 만희 발나 젼반[177]갓치
널게 쓰하 슈갑스(熟甲紗) 토막당기[178] 셕우황(石雄黃)[179]이 텬도(天桃) 갓다. 싱
면쥬(生綿紬)[180] 겹바지의 당(唐)뵈 중의(中衣)[181] 밧쳐 닙고, 옥식(玉色) 항나(亢
羅) 겹져고리[182] 디방젼의 약낭(藥囊)[183]이오, 뉵스단(六絲緞) 당남갑스(唐藍甲
絲)[184] 슈향비즈(褙子)[185] 가화본의 옥(玉)단츄며, 당모시(唐) 중치막[186]의 싱쵸
(生綃) 긴옷[187] 밧쳐 닙고, 양목(洋木)[188] 보션 통힝젼(筒行纏)[189]의 우단(羽緞) 운
혀(雲鞋)[190] 자근피(紫跟皮),[191] 숑금단(宋錦緞)[192] 허리씌, 모쵸단(毛綃緞) 두리낭

12

---

174 방자놈을 차인 후에 : 방자에게 채워준 후에. 오동나무로 만든 서랍에 녹비끈
   을 단 것을 방자가 차고 감.
175 삼단 : 삼[麻]을 묶은 단. '삼단 같은 머리'는 숱이 많고 긴 머리를 말함.
176 해남 : 머릿기름의 하나.
177 전반[剪板] : 종이를 자를 때 쓰는 좁다랗고 얇은 긴 나뭇조각.
178 숙갑사(熟甲紗) 토막댕기 : 잿물에 삶은 갑사(甲紗)로 드린 토막댕기.
179 석웅황(石雄黃) : 누른빛의 천연 광물. 보석의 일종.
180 생면주(生綿紬) 겹바지 : 생명주로 만든 겹바지. '겹바지'는 솜을 두지 않고 겹
   으로 지은 바지.
181 당(唐)베 중의(中衣) : 중국산 목면으로 만든 남자용 여름 홑바지.
182 항라(亢羅) 겹저고리 : 항라로 만든 겹저고리. '항라'는 성기게 짠 직물로 여름
   옷감으로 많이 씀.
183 대방전에 약낭(藥囊) : 향을 넣은 주머니. '대방전'은 향의 이름이고, '약낭'은
   약을 넣어 차는 작은 주머니.
184 육사단(六絲緞) 당남갑사(唐藍甲絲) : 중국에서 나는 남색의 얇은 비단. '육사
   단'은 중국에서 수입한 비단임.
185 수향배자(褙子) : '배자'는 겨울에 부녀자가 저고리 위에 덧입는 조끼모양의
   옷. '수향'은 미상
186 중치막 : 소매가 넓고 길이가 길며 옆이 터진 웃옷의 하나.
187 생초(生綃) 긴옷 : 비단 두루마기.
188 양목(洋木) : 서양에서 들어온 무명.
189 통행전(筒行纏) : 아래에 귀가 없는 보통 행전. '행전'은 바지나 고의를 입었을
   때 아래를 간든하게 하기 위해 무릎 아래에 동여매는 헝겊.
190 운혜(雲鞋) : 앞 코에 구름무늬를 놓은 여자가 신던 마른신. '마른신'은 맑은
   날 신는 신발.

자(囊子)[193] 쥬황당亽(朱黃唐絲) 벌민듭[194]을 보기 조케 쎄여츠고, 자지갑亽(紫地甲紗) 너분 씌[195]룰 셰류츈풍(細柳春風) 빗기 씌고, 나귀 등의 삽분 올나 분홍당지(粉紅唐紙) 승두션(僧頭扇)[196]의 탐화봉졉(探花蜂蝶)[197] 그린 거슬 옥슈(玉手)로 번듯 드러 일광(日光)을 가리오고, 김히간쥭(金海簡竹) 빅통디[198]의 삼등양쵸(三登兩草)[199] 퓌여 물고, 방즈놈은 압흘 셔고 도련님은 뒤흘 짜라, 마음이 상쾌ᄒ여 탄〃더로(坦坦大路) 너른 길의 마음 심(心)자 갈 지(之)자[200]로, 양뉴츈풍(楊柳春風) 쇠고리갓치 혹승혹보(或乘或步)[201] 방화슈류(訪花隨柳)[202] 광한루롤 츠즈갈 제,

좌우(左右) 산경(山景)을 역〃(歷歷)희 살펴보니, 오쵸동남슈(吳楚東南水)는 동정호(洞庭湖)로 흘너가고,[203] 연지(燕子) 셔븍의 핑퇵(彭澤)[204]이 완연ᄒ다. 산

---

191 자근피(紫跟皮) : 자주색 근피(跟皮). '근피'는 가죽신의 뒤축 안에 대서 꾸미는 가는 가죽 조각.
192 송금단(宋錦緞) : 중국 소주(蘇州)에서 나는 비단.
193 모초단(毛綃緞) 두리낭자(囊子) : 고운 비단으로 만든 두루주머니. '두루주머니'는 허리에 차는 작은 주머니.
194 벌매듭 : 벌 모양의 매듭.
195 자지갑사(紫地甲紗) 넓은 띠 : 자주색 얇은 비단으로 만든 폭이 넓은 띠.
196 승두선(僧頭扇) : 꼭지가 승려의 머리처럼 둥그스름하게 만든 쥘부채.
197 탐화봉접(探花蜂蝶) : 꽃을 찾는 벌과 나비.
198 김해간죽(金海簡竹) 백통대 : 김해에서 나는 대나무로 대를 만들고 백통으로 담배통을 만든 담뱃대. '백통[白銅]'은 구리, 아연, 니켈의 합금.
199 삼등양초(三登兩草) : 평안남도 삼등에서 나는 품질이 좋은 담배. '양초'는 담배를 말함.
200 마음 심자(心字) 갈 지자(之字) : 천천히 비틀비틀 걷는 걸음걸이.
201 혹승혹보(或乘或步) : 타기도 하고 걷기도 하며.
202 방화수류(訪花隨柳) : 꽃을 찾아 버들길을 따라 감.
203 오초동남수(吳楚東南水)는 동정호(洞庭湖)로 흘러가고 : 두보(杜甫)의 「등악양루(登岳陽樓)」에 "지난날 동정호 얘기를 들었는데 오늘 악양루를 오르도다. 오초는 동남으로 갈라져 있고 하늘과 땅은 밤낮으로 떠오르네"(昔聞洞庭水 今上岳陽樓 吳楚東南坼 乾坤日夜浮)라는 구절이 있음.
204 연자(燕子) 서북의 팽택(彭澤) : 본문의 '연지'는 '연자'의 잘못. '연자'는 중국 강소성(江蘇省) 동산현(銅山縣) 서북쪽에 있는 누각의 이름. 팽택은 강서성(江西省) 호구현(湖口縣)에 있으므로 여기서는 팽성(彭城)을 잘못 쓴 듯함.

(山)은 첩〃(疊疊) 천봉(千峰)이오, 슈(水)는 잔〃(潺潺) 벽계(碧溪)로구나. 긔암(奇巖)은 층층(層層) 절벽간(絶壁間)의 폭포창파(瀑布滄波) 써러지고, 장숑(長松)은 울〃(鬱鬱)ᄒ고 변도화(碧桃花)는 난만(爛漫)ᄒᆫ듸 곳속의 잠든 학(鶴)은 자최 소리의 훨젹 날고, 연상(淵上)의 노던 빅구(白鷗) 우성변(雨聲邊)[205]의 한가ᄒ다. 치여다보니 만학천봉(萬壑千峰), 나리 구버보니 층암절벽(層巖絶壁), 원산(遠山)은 중〃(重重) 근산(近山)은 첩〃(疊疊), 틱산(泰山)은 쥬츔 낙화(落火)는 동〃, 간슈(澗水)[206]는 잔〃. 이 골 물 져 골 물 열의 열 골 물 구곡슈(九曲水) 나린 물, 천방져 지방져 이리 둘너 져리 둘너 에둘너 풀둘너, 금목슈화토(金木水火土) 오힝(五行)을 응(應)ᄒ여 출넝〃〃. 건넌산 병풍셕(屏風石)의 박질너[207] 븍 밧쳐 거품이 븍젹 뒤중구러져[208] 구뷔〃〃 흘너갈시, 곳츤 픠엿다가 져절노 지고 입흔 픠엿다가 하한지광풍[209]의 다 써러져 속졀업시 낙엽이 된다.

쏘 한 곳을 살펴보니 버들모 부엇다.[210] 져 나라 당(唐)버들 우리나라 긔버들, 왕십니(往十里) 버들, 모화관(慕華館) 버들, 훈련원(訓練院) 버들, 경복궁(景福宮) 버들, 함츈원(含春苑)[211] 버들, 슈양버들 능슈버들 츈풍이 불 젹 마다 너훌〃〃 츔을 츄고, 함젼도화졍상유(檻前桃花井上柳)[212]는 가지〃〃 봄빗치라. 화중두견유상잉(花中杜鵑柳上鶯)[213]은 곳〃마다 봄소리로 난만(爛漫)이 지져괴고, 화간졉무분〃셜(花間蝶舞紛紛雪)이오 유상잉비편〃금(柳上鶯飛片片金)이라.[214] 졈졈낙화(點點落花) 쳥계변(清溪邊)의[215] 구뷔〃〃 써나가고.

---

205 우성변(雨聲邊) : 빗소리 속에서.
206 간수(澗水) : 골짜기에서 흐르는 물.
207 박지르다 : 세차게 냅다 지르거나 차다.
208 뒤중그러져 : 뒤둥그러져. 세게 넘어지면서 구르다.
209 하한지광풍 : "한절(寒節)의 광풍(狂風)"이라는 의미임.
210 버들모 부었다 : 버들의 싹이 부풀어 올랐다.
211 함춘원(含春苑) : 서울 창경궁(昌慶宮) 동쪽에 있는 동산.
212 함전도화정상류(檻前桃花井上柳) : 난간 앞에 복숭아꽃과 우물가의 수양버들.
213 화중두견류상앵(花中杜鵑柳上鶯) : 꽃 속의 두견과 버드나무 위의 꾀꼬리.
214 화간접무분분설(花間蝶舞紛紛雪)이요 유상앵비편편금(柳上鶯飛片片金)이라 : 꽃 사이에 춤추는 나비는 흩날리는 눈이요, 버드나무 위에 나는 꾀꼬리는 흩어지는 금조각이라. 『백련초해(百聯抄解)』에 있는 구절.

　　또 한 곳 살펴보니 각식쵸목(各色草木) 무셩(茂盛)ᄒ다. 어쥬츅슈이산춘(漁舟
逐水愛山春)²¹⁶ᄒ니 무릉도화(武陵桃花) 복숑화꼿, 차문쥬가하쳐지(借間酒家何處在)
오 목동요지힝화(牧童遙指杏花)²¹⁷로다. 북창삼월쳥풍취(北窓三月淸風吹)ᄒ니 옥　　　　　14
창오경잉도화(玉窓五更櫻桃花),²¹⁸ 위셩조우읍경진(渭城朝雨浥輕塵)ᄒ니 긱ᄉ쳥 〃
(客舍靑靑) 버들꼿,²¹⁹ 난만화즁쳑쥬화(爛漫花中躑躅花)²²⁰ 고츄팔월지남쵸(高秋八月
盡庵草)ᄒ니 만지츄상국화(滿地秋霜菊花)로.²²¹ 동결춘싱졀(冬節春生節)ᄒ니 요(堯)
님군의 명엽쵸(蓂莢草),²²² 셕양동풍(夕陽東風) 히당화(海棠花), 졀벽강산(絶壁江山)
두견화(杜鵑花), 벽히슈상(碧海水上) 신이화(辛夷花),²²³ 요순 부목 쇼무 방화,²²⁴ 길
피(吉貝),²²⁵ 화계(花魁),²²⁶ 치ᄌ(梔子), 동빅(冬栢), 종녀(棕櫚), 오동(梧桐), 왜셕유화

---

215 점점낙화(點點落花) 쳥계변(淸溪邊)에 : 점점이 떨어진 꽃잎은 맑은 시냇가에.
216 어주축수애산춘(漁舟逐水愛山春) : 고기잡이배는 물길 따라가며 봄산을 즐김.
　　왕유(王維)의 「도원행(桃源行)」의 한 구절.
217 차문주가하처재(借間酒家何處在)요 목동요지행화(牧童遙指杏花) : 술집이 어디
　　있느냐고 물으니, 목동은 멀리 살구꽃을 가리키네. 두목(杜牧)의 「청명(淸明)」의
　　한 구절.
218 북창삼월청풍취(北窓三月淸風吹)하니 옥창오경앵도화(玉窓五更櫻桃花) : 북창에
　　3월의 맑은 바람이 불어오니 옥창 오경에 앵두꽃.
219 위성조우읍경진(渭城朝雨浥輕塵)하니 객사청청(客舍靑靑) 버들꼿 : 위성(渭城)에
　　내리는 아침 비는 가벼운 먼지를 적시는데, 객사에는 버들이 푸르고 푸르네.
　　왕유의 시 「송원이사안서(送元二使安西)」에는 "渭城朝雨浥輕塵 客舍靑靑有色
　　新"이라고 했음.
220 난만화중척촉화(爛漫花中躑躅花) : 활짝 피어 화려한 꽃 중에 철쭉꽃.
221 고추팔월진암초(高秋八月盡庵草)하니 만지추상국화(滿地秋霜菊花)로다 : 팔월
　　가을날에 암자의 풀이 다 떨어지니, 땅에 가득한 가을 서리에 핀 국화로다.
　　원문에는 '로다'의 '로'가 빠졌음.
222 명협초(蓂莢草) : '명협'은 중국 요(堯)임금 때 있었다는 전설상의 상서로운 풀.
　　초하루부터 보름까지 매일 한 잎씩 열다섯 잎이 나며, 십육일부터 한 잎씩
　　떨어져 그믐날에 다 떨어지는 풀. 달력의 대용이었다고 함.
223 신이화(辛夷花) : 백목련의 일종.
224 요순 부목 소무 방화 : "요순(堯舜)의 부목과 소무(蘇武)의 방화"라는 의미인
　　것으로 보임. '부목'과 '방화'는 미상.
225 길패(吉貝) : 목화.
226 화괴(花魁) : 매화.

(倭石榴花), 셕유(石榴), 영산홍(映山紅), 왜(倭)철쥭, 목금화,[227] 훤쵸(萱草),[228] 난쵸(蘭草), 키 갓흔 파쵸(芭蕉),[229] 모란(牧丹), 자약(芍藥), 월계(月季), 스계(四季), 유자(柚子), 비자(榧子), 감자, 팅자, 스과, 능금, 포도, 포도 다리 넝쿨이 얼거져 틀어지고.

또 한 곳 살펴보니 온갖 쵸목(草木) 다 닛더라. 동녕슈고불변식(冬嶺秀孤不變色)[230]의 군자절(君子節)은 창숑(蒼松)이오, 츈하츄동사시절(春夏秋冬四時節)의 졍〃독닙(亭亭獨立) 전나무.[231] 만경창파빅천장(萬頃蒼波百千丈)[232]의 슈궁즁(水宮中)의 무회(無灰)나무,[233] 투지(投之)횡거 낙지경거(落之瓊琚)[234] 뒤틀니는 모과나무, 오자셔(伍子胥) 분묘(墳墓) 압희 츙셩(忠誠)될손 가목[235]이오. 망미인혜천일방(望美人兮天一方)[236]의 님 그리는 상스목(相思木),[237] 청산영니부운간(靑山影裏浮雲間)[238]의 조셕예블(朝夕禮佛) 븍남기[239]오. 슈척지후양공블긔(數尺之朽良工不

---

227 목금화 : 미상.

228 훤초(萱草) : 원추리.

229 키 같은 파초(芭蕉) : 파초의 잎 모양이 곡식을 까부르는 키처럼 넓적하게 생겼음.

230 동령수고불변색(冬嶺秀孤不變色) : 겨울 산마루에서 홀로 빼어나 색이 변하지 않는. 소나무를 말함.

231 정정독립(亭亭獨立) 전나무 : 홀로 우뚝 서 있는 전나무.

232 만경창파백천장(萬頃蒼波百千丈) : 끝없이 넓은 바다에 높이 치는 푸른 파도.

233 무회(無灰)나무 : 무회목(無灰木). 미역의 오래 묵은 뿌리.

234 투지(投之)횡거 낙지경거(落之瓊琚) : 횡거를 던지니 구슬이 떨어지네.『시경』위풍(衛風)「목과(木瓜)」에 "투아이목과 보지이경거(投我以木瓜 報之以瓊琚; 내게 모과를 주었네, 나는 구슬로 보답하네.)"라는 구절이 있음. '횡거'는 미상.

235 가목 : 가래나무를 말하는 것으로 보임. 오자서는 자살하면서 자신의 무덤에 가래나무[梓]를 심으라고 했는데, 이것은 가래나무로 오왕(吳王)의 관을 짜겠다는 뜻으로 자신의 원한을 보인 것임.

236 망미인혜천일방(望美人兮天一方) : 임을 그리워함이여, 하늘 한 쪽에 있도다. 굴원(屈原)의『이소(離騷)』의 한 구절.

237 상사목(相思木) : 춘추시대 송(宋)나라 강왕(康王)은 한빙(韓憑)의 처 하씨(何氏)를 빼앗아 후궁으로 삼았다. 후에 한빙과 그 처는 자살하여 각기 따로 묻혔는데, 두 무덤에 난 나무의 가지와 뿌리가 서로 이어졌다. 이 나무를 상사목이라 불렀다 함.

238 청산영리부운간(靑山影裏浮雲間) : 푸른 산 그림자 속에 떠 있는 구름 사이에.

239 붉나무 : 옻나무과의 낙엽 관목. 암수 딴 그루에 흰 꽃이 많이 핌.

棗)[240] 아롬드리 긔지목(杞梓木),[241] ㅈ단(紫檀),[242] 빅단(白檀),[243] 산유자(山柚子),[244]

농목,[245] 향목(香木), 박목,[246] 침향목(沈香木),[247] 펑정목[248] 천여쥬(千餘株), 율목
(栗木)[249] 만여쥬(萬餘株), 과목(果木) 천도목(天桃木) 지도목(地桃木), 힝자목(杏子
木), 빅자목(栢子木),[250] 느러진 장숑(長松), 부러진 고목(古木), 넙적 떡갈,[251] 황
계피(黃桂皮), 무푸레,[252] 다목(檀木),[253] 측숑,[254] 쑤리슈,[255] 박달, 오동목(梧桐
木), 회양목 드렝 〃〃 열엿구나. 모과, 셕유(石榴) 한 가지 휘여져 두 가지 척
쳐져, 넘느러져 얼커져 뒤트러져 궁그러져 더펼져, 가지 〃〃 광풍(狂風)의
휘드러졋고.

쏘 져 편을 살펴보니 봄시 우룸 한가지라. 잉가[256] 츈졍(春情) 못 니긔여
각식(各色) 금슈(禽獸) 나라들 졔, 연작(燕雀)은 나라들고 공작(孔雀)은은[257] 긔
여든다. 청자조, 흑자조, 닉금졍, 외금졍, 도릭금졍, 셰금졍,[258] 보라미,[259] 슈

---

240 수척지후양공불기(數尺之朽良工不棄) : 기(杞)나무나 재(梓)나무처럼 좋은 나무
는, 비록 두어 자 썩은 부분이 있더라도 훌륭한 목수는 버리지 않음.
241 기재목(杞梓木) : 기(杞)는 구기자나무이고 재(梓)나무는 가래나무로 둘 다 좋
은 재목.
242 자단(紫檀) : 남방에서 자라는 키 큰 나무. 그 재목은 화류(華榴)라 하여 좋은
가구를 만드는 재료임.
243 백단(白檀) : 인도네시아 등 열대지방에서 나는 키가 큰 나무.
244 산유자(山柚子) : 산유자나무.
245 용목 : 용가시나무.
246 박목 : 박달나무를 말하는 것으로 보임.
247 침향목(沈香木) : 열대지방에서 자라는 나무로 향료로 씀.
248 팽정목 : 팽나무를 말하는 것으로 보임.
249 율목(栗木) : 밤나무.
250 백자목(栢子木) : 잣나무.
251 떡갈 : 떡갈나무. 떡갈나무 잎이 넓적함.
252 무푸레 : 물푸레나무.
253 단목(檀木) : 박달나무.
254 측송 : 측백나무.
255 뿌리수 : 보리수(菩提樹)를 말하는 것으로 보임.
256 앵가 : '왼갖'의 잘못으로 보임.
257 원문에 '은'이 한번 더 들어갔음.

진이,[260] 히동청(海東靑)[261] 보라미. 쩌다 보아라 종달시, 청텬(靑天)을 박츠고 빅운(白雲)을 무릅쓰고 호즁텬지(壺中天地)[262] 쩌 닛는디, 방정마진 할미시, 요망(妖妄)스런 방울시 이리로 가며 '호로록 쎄족', 져리로 가며 '호로록 비족', 펑당그릭 〃 가블 갑죡[263] 가블 갑죡. 마리산(摩尼山) 갈가마귀 츄돌도 바희 못 어더먹고 틱빅산(太白山) 기슭으로 '골각 갈곡 갈의렝 〃〃〃 갈곡 갈곡 쌀곡' 울고간다. 츔 잘 츄는 무당시[264] 졍양(正兩) 쏘는 호반시[265] 슈루 〃 층암졀벽(層巖絶壁) 우히 비르 〃 뎅그렁 나라들고, 가지 〃〃 노던 시는 평님(平林)으로 나라든다. 소상강(瀟湘江) 쩨기러기 허공 즁텬(中天)의 놉희 쩌셔 '지리 〃 지리 〃 쓰르룩' 우러 들고, 것차로 버레 먹고 좀 먹고 속은 아조 아모 것도 업시 휑텡 〃 븨엿는 고양남긔 부리 쑥쥭 허리 질룩 꽁지 뭇둑혼 져 싸져고리[266] 거동(擧動) 보쇼. 크나큰 디부동(大不等)[267]을 한아롬의 드립쩌 허험셕 트러잡고 오르며 '쑤다락 쌱 〃' 느리며 '쑤다락 쌱 〃'. 낙 〃장송(落落長松) 느러진 가지 홀노 안자 우는 시, 밤의 울면 두견이오 낫지 울면 졉동시. 한 마리는 느려안고 쏘 한 마리 남긔 안자, 공산야월(空山夜月) 젹막(寂寞)혼디 촉국강산(蜀國江山) 넉시 되어 귀촉도(歸蜀道) 블여귀(不如歸)라 피나게 슬피 울고, 벅국시도 우름 울고 슈국시[268]도 우름 울고, 풍년(豊年)시 '솟 젹다' 흉년(凶年)시 '솟 텡 〃'.[269] 약슈삼쳔요지연(弱水三千瑤池宴)[270]의 소식 젼(傳)턴

258 청자조 흑자조 내금정 외금정 도래금정 세금정 : 모두 매의 이름인 것으로 보임.
259 보라매 : 그 해에 난 새끼를 길들여서 사냥에 쓰는 매.
260 수지니 : 손으로 길들인 매나 새매.
261 해동청(海東靑) : 푸른 매.
262 호중천지(壺中天地) : 별천지(別天地). 항아리 속의 신기한 세상.
263 까불 깝죽 : 신이 나서 까부는 모양.
264 무당새 : 딱새.
265 정량(正兩) 쏘는 호반새 : 활을 쏘는 호반새. '정량'은 큰 활. '호반새'는 물새의 일종.
266 싸져고리 : 딱따구리.
267 대부등(大不等) : 아름드리의 큰 나무.
268 쑥국새 : 산비둘기.

청조(靑鳥)시, ᄉ마상여(司馬相如) 줄소리[271]의 오유ᄉ방(遨遊四方)[272] 봉황(鳳凰)

시, 부용당(芙蓉堂)[273] 운무벽(雲霧壁)의 그림 갓튼 공작(孔雀)시, 일쳔년(一千年)

화표쥬(華表柱)[274]의 물시인비영위학(物是人非令威鶴),[275] 미셕유(梅聖兪)[276]의 글

귀 속의 교〃호음잉무(咬咬好音鸚鵡)시,[277] 귀촉도(歸蜀道) 제ᄌ원[278]은 제혈삼

경(啼血三更) 두견시,[279] 칠〃가기(七七佳期)[280] 은하슈(銀河水)의 다리 놋턴 오작

(烏鵲)시,[281] 녹양(綠楊) 사이 북이 되어[282] 봄빗 ᄯ던 쇠ᄭ고리, 일ᄲ비거각두회

(一雙飛去却頭廻)[283]라 원블상니(願不相離) 원앙(鴛鴦)시, 상님원(上林苑)[284]의 글 젼

17

흐던 별포귀리(別浦歸來) 홍안식(鴻雁)새,[285] 셕양비흘쳥산식(夕陽霏歇靑山色)흐니 냥기상망(兩箇相望) 희오리,[286] 범〃즁유(泛泛中流)[287] 지향(指向)업시 상친상근(相親相近) 쌍(雙)비오리[288] 곳〃의셔 츔을 츄고.

걸즘싱도 긔여든다. 산군(山君)은 호랑이오 셩슈(聖獸)는 긔린(麒麟)[289]이라. 장싱블스(長生不死) 미록(麋鹿)[290]이오 스과츈산(麝過春山) 궁노로.[291] 시위상셔(侍衛尙書)[292] 코기리오 한셰융왕 약디[293]로다. 돈피(獤皮), 셔피(黍皮),[294] 일희, 승양이, 희달피(海獺皮), 슈달피(水獺皮), 쳥셜모, 다람쥐 이리져리 긔여들고, 진납비 쉬파람흐고 쳥기골이 북질흔다.[295] 금독겁비 시남흐고[296] 쳥뫼독이[297] 장고 치고, 흑뫼독이 져[笛]롤 불고 돌진 가지[298] 무고(巫鼓) 친다. 도야지는 밧츨 갈고 슈달피(水獺皮)는 고기 잡고, 암콤이 외닙(싸人)흐니 슈톳기가 복츙(腹痛)흔다. 다람이 그 꼴 보고 암상(巖上)의셔 용긔친다.[299]

頭'라는 구절이 있음.

284 상림원(上林苑) : 중국 한(漢)나라 무제(武帝)의 정원. 소무(蘇武)가 흉노에 잡혀 있을 때, 기러기발에 편지를 매어 보냈는데, 천자가 상림원에서 이 기러기를 쏘아 편지를 보았음.

285 별포귀래(別浦歸來) 홍안(鴻雁)새 : 포구로 돌아오는 기러기.

286 석양비헐청산색(夕陽霏歇靑山色)하니 양개상망(兩箇相望) 해오리 : 석양에 안개 비 그치고 산색은 푸른데, 서로 마주보고 있는 두 마리 해오라기.

287 범범중류(泛泛中流) : 강 한가운데 유유히 떠있는.

288 쌍비오리 : 비오리는 오릿과에 속하는 물새인데, 암수가 항상 같이 있어서 쌍비오리라고 했음.

289 기린(麒麟) : 성인이 이 세상에 나오면 나타난다는 상서로운 짐승.

290 미록(麋鹿) : 고라니와 사슴.

291 사과춘산(麝過春山) 궁노루 : 사향노루가 봄 산을 지나는데 궁노루.

292 시위상서(侍衛尙書) : 왕을 시위하는 상서 벼슬.

293 한세융왕 약대 : '약대'는 낙타. '한세융왕'은 미상.

294 돈피(獤皮) 서피(黍皮) : 담비 종류의 모피. 여기서는 그 동물.

295 잔나비 쉬파람하고 청개구리 북질한다 : 원숭이는 휘파람 불고 청개구리는 북을 친다.

296 새남하고 : 굿을 하고. '새남'은 지노귀새남굿을 말하는 것으로 보임.

297 청뫼독이 : 청(靑)메뚜기.

298 돌진 가재 : 개울의 돌멩이 밑에 있는 가재.

이런 경쳐(景處) 구경ㅎ며 광한루(廣寒樓) 다〃라셔,

"방자(房子)야."

"예."

"도원(桃源)이 어듸메니? 무릉(武陵)이 여긔로다. 광한루(廣寒樓)도 조커니와 오작교(烏鵲橋)[300]가 더옥 귀(貴)타. 견우셩(牽牛星)은 니가 되고 직녀셩(織女星)이 뉘가 되리? 등왕각(滕王閣) 죳틋훈들 이의셔 더홀쇼냐."

방자놈 엿자오듸,

"경긔(景槪) 이러ㅎ옵기로 풍화일난(風和日暖)[301]ㅎ여 운뮈(雲霧ㅣ) 즈져질 졔 신션(神仙)이 나려와 닛다감 노누이다."

"아마도 그러ㅎ면 네 말이 젹실(的實)ㅎ다. 운무심이츌슈(雲無心而出岫)ㅎ고 조권비이지환(鳥倦飛而知還)이라.[302] 별유텬지비인간(別有天地非人間)을 예롤 두고 니르미라."

옥호(玉壺)의 너흔 술을 인호상이자작(引壺觴以自酌)[303]ㅎ여 슈삼비(數三盃)롤 거후르고, 비회고면(徘徊顧眄)ㅎ여 산쳔(山川)도 살펴보고 음풍영시(吟風咏詩)ㅎ여 옛 글귀도 싱각ㅎ니, 경긔풍월(景槪風月)은 본시(本是) 무졍지물(無情之物)이라. 졍(正)희 무료(無聊) 심〃홀 시, 한 곳을 우연이 바라보니, 별유텬지(別有天地) 그림 속의 엇더혼 일미인(一美人)이 츈흥(春興)을 못 니긔여 빅옥(白玉) 갓흔 고은 양자(樣子) 반분째(半粉黛)[304]룰 다사리고, 호치단슌(晧齒丹脣)[305] 고

---

299 용개치다 : 용두질하다. 수음(手淫)하다.

300 오작교(烏鵲橋) : 남원 광한루에 있는 다리.

301 풍화일난(風和日暖) : 바람이 잔잔하고 날씨가 따뜻함.

302 운무심이출수(雲無心而出岫)하고 조권비이지환(鳥倦飛而知還)이라 : 구름은 무심히 산봉우리에서 솟아나고, 새도 날기가 싫증나면 돌아옴을 안다. 도연명 「귀거래사(歸去來辭)」의 한 구절.

303 인호상이자작(引壺觴以自酌) : 술병과 술잔을 잡아당겨 내 손으로 술을 따라 마심. 「귀거래사(歸去來辭)」의 한 구절.

304 반분대(半粉黛) : 살짝 칠한 엷은 화장. '분대'는 분바른 얼굴과 먹으로 그린 눈썹.

305 호치단순(晧齒丹脣) : 흰 이와 붉은 입술. 아름다운 여자의 비유.

은 얼골 삼식도화미기봉(三色桃花未開封)³⁰⁶이 하로밤 셰우즁(細雨中) 반만 피인 형상이오. 청산(靑山) 갓흔 두 눈셥을 팔즈츈식(八字春山)³⁰⁷ 다사리고, 흑운(黑雲) 갓흔 거믄 머리 반달 갓흔 와룡소(臥龍梳)³⁰⁸로 솰〃 빗겨 전반갓치 널게 짜하 옥농잠(玉龍簪)³⁰⁹ 금봉츠(金鳳釵)³¹⁰로 스양머리³¹¹ 쪽 졋는디, 셕우황(石雄黃) 진쥬투심(眞珠套心),³¹² 도토락 산호(珊瑚)당기,³¹³ 텬퇴산(天台山) 벽오지(碧梧枝)³¹⁴의 봉황의 쇼리로다. 당(唐)모시 싹기격삼,³¹⁵ 쵸록갑亽(草綠甲紗) 겻막기,³¹⁶ 빅항나(白亢羅) 고장이,³¹⁷ 화문월亽(花紋月紗) 겹바지, 분홍갑亽(粉紅甲紗) 너른바지,³¹⁸ 셰류(細柳)갓치 가는 허리 깁허리씌³¹⁹ 눌너 씌고, 농문갑亽(龍紋甲紗) 도홍(桃紅)치마 잔살 잡아³²⁰ 썰쳐 닙고, 몽고삼승(蒙古三升) 겹보션³²¹의 쵸록우단(草綠羽緞) 슈운혀(繡雲鞋)³²²롤 빕시잇게 도〃 신고, 삼쳔

---

306 삼색도화미개봉(三色桃花未開封) : 세 가지 색 복숭아꽃의 꽃봉오리.

307 팔자춘산(八字春山) : 미인의 고운 눈썹. '팔자'는 눈썹의 모양이 한자 '八'자 모양인 것을 말하고, '춘산'은 봄날의 산색이 짙푸른 것에서 미인의 눈썹을 말함. 원문의 '춘색'은 '춘산'의 잘못.

308 와룡소(臥龍梳) : 용틀임을 한 조각이 있는 빗

309 옥룡잠(玉龍簪) : 용의 형상을 새긴 옥으로 만든 머리 장식.

310 금봉차(金鳳釵) : 봉황의 형상을 새기어 만든 금비녀.

311 사양머리 : 새앙머리. 여자 아이가 예장(禮裝)할 때에 두 갈래로 갈라땋던 머리. 이 머리를 틀어 올려 비녀를 꽂기도 함.

312 석웅황(石雄黃) 진주투심(眞珠套心) : 석웅황과 진주로 장식한 머리 장식. '석웅황'은 누런색의 광물이고, '진주투심'은 여성의 머리 장식.

313 도투락 산호(珊瑚)댕기 : 어린 계집아이가 드리는 댕기에 산호를 물린 것.

314 천태산(天台山) 벽오지(碧梧枝) : 천태산의 벽오동 가지. 봉황은 벽오동에만 앉는다고 함. '천태산'은 중국에 있는 산.

315 깨끼적삼 : 적삼은 윗도리에 입는 홑옷. '깨끼'는 안팎 솔기를 비단 등으로 곱솔로 두 번 접어 박아서 옷을 만드는 것.

316 초록갑사(草綠甲紗) 곁마기 : 초록 갑사비단으로 만든 곁마기. '곁마기'는 여자 저고리의 하나.

317 백항라(白亢羅) 고쟁이 : 흰 비단으로 만든 고쟁이. '고쟁이'는 여자 속옷의 하나.

318 너른바지 : 여자가 한복을 입을 때 단속곳 위에 입는 속옷.

319 깁허리띠 : 비단으로 만든 허리띠.

320 잔살 잡아 : 주름을 잘게 잡아.

321 몽고삼승(蒙古三升) 겹버선 : 거친 베로 만든 겹버선.

쥬(三千珠) 산호슈(珊瑚樹)[323] 밀화블슈(蜜花佛手)[324] 옥(玉)나뷔, 진쥬월퓌(眞珠月佩)[325] 청강셕(靑剛石),[326] 지계향(香) 비취향(翡翠香)[327] 오식당스(五色唐絲) 슨을 다라 냥국디장(兩國大將)의 병부(兵符) 츳듯,[328] 남븍병스(南北兵使)의 화동기[329] 차듯, 휘느러지게 넌즛 차고,[330] 방화슈류(訪花隨柳)[331] 츠즈갈식, 만단교퇴(萬端嬌態) ᄒ는고나.

셤〃옥슈(纖纖玉手)롤 훗날여셔 모란ᄭᅩ즛도 부ᄅᆞ질너[332] 머리의도 ᄭᅩ자보고, 쳘쥭화도 부ᄅᆞ질너 입의도 담박 무러보고, 녹음슈양(綠陰垂楊) 버들닙도 쥬루룩 홀터다가 맑고 맑근 구곡지슈(九曲之水)의다가 풍덩실 드리치며, 도화유슈묘연거(桃花流水杳然去)ᄒᆞ니 졈〃낙화쳥계변(點點落花淸溪邊)[333]의 죄약돌도 쥐여다가 양뉴상(楊柳上)의 쇠ᄭᅩ고리도 '위여' 풀〃 날녀 보고, 쳥산영니녹음간(靑山影裏綠陰間)[334]의 그리져리 드러가니, 장〃치승(長長彩繩)[335] 긴〃 줄을 삼식도화(三色桃花) 버든 가지 휘휘친〃 감쳐 ᄆᆡ 듸, 져 아히 거동 보

20

---

322 수운혜(繡雲鞋) : 앞코에 구름무늬를 수놓은 여자의 마른신.
323 삼천주(三千珠) 산호수(珊瑚樹) : 노리개. '삼천주'는 큰 진주를 셋씩 끼워 만든 것이고, '산호수'는 산호의 가지가 퍼진 것이 나무처럼 생긴 것.
324 밀화불수(蜜花佛手) : 밀화(蜜花)로 부처님 손같이 만든 노리개. '밀화'는 호박(琥珀)의 일종.
325 진주월패(眞珠月佩) : 진주로 만든 노리개.
326 청강석(靑剛石) : 나뭇결 같은 무늬가 있는 푸른색의 보석.
327 자개향(香) 비취향(翡翠香) : 자개로 장식한 향주머니와 비취로 장식한 향주머니.
328 양국대장(兩國大將)의 병부(兵符) 차듯 : 두 나라의 대장노릇을 하면서 군대를 동원할 수 있는 병부를 찼다는 뜻으로, 물건을 주렁주렁 많이 찬 모양.
329 화동개 : 활동개. '동개'는 활과 화살을 넣어 등에 지도록 만든 물건.
330 휘느러지게 넌즛 차고 : 휘늘어지게 넌지시 차고. 여러 가지 노리개를 늘어지게 찬 것을 말함.
331 방화수류(訪花隨柳) : 꽃을 찾고 버들을 따라감.
332 부라질러 : 분질러. 부러뜨려.
333 도화유수묘연거(桃花流水杳然去)하니 점점낙화청계변(點點落花淸溪邊) : 도화는 흘러 간 곳이 묘연하니 점점이 떨어지는 꽃잎은 푸른 시냇가에 진다. '桃花流水杳然去'는 이백의 「산중문답(山中問答)」의 한 구절.
334 청산영리녹음간(靑山影裏綠陰間) : 푸른 산 그림자 속의 나무 그늘 사이.
335 장장채승(長長彩繩) : 오색의 긴 끈.

쇼. 밍낭이도 어엿부다. 셤〃옥슈(纖纖玉手)롤 드러다가 츄천(鞦韆)쥴을 골
나잡고 소슈로쳐[336] 쒸여올나 한 번 굴너 압희 놉고 두 번 굴너 뒤가 놉
하 나군옥안반공비(羅裙玉顏半空飛)[337]라. 빅능(白綾)보션[338] 두 발길노 소〃
굴너 놉희 츠니 난만(爛漫)훈 도화(桃花) 송이 광풍(狂風)의 낙엽(落葉)쳐로
녹슈계변상하류(綠水溪邊上下流)의 아조 풀〃 훗날이니, 의상(衣裳)은 표(飄
飄)호고[339] 옥셩(玉聲)이 징영(琤玲)이라. 비거비리(飛去飛來)흐는 양(樣)이 아
황(娥皇) 녀영(女英) 난조(鸞鳥) 트고 옥경(玉京)으로 향흐는 듯, 낙포(洛浦)의
무산션녀(巫山仙女) 구롬 트고 양디상(陽臺上)의 나리는 듯,[340] 녹발운환(綠髮
雲鬟) 풀니여셔 산호잠(珊瑚簪) 옥(玉)빈혀 화홍즁(花紅中)의 번듯 쌔져 꼿과
갓치 쩌러진다.

한창 이리 노닐 젹의 니도령이 바라보고 의시(意思ㅣ) 호탕(豪宕)흐고 심
신이 황홀흐여 얼골이 달호이고 마음이 취(醉)흐인다. 졍신이 산란(散亂)흐
고 안졍(眼睛)이 몽농(朦朧)흐다.

"방자야."

"예."

"져 건너 운무즁(雲霧中)의 울긋블긋흐고 들낭들낭흐는 거시 사롬인다 신
션이냐?"

방즈놈 짠젼흐디,

"어디 잇는 무어시오? 소인(小人)의 눈의는 아오랴도 아니 뵈오."

"아니 뵌단 말이 원 말이니. 원시(遠視)[341]롤 못흐느냐, 쳥홍(靑紅)을 모로
느냐? 나 보는 디롤 즈시 보라. 션녜(仙女ㅣ) 하강(下降)흐엿나보다."

---

336 소수로쳐 : 솟구쳐.
337 나군옥안반공비(羅裙玉顏半空飛) : 비단치마 입은 옥 같은 미인이 공중으로 날
   아오름.
338 백릉(白綾)버선 : 흰 비단으로 지은 버선.
339 표표(飄飄)하다 : 가볍게 나부끼는 모양. 원문의 '표'는 '표표'의 잘못임.
340 무산선녀(巫山仙女) 구름 타고 양대상(陽臺上)에 내리는 듯 : 초회왕(楚懷王)이
   양대(陽臺)에서 낮잠을 자다가 무산의 선녀를 만나는 꿈을 꾸었다는 고사.
341 원시(遠視) : 먼 데를 보는 것.

"무산십이봉(巫山十二峰) 아니어든 선녜 엇지 잇시리잇가?"

"그러면 슉향(淑香)[342]이냐?"

"니화졍(梨花亭)[343]이 아니어든 슉낭지(淑娘子)라 ᄒᆞ오릿가?"

"그러면 셔시(西施)[344]로다?"

"오왕(吳王) 궁즁(宮中)[345] 아니어든 셔시라 엇지 ᄒᆞ리잇가?"

"그리면 옥진(玉眞)[346]이로구나."

"장싱뎐(長生殿)[347]이 아니어든 양귀비(楊貴妃)라 ᄒᆞ오릿가?"

"그리면 금옥(金玉)이냐?"

"옥츌곤강(玉出崑岡)[348]이라 ᄒᆞ나, 형산(荊山)[349]의 블이 나셔 옥셕(玉石)이 구분(俱焚)[350]홀 지 다 트고 업사오니 옥이 어이 잇사오며, 금싱녀슈(金生麗水)[351]라, 쵸한건곤분〃시(楚漢乾坤紛紛時)의[352] 곡역후(曲逆候) 진평(陳平)이가 범아부(范亞父)를 쫏치랴구 황금(黃金) 스만(四萬) 근(斤)을 훗터시니[353] 금이

---

342 슉낭자(淑娘子) : 고소설 『숙향전』의 주인공.

343 이화졍(梨花亭) : 숙향이 놀았다는 정자.

344 서시(西施) : 중국 월(越)나라의 미인. 월나라 정승 범려(范蠡)가 서시를 오왕(吳王) 부차(夫差)에게 바쳐 부차가 서시에 빠져 정사를 돌보지 않는 사이에 오나라를 쳤다.

345 오왕(吳王) 궁중(宮中) : 오왕은 서시를 만난 후, 고소대(姑蘇臺)를 짓고 밤낮으로 즐기면서 정치를 돌보지 않았다.

346 옥진(玉眞) : 양귀비(楊貴妃)의 이름.

347 장생전(長生殿) : 중국 당나라 시대의 전각. 당현종(唐玄宗)은 이름을 화청궁(華淸宮)으로 고쳐 양귀비와 함께 지냈다.

348 옥출곤강(玉出崑岡) : 옥(玉)은 곤강에서 남. '곤강'은 형산(荊山)에 있는 골짜기라고도 하고, 전설상의 곤륜산(崑崙山)이라고도 함.

349 형산(荊山) : 초(楚)나라 사람 변화(卞和)가 형산에서 좋은 옥을 구한 고사가 있음.

350 옥석구분(玉石俱焚) : 옥의 산지인 곤강에 불이 나면 옥과 돌이 모두 타버림.

351 금생여수(金生麗水) : 금은 여수에서 남. '여수'는 중국의 강 이름.

352 초한건곤분분시(楚漢乾坤紛紛時)에 : 초나라와 한나라가 천하를 다투던 어지러운 때에.

353 황금(黃金) 사만(四萬) 근(斤)을 흩었으니 : 진평은 항우와 범증(范增)을 갈라놓기 위해 유방에게 황금 4만 근을 얻어가지고 여기 저기 뇌물을 쓰고 이간책을 써서 결국 항우가 범증을 의심하도록 만들었음.

어이 잇시릿가?"

"도화(桃花)냐? 히당화(海棠花)냐?"

"무릉도원(武陵桃源) 명스십니(明沙十里) 아니어든 도화 히당화 잇시리잇가?"

"귀신(鬼神)이냐? 혼빅(魂魄)이냐?"

"텬음우습(天陰雨濕)[354] 븍망산쳔(北邙山川)[355] 아니어던 귀신 혼빅 웬말이오."

22

"그리면 일월(日月)이냐?"

"부상틱빅(扶桑大澤)[356] 아니어든 일월이 엇지 잇시리잇가?"

도련님 역정 너여,

"그리면 네 할미냐? 분명 사롬은 아니로다. 쳔년 묵은 블여호가 날 호리려 왓나보다."

방자놈 엿사오디,

"여러 말삼 그만하오. 그늬 쮜는 져 쳐녀 말삼이오? 츠시(此時) 녹음방쵸셩화시(綠陰芳草勝花時)[357]의 스부(士夫)딕 규슈(閨秀)가 츄쳔(鞦韆)ᄒ랴 왓나보외다."

"여보아라, 그러치 아니ᄒ다. 그 쳐녀롤 보아ᄒ니 쳥쳔(靑天)의 썻는 송골미 갓고, 셕양(夕陽)의 물찬 졔비도 갓고, 녹슈파란(綠水波瀾)[358] 비오리 갓고, 말 잘ᄒ는 잉무(鸚鵡)시 ᄀᆺ고, 회양회쏙[359] 별 진(辰) 잘 슉(宿)ᄒ니[360] 여항 쳐녀(閭巷處女)가 그럴 길은 만무(萬無)ᄒ고, 너는 이곳의셔 싱어스(生於斯) 장

---

354 천음우습(天陰雨濕) : 하늘이 흐리고 비가 내려 습기가 많음.

355 북망산천(北邙山川) : 낙양(洛陽) 북쪽의 망산(邙山)에 묘지가 많았으므로, 후에 북망산(北邙山)은 묘지의 대명사가 되었음.

356 부상대택(扶桑大澤) : 해가 돋는다는 부상의 큰 연못.

357 녹음방초승화시(綠陰芳草勝花時) : 나무의 푸르름과 향기로운 풀이 꽃보다 아름다운 때라는 의미로 초여름을 가리킴. 왕안석(王安石)의 「초하즉사(初夏卽事)」에는 '綠陰幽草勝花時'라고 했음.

358 녹수파란(綠水波瀾) : 푸른 물에 물결이 이는 모양.

359 회양회똑 : 가볍게 흔들리고 한쪽으로 쏠림.

360 별 진(辰) 잘 숙(宿)하니 : 절룩거리며 걷는 걸음걸이. '잘 숙(宿)'이 '잘쏙'을 연상시킨 것으로 보임. 여기서는 성적인 걸음걸이와 연결시켜 썼음.

어스(長於斯) 유어스(遊於斯)[361]ᄒ여 묘리장단(妙理長短)[362] 맑근 쇠[363]룰 역 ″(歷
歷)희 알듯ᄒ니, 사롬 죽깃다, 바로 닐너라."

방자놈 쏘 한참 보다가 지은슬[364]노 ᄒ는 말이,

"진졍(眞正) 알냐ᄒ시오? 바른디로 ᄒ오리다. 져 아희는 본관(本官) 기싱
월미(月梅) 소싱(所生) 츈향(春香)이라 ᄒ는 아희(兒孩). 츈광(春光)[365]은 이팔(二
八)이오, 인물은 일쉭(一色)이오, 힝실은 빅옥(白玉)이이오, 풍월(風月)은 셜도
(薛濤)[366]오, 지질(才質)은 소약난(蘇若蘭)[367]이오, 가곡(歌曲)은 셤월(蟾月)[368]이라.
아직 셔방(書房) 졍치 안코, 미물ᄒ고,[369] 스지고,[370] 교만(驕慢)ᄒ고 도쓰기[371]
가 영소보뎐(靈霄寶殿) 북극텬문(北極天門)의 턱 건[372] 쥴 알외오."

도련님 이 말 듯고 허동지동 헛튼 말노,

"이 이 방자야. 우리 의형뎨(義兄弟)ᄒ쟈. 방자 동싱아 날 살녀라. 졔가 만
일 비샹(非常)ᄒ면[373] 한번 구경 못홀소냐? 너가 만일 못ᄒ깃다 ᄒ면, 너가
병(病) 곳 들 양이면 신롱시(神農氏) 상빅쵸(嘗百草)[374]ᄒ여 일만(一萬) 병(病)을

23

---

361 이곳에서 생어사(生於斯) 장어사(長於斯) 유어사(遊於斯) : 이곳에서 나고, 자라
고, 놀아서.
362 묘리장단(妙理長短) : 춤과 노래.
363 맑은쇠 : 가늠쇠. '맑은쇠를 띠다'는 기미를 잘 알아채는 재주가 있다는 의미임.
364 지은솔 : 진솔(眞率). 진실하고 솔직함.
365 춘광(春光) : 젊은 사람의 나이를 유식하게 이르는 말.
366 설도(薛濤) : 중국 당(唐)나라 때의 기녀(妓女)로 시를 잘 지었음.
367 소약란(蘇若蘭) : 중국 진(晉)나라 부견(符堅) 때의 열녀로, 이름은 혜(蕙). 남편
이 진주자사(秦州刺史)가 되었다가 유배를 가자 소혜는 비단에 회문선도시(廻
文旋圖詩)를 지어 남편에게 보냈다.
368 섬월(蟾月) : 『구운몽』에 등장하는 계섬월(桂蟾月).
369 매몰하다 : 인정이 없고 쌀쌀하다.
370 사재다 : 사박스럽다. 성질이 독살스럽고 야멸차다.
371 도뜨다 : 말씨나 하는 짓이 정도가 높음.
372 영소보전(靈霄寶殿) 북극천문(北極天門)에 턱 걸다 : 뜻을 높은 곳에 두다. 영소
보전이나 북극천문은 모두 옥황상제가 거처하는 곳임.
373 비상(非常)하면 : '기생이면' 또는 '창녀라면'이라는 의미로 썼음.
374 신농씨(神農氏) 상백초(嘗百草) : 중국의 전설 속의 제왕 신농씨는 온갖 풀을
씹어 그 맛을 보고 약을 만들어 냈음.

다 곳쳐도 닉 병은 홀일업고, 요지연(瑤池宴) 쳔년반도(千年蟠桃),[375] 쳔틱산(天台山) 별니용(別栢茸),[376] 만슈산(萬壽山) 인삼(人蔘)[377]과 삼신산(三神山) 불스약(不死藥)[378]이 거지두량(車載斗量)[379]이라도 속졀업시 못 살니〃 졔발 덕분의 날 살녀라."

방자놈의 거동 보쇼. 펄젹 쮜여 흐는 말이,

"이런 말삼도 흐옵느잇가. 져를 부르려면 밥풀을 물고 싀삿기 부르듯[380] 아조 쉽기 여반장(如反掌)이나, 만분(萬分)[381] 이 말삼이 스도 귀구멍으로 다 름박질 흐량이면 도련님은 계자(係字) 관자(關字)[382]가 업거니와, 방자 이놈 은 팔자(八字)의 업시 늘기시니 그런 분부는 마르시고 밧비 도라가사이다."

니도령 이른 말이,

"쥭기살기는 십왕젼(十王殿)[383]의 미여시니 경망(輕妄)스러이 구지 말고, 져만 이리 블너오면 니일붓터 관쳥(官廳)의 나는 거슬 도모지[384] 휘쓰러다가 달피바[385]로 즐근즐근 묵거다가 방자 형님 덕으로 '씽 진상(進上) 알외오.' 흐 고 모도 다 송(送)일 거시니, 다른 염녀는 쑴의도 말고 어서 밧비 불너오라."

속담(俗談)의 니른 말이, '빅쥬(白酒)는 황인면(紅人面)이오 황금(黃金)은 흑

---

375 쳔년반도(千年蟠桃) : 쳔년에 한 번씩 열리는 반도. '반도'는 삼쳔년에 한번씩 열린다는 신선 세계의 복숭아.

376 쳔태산(天台山) 별이용(別栢茸) : 중국 쳔태산에서 나는 특별한 버섯.

377 만수산(萬壽山) 인삼(人蔘) : 개성 인삼. '만수산'은 개성 송악산(松嶽山)의 다른 이름.

378 삼신산(三神山) 불사약(不死藥) : 신선이 산다는 삼신산에서 나는 불사약. '삼 신산'은 방장(方丈), 봉래(蓬萊), 영주(瀛洲)의 세 산을 말함.

379 거재두량(車載斗量) : 수레에 싣고 말로 될 만큼 많은 양.

380 밥풀을 물고 새 새끼 부르듯 : 일을 매우 쉽게 하는 것을 말함.

381 만분(萬分) : 만에 하나.

382 계자(係字) 관자(關字) : 계관(係關)을 재미있게 표현한 말. '계관'은 관계.

383 시왕젼(十王殿) : 시왕(十王)을 모신 법당. '시왕'은 저승에서 죽은 사람을 재판 하는 열 명의 대왕.

384 도모지 : 도무지. 모두.

385 달피바 : 달피로 만든 밧줄. '달피'는 수달(水獺)의 가죽을 말함.

사심(黑土心)이라.'³⁸⁶ 방자놈 마음이 염쵸쳥(焰硝廳) 굴독³⁸⁷이오, 호두각(虎頭閣) 디쳥(大廳)³⁸⁸이라. '쥬마'는 말의 비위(脾胃)가 동(動)ᄒ여³⁸⁹ ᄒ는 말이,

"도련님 말삼이 하 져러시니 블너는 오려니와, 계집 말 무를 장단³⁹⁰이나 아옵ᄂ잇가?"

"셰상 사롬 남은 것 ᄒ나식은 다 닛ᄂ니라. 왈자가 망(亡)ᄒ여도 왼다리길 하나흔 남고,³⁹¹ 부자가 끗치 ᄲᅡ라도³⁹² 쳥동화로(青銅火爐) ᄒ나흔 남고, 종가(宗家)〃 망(亡)ᄒ여도 신쥬보(神主褓)와 향노(香爐) 향합(香盒)³⁹³은 남고, 노던 계집이 결단이 나도 엉덩이 흔드는 장단(長短)은 남고, 남산(南山)골 싱원(生員)이 망(亡)ᄒ여도 거롭 것는 보슈(步數)³⁹⁴는 남는다ᄒ니, 경셩(京城)셔 싱쟝(生長)ᄒ 너가 계집 말 무를 쥴 모르랴. 형님이라도 쥬져넘의 아들놈³⁹⁵의 말을 말고 나는 다시 블너오라."

져 방자놈 거동 보쇼. 아리 멋슭흔 도리 참남글³⁹⁶ 직근동 부르질너 것구로 집고 노양방쵸(綠楊芳草)³⁹⁷ 버든 길노 거드렁 츙쳥³⁹⁸ 밧비 갈식, 한 모롱

25

---

386 백쥬(白酒)는 홍인면(紅人面)이요, 황금(黃金)은 흑사심(黑土心)이라 : 백주는 색은 희어도 사람의 얼굴을 붉게 하고, 황금은 누런색이지만 선비의 마음을 검게 만든다.

387 염쵸쳥(焰硝廳) 굴뚝 : 마음이 굴뚝처럼 검다. '염초청'은 조선시대 훈련도감에 속한 관아로 화약을 만드는 일을 맡았음.

388 호두각(虎頭閣) 대청(大廳) : 마음이 음흉한 것이 속을 알 수 없음을 비유함. '호두각'은 조선시대 의금부(義禁府)에서 죄인을 신문(訊問)하던 곳.

389 비위(脾胃)가 동(動)하다 : 하고 싶은 마음이 생김.

390 계집 말 물을 장단 : 기생을 데리고 놀 때, 기생과 주고받는 정해진 말투.

391 왈짜가 망(亡)하여도 왼다릿길 하나는 남고 : '왈짜'는 요즈음의 깡패와 같은 부류의 사람. '왼다릿길'은 왼쪽 발길질로 보임.

392 끝이 ᄲᅡ라도 : 끝이 뽑혀도. 망했다는 의미임.

393 신주보(神主褓)와 향로(香爐) 향합(香盒) : 세 가지 모두 제사에 필요한 물건. '신주보'는 신주를 모시는 나무상자를 덮는 네모난 헝겊이고, '향로'는 향을 피우는 화로이고, '향합'은 향을 담아두는 그릇.

394 보수(步數) : 걸음걸이. 남산골 선비는 가난하지만 걸음걸이에서도 양반으로서의 오기와 자존심을 느낄 수 있다는 말.

395 주제넘은 아들놈 : 주제넘은 놈.

396 아래 머쓱한 도래 참나무를 : 쭉 곧은 참나무를. '도래'는 미상.

두 모롱 나는 다시 건너가셔 우레갓치 소리ᄒ되,

"안아 츈향아 무엇ᄒ느니? 큰일낫다 칙방 도련님이 광한누(廣寒樓) 구경
와셔 멀니셔 너롤 보고 두 눈의 붓쳐가 발등거리ᄒ고,³⁹⁹ 왼몸이 힘줄이 용
ᄃᆡ긔(龍大旗) 뒤줄이 되여시니⁴⁰⁰ 어셔 급희 밧비 가자. 잠간이나 지체ᄒ면
모ᄃᆡ긔⁴⁰¹ ᄃᆡ탈(大頉)이 날 거시니 얼는 밧비 슈희 가즈."

계집아히 거동 보쇼. 그너줄의 쒸여날여 명모(明眸)롤 흘니쓰고 쥬슌(朱
脣)을 반긔(半開)ᄒ여 ᄒ는 말이,

"엇지 그리 급희 부르느니. 요망(妖妄)의 아들 연셕 갓트니. 스롬을 그더지
놀너느니. 칙방 도련님은 우인⁴⁰² 닉 등의다가 츈향(春香)이라고 ᄃᆡ자(大字)로
닙츈(立春)쳐로⁴⁰³ 뼈붓쳣느냐? 가장 말만코 익살스러 분쥬다ᄉᆞ(奔走多事)ᄒ게
뒤슝〃스러 츈향이니 난향(蘭香)이니 ᄉᆞ향(麝香)이니 침향(沈香)이니 종지리식
열쇠 까듯⁴⁰⁴ 갓쵸〃〃 경신년(庚申年) 글강(講) 외듯⁴⁰⁵ 다 넑어 밧치라드냐."

"안아,⁴⁰⁶ 요년의 아히 년 말 듯거라. 엇던 시러베아들놈⁴⁰⁷이 남의 친환(親
患)의 단지(斷指)⁴⁰⁸ᄒ기로 그런 말 ᄒ야기느니. 도련님이 원악 아는 법이 모진

---

397 녹양방초(綠楊芳草) : 푸른 버들과 향기로운 풀.
398 거드럭 충충 : 거드럭거리며 땅을 구르듯이 급히 걷는 모양.
399 두 눈에 부처가 발등걸이하고 : 눈동자에 비친 사람의 형상이 거꾸로 되었다
　　는 의미로, 두 눈이 뒤집어졌다는 뜻. '부처'는 '눈부처'로, 눈동자에 비치어
　　나타난 사람의 형상을 말하고, '발등걸이'는 거꾸로 매달린 형상을 말함.
400 온몸의 힘줄이 용대기(龍大旗) 뒷줄이 되었으니 : 사람이 극도로 흥분한 상태
　　를 비긴 말. '용대기'는 임금이 행차할 때 앞에 세우던 큰 깃발인데, 이 깃발
　　이 버티도록 잡아맨 것이 뒷줄이다. '용대기 뒷줄'은 몹시 팽팽한 것을 말함.
401 모다기 : 많은 것이 한꺼번에 쏟아져 내린다는 뜻.
402 우애 : 왜.
403 입춘(立春)처럼 : 입춘서(立春書)처럼. 입춘에 문에 써 붙이는 큰 글씨처럼.
404 종지리새 열씨 까듯 : 종달새가 삼씨를 까듯. 종알종알 떠드는 것을 말함.
405 경신년(庚申年) 글강(講) 외듯 : 쓸데없는 말을 반복해서 함.
406 아나 : 분수에 맞지 않은 요구나 희망을 비웃을 때 하는 말.
407 시러베아들놈 : 시러베아들. 시러베자식. 실없는 사람을 얕잡아보는 말.
408 남의 친환(親患)에 단지(斷指) : 남의 부모 병환에 손가락을 잘라 그 피를 먹인
　　다는 뜻으로 쓸데없는 일을 함. 부모가 위독할 때 자식이 손가락을 잘라 그

바람벽 뚤코 나온 즁방(中枋) 밋 귀또람이[409]오, 쏘는 네가 잘못혼 거시, 그닌지 고읜지 츄쳔인지 투쳔인지 쒸려흐면 네 집 동산도 됴코, 졍 조용이 쒸려흐면 네 집 디쳥 (大廳) 들보[410]도 됴코, 졍 은근이 쒸려흐면 네 방 아리목 홰디[411]의 미고 쒸지, 요 쏙 비여진[412] 언덕의셔 졈쥰는 아히 년이 아조 들낙날낙 물면쥬(綿紬) 쏙것가리 동남풍의 펄넝 〃 〃, 박속 갓튼 살거리[413]는 빅운간 (白雲間)의 횟득 〃 〃, 별 〃 발겨갈 짓[414]시 무슈(無數)흐니, 미쟝가젼(未杖家前) 아히놈이 눈쏠이 아니 상흐깃느냐? 뉘 분부라 거슬르니. 두말 〃고 어셔가자. 바른디로 말이니 도련님이 외닙쟝일너라. 곳 오미지상(烏梅之上)[415]이오, 쵸병(醋瓶) 마기오, 말긔 치인 엉덩이오, 돌의 치인 복숑화쎠오, 산 기야미 밋쑹기[416]오, 경계쥬머니[417] 아들일너라. 밉시 닛게 시롤 부려[418] 쵸 친 무럼[419]을 민든 후의 네 항나(亢羅) 쏙것 가리[420]롤 싱슝상슝 쎼혀닉여 아조 쏠 〃마라다가 왼편 볼기짝의 쩍 부쳐시면 어이 아니 묘리(妙理) 잇기느냐? 남원(南原) 거시 네 것시오 운향고(運餉庫)[421]가 아롬치[422]라. 네 덕의 나도 소년(少年) 관청

27

피를 부모에게 먹이는 것은 효도의 하나라고 했음.

409 모진 바람벽 뚫고 나온 중방(中枋) 밑 귀뚜라미 : 세상일을 모르는 것이 없는 사람. '중방'은 벽의 가운데를 가로지른 막대.

410 대청(大廳) 들보 : 대청마루의 대들보.

411 홰대 : 옷을 걸 수 있게 방 안 벽에 달아매어 두는 막대.

412 비어진 : 겉으로 드러난.

413 박속같은 살거리 : 매우 흰 살. '살거리'는 몸에 붙은 살의 정도와 모양.

414 별별 발겨갈 짓 : '여러 가지 짓'을 욕하는 말. '발기다'는 찢어 죽인다는 의미.

415 오매지상(烏梅之上) : 오매(烏梅)보다도 더 신 것. '오매'는 덜 익은 푸른 매실을 짚불 연기에 그을려 말린 것으로 약으로 씀. 이 아래의 개미 밑구멍까지는 모두 '시다'는 뜻을 가진 것들이다. "음탕한 사람은 신 것을 좋아한다(淫者好酸)"는 말이 있음.

416 산 개아미 밑궁 : 살아있는 개미의 밑구멍. 개미의 똥구멍은 매우 신맛이 남.

417 경계주머니 : 주머니에 여러 가지(침, 부싯돌 등) 잡동사니를 넣고 다녀 불시의 소용에 대비하는 주머니. 또는 그런 사람.

418 새를 부려 : 태(態)를 부려. 일부러 꾸며 드러냄.

419 초 친 무럼 : 해파리에 초를 친 것. 즉 유혹당해 마음이 흐늘흐늘해진 상태를 비유. '무럼'은 '무럼생선'을 말함.

420 속곳 가래 : 속옷 가랑이.

고자(官廳庫子)⁴²³나 어더 ᄒ여 거드려 호광⁴²⁴ 좀 ᄒ여보자."

춘향이 디답ᄒ디,

"아니롤 가면 엇지롤 ᄒ나. 눌을 날노 죽이나.⁴²⁵ 비 오ᄂ 날 쇠쏘리쳐로⁴²⁶ 날 구진 날 긔사괴니갓치⁴²⁷ 지근〃〃이 구지 말고 말ᄒ기 슬튼 뼈 가거라."

"네가 요더지 보동쇠고⁴²⁸ 단〃ᄒ고 앙셰고⁴²⁹ 슈셰냐?⁴³⁰ 아모케나 견디여 보아라. 잔쇽⁴³¹을 ᄌ셔이 몰낫다. 도련님이 눈가족이 펑펑ᄒ 거시⁴³² 독살(毒煞)이 우희 업고⁴³³ 만일 쇽의 틀니면⁴³⁴ 네 어미 월미거지 싱블을 바들 거시니⁴³⁵ 아모케나 견디여 보아라."

28 춘향이 홀일업시 ᄯᆞ라온다. 치마쏘리 휘루쳐 흉당(胸膛)의 쩍 부치고,⁴³⁶ 옥보방신(玉步芳身)⁴³⁷ 완보(緩步)홀지 셕경산노(石徑山路)⁴³⁸ 험쥰(險峻)ᄒ다. 한당시상(邯鄲市上)의 슈릉(壽陵)의 거롬⁴³⁹으로, 빅월총즁(百越叢中)의 셔시(西施)

---

421 운향고(運餉庫) : 서울에 대동미를 실어가기 위하여 일시 보관하는 창고.
422 아람치 : 개인이 차지하는 몫.
423 관청고자(官廳庫子) : 관청의 창고를 관리하는 사람.
424 거드럭 호강 : 거드럭거리며 호강함.
425 눌을 날로 죽이나 : 누구를 생으로 죽이나. 산 채로 죽이나.
426 비 오는 날 쇠꼬리처럼 : 비 오는 날 소가 꼬리를 쳐서 물이 튀듯. 성가시게 하는 모습.
427 개사괴니갓치 : 강아지처럼.
428 보동되다 : 길이가 짧고 통통하다.
429 앙세다 : 몸은 약해보이지만 다부지다.
430 수세다 : 남을 휘어잡거나 다루는 힘이 매우 세차다.
431 잔속 : 자세한 속 내용.
432 눈가죽이 팽팽한 것이 : 독살스럽다는 표현.
433 독살(毒煞)이 위에 없고 : 독살스럽기가 이보다 더한 것이 없고.
434 만일 수에 틀리면 : 만약 마음에 들지 않으면. 원문의 '속'은 '수'의 잘못임.
435 생불을 받을 것이니 : 혼이 난다는 의미.
436 치마꼬리 휘루쳐 흉당(胸膛)에 떡 붙이고 : 치마꼬리를 잡아당겨 가슴까지 치켜 올린 후 가슴 복판에 떡 붙이고. 기생이 걸을 때의 모습.
437 옥보방신(玉步芳身) : 아름다운 여인의 걸음걸이와 꽃다운 몸.
438 석경산로(石徑山路) : 돌 많은 산길.
439 한단시상(邯鄲市上)에 수릉(壽陵)의 걸음 : 한단지보(邯鄲之步). 연(燕)나라 수릉(壽陵)의 여자(餘子)가 조(趙)나라 서울 한단(邯鄲)에 가서 그곳 사람의 걸음걸

의 거롬[440]으로, 빅모리 밧히 금자라 거롬, 양지(陽地) 겻마당의 씨암닥거롬,[441] 디명뎐(大明殿) 디들보의 명막의 거롬,[442] 빅화원림(百花園林) 두루미 거롬, 광풍(狂風)의 나뷔 노듯 물속의 니어(鯉魚) 노듯, 가만 삽분 거러 와셔 광한루(廣寒樓) 다″ 르니, 방ᄌ놈 엿ᄌ오디,

"츈향이 현신(現身)[443] 알외오."

ᄎ시(此時) 니도령이 정신 닐코 디인난(待人難)ᄒ다가 무망즁(無妄中)[444] ᄒ는 말이,

"현신이 될가보냐 밧비 오르소셔 ᄒ여라."

츈향이 올나와 니도령긔 뵈는 거동, 셔왕모(西王母) 요지연(瑤池宴)의 쥬목왕(周穆王)긔 뵈옵는듯, 양귀비(楊貴妃) 장싱뎐(長生殿)의 당명황(唐明皇)긔 뵈옵는듯, 슈티옥모(羞態玉貌) 츈산아미(春山蛾眉)[445] 홍광(紅光)을 잠간 씌여 조용나직 안자 뵈니, 니도령 긔거(起居)[446]ᄒ여 마진 후의 얼골을 ᄌ시 보니 만고(萬古)의 짝이 짝이[447] 업는 진짓 국식텬향(國色天香)[448]이라. 벽월(碧月)이 쵸싱(初生)ᄒ여 졈운(點雲) 무젹(無迹)ᄒ고,[449] 부용(芙蓉)이 반기(半開)ᄒ여 셔하(瑞霞)가 방농(方濃)이라.[450] 원슈쳥연(遠樹靑烟)은 슉비(宿霏) 층농(蔥曨)이오,[451] 은하츄파(銀

²⁹

이를 흉내 내었는데, 고향에 돌아와서는 한단의 걸음걸이도, 고향의 걸음걸이도 모두 잊어버렸다는 고사. 『장자(莊子)』「추수(秋水)」편에 있는 고사로 남의 흉내를 내다가 본래 자신의 것마저도 잃어버림을 말함.

440 백월총중(百越叢中)의 서시(西施)의 걸음 : 월(越)나라에서 서시를 오(吳)나라에 보낼 때 걸음걸이 연습을 시켜서 보냈음. '백월총중(百越叢中)'은 월나라라는 의미로 보임.

441 씨암닭걸음 : 아기작거리며 걷는 걸음.

442 대들보의 명매기 걸음 : 대들보에 앉은 제비가 걷는 모양. 새의 걸음걸이를 여자의 성적매력과 결부시켜 하는 말. '명매기'는 제비와 비슷하게 생긴 새.

443 현신(現身) : 아랫사람이 윗사람에게 처음으로 자신을 보이는 것.

444 무망즁(無妄中) : 엉겁결에.

445 춘산아미(春山蛾眉) : '춘산'과 '아미'는 모두 여인의 아름다운 눈썹을 말함.

446 기거(起居) : 앉아 있다가 손님을 맞기 위하여 일어섬.

447 짝이 : 한 번 더 들어갔음.

448 국색천향(國色天香) : 천향국색(天香國色). 세상에서 가장 아름다운 여자.

449 점운(點雲)이 무적(無迹)하고 : 구름 한 점 없고.

450 서하(瑞霞)가 방롱(方濃)이라 : 상서로운 노을이 바야흐로 짙어감.

河秋波)는 미우(眉宇) 영쳘(瑩澈)이라.[452] 풍화셜완(風和雪寒)의 유시미교(柳猜梅嬌)
오,[453] 빅미정정(百媚婷婷)의 쳔틱요〃(千態妖妖)로다.[454] 남 호리게도 삼겻다. 남
의 간장(肝腸) 녹이게도 삼겻다. 남의 쎠 싸희게도 삼겻다. 남의 셰간 파(破)ᄒ
게도 삼겻다. 슈려찬란(秀麗燦爛)ᄒ여 닉 눈의 어리오고, 쳔연자약(天然自若)ᄒ여
닉 간장(肝腸)이 스ᄂ구나.[455] 화용월틱(花容月態)[456] 향긔로와 닉 정신 다 싸희
고, 양뉴긔질(楊柳氣質)[457] 셤셰(纖細)ᄒ여 나의(羅衣)롤 못 니긔ᄂ 듯ᄒ더라.
　츠하(且下)롤 분히(分解)ᄒ라.[458]

　　　　　세(歲) 긔유(己酉)[459] 구월일(九月日) 향목동(香木洞) 셔(書)

---

451 원수청연(遠樹靑烟)은 숙비(宿霏) 총롱(蔥曨)이요 : 먼 곳의 나무에 낀 푸른 내
　　는 묵은 안개에 푸르고.
452 은하추파(銀河秋波)는 미우(眉宇) 형쳘(瑩澈)이라 : 은하수같이 맑은 눈길은 눈
　　썹에 맑음.
453 풍화설한(風和雪寒)에 유시매교(柳猜梅嬌)요 : 바람은 따뜻하고 눈은 찬데 버들
　　이 시기하고 매화가 교태 부리 듯하고.
454 백미정정(百媚婷婷)에 천태요요(千態妖妖)로다 : 백가지 고움이 아름답고 천 가
　　지 교태가 요염하다.
455 간장(肝腸)이 스는구나 : 간장이 녹아 없어지는구나.
456 화용월태(花容月態) : 여인의 아름다운 자태. 꽃다운 얼굴과 달 같은 자태.
457 양류기질(楊柳氣質) : 버드나무처럼 부드러운 기질.
458 차하(且下)를 분해(分解)하라 : "또 아래의 내용을 보라"는 말임. 원래 이 말은,
　　중국의 장회소설 매 회 마지막에 상투적으로 붙는 "어떻게 될 것인지는 다음
　　회에 말씀드리겠습니다.(且聽下回分解)"라는 말을 따와서 쓴 것임. 중국어로
　　'分解'는 '설명하다'라는 뜻이다.
459 기유(己酉) : 1909년.

추시(此時) 니도령이 츈향의 거동을 보니, 화용월틱(花容月態) 향긔로와 닉 졍신을 다 쌔희고, 양유긔질(楊柳氣質) 셤셰(纖細)ᄒ여 나의(羅衣)룰 못 니긔ᄂᆞ구나.[1]

"그랴, 뉘라ᄒᆞ냐?"

츈향이 츈산(春山)[2]이 찡긋 단슌(丹脣)이 잠긴(暫開)ᄒᆞ며 가는 목 옥셩(玉聲)으로,

"일홈은 츈향이오."

"츈향이라니 무슨 츈자 무슨 향자야?"

"츈짜(字)ᄂᆞᆫ,

종안이리ᄉᆞ히츈(龍顏一解四海春)[3]은 우리 동군(東君) 입츈(立春)ᄒᆞ고
쥬ᄉᆞ장명삼십츈(酒肆藏名三十春)[4]은 니쳥연(李靑蓮)이 호흥(豪興)이오

---

1 나의(羅衣)를 못 이기는구나 : 비단옷이 무거울 정도라는 뜻.
2 춘산(春山) : 여인의 아름다운 눈썹.
3 용안일해사해춘(龍顏一解四海春) : 임금의 얼굴이 한 번 풀어지니 온 세상이 봄 기운이네. 이백(李白)의 「증종제남평태수지요(贈從弟南平太守之遙)」의 한 구절.
4 주사장명삼십춘(酒肆藏名三十春) : 술집에 이름 숨겨온 지 30년인데. 이백(李白)의

어쥬츅슈이산츈(漁舟逐水愛山春)⁵은 도원힝(桃源行)의 유흥(幽興)이오

양뉴강두양뉴춘(楊柳江頭楊柳春)⁶은 문양귀긱(汶陽歸客)⁷ 슬허ᄒ고

동원도리편시츈(東園桃梨片時春)⁸은 창가소부(娼家少婦) 다 늘것고

유슈무졍쵸ᄌ츈(流水無情草自春)⁹은 금곡원(金谷園)의 영탄(詠嘆)이라

도즁속모츈(途中屬暮春)¹⁰은 마상긱(馬上客)이 슬허ᄒ고

낙일만가츈(落日萬家春)¹¹은 어둑침 〃 경이 업고

송군겸송츈(送君兼送春)¹²은 야작(野酌)¹³이 빗치 업고

츈ᄂ니불사츈(春來不似春)¹⁴은 왕소군(王昭君)이 늣겨시니

이 츈자(春字)롤 다바리고 텬하티평츈(天下泰平春)이란 츈ᄌ(春字)오

향ᄶᅡ(字)ᄂᆞᆫ,

「답호주가셥사마문백시하인(答湖州迦葉司馬問白是何人)」의 한 구절.

5 어주축수애산춘(漁舟逐水愛山春) : 고기잡이배는 물을 따라 봄의 산을 사랑하고. 왕유(王維)의 「도원행(桃源行)」의 한 구절.

6 양류강두양류춘(楊柳江頭楊柳春) : 버드나무 서 있는 강나루의 봄.

7 문양귀객(汶陽歸客) : 문양의 돌아가는 객. 왕유(王維)의 「한식사상작(寒食汜上作)」의 한 구절.

8 동원도리편시춘(東園桃梨片時春) : 동쪽 정원의 복숭아꽃 배꽃이 피는 잠깐 사이의 봄. 왕발(王勃)의 「임고대(臨高臺)」의 한 구절.

9 유수무정초자춘(流水無情草自春) : 흐르는 물은 무정하나 풀은 절로 봄이로다. 두목(杜牧)의 「금곡원(金谷園)」의 한 구절.

10 도중속모춘(途中屬暮春) : 길 가는데 봄은 늦어간다. 송지문(宋之問)의 「도중한식(途中寒食)」의 한 구절.

11 낙일만가춘(落日萬家春) : 석양의 모든 집에 봄빛은 가득. 이단(李端)의 「송인하제(送人下第)」의 한 구절.

12 송군겸송춘(送君兼送春) : 그대를 보내며 봄도 함께 보내네. 최로(崔魯)의 「삼월회일송객(三月晦日送客)」의 한 구절

13 야작(野酌) : 야외에서 마시는 술. 최로(崔魯)의 「삼월회일송객(三月晦日送客)」의 한 구절. 이 시의 전문은 다음과 같다. 野酌亂無巡 送君兼送春 明年春色至 莫作未歸人.

14 춘래불사춘(春來不似春) : 봄은 왔으나 봄 같지 않네. 동방규(東方虯)의 「소군원(昭君怨)」의 한 구절.

2

옥완셩니호박광(玉椀盛來琥珀光)은 난릉미쥬울금향(蘭陵美酒鬱金香)[15]

용무신군심쥬련(龍武新軍深駐輦)ᄒ니 부용별뎐만분향(芙蓉別殿謾焚香)[16]

뇌졍홀숑텬봉우(雷聲忽送千峯雨)ᄒ니 화긔혼여빅화향(花氣渾如百和香)[17]

고쇼디상연오왕(姑蘇臺上宴吳王)의 풍동하화슈전향(風動荷花水殿香)[18]

강풍인우입셩냥(江風引雨入船凉)ᄒ니 취별강누귤슈향(醉別江樓橘柚香)[19]

부용블급미인장(芙蓉不及美人粧)ᄒ니 슈뎐풍닉쥬취향(水殿風來珠翠香)[20]

용귀효동운유습(龍歸曉洞雲猶濕)인디 ᄉ과츈산쵸자향(麝過春山草自香)[21]

---

15 옥완셩래호박광(玉椀盛來琥珀光)은 난릉미주울금향(蘭陵美酒鬱金香) : 이백(李白)의 「객중행(客中行)」의 "난릉의 좋은 술 울금향은 옥 주발에 담아 오면 호박 빛이 나네(蘭陵美酒鬱金香 玉椀盛來琥珀光)."라는 구절의 순서를 바꿨음.

16 용무신군심주련(龍武新軍深駐輦)하니 부용별전만분향(芙蓉別殿謾焚香) : 용무(龍武)의 새 군사는 깊이 임금의 가마를 호위하고, 부용원 별전에서는 헛되이 향을 피우네. 두보(杜甫) 「곡강치우(曲江值雨)」의 한 구절.

17 뇌성홀송천봉우(雷聲忽送千峯雨)하니 화기혼여백화향(花氣渾如百和香) : 천둥소리 갑자기 봉우리마다 비를 보내니, 백 가지 꽃향기 섞여서 나네. 두보(杜甫) 「즉사(卽事)」의 한 구절.

18 고소대상연오왕(姑蘇臺上宴吳王)에 풍동하화수전향(風動荷花水殿香) : 고소대 위에서 오왕을 즐겁게 하니, 바람 불어 연꽃 향기 전각으로 날아오네. 이백(李白)의 「구호오왕미인반취(口號吳王美人半醉)」의 첫 연과 둘째 연의 순서를 바꿨음.

19 강풍인우입선량(江風引雨入船凉)하니 취별강루귤유향(醉別江樓橘柚香) : 왕창령(王昌齡) 「송위이(送魏二)」의 첫 두 연인데, 순서를 바꿨음. 시의 전문은 아래와 같다.
　취별강루귤유향(醉別江樓橘柚香) 취해 이별하는 강가의 누대에 귤과 유자 향기롭고
　강풍인우입선량(江風引雨入船凉) 강바람 비를 끌어들여 배는 서늘하다.
　억군요재상산월(憶君遙在湘山月) 멀리 상산의 달 아래 있을 그대를 생각하면
　수청청원몽리장(愁聽淸猿夢裏長) 원숭이 울음소리에 일어나는 슬픔이 꿈속에서 길도다.

20 부용불급미인장(芙蓉不及美人粧)하니 수전풍래주취향(水殿風來珠翠香) : 연꽃도 미인의 화장엔 미치지 못하는데, 물가 전각에는 아름다운 향기 실려오네. 왕창령 「서궁추원(西宮秋怨)」의 한 구절.

21 용귀효동운유습(龍歸曉洞雲猶濕)인데 사과춘산초자향(麝過春山草自香) : 용이 새벽에 골짜기로 돌아가니 구름은 오히려 젖어 있는데, 사향노루가 봄 산을 지나가니 풀은 저절로 향기롭다. 당나라 허혼(許渾)의 제최처사산거(題崔處士山居)의 한 구절.

작야승은승미앙(昨夜承恩宿未央)의 나의옥더어로향(羅衣猶帶禦衣香)
부용장하운병암(芙蓉帳小雲屛暗)의 양뉴풍과슈전향(楊柳風多水殿涼)[22]
유싴황금눈(柳色黃金嫩)인디 니화빅셜향(梨花白雪香)[23]

그 향자(香字) 다 바리고 월즁계슈옥토분향(月中桂樹玉兔噴香)이란 향짜(香字)요."
"셩(姓)은 무어시냐?"
"셩은 셩가(成哥)오."
"셩자(姓字)롤 드르니 이셩지합(李成之合)[24]이로구나. 무슨 싱(生)이냐?
"나흔 열여셧살이오."
"싱일은 언졔야?"
"ᄉ월(四月) 쵸팔일(初八日)이오."
"시(時)는 무슨 시냐?"
"츅시(丑時)[25]오."
"어허 신통ᄒ고 눈 무셥다. 쪽 다 마자 오다가 쪽 시(時)만 틀녀시니, 나
희산(解產)홀 찌의 우리 디부인(大夫人)이 블슈산(佛手散)[26]을 것구로 잡슈더면
ᄉ쥬동갑(四柱同甲) 될 번 ᄒ엿다. 네 인물 네 티도는 셰상의 무쌍(無雙)이라.

---

22 유장경(劉長卿)의 「소양곡(昭陽曲)」의 전문을 인용했음.
　작야승은숙미앙(昨夜承恩宿未央) 어제 임금을 모시고 미앙궁에 머물었는데
　나의유대어의향(羅衣猶帶禦衣香) 비단옷에 임금의 향기 오히려 남아 있네.
　부용장소운병암(芙蓉帳小雲屛暗) 연꽃 그린 휘장은 작고 구름 그린 병풍은 어
　　　두운데
　양류풍다수전량(楊柳風多水殿涼) 버드나무에 바람은 많고 물가의 전각은 서늘
　　　하네.
23 유색황금눈(柳色黃金嫩)인데 이화백설향(梨花白雪香) : 버들은 황금빛으로 아름
　다운데, 백설 같은 배꽃은 향기를 낸다. 이백의 「궁중행락사(宮中行樂詞)」의 한
　구절.
24 이성지합(李成之合) : 성이 다른 남녀가 합한다는 뜻으로 혼인을 이르는 말인
　이성지합(二姓之合)을 이가와 성가가 합한다는 이성지합(李成之合)으로 썼음.
25 축시(丑時) : 십이시의 둘째 시. 새벽 1시에서 3시 사이.
26 불수산(佛手散) : 출산 전후에 쓰는 탕약(蕩藥).

항왕(項王)이 너롤 보면 우미인(虞美人)²⁷도 박식(薄色)이오, 녀포(呂布)가 너롤
보면 쵸선(貂蟬)²⁸이도 무식(無色)ᄒ고, 당명황(唐明皇)²⁹이 너롤 보면 양귀비
(楊貴妃)도 츄물(醜物)이오, 진후쥬(陳後主)가 너롤 보면 장녀랑³⁰이 흉물(凶物)
이라. 연분(緣分) 잇셔 이러ᄒ지 인연(因緣) 잇셔 이러ᄒ지, 너 사라야 나도
살고 너 살아야 네 살니라. 옛붓터 니른 말이, '왕공(王公)도 망국(亡國)ᄒ고
학ᄉ(學士)도 망신(亡身)이라.'ᄒ니, 날 갓튼 년소비(年少輩)야 닐너 무엇 ᄒᄌ
느니. 우리 두리 인연(因緣) 미자 빅년히로(百年偕老)ᄒ랴 ᄒ니 두말 〃고 날
셤겨라. 신통밍낭(神通孟浪)혼 인연이오 쓸코 실 듸 업는 연분이라. 하나님이
마련ᄒ고 귀신이 지시혼 텬정(天定) 보리비필(配匹)³¹이라. 나도 셔울셔 삼월
츈풍화류시(三月春風花柳時)와 구츄황국단풍졀(九秋黃菊丹楓節)³²의 화조월셕(花
朝月夕)³³ 빈 날 업시 쥬ᄉ쳥누(酒肆靑樓)³⁴ 일을 삼아 졀디가인(絕代佳人) 침익
(沈溺)ᄒ여 쳥가묘무(淸歌妙舞) 희롱(戲弄)ᄒ며 무한(無限) 호광 노닐 젹의, 연지
분(臙脂粉)의 취식(取色)ᄒ고³⁵ 함교함틱(含嬌含態)³⁶ 고은 모양 하나 둘이 아니
로디, 의외(意外)의 너롤 보니 옥안셩모(玉顏聲貌)가 녀중(女中)의 일식(一色)이

---

27 우미인(虞美人) : 항우(項羽)의 애첩(愛妾). 항우가 유방(劉邦)의 군사에게 포위된
　　날 밤, 우미인은 석별의 노래를 부르고 자살했다 함.
28 초선(貂蟬) : 후한(後漢)의 왕윤(王允)은 동탁(董卓)과 여포(呂布)를 갈라놓기 위해
　　초선을 처음에는 여포에게 주었다가 후에 동탁과 관계를 갖게 했음.
29 당명황(唐明皇) : 당나라 현종(玄宗). 양귀비(楊貴妃)를 총애하여 나라를 혼란에 빠
　　뜨렸음.
30 장려화 : 장려화(張麗華). 진(陳)나라 마지막 임금인 후주(後主)의 귀비로 진후주
　　의 총애를 받았음.
31 천정(天定) 보리배필(配匹) : 하늘이 정해 준 짝.
32 삼월춘풍화류시(三月春風花柳時)와 구추황국단풍절(九秋黃菊丹楓節) : 삼월 봄바람
　　이 불어 꽃과 버들이 피는 때와 구월 누른 국화가 피고 단풍이 드는 시절. 둘
　　다 모두 좋은 시절을 말함.
33 화조월석(花朝月夕) : 꽃피는 아침과 달뜨는 저녁. 좋은 때.
34 주사청루(酒肆靑樓) : 술집과 기생집.
35 연지분(臙脂粉)에 취색(取色)하고 : 연지와 분으로 얼굴 단장을 하고.
36 함교함태(含嬌含態) : 아양을 떠는 아름다운 자태.

4 　라. 탁문군(卓文君)의 거문고[37]의 월노승(月老繩)[38]을 미자두고 인간의 빅년긔
약(百年期約) 우리 두리 졍(定)ᄒ리라.”

　　츈향이 〃 말을 듯고 츄파(秋波)[39]를 잠간 드러 니도령을 살펴보니, 광미
디구(廣眉大口)[40] 활달디도(豁達大度)[41] 언어슈작(言語酬酌) ᄒᄂᆫ 양(樣)은 한소렬
지긔상(漢昭烈之氣像)이라.[42] 명만일국(名滿一國)[43] 지상(宰相) 되어 보국츙신(輔國
忠臣) 될 듯ᄒ고, 귀골풍치(貴骨風采) 헌앙(軒昻)[44]ᄒ 긔상(氣像)이 니젹션(李謫仙)
의 풍도(風度)로다. 니렴(內念)의 탄복ᄒ고 피셕(避席)[45]ᄒ여 변식(變色)ᄒ고 감
중연(坎中連)[46]ᄒ고 함슈(含羞)ᄒ고[47] 아리ᄯᅩ이 엿자오디,

　　“소녀가 비록 천인(賤人)이나, 마음의 일졍(一定) 결단(決斷) 남의 부실(副室)
가소(可笑)ᄒ고 장화호졉(墻花胡蝶)[48] 블원(不願)이니, 말삼 간졀(懇切)ᄒ오시나
시힝(施行)은 못ᄒ오니 다시ᄂᆫ 마옵소셔.”

　　니도령 니른 말이,

　　“힝미(行媒)[49] 뉵녜(六禮)[50] 업ᄂᆫ 혼인 다졍히로(多情偕老) ᄒ량이면 이쏘 쏘

---

37 탁문군(卓文君)의 거문고 : 탁문군이 과부가 되어 집에 와 있을 때, 사마상여(司
　馬相如)가 그 집에 초청을 받고 가서 거문고를 탔는데, 탁문군이 거문고 소리
　에 반하여 그의 아내가 되었다 함.

38 월로승(月老繩) : 남녀의 인연을 맺어주는 월하노인(月下老人)이 가지고 다니는 끈.

39 추파(秋波) : 아름답고 시원한 미인의 눈길.

40 광미대구(廣眉大口) : 눈썹이 넓고 입이 큼.

41 활달대도(豁達大度) : 활달하고 도량이 큼.

42 한소열지기상(漢昭烈之氣像)이라 : 한(漢)나라 소열제(昭烈帝)의 기상이라. 소열
　제는 촉한(蜀漢)의 유비(劉備).

43 명만일국(名滿一國) : 이름이 한 나라에 널리 알려짐.

44 헌앙(軒昻) : 풍채가 좋고 의기가 당당함.

45 피석(避席) : 윗사람에게 공경의 뜻을 나타내기 위해 자리에서 일어남.

46 감중련(坎中連) : 팔괘(八卦)의 하나인 감괘(坎卦). 감괘의 모양이 가운데 획이
　이어져 틈이 막혔으므로, 입을 다물고 말을 하지 않음을 이르는 말.

47 함수(含羞)하고 : 수줍은 기색을 띠고.

48 장화호접(墻花胡蝶) : 담장에 있는 꽃을 범나비가 찾듯이, 누구나 쉽게 취할 수
　있다는 뜻으로 창부(娼婦)를 비유.

49 행매(行媒) : 중매를 함.

50 육례(六禮) : 정식 혼인의 절차. 납채(納采), 문명(問名), 납길(納吉), 납폐(納幣), 청

한 연분(緣分)이라. 亽양지심(辭讓之心)은 녜지단아(禮之端也)[51]나 잔말 〃고 허
락ᄒ라."

츈향이 엿자오디,

"소녀롤 쳔기(賤妓)라고 함부로 인연 밋亽 마음디로 ᄒ시오나, 셔방을 구
(求)ᄒ기는 졔요도당씨(帝堯陶唐氏) 젹 소부(巢父) 허유(許由)[52] 갓튼 사롬, 월(越)
나라 범소빅(范少伯)[53] 갓흔 亽롬, 한광무(漢光武) 젹 엄자릉(嚴子陵)[54] 갓흔 사
롬, 당(唐)나라 니광필(李光弼)[55] 갓튼 사롬, 진(晋)나라 사안셕(謝安石)[56] 갓튼
사롬. 삼국(三國) 젹 쥬공근(周公瑾)[57] 갓튼 亽롬, 송(宋)나라 문쳔상(文天祥)[58]
갓튼 사롬, 이런 사롬 아니오면, 디원슈(大元帥) 닌(印)을 츠고 금단(金壇)[59]의
놉희 안자 쳔병만마(千兵萬馬)롤 지휘간(指揮間)의 너허 두고 좌작진퇴(坐作進
退)[60]ᄒ는 디장(大將) 낭군(郎君)이 원(願)이오니, 만일 그러치 못ᄒ오면 빅골
(白骨)이 진퇴(塵土ㅣ) 되어도 독슈공방(獨守空房) ᄒ오리다."

기(請期), 친영(親迎)을 말함.

51 사양지심(辭讓之心)은 예지단아(禮之端也) : 사양하는 마음은 예의의 시작임. 『맹
  자』에 나오는 말.

52 제요도당씨(帝堯陶唐氏) 적 소부(巢父) 허유(許由) : 요(堯)임금 시절의 소부와 허
  유. 요임금이 천하를 물려주려했으나 이들은 거절했음.

53 범소백(范少伯) : 범려(范蠡). 소백은 그의 자(字). 월(越)나라 구천(句踐)의 신하로
  여러 계책을 써서 오(吳)나라를 멸망시켰음.

54 엄자릉(嚴子陵) : 중국 동한(東漢) 사람. 어릴 때 조광윤(趙匡胤)과 친구로 지냈는
  데, 조광윤이 임금이 된 후 엄자릉을 불러 벼슬을 주었으나 받지 않고 은둔하
  며 평생을 지냈음.

55 이광필(李光弼) : 당(唐)나라 장수로 안록산(安祿山)과 사사명(史思明)의 난을 평
  정했음.

56 사안석(謝安石) : 이름은 안(安). '안석'은 자(字). 중국 동진(東晋) 중기의 사람.
  젊어서는 왕희지(王羲之) 등과 교제하며 풍류를 즐기다가, 40세가 넘은 후에
  중앙 정계에 나가 나라에 공을 세웠음.

57 주공근(周公謹) : 중국 삼국시대 오(吳)나라 사람 주유(周瑜). 적벽대전에서 조조
  의 군대를 물리침. '공근'은 그의 자.

58 문천상(文天祥) : 중국 송(宋)나라 말의 충신.

59 금단(金壇) : 대장의 거처.

60 좌작진퇴(坐作進退) : 군대가 지휘관의 명령 아래 진법대로 움직임.

니도령 이른 말이,

"너는 엇던 집 계집아히완디 장부(丈夫) 간장(肝腸)을 다 녹니느니? 네 뜻이 〃러ᄒ면 우리 갓튼 아히놈은 여어보지 못ᄒ쇼냐? 그런 스람 의외로다. 갓튼 아히 우리 두리 냥〃 총각(孃孃總角)⁶¹ 노라보자."

츈향이 엿자오디,

"진정(眞情)의 말삼 ᄒ오리다. 도련님은 귀공자(貴公子)오 쇼녀는 쳔기(賤妓)오니, 즉금(卽今)은 아직 허욕(虛慾)으로 그리겨려 ᄒ엿다가, 스도 체귀(遞歸)⁶²ᄒ실 씨의 미장가젼(未杖家前) 도련님이 헌신 벗듯 바리시면, 소녀의 팔자 도라보오. 쳥츈 시졀 싱과부(生寡婦) 되어 독슈공방(獨守空房) 찬자리의 게발 무러 더진다시,⁶³ 안진(雁盡)ᄒ니 셔란긔(書難寄)오, 슈다(愁多)ᄒ니 몽불셩(夢不成)을.⁶⁴ 한슘으로 홀노 안자 눌 바라고 살나ᄒ오."

니도령 기유(開諭)⁶⁵ᄒ디,

"상담(常談)의 니ᄅ기롤, '노류장화(路柳墻花)는 인긔가졀(人皆可折)이오,⁶⁶ 산계야목(山鷄野鶩)은 가막능슌(家莫能馴)이라.'⁶⁷ᄒ더니, 너와 갓튼 졍〃열심(貞靜熱心) 고금텬지(古今天地) 쏘 잇시랴. 말마다 얌젼ᄒ고 긔특ᄒ다. 글낭은⁶⁸ 염녀마라. 인연을 미자도 아조 장가쳐(妻)⁶⁹로 밋고, 스도 과만(瓜滿)⁷⁰은 잇

6

---

61 양양총각(孃孃總角) : 처녀와 총각.
62 체귀(遞歸) : 벼슬을 내놓고 돌아감.
63 게발 물어 던지듯이 : 소용될 때는 애지중지하다가 쓸모없게 되면 내버린 채 돌아보지도 않는 것을 말함. 또는 외로운 처지에 놓인 것을 말함.
64 안진(雁盡)하니 서난기(書難寄)요, 수다(愁多)하니 몽불성(夢不成)을 : 기러기의 행렬이 끊어지니 편지 전하기가 어렵고, 근심이 많아서 잠이 오지 않아 꿈을 꿀 수 없으니 꿈에서라도 만날 수 없네. 당나라 심여균(沈如筠)의 「규원(閨怨)」의 한 구절. 기러기는 편지를 전하는 역할을 함.
65 개유(開諭) : 사리를 알아듣도록 잘 타이름.
66 노류장화(路柳墻花)는 인개가절(人皆可折)이요 : 길가의 버들과 담장에 핀 꽃은 누구나 꺾을 수 있음. 곧 창녀(娼女)는 누구라도 데리고 놀 수 있음을 비유하는 말.
67 산계야목(山鷄野鶩)은 가막능순(家莫能馴)이라 : 꿩과 청둥오리 같은 야생의 새는 집에서 길들일 수 없음. 곧 성미가 거칠고 사나워 다잡을 수 없음을 말함.
68 글랑은 : 그것일랑은.

다가 ᄒᆞ여도 너를 두고 엇지 가리. 조곰치도 의심 마라. 면자 젹슴[71] 속고
롬의 차고 간들 두고가며, 장판(長板) 됴운(趙雲) 아두(阿斗)갓치[72] 품고 간들
두고 가며, 부왕투부뉴슈[73] 갓치 니고[74] 간들 두고 가며, 협튀산(挾泰山)의 븍
희(北海)[75]갓치 ᄭᅵ고 간들 두고 가며, 우리 디부인(大夫人)은 두고 갈지라도
냥반의 ᄌᆞ식 되고 일구이언(一口二言)ᄒᆞ단 말가. 다려가되 향졍자(香亭子)[76]의
비힝(陪行)[77]ᄒᆞ리라."

츈향이 옥치(玉齒) 잠간 드러나며,

"산사롬도 향졍ᄌᆞ 트오?"

"아ᄎᆞ 니졋다. ᄽᅡᆼ가마(雙駕馬)[78]의 뫼시리라."

"디부인 타실 거슬 엇지 트고 가오리가?"

"디부인은 집안 어룬이라 허물업ᄂᆞᆫ 터이니, 졍 위급ᄒᆞ면 달긔둥우리[79]
들 못 타시랴? 잔말〃고 허락ᄒᆞ라."

츈향이 홀일업셔 도련님긔 엿ᄌᆞ오디,

"구지 그러ᄒᆞ실진디 일장슈긔(一張手記)[80] 밍셰ᄒᆞ오."

니도령 허락 밧고 희식(喜色)이 만안(滿顔)ᄒᆞ여,

7

---

69 장가처(妻) : 정식으로 혼례를 올리고 맞이한 아내.

70 과만(瓜滿) : 벼슬의 임기가 참.

71 면주 적삼 : 명주(明紬) 적삼. 비단으로 만든 홑저고리.

72 장판(長板) 조운(趙雲) 아두(阿斗)같이 : 조자룡(趙子龍)이 유비(劉備)의 아들 아두
를 품에 품고 장판교(長板橋)에서 조조(曹操)의 군대를 뚫고 나온 일.

73 부왕투수육수부(負王投水陸秀夫) : 왕을 업고 바다로 들어간 육수부. 원문의 '부
왕투수뉴슈'는 '부왕투수육수부'의 잘못. 송(宋)나라 육수부는 나라가 망하게
되자, 왕을 업고 바다에 빠져 죽었다.

74 이고 : '업고'의 잘못.

75 협태산(挾泰山)의 북해(北海) : '협태산이초북해(挾泰山以超北海)'의 잘못. 태산을
옆구리에 끼고 북해를 건넘. 『맹자(孟子)』에 나오는 말.

76 향정자(香亭子) : 장례식에서 쓰는 제사 용품을 받쳐 드는 작은 정자 모양의 기구.

77 배행(陪行) : 웃사람을 모시고 따라감.

78 쌍가마(雙駕馬) : 말 두 필이 각각 앞뒤 채를 메게 되어 있는 가마.

79 달기둥우리 : 닭둥우리.

80 일장수기(一張手記) : 직접 쓴 글 한 장.

"오냐 그는 그리ᄒ랴."

지필묵(紙筆墨) 지축ᄒ여 빗 고은 화전지(花箋紙)를 두루〃 마라 손의 들고 뇽미연(龍尾硯)[81]의 먹을 가라 순황모(純黃毛) 무심필(無心筆)[82]을 반중동을 흠셕 푸러 먹을 뭇쳐 셩문(成文)홀 지, 일필휘지(一筆揮之)ᄒ니 문불가졈(文不加點)이라.[83] 필낙(筆落)ᄒ니 경풍운(驚風雲)이오, 시셩(詩成)ᄒ니 읍귀신(泣鬼神)이라.[84] 그 글의 ᄒ엿시더 밍낭이도 ᄒ엿고나.

고인(古人)이 운(云)ᄒ더, '산쳔(山川)은 역변(易變)이나 ᄎ심(此心)은 난변(難變)'이 졍위아애(正謂我也ㅣ)라.[85] 쳔고가인(千古佳人)을 우연(偶然) 힝봉(幸逢)ᄒ니, 운간명월(雲間明月)이오 슈중연홰(水中蓮花ㅣ)라.[86] 약요지지긔회(若瑤池之奇會)오 ᄉ양ᄃ지운위(似陽臺之雲雨ㅣ)라.[87] 양신가졀(良辰佳節)이오 쳔송호긔(天送好機)어늘,[88] 관〃져구(關關雎鳩)는 지하지쥬(在河之洲)오 요조슉녀(窈窕淑女)는 군자호귀(君子好逑ㅣ)라.[89] 금셕하셕지희(今夕何夕之喜)

---

81 용미연(龍尾硯) : 중국 안휘성(安徽省) 용미산(龍尾山)에서 나는 돌로 만든 좋은 벼루.

82 순황모(純黃毛) 무심필(無心筆) : 순전히 족제비의 꼬리털로 만든 붓.

83 일필휘지(一筆揮之)하니 문불가점(文不加點)이라 : 글씨는 단숨에 힘차게 써내려가니, 문장은 점 하나 더할 것이 없다.

84 필락(筆落)하니 경풍운(驚風雲)이요, 시성(詩成)하니 읍귀신(泣鬼神)이라 : 글씨를 쓰니 풍운(風雲)이 놀라고, 시가 이루어지니 귀신이 운다. 글씨와 글이 좋다는 뜻.

85 산천(山川)은 이변(易變)이나 차심(此心)은 난변(難變)이 정위아야(正謂我也)이라 : 산천은 쉽게 변하나 이 마음은 변치 않으리라는 것은 바로 나를 말함이라.

86 운간명월(雲間明月)이요 수중연화(水中蓮花)라 : 구름 사이의 밝은 달이요, 연못 속의 연꽃이라.

87 약요지지기회(若瑤池之奇會)요 사양대지운우(似陽臺之雲雨)이라 : 요지(瑤池)의 서왕모(西王母)와 주목왕(周穆王)의 기이한 만남과 같고, 양대(陽臺)에서 초회왕(楚懷王)이 무산(巫山) 선녀를 만나 운우(雲雨)의 즐거움을 나눔과 같음이라.

88 양신가절(良辰佳節)이요 천송호기(天送好機)어늘 : 좋은 시절이요, 하늘이 준 좋은 기회이거늘.

89 관관저구(關關雎鳩)는 재하지주(在河之洲)요 요조숙녀(窈窕淑女)는 군자호구(君子好逑)이라 : 관관이 우는 징경이는 황하의 물가에서 노닐고, 아리따운 아가씨는 군자의 좋은 배필이라. 『시경』의 첫장. '관관'은 징경이의 울음소리.

며 챵여화여지〃졍(唱予和汝之至情)이라.[90] 샹결월하지연(相結月下之緣)ᄒ니
긔위강간지약(旣爲桑間之約)이라.[91] 빅년히로(百年偕老)는 지유젼긔(知有前期)
라.[92] ᄉ슈은밀(事雖隱密)이나 이슈미인지쾌허(已受美人之快許)요,[93] 아지거
취(我之去就)는 역의방자지소언(亦依房子之所言)이니라.[94] 자아일견(自俄一見)
으로 일긱(一刻)이 삼츄(三秋)로다. 심지이경(心之愛敬)은 비타우졀(比他尤切)
이오, ᄉ지구쳐(事之區處)는 비여소량(非汝所量)이라.[95] 여긔ᄌ믹(如其自媒)ᄒ
니 션보종시(善保終始)라.[96] 슈물소려(須勿小慮)ᄒ고 이ᄎ위신(以此爲信)이
라.[97] 연월일(年月日) 긔쥬(記主)의 니몽농이라.

뻐〃 뻐셔 슈결(手決) 두어[98] 쥬니, 츈향이 바다 보고,

"몽농이가 뉘 아들인가?"

"어허 요망(妖妄)ᄒ다. 우리 더부인계오셔 꿈의 뇽(龍)을 보고 날을 나으
시니 지으신 일홈이로다."

8

---

90 금셕하셕지희(今夕何夕之喜)며 챵여화여지지졍(唱予和汝之至情)이라 : 오늘 저녁
은 어떤 저녁의 즐거움인가, 내가 부르고 네가 대답하는 지극한 정(情)이라.

91 샹결월하지연(相結月下之緣)하니 기위상간지약(旣爲桑間之約)이라 : 서로 월하
(月下)의 인연을 맺으니, 이미 상간(桑間)의 약속이 되었노라. '상간지약(桑間之
約)'은 남녀 사이의 약속을 정하는 것.

92 백년해로(百年偕老)는 지유전기(知有前期)라 : 부부가 되어 평생 해로하는 것은
이미 기약이 있음을 알리라.

93 사수은밀(事雖隱密)이나 이수미인지쾌허(已受美人之快許)요 : 일이 비록 은밀하
나 이미 미인의 흔쾌한 허락을 얻은 바요.

94 아지거취(我之去就)는 역의방자지소언(亦依房子之所言)이니라 : 나의 거취는 또
한 방자의 말을 따름이니라.

95 심지애경(心之愛敬)은 비타우절(比他尤切)이요, 사지구처(事之區處)는 비여소량
(非汝所量)이라 : 사랑하고 공경하는 마음은 다른 것에 비하여 더욱 간절함이
요, 일을 변통하는 것은 네가 생각할 바가 아니라.

96 여기자매(如其自媒)하니 선보종시(善保終始)라 : 이와 같이 스스로 중매하니 끝
까지 잘 지키라.

97 수물소려(須勿小慮)하고 이차위신(以此爲信)이라 : 모름지기 조금도 염려 말고, 이
것으로 신표(信標)를 삼으라.

98 수결(手決) 두다 : 수결을 쓰다. '수결'은 도장 대신 쓰는 서명.

츈향이 미소 왈,

"그러쿠면."

ᄒ며, 한번 나리보고 이리 접저리 접첨 접첨〃〃 접어다가 가삼 속의 품은 후의,

"여보 도련님 닉 말을 드르시오. '무족지언(無足之言)이 원비쳔니(遠飛千里)라.'⁹⁹ ᄒ고, '쌋고 쏫 사향(麝香)닉도 난다.'¹⁰⁰ ᄒ니, 이런 말이 누셜(漏泄)ᄒ여 스도계셔 아르시고 엄칙즁달(嚴責重撻)¹⁰¹ᄒ오시고 일졀금단(一切禁斷)ᄒ오시면, 텬작얼(天作孽)은 유가위(猶可違)어니와, 즈작얼(自作孽)은 블가활(不可活)이라.¹⁰² 어더 가 발명(發明)¹⁰³ᄒ며, 우리 스졍 엇지ᄒᆯ가?"

니도령 니른 말이,

9

"오냐 그는 염녀 업다. 나 어려셔 글 비홀 ᄯᅥ의 큰사랑의 혹시 가면 닉의녀(內醫女), 의스기싱(醫師妓生),¹⁰⁴ 은근자,¹⁰⁵ 슛보기,¹⁰⁶ 각집 죵년 통지기¹⁰⁷가 오락가락 ᄒ더구나. 만일 쵸라¹⁰⁸ 나거들낭 그 말 ᄒ고 방구(防口)ᄒ자."

이러틋시 슈작ᄒ며 쳔만금(千萬金) 엇던는 듯 즐겁기도 긔지업다.

"셔거라 보자. 안거라 보즈. 아장〃〃 건일거라 거롬 틱도 구경ᄒ즈."

이러트시 사랑ᄒ며 어로는 거동 볼작시면, 홍문연(鴻門宴) 범증(范增)이

---

99 무족지언(無足之言)이 원비쳔리(遠飛千里)라 : 발 없는 말이 쳔리 간다.

100 싸고 싼 사향(麝香)내도 난다 : 사향은 향이 짙어서 아무리 싸도 냄새가 난다. 무슨 일을 아무리 숨기려 해도 숨길 수 없다.

101 엄책중달(嚴責重撻) : 엄하게 책망하고 무겁게 매질함.

102 천작얼(天作孽)은 유가위(猶可違)어니와 자작얼(自作孽)은 불가활(不可活)이라 : 하늘이 지은 죄는 어떻게 피할 수 있으나, 스스로 지은 죄는 살아날 길이 없음. 『맹자』 공손추(公孫丑) 상(上)에 나오는 말.

103 발명(發明) : 죄나 잘못이 없음을 말하여 밝힘. 또는 그리하여 발뺌하려 함.

104 내의녀(內醫女) 의사기생(醫師妓生) : 내의원(內醫院)에 소속된 의녀(醫女)지만, 후에는 기생과 같은 대우를 받았음. 약방기생(藥房妓生).

105 은근짜 : 매춘부.

106 슛보기 : 슛된 사람. 즉 슛총각이나 슛처녀.

107 통지기 : 서방질을 잘하는 계집종.

108 쵸라 : 미상.

나[109] 옥결(玉玦) 드러 항장(項莊) 블너 픠공(沛公)을 굿치랴구[110] 검무(劍舞) 츄
어 어로는 듯, 구룡쇼(九龍沼) 늘근 농(龍)이 여의쥬(如意珠)롤 어로는 듯, 검각
산(劍閣山) 빅악호(白額虎)[111]가 송풍나월(松風蘿月)[112] 어로는 듯, 머리도 쓰다
듬고 옥슈(玉手)도 쥐여보고 등도 '둥덩' 두다리며,

어우화 니 스랑이야
야우동풍(夜雨東風) 모란갓치 펑퍼져 픠는 사랑
포도 다리 넌츌갓치 휘〃친〃 감긴 사랑
봉니(蓬萊) 방장(方丈) 산셰(山勢)쳐로 봉〃(峰峰)이 솟는 사랑
동히 셔히 물결갓치 구뷔〃〃 깁혼 스랑
남창(南倉) 북창(北倉) 노젹(露積)갓치 담불〃〃 쓰흰 사랑
압니의 슈양(垂楊)쳐로 척쳐져 쳔만스(千萬絲) 느러진 사랑
은하(銀河) 직녀(織女) 비단쳐로 슈결[113]갓치 고은 사랑
용장(龍欌) 봉장(鳳欌)[114] 〃식(裝飾)갓치 모〃마다[115] 쯔인 사랑
〃〃 스랑 긴〃 스랑 니 눈의 드는 스랑
니 쯧의 맛는 스랑 〃〃도 스랑이라

10

---

109 홍문연(鴻門宴) 범증(范增)이가 : 항우(項羽)가 홍문(鴻門)에서 유방(劉邦)을 초청
   하여 잔치를 베풀었는데, 이 자리에서 항우의 모사 범증(范增)은 부하 장수
   항장(項莊)에게 칼춤을 추는 척 하다가 옥결(玉玦)을 들어 신호를 하거든 유방
   을 죽이라고 했다. 그러나 유방의 부하 번쾌(樊噲)가 같이 검무를 추며 이를
   막아 실패했다. '옥결'은 옥으로 만든 장식.
110 굿히다 : 죽이다.
111 검각산(劍閣山) 백액호(白額虎) : 중국 장안(長安)의 험한 산인 검각산에 사는 이
   마의 털과 눈썹이 허연 늙은 호랑이.
112 송풍나월(松風蘿月) : 소나무 숲 사이로 부는 바람과 댕댕이덩굴 사이로 비치
   는 달.
113 수결 : '물결'을 말하는 것으로 보임.
114 용장(龍欌) 봉장(鳳欌) : 용의 모양을 새긴 장과 봉황을 새긴 장.
115 모모마다 : 모서리마다.

이러트시 노니더니 일낙셔령(日落西嶺)ᄒ고 월싱동쳔(月生東天)이라. 춘향이 니러셔며,

"어니 날노 뵈오릿가?"

니도령 뭇는 말이,

"네 집이 어너니?"

춘향이 손을 드러 한 곳을 가로치더,

"져 건너 셕교상(石橋上)의 한 골목 두 골목의 조방청(朝房廳)[116] 압흐로 홍젼문(紅箭門)[117] 드리다라 디로(大路) 쳔변(川邊)을 나가셔 향교(鄕校)롤 바라보고 동단(東端)길노 도라들면, 모통이집 디암집[118] 엽당이집 구셕집 건너편 군청골 셔편골 남편작 둘지집, 져 비쵸밧 압흐로셔 가라간 김이방(金吏房)네 집 바라보고 최급장이[崔及唱] 누의집 스이골 드러셔 스거리 지나셔 븍작골 막다른집이오."

니도령 니른 말이,

"하 뒤슝〃ᄒ니 나는 시로이 너도 차즈가기 어려워 집 닐키 쉽깃다."

춘향이 디답ᄒ디,

"그러ᄒ기의 오다가도 각금 무러 오는 거슬이요."

"그리 말고 어디만치 되는 표(標)롤 자셔이 가르치라."

춘향이 다시 가르치더,

"져 건너 반숑즁님(盤松竹林)[119] 깁흔 곳의 문젼(門前)의 양뉴(楊柳) 셔 스오쥬(四五株) 버려 닛고, 디문안의 오동(梧桐) 심어 닙 픠여 난만(爛漫)ᄒ고, 담 뒤히 도화(桃花) 픠고, 압뜰의 셕가산(石假山)[120] 뒤뜰의 연못 파고, 젼나무 그늘 속의 은〃이 뵈는 그 집이오니 한번 단녀가옵소셔."

니도령 디답ᄒ디,

---

116 조방청(朝房廳) : 관청의 대기소.
117 홍젼문(紅箭門) : 홍살문. 능이나 궁전 또는 관아 앞에 세우던 붉은색을 칠한 문.
118 디암집 : 다음 집.
119 반숑죽림(盤松竹林) : 키가 작고 가지가 옆으로 퍼진 소나무가 있는 대나무 숲.
120 셕가산(石假山) : 뜰이나 연못 같은 곳에 돌을 쌓아올려 조그맣게 만든 산.

"즉금 두리 갈 마음이 블현다시 나건마는, 어르신니 스오납기 암범갓치 엄
흐시니 니일 져역 틈을 투셔 디졍(大定)코[121] 갈 거시니 부디〃〃 기다리라."

츈향이 디답흐디,

"빅난지즁(百難之中)의 디인난(待人難)[122]이오니 월영(月影)이 상난간(上欄干)
토록[123] 기다리게 마옵소셔."

금셕(金石)갓치 상약(相約)흐고 손을 난화[124] 쩌날 젹의 한(限)이 업는 졍(情)
이로다. 계유구러[125] 도라오니 월명졍반(月明庭畔)이오 등명창외(燈明窓外)로
다.[126] 졍신이 산란흐고 견믈(見聞)이 황홀흐다.

"잇구 이거시 윈일인고 밋친놈이 되게구나."

눈의 츈향의 열이 올나 눈의 얼는[127] 뵈는 거시 모도 다 츈향이라. 뉵방
관속(六房官屬)[128] 츈향이 갓고, 방즈(房子) 통인(通引) 츈향이 갓고, 관노(官奴)
사령(官奴) 츈향이 갓고, 군노(軍奴) 급장이[129] 츈향이 ᄌᆞ고, 남원부ᄉᆞ(南原府使)
도 츈향이 ᄌᆞ고, 날즘싱 길즘싱 모도 미러[130] 츈향이라.

져녁상 드리거눌 한술을 쓰려 흐니 목이 메여 못 먹깃다. 방즈 블너 뭇   12
는 말이,

"네 밥을 아느냐?"

방즈놈 엿자오디,

---

121 대졍(大定)코 : 결단코 꼭.
122 백난지즁(百難之中)에 대인난(待人難) : 여러 가지 어려움 가운데 사람을 기다
    리는 것이 가장 어려움.
123 월영(月影)이 상난간(上欄干)토록 : 달그림자가 난간에 올라오도록. 늦어진다
    는 의미.
124 손을 나누다 : 헤어지다. 분수(分手).
125 겨우구러 : 이렇게 하여 가까스로.
126 월명졍반(月明庭畔)이요 등명창외(燈明窓外)로다 : 달빛은 뜰을 밝게 비추고,
    등불은 창밖으로 밝게 비침.
127 얼른 : 얼른얼른. 어른어른.
128 육방관속(六房官屬) : 지방 관청의 육방에 딸린 아전들.
129 급장이 : 급창(及唱). 관청에서 일하던 남자 종.
130 모두 밀어 : 모두 통밀어. 이것저것 가릴 것 없이 있는 대로 전부 다.

"아옵니다."

"안다 ᄒ니 엇지 ᄒᄂ니?"

"ᄡᆯ의 물 부어 쓰리온 거시 밥이올시다."

"어허, 미혹ᄒ 놈. 밥이면 다 밥이냐? 밥을 지오디 질도 되도 아니ᄒ고, 고슐 〃 〃 ᄒ 중의도 속의 ᄲᅧ가 업셔 축 〃 ᄒ여도 것물이 도지 아니ᄒ여야 ᄒ지. 이 밥은 곳 모리밥이로구나. 샹 너여라. 식블감(食不甘)ᄒ니 침블안(寢不安)이 쉬오리라. 글이나 닐오리라. 『쳔자(千字)』롤 드려라."

방자놈 ᄒᄂ 말이,

"아리는 강아지롤 품은 듯ᄒ[131] 도련님이 『쳔ᄌᆞ(千字)』롤 닐오려 ᄒ오."

"『쥬희텬ᄌᆞ(註解千字)』롤 드려라."

『디학(大學)』, 『쇼학(小學)』, 『시젼(詩傳)』, 『셔젼(書傳)』, 『논어(論語)』, 『밍자(孟子)』 너여놋코 옥쵹(玉燭)의 불 밝희고 ᄎᆞ례로 닐글 젹의,

"하날 텬(天) ᄯᅡ 지(地), 가물 현(玄) 누루 황(黃), 집 우(宇) 집 쥬(宙),[132] 집 가르쳐 뵈는 양(樣)이 눈의 암 〃 귀의 징 〃.

텬지 〃 간(天地之間) 만물지즁(萬物之衆)의 유인(唯人)이 최귀(最貴)ᄒ니[133] 귀ᄒ 중의 더욱 귀트.

텬황시(天皇氏)는 이목덕(以木德)으로 왕(王)ᄒ여 셰긔셥제(歲起攝提)ᄒ여[134] 제 못 와도 너 가리라.

이십삼년(二十三年)이라. 쵸명 진디부 위ᄉᆞ·됴젹·한건(初命晉大夫魏斯趙籍韓虔)ᄒ여,[135] 한가지로 못 간 쥴이 지금 후회막급(後悔莫及)이라.

---

131 아래는 강아지를 품은 듯한 : 어른이라는 의미로 보임.

132 천(天) 지(地) 현(玄) 황(黃) 우(宇) 주(宙) : 『천자』의 첫 구절 여섯 자.

133 천지지간(天地之間) 만물지중(萬物之衆)에 유인(唯人)이 최귀(最貴)하니 : 『동몽선습』의 첫 구절. 이 세상 만물 중에 사람이 가장 귀하니.

134 천황씨(天皇氏)는 이목덕(以木德)으로 왕(王)하여 세기섭제(歲起攝提)하여 : 『사략』의 첫 구절. 천황씨는 목덕(木德)으로 임금이 되어 세시(歲時)는 섭제(攝提)에서 시작하니. 천황씨는 복희(伏羲)를 말함. '목덕'은 오행(五行) 가운데 목(木)의 덕. '섭제'는 섭제격(攝提格)으로 고갑자에서 인(寅)을 말함.

135 이십삼년(二十三年)이라 초명진대부위사조적한건(初命晉大夫魏斯趙籍韓虔)하여

원형이졍(元亨利貞)은 텬도지샹(天道之常)이오 인의녜지(仁義禮智)는 인셩지강
(人性之綱)이라.[136] 강보(襁褓)[137]붓터 못 본 줄이 지금 한이 더옥 깁다.

밍지견양혜왕(孟子見梁惠王)ᄒ시니 왕왈쉬블원쳔니이너(王曰叟不遠千里而來)
ᄒ시니,[138] 쳔니(千里) 〃〃 쳔니로다, 지쳑(咫尺)이 쳔니로다.

관〃져구(關關雎鳩)는 지하지쥬(在河之洲)로다, 요조슉녀(窈窕淑女)는 군자호
구(君子好逑)로다.[139] 우리 둘을 니로미로다.

디학지도(大學之道)는 지명〃덕(在明明德)ᄒ며 지지어지션(在止於至善)이라.[140]
츈향이가 지션(至善)이라.

원(元)은 형(亨)코 졍(貞)코,[141] 츈향이 코 니 코 디인이 죠코.

글도 못 닐깃다. 도모지 홋뵈고 츈향이만 뵈는구나. 칙쟝마다 츈향이오,
글자마다 츈향이라. 한 자가 두 자 되고. 한 줄이 두 줄이 되여 즈〃 줄〃
이 츈향이니, 이 아니 밍낭ᄒ냐. 왼 칙의 글자드리 바로 뵈지 아니 ᄒ다.

『쳔즈(千字)』는 감자오, 『동몽션습(童蒙先習)』 사습이라.

: 『통감(通鑑)』의 첫 구절. 23년이라 처음에 진나라 대부(大夫) 위사, 조적, 한
건을 명하여 제후로 삼아.

136 원형이정(元亨利貞)은 천도지상(天道之常)이요 인의예지(仁義禮智)는 인성지강
(人性之綱)이라 : 『소학』 제사(題辭)에 있는 말. 원형이정(元亨利貞)은 천도(天道)
의 으뜸이요, 인의예지(仁義禮智)는 인성(人性)의 벼리이다. '원형이정'은 주역
에서 말하는 천도(天道)의 네 가지 원리이다.

137 강보(襁褓) : 포대기. 여기서는 어렸을 때라는 의미.

138 맹자견양혜왕(孟子見梁惠王)하신데 왕왈수불원천리이래(王曰叟不遠千里而來)하
시니 : 『맹자』의 첫 구절. 맹자께서 양혜왕을 만나셨을 때, 왕이 말하기를, 노
인께서 천리를 멀다 않고 찾아오시니.

139 관관저구(關關雎鳩)는 재하지주(在河之洲)로다, 요조숙녀(窈窕淑女)는 군자호구
(君子好逑)로다 : 『시경』의 첫머리. 징경이는 황하의 물가에서 짝을 찾아 울
고, 아리따운 숙녀는 군자의 좋은 배필이로다.

140 대학지도(大學之道)는 재명명덕(在明明德)하며 재지어지선(在止於至善)이라 : 『대
학』의 첫머리. 대학의 도는 밝은 덕을 밝히는 데 있고, 지극한 선에 이르는 데
있다.

141 원(元)은 형(亨)코 정(貞)코 : 『주역』의 첫머리는 "乾은 元, 亨, 利, 貞이라"(乾元
亨利貞)고 되어 있는데, 여기서는 잘못하여 '元은 亨코 貞코'라고 하였다.

『스략(史略)』이 화약이오, 『통감(通鑑)』이 곡감이라.

『소학(小學)』이 븍학이오, 『디학(大學)』은 당학이라.

『밍자(孟子)』는 비즈오, 『논어(論語)』는 방어로다.

『시젼(詩傳)』이 짠젼이오, 『유합(類合)』이 찬합이라.

『강목(綱目)』은 씨목이오, 『츈츄(春秋)』는 호츄로다.[142]

하늘 쳔(天)짜 큰 디(大) 되고,[143] 짜 지(地)즈 못 지(池)자요,

달 월(月)짜 눈 목(目)즈오, 손 슈(手)자 양 〃(羊)이라.

일쳔 〃(千)즈 방퓌 간(干), 웃 상(上)즈 흑 토(土)자오, 옷 의(衣)즈 밤 야(夜)로다.

한 일(一)즈 두 이(二) 되고, 쏘 차(且)즈 그 기(其)즈라.

집 쥬(宙)즈 범 인(寅)이오, 하 위(爲)즈 말 마(馬)로다.

근 〃(斤)즈 되 승(升) 되고, 돗 희(亥)즈 집 가(家)로다.

밧 젼(田)즈 납 신(申) 되고, 두 냥(兩)즈 비 우(雨)로다.

묘홀 묘(妙)즈 이 즈 보쇼. 춘향일시 분명ᄒ다."

칙상을 밀쳐 놋코 벽상(壁上)의 보검(寶劍) 쎄혀[144] 들고 스면을 두로면셔,[145]

　　니믜망양(魑魅魍魎) 속거쳔니(速去千里),[146] 춘향이만 보고지구

　　잠간 맛나 보고지고, 지금 맛나 보고지고

---

142 '『천자』는 감자요'에서 '『춘추』는 호추로다'까지는, 여러 가지 책과 발음이 비슷하거나 한자의 모양이 비슷한 글자를 붙여서 재미있게 만든 것이다. '통감'을 '곳감'이라고 한 것은 발음으로 한 것이고, '孟子'를 '좀子'라고 한 것은 한자의 모양이 비슷한 데 착안한 것이다.

143 하늘 '天'자 큰 '大'자 되고 : 이 대목에서도 한자의 모양이 비슷한 글자를 모아서 재미있는 표현을 했다.

144 쎄혀 : 뽑아.

145 두르면서 : 휘두르면서.

146 이매망량(魑魅魍魎) 속거천리(速去千里) : 온갖 도깨비들아 빨리 천리 밖으로 물러나라. '이매망량'은 이 세상의 온갖 도깨비.

어득흔 빈 방안의 블현ᄃ시 보고지고

쳔니타향(千里他鄕) 고인(故人) 갓치 얼는 맛나 보고지고

디한칠년(大旱七年) 가물 젹의 비발갓치 보고지고

구년지슈(九年之水) 쟝마질 졔 희빗ᄌ치 보고지고

동창명월(東窓明月) 달빗ᄌ치 번젹 맛나 보고지고

셔산(西山)의 낙조(落照)쳐로 쑥 쩌러져 보고지고

오미블망(寤寐不忘)[147] 보고지고 젼〃반측(輾轉反側)[148] 보고지고

답〃이도 보고지고 야쇽희도 보고지고

알들이도 보고지고 밍낭이도 보고지고

살드리도 보고지고 조곰만〃나 보고지고

15

'〃〃〃〃' 소리룰 한것 질너 노흐니 동헌(東軒)[149]가지 들녓구나. 스되 이 소리 듯고 고희 너겨 통인 블너 분부ᄒ되,

"칙방의 도련님이 글소리ᄂ 아니ᄒ고 무어슬 보고지고 ᄒᄂ고 보고오라."

통인이 급희 가셔 도련님긔 뭇자오니, 도련님이 겁을 니여 별안간(瞥眼間)의 싱짠젼[150]ᄒ되,

"숨문(三門)[151] 밧게셔 술쥐졍ᄒᄂ 소리룰 듯고 날다려 무르니 너가 미오만〃ᄒ냐?"

통인이 여ᄌ오되,

"스도게셔 도련님 목소리룰 쏙 듯고 아라오라 ᄒ옵시오."

한 번만 더 쩌희더면[152] 그만 될 거슬, 그놈의 쇽의넘어[153] ᄒᄂ 말이,

---

147 오매불망(寤寐不忘) : 자나 깨나 잊지 못함.

148 전전반측(輾轉反側) : 이리저리 뒤척이며 잠을 이루지 못함.

149 동헌(東軒) : 지방 관아에서 수령(守令)이 공사(公事)를 처리하던 중심 건물.

150 생짠전 : 전혀 관계없는 딴짓.

151 삼문(三門) : 대궐이나 관가의 건물 앞에 있는 문. 정문(正門), 동협문(東夾門), 서협문(西夾門)을 말함.

152 쩌희더면 : 잡아떼었더라면.

153 쇽의넘어 : 속아넘어.

"그라셔 쏙 드러 계시단 말이냐?"

ᄒ며, 먹은 갑시 닛셔 속으로 얼는 쑤며 ᄒᄂᆫ 말이,

"소년금방쾌명시(少年金榜掛名時)라.[154] 미구(未久)의 과거(科擧) 되면 장원급
제(壯元及第) 출신(出身)[155] ᄒ여 쌍기(雙蓋) 씌여[156] 보고지고. 너 소원이 〃러키
로 보고지고 ᄒ엿다."

통인이 드러가 그디로 엿ᄌ오니, 사되 이 말을 고지듯고 최방(冊房) 됴낭
청(趙郎廳)[157]다려 ᄒᄂᆫ 말이.

16 "향자(向者)[158]의 션산쇼(先山所) 천장(遷葬)[159]ᄒ올 찌의, 홍천 박싱원(朴生員)
손[160]이 풍양(豊壤) 고골[161] 산쇼롤 보고 덥허놋코, '너 말디로 여긔롤 쓰오.
문필봉(文筆峰)[162]이 두렷시[163] 안산(案山)[164]이 되고, 공명봉(功名峰)[165]이 병풍
(屛風) 두른 듯 쥬산(主山)[166]이 되어시니 ᄌ손(子孫)의 문장(文章)은 염녀 업고

154 소년금방쾌명시(少年金榜掛名時)라 : 어린 나이에 과거에 급제하여 이름을 쓴
방이 붙을 때.
155 출신(出身) : 처음으로 벼슬하는 일.
156 쌍개(雙蓋) 띄워 : 쌍개를 높이 들어. '개(蓋)'는 우산처럼 생긴 의장용 장식으
로 과거 급제자가 이것을 앞에 세우고 거리를 돌았음. '쌍개'는 개가 둘이라
는 의미.
157 조낭청(趙郎廳) : 조씨 성을 가진 낭청(郎廳). '낭청'은 조선시대 임시 기구에서
실무를 맡아보던 당하관 벼슬이나, 여기서 조낭청은 실제 낭청벼슬을 하는
사람이 아니라 벼슬이 없는 사또의 친구를 그냥 높여서 부르느라 낭청을 붙
인 것이다.
158 향자(向者) : 지난번.
159 선산소(先山所) 천장(遷葬) : 조상의 무덤을 옮김.
160 손 : 손아랫사람을 일컬을 때 '사람'보다는 낮추고 '자'보다는 좀 대접하여
쓰는 말.
161 고골 : '고을'의 잘못임.
162 문필봉(文筆峰) : 산소 앞의 보통 뾰족한 봉우리를 말하는데, 이런 봉우리가
앞에 있는 자리에 산소를 쓰면 후손에 문필가(文筆家)가 난다고 함.
163 두렷이 : 분명하게.
164 안산(案山) : 집터나 묏자리의 맞은편에 있는 산.
165 공명봉(功名峰) : 묘 앞에 있는 봉우리로 이런 봉우리가 앞에 있으면 후손이
공명을 세운다고 함.

공명(功名)이 긋치지 아니ᄒ오리다.' ᄒ고 잡고 권(勸)ᄒ기의 그 손의 말더로 그 산쇼의 뫼셧더니, 이지야 산음(山蔭)¹⁶⁷인 줄 황연(晃然)이 씨닷깃네. 그 아 희가 긔특훈 줄이, 잠 잘쥴을 모로고 한ᄉ(限死)ᄒ고 글만 ᄒ려ᄒ니 아모려 도 문장(文章)은 염녀 업셔."

ᄒ며 못니 ᄉ랑ᄒ더라.

췩방의셔 방자놈이 도련님긔 엿자오디,

"강셩(講聲)¹⁶⁸을 낫쵸 ᄒ오. 뭇 치인 쵸라가 다 나깃쇼."¹⁶⁹

그렁져렁 밤을 시고 조반(朝飯) 아참 전폐(全廢)ᄒ고, 점심도 전궐(全厥)ᄒ 고, 뭇ᄂᆫ 거시 희쁜이라.

"방자야."

"예."

"희가 얼마나 간나 보아라."

"희가 아직 아귀도 아니 텃쇼."¹⁷⁰

"읷구. 이 희가 어졔ᄂᆫ 뉘 부음편지(訃音便紙) 가지고 가ᄂᆫ 다시 줄다롬박 질ᄒ여 ᄶ나더니,¹⁷¹ 오날은 어이 〃 디도록 완보장천(緩步長天)¹⁷²ᄒᄂᆫ고나. 발바당의 종기(腫氣) 낫나? 가리톳시 공겻는가?¹⁷³ 삼버리줄¹⁷⁴ 잡아미고 ᄉ 면(四面) 말독 박앗는가? 디신(代身) 지가(知家)¹⁷⁵를 잡회엿나? 장승거롬을 불

17

---

166 주산(主山) : 풍수지리에서, 묏자리나 집터 따위의 운수가 달렸다는 산으로 집 터 또는 무덤의 뒤쪽에 있는 산을 말한다.

167 산음(山蔭) : 좋은 묏자리를 씀으로써 자손이 받는다는 복.

168 강성(講聲) : 글을 외는 소리.

169 뭇 치인 쵸라가 다 나겠소 : 미상.

170 아귀가 트다 : 해가 뜬다는 의미.

171 ᄶ나더니 : 달아나더니.

172 완보장천(緩步長天) : 멀고 넓은 하늘을 천천히 걸어감.

173 가래톳이 곰겼는가 : 가래톳이 곪아 딴딴하게 멍울지다. '가래톳'은 허벅다리 의 림프샘이 부어 생긴 멍울.

174 삼벌이줄 : 삼으로 꼰 벌이줄. '벌이줄'은 물건이 넘어지지 않도록 잡아맨 줄.

175 대신(代身) 지가(知家) : '지가(知家)'는 임금의 명을 받은 벼슬아치가 지나가는 길에서 비키지 않았을 때, 그 사람 대신 하인을 붙잡아 두었다가 후에 다스

워흐나? 어이 〃리 더듸 가노? 방자야 회가 얼마나 간나 보아라.”

“빅일(白日)이 도즁뎐(到中天)흐여 오도가도 아니흐오.”

“무정셰월양뉴파(無情歲月若流波)라.[176] 붓친 다시 박흰 회[177]룰 어이흐여
다 보닐고? 방자야?”

“예.”

“회가 엇지 되얏ᄂ니?”

“셔산(西山)의 빗쳐[178] 잇셔 종시 아니 넘어가오.”

“관쳥빗[179] 부ᄅ라. 기름을 만희 가져다가 셔션 뫼봉의 만희 발나 밋그
러져 너머가게 흐려무나. 그리흐고 회 지거든 즉시로 거ᄅᆡ(去來)[180]흐라.”

방ᄌ놈 엿자오오디,

“셔산(西山)의 지ᄂ 회ᄂ 보곰자리 치노라고 눈을 금을 〃〃흐고,[181] 동녕
(東嶺)의 돗ᄂ 달은 놉희 쩌오노라고 바스럭 〃〃〃 쇼릭흐니 황혼일시 적
실흐오.”

니도령의 거동 보쇼. 심망의쵹(心忙意促) 됴민(躁悶)[182]흐여 져역상도 허
동〃〃. 방자 블너 귀속ᄒ디,[183]

“네나 먹고 어셔가자.”

져 방자놈 거동 보쇼. 젼의ᄂ 디공슐[184]이나 먹어도 낫분[185] 양(量)으로

리는 일.

176 무정세월약류파(無情歲月若流波)라 : 무정한 세월은 흐르는 물결처럼 빨리
   간다.

177 붙인 듯이 박힌 해 : 꼼짝 않고 하늘에 박혀 있는 것처럼 보이는 해. 시간이
   가지 않음을 형용한 말.

178 빗쳐 : '비껴'의 잘못.

179 관쳥빗 : 관청색(官廳色). 관청에서 수령의 음식을 맡아보던 구실아치.

180 거래(去來) : 사건이 일어나는 대로 아랫사람이 윗사람이나 관가에 가서 알리
   던 일.

181 눈을 끄물끄물하다 : 눈을 끔쩍끔쩍하다.

182 심망의쵹(心忙意促) 조민(躁悶) : 마음이 바쁘고 뜻이 초조하여 괴로움.

183 귓속하되 : 귓속말하되. 귀엣말하되.

184 대궁술 : 먹다 남은 밥술. '밥술'은 몇 숟가락 정도의 밥.

쥬리다가, 요사이논 원통 모도 후무리쩌희고[186] 비가 붕긋ㅎ니[187] 비롤
슬〃 만지면서 게트림ㅎ며 ㅎ논 말이,

"남은 아모리 ㅎ던지 나는 좃쇼외. 츈향이 열아믄[188] 잇시면 겹흉년[189]인
들 긔탄(忌憚)홀 니 아들 잇나."

ㅎ며, 거드러거려[190] ㅎ논 말이,

"가즈 소리 작〃ㅎ오. 수도 분부의 가랴얏쇼? 왜장이 나량이면[191] 가기
논 시로이 싱쯤질이 날 거시니,[192] 폐문(閉門)이나 ㅎ 연후(然後)의 수도 취침
(就寢) 기다려셔 가거나 말거나 ㅎ옵쇼셔."

"그리ㅎ면 돈관(貫)[193]이나 니여다가 문 닷눈 놈 인정(人情)[194] 쥬고 즉금
(卽今) 폐문 선하[195]ㅎ자."

"쵸경삼졈(初更三點)[196] 폐문인디 쵸혼(初昏)[197] 폐문이 왼 일이오. 졔발 덕
분 잠간 쉬오."

한창 이리 셩화홀 지, 가진 취타(吹打)[198] 폐문혼다.

---

185 나쁜 : 부족한.

186 후무러떼이고 : 남의 것을 슬그머니 훔쳐 떼어 먹고. '후무리다'는 남의 물건
을 몰래 훔쳐 갖는 것을 말함.

187 배가 붕긋하니 : 배가 부르니.

188 여남은 : 열이 조금 더 되는 수.

189 겹흉년 : 연달아 흉년이 듦.

190 거드럭거리다 : 잘난 체하며 거만하게 행동함.

191 왜장이 날 양이면 : 쓸데없이 큰소리로 마구 떠들게 되면. '왜장'은 제 위에
아무도 없는 듯이 저 혼자 마구 큰소리로 떠들어대는 것을 말함.

192 생뜸질이 날 것이니 : 생으로 뜸질하듯이 야단이 날 것이니.

193 돈관(貫) : 얼마간의 돈.

194 인정(人情) : 벼슬아치에게 은근히 주던 선물. 행하(行下), 뇌물 따위를 말함.

195 선하 : 미상.

196 초경삼점(初更三點) : '경(更)'은 저녁 7시부터 다음날 새벽 5시까지를 5등분한
것의 하나이고, '점(點)'은 한 경을 다섯으로 나눈 것의 하나이다. 초경삼점은
지금 시각으로 친다면 8시 10분 정도이다.

197 초혼(初昏) : 해가 진 뒤 컴컴해지기 전까지의 어둑어둑한 동안.

198 취타(吹打) : 군악대의 연주.

"방자야."

"예."

"동헌(東軒)의 가셔 퇴등(退燈)¹⁹⁹ 씸을 보고 오라."

이러트시 조민(躁悶)홀 지, 동헌의 퇴등ᄒ고 만뇌구젹(萬籟俱寂)²⁰⁰ᄒ니 방자놈 엿ᄌ오디,

"야심인젹(夜深人寂)ᄒ고 월빅풍쳥(月白風淸)ᄒ니²⁰¹ 가랴ᄒ오 말냐ᄒ오?"

니도령의 거동 보쇼. 귀홍득의텬공활(歸鴻得意天空闊)이라.²⁰²

"조흘 〃〃 조흘시고. 가자 〃〃 가ᄌ스라. 님을 보라 가자스라."

도련님이 몸을 슘겨 월셩(越城)ᄒ여 너머가셔 가만〃〃 ᄎᄌ간다.

방자놈은 압흘 셔〃 양각등(羊角燈)²⁰³의 불을 혀고 염셕문(簾席門)²⁰⁴ 네거리 홍살문 셰거리 이 모롱 져 모롱 감도라 휘도라 엄벙덤벙 슈로록 휠젹 도라드러 면〃쵼〃(面面村村)이 ᄎᄌ갈 지, 방자놈 별안간의,

"야심무례(夜深無禮)²⁰⁵오 구식친구(具色親舊)²⁰⁶라 ᄒ니, 심〃 파젹(破寂)으로 골치기²⁰⁷ 하나식 ᄒ며 가시."

도련님이 어희 업셔,

"방자야. 상하쳬통(上下體統) 잇쓰ᄒᄌ²⁰⁸ 발셔 통치 못훈 거시 니가 실슈(失手)ᄒ엿다."

---

199 퇴등(退燈) : 지방 관아에서 원(員)이 잘 때 등불을 끄던 일.

200 만뢰구적(萬籟俱寂) : 아무 소리도 없이 사방이 조용함.

201 심야인적(夜深人寂)하고 월백풍청(月白風淸)하니 : 밤은 깊어 사람의 자취는 없고, 달이 밝고 바람도 맑으니.

202 귀홍득의천공활(歸鴻得意天空闊)이라 : 돌아가는 기러기 뜻을 얻으니, 하늘이 넓다.

203 양각등(羊角燈) : 양의 뿔을 고아 얇고 투명한 껍질을 만들어 이것을 씌운 등.

204 염석문(簾石門) : 각 고을 내아(內衙)의 바깥 문. 밖에서 안이 보이지 않도록 발이나 풀자리를 쳐서 가렸음.

205 야심무례(夜深無禮) : 어두운 밤에는 예의를 갖추지 못함.

206 구색친구(具色親舊) : 널리 사귀어서 생긴 각 방면의 친구.

207 골치기 : 미상.

208 애짜하자 : 미상.

방자놈 디답ᄒᆞ디,

"피ᄎᆞ(彼此)의 평발이오,[209] 야심인젹(夜深人寂)ᄒᆞ니 긔롱(譏弄)ᄒᆞ미 망발(妄發)인가? ᄌᆞ니 뒤힉 냥반(兩班) 두 자 붓쳐신들 뉘가 알가?"

"말디답이 이러ᄒᆞ니 쳬증(滯症)일세."

"그리 마쇼. 속담의 이르기롤, '시로 ᄯᅧ 가는 디 강아지 ᄯᅡ르는 거슨 제격(格)이라.'[210] ᄒᆞ려니와, ᄌᆞ네 계집ᄒᆞ라[211] 오는디 나는 무삼 ᄶᅡᆨ[212]으로 ᄯᅡ라온단 말인가?"

니도령 이른 말이,

"네가 시방 ᄒᆞ는 말이 모도 졍외지언(情外之言)[213]이로구나. 담을 쌋코 벽을 쳐도 이 판의는 그리 말나. 니가 그리 싱소(生疎)ᄒᆞ냐? 방자 동싱아, 어셔 가ᄌᆞ."

방자놈 도련님 속이랴구 바른길 에두르고 ᄉᆞ오ᄎᆞ(四五次)롤 돌녀 오니, 죵을 어이 알가보니?[214] 가얌이 쳬박회 도듯,[215] 불알이 번듯 ᄯᅳ도록[216] 도라오다가 ᄒᆞ는 말이,

"'밤길이 분난다.'[217] ᄒᆞ더니, 어졔 가ᄅᆞ치던 어림보다가는 팔결[218]노 머니 향방(向方)을 어이 알니. 이는 아마도 네 즁병(中病)[219]인가 보고나."

20

---

209 피차(彼此)에 평발이요 : 두 사람 모두 결혼하지 않았다는 의미. '평발'은 편발(編髮)로 관례(冠禮)하기 전에 길게 땋아 늘인 머리.
210 시루 쪄 가는 데 강아지 따르는 것은 제격(格)이라 : 떡시루를 쪄서 가는 데 개가 따라가는 것은 제격이라.
211 계집하러 : 계집질하러. '계집질'은 아내가 아닌 여자와 성관계를 갖는 것.
212 무삼 짝 : 무슨 짝. 무슨 꼴.
213 정외지언(情外之言) : 인정에 어그러지는 말.
214 종을 어이 알까보니? : 어찌 종잡을 수 있겠는가? '종'은 대중으로 헤아려 잡은 짐작.
215 가얌이 쳇바퀴 돌듯 : 개미 쳇바퀴 돌듯. 앞으로 나아가지 못하고 같은 장소를 맴도는 것을 비유한 말.
216 불알이 번듯 뜨도록 : 매우 바쁘게 돌아다니는 것을 말함.
217 밤길이 붇는다 : 밤길은 거리가 멀어 보인다.
218 팔결 : 팔팔결의 준말. '팔팔결'은 엄청나게 어긋난 것을 말함.

방자놈 거동 보쇼. 셜넝〃〃 압셔 가셔 츈향의 집 문압희셔,

"이집으로 그져 쑥 드러가오."

"여보아라 방자야. 이거슨 분명 외슈(外數)²²⁰로다. 기성의 집이 〃디도록 장녀(壯麗)홀 니 만무ᄒᆞ니, 네가 날을 유인(誘引)ᄒᆞ여 셰가(勢家)집의 모라 넛코 슈원(水原) 남문(南門)²²¹밧긔 스는 뎡봉농²²²이롤 민들녀나 보고나."

"염녀(念慮)롤 턱 바리시고 드러가만 보오."

"네 몬져 압셔 드러가거라."

"그리ᄒᆞ면 드러가 다 슈쇄(收刷)ᄒᆞ고 나오리다."

"다 슈쇄란 말이 윈 말이니. 슈상(殊常)ᄒᆞ고 밍낭혼 놈. 한가지로 드러가즈."

져 방자놈 거동 보쇼. 다든 문을 발노 츠고 왈학 쮜여 드러가셔,

"안아, 츈향아. 즈는냐 씨엿ᄂᆞ냐? 어셔 밧비 나오너라. 도련님이 와 계시니 어셔 밧비 나오너라."

츠시 츈즈²²³는 분벽사창(粉壁紗窓)²²⁴ 구지 닷고 쵹하(燭下)의 혼자 안자 벽오동(碧梧桐) 거문고롤 무릅 우희 빗기 안고 즈탄자가(自彈自歌)²²⁵ᄒᆞ여 셤〃 옥슈(纖纖玉手)로 흘니 탈 지,²²⁶

21

"디인난(待人難)²²⁷〃〃〃ᄒᆞ니 계삼호(鷄三呼)오 야오경(夜五更)이라."²²⁸

빨잉동징 빨잉동 흥쳥〃 빨잉징 빨잉〃〃 당징 빨잉징 흥징 동징 빨잉

219 중병(中病) : 의외로 생긴 문제.

220 외수(外數) : 속임수.

221 수원(水原) 남문(南門) : 수원성의 남문. 팔달문(八達門).

222 정봉룡 : 정봉룡이 누군지는 알 수 없으나, 세도가에 들어갔다가 봉변을 당한 사람으로 그 이야기가 당시에 많이 알려졌던 것으로 보임.

223 춘자 : 춘향.

224 분벽사창(粉壁紗窓) : 하얗게 꾸민 벽과 비단으로 바른 창이란 뜻으로, 여자가 거처하는 화려한 방을 말함.

225 자탄자가(自彈自歌) : 악기를 타면서 거기에 맞춰 노래함.

226 아래의 춘향이 거문고를 타며 부르는 노래는 가곡 편삭대엽(編數大葉) 가운데 한 구절임.

227 대인난(待人難) : 사람을 기다리는 안타까움과 괴로움.

228 계삼호(鷄三呼)요 야오경(夜五更)이라 : 닭이 세 번 우는 새벽 오경이라.

징 당동.[229]

"츌문망(出門望)[230] 츌문망. 쳥산(靑山)은 만즁(萬重)이오 녹슈(綠水)는 천회(千廻)로다."

쌀잉당징 쌀잉징 쳥쳥지랑 징당징 쌀잉징 홍도랑 동다루 둥쳥 〃쳥.

이러트시 기다릴 지 츈향 어미 너다르며 방자놈 쑤지〃디,

"이 년셕. 네가 향교(鄕校) 방자(房子)냐? 밤즁의 외 와셔 야단ᄒᆞᄂᆞ니. 발길년의 볏다리 둘너메고 나온 년셕[231] 갓ᄒᆞ니. 관속(官屬) 년셕 꼴들은 참아 보기 슬터라."

방ᄌᆞ놈 어희 업셔 츈향 보며 ᄒᆞᄂᆞᆫ 말이,

"이 의. 이거시 병이로구나. 그 다이[232] 말을 너 어머니더러 아니 ᄒᆞ엿나 보구나."

"여보 마누라. 남의 말을 듯고 말을 ᄒᆞ시오. 뉘 아들놈이 잘못ᄒᆞ엿나 드러보시오. 지나간 장날 아참의 칙방 도련님이 별안간의 광한루 구경 가자 ᄒᆞ기의 뫼시고 구경 가ᄌᆞ, 고븨의 인삼(人蔘)[233]이오, 계란(鷄卵)의 유골(有骨)[234]이오, 마디의 옹이[235]오, 기침의 지치약[236]이오, 하픠옴의 픽이[237]로, 져 아희가 마조 뵈는 언덕의셔 그니롤 쮜여 도련님 눈의 뵈여, 무어시니 뭇기의, 엇지ᄒᆞ노 ᄒᆞ여 아가씨라ᄒᆞ나, 종시(終是) 긔일 슈 업셔 바른디로 ᄒᆞ여,

22

---

229 쌀앵당징~ : 거문고 소리의 의성어.

230 출문망(出門望) : 문에 나와서 기다리고 있음.

231 발길년의 볏다리 둘러메고 나온 녀석 : 욕. '발길년'은 찢어발길 년이고, '볏다리'는 여자 성기의 외음순을 달리 이르는 말이며, '둘러메고 나오다'는 통해서 나온다는 뜻.

232 그 다이 : '그 쪽'이라는 의미인 것 같음.

233 고비에 인삼(人蔘) : 일이 매우 공교롭게 되어 난처함을 이르는 말.

234 계란(鷄卵)에 유골(有骨) : 계란에 뼈가 있음. 늘 일이 잘 안되던 사람이 모처럼 좋은 기회를 얻었으나 이것마저 잘 안 됨을 일컫는 말.

235 마디에 옹이 : 나무 마디에 옹이가 박혔다는 뜻으로, 어려운 일이 겹쳤다는 말.

236 기침에 재채기 : 일마다 공교롭게도 지장이 생기는 것을 비유한 말.

237 하픠옴에 피기 : 하품에 딸꾹질. 하품을 하는데 딸꾹질까지 겹쳐 한다는 뜻으로 어려운 일이 겹쳐서 일어남을 비겨 이르는 말.

도련님이 듯고 밋치게 블너오라ㅎ여, 하인의 도리의 거역(拒逆)지 못ㅎ여, 블너다 두리 맛나보아 슈은(水銀) 엉긔듯[238] 엉그러져, 두리 다 홋니블 뼈 온 갖 니삭다니[239] 다 ㅎ야 빅년긔약(百年期約) 언약(言約) 미즈 오날 져역 오마 ㅎ고, 흰쩍집의 산병(散餠) 마쵸듯,[240] 사긔젼(砂器廛)의 종즈굽 맛쵸듯[241] 셔로 맛쵸아 날더러 한가지로 가즈 ㅎ여 다리고 온 일이지, 뉘 졔미홀[242] 아희가 잘못ㅎ엿쇼. 그 웨 공연이 욕을 더럭〃〃ㅎ여 즈시오.”

춘향어미 이 말 듯고 별안간의 싱짠젼[243]ㅎ더,

“목쇼리롤 드르니 네로구나. 나는 누고라구. 즈라가는 아희들을 몰나 보깃다. 인구 니 아들이야. 노(怒)야 마라. 너의 어머니ㅎ고 나구 졍동갑(正同甲)[244]일다. 이 이 춘향아. 칙방 도련님이 와 계시다. 밧비 나가 잘 뫼시라. 이곳의셔 힝악(行樂)흔들 어니 뉘가 괄시(恝視)ㅎ랴?”

옥창(玉窓)의 유셩(有聲)터니 춘향이 영졉(迎接)흔다. 춘향의 거동 보쇼. 치마쏘리 부여잡고 즁문(中門)[245]가지 니다라 반기 마자드릴 젹의, 춘향어미 쌈작 놀나는 체 ㅎ는 말이,

“〃거시 웬일이오. 만일 스도 아옵시면 스롬을 모도 상(傷)ㅎ려구 이런 일도 흔단말가? 어셔 밧비 드러가오.”

니도령 디답ㅎ되,

“니 알게 그만 잇쇼.”[246]

---

238 수은(水銀) 엉기듯 : 붙어 있다는 뜻. 수은은 쉽게 합금이 되는 성질이 있다.
239 이삭단이 : 장난질.
240 흰떡집에 산병(散餠) 맞추듯 : 떡집에서 산병을 줄을 맞춰 놓듯, 꼭 맞게 한다는 의미. ‘산병’은 흰떡을 재료로 하여 개피떡과 비슷하게 만들어 웃기로도 쓰는 떡.
241 사기전에 종자굽 맞추듯 : 사기그릇을 파는 가게에서 종지의 굽을 가지런히 하여 진열하듯, 꼭 같게 맞추어 놓을 것을 말함. ‘종자’는 종지.
242 제미할 : 제 어미 할. “제 어미와 붙을”이라는 의미로 욕설.
243 생짠전 : 생판으로 딴전을 부리는 것. ‘딴전’은 전혀 관계없는 말이나 행동.
244 정동갑(正同甲) : 나이가 똑같음.
245 중문(中門) : 대문 안에 거듭 세운 문.
246 내 알게 그만 있소 : 알았으니 가만히 있으라는 뜻.

23

쏘 잔도리 치는 말[247]이,

"그야 임의 와 계시니 소답업시[248] 단녀가오. 헛도이 드러가시면 져도 셥〃ᄒ여 홀 거시오. 제가 실노 미몰ᄒ여[249] 잡인왕ᄂ(雜人往來) 업사오나, 도련님이 와 계시니 잠간 놀고 즉시 드러가오."

니도령 츈향의 손목 드립써 잡고 가삼이 두근〃〃, 졔두리뼈가 싀근〃〃,[250] 한 손으로 엇기 집고 희〃낙〃(喜喜樂樂) 드러올 시, 좌우롤 살펴보니 집치레도 황홀ᄒ다.

디문 두 편 울지경덕(蔚遲敬德) 진슉보(陳叔寶),[251] 중문(中門)의 위징선싱(魏徵先生).[252] ᄉ면 팔작[253] 놉흔 집을 입 구자(口字)로 지엇ᄂ디, 샹방(上房)[254] 삼간(三間) 쌍벽장(雙壁欌)의 쵸헌(軺軒) 다락[255] 조흘시고. 소라반자[256] 혼텬도(渾天圖)[257]의 협방(夾房)[258] 이간(二間), 디쳥(大廳)[259] 뉵간(六間), 월방(越房)[260] 이간, 부엌 삼간, 고앙[261] 오간, 종집[262] ᄉ간, 니외분합(內外分閤)[263] 물임퇴[264]의 살

---

247 잔도래 치는 말 : '쐐기를 박는 말'이라는 의미로 보임. '도래'는 문이 저절로 열리지 않게 끼우는 갸름한 나무 조각.

248 소답없이 : '오붓하게'라는 의미인 것 같음.

249 매몰하다 : 쌀쌀하다.

250 제두리뼈가 시큰시큰 : 미상. 성적인 표현과 관련이 있는 것 같음.

251 울지경덕(蔚遲敬德) 진숙보(陳叔寶) : 두 사람 모두 당(唐)나라를 세우는데 공을 세운 장수. 두 사람의 모습을 그려 대문 양쪽에 붙여 놓았음.

252 위징선생(魏徵先生) : 당나라 초기의 명신 위징.

253 팔작 : 팔작지붕. 합각지붕. 위 절반은 박공지붕이고 아래 절반은 네모꼴로 된 지붕.

254 상방(上房) : 한 집에서 주인이 거처하는 방.

255 초헌(軺軒) 다락 : 높은 다락. '다락'은 부엌 위에 이층처럼 만들어서 물건을 넣어 두는 곳.

256 소라반자 : 소란반자. 서까래가 드러나지 않게 평평하게 만든 천장의 한 종류.

257 혼천도(渾天圖) : 천구의(天球儀). 별을 원구(圓球)의 표면에 그린 것으로 천체의 운행을 측정하는 데 쓰임. 여기서는 천장에 별자리 그림을 그렸다는 의미로 썼음.

258 협방(夾房) : 곁방. 안방에 딸린 방.

259 대청(大廳) : 안방과 건넌방 사이에 있는 큰 마루.

260 월방(越房) : 건넌방.

24

미사창[265] 가로다지,[266] 구을도리,[267] 션자(扇子)츈혀,[268] 바리밧침[269] 부연(婦椽)[270] 다라 밋시 잇게 지엿는디, 동편의논 고간(庫間)이오 셔편의 마구(馬廐) 짓고, 양지의 방어[271] 걸고 음지의 우물 파고, 압쓸의 기룰 놋코 뒤쓸의 닭을 놋코, 솔[松] 심어 졍즈(亭子) ᄒ고 디[竹] 심어 울을 ᄒ고, 뽕 심어 누에 치고 울 밋희 벌 안치고, 울 밧게 원두(園頭)[272] 놋코, 쓸 아리 연졍(蓮亭)[273] 지어 닙 구자(口字)로 쑤며 놋코, 슉셕(熟石)[274]으로 면을 밧쳐 네모 번듯 괴얏는디, 못 가온디 셕가산(石假山)[275] 일층 이층 삼사오 층 졀묘ᄒ게 모아[276] 놋코, 비오리 쌍〃, 디졉 갓흔 금부어는 물의 쩌셔 노니는디, 온갖 화쵸 다 피엿다.

동(東)의는 벽오동(碧梧桐), 남의는 홍모란(紅牡丹), 북의는 금사오쥭(金絲烏竹).[277]

---

261 고왕 : 광. 집안 살림에 쓰는 물건을 넣어두는 곳.

262 종집 : 종이 거처하는 집을 말하는 것으로 보임.

263 내외(內外) 분합(分閤) : 안팎의 분합. '분합'은 대청 칸 사이에 드리는 여닫을 수 있게 만든 문.

264 물림퇴 : 집채의 좌우나 앞뒤에 딸린 반간 정도의 공간에 놓은 툇마루.

265 살미살창 : 소 혓바닥 모양의 나무로 짜서 살을 박아 만든 창문.

266 가로닫이 : 옆으로 여닫는 문.

267 구을도리 : 굴도리. 큰 집이나 전각에 많이 쓰는 둥글게 만든 도리. 도리는 기둥과 기둥 사이에 가로 걸쳐 얹는 나무로, 그 위에 서까래를 얹게 되었음.

268 선자(扇子)추녀 : 안쪽은 한데 붙고 바깥쪽은 부채처럼 벌어지게 서까래를 배치하여 부채 모양으로 된 추녀.

269 바리받침 : 대접받침. 기둥 위에 모양을 내기 위해 끼우는 대접처럼 생긴 나무판.

270 부연(婦椽) : 며느리서까래. 처마끝이 들리어 보기 좋게 하기 위해 맨 끝의 서까래에 더 얹는 네모지고 짧은 서까래.

271 방아 : 디딜방아를 말함.

272 원두(園頭) : 밭에 심어 가꾸는 참외, 오이, 수박 등의 총칭.

273 연정(蓮亭) : 연못가에 지은 작은 정자.

274 숙석(熟石) : 잘 다듬은 돌.

275 석가산(石假山) : 정원 같은데 돌을 모아 쌓아서 산처럼 만든 것.

276 모아 : 쌓아.

277 금사오죽(金絲烏竹) : 줄기에 흑색의 아롱진 무늬가 있는 대나무.

한가온디 황학영(黃鶴翎)²⁷⁸이 픠엿는디, 삼학(三鶴), 금취(禁醉),²⁷⁹ 월·亽계(月四季)²⁸⁰ 종녀(棕櫚), 파쵸(芭蕉), 영산홍(映山紅), 치즈, 동빅(冬柏), 왜(倭)철쥭, 연포도,²⁸¹ 왜국(倭菊) 미화(梅花)롤 여긔져긔 심어두고. 잉무(鸚鵡), 공작(孔雀), 청조(靑鳥) 한 雙(雙) 소식(消息)을 맛져두고.²⁸² 합환쵸(合歡草)²⁸³ 연니지(連理枝)²⁸⁴의 비익조(比翼鳥)²⁸⁵가 다정ᄒ다. 오동차양(梧桐遮陽)²⁸⁶ 츈혀²⁸⁷마다 옥풍경(玉風磬)을 다라시니, 청풍(淸風)이 건듯 불 젹마다 징그렁 소리 요랑(嘹喨)ᄒ다.

비치훈 것 도라보니, 빅면지(白綿紙)²⁸⁸로 도비(塗褙)ᄒ고, 당유지(唐油紙)로 굽도리.²⁸⁹ 청능화(靑菱花)로 씌 두르고, 동셔남븍(東西南北) 계견亽호(鷄犬獅虎),²⁹⁰ 문 우희는 십장싱(十長生),²⁹¹ 지게문²⁹²의 남극션옹(南極仙翁).²⁹³

25

---

278 황학령(黃鶴翎) : 누른빛의 국화(菊花).

279 삼학(三鶴) 금취(禁醉) : 둘 모두 국화의 품종.

280 월(月)·사계(四季) : 월계화(月季花). 장미과의 상록관목.

281 연포도 : 미상.

282 소식(消息)을 맡겨두고 : 청조는 소식을 전하는 새이므로 소식 전하는 것은 청조에 맡긴다는 의미.

283 합환초(合歡草) : 합환목(合歡木)을 말하는 것 같음. 자귀나무가 밤이면 잎이 서로 맞붙기 때문에 합환목이라고 함.

284 연리지(連理枝) : 두 나무의 가지가 서로 닿아 결이 통한 가지. 남녀 사이의 애정이 깊은 것을 비유.

285 비익조(比翼鳥) : 암컷과 수컷의 눈과 날개가 하나씩이어서 짝을 짓지 아니하면 날지 못한다는 전설상의 새.

286 오동차양(梧桐遮陽) : 오동나무로 만든 차양. '차양'은 햇볕을 가리거나 비가 들이치는 것을 막기 위하여 처마 끝에 덧붙이는 좁은 지붕.

287 추녀 : 처마의 네 귀에 있는 큰 서까래. 여기에 풍경(風磬)을 단다.

288 백면지(白綿紙) : 질이 좋은 흰 종이.

289 장유지(壯油紙) 굽도리 : 들기름에 결은 두꺼운 기름종이로 굽도리를 댐. 굽도리는 방안의 벽과 바닥이 맞닿은 부분.

290 계견사호(鷄犬獅虎) : 닭, 개, 사자, 호랑이.

291 십장생(十長生) : 불로장생(不老長生)의 상징인 열 가지. 해·산·물·돌·구름·소나무·불로초·거북·학·사슴 등.

292 지게문 : 마루나 바깥에서 방으로 드나드는 곳에 단 외짝문. 문종이로 안팎을 두껍게 싸서 바름.

벽화(壁畵)룰 붓쳐시더, 상산스호(商山四皓)²⁹⁴ 네 노인이 바독판을 압희 놋
코, 한 노인은 빅긔(白碁)²⁹⁵ 들고, 쏘 한 노인 흑긔(黑碁)들고 요마망콤 흐여
잇고, 쏘 한 노인 구절죽장(九節竹杖) 호로병(胡虜瓶)의 에후르쳐 둘너 집고,
쏘 한 노인 훈슈(訓手)흐다가 무릅 보고²⁹⁶ 암상(巖上)의셔 조으는 양(樣) 한가
흐게 그려 넛고, 뉵녀화상(六如和尙) 셩진(性眞)²⁹⁷이가 봄바롬 셕교상(石橋上)
의 팔션녀(八仙女)룰 맛나 보고 집헛던 뉵환장(六環杖)을 빅운간(白雲間)의 훗
더지고²⁹⁸ 합장(合掌)흐여 뵈는 형상(形狀) 역〃(歷歷)희 그려 넛고, 진쳐스(晉
處士) 도연명(陶淵明)²⁹⁹이 펑퇵영(彭澤令) 마다흐고 빅한(白鷳)³⁰⁰을 몬져 놋코
오두미(五斗米)룰 후리치고 츄강상(秋江上)의 비룰 씌여 싀상(柴桑)³⁰¹으로 가
는 경(景)을 동벽상(東壁上)의 그려 넛고, 부츈산(富春山) 엄자릉(嚴子陵)³⁰²이 간
의티우[諫議大夫] 마다흐고 빅구(白鷗)로 벗슬 삼고 원앙³⁰³으로 니웃 삼아 동

---

293 남극선옹(南極仙翁) : 남극노인. 남극셩(南極星)의 화신. 나타나면 태평하고, 나
　　타나지 않으면 전란이 일어난다고 함.
294 상산사호(商山四皓) : 중국 진시황 때 세상의 어지러움을 피해 상산에 숨어살
　　던 네 사람. 동원공(東園公), 기리계(綺里季), 하황공(夏黃公), 녹리(甪里)를 말하
　　는데, 이들의 수염과 눈썹이 모두 희기 때문에 사호라고 했음.
295 백기(白碁) : 흰 바둑돌.
296 무릅 보고 : 무안(無顔) 보고. 무안을 당하고.
297 육여화상(六如和尙) 셩진(性眞) : 『구운몽』의 주인공 양소유가 속세에 태어나기
　　전의 이름. 육여(六如)는 인간 세상 일체(一切)가 공(空)하여 절대 변하지 않는
　　것이 없음을 꿈, 환상, 그림자, 물거품, 번개, 이슬의 여섯 가지에 비긴 비유.
298 훗더지고 : 흩어 던지고.
299 도연명(陶淵明) : 중국 동진(東晉)의 시인 도잠(陶潛). 연명(淵明)은 그의 자(字)
　　이다. 그는 팽택(彭澤)의 현령이 되었으나 넉 달 만에 사직했다. 그의 시 「귀
　　거래사(歸去來辭)」는 벼슬을 버리고 전원에 돌아가 유유자적하는 모습을 잘
　　그려내었다. '오두미'는 다섯 말 쌀이라는 뜻으로 월급을 말함.
300 백한(白鷳) : 꿩 비슷한 새. 관상용으로 길렀음.
301 시상(柴桑) : 도연명의 고향.
302 엄자릉(嚴子陵) : 중국 동한(東漢) 사람. 그의 친구 조광윤(趙匡胤)이 송(宋)나라
　　를 세우고 그에게 벼슬을 주었으나, 끝내 벼슬을 사양하고 부춘산(富春山)에
　　서 농사짓고 동강(桐江) 칠리탄(七里灘)에서 낚시질하며 세월을 보냈음.
303 원앙 : 원학(猿鶴)의 잘못.

각벽상[304] 칠니탄(七里灘)의 낙시디룰 더진 거동 셔벽상(西壁上)의 그려 넛고.

삼국(三國) 풍진(風塵) 요란(擾亂)홀 졔, 한종실(漢宗室) 뉴황슉(劉皇叔)[305]이 와룡션싱(臥龍先生) 츠지려구 거룹 조흔 젹노마(的盧馬)[306]룰 치룰 젹여[307] 밧비 모라 남양(南陽) 융즁(隆中) 풍셜즁(風雪中)의 지셩(至誠)으로 가는 양(樣)을 완연(宛然)이 그려 넛고. 시즁텬자(詩中天子) 니쳥연(李靑蓮)[308]은 포도쥬(葡萄酒)룰 디취(大醉)ᄒ고 취흥(醉興)을 못 니긔여 어션의 빗기 안자 물밋ᄒᆡ 빗췬 달을 사랑ᄒ여 잡으려고 손을 물의 너흔 거동 션명ᄒ게 그려 넛고.

쏘 한 편 살펴보니, 위슈변(渭水邊)의 강션싱(姜先生)[309]이 션팔십궁곤(先八十窮困)ᄒ여 달삿갓[310] 슈기 쓰고 삼십뉵조 고든낙시[311] 츠례로 드리오고 낙디룰 거두칠 지 잠든 빅구(白鷗) 놀나는 경(景), 조디상(釣臺上)의 안져다가 쥬문왕(周文王)을 반기 맛나 안거사마(安車駟馬)[312]로 가는 경(景)도 한가ᄒ게 그려 넛고, 영쳔(潁川) 한슈(寒水) 흐르는 물의 소부(巢父)는 귀룰 씻고 허유(許由)는 어인 일노 귀 씨슨 물 소 먹이랴 쇠곡비[313]룰 거슬고 기산(箕山)으로 가는 경(景)[314]도 쳥아ᄒ게 그려 넛고.

---

304 동각벽상 : 동강(桐江)의 잘못.

305 유황슉(劉皇叔) : 중국 삼국시대 촉한(蜀漢)의 유비(劉備). 그가 제갈공명(諸葛孔明)을 찾아가 삼고초려(三顧草廬)한 고사가 유명함.

306 젹로마(的盧馬) : 유비가 타던 말 이름.

307 채를 제겨 : 채찍을 쳐서.

308 이쳥련(李靑蓮) : 청련은 이백(李白)의 호. 이백이 술을 먹고 물에 비친 달을 잡으려다가 물에 빠져 죽었다는 전설이 있음.

309 위수변(渭水邊)의 강선생(姜先生) : 위수 가의 강태공(姜太公). 강태공의 본이름은 상(尙). 여상(呂尙)이라고도 함. 강태공은 위수에서 곧은 낚시를 하며 80세가 될 때까지 문왕을 기다렸는데, 문왕을 만난 후에는 높은 벼슬에 올라 자기의 뜻을 폈음.

310 달삿갓 : 달풀로 만든 삿갓. '달'은 갈대 비슷한 풀.

311 삼십육조 곧은 낚시 : '곧은 낚시'는 낚시 바늘이 곧다는 뜻으로 고기를 낚을 뜻이 없음을 의미함. '삼십육조'는 미상.

312 안거사마(安車駟馬) : 네 필의 말이 끄는 편안한 수레.

313 쇠곡비 : 쇠고삐.

314 기산(箕山)으로 가는 경(景) : 소부와 허유의 고사.

유상곡슈(流觴曲水) 귀거러스(歸去來辭),[315] 죽님칠현(竹林七賢) 어죠문답(漁樵
問答),[316] 만경창파(萬頃蒼波) 셰류강(細流江)의 어변셩뇽(魚變成龍)[317] 그려닛고,
임술지츄(壬戌之秋) 칠월긔망야(七月旣望夜)[318]의 소자쳠(蘇子瞻)[319]의 젹벽강(赤
壁江)의 범쥬(泛舟)ᄒ여 노는 경(景)도 신긔로이 그려넛고.

부벽셔(付壁書)[320]롤 볼작시면, 왕자안(王子安)의 등왕각셔(滕王閣序),[321] 도연
명(陶淵明)의 귀거러스(歸去來辭),[322] 니티빅(李太白)의 쥬지스(竹枝詞),[323] 소동파
(蘇東坡)의 젹벽부(赤壁賦)[324] 여긔져긔 붓쳐두고.

닙츈(立春) 쥬련(柱聯)[325] 볼작시면, 장공(長空)의 영동화영월(影動花迎月) 심
원(深苑)의 인귀월반화(人歸月伴花)라.[326] 운파월규화호쳐(雲罷月窺花好處)의 야

---

315 유상곡수(流觴曲水) 귀거래사(歸去來辭) : 굽이쳐 흐르는 물결위에 술잔을 띄우
　　고 귀거래사를 읊음. 벼슬을 버리고 한가하게 노는 모습.
316 죽림칠현(竹林七賢) 어초문답(漁樵問答) : 죽림칠현은 중국 위진(魏晋) 초기에 죽
　　림에서 청담(淸談)을 일삼던 일곱 명의 선비로 산도(山濤), 왕융(王戎), 유령(劉
　　伶), 완적(阮籍), 완함(阮咸), 혜강(嵇康), 상수(向秀) 등이다. 이들이 어부나 나무꾼
　　과 얘기를 나눈다는 말은 한가하게 지내는 것을 나타냄.
317 어변성룡(魚變成龍) : 물고기가 변하여 용이 됨. 곤궁하던 사람이 부귀영화를
　　누리게 되거나 하찮게 보이던 사람이 큰 인물로 자라나게 됨을 이르는 말.
318 임술지추(壬戌之秋) 칠월기망야(七月旣望夜) : 임술년 가을 7월 16일 밤. 소동파
　　(蘇東坡)의 「적벽부(赤壁賦)」 첫머리.
319 소자첨(蘇子瞻) : 자첨은 소동파의 자(字).
320 부벽서(付壁書) : 벽에 써 붙인 글씨.
321 왕자안(王字安)의 등왕각서(滕王閣序) : 당(唐)나라 시인 왕발(王勃)이 등왕각에
　　갔을 때 지은 글. 자안(字安)은 그의 자.
322 도연명(陶淵明)의 귀거래사(歸去來辭) : 중국 진(晉)나라 도연명이 지은 글로,
　　벼슬을 그만두고 고향으로 가면서 지은 것이다.
323 이태백(李太白)의 죽지사(竹枝詞) : 이백의 「양양가(襄陽歌)」에 토를 달아 부르
　　는 노래는 '양양가'이고, 12가사 가운데 '죽지사'라는 노래가 따로 있음. 여기
　　서 말하는 죽지사는 양양가를 지칭하는 것으로 보임.
324 소동파(蘇東坡)의 적벽부(赤壁賦) : 중국 송(宋)나라 소식(蘇軾)이 지은 글로, 양
　　자강(揚子江)을 유람하며 여러 가지 회상과 감회를 쓴 것이다. '동파'는 소식
　　의 호.
325 입춘(立春) 주련(柱聯) : 입춘에 벽이나 기둥 등에 써 붙이는 글.
326 장공영동화영월(長空影動花迎月) 심원인귀월반화(深苑人歸月伴花) : 먼 하늘의

심화슈월명즁(夜深花睡月明中)을,[327] 슈의남극노인셩(壽擬南極老人星)의 신시셔방

블(身是西方佛)을,[328] 원득삼산블노쵸(願得三山不老草) 비헌고당빅발친(拜獻高堂白

髮親),[329] 븍궐은광회슈졉(北闕恩光回首接) 남산가긔계헌령(南山佳氣啓軒迎),[330] 작

조치봉함츈지(昨宵彩鳳含春至)ᄒ니 금일텬관사복닉(今日天官賜福來).[331]

　문작의는 국티민안가급인족(國泰民安家給人足) 문신호령가금블샹(門神戶靈呵

嘆不祥),[332] 문 우희는 츈도문젼징부귀(春到門前增富貴)[333]롤 귀머리[334]의 붓쳐시

니 만벽셔화(滿壁書畵) 더옥 좃타.

　니도령 니른 말이,

　"닉가 우연이 든 장가〃 쌀고리의 닭기로다."[335]

　츈향의 엇기 집고 디쳥의 올나 방안의 드러가니, 침향(沈香)닉가 황홀

ᄒ다.

　그림자 움직이니 꽃은 달을 맞이하고, 깊은 동산에 사람 돌아오니 달빛은 꽃
　을 짝하네. 명(明)나라 당인(唐寅)의 「화월음(花月吟)」의 한 구절.

327 운파월규화호쳐(雲罷月窺花好處) 야심화슈월명즁(夜深花睡月明中) : 구름 흩어
　진 틈으로 달빛은 아름다운 꽃을 엿보고, 깊은 밤에 꽃은 달빛 속에서 조는
　구나. 당인의 「화월음」의 한 구절.

328 슈의남극노인셩(壽擬南極老人星)에 신시셔방블(身是西方佛)을 : 수명은 남극노
　인성 같고, 몸은 부처님이라.

329 원득삼산불로초(願得三山不老草) 배헌고당백발친(拜獻高堂白髮親) : 원컨대 삼
　신산(三神山)의 불로초를 얻어, 백발의 부모님께 절하고 드리고 싶다. 이 아래
　는 모두 입춘(立春) 때 대문 등에 붙이는 글임.

330 북궐은광회수접(北闕恩光回首接) 남산가기계헌영(南山佳氣啓軒迎) : 고개 돌려 대
　궐의 임금님 은혜를 맞이하고, 집을 열고 남산의 아름다운 기운을 받아들임.

331 작소채봉함춘지(昨宵彩鳳含春至) 금일천관사복래(今日天官賜福來) : 어제 저녁
　봉황이 봄을 물고 오더니, 오늘 천관이 복을 가지고 왔네.

332 국태민안가급인족(國泰民安家給人足) 문신호령가금불상(門神戶靈呵嘆不祥) : 나
　라가 태평하고 백성이 평안하며 집집마다 사람마다 살림이 넉넉하고, 집을 지
　켜주는 신령이 상서롭지 못한 것을 모두 막아준다.

333 춘도문전증부귀(春到門前增富貴) : 봄이 문 앞에 와서 부귀를 더한다.

334 귀머리 : 귀마루인 것 같음. '귀마루'는 지붕의 귀퉁이 끝.

335 쌀고리에 닭이로다 : 쌀을 넣은 고리짝과 닭이 생김. 갑자기 먹을 것이 많아
　지고 유족하게 된 것을 이르는 말.

방치례롤 볼작시면, 각장(角壯)[336] 〃판의 당유지(唐油紙)로 굽도리후고, 빅
능화(白菱花)로 도비(塗褙)[337]후고, 비단 바른 소라반자, 용장(龍欌), 봉장(鳳欌),[338]
궤(櫃), 뒤지,[339] 칙상(冊床), 각계슈리,[340] 들뮈장,[341] 자기함농, 반다지,[342] 면경
(面鏡), 체경(體鏡),[343] 왜경디(倭鏡臺), 쇄금(鎖金) 들뮈 삼층장(三層欌),[344] 계자(鷄子)
다리 옷거리,[345] 용두(龍頭)머리 장목비,[346] 쌍뇽(雙龍) 그린 빗졉 고비[347] 벽상
(壁上)의 거리두고.[348]

강진향(降眞香) 탁자(卓子),[349] 쾌상,[350] 벼로집,[351] 화류셔안(樺榴書案),[352] 됴자
상(交子床),[353] 귀목 두지,[354] 농츕항,[355] 칠(漆)박,[356] 미함박,[357] 두리박,[358] 귀

---

336 각장(角壯) : 보통 장판지보다 두꺼운 장판지.

337 백릉화(白菱花) 도배(塗褙) : 흰 마름 무늬의 도배지로 벽이나 반자를 바름.

338 용장(龍欌) 봉장(鳳欌) : 용, 봉황을 새긴 옷장.

339 뒤지 : 뒤주. 곡식을 담아두는 궤짝.

340 가께수리 : 여닫이 문 안에 서랍이 많이 설치된 작은 궤.

341 들미장 : 문을 들게 되어 있는 장.

342 반닫이 : 앞의 위쪽 절반이 문짝으로 되어 아래로 잦혀 여닫는 가구.

343 면경(面鏡) 체경(體鏡) : '면경'은 얼굴을 보는 작은 거울이고, '체경'은 몸을
비추는 큰 거울.

344 쇄금(鎖金) 들미 삼층장(三層欌) : 자물쇠를 잠그게 된 삼층 들미장.

345 계자(鷄子)다리 옷걸이 : 옷 거는 기둥막대를 닭다리 모양으로 한 옷걸이.

346 용두(龍頭)머리 장목비 : 장목(꿩의 꽁지깃)으로 만든 빗자루의 자루를 용머리
무늬로 장식한 것.

347 쌍룡(雙龍) 그린 빗접고비 : 쌍룡을 그려 장식한 빗접고비. '빗접고비'는 빗솔,
빗치개 등 머리를 빗는 데 쓰는 도구를 꽂아 걸어두는 물건.

348 거리두고 : 걸어두고.

349 강진향(降眞香) 탁자(卓子) : 강진향으로 만든 탁자. '강진향'은 향의 이름인데,
여기서는 그 나무를 말함.

350 쾌상 : 문방구를 넣어 두는 방 세간의 하나. 네모반듯한데 위 뚜껑을 좌우 두
짝으로 달았으며, 서랍이 하나 있고 밑이 비었다.

351 벼룻집 : 벼루, 먹, 붓, 연적 따위를 넣어 두는 납작한 상자.

352 화류서안(樺榴書案) : 화류로 만든 책을 올려놓는 상. '화류'는 남방에서 나는
자단(紫檀)의 목재.

353 교자상(交子床) : 네모꼴의 길고 큰 음식상. '교자'는 구색을 갖추어 차린 음식.

354 귀목 뒤주 : 느티나무로 만든 뒤주.

박,[359] 학슬반(鶴膝盤)[360]의 자기반(盤) 층〃(層層)이 언져두고.

　손유자(山柚子) 통자리상[361] 현단요[362]의 더단(大緞)니블, 원앙금침(鴛鴦衾枕)
잣벼기[363]롤 반자갓치[364] 쏜하놋코, 은침(銀針) 갓흔 가진 열쇠[365] 쥬황당사
(朱黃唐絲) 끈을 다라 본돈 셧거[366] 쒜여 달고, 청동화로(靑銅火爐), 전더야,[367]
빅통유경(油檠),[368] 놋쵸더,[369] 시별 ᄀᆞᆺ흔 쌍 요강,[370] 타구(唾具), 회판(灰板)[371]
노하 닛고.

　인물병(人物屛),[372] 슈병풍(繡屛風)의 공작병(孔雀屛)도 둘너치고, 칠현금(七絃
琴) 거문고롤 시쥴 다라 셰워 두고, 양금(洋琴),[373] 싱황(笙簧),[374] 희금(奚琴),[375]

---

355 용충항 : 용충항아리. 뒤주 위에 놓고 마른 반찬 등을 넣어두는 용을 그린 큰
　　항아리.
356 칠박 : 옻칠을 한 함지박. '함지박'은 통나무를 파서 바가지처럼 만든 그릇.
357 매함박 : 매함지. 맷돌을 앉힐 수 있는 함지박.
358 두리박 : 둥그런 함지박.
359 귀박 : 나무를 네 귀가 지게 파서 만든 조그만 함지박.
360 학슬반(鶴膝盤) : 다리를 접게 만든 소반.
361 산유자(山柚子) 통자릿상 : 산유자 나무를 통으로 써서 만든 이부자리를 올려
　　놓는 상.
362 선단요 : 비단으로 만든 요.
363 잣베개 : 마구리가 잣 모양이 되게 만든 베개.
364 반자같이 : 반자처럼. 높다는 뜻.
365 은침(銀針) 같은 갖은 열쇠 : 여러 가지 열쇠를 말한 것임. '은침'은 은으로 만
　　든 침.
366 본돈 섞어 : 본돈은 엽전. 열쇠꾸러미에 엽전을 매달아 놓은 것.
367 전대야 : 전이 있는 대야. 대야의 위에 평평한 부분을 전이라고 함.
368 백통유경(油檠) : 백통으로 만든 등잔걸이. '백통'은 구리, 아연, 니켈의 합금.
369 놋촛대 : 놋쇠로 만든 촛대.
370 샛별 같은 쌍 요강 : 반짝반짝하게 잘 닦아놓은 요강 두 개. '요강'은 방에
　　두는 오줌을 누는 그릇.
371 회판(灰板) : 재판. 담배통, 재떨이, 요강, 타구 따위를 놓거나 장판이 상하지
　　않게 하려고 깔아두는 두꺼운 종이나 널빤지.
372 인물병(人物屛) : 사람을 그려 넣은 병풍.
373 양금(洋琴) : 서양에서 온 현악기라는 의미. 사다리꼴로 된 통에 놋쇠로 만든
　　줄이 있는데, 이 줄을 대나무로 만든 채로 두드려서 소리를 낸다.

장고 여긔져긔 노하 두고, 뉵목(六目) 팔목(八目),[376] 상뉵(雙六),[377] 골픾(骨牌),[378] 바독, 장긔(將碁) 노하 잇고, 오두덕 쥬셕쵸[379] 엽션(葉船)쵸딕[380] 쇄금(碎金) 홍쵸[381] 휘황(輝煌)ᄒ게 블을 혀고. 츈향의 거동 보쇼. 용두(龍頭)머리 장목비롤 셤〃 옥슈(纖纖玉手)로 ᄂᆞ리워 들고 이리져리 쓰리치고, 홍젼(紅氈)[382] 한 쎄 쩔쳐 ᄭᅡᆯ고.

"도련님 이리 안지시오."

치마 압흘 뷔여안코 은침(銀針) 갓흔 열쇠 ᄂᆡ여 금거복 자물쇠롤 썰걱 열고 각ᄉᆡᆨ(各色) 셔쵸(西草)[383] 다 ᄂᆡ일 졔, 평안도(平安道)도 셩쳔쵸(成川草),[384] 강원도(江原道) 김셩쵸(金城草),[385] 젼나도(全羅道) 진안쵸(鎭安草),[386] 양덕(陽德) 삼등쵸(三登草)[387] ᄂᆡ여놋코 ᄂᆡ여놋코,[388] 경긔도(京畿道) 삼십칠관즁(三十七官中)[389] 광쥬

---

374 생황(笙簧) : 많은 대나무 관을 둥근 나무통에 둥글게 돌려 꽂아 놓은 관악기.

375 해금(奚琴) : 오동나무 통 위에 두 줄을 매고 이를 활로 켜서 소리를 내는 악기. 깡깡이.

376 육목(六目) 팔목(八目) : 육목은 60장으로 된 투전(鬪牋)이고, 팔목은 80장이 한 벌인 투전이다. '투전'은 손가락만한 종이에 그림이나 글씨를 써서 이것으로 노름을 하는 도구이다. 화투가 들어온 후 거의 사라졌다.

377 쌍륙(雙六) : 편을 갈라 차례로 주사위 둘을 던져 나오는 숫자대로 판에 말을 써서, 먼저 궁에 들여보내는 내기. 또는 그 말.

378 골패(骨牌) : 손가락 마디만한 네모진 작은 나무 바탕에 흰 뼈를 붙여 여러 가지 수효의 구멍을 새긴 노름 기구. 32짝이 한 벌임.

379 오두덕 주석초 : 초를 말하나 구체적으로 어떤 초를 말하는 것인지는 미상.

380 엽선(葉船)촛대 : 나뭇잎 모양의 받침이 있는 촛대를 말하는 것으로 보임.

381 쇄금(碎金) 홍초 : 아름다운 홍초. '홍초'는 붉은 물감을 들인 초.

382 홍전(紅氈) : 붉은 빛의 모직 담요.

383 각색(各色) 서초(西草) : 각종 담배. '서초'는 평안도에서 나는 좋은 담배.

384 성천초(成川草) : 평안남도 성천에서 나는 좋은 담배.

385 금성초(金城草) : 강원도 금성에서 나는 좋은 담배.

386 진안초(鎭安草) : 전라북도 진안에서 나는 담배.

387 양덕(陽德) 삼등초(三登草) : 양덕과 삼등은 평안도의 지명. 이곳에서 나는 담배가 유명했음.

388 원문에 '내어놓고'가 한 번 더 들어갔음.

389 경기도(京畿道) 삼십칠관중(三十七官中) : 경기감영에 속한 경기도 관아 서른일곱 가운데.

(廣州) 남한산셩(南漢山城) 금광쵸(金光草)[390] 혼 듸 쑥 쩌혀 꿀물의 홀〃 뿜어[391] 왜간쥭(倭簡竹) 부산(釜山)더[392]의 너홀지게[393] 담아들고, 단슌호치(丹脣皓齒) 담박 무러 청동화로(青銅火爐) 빅탄(白炭)[394]블의 잠간 다혀 부쳐닉여 치마쯔리 집어드가 물부리[395]룰 씨셔 둘너잡아,

"옛쇼 도련님. 담빅 잡슈."

니도령이 황겁지겁(惶怯至怯) 감지덕지(感之德之)호여 두 손으로 바다들고 타락(駝酪) 숑아지 어이 졋 쌔다시[396] 모긔블을 피니면셔,

"만고영웅호걸(萬古英雄豪傑)들노 술 업시는 무(無)맛시라. 여ᄎ양야(如此良夜)[397] 이 노룸의 술 업시는 못호리니 술을 밧비 가져오라."
호더라.

ᄎ하(且下)룰 셕남(釋覽)호라.[398]

세(歲) 긔유(己酉) 구월일 향목동 셔(書)

---

390 금광초(金光草) : 조선시대 경기도 광주(廣州) 남문 밖 세촌면(細村面) 금광리(金光里) 김씨(金氏)의 밭에서 나는 담배는 조선에서 가장 뛰어난 품질이어서, 면내에서 생산되는 것을 모두 '금광초'라고 했다.

391 한 대 뚝 떼어 꿀물에 홀홀 뿜어 : 담뱃대에 들어갈 만큼 담배를 집어내어 여기에 꿀물을 뿜어 촉촉하게 함. 담배에 적당한 습기를 주고 맛을 좋게 하기 위해 꿀물을 뿌리는 것임.

392 왜간죽(倭簡竹) 부산(釜山)대 : 일본산 대나무로 부산에서 만든 담뱃대라는 의미인 듯. 간죽은 담뱃대의 물부리와 담배 넣은 통 사이의 가느다랗고 긴 대나무.

393 너홀지게 : 넘쳐나게.

394 백탄(白炭) : 화력이 가장 센 참숯.

395 물부리 : 담뱃대의 입에 무는 부분.

396 타락(駝酪) 송아지 어미 젖 빨듯이 : 젖 먹는 송아지가 어미젖 빨듯이. '타락'은 우유.

397 여차양야(如此良夜) : 이렇게 좋은 밤.

398 차하(且下)를 석람(釋覽)하라 : '다음 회를 보라'는 뜻임.

츠시(此時) 니도령 이른 말이,

"만고영웅호걸(萬古英雄豪傑)들도 술 업시는 무(無)맛시라. 여츠양야(如此良夜) 이 노롬의 술 업시는 못ᄒ리라. 술을 밧비 가져오라."

츈향이 상단(香丹)[1]이 블너,

"마누라님긔 나가 보아라."

이ᄯ의 츈향의 어미 스롬의 ᄲᅧ롤 ᄲᅵ희려구[2] 위션(爲先) 쥬효(酒肴) 진지[3] ᄒ올제, 팔모 졉은 디모반(玳瑁盤)[4]의 통영소반(統營小盤),[5] 안셩유긔(安城鍮器),[6] 왜화긔(倭畵器), 당화긔(唐畵器), 산호(珊瑚), 〃박(琥珀), 슌금(純金) 쳔은(天銀) 각식

---

1 향단(香丹) : 춘향의 몸종 이름.
2 사람의 뼈를 뽑으려고 : 상대방의 마음을 부드럽게 만들려고.
3 진지 : 어른을 높여서 그의 밥을 이르는 말.
4 팔모 접은 대모반(玳瑁盤) : 여덟 귀를 접은, 대모(玳瑁, 거북의 껍데기)로 장식한 소반.
5 통영소반(統營小盤) : 통영반. 경상남도 통영에서 만든 소반.
6 안성유기(安城鍮器) : 경기도 안성에서 만든 놋그릇.

긔명(各色器皿) 노혓는더, 술병도 겻드렷다. 쳥피긔우(瞻彼淇奧) 죽졀병(竹節瓶),[7]
염낙금졍(葉落金井) 오동병(梧桐瓶),[8] 야화(野花) 그린 왜화병(倭畫瓶), 금젼슈복(金
錢壽福) 당화병(唐畫瓶),[9] 죠션보화(朝鮮寶貨) 쳔은병(天銀瓶), 즁원보화(中原寶貨) 유
리병(琉璃瓶), 벽희슈궁(碧海水宮) 산호병(珊瑚瓶), 문치(文彩) 죠흔 디모병(玳瑁瓶).
　　각식(各色) 술을 겻드렷다. 도쳐ᄉ(陶處士)[10]의 국화쥬(菊花酒), 니한님(李翰
林)[11]의 포도쥬(葡萄酒), 산님쳐ᄉ(山林處士) 죽엽쥬(竹葉酒), 만고션녀(麻姑仙女)[12]의
연엽쥬(蓮葉酒), 안긔싱(安期生)[13]의 자하쥬(紫霞酒), 감홍노(甘紅露),[14] 계당고(桂當
膏),[15] 빅화쥬(百花酒), 니강고(梨薑膏),[16] 죽녁고(竹瀝膏)[17]롤 겻드리고.
　　쥬물상(晝物床)[18]을 도라보니 디양푼[19]의 가가리찜[20] 소양푼의 졔육쵸,[21]
양지머리[22] 츳돌박이[23] 어두봉미(魚頭鳳尾)[24] 노하 닛고, 신셜노(神仙爐)[25]의 젼

7　첨피기욱(瞻彼淇奧) 죽절병(竹節瓶) : '죽절병'은 대나무의 마디 모양으로 만든
　　술병. '瞻彼淇奧'은 『시경』 「위풍(衛風)」 기욱(淇奧)의 첫머리로 "기수의 물굽이
　　를 바라보니"라는 뜻. 여기서는 죽절병을 수식하는 말로 쓰였음. 이 아래에 나
　　오는 병에는 모두 수식하는 말을 덧붙였음.
8　엽락금정(葉落金井) 오동병(梧桐瓶) : 오동나무 무늬를 그린 술병. "우물에 오동
　　나무 잎이 떨어지니 가을이 왔네(葉落金井梧桐秋)"라는 싯귀가 있음.
9　금전수복(金錢壽福) 당화병(唐畫瓶) : 엽전 모양과 '壽福'이라는 글자를 그려 넣
　　은 중국 술병.
10　도처사(陶處士) : 도연명(陶淵明).
11　이한림(李翰林) : 이태백(李太白).
12　마고선녀(麻姑仙女) : 중국의 전설상의 선녀.
13　안기생(安期生) : 고대 중국의 신선.
14　감홍로(甘紅露) : 평양에서 나던 붉은 소주의 한 가지.
15　계당고(桂當膏) : 계피와 당귀를 소주에 넣어 만든 술.
16　이강고(梨薑膏) : 소주에 배즙, 생앙즙, 꿀 따위를 섞어 중탕하여 만든 술.
17　죽력고(竹瀝膏) : 죽력에 소주와 꿀, 그밖의 여러 약초를 넣어 만든 것으로 구
　　급약으로 씀. '죽력'은 푸른 대쪽을 불에 구울 때 나오는 진액(津液).
18　주물상(晝物床) : 귀한 손님을 대접할 때 간략하게 차려 먼저 내오는 음식상.
19　대양푼 : 큰 양푼. '양푼'은 음식을 담거나 데우는 데 쓰는 놋그릇.
20　가리찜 : 갈비찜.
21　제육초[猪肉炒] : 돼지고기 볶음.
22　양지머리 : 소의 가슴에 붙은 뼈와 살을 통틀어 말함.
23　차돌박이 : 소의 양지머리뼈의 복판에 붙은 희고 단단한 기름진 고기.

골이오, 싱치(生雉)다리 전체슈(全體需),[26] 숑강(松江) 노어(鱸魚) 회(膾)[27]룰 치고, 각관(各官) 포육(脯肉),[28] 광어(廣魚) 편포(片脯),[29] 문어(文魚) 전복(全鰒) 봉(鳳) 삭이고,[30] 밀양(密陽) 싱율(生栗) 깍가 놋코, 함창(咸昌) 건시(乾枾)[31] 접어 놋코, 청(靑)실닉 황(黃)실닉,[32] 빅셜(白雪) 갓흔 쑬셜기, 송병(松餠), 산병(散餠), 듯텁편,[33] 전즈(篆字) 노흔 싁절편.[34] 편청[35]은 싱청(生淸)이오, 화치(花菜), 침치(沈菜),[36] 계즈,[37] 민강(閩薑)ㅅ탕,[38] 오화당(五花糖),[39] 빙당(氷糖), 셜당(雪糖), 귤병(橘餠)이이오, 농안(龍眼), 여지(荔枝),[40] 당(唐)디쵸,[41] 싱강(生薑), 두츙(杜冲), 연근(蓮根), 산스(山査), 정구화[42]도 노화 닛고, 산치(山菜)ᄂᆞᆫ 도라지오 들치(菜)[43]ᄂᆞᆫ

미나리, 물쑥, 제비쑥, 강슌(薑筍), 쥭슌(竹筍) 좌우로 겻드리고, 동정금귤(洞庭金橘)[44] 황홀ᄒ다. 빅단(白炭)슛히 다리쇠[45]롤 풍노(風爐) 우희 거러 놋코, 평양슉동(平壤熟銅) 진갑이[46]의 능허쥬(凌霞酒)[47]란 술을 부어 블한블열(不寒不熱) 더혀 놋코, 부어들고 권ᄒ다.

이 말은 다 전례판(前例板)이라.

약쥬(藥酒)가 한 병이오, 고쵸장의 관목(貫目)[48] 씬 것, 감동겻히 무싹독이,[49] 열무침치 들기롬 치고, 광쥬(廣州) 분원(分院) 사기잔(沙器盞)[50]의 춘향이 술 부어 손의 들고,

"도련님 약쥬 잡슈."

"안아 이 이, 잡슈슈라 ᄒ는 거시 쌍쓰러기 슈〃[51]가 잡슈〃야? 을히(乙亥)년 동양훈 슈〃[52]가 잡슈슈야? 외닙(外入)ᄒ는 사나희가 술 부이며 권쥬가(勸酒歌) 하나 못 드롤소냐? 아모랴도 그져 먹든 못ᄒ리라."

춘향이 홀일업셔 권쥬가 홀 지,

　　이 술 한 잔 잡으시면 슈부강영(壽富康寧)ᄒ오리라

────────────

42 정구화 : 정과(正果). '정과'는 과일 또는 식물의 뿌리와 열매, 씨 같은 것을 꿀이나 사탕, 물엿 같은 것을 넣고 졸여서 만든 단음식의 하나.

43 들채(荣) : 들나물.

44 동정금귤(洞庭金橘) : 중국 남부 동정호가 있는 지방에서 나는 귤.

45 다리쇠 : 무엇을 끓이거나 데울 때, 화로 위에 걸쳐놓아 그 위에 냄비나 주전자를 올려놓을 수 있게 만든 기구.

46 평양숙동(平壤熟銅) 쟁개비 : 평양에서 나는 좋은 구리로 만든 작은 냄비. '쟁개비'는 작은 냄비.

47 능하주(凌霞酒) : 술의 이름.

48 관목(貫目) : 말린 청어.

49 감동젓에 무깍두기 : 감동젓과 깍두기. '감동젓'은 작은 새우인 곤쟁이로 담근 곤쟁이젓을 말함.

50 광주(廣州) 분원(分院) 사기잔(沙器盞) : 경기도 광주 분원에서 만든 사기그릇. 이곳에서 만든 사기그릇은 왕실에서 썼다.

51 땅쓰러기 수수 : 땅바닥에 쓰레기를 쓰는 수수비.

52 을해(乙亥)년에 동냥한 수수 : 을해년에 빌어 얻어온 수수.

이 술이 술이 아니라 한무데(漢武帝) 승노반(承盤)[53]의

니슬 바든 거시오니 쓰나다나 잡으시오.

인간영욕(人間榮辱) 혜아리니 묘창히지일속(渺蒼海之一粟)[54]이라

술이나 취코 노사이다

꼿츨 썩거 슈(數)룰 놋코[55] 무진무궁(無盡無窮) 잡으시오

우리 한번 도라가면 뉘라 한 잔 먹즈흐리

춘풍(春風)의 지는 꼿춘 명년(明年) 봄의 다시 픠더

빅발(白髮) 두 번 다시 겁기 어렵도다

빅년신셰(百年身世)는 셕화광음(石火光陰)[56]이오 일디부영(一代富榮)은 한

단(邯鄲)의 일몽(一夢)[57]이라

기쥬(嗜酒)흐던 유령(劉伶)[58]이도 사라실 졔 취옹(醉翁)이오

음쥬션(飲酒仙) 니퇴빅(李太白)도 죽어지면 고혼(孤魂)이라   4

아니 취(醉)코 무삼흐리

셕슝(石崇)[59]의 금곡부귀(金谷富貴) 텬외(天外)의 부운(浮雲)이오

니션(李仙)[60]의 황금돈도 노상(路上)의 진토(塵土)로다

셔산의 지는 히는 졔경공(齊景公)의 눈물이오[61]

---

53 한무제(漢武帝) 승로반(承露盤) : 한무제가 이슬을 받기 위하여 설치한 구리로
만든 쟁반.

54 묘창해지일속(渺蒼海之一粟) : 아득히 넓고 푸른 바다에 좁쌀 한 알이란 의미
로, 인간이란 이처럼 미미한 존재라는 뜻.

55 꽃을 꺾어 수(數)를 놓고 : 술을 마시며 몇 잔 마셨나를 꽃을 꺾어서 숫자를
센다는 뜻.

56 석화광음(石火光陰) : 돌이 마주 부딪칠 때에 불빛이 한 번 번쩍하고 곧 없어지
는 것과 같이 빠른 세월.

57 한단(邯鄲)의 일몽(一夢) : 세상의 부귀영화가 헛된 것임을 얘기한 것. 심기제(沈
旣濟)의 『침중기(枕中記)』에서 나온 말.

58 유령(劉伶) : 죽림칠현의 한 사람인 유령은 술 잘 먹는 것으로 유명했음.

59 석숭(石崇) : 중국 진(晉)나라의 부호이며 문장가. 금곡(金谷)에 별장이 있었음.

60 이선(李仙) : 『숙향전』의 남자 주인공.

61 제경공(齊景公)의 눈물이오 : 제경공이 우산(牛山)에 올라가서 제나라를 바라보

옹문금(雍門琴)[62] 한 곡조의 밍상군(孟嘗君)이 우단말가
안기싱(安期生) 젹송자(赤松子)[63]룰 어이 구러 ᄎ자보며
일광노(日光老) 녀동빈(呂洞賓)을 누고다려 무러보리
봉닉산(蓬萊山) 가려ᄒ니 약슈(弱手)는 삼쳔니(三千里)오
옥경(玉京)을 향ᄒ려니 창텬(蒼天)이 구만리(九萬里)라
술이나 ᄎ|(醉)코 노사이다
공산낙목우쇼 〃(空山落木雨蕭蕭)ᄒ니 삼국풍유츠젹요(相國風流已寂寥)라
쵸창일비(怊悵一杯)룰 난깅진(難更進)이라 금년가곡즉금조(昔年歌曲卽今朝)라[64]
아니 ᄎ|(醉)코 무삼ᄒ리

니도령 이른 말이,
"너는 손 딕졉(待接)[65]ᄒ노라고 너모 슈고ᄒ니 블안(不安)ᄒ다. 너도 한 잔 먹으라."
ᄒ고 부어쥬니,
"먹을 쥴 몰나요."
"마셔 삼키면 먹는 거시니 모르는 게 무어시니."
바다 좀 마시고,

다가 인생의 짧은 것을 한탄했다는 고사.
62 옹문금(雍門琴) : 옹문고금(雍門鼓琴). 옹문자주(雍門子周)가 거문고를 연주하여
   제(齊)나라 맹상군을 슬프게 한 고사에서 온 말.
63 안기생(安期生) 적송자(赤松子) : 두 사람 모두 중국의 전설적인 신선.
64 권필(權韠)이 정철(鄭澈)의 묘를 지나다가 쓴 다음과 같은 시가 있는데, 여기서
   는 전승과정에서 잘못된 글자가 많아졌음.
   공산낙목우소소(空山落木雨蕭蕭) 비인 산에 낙엽지고 쓸쓸히 비 오는데
   상국풍류이적요(相國風流已寂寥) 상공(정철)의 풍류는 이미 쓸쓸해졌네.
   초창일배난갱진(怊悵一杯難更進) 슬픔에 겨워 한잔 술 다시 드리기 어려우니
   석년가곡즉금조(昔年歌曲卽今朝) 지난날 노래를 오늘 아침에 부르네.
65 손 대접(待接) : 손님 접대.

"못 먹깃쇼."

"이리 다구."

그렁져렁 사오비(四五杯)롤 능음(能飮)ᄒ고 ᄒᄂᆫ 말이,

"디체로 싱각ᄒ면 남아(男兒)의 위방블닙(危邦不入) 쳥누(靑樓)[66]롤 닐너시니, 우리 두리 침익(沈溺)ᄒ여 이러트시 노일 젹의 엇더ᄒᆫ 실업장이 디너미[67]ᄒ여 드러와셔 요간돌츌(腰間突出)[68] 작난ᄒ고, 의복(衣服)을 열파(裂破)ᄒ고 니 몸을 망신(亡身)ᄒ면 아닌 밤의 도망ᄒ여 칙방(冊房)으로 가려니와 아모려도 위틱ᄒ다. 쥬판지세(走阪之勢)[69] 홀일업다."

츈향이 미쇼ᄒ고 가스ᄒ다.[70]

    펄 〃 나지마라 너 잡을 니 아니로다

    셩상(聖上)이 바리시니 너롤 좃ᄎ 예 왓노라

    오류츈광(五柳春光) 경(景) 조흔디 빅마금편(白馬金鞭) 화류(花遊)[71] 가자

    운침벽계(雲枕碧溪) 화홍(花紅)도 류록(柳綠)ᄒ디[72] 만학쳔봉(萬壑千峰) 취셩쇄라[73]

    호즁텬지별건곤(壺中天地別乾坤)[74]이 여긔로다

---

66 남아(男兒)의 위방불입(危邦不入) 청루(靑樓) : 남자로서 들어가서는 안 될 위험한 곳인 기생집.

67 대넘이 : 부줏대넘기. 땅재주의 하나로, 대나무 막대기를 쥐고 뛰어넘는 재주. 여기서는 넘는다는 의미로 썼음.

68 요간돌출(腰間突出) : 갑자기 뛰어듦.

69 주판지세(走阪之勢) : 내리막길을 달음질쳐 내리는 형세. 어찌할 도리 없이 되어가는 대로 내버려둘 수밖에 없는 형세.

70 여기서 부르는 노래는 백구사(白鷗詞)임.

71 화류(花遊) : 꽃놀이.

72 운침벽계(雲枕碧溪) 화홍(花紅)도 유록(柳綠)한데 : 구름을 베개 삼은 맑은 시냇가에 꽃은 붉고 버들은 푸른데.

73 취성쇄라 : 미상. 「백구사」의 이본에는 '빛은 새로워라'라고 했음. 현재 부르는 「백구사」에는 '비천사(飛泉瀉)라'라고 되어 있음.

74 호중천지별건곤(壺中天地別乾坤) : 술병 속에 별천지가 있다.

고봉만장쳥계울(高峰萬丈淸溪鬱)혼디[75] 녹죽창송(綠竹蒼松)이 놉기롤 닷토와

명人십니(明沙十里) 히당화(海棠花)는 다 픠여셔 모진 광풍(狂風)의 쑥〃 쩌러져셔

아조 펼〃 혼날이니 얼스 조혼 경(景)이로다.

황금 갓혼 꾀꼬리는 구십춘광(九十春光)[76] 흥을 겨워

예 가도 너훌바라고[77] 졔 가도 너훌바라니

너훌〃〃 춤을 츄니 이도 쏘한 경(景)이로다

6   바위 암상(巖上)의 다람이 긔고 시니 계변(溪邊)의 금자라 논다

조팝남긔 피족시[78] 울고 함박꼿히 뒤웅벌[79] 난다

몸은 크고 발이 젹어 동풍 건듯 불 젹마다

아조 펼〃 날아드니 얼스 조혼 경이로다

빅셜(白雪) 갓혼 흰나뷔는 날을 보고 반기는 듯 꼿츨 보고 나라든다

두 나릭롤 펼쳐들고 놉다케 짜마케

별갓치 달갓치 아조 펼〃 나라드니

얼스 조혼 경(景)이로다

마리산(摩尼山) 갈가마괴 츠돌도 바희 못 어더먹고

쳥텬(靑天)을 박츠고 빅운(白雲)을 무릅쓰고 골가 갈곡〃〃 골가

아조 펼〃 날아드니 긘들 아니 경(景)일소냐

"조타. 잘혼다. 술 붓다가 업다는 쳡(妾)과 쳡(妾)혼다고 싀오는 아뤼[80] 다

---

75 고봉만장쳥계울(高峰萬丈淸溪鬱)한데 : 봉우리는 만 장이나 높고, 맑은 시내는 콸콸 흐르는데.

76 구십춘광(九十春光) : 봄날 구십일.

77 너훌바라다 : 너울거리다.

78 피죽새 : 밤꾀꼬리의 한 종류.

79 뒤웅벌 : 뒝벌.

80 새오는 아내 : 새우는 아내. 시새우는 아내. 질투하는 아내.

못 쓰나니라. 술 보고 못 먹으면 머리털이 센다 ᄒ니, 져 병 술도 먹어보
ᄌ."

연(連)ᄒ여 부을 젹의, 도련님이 비록 탁이라도[81] 경능곽난[82]의 감홍노(甘
紅露) 아홉 복자[83]식 코궁그로 맛보는 쥬량(酒量)이라.

"쏠〃 부어라 픙〃 부어라. 바스럭〃〃〃 부어라. 왼 병의 치온 술을 유
령(劉伶)이가 먹고간지 반병일시 젹실(的實)ᄒ다. 마자 부어라. 먹자."

양(量)껏 먹어노흐니 망셰간지갑ᄌ(忘世間之甲子)ᄒ고 취호리지건곤(醉壺裏
之乾坤)이라.[84] 오장뉵부(五臟六腑) 왼 비속이 만경창파(萬頃蒼波)의 오리 쓰듯,
옥산(玉山)이 자도(自倒)[85]ᄒ여 무한(無限) 쥬졍(酒酊) ᄒ는 말이,

"네 인물도 묘(妙)커니와 가진 지조 졀묘(絶妙)ᄒ니 니 쌀노 졍ᄒ리라."

츈향이 니른 말이,

"삼강(三綱)의 부위부강(夫爲婦綱)이오 오륜(五倫)의 부〃유별(夫婦有別)이니
이거시 무삼 말이오."

"에라 이 연 물너거라. 세상 스룹 되고 삼강오륜(三綱五倫) 모롤소냐? 셔울
한강(漢江), 평양 디동강(大同江), 공쥬(公州) 금강(錦江)이 셰 강이니 삼강이라 닐
너 닛고, 셔울 벼슬의 한성(漢城) 판윤(判尹),[86] 좌윤(左尹), 우윤(右尹),[87] 경상도(慶
尙道) 경쥬부윤(慶州府尹), 평안도(平安道) 의쥬부윤(義州府尹) 이거시 오륜이니 니
엇지 모롤소냐? 니 쌀 되기 졍 원통ᄒ거든 니가 네 아들이 되ᄌ고나. 그는
그러ᄒ고, 져 웃둑 셧는 거시 쏫기질군[88]이냐?"

---

81 탁이라도 : 미상.
82 경능곽란 : 전근곽란(轉筋癨亂)의 잘못. '전근곽란'은 체해서 토하고 설사를 하여 근육이 뒤틀리는 증세.
83 복자 : 기름복자. 기름을 되는 데 쓰는 그릇.
84 망세간지갑자(忘世間之甲子)하고 취호리지건곤(醉壺裏之乾坤)이라 : 술이 몹시 취하여 날짜가 어떻게 가는 줄도 모르고 술독에 빠져 취하여 지냄.
85 옥산(玉山)이 자도(自倒) : 옥산이 스스로 무너짐. 용모가 아름다운 사람이 술에 몹시 취한 모양.
86 판윤(判尹) : 한성부(漢城府)의 으뜸벼슬. 지금의 서울시장 격임. 정2품.
87 좌윤(左尹) 우윤(右尹) : 한성판윤 밑의 벼슬. 각각 종2품.

"스룸이 아니라 거문고요."

"거문고라ᄒ니 옷칠혼 괴(櫃)냐 먹칠혼 괴냐?"

"거문 거시 아니라 줄 튼는 거시오."

"줄을 트면 하로 얼마나 가나니?"

"가는 거시 아니라 뜻는 거시오."

8 "종일 잘 쓰드면 몃 조각이나 쁜느니?"

"그러케 쁜난 거시 아니라 손으로 줄을 희롱(戲弄)ᄒ면 풍뉴(風流)쇼리 난다ᄒ오."

"정녕(丁寧)이 그러ᄒ량이면 한번 드룰 만ᄒ고나."

츈향의 거동 보쇼. 칠현금(七絃琴) 나리와 슬상(膝上)의 놋코 슐디[89]룰 쎄혀 율(律)을 고르고, 셤〃옥슈(纖纖玉手)로 디현(大絃)[90]을 트니 노룡(老龍)이 소리오, 소현(小絃)[91]을 트니 청학(靑鶴)의 우롬이라. 연(連)ᄒ여 트며 노리부르니,

님은 창숑(蒼松)이 되고 나는 녹쥭(綠竹)이 되여

낙목한텬(落木寒天)의도 우리 두리는 푸르러 닛셔

그 남글 임 진[92] 쵸목(草木)드리 못니 블워ᄒ더라

도련님 흥이 나셔,

"좃투, 너 혼자 ᄒ니 니 소리도 드러보라.

즈시(子時)[93]의 싱텬(生天)ᄒ여 광디무ᄉ부(廣大無私覆)ᄒ니 호〃탕〃(浩浩蕩蕩)[94] 하날 텬(天)

---

88 싸개질꾼 : 물건을 포장하는 사람.

89 슐대 : 거문고를 타는데 쓰는 대나무로 만든 채.

90 대현(大絃) : 거문고의 셋째 줄의 이름. 굵은 줄로 굵은 소리가 남.

91 소현(小絃) : 거문고의 여섯째 줄. 가늘며 가는 소리가 남.

92 임 진 : '잎 진'의 잘못.

93 자시(子時) : 하루를 열둘로 나눈 첫 번째 시. 곧 밤 11시부터 1시 사이.

축시(丑時)[95]의 싱지(生地)ᄒ여 오힝(五行)[96]을 맛트시니 만물창싱(萬物蒼
生) 짜 지(地)

춘풍셰우호시절(春風細雨好時節)의 현조남 〃 (玄鳥喃喃)[97] 가을 현(玄)

금목슈화(金木水火) 오힝즁(五行中)의 즁궁(中宮)을 맛트시니 토지정식(土
之正色) 누루 황(黃)[98]

금풍사비셕긔(金風颯而夕起)[99]ᄒ니 옥우징 〃 [100] 집 우(宇)

안득광하천만간(安得廣廈千萬間)[101]의 살기 조흔 집 쥬(宙)

구년지슈(九年之水)[102] 어이ᄒ리 하우텬지(夏禹天地) 너불 홍(洪)

셰상만ᄉ(世上萬事) 밋지 마라 황당(荒唐)ᄒ다 거칠 황(荒)

요간부상삼빅척(遙看扶桑三百尺)의 벗듯 도드니[103] 날 일(日)

일낙함지(日落咸池)[104] 날 져물고 월츌동녕(月出東嶺) 달 월(月)

동원도리편시츈(東園桃李片時春)[105]의 낙화분 〃 (落花紛紛) 츨 영(盈)

미식(美色) 블너 술 부어라 넘쳐간다 기울 칙(昃)

---

94 광대무사부(廣大無私覆)하니 호호탕탕(浩浩蕩蕩) : 광대하여 사사로이 덮음이 없
으니 매우 넓고 끝이 없다. 범중엄(范仲淹)의 「악양루기(岳陽樓記)」의 한 구절.

95 축시(丑時) : 오전 1~3시.

96 오행(五行) : 우주 만물을 형성하는 다섯 가지 원기(元氣). 금목수화토(金木水火土).

97 현조남남(玄鳥喃喃) : 제비가 재잘댐. '남남'은 의성어.

98 토지정색(土之正色) 누루 황(黃) : 오행 중 토(土)는 중앙이고, 흙의 색깔은 황색임.

99 금풍삽이석기(金風颯而夕起) : 가을바람 불어오는 저녁에. 가을은 오행에서 금
(金)에 속하므로 추풍(秋風)을 금풍(金風)이라고도 함.

100 옥우쟁쟁 : 옥우쟁영(玉宇崢嶸)의 잘못. 화려하고 웅장한 집이 높이 솟았음.

101 안득광하천만간(安得廣廈千萬間) : 어떻게 천만간이나 되는 넓은 집을 구하여.
두보(杜甫)의 「모옥위추풍소파가(茅屋爲秋風所破歌)」의 한 구절로 가난한 선비
들을 구호해 주고 싶다는 뜻.

102 구년지수(九年之水) : 중국 요(堯)나라 때 9년이나 계속되었다는 큰 비. 이 홍
수를 우(禹)임금이 다스렸다.

103 요간부상삼백척(遙看扶桑三百尺)에 번뜻 돋으니 : 멀리 해 뜨는 동쪽 바다에
높이 솟아오르니.

104 일락함지(日落咸池) : 해지는 서쪽 함지. '함지'는 해가 지는 곳.

105 동원도리편시춘(東園桃李片時春) : 동쪽 정원의 복숭아꽃 오얏꽃 피는 잠시 동
안의 봄날. 왕발(王勃)의 「임고대(臨高臺)」의 한 구절.

하도낙셔(河圖洛書)[106] 잠간 보고 일월셩신(日月星辰) 별 진(辰)

원앙침(鴛鴦枕) 비취금(翡翠衾)의 훨젹 벗고 잘 숙(宿)

양각(兩脚) 번듯 츄혀들고[107] 스양 말고 벌 열(列)

두 손 덤벅 마조 잡고 왼갓 졍담(情談) 베풀 장(張)

셜만궁학(雪滿窮巷)[108] 어늬 쩌니 디한(大寒) 소한(小寒) 찰 한(寒)

어화 그 날 참도 차다 어셔 오너라 올 니(來)

동지(冬至) 셧달 츠다 마소 뉵월염텬(六月炎天) 더울 셔(暑)

졍든 님 언졔 올고 긔약(期約) 두고 갈 왕(往)

금풍(金風)이 소슬(蕭瑟)ᄒᆞᆫ디 염낙오동(葉落梧桐) 가롤 츄(秋)[109]

님 숀조 지은 농사 뉘 손 디여 거둘 슈(收)

츈하츄동(春夏秋冬) 다 보니고 낙목한텬(落木寒天) 겨울 동(冬)

그리던 님 언졔 올고 왼갓 의복(衣服) 감출 장(藏)

관산원노(關山遠路) 망견(望見)[110]ᄒᆞ니 쳔니만니(千里萬里) 나물 여(餘)[111]

이 몸이 훨〃 나라가셔 쳔스만스(千事萬事) 일울 셩(成)

츈하츄동(春夏秋節) 다 보니고 송구영신(送舊迎新) 힛 셰(歲)

네 비 트고 션유(船遊)홀 지 두 귀 잡고 법즁[112] 여(呂)

안히 박디(薄待) ᄒᆞ지마쇼 디젼통변(大典通編)[113] 법즁 율(律)

---

106 하도낙서(河圖洛書) : 주역(周易)과 홍범구주(洪範九疇)의 근원이 되는 전설의 도서. '하도'는 옛날 중국 복희 때에 황하에서 용마(龍馬)가 지고 나왔다는 55 개의 점으로 된 그림으로 일정한 수의 배열을 그려놓은 것이고, '낙서'는 우 왕이 홍수를 다스릴 때 낙수(洛水)에서 나온 신령한 거북의 등에 쓰여 있었다 는 45개의 점으로 된 아홉 개의 무늬.

107 추혀들고 : 추켜들고.

108 설만궁항(雪滿窮巷) : 눈 쌓인 겨울날의 궁벽한 촌구석.

109 엽락오동(葉落梧桐) 가을 추(秋) : 오동잎 떨어지는 가을.

110 관산원로(關山遠路) 망견(望見)하니 : 관산의 먼 길을 바라보니. 관산은 관문(關 門) 주위의 산.

111 『천자문』의 순서대로 한다면, '남을 餘' 앞에 '불어날 閏'이 빠졌음.

112 법중 : 법칙.

113 대전통편(大典通編) : 조선시대 정조의 명으로 편찬한 책. 그때까지의 모든 제

쏘한 희한ᄒ고 신통한 소리를 ᄒ리니, 귀절마다 거문고를 녹게 맛쵸아 쥬면 ᄒ고, 아니 맛쵸면 ᄒ다가도 그만 두나니라."

"그 무삼 소리오."

"만고(萬古) 영웅(英雄) 호걸(豪傑) 츙신(忠信) 열ᄉ(烈士) 일식(一色)들을 모화 보리라."

"참으로 듯지 못ᄒ던 별소리오. 어셔 ᄒ오. 틋오리다."

황셩(荒城)의 허조벽산월(虛照碧山月)이오 고목(古木)은 진닙창오운(盡入蒼梧雲)이라 ᄒ던 니티빅(李太白)[114]으로 한 짝 치고, 삼년젹니(三年笛裏)의 관산월(關山月)이오 만국병젼쵸목풍(萬國兵前草木風)이라 ᄒ던 두자미(杜子美)[115]로 한 짝 치고, 낙하(落霞)는 여고목졔비(與孤鶩齊飛)ᄒ고 츄슈(秋水)는 공장텬일식(共長天一色)이라 ᄒ던 왕자안(王子安)[116]으로 웃짐 치고, 빅노(白露)는 횡강(橫江)ᄒ고 슈광(水光)은 졉텬(接天)이라 ᄒ던 소동파(蘇東坡)[117]로 말 몰녀라.[118] 둥

도와 문물에 관한 것을 한데 모아 놓은 책.

114 이태백(李太白) : 이백(李白, 925~996)은 당(唐)나라 시인. 태백은 그의 자(字). 황성허조벽산월 고목진입창오운(荒城虛照碧山月 古木盡入蒼梧雲 : 황폐한 성에는 푸른 산의 달이 휑하니 비추고 늙은 나무는 벽오동나무 위 구름으로 다 들어갔네)은 그의 시 「양원음(梁園吟)」의 한 구절.

115 두자미(杜子美) : 두보(杜甫, 712~770)는 당(唐)나라 때의 시인. 자미(子美)는 그의 자. 삼년적리관산월 만국병전초목풍(三年笛裏關山月 萬國兵前草木風 : 삼 년 동안 피리 곡조는 관산월이었고 만국 군사 앞 수풀에는 바람이 불었네)은 그의 시 「세병마행(洗兵馬行)」의 한 구절. 관산월은 곡의 이름.

116 왕자안(王子安) : 왕발(王勃, 648~675)은 당나라 시인으로 초당사걸(初唐四傑) 중의 한 사람. 자안은 그의 자. 낙하여고목제비 추수공장천일색(落霞與孤鶩齊飛 秋水共長天一色 : 지는 노을은 외로운 기러기와 함께 날고 가을 물은 넓은 하늘과 같은 색이네)은 그의 「등왕각서(滕王閣序)」의 한 구절.

117 소동파(蘇東坡) : 소식(蘇軾, 1036~1101)은 북송(北宋) 때 시인으로 당송팔대가(唐宋八大家)의 한 사람. 동파는 그의 호. 백로횡강 수광접천(白露橫江 水光接天 : 가을 이슬이 강을 지나고 물빛이 하늘에 닿았다)은 그의 「적벽부(赤壁賦)」의 한 구절.

118 몰려라 : 몰게 하다.

덩 〃 〃 덩징지루 덩징덩.

11

　　좌무슈이종일(坐茂樹以終日)ᄒ고 탁청천이자결(濯淸泉以自潔)이라 ᄒ던 한퇴
지(韓退之)[119]로 한 짝 치고, 삼닙악양인블식(三入岳陽人不識)ᄒ니 낭음비과동졍
호(朗吟飛過洞庭湖)라 ᄒ던 녀동빈(呂洞賓)[120]으로 한 짝 치고, 유상곡슈(流觴曲水)
의 혜풍화챵(惠風和暢)이라 ᄒ던 왕희지(王羲之)[121]로 웃짐 치고, 부광양 〃 금(浮
光躍金)이오 영졍침벽(影靜沈璧)이라 ᄒ던 범즁엄(范仲淹)[122]으로 말 몰녀라.

　　어양비고동지러(漁陽鼙鼓動地來)ᄒ니 경파예상우의곡(驚罷霓裳羽衣曲)이라 ᄒ
던 빅낙천(白樂天)[123]으로 한 짝 치고, 분슈탈상징(分手脫相贈)ᄒ니 평싱일편심
(平生一片心)이라 밍호연(孟浩然)[124]으로 한 짝 치고, 청산슈쳡(靑山數疊)의 벽계
일곡(碧溪一曲)이라 ᄒ던 도연명(陶淵明)[125]으로 웃짐 치고, 통만고지영웅(通萬

119 한퇴지(韓退之) : 한유(韓愈, 768~824)는 당나라의 대표적 문장가로 당송팔대가
　　의 한 사람. 퇴지는 그의 자. 좌무수이종일 탁청천이자결(坐茂樹以終日 濯淸泉以
　　自潔 : 우거진 숲에 앉아 하루를 보내며 맑은 샘에 씻어서 스스로를 깨끗이 하
　　네)은 그의 「송이원귀반곡서(送李愿歸盤谷序)」의 한 구절.

120 여동빈(呂洞賓) : 여동빈은 당나라 시인으로 이름은 암(嵒). 삼입악양인불식 낭
　　음비과동정호(三入岳陽人不識 朗吟飛過洞庭湖 : 세 번 악양루를 올랐으나 아는
　　사람이 없어 낭랑히 읊으며 동정호를 날듯 지난다)는 그가 악양루(岳陽樓)에
　　나타나 지었다는 「절구(絶句)」의 한 구절.

121 왕희지(王羲之) : 왕희지(303~361)는 동진(東晉)의 서예가. 유상곡수 혜풍화창
　　(流觴曲水 惠風和暢 : 굽이진 물에 잔을 띄우고 온화한 바람이 화창하였다)은
　　그의 「난정기(蘭亭記)」에 나오는 구절.

122 범중엄(范仲淹) : 범중엄(989~1052)은 북송(北宋) 사람으로 산문을 잘 했음. 부
　　광약금 정영침벽(浮光躍金 靜影沈璧 : 떠있는 달빛은 출렁이는 금빛 같고 고요
　　한 달그림자는 잠겨있는 벽옥 같다)은 그의 「악양루기(岳陽樓記)」의 한 구절.
　　'부광양양금'은 '부광약금'의 잘못.

123 백낙천(白樂天) : 백거이(白居易, 772~846)는 당나라 시인으로, 낙천은 그의 자
　　(字). 어양비고동지래 경파예상우의곡(漁陽鼙鼓動地來 驚罷霓裳羽衣曲 : 어양의
　　북소리 땅을 진동하며 몰려오니 놀라서 예상우의곡을 그쳐버렸네)은 그의 「장
　　한가(長恨歌)」의 한 구절.

124 맹호연(孟浩然) : 맹호연(689~740)은 당나라 시인. 분수탈상증 평생일편심(分
　　手脫相贈 平生一片心 : 헤어지며 보검을 벗어서 주니 평생의 한조각 마음일세)
　　은 그의 「송주대입진(送朱大入秦)」의 한 구절.

125 도연명(陶淵明) : 도연명(365~427)은 동진(東晉) 때 사람으로 본명은 도잠(陶

古之英雄)ᄒᆞ고 감졔왕지흥망(鑑帝王之興亡)이라 ᄒᆞ던 ᄉᆞ마천(司馬遷)[126]으로 말
몰녀라.

위천(渭川)의 어부(漁父)로셔 쥬천하(周天下) 팔빅년(八百年) 긔업(基業)을 창
기(創開)ᄒᆞ던 강틱공(姜太公)[127]으로 한 짝 치고, 운쥬유악지즁(運籌帷幄之中)ᄒᆞ
여 결승천니(決勝千里)ᄒᆞ던 장자방(張子房)[128]으로 한 짝 치고, 딕몽(大夢)을 슈
션각(誰先覺)고 평싱(平生)을 아ᄌᆞ지(我自知)라 ᄒᆞ던 졔갈공명(諸葛孔明)[129]으로
웃짐 치고, 뇌양일조(耒陽一朝) 빅일공ᄉᆞ(百日公事) 연환묘계(連環妙計) 젹벽슈
공(赤壁首功)ᄒᆞ던 방사원(龐士元)[130]으로 말 몰녀라.

12

潛). 청산수첩 벽계일곡(青山數疊 碧溪一曲 : 푸른 산 첩첩한 곳에 푸른 시내
한 줄기)이 여기에서는 도연명의 시로 되어 있으나, 분명치 않다.

126 사마천(司馬遷) : 사마천(B.C. 141~B.C. 86 ?)은 한(漢)나라 사람으로 『사기(史
記)』를 지었다. 통만고지영웅 감제왕지흥망(通萬古之英雄 鑑帝王之興亡 : 지난
시대의 영웅을 통하여 제왕의 흥망을 살펴본다)은 사마천이 『사기(史記)』를
집필한 뜻이다.

127 강태공(姜太公) : 강태공은 본명이 강상(姜尙). 무왕(武王)을 도와 은(殷)을 치고
주(周)를 세우는데 큰 공헌을 했다. 여기서는 곧은낚시를 하며 때가 오기를
기다렸다는 고사를 인용하여 위천어부 주천팔백년기업 창개(渭川漁父 周天八
百年基業 創開 : 위천의 어부로서 주나라 팔백년 기틀을 열었던)라고 했다.

128 장자방(張子房) : 장량(張良, ?~B.C. 189)은 한나라 때 사람으로 자가 자방이다.
진(秦)이 모국인 한(韓)을 멸망시키자 박랑사에서 창해역사를 시켜 진시황을
저격하였으나 실패하였고, 후에 유방의 모사가 되어 진과 초를 멸망시키고
유후(留侯)에 봉해졌다. 운주유악지중 결승천리지외(運籌帷幄之中 決勝千里之
外 : 군막 안에서 전략을 짜 천리 밖의 승리를 결정함)는 『사기』 <고조기(高
祖記)>에 나오는 구절이다.

129 제갈공명(諸葛孔明) : 제갈량(諸葛亮, 181~234)은 삼국시대 때 촉(蜀)나라 재상
으로 자가 공명이다. 대몽수선각 평생아자지(大夢誰先覺 平生我自知 : 큰 꿈을
누가 먼저 깨달을까? 평생을 내 스스로 아네)는 유비의 삼고초려(三顧草廬) 때
제갈량이 읊은 것이다.

130 방사원(龐士元) : 방통(龐統, 179~214)의 자가 사원. 뇌양일조 백일공사 연환묘
계 적벽수공(耒陽一朝 百日公事 連環妙計 赤壁首功 : 뇌양에서 하루 아침에 백
일 동안 처리하지 않았던 일을 다 처리하고, 연환계의 묘한 계책으로 적벽
싸움에서 으뜸 공을 세웠다.)은 방통의 고사이다. 방통은 뇌양현의 현령으로
있으면서 백일 동안 전혀 고을의 일을 처리하지 않았다. 이는 능력이 없어서

농셩오치(龍成五彩) 망긔(望氣)ㅎ고 옥결(玉玦)을 자로 들던 범아부(范亞父)[131]
로 한 짝 치고, 빅등히위(白登解圍)ㅎ고 뉵츌긔계(六出奇計)ㅎ던 진평(陳平)[132]으
로 한 짝 치고, 팔십일쥬(八十一州) 슈륙군(水陸軍) 디도독(大都督)으로 적벽오
병(赤壁鏖兵)ㅎ던 쥬공건(周公瑾)[133]으로 웃짐 치고, 강남(江南)의 긔가(凱歌)를 블
너 금능(金陵)으로 도라가던 조빈(曹彬)[134]으로 말 몰녀라.

빅슈변정(白首邊庭)의 탕쇼요진(蕩掃妖塵)ㅎ던 마원(馬援)[135]으로 한 짝 치고,
광쵸구군(誆楚救君)ㅎ여 보국망사(報國忘死)ㅎ던 긔신(紀信)[136]으로 한 짝 치고,
미보국은(未報國恩)ㅎ여 공사절의(空死節義)ㅎ던 댱슌(張巡)[137]으로 웃짐 치고,

가 아니라, 자신에게 너무 작은 일을 맡겼으므로 그 불만 때문이었다. 그는
장비가 와서 책임을 물으려고 하자 하루 아침에 백일 동안의 일을 모두 처리
했다. 방통은 적벽대전에서 연환계를 쓰는 데 큰 공을 세웠다.

131 범아부(范亞父) : 범증(范增, B.C. 227~B.C. 204)은 항우(項羽)의 모사인데, 항우
가 아버지 다음으로 존경한다고 하여 아부(亞父)라고 불렀다. 범증은 유방이
제왕이 되리라 점치고 홍문(鴻門)에서 잔치를 열어 옥결을 드는 것을 신호로
하여 그를 죽이려고 하였다. 범증은 용이 오채를 이루는 기운을 보고[龍成五
彩望氣] 유방이 천자가 될 기운을 갖고 있음을 알았다.

132 진평(陳平) : 진평(?~B.C. 178)은 한(漢)나라 유방의 신하. 백등해위 육출기계
(白登解圍 六出奇計 : 백등의 포위를 풀고 여섯 번의 기이한 계책을 냄)는 유방
이 백등에서 흉노에게 포위되어 있을 때 진평이 계략을 써서 포위를 뚫고 유
방을 빠져나오게 하는 등, 여섯 번이나 기이한 계책을 낸 것을 말함.

133 주공근(周公瑾) : 주유(周瑜, 175~210)의 자는 공근. 삼국시대 오(吳)나라 대장
군으로 유비와 연합하여 조조를 적벽에서 격파하였다. 오병(鏖兵)은 상대방을
다 죽이는 치열한 싸움.

134 조빈(曹彬) : 중국 송(宋)나라 장군. 강남을 정벌할 때 한 사람도 함부로 죽이
지 않았음.

135 마원(馬援) : 마원(B.C. 14~A.D. 49)은 후한(後漢) 광무제 때의 장군. 백수변정
탕소요진(白首邊庭 蕩掃妖塵 : 흰머리로 변방에 가서 오랑캐를 소탕하던)은 마
원이 60세가 넘은 나이로 남방에 가서 싸우다가 죽은 것을 말함.

136 긔신(紀信) : 한(漢)나라 장군. 광초구군 보국망사(誆楚救君 報國忘死 : 초나라
군대를 속여 임금을 구하고, 나라를 위해 죽고 사는 것을 돌아보지 않음)는
한고조가 영양에서 항우에게 포위되어 위험해지자 자신은 한고조로 위장하
여 초군을 속이고 한고조를 도망치게 한 고사. 항우는 이 사실을 알고 긔신
을 불태워 죽였다.

신스슈절(身死守節)ᄒ여 츙관빅일(忠貫白日)ᄒ던 허원(許遠)[138]으로 말 몰녀라.

넝빅만지스(領百萬之師)ᄒ여 전필승공필츼(戰必勝攻必取)ᄒ던 한신(韓信)[139]으로 한 짝 치고, 두발(頭髮)이 상지(上指)ᄒ고 목지진열(目眥盡裂)ᄒ던 번쾌(樊噲)[140]로 한 짝 치고, 남궁운디(南宮雲臺) 즁흥공신(中興功臣) 이십팔장(二十八將) 위슈(爲首)ᄒ던 등우(鄧禹)[141]로 웃짐 치고, 츙의정성(忠義精誠)의 앙관빅일(仰觀白日)ᄒ던 곽자의(郭子儀)[142]로 말 몰녀라.

역발산긔기셰(力拔山氣蓋世)는 쵸픠왕(楚霸王)[143]의 범금이오, 츄상절열일츙

13

---

137 장순(張巡) : 당(唐)나라의 장군. 미보국은 공사절의(未報國恩 空死節義 : 나라의 은혜를 다 갚지 못하고 절의를 지켜 죽음)는 안록산(安祿山)이 반란을 일으켰을 때, 장순이 자신의 첩을 죽여 병사에게 먹이면서까지 싸웠으나 결국 패하여 죽은 고사를 말함.

138 허원(許遠) : 당(唐)나라의 충신. 신사수절 충관백일(身死守節 忠貫百日 : 몸은 절의를 지켜 죽고, 충성은 해를 꿰뚫음)은 그가 안록산의 군대에 포위되어 있을 때, 자신의 종을 죽여 병사들에게 먹이면서 싸웠으나, 포로가 되어 사형당한 고사.

139 한신(韓信) : 한신(?~B.C. 196)은 한(漢)나라 유방의 신하로 천하를 평정하는데 공을 세웠음. 영백만지사 전필승공필취(領百萬之師 戰必勝攻必取 : 백만 군사를 이끌어 싸우면 반드시 이겼고, 공격하면 반드시 영토를 취했음)는 한신의 뛰어난 능력을 나타낸 말.

140 번쾌(樊噲) : 번쾌(?~B.C. 189)는 한나라 유방의 좌승상이었음. 두발상지 목자진렬(頭髮上指 目眥盡裂 : 머리카락은 위로 뻗치고, 눈자위는 모두 찢어질 듯 함)은 항우가 연 홍문(鴻門) 잔치에서 범증이 유방을 죽이려고 하자, 번쾌가 몹시 노하여 머리카락이 위로 뻗어 올라가고 눈자위가 다 찢어질 듯 부릅뜨며 항우를 꾸짖었다는 고사임.

141 등우(鄧禹) : 등우(2~58)는 후한(後漢) 창업의 일등 공신(功臣). 후한 명제(明帝) 때 낙양(洛陽)의 남궁운대에 개국공신 28명의 벽화를 제작하여 붙였다.

142 곽자의(郭子儀) : 곽자의(697~781)는 당나라의 무장으로, 분양왕(汾陽王)에 봉해져 곽분양이라고도 함. 안록산의 난 때에 충의정성(忠義精誠)으로 위로는 하늘만을 우러러[仰觀百日] 장안(長安)과 낙양(洛陽)을 탈환하였다.

143 초패왕(楚霸王) : 항우(項羽, B.C. 232~B.C. 202)를 말함. 역발산기개세(力拔山氣蓋世 : 산을 뽑을 수 있는 힘과 세상을 덮을만한 기운)는 항우가 한고조 유방과 천하제패를 다투다가 패하여 자살하기 전에 부른 노래의 한 구절. '범금'은 '버금'의 잘못.

(秋霜節烈日忠)은 오자서(伍子胥)[144]의 우희로다. 봉금패인(封金掛印)호고 독힝쳔니(獨行千里)호옵시던 관공(關公)[145]님으로 한 짝 치고,[146] 장판파구아두(長坂坡救阿斗)의 일신(一身)이 도시(都是) 담(膽)이라 호던 됴자룡(趙子龍)[147]으로 웃짐 치고, 셔량(西凉) 명장(名將)으로 보젼뉵장(步戰六將)호던 마밍긔(馬孟起)[148]로 말 몰녀라.

오호편쥬(五湖扁舟) 흘니져어 범소빅(范小白) 짜라가던 셔시(西施)[149]로 한 짝 치고, 회두일소빅미싱(回頭一笑百媚生)의 뉵궁분디무안안식(六宮粉黛無顏色) 옥용(玉容)이 젹막누난간(寂寞淚欄干)의 니화일지디츈우(梨花一枝帶春雨)라 흐던 양옥진[150]으로 한 짝 치고, 만월영옥장하(滿月營玉帳下)의 츄파(秋波)의 눈물지

---

144 오자서(伍子胥) : 오원(伍員, ?~B.C. 484)의 자가 자서이다. 원래 초나라 사람이었으나 아버지와 형이 초왕에게 죽자, 오나라로 망명하여 초나라에 복수를 했다. 후에 오왕(吳王) 부차(夫差)의 잘못을 간하다가 의심을 받아 사형을 당했다. 추상절렬일충(秋霜節烈日忠 : 가을 서리 같은 절의와 뜨거운 태양 같은 충성)은 오자서의 절개와 충성심을 표현한 말임.

145 관공(關公) : 관우(關羽, ?~219)를 말함. 관우가 조조에게 떠나겠다고 하나 조조는 만나주지 않는다. 관우는 조조에게 받은 것을 다 봉하고 인끈을 걸어둔 채[封金掛印] 유비를 찾아 홀로 천리를 갔다(獨行千里).

146 관공(關公) 다음에 "장판교상(長坂橋上)에 퇴병백만(退兵百萬)하던 장익덕(張益德)으로 한 짝 치고"가 빠졌음.

147 조자룡(趙子龍) : 조운(趙雲, ?~229)의 자는 자룡. 장판파구아두(長坂坡救阿斗 : 장판파에서 유비의 아들 아두를 구함)는 조자룡의 고사이고, '도시(都是) 담(膽)'은 유비가 그의 용기에 감탄하여 그의 몸이 '온통 담'이라고 한 말임.

148 마맹기(馬孟起) : 마초(馬超, 176~222)의 자가 맹기이다. 관우, 장비, 조운, 황충과 더불어 오호대장의 한 명. 『삼설기』「오호대장기」에 마초가 여섯 명의 장수와 싸운다는 얘기가 있는 것으로 보아, 보전육장(步戰六將 : 걸어가면서 여섯 명의 장수와 싸움)은 조선후기에 마초의 고사로 알려졌던 것으로 보임.

149 서시(西施) : 춘추시대 월(越)나라의 미인. 월나라의 정승이던 범려(范蠡, 자는 소백)가 서시를 오왕 부차에게 바쳐 그의 환심을 산 뒤, 후에 오나라를 쳐서 멸망시켰다. 오나라가 망한 후 범려는 월나라를 떠나 서시를 데리고 오호에 배를 띄워 도망가 도주공(陶朱公)이라 칭하고 부자가 되었다는 전설이 있음.

150 양옥진(楊玉眞) : 양귀비(楊貴妃, 719~756)의 본명은 양옥환(楊玉環)이고 태진(太眞)이라는 별명이 있음. 백거이의 「장한가(長恨歌)」에 나오는 선녀의 이름이 옥진(玉眞)임. 회두일소백미생 육궁분대무안색(回頭一笑百媚生 六宮粉黛無

던 우미인(虞美人)[151]으로 웃짐 치고, 영웅(英雄)의 천근지(千斤志)롤 일조(一朝)의 니간(離間)ᄒ던 쵸션(貂蟬)[152]으로 말 몰녀라.

스마샹녀(司馬相如) 봉황곡(鳳凰曲)의 ᄭᅵ다라 드러가던 뎡경패(鄭瓊貝)[153]로 한 ᄶᅡᆨ 치고, 츈심궁익빅화번(春深宮掖百花繁)ᄒ디 영작비러보희언(靈鵲飛來報喜言)이라 ᄒ던 니쇼아(李簫和)[154]로 한 ᄶᅡᆨ 치고, 안쇼부더남비거(安巢不待南飛去)ᄒ니 삼오셩희졍지동(三五星稀正在東)이라 ᄒ던 진치봉(秦彩鳳)[155]으로 웃짐 치고, 위쥬츙심(爲主忠心)은 보보샹슈부잠시(步步相隨不暫捨)라 위션위귀(爲仙爲鬼)ᄒ던 가츈운(賈春雲)[156]으로 말 몰녀라.

14

顏色 : 머리를 돌려 한번 웃자 온갖 교태가 생겨나니 육궁의 후궁들 얼굴빛을 잃었어라)과 옥용적막누난간 이화일지대춘우(玉容寂寞淚欄干 梨花一枝帶春雨 : 아름다운 얼굴 쓸쓸이 난간에 눈물짓고 배꽃 한 가지 봄비에 젖네)는 「장한가」에 나오는 구절임. 「장한가」에는 '回眸一笑百媚生', '梨花一枝春帶雨'라고 되어 있음.

151 우미인(虞美人) : 초패왕 항우의 애인이다. 항우가 해하(垓下) 싸움에서 불리하게 되자 눈물을 흘리고 자살하였다. 만월영옥장하(滿月營玉帳下 : 달빛 가득한 병영의 장막 안)라는 말은 이때를 묘사한 말임.

152 초선(貂蟬) : 후한(後漢) 때 왕윤(王允)이 동탁과 여포 사이를 갈라놓기 위해 둘 모두에게 소개한 미인이다. 동탁의 애첩이었다가 여포를 유혹하여, 결국 여포가 동탁을 살해하도록 만들었음.

153 정경패(鄭瓊貝) : 『구운몽』에 나오는 인물이다. 양소유는 정경패를 보기 위해 여장을 하고 그 집에 들어가 거문고로 아홉 곡을 탄다. 마지막 곡이 봉황곡으로 사마상여가 탁문군을 유혹하기 위해 지은 것이다. 정경패가 이 뜻을 깨닫고 자리를 피해버린다. 이 아래는 모두 『구운몽』에 등장하는 8선녀이다.

154 이소화(李簫和) : 이소화는 난양공주이다. 정경패와 함께 양소유의 부인이 된다. 춘심궁액백화번 영작비래보희언(春深宮掖百花繁 靈鵲飛來報喜言 : 봄 깊은 궁궐 안에 온갖 꽃 무성하니 신령한 까치가 날아와 기쁜 소식 전하는구나)은 이소화가 지은 시의 한 구절이다.

155 진채봉(秦彩鳳) : 진채봉은 양소유와 양류사(楊柳詞)를 서로 지어 인연을 맺은 뒤 우여곡절 끝에 그의 첩이 된다. 안소부대남비거 삼오성희정재동(安巢不待南飛去 三五星稀正在東 : 보금자리 편안히 하여 남으로 날아가기를 기다리지 않으니, 보름달 밝아 희미한 별은 동쪽에 떴네)은 진채봉이 지은 칠보시(七步詩)임.

156 가춘운(賈春雲) : 위주충심 보보상수부잠사(爲主忠心 步步相隨不暫捨 : 주인 위

월궁단계(月中丹桂)롤 슈션졀(誰先折)이냐 금디문장(今代文章)이 자유진(自有
眞)이라 흐던 계셤월(桂蟾月)[157]노 한 짝 치고, 하븍(河北)의 명창(名唱)으로 삼
졀식쳔명(三絶色擅名)이라 흐던 젹경홍(狄驚鴻)[158]으로 한 짝 치고, 복파영즁(伏
坡營中)의 월영(月影)이 졍유(正流)흐고 옥문관(玉門關)의 츈식(春色)이 의희(依稀)
라 흐던 심호연(沈嬝烟)[159]으로 웃짐 치고, 쳥슈담(淸水潭)의 슈졀(守節)흐여 음
곡(陰谷)이 싱츈(生春)이라 흐던 빅능파(白凌波)[160]로 말 몰녀.

동졍(洞庭)의 츄월(秋月)[161] 갓고 녹파(綠波)의 부용(芙蓉)[162] 갓흔 츈향으로
한 짝 치고, 낙양과킥(洛陽過客) 풍뉴호스(風流豪士) 니도령으로 한 짝을 치고,
종긔(鍾期)롤 긔우(旣遇)흐고 쥬유슈이화참(奏流水而何慚)[163]이라 흐던 거문고로
웃짐 치고, 화란츈셩(花爛春城)의 만화방챵(萬和方暢)[164]홀시 월하승(月下繩)[165]

한 충성스러운 마음을 걸음걸음 따르며 잠시도 버리지 않네)는 가춘운이 짚
신을 두고 지은 시의 한 구절로 주인 정경패에 대한 애틋한 마음을 읊은 것
이다. 위선위귀(爲仙爲鬼)는 정경패가 가춘운을 선녀로 가장시켜 양소유를 유
혹하게 하고, 다시 귀신으로 꾸며 그를 안달이 나게 함으로써 여도관의 복색
으로 자신을 속인 그에게 복수한 것을 말한다.

157 계셤월(桂蟾月) : 월중단계수선절 금대문장자유진(月中丹桂誰先折 今代文章自有
眞 : 달 가운데 붉은 월계화 누가 먼저 꺾으려나? 지금 문장에 저절로 진실함
이 있구나)은 양소유가 계섬월을 만나 지은 시의 한 구절이다. 계섬월이 이
시를 그 자리에서 노래로 불렀고, 이것이 인연이 되어 양소유의 첩이 된다.
158 젹경홍(狄驚鴻) : 적경홍은 하북의 명기로 연왕(燕王)을 항복시키고 돌아오던
양소유를 만나 첩이 된다. 삼절색은 진채봉, 계섬월, 적경홍을 말한다.
159 심효연(沈嬝烟) : 심요연은 토번(吐蕃)의 난을 평정하던 양소유를 영중(營中)에
서 만나 결연하게 된다. 복파는 무관명(武官名)이고, 옥문관은 감숙성(甘肅省)
에 있는 서역으로 통하는 관문.
160 빅룡파(白凌波) : 백룡파는 청수담 용녀(龍女)인데 그녀를 괴롭히는 남해용자
를 양소유가 물리친 뒤 그의 첩이 된다. 그리고 그윽한 골에 양춘(陽春)이 돌
아오는 것과 같다고 고백하였다.
161 동졍(洞庭)의 추월(秋月) : 동정호에 뜨는 가을 달.
162 녹파(綠波)의 부용(芙蓉) : 푸른 물결의 연꽃.
163 종긔(鍾期)를 긔우(旣遇)하고 주유수이하참(奏流水而何慚) : 종자기(鍾子期)를 이
미 만났으니 유수(流水)를 연주한들 무엇이 부끄럽겠는가. 왕발(王勃)의 「등왕
각서(滕王閣序)」의 한 구절.
164 화란춘성(花爛春城)에 만화방창(萬化方暢) : 꽃은 봄날 성에 난만히 피고, 만물

되던 방자(房子)놈으로 말 몰녀라.

니도령 니른 말이,

"여ᄎ양야(如此良夜)의 블음(不飮)이 하(何)오. 나믄 술 잇거든 마자 부어라."

츈향이 디답ᄒ디,

"약쥬는 부으려니와 그 쇼리가 참 별소리오. 하나만 더 ᄒ오."

니도령이 술 바다 손의 들고 덕자(德字) 운(韻) 다라 소리ᄒ다.

15

셰상 사롬 삼겨나셔 덕(德) 업시는 못 사리라

텬황시(天皇氏)는 목덕(木德)이오

지황시(地皇氏)는 화덕(火德)이오

인황시(人皇氏)는 슈덕(水德)[166]이오

교인화식(敎人火食) 슈인시(燧人氏) 덕(德)[167]

용병간괘(用兵干戈ㅣ) 훤원시(軒轅氏) 덕[168]

상빅쵸(嘗百草)는 신롱시(神農氏) 덕[169]

시획팔괘(始畫八卦) 복희시(伏羲氏) 덕[170]

착산통도(鑿山通道) 하우시(夏禹氏) 덕[171]

은 바야흐로 흐드러졌다.

165 월하승(月下繩) : 남녀의 인연을 맺어준다는 월하노인의 밧줄.

166 천황씨(天皇氏)는 목덕(木德)이오 : 천황씨는 목덕으로 왕이 되었다는 말로, 『사략(史略)』의 첫 구절.

167 교인화식(敎人火食) 수인씨덕(燧人氏德) : 사람들에게 익혀 먹는 법을 가르친 것은 수인씨의 덕. 수인씨는 불 쓰는 법과 조리하는 법을 전했다고 한다.

168 용병간과(用兵干戈)는 헌원씨덕(軒轅氏德) : 군사를 쓰고 무기를 쓰는 것은 헌원씨의 덕. 헌원은 전쟁에 쓰는 무기와 수레를 만들었다고 함.

169 상백초(嘗百草) 신농씨덕(神農氏德) : 여러 가지 풀을 맛보아 약을 만든 것은 신농씨의 덕. 신농씨는 농업의 시조인데, 여러 가지 풀의 맛을 보아서 의약품도 만들었음.

170 시획팔괘(始畫八卦) 복희씨덕(伏羲氏德) : 처음으로 8괘를 만든 것은 복희씨의 덕.

171 착산통도(鑿山通道) 하우씨덕(夏禹氏德) : 산을 뚫고 길을 낸 것은 하우씨 덕.

당틱종(唐太宗)의 울지경덕(蔚之敬德)[172]

셔량명장(西凉名將) 방덕(龐德)[173]이오

삼국명장(三國名將) 댱익덕(張益德)[174]

활달디도(豁達大度) 뉴현덕(劉玄德)[175]

난셰간웅(亂世奸雄) 됴밍덕(曺孟德)[176]

우슌풍덕[177] 하나님 덕(德)

치국안민(治國安民) 님군의 덕(德)

붕우유신(朋友有信) 벗의 덕(德)

말년영화(末年榮華) 자손(子孫)의 덕(德)

몹쓸 놈의 비은망덕(背恩忘德)

좌편(左便) 놈의 홈의[178] 덕(德)

우편(右便) 놈의 원두(園頭) 덕(德)

단〃훈 목덕

물녕〃〃훈 뿍덕

이 덕 져 덕 후리치고 벌덕〃〃 먹으리라

수오비(四五杯)룰 거흐르고 취흥(醉興)이 도〃(滔滔)ᄒ여 츈향의 가는 허리

하우씨는 하(夏)나라 우왕(禹王)으로 산과 물을 잘 관리했음.

172 당태종(唐太宗)의 울지경덕(蔚之敬德) : 당태종의 부하 장수 울지경덕.

173 서량명장(西凉名將) 방덕(龐德) : 서량의 명장인 방덕. 방덕은『삼국지연의』에 나오는 장수.

174 삼국명장(三國名將) 장익덕(張益德) : 중국 삼국시대 촉한의 장수 장비(張飛). 익덕은 그의 자(字).

175 활달대도(豁達大度) 유현덕(劉玄德) : 활달하고 도량(度量)이 넓은 유비(劉備). 현덕은 그의 자(字).

176 난세간웅(亂世奸雄) 조맹덕(曺孟德) : 어지러운 시대에 간사한 지혜가 있던 영웅 조조(曹操). 맹덕은 그의 자(字).

177 우순풍덕 : 우순풍조(雨順風調)의 잘못. 비가 때맞추어 내리고 바람이 고르게 분다는 뜻으로, 농사에 알맞게 기후가 순조로움을 이르는 말.

178 홈의 : 호미. 농기구의 하나.

허흠셕 드립더 안고 입 한번 쪽, 등 한번 둥덩,

　"어허 〃 〃 니사랑이야. 아마도 네로구나. 월침 〃(月沈沈) 야삼경(夜三更)의 어셔 벗고 잠을 즈 〃.

　　　　다정(多情)ᄒ니 쌍요합(雙腰合)이오 유의(有意)ᄒ니 냥각거(兩脚擧)라
　　　　동요(動腰)는 유아시(由我使)어니와 심쳔(深淺)은 임군의(任君意)라[179]
　　　　족무삼경월(足舞三更月)이오 금번일진풍(衾飜一陣風)을[180]
　　　　슈츌고도상ᄒ니 용곤소지 〃 라[181]
　　　　낙월(落月)은 공산슉(空山宿)이오 한계(寒溪)는 노슈쳥(老樹靜)이라[182]
　　　　하상견지만 〃 아(何相見之晚晚耶)오 니빅(李白)이 여이동ᄉ상(與爾同死生)을[183]

16

---

179 다정쌍요합(多情雙腰合) 다정하여 두 허리가 합하고
　　유의양각거(有意兩脚擧) 뜻이 있어 두 다리를 들었네.
　　동요유아사(動腰由我使) 허리를 움직이는 것은 내가 할 테니
　　심천임군의(深淺任君意) 깊고 얕게 하는 것은 당신 마음대로 하시오.
　　이와 거의 같은 내용의 시로 『지봉유설(芝峯類說)』에 전도시(剪刀詩)라고 전하
　　는 것이 있다.
　　유의쌍흉합(有意雙胸合) 뜻이 있어 두 가슴이 합하고
　　다정양고개(多情兩股開) 다정하여 두 다리가 열렸네.
　　동요어아재(動搖於我在) 흔드는 것은 내가 할 테니
　　심천임군재(深淺任君裁) 깊고 얕게 하는 것은 당신이 하시오.
180 『청야담수(靑野談藪)』에 부안 기생 계향의 이야기 가운데 다음과 같은 시가
　　있다.
　　족무삼경월(足舞三更月) 한밤중에 다리는 춤을 추고
　　금생일진풍(衾生一陣風) 이불 속에서 한줄기 바람이 이네.
　　차시무한미(此時無限味) 이때의 무한한 맛은
　　유유양인동(惟有兩人同) 두 사람이 마찬가지리.
181 슈츌고도상ᄒ니 용곤소지 〃 라 : 미상.
182 낙월(落月)은 공산슉(空山宿)이요 한계(寒溪)는 노수정(老樹靜)이라 : 지는 달은
　　공산에서 자고, 시냇물은 차고 노목은 조용하다.
183 하상견지만만아(何相見之晚晚耶)요 이백(李白)이 여이동사생(與爾同死生)을 : 서
　　로 만나보는 것이 어찌 이리 늦었는가, 이백은 이것들과 생사를 같이 하는 것
　　을. '李白與爾同死生'은 이백의 「양양가(襄陽歌)」의 한 구절임.

춘몽(春夢)이 다정(多情)[184]커든 양왕운우(襄王雲雨)[185] 불월소냐

그는 그러흐거니와 야심(夜深) 만뇌구젹(萬籟俱寂)[186]흐니 놀기는 너무진(來無盡)이라. 어셔 벗고 잠을 자〃."

츈향이 거문고 물니치니 젹무인엄중문(寂無人奄中門)[187]의 분벽사창(粉壁紗窓)[188] 고요흐다. 원앙금(鴛鴦衾) 자라침(枕)을 쵹영(燭影)의 포셜(鋪設)흐고 셜부화용(雪膚花容)[189] 드러닉여 츈졍(春情)[190]을 자아닉니, 어엿부고 징그럽다.

"도령님 몬져 버스시오."

"에라 너부터 버셔라. 나 몬져 버슨 후의 너는 아니 버스려나 보고나. 잔말 〃고 너 몬져 버셔라."

츈향이 몬져 버슬 젹의 치마 버셔 웃거리의 걸고, 버션 버셔 요 밋히 넛코, 져고리 벗고 바지 벗고 니블 속의 쮜여들 직, 니도령 취안(醉眼)이 몽농(朦朧)흐여,

17

"여보아라 속것 마자 버셔라."

벗는 모양 자미잇다. 허리씌 그르고 속것슬 푸러 두 발길노 미젹미젹 니블 밧게 닛더리니, 니블 훨젹 벗겨놋코,

"네게 쳥(請)흐자. 니러셔거라. 눈결의 얼는 보니 삼〃이[191]의 치인 거시 밍낭흐고 야릇흐다. 늙근 즁의 곳갈[192]쳐로 이리져리 가로 누벼 네 귀 번듯

---

184 춘몽(春夢)이 다정(多情) : 봄꿈이 다정하다. 또는 춘향(春香)과 몽룡(夢龍)이 다정함.

185 양왕운우(襄王雲雨) : 무산(巫山)의 선녀와 운우지락(雲雨之樂)을 가졌다는 초회왕(楚懷王)의 이야기. 조선시대에는 초회왕을 초양왕(楚襄王)의 이야기로 알고 썼음. '운우'는 남녀간의 육체적 관계.

186 야심(夜深) 만뇌구젹(萬籟俱寂) : 밤 깊어 온 세상이 조용해짐.

187 젹무인엄중문(寂無人奄中門) : 사람이 없어 조용한데 중문을 닫고.

188 분벽사창(粉壁紗窓) : 흰 칠한 벽과 비단으로 바른 창문. 여자가 거처하는 방.

189 셜부화용(雪膚花容) : 눈처럼 흰 살결과 꽃과 같이 고운 얼굴. 미인의 아름다운 자태.

190 춘정(春情) : 남녀 사이의 정욕.

191 삼사미 : 세 갈래로 갈라진 곳. 여기서는 여성의 성기를 말함.

민다라셔, 두 귀는 졉어 넛코 두 귀는 쓴을 다라 고미리 졍자(丁字)[193] 모양
으로 아조 담박 차엿구나. 져거슨 무삼 옷시니."

츈향이 함쇼함틱(含笑含態) 딕답ᄒᆞ디,

"옷시 아니라 기당삼[194]이라 ᄒᆞ오."

"디져 네 집이 부자로다. 기로 삼장[195]을 ᄒᆞ여 덥는가 보다마는, 차기는
무삼 일고."

"쵸하로 보롬의 구실 ᄒᆞ기의 찻쇼."

"구실이라니 무슨 구실 단니ᄂᆞ니? 어영쳥(御營廳)의 단니ᄂᆞ냐, 금위영(禁
衛營)의 단니ᄂᆞ냐, 훈련도감(訓練都監) 단니ᄂᆞ냐, 춍융쳥(摠戎廳)의 단니ᄂᆞ냐,
용호영(龍虎營)[196]의 단니ᄂᆞ냐, 포도쳥(捕盜廳)의 단니ᄂᆞ냐, 슌쳥(巡廳)[197]의 단
니ᄂᆞ냐? 무삼 구실 단니ᄂᆞ니?"

"그런 구실 아니오라, 여자의 팔자 가쇼로와 삼오츈광(三五春光)[198] 되량
이면 월후(月候)라 ᄒᆞᄂᆞᆫ 거술 달마다 ᄒᆞ오."

18

"월후 삼장 글너 놋코 십년동당(式年東堂)의 긔츄(騎芻) 관역쳐로[199] 잠간
니러셔려무나."

---

192 고깔 : 원추형의 모자.

193 고무래 정자(丁字) : '丁'자의 모양이 고무래처럼 생겼음. '고무래'는 곡식을
그러모으거나 펴는 데, 또는 밭의 흙을 고르거나 아궁이의 재를 긁어내는 데
쓰는 'T'자 꼴의 물건.

194 개당삼 : 개짐. 여성의 생리대.

195 삼장 : 상자를 넣으려고 노끈으로 엮은 망태기나 보자기.

196 용호영(龍虎營) : 조선시대에 대궐을 경호하고 임금의 가마 곁을 따라 모시는
일을 맡아보던 군영.

197 순청(巡廳) : 밤에 도성의 순찰을 맡아보던 관아.

198 삼오춘광(三五春光) : 열다섯 살.

199 식년동당(式年東堂)에 기추(騎芻) 과녁처럼 : 식년(式年)마다 보이던 과거에서
기추에 쓰는 과녁처럼. '식년과(式年科)'는 식년(式年)마다 보이던 과거를 통틀
어 이르던 말. '식년'은 자(子), 묘(卯), 오(午), 유(酉)의 간지(干支)가 들어 있는
해로 3년에 한 번씩 돌아온다. '기추'는 무과(武科) 시험과목의 하나로 말을
타고 달리면서 짚 인형을 활로 쏘는 것임.

"그만²⁰⁰ 과연 중난(重難)ᄒᆞ오. 그만ᄒᆞ여 자사이다."

"졔발 덕분 녜게 비쟈. 아니 셔든 못ᄒᆞ리라."

츈향이 홀일업셔 잠간 니러셧다가 도로 안질 시, 유졍숑목(有情送目) 빨니 보니,²⁰¹ 만쳡쳥산(萬疊靑山) 늙근 즁이 숑이쥭(松栮粥)을 자시다가 셔룰 더휜 형상²⁰²이오, 홍모란(紅牡丹)이 반기(半開)ᄒᆞ여 피여오는 형상이라. 연계(軟鷄) 찜을 즐기시나 달기볏²⁰³슨 무삼 일고? 먹쥴즈리의 독긔가 자옥히 쥴 바로 마졋구나.²⁰⁴

니도령의 거동 보쇼. 일신(一身)이 졈〃 져러오니 훨〃 벗고 아조 벗고 모도 벗고 영졀(永絶) 버셔 휘〃친〃 후리치고 금침(衾枕)의 뛰여들 지, 츈향의 이른 말이,

"남다려만 셔라드니 당신은 외 아니 이러셔오?"

니도령 눈결²⁰⁵의 니러셧다가 어닉 스이의 안질 젹의, 츈향이 무른 말이,

"반뇽단(斑龍丹)²⁰⁶ 졔 빗치오, 숑이(松栮) 딕강이²⁰⁷ 갓흔 거시 무엇시오?"

"그거슬 모로리라. 동회 바다의셔 딕합(大蛤)죠기 일슈²⁰⁸ 잘 잡아먹는 쇼라고동²⁰⁹이라 ᄒᆞ는 거시니라."

---

200 그만 : '그난'의 잘못.
201 유정숑목(有情送目) 빨리 보니 : 음탕한 눈길로 흘낏 보니.
202 혀를 데인 형상 : 혀를 뜨거운 죽에 덴 것 같은 모양. 여자의 성기를 묘사한 말임.
203 달기볏 : 닭의 볏. 닭의 머리 위에 세로로 붙은 톱니처럼 생긴 붉은 살 조각. 여기서는 여자의 성기를 비유한 말.
204 먹줄자리에 도끼가 자옥히 줄 바로 맞았구나 : 재목을 깎을 때 똑바로 깎기 위해 먹줄을 튀겨 줄을 그어놓고 그 줄을 따라 연장을 쓰는 것을 말하는 것인데, 여기서는 여자의 성기를 표현한 말이다. '도끼가 자옥히'는 '도끼 자국'의 잘못으로 보임.
205 눈결에 : 매우 빠른 사이. 눈에 슬쩍 뜨이는 잠깐 동아.
206 반룡단(斑龍丹) : 반룡환(斑龍丸). 노인의 보약으로 쓰는 환약. 여기서는 남자 성기의 색을 말한 것임.
207 숑이(松栮) 대강이 : 송이버섯의 머리 부분. 남자의 성기를 묘사한 말.
208 일쑤 : 흔히. 곧잘.
209 소라고동 : 소라. 여기서 '소라고동'은 남성의 성기, '대합조개'는 여성의 성

에후리쳐 덥셕 안고 두 몸이 한 몸이 되어 네 몸이 너 몸이오 네 살이
니 살이라. 호탕흐고 무르녹아 녀산폭포(廬山瀑布)[210]의 돌 구으듯시 비졈가
(批點歌)[211]로 화답(和答)혼다.

"우리 두리 맛나시니 맛날 봉자(逢字) 비졈(批點)이오
우리 두리 누어시니 누롤 와(臥)자 비졈이오
두리 셔로 베여시니 벼기 침(枕)ㅈ 비졈이오
두리 셔로 덥허시니 니블 금(衾)자 비졈이오
두리 셔로 즐겨흐니 즐길 낙(樂)자 비졈이오
우리 두리 입 맛쵸니 맛볼 상(嘗)자 비졈이오
우리 두리 비 다희니 비 복(腹)자 비졈이오
오목 요(凹)자 쑈족 쳘(凸)자 모들 합(合)자 비졈이오
나아갈 진(進)ㅈ 물너갈 퇴(退) 자즐 빈(頻)자 비졈이오
조흘 호(好)ㅈ 쓸 산(酸)ㅈ 물 슈(水)ㅈ 비졈이라

슈지겻긔[212] 하나 흐면 알깃나냐?"
"슈지겻기라니 져 '먼산 보고 졀흐는 것',[213] '하날 보고 낫 블키는 것'[214]
그런 말이오?"
"그런 말이 아니라, '홍독긔 알 낫 거'[215]시 무어시니?"

20

기를 상징한다.
210 여산폭포(廬山瀑布) : 중국 여산에 있는 폭포. 이백의 시 「망여산폭포(望廬山瀑
布)」로도 유명함.
211 비점가(批點歌) : 비점 친 글자로 노래를 만든 것. '비점(批點)'은 한문으로 지
은 시나 문장의 잘된 곳에 찍는 점. 여기의 비점을 찍은 글자는 모두 성적인
의미를 가졌음.
212 슈지겻긔 : 수수께끼.
213 먼산 보고 절하는 것 : 디딜방아.
214 하늘 보고 낯 붉히는 것 : 화로(火爐)를 말하는 것으로 보임.
215 홍두깨 알 낳는 것 : 원문에는 '낳는'의 '는'이 빠졌음. '홍두깨'는 길고 둥근

"그는 모로깃쇼. 무어시오?"

"총 놋는[216] 거시니라."

"올쇼. 쳘환(鐵丸)이 총쇽의셔 나오니 알 낫는 셈이로고면. 너 하나 흐게 알아 닉시오? 타라 갈 지 투고 가셔 투면 못 투고 오고, 못 투면 투고 오는 거시 무어시오?"

"이 인, 그는 과연 모로깃다."

"그거시 환샹(還上)[217] 타라 가는 소라오. 환샹을 타라 갈 시, 소룰 투고 가지오. 환샹을 타면 못 투고 오고, 원님이 유고(有故)흐여 환샹을 못 투면 타고 오지오."

"그는 그러흐다마는 시골 슈지겻기룰 알 슈가 닛는냐? 타는 말을 일기오니[218] 네 마음을 알니로다."

무삼 말을 무심히 듯는 일이 업셔 도련님이 어니 틈의 글 비호고, 쏘 어니 틈의 말도 잘 비호고, 쏘 이붓치[219]의도 아조 익달(益達)흐여 싱소(生疎)치 아니흐고, 쏘 가금(歌琴)붓치[220]룰 모룰 것 업고, 온갖 잡기(雜技) 다 잘흐고, 세상 지담(才談) 다 흐고, 밍낭흐고 신통흐여라. 어허 소경의 불알이 밍낭[221]이냐? 귀신의 방귀가 신통[222]이냐? 먹은 갑시 닛는 줄 모로고, 그려도 낙양호걸(洛陽豪傑) 풍뉴랑(風流郎)이랏다?

"네 정 별(別) 슈지겻기 하나 가르칠 거시니, 뉘가 자로 잘 흐노 나기흐즈. '김제(金堤) 만경(萬頃) 위암쓸[223]의 거문 암쇼 미방울이 달낭.' 이 쇼리룰

나무로 여기에 옷감을 감아서 다듬이질을 함.

216 총 놋다 : 총 쏘다.

217 환샹(還上) : 환곡(還穀), 환자(還子). 백성들에게 봄에 곡식을 꾸어 주고 가을에 이자를 붙여 거두던 일.

218 타는 말을 일깨우니 : '말을 타다'는 성적인 표현임.

219 이붓이 : 미상.

220 가금(歌琴)붓이 : 노래와 악기 등속에 관련된 것.

221 소경의 불알이 맹낭 : '맹낭'을 한자로 '盲囊'이라고 하는 말장난.

222 귀신의 방귀가 신통 : '神通'을 재미있게 만든 말.

223 김제(金堤) 만경(萬頃) 위암들 : 전라도 김제와 만경의 넓은 평야. '위암들'은

무림산즁슈용셩(茂林山中水湧聲)의 진퇴(進退) 즈죠 홀 젹마다 영낙업시ᄒᆞ여
라. '압 졀 븍이 둥〃, 뒤 졀 븍이 둥〃' 이 소리롤 늬 맛쵸마. '둥〃' 소리
롤 늬 ᄒᆞ리라."

한창 이리 노닐 젹의,

"김졔 만경 위암이들의 거문 암소 뿔의 미방울이 달낭"

"압 졀 븍이 둥〃, 뒤 졀 븍이 둥〃."

졈〃 자조 진퇴ᄒᆞ고 오쟝마로[224]의 올나갈 지, 말이 츳〃 감(減)ᄒᆞ인다.

"김졔 만경 위암의쓸의 달낭."

"압 졀 븍이 둥〃."

"김졔 만경 달낭."

"압 졀 븍이 둥〃."

"김졔 달낭."

"븍이 둥둥."

"달낭."

"둥〃."

한창 이리 자쵸롤 졔,[225] 호조(戶曹)도 두 돈 오 푼, 션혜쳥(宣惠廳)[226]이 두
돈 오 푼, 냥영쳥(糧餉廳)[227]은 한 돈 칠 푼, 하날이 돈짝이오, 남디문(南大門)
이 괴궁기오,[228] 죵노(鐘路)븍이 미방울이오,[229] 발가락이 뉵갑(六甲)ᄒᆞ고 손
가락이 셈을 놋코, 댱단지의 우물 파고 오금의 쟝마 지니,[230] 월쳔(越川)군[231]

22

'위아미들', '위애미들' 등 각기 다른 여러 가지 발음이 있다.

224 오쟝마루 : 절정.

225 잦추를 제 : 몰아칠 때. '잦추르다'는 재촉하여 몰아치는 것을 말함.

226 션혜쳥(宣惠廳) : 조선시대에 대동미(大同米) 대동목(大同木)의 출납을 관장하
던 관청.

227 양향청(糧餉廳) : 훈련도감에 딸린 군수품을 맡아보던 관아.

228 남대문(南大門)이 게궁기오 : 남대문이 게구멍처럼 작게 보이고.

229 종로북이 매방울이오 : 서울 종로에 있는 보신각종이 매방울처럼 작게 보임.

230 장딴지에 우물 파고 오금에 장마 지니 : 다리에 힘을 써서 땀이 많이 남.

231 월쳔(越川)꾼 : 사람을 업어 내를 건네주는 일을 하는 사람.

아 날 살여라. 인간지락(人間至樂)이 〃 찌로다. 사롭의 골절(骨節)이 다 녹난다. 이러틋시 농졍²³²홀 식, 효계창효호블언(曉鷄唱曉曉不言)²³³이라. 품의 든 님 잠 찌온다.

그 잇튼날 이후로논 날이 시면 칙방(冊房)이오 히 곳 지면 도라와셔 가금(歌琴)으로 달난(團欒)하고 쥬식(酒色)으로 연락(宴樂)홀 지, 니관(內官)의 쳐가츌입(妻家出入)ᄒ듯²³⁴ 길을 아라 단니면셔 무한(無限) 농챵(弄蕩) 호광혼다. 냥인(兩人)이 셔로 맛나기 곳 ᄒ면 녹슈(綠水)의 원앙(鴛鴦)²³⁵이오 화간(花間)의 졉무(蝶舞)²³⁶로다. 츈화류(春花柳) 화청풍(夏淸風) 츄월명(秋月明) 동셜경(冬雪景)의 아모도 업시 단 둘이 놀 식, 회두일소빅미생(回頭一笑百媚生)²³⁷이라 빅만교티(百萬嬌態)로 웃는 모양 우음 속의 꼿치 핀다. 단슌호치(丹脣皓齒)롤 움작 홀 지, 말 가온디 향(香)니 난다.

"안거라 보즈. 셔거라 보자."

각장당판(角壯壯版)은 유리 굿고 고은 발은 외씨²³⁸로다. 삽분 횟독²³⁹ 거리올 지, 회목 짠족 치려ᄒ면²⁴⁰ 졔가 졀노 안기인다. 무릅 우히 안쳐놋코

---

232 농졍 : 농탕(弄蕩)의 의미로 쓴 것으로 보임. '농탕'은 남녀가 음탕한 소리와 난잡한 행동으로 놀아 대는 짓.

233 효계창효호불언(曉鷄唱曉曉不言) : 새벽닭은 새벽을 보고 울어도 새벽은 말이 없네. 『백련초해(百聯抄解)』에는 '효계창효효무언(曉鷄唱曉曉無言)'이라고 되어 있음.

234 내관(內官)이 쳐가출입(妻家出入)하듯 : 아무 실속 없이 싱겁게 싸돌아다님. 내관은 내시(內侍).

235 녹수(綠水)에 원앙(鴛鴦) : 물위에 떠 있는 원앙. 원앙은 언제나 암수가 같이 있음.

236 화간(花間)에 접무(蝶舞) : 꽃 사이에 춤추는 나비.

237 회두일소백미생(回頭一笑百媚生) : 머리를 돌려 한번 웃으면 백가지 아름다움이 생겨난다. 백거이(白居易) 「장한가(長恨歌)」에는 '回眸一笑百媚生'이라고 했음. 양귀비의 아름다움을 묘사한 것임.

238 외씨 : 오이씨. 버선 신은 여자의 발이 맵시 있는 것을 '외씨 같다'고 함.

239 사뿐 회똑 : 가볍게 넘어질 듯.

240 회목 짠죽 치려하면 : 손이나 발로 짠죽을 걸어 넘어뜨리려고 하면. '회목'은 손이나 발목의 잘록한 부분.

이리 보고 져리 보고 고쳐 보고 다시 보니 아모라도 닉 사랑일다. 사롬이   23
모도 다 녹는구나. 안아다가[241] 사랑의 못 니긔여 이러셔 〃 업고 둥 〃 사랑
홀 지,

어화둥 〃 [242] 닉 금블(金佛)[243]이야

어화둥 〃 닉 사랑이야

어화둥 〃 닉 녹난이야

어화둥 〃 닉 금우(金牛)야

어화둥 〃 닉 묘동(妙童)이야

어화둥 〃 닉 긔동(奇童)이야

어화둥 〃 닉 간 〃 이야

어화둥 〃 닉 앙증이야

어화둥 〃 닉 뉵봉(肉棒)[244]이야

어화둥 〃 닉 온양이야

어화둥 〃 닉 보혈(補血)이야

어화둥 〃 닉 식금이야

간 〃 알들 닉 사랑이야

업은 치 입을 다희려구 목을 항시쳐로[245] 비트려 다흐려면, 계집아히는
맛쵸려 ㅎ다가 그려도 붓그려 그만 두고. 나려 노코 도련님이,

"날도 업어쥬렴."

---

241 안아다가 : 안았다가.

242 어화둥둥 : 어린아이를 안거나 업고 어를 때 내는 소리.

243 금불(金佛) : 금으로 만든 부처. 아주 귀한 것을 말함. 이 아래의 금우, 묘동, 귀동
    등도 귀한 것을 말하는데, 여기서는 업고 있는 춘향을 말한 것임.

244 육봉(肉棒) : 남자의 성기를 말함. 이 아래의 온양, 보혈, 시큼이 등도 모두 성
    (性)에 관한 은어임.

245 황새처럼 : 목이 긴 황새처럼.

그지는 두리 다 벗고 도련님을 느지막ㅎ게 업고,

어화둥 〃 닉 사랑 갓 〃 알들 닉 사랑
팔도감사(八道監司)롤 업엇는가
삼공뉵경(三公六卿)을 업엇는가

24 츳 〃 흘너나려 이 이란 아희[246]가 그 근쳐의 나려가더니, 셩을 블근 닉
여 시금 〃 〃 홀[247] 지, 계집아희가 거복ᄒ여 츄이쳐 치키여 업으려ᄒ니,
"이 인 그디로 업어두어라. 졈 〃 싀여가ᄂᆞ[248] 거슬 그려ᄂᆞ냐."
"거복ᄒ여 못 견디깃쇼."

ᄂᆞ려노흐니, 꼿 〃 안고 썰고 진져리치고, 홀 〃 늣긔여 소오롬 돗칠 지,
뉵믹(六脈)이 다 져리고 쩌릇치 녹는다. 건곤텬지(乾坤天地) 우쥬간(宇宙間)의
인간지락(人間至樂)이 〃 쑨이라. 쥬야(晝夜) 이리 농졍ᄒ여 부지광음양뉴슈
(不知光陰若流水)[249]라. 흥진비릭(興盡悲來)는 자고상시(自古常事)[250]오, 호스(好事)
의 다마(多魔)는 가긔(佳期)의 이로다.[251] 뉵니광음양뉴슈(陸離光陰若流水)라.[252]

슈삼츈츄(數三春秋) 과만(瓜滿)되여[253] 남원부스(南原府使) 치민션졍(治民善政)
묘당(廟堂)의 공논(公論)ᄒ여[254] 니조참판(吏曹參判) 승치(陞差)[255]ᄒ니 승일상니
(乘馹上來)[256] 올나갈 지, 니도령이 블의금자(不意今者)[257] 당혼 일이 마른하날

---

246 이 애란 아해 : 이도령의 성기를 말함.
247 시금시금하다 : 시다는 말은 성적인 표현임
248 시어가는 : 시그러지는. 힘이 줄어드는.
249 부지광음약유수(不知光陰若流水) : 세월이 흐르는 물같이 지나감을 모른다.
250 흥진비래(興盡悲來)는 자고상사(自古常事) : 즐거움이 다하면 슬픔이 오는 것은
     예부터 항상 있는 일이다.
251 호사(好事)에 다마(多魔)요 가기(佳期)는 난득(難得)이로다 : 좋은 일에는 마(魔)
     가 많이 끼고, 좋은 시절은 얻기 어렵도다. 원문에는 '난득(難得)'이 빠졌음.
252 육리광음약유수(陸離光陰若流水)라 : 황홀한 시간이 물 흐르듯이 지나감.
253 수삼춘추(數三春秋) 과만(瓜滿)되어 : 몇 년이 되어 임기가 끝나.
254 묘당(廟堂)이 공론(公論)하여 : 조정에서 여러 사람이 논의하여.
255 공조참의(工曹參議) 승차(陞差) : 공조의 정3품 벼슬인 공조참의로 승진함.

의 급호 비의 된 별악이 나리는 듯, 죽을밧게 홀일업다. 두 쥬먹괴를 쥐여다가 〃삼을 쾅〃 두다리며,

"이롤 엇지 호잔말고 옥(玉) 갓흔 니 츈향을 싱니별(生離別)을 호단말가. 사롬 못 살 시운(時運)이라. 니직승치(內職陞差)²⁵⁸는 무삼 일고. 니조참판 호거라 말고, 이 골 좌슈(座首)²⁵⁹로ᄂ 물너 안치던면 니게는 퇴판²⁶⁰ 조흘 거술, 이롤 엇지 호즈느니. 가삼 답〃 나 죽깃다."

츈향을 보라 가니, 져는 밋쳐 몰낫는지라. 반겨 왈학 니다르며 드립더 허리롤 덥셕 안고 칠보잠(七寶簪)의 금나뷔ᄀ치²⁶¹ 일신(一身)을 바드〃 써는고나. 니도령이 슈심(愁心)이 쳡〃(疊疊)호여 함비낙누(含悲落淚) 호는 말이,

"말을 호려호니 긔가 막휜다. 네가 나지롤 마랏거나, 니가 너롤 몰낫거나, 부지다언(不在多言)²⁶²호고 죽을밧게 홀일업다."

츈향이 옴즉 소〃로쳐 놀나 호는 말이,

"이거시 무삼 말삼이오. 어졔날도 나오실 지 희식(喜色)이 만면(滿面)호여 날을 보고 반기실 지, 희당화(海棠花)의 범나뷔쳐로 너홀〃〃 노시더니, 오날날은 별안간의 슈식(愁色)이 만안(滿顏)호여 말슘좃ᄎ 이리 밍낭호오. 안젼(案前)의 ᄭᅮ종을 무로왓쇼?²⁶³ 몸이 어듸가 블평(不平)호오? 엇지혼 곡졀이오? 즈셔이 아옵시다."

니도령이 목이 메여 호는 말이,

---

256 승일상래(乘馹上來) : 임금의 명령으로 지방의 벼슬아치를 부를 때에 역마(驛馬)를 주던 일.

257 불의금자(不意今者) : 생각지도 않고 있던 지금.

258 내직승차(內職陞差) : 지방 벼슬아치가 서울의 벼슬자리로 승진함.

259 좌수(座首) : 유향소(留鄕所)의 우두머리. 유향소는 지방 수령의 자문기관.

260 퇴판 : 흡족해서 그만둘 정도.

261 칠보잠(七寶簪)의 금나비같이 : 칠보로 만든 머리장식에 붙여 놓은 나비 모양의 금장식처럼. 잘 떨린다는 것을 나타내기 위해 쓴 말.

262 부재다언(不在多言) : 여러 말 할 것이 없음.

263 안젼(案前)에 꾸중을 물어왔소? : 사또께 꾸중을 들으셨소? 안전은 윗사람을 지칭함.

"쩌러졋단다."

쏘 놀나 디답ᄒ되,

"어디 낙성[264]을 ᄒ엿쇼? 그리 디단이 닷치지나 아니ᄒ엿쇼?"

"뉘 아들놈이 어디 가 쩌러졋다드냐. 어루신늬가 골앗단다."

"골다니. 스되 갈니셧나보오."

"그러탄다."

"그리ᄒ면 웨 울기는 더 좃치. 니직(內職)으로도 조흔 벼슬노 승치(陞差)ᄒ시거나, 외직(外職)으로도 광·나쥬(光羅州) 목사(牧使)[265] ᄀᆺ흔 것, 영변(寧邊) 영유(永柔)[266]로 가시면 작희 조하.[267] 나는 니 셰간 가지고, 어머니는 여긔 두고, 삿갓가마[268] 트고 도련님 짜라가지오."

두 사미로 낫출 쓰고 목이 믹쳐 ᄒᆞ는 말이,

"잘 짜라오너라. 그러ᄒᆞᆯ 터이면 뉘 아들놈이 긔탄(忌憚)ᄒᆞ랴."

하니, 츈향의 디답이 엇지 된고? 추하(且下)롤 분희(分解)ᄒᆞ라.

셰(歲) 긔유(己酉) 십월일(十月日) 향목동 셔(書)

---

264 낙성 : 낙상(落傷). 떨어지거나 넘어져서 다침.

265 광·나주(光羅州) 목사(牧使) : 전라도 광주(光州)나 나주(羅州)의 목사. 목사는 정3품의 벼슬.

266 영변(寧邊) 영유(永柔) : 평안도의 지명.

267 작히 좋아 : 얼마나 좋아.

268 삿갓가마 : 초상 때 상제가 타는 가마로, 흰 천으로 사방을 두르고 큰 삿갓을 덮었음.

츠시(此時) 니도령이 두 사미로 낫츨 쓰고 목이 밋쳐 ᄒᄂᆫ 말이,

"잘 ᄶᅡ라오너라. 잘 ᄶᅡ라오너라. 그러홀 터이면 뉘 아들놈이 긔탄(忌憚)
ᄒᆞ랴.

널낭 후싱(後生) 물이 되되, 텬상(天上) 은하슈(銀河水), 지하(地下) 폭포슈(瀑
布水), 동희슈(東海水), 셔희슈(西海水) 다 후리쳐 더져 두고 음양슈(陰陽水)[1]란
물이 되고, 나는 후싱 시가 되되, 난봉(鸞鳳), 공작(孔雀), 두견(杜鵑), 접동 다
후리쳐 더져 두고 원앙조(鴛鴦鳥)란 시가 되어, 그 시 그 물을 보고 반기라구
풍덩실 ᄲᅡ져 닛셔 쥬야장텬(晝夜長川) 혜지 말고 어화 둥실 ᄶᅥ 닛고자.

그러치가 못ᄒᆞ거든, 널낭 후싱(後生) 방아확[2] 되고 날낭 후싱 방아쏭이[3]
되어 경신년(庚申年) 경신월(庚申月) 경신일(庚申日) 경신시(庚申時)의 강틱공(姜
太公)의 조작(造作)[4]처로 ᄉᆞ시장텬(四時長川) 블계(不計)ᄒᆞ고 쩔거둥 ᄶᅵ넛고자.

---

1 음양수(陰陽水) : 끓는 물에 찬물을 섞은 물.
2 방아확 : 절구의 아가리부터 속까지 움푹 들어간 부분.
3 방앗공이 : 방아확에 넣은 물건을 찧는 몽둥이.
4 경신년(庚申年)~ : 옛날에 이렇게 방아에 써놓았음. 도교(道敎) 경신신앙(庚申信

그럭치가 못ᄒ거든, 널낭 후싱(後生) 암돌젹이[5] 되고 날낭 후싱 슈돌젹이

2 되어 분벽사창(粉壁紗窓) 여다칠 젹마다 그 궁긔[6] 그 쇠가 막혀 츈하츄동(春夏秋冬) 사시졀(四時節)의 쎄드득 ᄒ엿고자.

그러치가 못ᄒ거든, 널낭 후싱(後生) 강능(江陵) 삼쳑(三陟) 오리목[7] 되어 셔고, 날낭 후싱의 삼수월 츩너츌 되어 닛셔 한업시 버더갈식, 진딘 마른딘 가리지 말고 들 건너 벌 건너 셔부렁셥젹[8] 건너가셔, 그 나무 밋부터 꼿가지 휘츄리[9]마다 낙거뮈 나븨 감듯[10] 외오 푸러 올로 감고[11] 올희 푸러 외오 감아 나무 꼿 〃치 휘 〃 츤 〃 감겨 잇셔 삼츈(三春)이 다 진(盡)토록 쩌나지롤 마자더니, 인간의 일이 만코 조물(造物)좃ᄎ 심음발나[12] 신졍(新情)이 미흡(未洽)ᄒ디 이달을손 이별이야. 만금(萬金) 갓흔 너롤 맛나 빅년히로(百年偕老) ᄒ즈더니 금일(今日) 니별(離別)을 어이 ᄒ리. 너롤 두고 가잔 말가? 나는 아마도 못 살깃다."

츈향이 그만 실식(失色)ᄒ여,

"이 말이 왼 말이오."

3 셤 〃 옥슈(纖纖玉手)롤 불근 쥐여 분통(粉桶)[13] 갓흔 졔 가삼을 법고(法鼓) 즁[14]의 법고 치듯 아조 쾅 〃 두다리며 발을 동 〃 구로면셔, 숨단 ᄀᆞᆺ흔 졔 머리[15]롤 홍졔원(弘濟院) 나무장사 잔디쑤리 쓰듯 바드덩 바드덩 쥐여 쓰드며,

---

仰의 영향으로 보임.

5 암톨쩌귀 : 돌쩌귀는 문짝을 여닫기 위해 문설주와 문짝에 다는 쇠붙이인데, 암수가 한 벌이 되어 암톨쩌귀는 문설주에 수톨쩌귀는 문짝에 단다.

6 궁긔 : 구멍에.

7 오리목 : 오리나무.

8 셔부렁셥젹 : 힘들이지 않고 가볍게 슬쩍 건너뛰거나 올라서는 모양.

9 휘추리 : 나무의 가늘고 긴 가지.

10 납거미 나비 감듯 : 납거미가 거미줄에 걸린 나비를 거미줄로 감듯. 납거미는 거미의 일종.

11 외로 풀어 올로 감고 : 왼쪽으로 풀어서 오른쪽으로 감고. 칭칭 감는다는 뜻.

12 새암발라 : 샘바르다. 샘내는 마음이 심하다.

13 분통(粉桶) : 분을 담는 통. 여기서는 젖가슴을 나타냄.

14 법고(法鼓)중 : 법고 치는 중. '법고'는 절에서 예식에 쓰는 북.

"이원극통(哀怨極痛) 셜운지고. 죽을밧게 홀일업소. 깁슈건 글너너여 한 끗출낭 남게 미고 쏘 한 끗촌 목의 미여 쑥 쩌러져 죽고지고. 쳥〃소(淸淸沼) 의 풍덩 싸져 세상을 닛고 죽고지고. 아니 두말 〃고 나도 가옵시다. 쩍쩍 푸드덕 장기[16] 갈 지 아로롱 싸토리 짜라가듯, 녹슈(綠水) 갈 지 원앙(鴛鴦) 가고, 쳥슈피[17] 갈 지 씨암탁 짜라가고, 쳥기고리 소년[18] 갈 지 실비암 짜라 가고, 범 가는 디 바람 가고, 뇽 가는 디 구롬 가고, 구롬 갈 지 비가 〃고, 바늘 갈 지 실이 가고, 봉(鳳) 가는 디 황(凰)이 가고, 송별낭군(送別郎君) 도련 님 갈 지 쳥츈소쳡(靑春小妾) 나도 가옵시다.

쌍교(雙轎)는 과(過)ㅎ니 말고, 독교(獨轎)는 슬ㅎ니 말고, 가마롤 쑤며도 가마쑥지는 당쥬홍(唐朱紅)[19] 칠ㅎ고, 가마쑥경은 궁쵸(宮綃)[20]로 쓰고 가마 쳠장(靑帳)디[21]는 먹감남그[22]로 ㅎ고, 가마발은 순담양(順潭陽)[23] 드러가셔 왕 디롤 버혀드가 철궁게 쏩아[24] 당쥬홍(唐朱紅) 칠ㅎ여 식 조흔 쳥면스(靑綿絲)[25] 로 거복문(紋)[26]을 역거너여 당마락(唐抹額)실[27]노 금젼지(金箋紙)[28] 달고, 가마

4

---

15 삼단 같은 제 머리 : 숱이 많고 길게 늘인 자기 머리. '삼단'은 삼[麻]을 묶은 단.
16 장끼 : 꿩의 수컷. 암컷은 까투리.
17 청수피 : 수탉.
18 소년 : 잘못 들어간 것으로 보임. "청개구리 갈 제 실배암 따라가고"는 계속 뒤를 쫓는다는 의미.
19 당주홍(唐朱紅) : 중국에서 들여온 주홍 물감.
20 궁초(宮綃) : 둥근 무늬가 있는 엷은 비단.
21 청장(靑帳)대 : 가마의 휘장을 바치는 대.
22 먹감나무 : 오래 된 감나무의 속재목. 빛이 검고 단단하며 고와서 공예품을 만 드는데 쓰인다.
23 순담양(順潭陽) : 전라남도의 화순(和順)과 담양. 대나무가 많이 나는 곳.
24 철궁게 뽑아 : 가늘게 쪼갠 대나무를 철판에 낸 구멍으로 뽑아내어 일정한 굵 기로 둥글게 만드는 일. 이렇게 뽑아낸 대나무로 발을 엮음. '철궁게'는 철구 멍에.
25 청면사(靑綿絲) : 푸른 무명실.
26 거북문(紋) : 거북의 등껍질 무늬.
27 당말액(唐抹額)실 : 실의 한 종류.
28 금전지(金箋紙) : 보자기의 네 귀나 끝에 다는 금종이로 만든 장식.

휘장(揮帳)은 빅셜(白雪)이 풀 〃 흔날닐 지 돈피(獤皮)²⁹로 ᄒ여 두로고, 가마
얼기³⁰는 싱면쥬(生綿紬)³¹로 치고 가마마치 ᄭᅩ노는 놈³²이라도 ᄭᅩᆨ뒤는 세 ᄲᅢᆷ
이오³³ 헌거(軒擧)롭고³⁴ 건장(健壯)ᄒ ᆫ 놈, 조흔 젼닙(氈笠) 쳔은영자(天銀纓子)³⁵
너분 ᄭᅳᆫ 다라 쓰고, 외올망건(網巾)³⁶ 당ᄉ(唐絲)ᄭᅳᆫ의 격디모(赤玳瑁) 고리 관자
(貫子)³⁷ 냥(兩) 귀밋히 ᄶᅥᆨ 붓치고, 자지(紫地) 슈하단(繡漢緞) 졀고통져고리³⁸ 톳
면쥬(明紬) 바지,³⁹ 삼승(三升)으로 물겹옷⁴⁰ 지어 압자락을 졔쳐 뒤흐로 미고,
셔피(鼠皮) 보션 조희총 메토리⁴¹ 낙쪽지로 곡거러⁴² 들메⁴³ᄒ고, 팔디⁴⁴의
힘을 올녀 치롤 ᄭᅩ놀 적의 '월오랑 츔쳥'⁴⁵ 건는 말의 반부담(半負擔) ᄒ여⁴⁶

---

29 돈피(獤皮) : 담비의 모피.

30 가마얼기 : 가마에 치는 휘장인 것 같음.

31 생면주(生綿紬) : 생명주.

32 가마채 ᄭᅩ느는 놈 : 가마채를 드는 놈. '가마채'는 가마꾼이 가마를 멜 때 잡는
기다란 나무. 'ᄭᅩ느다'는 무거운 것의 한쪽 끝을 쥐고 번쩍 들어올리는 것. 원
문에는 '마'가 한 번 더 들어갔음.

33 ᄭᅩᆨ뒤는 세 ᄲᅢᆷ이요 : 몹시 거만한 모양을 말함. 'ᄭᅩᆨ뒤'는 뒤통수의 한가운데.

34 헌거(軒擧)롭고 : 풍채가 좋고 의기가 당당한.

35 천은영자(天銀纓子) : 천은(좋은 은)으로 된 갓끈 장식.

36 외올망건(網巾) : 외올로 뜬 품질이 좋은 망건. '외올'은 여러 겹이 아닌 단 하
나의 올을 말함.

37 적대모(赤玳瑁) 고리 관자(貫子) : 붉은 거북껍질로 만든 관자. '관자'는 망건에
달아 당줄을 꿰어 거는 작은 고리.

38 자지(紫地) 수한단(繡漢緞) 절구통저고리 : 자줏빛 수놓은 중국 비단으로 만든
절구통저고리.

39 톳명주(明紬) 바지 : 굵은 명주로 만든 바지.

40 물겹옷 : 물겹것. 헝겊을 겹쳐서 성글게 꿰매어 지은 옷.

41 종이총 미투리 : 미투리의 총을 종이로 만든 것. '미투리'는 삼껍질로 짚신처
럼 삼은 신이고, '총'은 미투리 앞쪽의 양편짝으로 운두를 이루는 낱낱의 올.

42 낙복지(落幅紙)로 곱걸어 : 종이를 두 겹으로 매어. '낙복지'는 과거에 떨어진
사람의 답안지를 말하는데, 이 종이의 질이 좋았으므로 여러 가지 용도로 쓰
였음. '곱걸다'는 두 번 겹쳐 거는 것을 말함.

43 들메 : 신이 벗어지지 않도록 신을 끈으로 발에 동여매는 일.

44 팔대 : 팔의 뼈대라는 의미로 팔뚝을 말함.

45 월오랑 춤청 : 말의 걷는 모양을 묘사한 의태어.

덩 〃 그러게[47] 날 다려가오.

그러치가 못ᄒ거든 다 훨젹 썰더리고 녀복(女服)을 벗고 남복(男服)을 ᄒ
디, 보라 동옷[48] 당바지[49]의 다님 미고 힝젼(行纏) 치고,[50] 갈미[51]롤 짓게 드
려 긴 옷술 ᄒ여 닙고, 당쵸(唐綃)당긔[52]의 머리롤 ᄯ하 뒤흐로 츌넝 느리치
고, 당(唐)ᄎ련[53] ᄯ룰 ᄯ이고 겻옷자락을 졉어다가 어슥비슥 고진 후의 두 푼
자리 쇠코집신[54] 단 〃 이 들멘 후의, 올혼손의 치룰 들고 왼손으로 견마(牽
馬)[55] 드러 도련님 올가갈 ᄌ 나귀 견마나 들고 가시."

니도령 이른 말이,

" 〃 지는 홀일업다. 호사(好事)가 다마(多魔)ᄒ고 가기(佳期)ᄂ 니조(易徂)ᄒ
니,[56] 조졍(朝廷) 공논(公論)이 밍낭ᄒ여 어루신니롤 니조참판(吏曹參判)인지 승
치(陞差)ᄒ여 올나간다 ᄒ니, 니 마음의ᄂ 이 고롤 풍원(風憲)만 ᄒ면 역젹(逆
賊)의 아들이라.[57] 귀신(鬼神)이 희롤 짓고[58] 조물(造物)좃ᄎ 싀긔(猜忌)ᄒ니 누

---

46 반부담(半負擔)하다 : '부담'은 말이나 소에 싣는 작은 농짝인데, '반부담'은 이
　작은 부담짝과 함께 사람이 타는 것을 말한다.
47 덩덩그렇게 : 매우 덩그렇게. '덩그렇다'는 홀로 우뚝 드러나 있다는 의미.
48 동옷 : 동의(胴衣). 남자가 입는 저고리.
49 당바지 : 통이 좁은 바지.
50 대님 매고 행전(行纏) 치고 : '대님'은 바지를 입은 뒤에 가랑이 끝을 접어서
　가뜬하게 발목을 졸라매는 좁은 헝겊끈. '행전'은 바지를 입고 가뜬하게 하기
　위해 정강이에 매는 넓은 천으로 각반(脚絆)과 같은 것임.
51 갈매 : 갈매나무 열매는 물감과 약재로 쓰이는데, 색깔은 짙은 초록빛임.
52 당초(唐綃)댕기 : 중국 비단으로 만든 댕기.
53 당(唐)채련 : 채련은 부드럽게 만든 당나귀 가죽인데, 중국에서 수입한 물건이
　라는 뜻으로 당을 붙였음.
54 세코짚신 : 발이 편하도록 앞의 양쪽 총을 약간씩 터서 코를 낸 짚신.
55 견마(牽馬) : 경마. 남이 탄 말을 몰기 위해 잡는 고삐.
56 호사다마(好事多魔) 가기이조(佳期易徂) : 좋은 일에는 방해가 많고, 좋은 시절
　은 빨리 지나간다.
57 이 고을 풍헌(風憲)만 하면 역적(逆賊)의 아들이라 : 이 대목은 잘못 쓴 것으로
　보임. 여러 이본의 같은 대목은, "이 고을 풍헌만 하시더면 이런 이별 아닐 것
　을. 생눈 나올 일을 당하니 이를 어이 하잔 말고?"라고 되어 있다.
58 희를 짓고 : 희짓고. 남의 일에 방해가 되게 하고.

6 롤 한탄(恨歎)ᄒᆞᄌᆞᄂᆞ니, 속졀 츈광(春光)이 젼혀 업다.[59] 너 ᄒᆞ는 말이 다 못될 말이니 아모케나 잘 닛거라."

춘향이 디답ᄒᆞ디,

"우리 당쵸(當初) 광한루(廣寒樓)셔 맛날 지, 니가 몬져 도련님다려 ᄉᆞᄌᆞ압소?[60] 도련님이 몬져 날다려 '사자지요' ᄒᆞ시던 말 니졌는가? ᄒᆞ여도 일언반ᄉᆞ(一言半辭)[61]라도 쎠골의 삭엿는디, 우리 금년[62]의 금셕상약(金石相約)[63] 오날 〃 다 허ᄉᆞ(虛事)오. 직금(只今) 와셔 이리ᄒᆞ여야 올흔 일이오. 분명 못 다려가깃쇼? 졍영(丁寧)이 못 다려가깃쇼 기오?[64] 아조 못 다려가깃는 기오? 날을 드기질[65]노 이리 하는 기오? 니 말을 드러보려 이리 ᄒᆞ는 기오? 니 쇼견(所見)을 보려 이리ᄒᆞ는 기오? 니 허실(虛實)을 알녀 이리ᄒᆞ오? 못ᄒᆞᆷ닌다. 가망(可望) 업쇼. 날을 쥭이고 올나가오. 살니고는 못 가오리다. 광한루셔 맛날 지, 날을 명문(明文)[66]ᄒᆞ여 쥰 것 소지(所志)[67] 〃어 쳠연(貼聯)[68]ᄒᆞ여 쓸 〃 마라 품의 품고 팔만장안(八萬長安) 억만가(億萬家)로 촌 〃 걸식(村村乞食) 단니

7 면셔 돈 한푼식 비러다가 동의젼(廛)[69]의 드러가셔 바리쑥게[70] 하나 사고, 지젼(紙廛)[71]의 드러가셔 장지(壯紙)[72] 한 쟝 ᄉᆞ가지고, 언문(諺文)으로 상언(上

59 속졀 춘광(春光)이 젼혀 없다 : 전혀 희망이 없다는 의미인 것 같음. '속졀없다' 는 단념할 수밖에 어쩔 도리가 없다는 의미.

60 사자압소 : 살자하였소.

61 일언반사(一言半辭) : 일언반구(一言半句). 한 마디 말과 반 구절이라는 뜻으로, 아주 짧은 말을 이르는 말.

62 금년 : 당년(當年)의 잘못.

63 금셕상약(金石相約) : 굳게 서로 맺은 약속.

64 못 데려가겠소 개오 : 못 데려가겠다는 것이오.

65 뜨개질 : 남의 마음속을 떠보는 일.

66 명문(明文) : 일정한 사실을 밝혀놓은 글.

67 소지(所志) : 청원할 것이 있을 때 관청에 내는 문서.

68 쳠련(貼聯) : 관아에 제출하는 서면에 관계되는 서류를 덧붙임.

69 동이전(廛) : 동이를 파는 가게. '동이'는 질그릇의 한 가지로 배가 부르고 아가 리가 넓은 것으로 주로 물을 긷는데 씀.

70 바리뚝게 : 바리뚜껑. '바리'는 놋쇠로 만든 밥그릇의 한 가지.

71 지젼(紙廛) : 종이 가게.

言)[73] 쓰디, 심즁(心中)의 먹은 원정(原情) 셰 〃 셩문(細細成文) ᄒ여ᄂ녀여, 이월(二月)이나 팔월(八月)이나 동도[74]로나 셔교(西郊)로나 상감님 능힝거동(陵行擧動)[75] 녕(令)을 니고 ᄒ옵실ᄉᆡ, 문밧그로 니다라셔 동교면 암감내[76]오 셔교면 양쳘이(梁哲里)[77]라. 만인총즁(萬人叢中)의 셧겻다가, 용ᄃᆡ긔(龍大旗)[78] 지나고 쑥[79] 지나고 셥연(挾輦) 자긔챵[80] 느러셔고 홍양산(紅陽傘)이 ᄶᅥ 나오며[81] 가교(駕轎)[82]의나 마샹(馬上)이나 한가로이 지나실ᄉᆡ, 왈학 ᄶᅱ여 니다르며 바리쑤게롤 손의 들고 '씽 〃'ᄒ고 셰 번만 쳐셔 격징(擊錚)[83]가지 ᄒ오리라. 이고 이고 셜음이야. 그리ᄒ여도 못 되거든 이ᄲᅧ 말나 쵸조ᄒ여 죽은 혼이 넉시라도 삼슈갑산(三水甲山)[84]의 제비몸 되어 도련님 자는 쳠하 기슭의 집을 죵 〃 지어두고 밤즁만 집의 드는 쳬 ᄒ고 도련님 품의 드러볼가? 니별 말이 윈 말이오.

8

니별(離別) 이ᄶᅡ(二字) 니던 사롬 날과 ᄇᆡ년(百年) 원슈로다

---

72 장지(壯紙) : 두껍고 단단하여 질이 썩 좋은 종이.

73 상언(上言) : 백성이 임금에게 글을 올리는 것.

74 동도 : 동교(東郊)의 잘못.

75 능행거동(陵行擧動) : 임금이 능에 거둥하는 일.

76 안감내 : 안감천(安甘川). 서울 성북동에서 발원하여 청계천으로 들어가는 내. 현재는 안암천(安岩川)이라고 부른다.

77 양철리(梁哲里) : 현재 서울 은평구 녹번동 부근.

78 용대기(龍大旗) : 임금이 행차할 때 세우고 가는 커다란 깃발. 교룡(蛟龍)을 그려 넣어서 교룡기라고도 함.

79 둑 : 임금이 타고 가던 가마나 군대의 대장 앞에 세우던 큰 의장기.

80 협연(挾輦) 자개창 : 협연군(挾輦軍)의 자개창. '협연군'은 임금의 가마를 호위하는 군사. '자개창'은 창(槍)의 일종.

81 홍양산(紅陽傘)이 ᄶᅥ 나오며 : 붉은색 양산이 공중에 떠서 나오며.

82 가교(駕轎) : 임금이 타는 특별히 꾸민 가마.

83 격쟁(擊錚) : 원통한 일이 있는 사람이 임금에게 직접 하소연하기 위해 임금이 거둥하는 길가에서 꽹과리를 쳐서 임금이 묻는 것을 기다리던 일.

84 삼수갑산(三水甲山) : 삼수와 갑산은 함경도에 있는 고을 이름으로, 두 곳 모두 지세가 험해 조선시대 귀양지였음.

진시황분시셔(秦始皇焚詩書)[85]홀 지 니별 두 자(字) 니졋던가
그쪄의 살아던들 이 니별이 닛실손가

박낭스즁(博浪沙中)의 쓰고 나믄 철퇴(鐵槌)[86] 텬하장스(天下壯士) 항우(項羽)롤 쥬어
힘거지[87] 두다려셔 씨치고ᄌ 니별 두 자
영소보뎐(靈霄寶殿)[88]의 올나가셔 옥황상데(玉皇上帝)긔 빅활(白活)ᄒ여
별악상좌(上佐)[89] ᄂᆞ리와셔[90] 싸리고ᄌ 니별 두 자
호지(胡地)의 부모 니별
남국[91]의 군신(君臣) 니별
졍노(征路)의 부〃(夫婦) 니별[92]
운산(雲山)의 붕우(朋友) 니별[93]
이졍(離亭)의 엽졍비(葉正飛)[94]ᄒ니 형뎨(兄弟) 니별 셜다 ᄒ고
쥭어셔 영니별(永離別)은 남터도[95] 잇거니와

---

85 진시황분시셔(秦始皇焚詩書) : 진시황이 『시경(詩經)』과 『서경(書經)』을 불태움.
   진시황은 학자들의 정치 비판을 막으려고 실용서 이외의 모든 서책을 태워
   버리고 유학자들을 구덩이에 묻어 죽였음.
86 박랑사중(博浪沙中) 쓰고 남은 철퇴(鐵槌) : '박랑사'는 중국 하남성(河南省)에 있
   는 지명으로, 이곳에서 장량(張良)이 장사를 시켜 철퇴로 진시황(秦始皇)을 암
   살하려 했으나 실패했음.
87 힘가지 : 힘껏.
88 영소보전(靈霄寶殿) : 옥황상제가 사는 궁전.
89 벼락상좌(上佐) : 벼락을 의인화하여 옥황상제를 돕는 인물로 묘사했음.
90 나리와서 : 내려보내서.
91 남국 : 남북(南北)의 잘못임.
92 정로(征路)에 부부(夫婦) 이별 : 남편이 오랑캐를 정벌하는 길을 떠나게 되어 부
   부가 이별하게 됨.
93 운산(雲山)에 붕우(朋友) 이별 : 친구 사이의 이별.
94 이정(離亭)에 엽정비(葉正飛) : 역정(驛亭)에서 헤어지는데 정히 낙엽은 날린다.
   당나라 때 7세 여자아이가 지은 시 「송형(送兄)」의 한 구절.
95 남대되 : 모든 사람에게.

사라 싱니별(生離別)은 싱쵸목의 블이 붓네

스랑도 처음이오 니별도 쳐음이라

옥장(玉腸)이 바아지고[96] 금심(錦心)[97]이 녹는고나 이원(哀怨) 셜음 엇지라오.”

“이 이. 업다.[98] 츈향아. 말 듯거라. 일촌간장(一寸肝腸)이 다 녹는고나. 한 가지로 갈 마음이 블현듯시 나건마는, 경셩(京城)으로 올나가면 긴(緊)치 아닌 친쳑드리 공연스러이 공논(公論)ᄒ디, ‘아희놈이 작쳡(作妾)ᄒ여 학업(學業) 전폐(全廢)ᄒ다.’ ᄒ고, 호적(戶籍) 밧긔 도리광이[99]ᄒ여 니더일 거시니, 슈삼년(數三年)만 참아시면 밤낫사로 공부ᄒ여 닙신양명(立身揚名)[100]ᄒ 연후(然後)의 너롤 츠자 올 거시니 부디 〃〃 잘 잇거라.

구 〃 팔십일광노(九九八十一光老)는 녀동빈(呂洞賓)[101]을 짜라 가고

팔구칠십니젹션(八九七十二李謫仙)[102]은 치셕강(采石江)의 완월(玩月)ᄒ고

칠구뉵십삼노공(七九六十三老公)[103]은 한틱조(漢太祖)롤 차셰(遮說)ᄒ고

뉵구오십사호션싱(六九五十四皓先生)[104] 상산(商山)의셔 바독 두고

오구스십오자셔(五九四十五伍子胥)[105]는 동문(東門)의 눈을 걸고

스구삼십뉵슈부(四九三十六陸秀夫)[106]는 왕좌지지(王佐之才) 품어닛고

---

96 옥장(玉腸)이 바아지고 : 간장이 끊어지고. ‘바아지다’는 부서지다.

97 금심(錦心) : 비단결 같은 마음.

98 어따 : 무슨 일이 몹시 못마땅하게 여겨질 때 내는 말.

99 도리광이 : 도려내어.

100 입신양명(立身揚名) : 출세하여 이름을 세상에 드날림.

101 여동빈(呂洞賓) : 당나라 때 인물로 팔선(八仙)의 한 명.

102 이적선(李謫仙) : 이백(李白). 이백이 채석강(采石江)에서 물에 비친 달을 잡으려했다는 고사.

103 삼로공(三老公) : 세 노인이 한태조의 가는 길을 막고 간언을 했다는 고사가 있음.

104 사호선생(四皓先生) : 진시황의 폭정을 피해 살던 상산(常山)의 네 노인.

105 오자서(伍子胥) : 오자서는 모함에 빠져 자결하면서, 월(越)나라 군대가 쳐들어오는 것을 자신의 눈으로 똑똑히 볼 수 있도록 자신의 눈을 빼어 동문에 걸어두라고 했음.

사구삼십칠뎌국[107]은 전국(戰國) 젹 시절이오

이구십팔진도(二九十八陣圖)[108]는 졔갈무후(諸葛武侯) 병법(兵法)이오

일구〃굴원(一九九屈原)[109]이는 만고츙신(萬古忠臣) 되려ᄒ고 멱나슈(汨羅水)의 ᄲᅡ져시니

너도 열녀 되려거든 삼강슈(三江水)의나 ᄲᅡ지려무나. 니 말을낭 다시 마라. 장부일언(丈夫一言)이 쳔년블기(千年不改)라 ᄒ니, 텬지(天地)가 기벽(開闢)ᄒ고 산쳔(山川)이 돌변(猝變)ᄒ들 금셕(金石) 갓흔 니 마음이 현마[110] 너를 니질소냐."

츈향이 홀일업셔 니별쥬(離別酒) 부어들고 눈물 먹여 권ᄒ면셔,

"도련님 말삼 그러ᄒ니 한 번만 더 속아보옵시다. 날 싱각을낭 아조 말고 글공부나 힘뼈 ᄒ여 소년등과(少年登科)ᄒ신 후의 븍당(北堂)[111]의 영화(榮華) 뵈고 요조슉녀(窈窕淑女)〃군(女君)[112] 맛나 일신영귀(一身榮貴)ᄒ신 후의 그 젹의나 닛지마오. 필운(弼雲)·소격(昭格)·탕츈뎌(蕩春臺)[113]와 냥한강졍(兩漢江汀) 경(景) 조흔 뎌,[114] 비반(杯盤)이 낭자(狼藉)ᄒ고 풍악(風樂)이 융〃(融融)ᄒ뎌 유졍친구(有情親舊) 졀뎌가인(絶代佳人) 일슈고인(一手鼓人)[115] 명창(名唱)드리

---

106 육수부(陸秀夫) : 남송(南宋) 말기의 충신으로, 몽고군이 침입했을 때 왕을 업고 물에 빠져 자살했음.

107 사구삼십칠대국 : 삼구이십칠대국(三九二十七大國)의 잘못임. 전국시대 진(秦), 초(楚), 연(燕), 제(齊), 조(趙), 위(魏), 한(韓)의 일곱 나라를 칠대국이라고 함.

108 팔진도(八陣圖) : 제갈공명이 창안한 진법.

109 굴원(屈原) : 중국 전국시대 초(楚)나라 사람. 굴원은 정치적 모함에 걸려 방랑하다가 멱라수(汨羅水)에 빠져 죽었다.

110 현마 : 설마.

111 북당(北堂) : 어머니.

112 여군(女君) : 첩이 정실부인을 이르는 말.

113 필운(弼雲) 소격(昭格) 탕춘대(蕩春臺) : 필운동 소격동 그리고 탕춘대. 지금의 서울 종로구 필운동과 소격동 그리고 세검정 근처의 탕춘대. 조선시대 서울의 경치 좋은 곳으로 이름이 높았음.

114 양한강정(兩漢江汀) 경(景) 좋은 데 : 한강(漢江) 변의 경치 좋은 곳.

115 일수고인(一手鼓人) : 솜씨 좋은 연주자.

구롭갓치 웅위(擁衛)ㅎ여 쥬야잠심(晝夜潛心) 노일 젹의, 이 술 한 잔 싱각ㅎ
오. 이고 〃〃 셜음이야. 쩌날 이즈(離字)롤 슬허 마오, 보닐 송자(送字) 나도
닛소."

"보닐 송자롤 슬허 마라, 도라갈 귀자(歸字) 어이 ㅎ리."

"도라갈 귀즈 슬허 마오, 슬풀 이자(哀字) 이연(哀然)ㅎ오."

"슬풀 이자롤 슬허 마라, 옥(玉) 갓혼 너롤 두고 경셩(京城)으로 올나가셔
젹막강산(寂寞江山) 홀노 안자 싱각 스자(思字) 어니 ㅎ리."

"도련님 이지 가면 언졔 오려 ㅎ오.

틱산(泰山) 즁악(中嶽)[116] 만장봉(萬丈峯)이 모진 광풍(狂風)의 쓰러지거든 오
랴 ㅎ오.

십이스장(十里沙場) 셰(細)모러가 졍 맞거든 오려 ㅎ오.[117]

금강산(金剛山) 상〃봉(上上峰)의 물 미러 비 씌여 평지(平地) 되거든 오려
ㅎ오.

긔암졀벽(奇巖絕壁) 쳔층셕(千層石)의 눈비 마즈 뼈어지거든 오려 ㅎ오.

뇽마(龍馬) 갈기[118] 두 사이의 쏠 나거든 오랴 ㅎ오.

층암졀벽(層巖絕壁) 진쥬(眞珠) 심어 싹 나거든 오려 ㅎ오.

병풍(屛風)의 그린 황계(黃鷄) 두 나리롤 '둥덩' 치며 스경일졈(四更一點)[119]
의 날 시라고 '꾀고요' 울거든 오랴 ㅎ오.

함경도(咸鏡道)로 드러가셔 마운령(摩雲嶺)[120] 마텬령(摩天嶺)[121] 함관령(咸關
嶺)[122] 쳘령(鐵嶺)[123]을 다 쩌다가 도련님 가시는 길의 막아 노흐면 가다가 도

---

116 즁악(中嶽) : 오악(五嶽)의 가운데 있는 숭산(嵩山).

117 셰(細)모래가 졍 맞거든 오려 하오 : 모래가 다시 바위가 되어 정으로 쪼게
   되면 오시겠는가. 오랜 시간이 지나는 것을 말함.

118 갈기 : 말 같은 짐승의 목덜미에 난 긴 털.

119 사경일점(四更一點) : 조선시대에 하룻밤의 시간을 다섯 경(更)으로 나누고, 한
   경은 다섯 점(點)으로 나누어서, 경을 알릴 때에는 북을, 점을 알릴 때에는 징
   을 쳤음.

120 마운령(摩雲嶺) : 함경남도 이원(利原)에 있는 높은 고개.

121 마천령(摩天嶺) : 함경남도의 단천(端川)과 함경북도 성진(城津) 사이의 고개.

로 오시게. 그러치가 못ᄒᆞ거든 울산(蔚山)바다 나쥬(羅州)바다 안홍(安興)목 손돌목 강화(江華)목[124]을 다 휘여다가 도련님 가시는 길의 가로겨 놋코 일엽션(一葉船)도 업시 ᄒᆞ면 가다가 못 가고 도로 오시게. 익원극통(哀怨極痛) 셜운지고. 이 니별을 엇지 ᄒᆞᆯ고? 두고 가시는 도련님 안은 셜옹남관(雪擁藍關)의 마부젼(馬不前)[125]쓴이어니와 보니고 잇는 나의 안은 방쵸년〃(芳草年年)의 한무궁(恨無窮)[126]이오."

니도령 긔(氣)가 아조 체(滯)ᄒᆞ여[127] 위로ᄒᆞᆫ는 말이,

"우지 마라, 우지 마라, 우지 말나. 아조 쏘 울고 쏘 울고 ᄒᆞ는구나. 뎌장부(大丈夫) 일쵼간장(一寸肝腸) 츈셜(春雪) 스듯 다 녹는다. 졍표(情表)나 ᄒᆞ여보자. 방자야."

"예."

"칙방(册房)의 가셔 나 보던 디[竹] 한 분(盆) 갓드가 츈향이롤 쥬어라. 오동야우(梧桐夜雨) 잠씬 후와 호졉츈몽(蝴蝶春夢) 잠 업슬 졔, 날 싱각나거들낭 날 본듯시 두고 보라."

츈향이 니른 말이,

"빅쵸(百草)롤 다 심어도 디는 아니 심은다 ᄒᆞ오
살디는 가고 졋디는 울고 그리ᄂᆞ니 붓디로다[128]
울고 가고 그리는 디롤 굿ᄐᆞ여 어이 심으라 ᄒᆞ오"

---

122 함관령(咸關嶺) : 함경남도 함주(咸州)와 홍원(洪原) 사이에 있는 고개.
123 철령(鐵嶺) : 함경남도 안변군과 강원도 회양군의 경계에 있는 고개.
124 울산(蔚山)바다~ : 모두 바다의 물살이 빠른 곳임.
125 셜옹남관(雪擁藍關)에 마부젼(馬不前) : 남관에 눈이 쌓여 말도 앞으로 나아가지 못함. 한유(韓愈)의 「좌천지남관시질손상(左遷至藍關示姪孫湘)」의 한 구절.
126 방쵸년년(芳草年年)에 한무궁(恨無窮) : 향기로운 풀은 해마다 돋는데 한은 끝이 없네.
127 기(氣)가 아주 체(滯)하여 : 아주 기가 막혀.
128 살대는 가고, 젓대는 울고, 그리나니 붓대로다 : 대나무로 만든 화살대는 날아가고, 피리는 울고, 붓은 그리워하도다. '그리다'는 그리워하다와 그림을 그린다는 두 가지 의미를 가지고 있음.

"네가 엇지 알가보니. 취죽창송(翠竹蒼松)은 천고절(千古節)이라. 동텬(冬天)의도 푸르럿고 눈속의도 슌(筍)이 나니, 계집의 정절힝(貞節行) 이 디의 졀(節)을 본(本)을 바다 정셩(精誠)으로 심어두라. 엇던 역젹(逆賊)의 아들놈이 네 훼졀(毀節)을 뉘라 ᄒ리."

남디단(藍大緞) 두로쥼치[129] 쥬황당ᄉ(朱黃唐絲) ᄯᅳᆫ을 글너 화류(樺榴)집 ᄉ파경[130] 집어니여 춘향 쥬며 니른 말이,

"디장부(大丈夫)의 구든 마음 셕경(石鏡)빗과 ᄀᆞ흘진디, 진익즁(塵埃中)의 뭇쳐 닛셔 천빅 년이 지나간들 셕경빗치 변홀손가? 일노 신(信)을 삼아두라."

춘향이 바다 손의 들고,

"이거시 평싱신물(平生信物)이라."

보라 디단(大緞)[131] 속져고리 면자고롬[132] 어로만져 옥지환(玉指環) 글너 니여 도련님 쥬며 ᄒᄂᆞᆫ 말이,

"녀자의 슈힝(修行)ᄒ미 옥빗과 ᄀᆞ흘지라. 송쥭(松竹) ᄀᆞᆺ흔 구든 마음 옥 갓치 단정(端正)ᄒ고 일월(日月)ᄀᆞᆺ치 맑은 뜻이 옥 갓치 청빅(淸白)ᄒ여, 상젼(桑田)이 벽희(碧海)되고[133] 티산(泰山)이 평지된들 변홀 비 업스리니, 반쳡여(班婕妤)[134]의 젹막(寂寞)을 효칙(效則)홀지언정 탁문군(卓文君)[135] 되기는 원치 아니 ᄒ오리니, 일노 신(信)을 삼으쇼셔."

니도령 지환(指環) 바다 쓰고 ᄲᅥ셔 깁희 넛코, 긴 한슘의 니별쥬[136] 부롤

---

129 남대단(藍大緞) 두루쥼치 : 남색 비단으로 만든 두루주머니.
130 화류(樺榴)집 사파경(鏡) : 화류로 만든 틀에 끼운 거울. 화류는 자단의 목재. '사파경'이 무슨 거울인지는 미상.
131 보라 대단(大緞) : 보라색의 비단.
132 면자고름 : 명주고름을 말하는 것으로 보임.
133 상전(桑田)이 벽해(碧海)되고 : 뽕나무 밭이 변하여 푸른 바다가 된다는 뜻으로, 세상 일이 변화무쌍하여 덧없음을 이름.
134 반첩여(班婕妤) : 중국 한성제(漢成帝)의 후궁. 처음에는 총애를 받았으나 후에 조비연(趙飛燕)에게 미움을 받아 장신궁(長信宮)으로 물러나 있으면서 태후(太后)의 시중을 들며 시를 지었음.
135 탁문군(卓文君) : 탁문군이 사마상여(司馬相如)의 「봉구황곡(鳳求凰曲)」에 반하여 그와 인연을 맺었음.

젹의,

14   간다 닛거라 조희 드시 보자 잇거라 조희
           간들 아조 가며 아조 간들 너롤 니질소냐
           잠씨여 겻히 업스니 그롤 슬허ᄒ노라

   춘향이 디답ᄒ디,

        울면셔 잡은 ᄉ미롤 썰더리고[137] 가지롤 마오
        도련님은 디장부라 도라셔시면 니지려니와
        니 몸은 아녀진(兒女子ㅣ) 고로 못 니질가 ᄒ노라

   니도령 화답(和答)ᄒ디,

        블상코 가련ᄒ다 춘향 네 신셰(身世) 가련ᄒ다
        고로고 고로다가 니별(離別) 낭군(郎君)을 맛낫도다
        아마도 금일 니별은 나도 몰나 ᄒ노라

   춘향이 또 화답ᄒ디,

        비옵소셔 비옵쇼셔 도련님 못 가시게 비옵쇼셔
        도련님 가시는 길이 쳥〃쇼(淸淸沼)이나 되옵쇼셔
        사공 업스면 도로 회졍(回程)홀가 ᄒ노라

   이러트시 니별홀 지, 참아 엇지 쩌나오리. 마조 잡고 셔로 울 지, 칙방

---

136 이별주 : 이별조(離別調)의 잘못. '이별조'는 이별가(離別歌).
137 소매를 떨떠리고 : 소매를 떨치고.

〃자 달녀드러 셩화갓치 지쵹ᄒᆞ디,

"사도 분부 니 ᄉᆞ연의 도련님 가신 곳을 아라 셩화ᄀᆞᆺ치 뫼셔오라 지금
셔〃 기다리시니 편젼(片箭)[138]갓치 가옵시다."

둘이 다 ᄭᅡᆷ작 놀나 니도령 니른 말이,

15

"너는 병환(病患)의 까마괴[139]오, 혼인(婚姻)의 트레바리[140]로구나. 너는 ᄉᆞ
름의 니[141] 잘 맛는 빈디 자식 부터[142] 논ᄂᆞ냐? 씀직〃〃이 지쵹 마라. 소하
(蕭何) 죽은 후신(後身)[143]이냐? 맛날 지나 네 덕이오 니별홀 지 이리ᄒᆞ니, 이
고 답〃 나 죽깃다."

홀일업시 도라올 지, 츈ᄌᆞ는 자진(自盡)ᄒᆞ여 느러지고, 니도령도 신체(身
體)만 남아 도라오니, ᄉᆞ되 블너 니른 말이,

"나는 미진(未盡)호 공ᄉᆞ(公事)나 닥고 즁긔(重記)[144] 마감 후의 슈일간(數日
間) ᄶᅥ나기시니, 너는 즉금(卽今)으로 길을 ᄎᆞ자[145] 닉일 사당(祠堂)[146] 뫼시고
일작 ᄶᅥ나게 ᄒᆞ라."

니도령이 그 말은 녀산풍경(廬山風景)의 헌 죡박이라.[147] 츈ᄌᆞ 싱각만 골슈
(骨髓)의 사못ᄎᆞ 만장(萬丈)이나 셜운 우롬 줄ᄃᆡ긔[148]거지 참앗다가 입을 병

---

138 편젼(片箭) : 아기살. 짧고 작은 화살로 멀리 나감.

139 병환(病患)에 까마귀 : 까마귀는 흉한 조짐을 보이는 새이므로 나쁜 일이 겹
친 것을 말함.

140 혼인(婚姻)에 트레바리 : 혼인같이 좋은 일에도 무조건 반대만 하는 사람. '트
레바리'는 까닭 없이 남의 말에 반대하기를 좋아하는 성격이나 그런 사람.

141 내 : 냄새.

142 붙다 : 흘레붙다. 성교하다.

143 소하(蕭何) 죽은 후신(後身) : 융통성이 없이 곧이곧대로 하는 사람을 말하는 것
으로 보임. 소하는 한고조(漢高祖) 때 법을 만들었음. 『천자문(千字文)』에 하준약
법(何遵約法, 소하는 약법 3장을 준수했다)이라고 했음.

144 즁긔(重記) : 사무를 인계할 때 전하는 문서나 장부.

145 차자 : '차려'의 잘못.

146 사당(祠堂) : 조상의 신주(神主)를 모셔 놓은 집.

147 여산풍경(廬山風景)에 헌 쪽박이라 : 여산과 같이 아름다운 풍경에 헌 바가지.
도무지 어울리지 않는다는 뜻.

148 줄때기 : 목줄띠. 목구멍의 힘줄.

굿 열 지, 한마디 소리롤 툭 터노ᄒ니, 악박골 호랑이[149]가 졀구공이로 쌍쥬리 틀고 인왕산(仁王山)[150] 기슭으로 가는 소리쳐로 동헌(東軒)을 터지다시[151] 북밧쳐 우니, 스되 달니는 말이,

16

　"용열(庸劣)ᄒ다. 우지 마라. 남원부사(南原府使) 나만 ᄒ랴. 엇제ᄌᄂ니."

　그러ᄒ 체ᄒ고 동헌부터 칙방가지 울고 나와, 식음(食飮)을 젼폐(全廢)ᄒ고 쓴눈으로 밤을 시와 평명(平明)의 길 쩌날시, 사당 닉힝(內行)[152] 다 뫼시고 비힝(陪行)[153]ᄒ여 올나간다.

　가오라 남원 ᄯᅡ야 다시보자.[154] 엄누사남원(掩淚辭南原)ᄒ고 함비향경노(含悲向京路)[155]홀시, 신졍(新情)이 미흡(未洽)ᄒ여 옥인(玉人)을 니별ᄒ니, 눈을 쩌도 츈향이오 감아도 츈향이라. 힝인(行人) 다 츈향인 듯, 꼿 갓흔 고은 얼골 눈 압히 암〃(暗暗)ᄒ고 낭〃(朗朗)ᄒ 말소리 니변(耳邊)의 징〃ᄒ니, 너 마음 쇠·돌이 아니어든 이리ᄒ고 어이ᄒ리? 가지거롬[156]이 졀노 난다.

　이ᄯᅵ 츈향이 젼별(餞別) 거조(擧措) 찰일 젹의, 풋고쵸 져리침치 문어 졈복 겻드리고, 환소쥬(還燒酒)[157]의 물을 탁셔 상단이 들니고, 셰디삿갓[158] 슉이 쓰고 오리졍(五里亭)으로 나가 니도령 기다릴 지, 자연 쵸창(悄愴) 우름 웃다.[159]

---

149 악박골 호랑이 : 악박골은 서울 서대문구 현저동 근처의 동네 이름. 이곳의 호랑이가 유명함.

150 인왕산(仁王山) : 서울 서대문에서 홍제동으로 넘어가는 무악재 오른쪽에 있는 산.

151 터지다시 : 다른 본에는 '허는듯이'로 되어 있음. 무너뜨리는 것처럼.

152 내행(內行) : 여행길에 나선 부녀자.

153 배행(陪行) : 데리고 따라가거나 오거나 함.

154 가노라 남원 땅아 다시보자 : 다시보자 다음에 '광한루야'가 빠졌음.

155 엄루사남원(掩淚辭南原)하고 함비향경로(含悲向京路) : 눈물은 앞을 가리는데 남원을 떠나, 서글픔을 머금고 서울 가는 길로 향함. 동방규(東方虯)의 「소군원(昭君怨)」에 "掩淚辭丹鳳 含悲向白龍"이라는 구절이 있음.

156 가재걸음 : 뒷걸음질하는 걸음.

157 환소주(還燒酒) : 소주를 다시 곤 것. 맑고 알콜 도수가 높음.

158 세대삿갓 : 가늘게 쪼갠 대나무로 만든 삿갓.

니도령 바라보고 실음업시 올나갈 지, 오리정의 다″르니 절″함원(節節
含怨)¹⁶⁰ 슬푼 우룸 귀가의 들니거눌,

"마부야 어디셔 이원(哀怨)훈 우룸 나의 심스(心思) 산란(散亂)ᄒ다."

마부놈 치롤 드러 송님(松林)을 가르치며,

"져긔셔 뉘가 우나 보오."

니도령 싱각ᄒ디, '우리 츈자가 나롤 보려ᄒ고 나왓나 보다.'

"말 잡아라."

쒸여나려 우룸 쇼리 ᄎᆞ자갈 지, 진 디 마른 디 갈희지 말고 그져 함부로
드러가니, 황희도(黃海道) 판사 긔야고 따로듯¹⁶¹ᄒ며,

"어디로 이리 가오."

니도령 도라보고,

"이런 비갑의놈¹⁶² 보아라. 그랴 네 아랑곳가?"

일변 밧비 드러가니, 상단이 몬져 반겨 니다르니,

"아씨 발셔 나왓느냐?"

"발셔 나오셧쇼."

드러가 마조 잡고 어안이 벙″, 마조 슉시양구(熟視良久)¹⁶³ 후의,

"네 웨 쏘 여긔가지 나왓느냐?"

"도련님 젼별(餞別) 나왓시니 마지막 니별비(離別杯)나 잡으시오."

술 부어 권홀 젹의 시로이 눈물 먹음으니 장부의 심장이 다 상(傷)ᄒ다.
억지로 비회(悲懷)롤 감쵸려구 옥슈(玉手)롤 자로 드러 눈물을 쑤리면셔,

"텬지(天地) 인간(人間) 니별즁(離別中)의 날 갓흐니 쏘 닛는가? 오동츄지명

---

159 울음 웃다 : 울음 운다.
160 절절함원(節節含怨) : 한 마디 한 마디 원망을 품은.
161 황해도(黃海道) 판사 개야고 따르듯 : 황해도의 판수가 덮어놓고 가야금소리
　　를 따라서 간다는 뜻으로, 멋도 모르고 무턱대고 허둥지둥 뒤따라감을 비겨
　　이르는 말. '판수'는 점치는 일을 업으로 삼는 장님.
162 비가비놈 : 비가비를 낮춰 부르는 말. 여기서는 '비가비'를 욕설로 썼음.
163 슉시양구(熟視良久) : 한참동안 자세히 바라봄.

18 월야(梧桐秋之明月夜)와 양뉴춘지쳥풍시(楊柳春之淸風時)[164]의 그리워 엇지 살나 ᄒ오."

"네 쇽이나 닉 쇽이나 간장(肝腸)이야 달을쇼냐? 어린 아희가 너모 울면 쌤이 블고 눈 솟는다. 그리 우지 말나 ᄒ여도 울고 울고 ᄒ는고나. 셕벽(石壁)의 양견(兩肩) 디듯[165] 슈삼년(數三年)만 기다리라."

셔로 잡고 울기만 홀 지, 마부놈 드러와셔,

"도련님 어셔 니러나오. '도련님 부디 평안이 가오.', '오야. 부디 잘 닛거라.' 이 쁜이지 종일 니별이 왼 일이오. 단삼춰[166]의 ᄉ되 나오시면 도련님 쑤종 듯고, 소인은 곤장 맛고 지 이[167] 노모(老母) 형문(刑問) 맛고 귀양가면 유익홀 것 무어시오. 디부인(大夫人) 마누라 압 참(站)[168]의셔 도련님 차지 신다 ᄒ고 급장이[169]와 발광ᄒ오니 어셔 밧비 니러나오."

"업다. 너도 인졍 닛지. 목셕(木石)은 필야(必也) 아니로다. 이 형상(形狀)을 네가 보니 ᄉ롬의 아비가 쩌나깃나냐? 나는 아마 못 갈 편이 만타. 아모리면 오즉ᄒ랴. 돈을 만희 후(厚)히 쥬마. 네가 슈시(收刷) 잘ᄒ여라."

19 마부놈 엿ᄌ오디,

"쳔니(千里)롤 가나 십년(十年)을 가도 한 쎠 니별은 블가무(不可無)오니, 제발 덕분의 니러나오."

홀일업시 쩌나오니, 둘의 간장이 다 녹는다. 져 춘향의 거동 보쇼. 사라지는 듯시 우롬 울며,

"도련님 부디 평안(平安)이 가오."

"오야. 부디 잘 닛거라."

---

164 오동추지명월야(梧桐秋之明月夜)와 양류춘지청풍시(楊柳春之淸風時) : 오동잎 지는 가을날 달 밝은 밤과 수양과 버들 늘어진 봄날 맑은 바람 불 때.

165 셕벽(石壁)에 양견(兩肩) 대듯 : 돌벽에 두 어깨를 대듯. 가만히 있는 형상을 이른 말인 듯함.

166 단삼춰 : 미상.

167 지 애 : 저 애.

168 참(站) : 공무로 여행하는 사람이 쉬던 곳.

169 급장이 : 급창(及唱). 원님의 명을 큰소리로 전달하던 일을 맡은 사령.

한거롬의 도라보고 두거롬의 도라보며, 긔가 턱〃 목이 믹혀 연속부절(連續不絶),

"평안이 가오."

"오야. 부디 잘 닛거라."

이러트시 목쉰 소리로 니별홀 길이 졈〃 머러가니, 두리 닙만 벙긋〃〃 ᄒ디 음셩 셔로 못 드르니, 나귀롤 모라 박셕틔[170]롤 너머셔니 요마콤 뵈다가 조마콤 뵈다가, 밥지니[171]롤 지나셔니 가뭇업시[172] 올나간다. 속졀업시 가는 길의 이젼의 쓰던 말이 오날은 어이 지니,[173] 츈교(春郊)의 우는 싀는 간장(肝腸)을 바아는 듯,[174] 장디[175]의 푸른 버들 무졍(無情)이도 푸르럿다. 한 모롱 두 모롱 얼는 지나 도라갈 졔, 산이 쳡〃 가리오니 한(限)니 업는 한(恨)니로다.

"형용(形容)좃ᄎ 묘연(渺然)ᄒ니 인고 답〃 가삼이야. 욕망이난망(欲忘而難忘)이오 블사이자스(不思而自思)[176]로다. 보고지고 보고지고, 나의 츈향 보고지고, 어린 양자(樣子)[177] 쇄옥셩(碎玉聲)을 잠간 맛나 보고지고. 유리잔의 술 부어 들고 '잡슈〃〃' 권ᄒ는 양(樣) 즉금(卽今) 맛나 보고지고. 쳔니장졍(千里長程) 먼〃먼 길 너롤 일코 엇지 가리. 속졀 츈광(春光)이 젼혀 업다. 업다, 이놈 마부야 말이나 쳔〃이 모라 가자. 쑹문이의 틱눈 박이깃다. 쏘 져 안졋던 산봉(山峰)이나 보고 가자."

마부놈 디답ᄒ디,

---

170 박석치 : 박석고개. 남원에서 전주로 가는 길에 있는 고개.

171 밥지내 : 임실에 있는 지명.

172 가뭇없이 : 흔적이 없이.

173 이전에 뜨던 말이 오늘은 어이 재니 : 전에는 느리던 말이 오늘은 어째서 빠르게 가니.

174 간장(肝腸)을 바아는 듯 : 간장을 부수어 내는 듯.

175 장대 : 장제(長堤)의 잘못. '장제'는 긴 둑을 말함.

176 욕망이난망(欲忘而難忘)이요, 불사이자사(不思而自思) : 잊으려 해도 잊기 어렵고, 생각 않으려 해도 절로 생각이 남.

177 어린 양자(樣子) : 눈에 어리는 모습.

20

"소인(小人)도 한번 추모(茶母) 귀덕(貴德)이[178]롤 어더 신정(新情)이 한창 미 흡(未洽)흔디[179] 이방(吏房) 아젼(衙前)놈이 장을 두고[180] 소인 추례 아닌 길을 보니오니, 손을 잡고 쩌나올식, 무지훈 간장도 봄눈 스듯,[181] 오장이 질[182] 성각호오니 마음이 산란(散亂)호여 셔울 뉵빅오십 니롤 한참의 드리놋코[183] 니일 한겻[184] 나려오즈 급(急)훈 마음 살[185] 갓스와 물을 밧비 모나이다. 그러호오나 쳔〃이 뫼시고 갈 거시오니 그 노던 이약이나 호며 가옵시다."

니도령 디답호디,

"그 일홈이 더럽다.[186] 엇더호게 묘호더냐?"

"머리 압흔 슉붓터셔[187] 두 눈셥이 다핫고, 두 눈은 왕방울만호고 코는 바롬벽의 말나붓튼 빗디 又고,[188] 닙은 귀가지 도라가고, 가삼은 두리기동[189] 갓트여 졋통이란 말이 업스니 요런 묘훈 계집이 어디 잇사오리닛가?"

니도령 니른 말이,

"그것도 사롬이냐? 너는 무어슬 취호느니? 흉호고 끔직호다."

"도련님이 계집 묘리(妙理)롤 모로시는 말삼이오. 머리 압 슉붓튼 거슨 겨울의 돈 아니 드린 붓박이 휘항(揮項)[190]이 긴(緊)호옵고,[191] 계집의 눈 큰

---

178 차모(茶母) 귀덕(貴德)이 : 귀덕이라는 이름의 차모. '차모'는 관아에서 차를 끓이는 일을 맡은 관비(官婢).

179 신정(新情)이 한창 미흡(未洽)한데 : 신혼살림의 재미를 아직 다 보지 못하였는데.

180 장을 두고 : 미상.

181 봄눈 스듯 : 봄눈이 녹듯.

182 오쟁이 지다 : 자기 아내가 다른 남자와 사통함. '오쟁이'는 짚으로 엮어 만든 가마니처럼 만든 것.

183 한 참에 들이 놓고 : 들입다 속도를 내어 잠깐 사이에 가고.

184 한겻 : 하루의 4분의 1. 여기서는 짧은 시간을 말함.

185 살 : 화살.

186 이름이 더럽다 : '귀덕이'의 발음이 '구더기'와 비슷함.

187 슉붙어서 : 머리털이 아래로 나서 이마가 좁게 되어서.

188 코는 바람벽에 말라붙은 빈대 같고 : 코가 납작하다는 뜻.

189 가슴은 두리기둥 : 가슴이 기둥처럼 밋밋하다는 말. '두리기둥'은 둘레를 둥그렇게 깎아 만든 기둥.

거슨 셔방(書房)이 꾸지져도 겁을 닉여 공슌(恭順)ᄒ고, 코는 님 다휠 졔 거치
는 게 업사미 더 긴ᄒ고, 입 큰 거슨 밧분 쩨의 급회 맛츌 지 아모디롤 갓
다가 맛쵸도 영낙이 업스니 긴ᄒ고, 졋통이 업는 거슨 단야(短夜)의 곤(困)ᄒ
잠 ᄌ다가도 보로통ᄒ 거시 만치이면 자연이 마음이 동ᄒ면 벙어리나 쩌
회고 한가음이나 쓰오니,[192] 졋통이 업스면 왼 밤을 셩회[193] 자고 나오면 녹
용(鹿茸) 한 그릇 먹는 셰음[194]이오니, 요런 계집은 곳 보비왼다. 도련님 슈
청(守廳)은 엇더 ᄒ옵더니닛가?"

"어허 이놈, 드러보아라. 우리 츈향이가 어엿부더니라. 인물은 탁월(卓越)
ᄒ여 장부심장(丈夫心腸) 놀녀거눌, 만 가지 틱도가 구비(具備)ᄒ고, 립시는
송골미오 슈족(手足)이 졀묘ᄒ고, ᄉ덕(四德)이 구비ᄒ여 힝실은 슉녀오, 글
이 쏘한 용ᄒ더니라. ᄉ셔(四書) 삼경(三經) 녜긔(禮記) 츈츄(春秋) 팔디가(八大
家)[195] 외가셔(外家書)[196]의 모롤 글이 업건마는 그즁의 열녀젼(列女傳)[197]을 졔
일 조하ᄒ고 한ᄉ(限死) 더 보더니라. 노릭는 아조 명창(名唱)이오, 잡기(雜技)
는 졔일 늑난(能爛)ᄒ고, 츔은 신통(神通)이 묘무(妙舞)오, 거문고 잘 틱고, 기
약고 잘 뜻고, 양금(洋琴) 잘 치고, 싱황(笙簧) 잘 불고. 풍월(風月)은 바로 문장
(文章)이오, 글시는 명필(名筆)이오, 젼팔(篆八)[198]을 잘 쓰고, 묵화(墨畵)도 방블
(彷彿)ᄒ고, 셔찰(書札)은 일슈(一手)오, 바독 장긔 골픽(骨牌) 투호(投壺) 온갖 잡

22

---

190 휘항(揮項) : 휘양. '휘양'은 겨울에 쓰는 방한용 모자.
191 긴(緊)하옵고 : 쓰는 데 매우 필요하옵고.
192 벙어리나 떠이고 한가음이나 뜨오니 : 미상. 성적인 표현으로 보임.
193 셩히 : 온전히.
194 셰음 : 셈.
195 팔대가(八代家) : 당송팔대가(唐宋八大家). 중국 당송대(唐宋代)의 뛰어난 8명의
    문장가. 한유(韓愈), 유종원(柳宗元), 구양수(歐陽修), 왕안석(王安石), 증공(曾鞏),
    소순(蘇洵), 소식(蘇軾), 소철(蘇轍).
196 외가서(外家書) : 유학의 경서(經書)와 사기(史記) 이외의 모든 서적을 통틀어
    이르는 말.
197 열녀전(列女傳) : 중국 한(漢)나라 유향(劉向)이 지은 현모(賢母) 열녀(烈女)에 관
    한 책.
198 전팔(篆八) : 서체의 하나인 전서(篆書)와 팔분체(八分體)를 말함.

긔(雜技) 다 잘ᄒᆞ고, ᄯᅩ 길삼도 잘 ᄒᆞ더니라.

　비롤 ᄶᆞ면 길쥬(吉州) 명쳔(明川) 가는 븨, 회령(會寧) 종셩(鍾城) 고은 븨, 왜포(倭布) 당포(唐布)라도 이만 못ᄒᆞ고, 면쥬(綿紬)롤 ᄶᆞ되 합ᄉᆞ쥬(合絲紬)[199] 통힌쥬(通海紬)[200] 곱토쥬(吐紬)[201] 물면쥬(綿紬)[202] 문쥬(文紬) 아랑쥬[203] 다 잘 ᄶᆞ고, 무명을 ᄶᆞ도 강진(康津) 나의[204] 고양(高陽) 나의 만경(萬頃) 셰목(細木)[205] 흥양(興陽) 셰목 셔양목(西洋木) 관ᄃᆡ촛(冠帶次)[206]라도 이만 못ᄒᆞ고, 바나질을 ᄒᆞ여도 힝의(行衣)[207] 창의(氅衣)[208] 도포(道袍) 즁치막[209] 긴옷 속옷 슈품(手品)이 곱고, 깃다리[210]가 어엿부고, 도련[211]과 귀시[212]가 묘ᄒᆞ고, 올누비 양누비 쪽〃누비 셰누비[213] 신속ᄒᆞ되 션명ᄒᆞ고, 관ᄃᆡ(冠帶)짓기 슈(繡)노키 모도 다 일슈(一手)오,

　음식을 ᄒᆞ여도 신속희 맛갈스러이 슉셜(熟設)[214]을 아(雅)ᄒᆞ게 다 잘 찰희고, 친구 ᄃᆡ졉을 둥글게 다 잘ᄒᆞ고, 셔방 공경(恭敬)을 알드리 잘 ᄒᆞ고, 부모긔 효셩(孝誠)은 츌텬지심(出天之心)이오, 동니의 인심을 두로 엇고, 하인(下人)

---

199 합사주(合絲紬) : 명주실과 무명실을 겹쳐 꼬아서 짠 비단.

200 통해주(通海紬) : 중국에서 나는 두꺼운 명주(明紬).

201 곱토주(吐紬) : '토주'는 바탕이 두껍고 빛이 누르스름한 명주. '곱토주'는 두꺼운 것을 말하는 것으로 보임.

202 물면주(綿紬) : 물명주.

203 아랑주 : 날은 명주실, 씨는 명주실과 무명실을 두 올씩 섞어 짠 피륙.

204 나이 : 무명. 강진, 고양, 만경, 흥양은 모두 무명이 유명한 곳임.

205 세목(細木) : 올이 가늘고 고운 무명.

206 관대차(冠帶次) : 관청의 공복(公服)에 쓰는 옷감.

207 행의(行衣) : 소매가 넓고 검은 천으로 가장자리를 꾸민 선비가 입던 두루마기.

208 창의(氅衣) : 벼슬아치가 평시에 입던 웃옷.

209 중치막 : 벼슬하지 않은 선비가 입은 웃옷의 하나.

210 깃달이 : 옷깃을 단 솜씨.

211 도련 : 두루마기나 저고리 같은 옷의 가장자리.

212 귀새 : 귀의 모양. '귀'는 저고리나 두루마기 같은 것의 섶 끝.

213 올누비 양누비 쪽쪽누비 세누비 : 여러 가지 누비의 종류. '누비'는 두 겹의 천 사이에 솜을 넣고 줄이 죽죽 지게 박는 바느질.

214 숙설(熟設) : 잔치와 같은 큰일이 있을 때에 음식을 만드는 것.

의가지 은졍(恩情)이 둇터온 요런 계집이 쏘 어듸 닛깆느니. 이고 이고 셜운 지고.

쪄고 나고 둘이 맛나 츈하츄동(春夏秋冬) 스시졀(四時節)의 쥬야장텬(晝夜長川) 즐겨 놀싀, 즈미 닛는 잔속이야 누고다려 다 홀쇼냐. 요사이 노는 계집 연들은 셔방의 등을 글겨달나 흐면 모진 손톱으로 밧고랑이 되도록 간줄기가 쪄여지도록²¹⁵ 남슈문골 갓밧치²¹⁶가 모진 창의 무도질흐듯²¹⁷ 듥〃 글는듸 흐듸,²¹⁸ 우리 츈자는 그러치가 아니흐여 니가 엇기만 웃슭흐면 어니 사이의 아라 보고, 찬 손을 급희 너흐면 산듯 감긔 들가²¹⁹ 염녀흐여, 제 손을 제 가삼의 몬져 너허 찬 긔운을 녹인 후의 니 등의 손을 너허, 엇지 신통이 아는지 쏙 가려온 듸만 살근살근 글글 젹의, 니 조흔 어린아히 봉산(鳳山) 참빅²²⁰롤 먹는 소릐갓치 스각〃〃 홀 지, 눈이 졀노 감기이고 살이 졀노 오릇는 듯, 두 손길을 펼쳐 글든 듸롤 쓰아닐가흐여 살〃 쓰다듬어 어로만져, 이 무리 부로튼 듸²²¹ 손톱으로 자근〃〃 누른 후의 손길을 발근 뒤줍어셔 옷솔을 조로록 훌터 나리다가, 니 하나흘 잡아녀여 손바닥의 올녀놋코 경계흐여 쑤짓는 말이, '요 발측흐고 암상흔²²² 니야. 요 조리롤 홀 발길 니²²³야. 우리 도련님이 견듸깆나냐? 나는 아리로 쌔라닉고 너는 우흐로 피롤 쌔니, 도련님이 남깆느냐?' 월침(月沈) 삼경(三更) 잠을 잘지, 원앙침상(鴛鴦寢牀) 두리 누어 너가 몬져 잠드는 쳬 흐면, 져는 바스락

24

25

215 간줄기가 떨어지도록 : '간줄기'는 '줄기'에 '간(幹)'이 붙은 말인 것으로 보임.
216 남수문골 갓바치 : 조선시대 서울 광희문(光熙門) 근처에 가죽신을 만드는 갓바치들이 많았다. 광희문을 수구문(水口門)이라고도 함.
217 모진 창에 무두질하듯 : 질긴 신발창을 무두질하듯. '무두질'은 짐승의 날가죽을 다루어 기름을 뽑고 부드럽게 만드는 일.
218 긁는다 하되 : 긁는다고 하지만.
219 선뜻 감기 들까 : 찬 기운이 들어 감기에 걸릴까.
220 봉산(鳳山) 참배 : 황해도 봉산에서 나는 배가 물이 많았음.
221 이 물어 부르튼 데 : 이가 물어서 살갗이 부르튼 데.
222 암상하다 : 남을 시기하고 샘을 잘 내는 마음.
223 조리를 할 발길 이 : 조리를 돌려 찢어발길 이. '조리를 돌리다'는 죄상을 알리면서 길거리나 뭇 사람들 앞으로 끌고 돌아다니 것을 이르는 말.

〃〃〃 잠 아니 들고 참아 못 니겨라고 날을 귀ᄒ여 못 견듸여 셤〃옥슈(纖
纖玉手)로 닉 몸을 두로 살살 나리만져 싱슝이²²⁴롤 뒤여니여 담복담복 쥐여
보고, 침구멍을 어로 만즈 엄지가락으로 눌너 놋코 삼박〃〃 눌너보고, 한
번 다그어 안고 바드〃 쩌는 셤²²⁵의 닙 한번을 맛츌 적의 뉵쳔골졀(六千骨
節)이 졀노 녹는 듯ᄒ듸, 모로는 체ᄒ고 누어시면, 날 찌기는 참아〃쳐로
와²²⁶ 져졀노 잠들거든 ᄒ는 거동을 보려ᄒ고 니블 밧그로 구롤너나와 둥
글〃〃 슈박쳐로 윗목으로 구롤너나와 알몸으로 누어시면, 다른 계집 갓
흐면 어듸로 가던지 마던지 칠산(七山)바다의 쿨〃이 잠자듯 졔나 콸〃 자
련마는, 우리 츈자는 그러치가 아냐 잠귀가 신통이 밝더니라. '밧삭' ᄒ면
찌는 고로 발셔 더듬어 만자보고 윗목으로 올나와셔, 혼자 스셜(辭說) 입안
의 말노, '졈자는 냥반이 무삼 잠을 이리 험희 자노.' ᄒ니, 다른 계집 ᄀᆺ트
면 어듸롤 검쳐 붓들고 쩔〃 흔들며 쌀〃호 소리로 '니러나오 니러나오'
ᄒ련마는, '급히 찌오면 놀난다' ᄒ고 한 손을 목밋히 스로〃 넛코 쏘 한
팔노 허리롤 담복 안아 미격〃〃 고이 살〃 나리워다가 요 우희 누인 후의
벼기롤 베희고 손길을 쌔혀 니블을 가마이 덥고, 웃귀롤 목밋히 감쳐 졉어
외풍(外風)이 드지 안케 ᄒ고, 아리귀롤 발최롤 훔쳐졉어 덥흔 후의 졔가 살
며시 다그어 누어 닉 언 살을 녹여쥬더니, 이후(以後)야 엇던 당창(唐瘡) 먹고
코 쩌러진 연²²⁷인들 어늬 뉘가 닉 겻히 누어 멍셕인들 덥허쥬리.

동군(東君)²²⁸이 신필(神筆)되여 츈향좃츠 그려닌가? 항아(姮娥)롤 닉치신
가?²²⁹ 직녀(織女)가 젹강(謫降)호가? 네 어닌 아희완듸 강산졍긔(江山精氣)롤
혼자 틋 나, 나의 간장을 셕이느니. 혼(魂)이라도 너롤 찻고 꿈이라도 차즈

---

224 싱슝이 : 남자의 성기.
225 셤 : 사이, 때 등을 나타내는 말로 보임.
226 아쳐롭다 : 애처롭다.
227 당창(唐瘡) 먹고 코 떨어진 년 : 매독(梅毒) 걸려 코가 떨어져 나간 년.
228 동군(東君) : 태양신. 또는 봄의 신.
229 항아(姮娥)를 내치신가 : 선녀가 하늘나라에서 쫓겨왔나. '항아'는 달 속에 있
　　다는 선녀.

리라. 살드리 그릴 젹의 꿈의나 부디 맛나보즈."

이러틋시 탄식ᄒ며 경셩(京城)으로 ᄶᄂ나니라.[230]

이ᄯ의 츈향이ᄂ 니도령 가시ᄂ 곳을 보려ᄒ고, 욕궁쳔니목(欲窮千里目) **27**

ᄒ여 깅상일층누(更上一層樓)ᄒ니[231] 누(樓)ᄂ 더욱 나즈가고 님 가ᄂ 곳 쳔니

(千里)로다. 길이 추〃 머러ᄀ니 형용(形容)ᄌᄎ 져거 뵌다. 셔너 살 된 아히

강아지 틋고 가ᄂ 니만 ᄒ더니, 스월팔일(四月八日) 동자등(童子燈)[232]만 ᄒ여

뵈고, 범나비만 ᄒ여 뵈고, 뒤웅벌[233]만 ᄒ여 뵈고, 산구뷔롤 도라드니 아

믈〃〃 아조 업다. 잔디롤 박〃 쥐여ᄯᄌ고 가삼을 쾅쾅 두다리며 목을 노하

종일 울 지, 상단이 져도 울며,

"그만 드러가옵시다."

집으로 드러가셔 방안을 도라보니 도련님 종젹(蹤迹)이 묘연(杳然)ᄒ고나.

ᄉ면을 살펴보니 무어텬지망〃[234]이라.

"인고 이거시 왼 일인고? 극목텬이(極目天涯)ᄒ니 한고안지실녀(恨孤雁之失

侶)오,[235] 회모냥상(回眸樑上)ᄒ니 션쌍연지동쇼(羨雙燕之同巢)로다.[236] 옥창잔월

츄월아(玉窓殘月秋月夜)[237]의 님을 그리워 엇지 살니? 가련(可憐)ᄒ다 나의 간

장 봄눈 스듯 ᄒᄂ는구나. 우션 오날 져역 참의 젼쥬감영(全州監營) 드러가면

영쥬인(營主人)[238]놈은 디쑤이[239]라. 우리 도련님 인물 보고 어닉 연을 붓쳐

---

230 ᄶᄂ나니라 : 가느니라.
231 욕궁쳔리목(欲窮千里目)하여 갱상일층루(更上一層樓)하니 : 천리 밖을 다 보려
    고 다시 한 층 누각을 오르니. 당나라 왕지환(王之渙)의 「등관작루(登鸛雀樓)」
    의 한 구절.
232 동자등(童子燈) : 동자승(童子僧) 모양으로 만든 등.
233 뒤웅벌 : 뒝벌. 호박벌 비슷하게 생긴 벌.
234 무어천지망망 : 무거처지망망(無據處地茫茫)의 잘못. 의지할 데 없는 처지가
    막연함.
235 극목천애(極目天涯)하니 한고안지실려(恨孤雁之失侶)요 : 눈 들어 멀리 하늘을
    보니 짝 잃은 외기러기가 한스럽다.
236 회모양상(回眸樑上)하니 선쌍연지동소(羨雙燕之同巢)로다 : 눈을 돌려 들보 위
    를 보니 쌍쌍이 한 둥지에 사는 제비가 부럽다.
237 옥창잔월추월아(玉窓殘月秋月夜) : 가을 밤 창밖의 새벽 달빛은 희미한데.

28 쥬면 축″흔 도련님이 날을 니별ᄒ고 심난(心亂)푸리로 다리고 자며 농창홀
지, 니게 ᄒ던 짓 다 ᄒ깃네. 이고 이룰 엇지홀고?"

디비정쇽(代婢定屬) 면쳔(免賤)²⁴⁰ᄒ고 ᄉ졀빈긱(謝絶賓客) 두문(杜門)²⁴¹ᄒ고,
의복단장(衣服丹粧) 젼폐(全廢)ᄒ고 탈신²⁴²ᄒ여 믹(脈)을 놋코,

"어미니 입맛 업스니 도련님ᄒ고 먹던 과실박²⁴³이나 가져오″."

츈향어미 니른 말이,

"너모 심장(心腸) 상ᄒ오지마라. 우리 졀머실 졔 니별(離別) 두 자쓴이오,
쩌나면 그만이라."

과실박 집어오니 어닉 ᄉ이의 과실이 하나토 업고나.

"도련님 계실 젹의 날을 보려 나오시면 칙상의 두로마리 집어 붓시 먹
뭇쳐 두어 줄 뼈셔 방자 쥬며, '관쳥빗²⁴⁴히 갓다 쥬고 쥬는 것 가져오라.'
방지 딕답ᄒ고 가더니 과실을 가져오디, 춘삼삭(春三朔)²⁴⁵은 호도 자앗 황율
(黃栗) 딕쵸 싱율(生栗) 건포도 들죽²⁴⁶ 등물도 한 목판²⁴⁷식 가져오고, 하삼삭
(夏三朔) 되량이면 잉도 벗지 단힝(丹杏)²⁴⁸ 자도 사과 능금 외앗²⁴⁹ 복분자(覆
盆子) 승도(僧桃)²⁵⁰ 유월도(六月桃)²⁵¹ 업도록 가져오고, 츄삼삭(秋三朔)이 되량

---

238 영주인(營主人) : 영저리(營邸吏). 각 감영에 딸려 감영과 각 고을의 연락을 취
    하던 아전.
239 대뚜이 : 뚜껑이를 말하는 것으로 보임.
240 대비정쇽면쳔(代婢呈贖免賤) : 노비(奴婢)가 다른 노비를 들이고 천인(賤人)을
    면하여 양민(良民)이 되는 것.
241 사졀빈객두문(謝絶賓客杜門) : 손님을 사절하고 문을 닫음.
242 탈신 : 탈진(脫盡).
243 과실박 : 과실(果實)을 담는 그릇.
244 관청빗 : 관청색(官廳色). 수령(守令)의 음식물을 맡아보던 아전.
245 춘삼삭(春三朔) : 봄 세 달.
246 들쭉 : 들쭉나무 열매.
247 목판 : 음식을 담아 나르는 나무 그릇.
248 단힝(丹杏) : 살구.
249 외앗 : 오얏. 일반적으로 '오얏'은 '자두'를 말한다고 하나, 위에 자두가 있는
    것으로 보아 여기서는 자두와 오얏은 다른 종류를 말하는 것으로 보임.
250 승도(僧桃) : 민복숭아. 천도복숭아. 거죽에 털이 없는 복숭아.

이면 슈박 참외 참비 문비 머로 다리 포도 다리 셕유(石榴) 은힝(銀杏) 텽자   29
아가외[252] 가져오고, 동삼삭(冬三朔) 되량이면 유자(柚子) 감자(柑子) 홍시(紅柿)
반시(盤柿) 쥰시(蹲柿) 건시(乾柿) 연시(軟柿) 쳥실니 황실니[253]도 연속희 가져
오고.

또 엇던 쩌면 날을 보려 나오실시, 츈풍화긔(春風和氣) 옥면(玉面)으로 날을
보고 조화셔 드립더 손목을 덤셕 쥐고, 금블(金佛)갓치 귀(貴)희 너겨, 머리
도 쓰다듬고 등도 어로만져 가는 목 휘여다가 쌤도 살〃 다혀보고 입도 맛
쵸아 혀도 쪽〃. 이러트시 노일면서 쳥포도 사미로셔[254] 스탕(砂糖) 민당(閩
糖)[255] 오화당(五花糖)[256] 셜당(雪糖) 빙당(氷糖) 팔보당(八寶糖)[257]과 미당(梅糖) 귤
병(橘餅) 왜과자(倭菓子)의 용안(龍眼) 여지(荔枝) 당디쵸와 기암 자앗 셰실과(細
實果)[258]도 쥼〃이 너여쥬며, ‘옛다. 이것 먹어라.’ 과실을 먹고 노일 젹의,
도련님 먹는 것 니가 쎄야스려 ᄒ고 니가 먹는 것 도련님이 쎄아스려ᄒ여
셔로 아니 쎄앗기려홀 지, 져리로 가면 짜라가고 이리로 가면 짜라가셔 손
의 쥔 거슬 셔로 툭 쳐셔 방바닥의 ‘쩍디그롤’ 구롤면, 셔로 닷토아 집으려
ᄒ여 밀치고 지치고 쎨치고 감치고 왼갓 가리약질[259] 다 ᄒ다가, 니가 못   30
니긔면 공연이 사랑의 계워셔 도라 안자 목이 메여 우롬 울면, 도련님이
무류ᄒ고[260] 가이업셔[261] 어로만져 달니는 말이, ‘니가 잘못ᄒ엿다. 우지마

---

251 유월도(六月桃) : 음력 유월에 익는 복숭아로 빛이 검붉고 털이 많으며 맛이 닮.
252 아가위 : 아가위나무의 열매.
253 청술레 황술레 : 배의 종류.
254 청포도 소매로서 : 청도포(靑道袍) 소매에서. ‘청포도’는 ‘청도포’의 잘못임.
　　‘도포’는 남자의 예복(禮服).
255 민당(閩糖) : 민강(閩薑)사탕을 말하는 것으로 보임.
256 오화당(五花糖) : 오색으로 물들여 만든 사탕.
257 팔보당(八寶糖) : 사탕가루를 졸여서 만든 중국 과자.
258 세실과(細實果) : 잘게 만든 숙실과(熟實果). ‘숙실과’는 밤 또는 대추를 삶거나
　　쪄서 꿀과 계피가루를 치고 잣가루를 묻힌 음식.
259 가래약질 : 미상.
260 무류하다 : 무료(無聊)하다. 부끄럽고 열없다.
261 가이업셔 : 가엾어.

라. 이후는 그리 말마. 우지마라.' 깁슈건을 드러셔 눈물을 씻겨도 마구 씻
기면 연훈 살이 쓰아닐가 고회 다혀 자근〃 눌너 씻기면셔, '다시는 그
리 ᄒ라 ᄒ여도 아니 ᄒ다. 제발 덕분의 우지마라. 곳처는 아모리 ᄒ여 그
리 말마.²⁶² 네 덕을 닙자. 우지 마라.' 도련님 쌤을 니 쌤의 다희고 귀의
말노 달닉는 말이, '니 쌀 착ᄒ지. 우지 마라. 어듸셔 니 말도 아니 듯나.'
빌고 달닉고 왼가지로 웃게 ᄒ듸, 어린 아희 울 적의 어룬이 블상ᄒ다 ᄒ
면 더욱 늣겨 우는²⁶³ 모양으로, 니가 종시(終是) 듯지 아니ᄒ고 더욱 울며
쯤부럭²⁶⁴ 니여 투세²⁶⁵ 부리면, 도련님이 달닉다 못ᄒ여 무안의 겨워 셩을
니여 셤어(諧語)ᄒ니, 이러셔〃 옷거리의 걸닌 도포 나리와 닙으면셔 혼자

31 말노 '니가 그만치 빌고 달닉여도 고듸지 그리 ᄒ을 것 무엇닛노? 도모지 오
기를 잘못ᄒ엿지. 상희²⁶⁶ 날을 괴로워 ᄒ기의 그러ᄒ지. 다시 오지 말면
그만이지. 사름이 그러ᄒ올 도리가 웨 잇실고?' ᄒ며 발셔 방문을 나셔 마루
의 나셔며 씌를 씌며 뜰의 나려 중문(中門)을 향ᄒ니, 니가 도로혀 가이업고
뉘웃쳐 겁을 니여 보션발노 나리다라 도련님 옷자락을 드립더 부여잡고
우룸 반 우슴 반, '이거시 무삼 짓시오. 니가 잘못ᄒ여시니 올나가옵시다.
이지는 그리 마오리다. 올나가옵시다.' ᄒ면, 도련님이 아조 쎨치며 쑤리치
며, '노아라 가깃다.' ᄒ면셔도, 그디지 강박(强迫)희 쎨더리든 아니ᄒ니, 도
련님 허리를 담박 드립더 홈쳐안고,²⁶⁷ 위션(爲先) 씌 고²⁶⁸를 그르면셔, '가
실 지 가셔도 잠간이라도 올나가셔 한말만 ᄒ고 가오. 셰상텬지간(世上天地
間)의 날도 바리고 가옵나닛가?' 힘뼈 억지로 쓰롤면 못 니긔여 오는 체ᄒ

32 고, 비쳑〃〃 진짓 쓰롤여 올나오면, 씌는 글너 사믜의 넛코 도포 벗겨 쎨

---

262 고쳐는 아무리 하여 그리 말마 : 다시는 아무리 하여도 그렇게 하지 않으마.
263 느껴 울다 : 설움에 겨워 흑흑 느껴 우는 것.
264 쯤부럭 : 짜증.
265 투세 : 투정.
266 상해 : 상애. 평상시에.
267 홈쳐안다 : 훔켜안다. 단단히 안다.
268 띠 고 : 띠를 묶을 때 한 가닥을 조금 빼서 내어놓은 것.

쳐 옷거리의 걸고, 붓드러 안치고 마조 안져 치여다보면서, '니가 그리 뭡
쇼? 우슴을 참노라 목궁긔²⁶⁹ 발닥〃〃ᄒ오. 그려 무삼 말을 ᄒ려ᄒ오? 속
으로 사도목(私都目)²⁷⁰을 쑤미오? 밋친 마음 푸로시고 감친 마음 허(許)ᄒ소
셔.' 도련님 물 ᄀᆞᆺ흔 마음이라. 속으로는 다 풀녀시더 것츠로 아조 의졋시
쥰졀(峻截)을 너여 안자 눈을 나리깔고 시무룩ᄒ고 안자시면, 너가 별안간
의 도련님 목을 드립더 안고, '말ᄒ지 못ᄒ깃쇼? 웃지도 못ᄒ깃쇼?' 쌤을
디여 술〃 도라가며 도련님 닙을 한듸〃여 아리 닙시욹을 담박 드립더 넌
자시 물고, 어이²⁷¹ 부로는 시삿기갓치 바드〃〃 썰며, '이지도 못 우슬가?'
ᄒ며 자근〃〃 다그어 물면, 도련님이 홀일업셔 우으면서, '압ᄒ다. 노ᄒ
라. 셩 아니 너엿다.' ᄒ고, 풀쳐 다시 노닐 젹의 실졍(實情)이 시암솟듯, 이
러트시 힝낙(行樂)홀 지 어늬 바룸이 드리불가? 영은문(迎恩門)은 쇠사슬이
너희라도 나는 쇠사슬이 여덟이나 되는 듯ᄒ더니,²⁷² 습시간의 이 지경이
되어시니 츠후(此後)야 엇더ᄒ 역젹(逆賊)의 아들놈인들 버레 먹은 더쵸씨 하
나흘 쥬며, 위앗칠²⁷³ 연셕이 뉘 닛사리. 인간힝낙(人間行樂)이 덧업도다. 가
련이도 되엿고나. 이 셜음을 엇지ᄒ리.

춘하츄동(春夏秋冬) 사시졀(四時節)의 님을 그리워 엇지 살니. 나러 돗친 학
(鶴)이 되어 훨젹 나라가보고지고, 우는 눈물 바다녀여 비롤 투고 가고지고,
만쳡상사(萬疊相思)²⁷⁴ 그려닌들 한 붓스로 다 그리랴. 츄야장혜(秋夜長兮)²⁷⁵ 김
도 길사 쳔니상사(千里相思) 더욱 셜다. 상사(相思)ᄒ던 도련님을 꿈의는 잠간

33

---

269 목궁긔 : 목구멍이.
270 사도목(私都目) : 벼슬을 승진시키거나 면직시키는 심사인 도목정사(都目政事)
   를 사사로이 은밀히 하는 것.
271 어이 : 어미.
272 영은문은 쇠사슬이 넷이라도 나는 쇠사슬이 여덟이나 되는 듯하다 : 단단함
   을 나타내는 말. '영은문'은 현재 독립문 자리에 있던 문인데, 이 문의 기둥에
   는 네 줄의 쇠사슬을 매어두었다.
273 위완칠 : 떠받들어 줄. '위왇다'는 떠받든다는 뜻.
274 만쳡상사(萬疊相思) : 첩첩이 싸인 그리운 마음.
275 유야장혜(幽夜長兮) : 그윽하고 쓸쓸하며 길기도 긴 밤이여.

보앗건마는 잠 곳 찌면 허시(虛事)로다. 구회간장만긔슈(九廻肝腸萬斛愁)²⁷⁶롤 담을 디가 전혀 업다. 인싱빅년(人生百年)이 얼마완디 각지동셔(各在東西)²⁷⁷ 그리 는고. 공명미인독상스²⁷⁸는 날을 두고 이르미라. 정화(庭花)는 작〃(灼灼)호고, 두견(杜鵑)은 난만(爛漫)홀 지 자규(子規)야 우지마라. 울거든 네나 우지 잠 업는 날을 찌와너여 갓득훈 님 니별의 여른 간장 셕이느니. 이별이 비록 어려오나 니별 후가 더 어렵다. 동지야(冬至夜) 긴〃 밤과 하지일(夏至日) 긴〃 날의 찌마다 상스(相思)로다. 약슈삼쳔니(弱水三千里)²⁷⁹ 못 건넌다 닐넛더니 님 계신더 약슈(弱水)로다. 녀즈의 몸 삼겨날 지 니별좃츠 트고난가? 이고 답〃 셜운지고."

이러틋시 〃롬으로 무정셰월(無情歲月) 보니더라.

그찌 구관(舊官)은 올나가고 신관(新官)은 나려올신, 신관은 남춘(南村)²⁸⁰ 자하동 사는 변학도라. 식정(色情)의 아귀(餓鬼)오 탐심(貪心)의 화적(火賊)이라. 쳔만의외(千萬意外) 결연(結連) 덕으로²⁸¹ 상젼(散政)의 말망(末望) 낙졈(落點)²⁸²호엿는지라. 흐던 날부터 남원 츈향이 명기(名妓)란 말을 듯고 싱각이 전혀 게만 닛는지라. 밤낫스로 '남원이 몃 니(里)나 되는고?' 호고, 신연하인(新延下人) 오기롤 기다리더라.

츠하(且下)롤 분히(分解)호라

세(歲) 긔유(己酉) 십월일 향목동 셔(書)

---

276 구회간장만곡수(九廻肝腸萬斛愁) : 구비구비 서린 창자에 가득한 근심.
277 각재동서(各在東西) : 동서로 헤어져 있다.
278 공명미인독상사 : 공방미인독상사(空房美人獨相思)의 잘못. 미인이 빈 방에서 홀로 그리워함.
279 약수삼천리(弱水三千里) : '약수'는 신선이 살았다는 중국 서쪽의 전설의 강으로 길이가 3천리. 부력(浮力)이 매우 약해 기러기 털도 가라앉는다고 함.
280 남촌(南村) : 서울의 청계천에서 남산 사이를 이르던 말.
281 결련(結連) 덕으로 : 연줄 덕분으로.
282 산정(散政)에 말망(末望) 낙점(落點) : 벼슬을 임명할 때 추천된 사람 가운데 꼴찌였는데 임명되었다는 의미. '산정'은 정기적인 인사 조치 이외에 임시로 벼슬을 임명하거나 바꾸던 일. '말망'은 추천된 세 사람 가운데 마지막 순번. 원문의 '상젼'은 '산정(散政)'의 잘못.

이씨의 구관(舊官)은 올나가고 신관(新官)은 나려올식, 신관은 남촌(南村) 자하동 변학도라. 싴정(色情)의 아귀(餓鬼)오 탐심(貪心)의 화적(火賊)이라. 천만의외의 결연 덕으로 상젼(散政)의 말망낙점(末望落點)ᄒ엿논지라. ᄒ던 날붓터 남원 츈향이 명기(名妓)란 말을 듯고 싱각이 젼혀 게만 잇셔 밤낫으로 기다리는 말이,

"남원이 몃 니(里)나 되논고? 신연하인(新延下人)[1]이 사흘이 지나도록 긔쳑이 업노?[2] 허 고이혼 일이로고."

성화갓치 기다릴식, 잔득 졸나 열사흘만의 신연관속(新延官屬)드리 올나와셔, 슈쳥(守廳)[3] 블너 거리(去來)[4]ᄒ고, 현신(現身)[5]ᄒ라 드러올식, 신열(新延) 율이(由吏)[6] 니(吏)·호(戶)·례(禮)·병(兵)·형(刑)·공(工) 아졍(衙前), 통인(通引), 급

---

1 신연하인(新延下人) : 새로 임명된 관리를 맞이하러 그 집으로 간 하인.
2 기척이 없다 : 아무 소리가 없다.
3 수청(守廳) : 청지기. 양반집의 잡일을 보던 사람.
4 거래(去來) : 사건이 일어나는 대로 아랫사람이 윗사람에게 알리는 것.
5 현신(現身) : 새로 임명된 관리를 아전이 처음 뵙는 일.

장(及唱), 사령(使令), 군노(軍奴) 허다혼 관속드리 추례로,

"현신(現身) 알외오."

신관스되 밤낫스로 기다리다가 이러틋 만시(晩時)후여 온 거술 보니 골이 한것 나셔 한 마듸 호령의 종놈들 블너,

"져놈들 모도 모라 닉치라. 고이혼 놈들. 한셔붓터[7] 쥬리로 죽을 놈들. 밧비 모라 닉치라."

호령이 츄상(秋霜)이라. 꼭뒤가 세 뼘[8]식이나혼 쥬먹 건더[9]드리 벌쩨갓치 달녀드러 일시(一時)의 꼭뒤 질너[10] 모라 닉칠시, 디문 밧그로 닉치는 거시 아니라, 호긔(豪氣)가 뒤는더로 나셔, 영(令)의 씌이여[11] 남산(南山)골 네거리가지 모라 나와셔, 그 셤의 장악원(掌樂院)[12] 압가지 활작 모라, 한슘의 각전(各廛) 난전(亂廛) 모 듯[13] 구리기 병문(屛門)[14]가지 모라 닉더리고[15] 오니, 스되 골김의[16] 다 모라 닉치고 다시 싱각혼즉 모양도 아니되고 졔일 그 곳 소문을 무롤 길이 업는지라. 쳥직이[17] 블너 뭇는 말이,

"여보아라 남원 하인이 하나토 업느냐? 나가 보아라."

홀지, 맛춤 길방자(房子)[18] 한 놈이 발병 나 낙후(落後)후여 드러오니, 모라 니

---

6 유리(由吏) : 지방 관아의 이방(吏房) 아전.

7 한서부터 : 미상.

8 꼭뒤가 세 뼘 : 몹시 거만한 모양. '꼭뒤'는 뒤통수의 한가운데.

9 건대 : 건달.

10 꼭뒤 질러 : 뒤통수를 눌러.

11 영(令)에 뜨이어 : 명령에 흥분해서.

12 장악원(掌樂院) : 조선시대 음악에 관한 일을 맡아보던 관아로, 현재 서울 을지로 2가쯤에 있었다.

13 각전(各廛) 난전(亂廛) 몰듯 : 육주비전(六注比廛)의 각 전의 상인들이 난전을 몰아내듯. 허가받은 상인들이 뜨내기 상인을 몰아내는 것처럼 함부로 급히 몰아냄.

14 구리개 병문(屛門) : 구리개 골목 어귀의 길. 구리개는 동현(銅峴)으로 현재 을지로 입구. '병문'은 골목 어귀의 길.

15 내뜨리다 : 사정없이 냅다 던져버린다.

16 골김에 : 화난 김에.

17 청지기 : 양반집에서 잡일을 맡아보거나 시중을 들던 사람.

18 길방자(房子) : 길을 안내하는 종.

치는 통의도 참예(參預)치 못혼 놈이 져축 〃 〃 호고[19] 드러오는 놈 형상(形狀)
이 아조 허슐혼 즁, 얼고 검고 한 눈 긋고[20] 흉악히 츄악(醜惡)혼 놈이 드러
와셔 남원 신관사도 뒥(宅)이냐 뭇고, 신연관쇽(新延官屬)들 찻거늘, 아모케나
블너 드려 현신(現身) 식인 후, 〈되 보고 반기 너겨 싱으로 치살니는[21] 말
이,

"업다. 그놈 잘 낫다. 외모(外貌)가 심히 슌박(淳朴)혼 거시 긔특혼 놈이로
나. 네 고을 일을 다 자셔이 아는다?"

                                                                                  3

방〈놈 엿자오딕,

"소인(小人)이 십여딕(十餘代)룰 그 곳의셔 싱장(生長)혼 곳이오니, 터럭긋
만혼 일이라도 소인 모르는 일은 고히혼 말삼이 올시다만은 업습ᄂ이다."

"어허 싀훤호다. 알던지 모르던지 위션(爲先) 관원(官員)의 비위(脾胃)룰 맛
쵸아 딕답호는 거시 긔특호다. 네 구실[22]이 일년(一年)의 얼마나 먹고 단니
는니?"

"알외옵기 황숑(惶悚)호오딕, 소인의 원(元) 구실 응식(應食)[23]이라 호옵는
거시 일년의 황(荒)조[24] 넉 셤 뿐이로쇼이다. 그러호옵기의 이런 씨의 힝츠
(行次)룰 뫼시라 오 〃 나, 관가(官家) 구실노 셔울 왕니(往來)룰 호오나 〈노〈
(自路資)[25]호는 법이옵기의, 길의셔 탄막(炭幕)[26]의 외상 먹고 단니옵거나, 야
브ᄒ오면 굼고 단닐 젹이 만숩고, 그러호옵기 변지변이지이(邊之邊利之利)호
여쥬는[27] 경쥬인(京主人)[28]의 빗시 무슈호옵고, 환샹(還上)[29]도 미양(每樣) 밧칠

---

19 저축저축하다 : 힘없이 다리를 절룩거리며 걷는 모양을 말함.
20 얽고 검고 한 눈 궂고 : 얼굴에 마마 자국이 있고, 색이 검으며 눈 한 쪽은 멀
　　 었음.
21 치살리는 : 지나치게 추어주는.
22 구실 : 관아에서 맡은 직무.
23 원(元) 구실 응식(應食) : 원래 받는 급료.
24 황(荒)조 : 거친 조.
25 자노자(自路資) : 노자를 스스로 부담함.
26 탄막(炭幕) : 주막.
27 변지변리지리(邊之邊利之利)하여주는 : 변리(邊利)가 붙는 돈을 빌려주는. '변리'

길이 업스와 볼기롤 셧달 그음날 흰썩 맞듯[30] 흐옵느이다.”

“블상흐다. 네 고을의 관속(官屬) 중(中)의 졔일 먹는 방임(房任)[31]이 얼마나 되느니.”

“예, 졋스오디[32] 슈삼천금(數三千金) 쓰는 방임이 셔너 자리”[33]

“롤 모도 다 식이니라.”

“황숑흐오디 상덕(上德)[34]이 하날 갓스외다.”

“여보아라. 그는 그러흐고. 네 고을의 져 무어시 잇다 흐더고나. 업다, 유명흔 별 시[35] 닛다흐더고나.”

“졋스오디 무어시온지 모양만 하문(下問)흐옵시면 아라 밧치오리이다.”

스되 풀갓끈의[36] 뒤짐지고 건일면서,

“업다. 이런 정신이 웨 닛시리, 고약흔 정신이로구나. 금시(今時)의 싱각흐엿더니 고 스이의 깜박 니졋고나. 정신이 이러흐고 도임 후 슈다(數多)흔 공스(公事)를 엇지흐리. 셩화(成火)홀 일이로다. 익구 무삼 ‘양’이, 올치 무삼 ‘양’이 잇느냐? 아조 논란(論難)업시 졀묘흐다더고나.”

는 이자(利子).

28 경주인(京主人) : 지방관아와 중앙관청의 연락 사무를 맡아 보기 위하여 각 지방에서 서울에 두던 사람.

29 환상(還上) : 각 고을에서 봄에 곡식을 백성에게 빌려주었다가 가을에 이자와 함께 돌려받던 제도.

30 섣달 그믐날 흰떡 맞듯 : 많이 맞는다는 말. 흰떡을 만들려면 떡메로 많이 쳐야 함.

31 제일 먹는 방임(房任) : 제일 수입이 많은 아전의 자리.

32 졀사오되 : 두렵사오되. 윗사람에게 말할 때 하는 말.

33 이 대목은 글자가 빠졌다. 여러 이본에는 이 대목이 아래와 같다.
  “수삼천금 쓰는 방임이 서너 자리나 되옵니다.”
  “내가 도임하거든 너를 그 방임 서너 자리를 모두 다 시키리라.”
  원문은, 아전이 말하는 ‘서너 자리’ 다음에 변사또가 말하는 ‘서너 자리’로 연결되었다. 이런 실수는 필사본에서 흔히 볼 수 있다.

34 상덕(上德) : 웃어른으로부터 받는 은덕(恩德).

35 시 : 것이. ‘것’이 빠졌음.

36 풀갓끈에 : 미상.

"양이라 ᄒᆞ옵시니 무슴 양이오?"

"허, 그놈. 그거술 모로단 말이냐? 너 나무라 무엇ᄒᆞ리? 그는 나려가 종ᄎᆞ(從次) 알녀니와."

졔일 급히 나려가 놋코 말ᄒᆞ 냥으로,

"네 고을이 셔울셔 몃 니나 되느니?"

"셔울셔 본관(本官) 읍닉(邑內)가 쏙 뉵빅오십 니(里)올시다."

"그리면 니일 〃작이 쎠나시면 져역 참의 드리다히랴?"

"졋사오디 니일 슉비(肅拜)[37]나 ᄒᆞ옵시고, 각ᄉᆞ(各司) 셰경(署經)[38]이나 도옵시고, 모레 한겻짐[39] 쎠나시면 자연 날 굿는 날 씨이옵고, 가옵시다가 감영(監營)의 연명(延命)[40]이나 ᄒᆞ옵시고, 열노각읍(沿路各邑)의 혹 연일(連日) 유슉(留宿)이나 되옵시고, 혹 구경쳐(求景處)의 노리나 ᄒᆞ옵시고 쳔쳔〃이 나려가옵시면 한 보롬이나 ᄒᆞ여야 도임(到任)ᄒᆞ옵시리이다."

5

"어허 이놈. 고이ᄒᆞᆫ 놈. 보롬이라니, 그놈이 곳 구어 다힐 놈[41]이로구나. 네 이놈. 앗가 시긴 셔너 자리 방임을 모도 다 졔명(除名)ᄒᆞ라."

그놈 쫏ᄎᆞ 니치고, 쳥직이 블너 신연하인(新延下人)의게 닉 분부로 졔잡담(除雜談)ᄒᆞ고[42] 길 밧비 찰히라 ᄒᆞ고 셩화갓치 ᄂᆞ려갈식, 신연하인 불작시면, 운월(雲月)[43] 상모(象毛) 조흔 젼닙(氈笠), 쳔은영자(天銀纓子) 너분 갓근[44] 냥 귀밋히 쎡 붓치고, 외올망근(網巾)[45] 당ᄉᆞ(唐絲)꼰의 격디모(赤玳瑁) 고리관자(貫

---

37 숙배(肅拜) : 서울을 떠나 임지로 가는 관원이 임금에게 하는 하직인사.

38 각사(各司) 서경(署經) : 지방수령에 임명된 자가 부임하기에 앞서 서울의 각 부서의 상관에게 인사를 드리는 일.

39 한겻쯤 : 한낮쯤.

40 감영(監營)에 연명(延命) : 남원까지 가는 도중에 감영이 있는 곳을 지나게 되면 감사를 뵙는다는 뜻.

41 구워 다힐 놈 : 구워 죽일 놈. '다히다'는 짐승을 잡는다는 뜻.

42 제잡담(除雜談)하고 : 이런저런 말을 다 그만두고.

43 운월(雲月) : 모자나 벙거지의 가운데 둥글고 우뚝한 부분.

44 천은영자(天銀纓子) 넓은 갓끈 : '천은영자'는 갓끈을 매는 고리인 구영자를 좋은 은으로 만든 것이다. 여기서는 벙거지 끈을 매는 고리를 말했음.

45 외올망건(網巾) : 좋은 품질의 망건. '망건'은 상투를 튼 사람이 머리가 흐터지

子) 단〃이 다라 쓰고, 가진 군복(軍服) 협슈(夾袖)[46] 전복(戰服) 물빗[47]치 황홀
ᄒᆞ다. 슈화쥬(水禾紬) 남전ᄃᆡ(藍戰帶)[48]를 흉복(胸腹)통의 눌너 씌고, 야경ᄉ(野
繭絲) 절구통져고리[49] 통면쥬 바지[50] 셔피(黍皮) 보젼,[51] 두루총 메투리 낙쏙
지로 곡거리 들메고,[52] 진홍셩〃젼(眞紅猩猩氈) 굴네복다기[53] 남이광단(藍二光
緞) 안을 올녀[54] 날닐 용자(勇字)[55] 쩍 붓치고, 길나장이 가치옷[56]시 방울소ᄅᆡ
덜넝덜넝, 호슈(虎鬚) 입식(笠飾)[57] 천은(天銀) 치통[58] 키 갓흔 공작미(孔雀尾),[59]
길 나믄 쥬장(朱杖)[60] 들고, 순시(巡視)[61] 영긔(令旗) 관이(貫耳) 녕젼(令箭)[62] 쌍雙

지 않토록 쓰는 것.

46 협수(夾袖) : 동달이. 전복 안에 입는 옷.

47 물빛 : 물감의 색깔.

48 수화주(水禾紬) 남전대(藍戰帶) : 좋은 비단으로 만든 군복에 띠는 남색 띠.

49 야견사(野繭絲) 절구통저고리 : 좋은 비단으로 만든 저고리. '야견사'는 멧누에
   고치에서 뽑은 실로 만든 질 좋은 비단. '절구통저고리'는 미상.

50 통명주 바지 : 두꺼운 비단으로 만든 바지.

51 서피(黍皮) 버선 : 털가죽으로 만든 버선. '서피'는 담비 종류 동물의 털가죽.

52 두루총 미투리 낙복지로 곱걸어 들메고 : 고급 미투리를 벗겨지지 않도록 단
   단히 두 번 얽어매고. '두루총'은 미투리 앞부분의 총을 말하는 것인데, 구체
   적으로 어떤 것인지는 미상.

53 진홍성〃전(眞紅猩猩氈) 군뢰복다기 : 붉은 색의 전립(氈笠). 군뢰(軍牢)가 군장
   (軍裝)을 할 때에 쓰던 모자. '성성전'은 붉은 색의 모직.

54 남이광단(藍二光緞) 안을 올려 : 벙거지의 안쪽을 남빛 구름무늬 비단으로 꾸민
   안올린벙거지를 말함. '안올리다'는 안쪽을 칠한다는 의미임.

55 날랠 용자(勇字) : 안올린벙거지 앞에 '勇'자를 붙인 것.

56 길나장이 까치옷 : '길라장이'는 수령이 외출할 때에 길을 인도하던 사령으로
   알록달록한 옷에 방울을 달았음. '까치옷'은 알록달록한 옷.

57 호수(虎鬚) 입식(笠飾) : '호수'는 붉은 갓의 네 귀에 꾸밈새로 꽂는 흰빛갈의
   새털. '입식'은 전립에 갖추던 치장.

58 치통 : 미상. 허리에 차는 통을 말하는 것으로 보임.

59 공작미(孔雀尾) : 전립의 꼭대기에 잡아매어 앞으로 늘어뜨린 장식품. 공작새의
   꽁지깃과 남빛의 새털을 한데 묶어서 만든다. 모양이 곡식을 까부르는 도구인
   '키'처럼 생겼음.

60 길 넘는 쥬장(朱杖) : 한 길이 넘는 주장. '주장(朱杖)'은 붉은 칠을 한 몽둥이.

61 순시(巡視) : 순시기(巡視旗).

62 관이(貫耳) 영전(令箭) : 관이전(貫耳箭)과 영전은 행진할 때 들고 가는 의전용 화

이 버려 셔〃, 급마호송(給馬護送) 호〃탕〃(浩浩蕩蕩) 느려가니, 평지(平地)의
는 벌연(別輦)이오 산곡(山谷)의는 좌마(坐馬)[63]로다.

남디문(南大門) 니다라 돌모로[64] 동작강(銅雀江)[65] 얼는 건너 남틱령(南泰
嶺)[66] 너머간다. 과천군(果川郡) 숙쇼(宿所)호고 ᄉ근평(沙斤坪)[67] 즁하(中火)[68]호
여, 미륵당(彌勒堂)[69] 지ᄂ 슈원관(水原館) 월참(越站)[70]호여 오뮈[71]셔 숙쇼호고,
진위(振威)[72]룰 월참호여 소식(素沙) 슌막[73] 즁하호고, 셩환(成歡) 지나 덕평(德
坪)[74]을 월참호여 원터[院基]셔 즁하호고, 공쥬감녕(公州監營)[75] 숙쇼호고, 졍
쳔(敬天)[76] 지나 노셩관(魯城館) 즁화호고, ᄉ다리[77] 지나 은진관(恩津館) 숙쇼
호고, 여산부(礪山府) 즁화호고, 능기울[78] 지나 삼예(參禮) 긴등[79] 너머가셔 젼
쥬감녕(全州監營) 연명(延命)호고, 노구바회[80] 숙쇼호고, 굴바회[81] 더위잡아 시
슌막[82] 즁화호고, 임실관(任實館) 숙소호고, 운슈바회[83] 즁화호여 남원부(南原

살임.
63 좌마(坐馬) : 벼슬아치가 타던 관청의 말.
64 돌모로 : 지금 서울 용산구 원효로 1가 부근.
65 동작강(銅雀江) : 지금 서울 동작동 부근의 한강. 동작나루가 있었음.
66 남태령(南泰嶺) : 서울에서 과천으로 넘어가는 고개.
67 사근평(沙斤坪) : 현재 의왕시 고촌동에 있던 지명.
68 중화(中火) : 길을 가다 먹는 점심.
69 미륵당(彌勒堂) : 수원(水原) 북쪽 지지대고개 너머에 있던 당(堂)으로 지명이기
   도 하다.
70 월참(越站) : 역마를 갈아타는 곳을 들르지 않고 그냥 지나감.
71 오뮈 : 오산(烏山).
72 진위읍(振威邑) : 평택 위쪽에 있던 현(縣).
73 슛막 : 탄막(炭幕). 주막.
74 덕평(德坪) : 김제역과 원터 사이에 있는 지명.
75 공주감영(公州監營) : 조선시대 충청감영은 공주에 있었다.
76 경천(敬天) : 공주 남쪽 40리에 있는 지명.
77 사다리 : 사교(沙橋). 현재 논산시 부적면(父赤面) 신교리(新橋里).
78 능기울 : 현재 익산시 동룡리(東龍里) 왕궁저수지의 수몰지역에 있던 마을 이름
79 삼례(參禮) 긴등 : 삼례에 있는 긴 고개의 이름인 것으로 보임.
80 노구바위 : 노구암(爐口巖). 만마관(萬馬關) 너머의 지명.
81 굴바위 : 임실군 임실읍에 있는 지명.

府) 오리정(五里亭)[84]의 기복쳥(改服廳)[85] 헐슈(歇宿)[86] 후고, 삼번관속(三班官屬) 뉵방아전(六房衙前) 지경디후(地境待候) 영접(迎接)[87] 홀시, 연봉뉵각(延逢六角)[88] 조흘시고.

디장쳥도되(大張淸道道])[89]라 쳥도(淸道)[90] 한 **雙**(雙). 홍문(紅門) 한 **雙**,[91] 남동각(南東角)[92] 남셔각(南西角), 홍쵸(紅招).[93] 남문(藍門) 한 **雙**, 쳥뇽(靑龍),[94] 동남각(東南角) 셔남각(西南角), 남쵸(藍招). 황문(黃門) 한 **雙**,[95] 빅호(白虎),[96] 동북각(東北角) 셔북각(西北角), 빅쵸(白招). 흑문(黑門) 한 **雙**, 현무(玄武),[97] 북동각(北東

---

82 새숯막 : 새로 생긴 숯막.

83 운수바위 : 미상.

84 남원(南原) 오리정(五里亭) : 남원 동북쪽 5리쯤에 있는 정자.

85 개복청(改服廳) : 의정(議政), 감사, 지방관 등을 만나려는 사람이 옷을 바꾸어 입던 곳.

86 헐숙(歇宿) : 멈추어 쉬고 묵음.

87 지경대후(地境待候) 영접(迎接) : 지위가 높고 귀한 사람이 오는 것을 맞이하기 위하여 그 지역의 경계까지 와서 미리 준비하고 기다려 영접함.

88 연봉육각(延奉六角) : 수령(守令)이 존귀한 사람을 나가 맞이할 때 육각을 울리는 일. '육각'은 북, 장고, 해금, 피리 및 대평소 한 쌍으로 이루어짐.

89 대장청도도(大張淸道道) : 크게 청도기(淸道旗)를 펴서 길을 치운다.

90 청도(淸道) : 청도기(淸道旗). 행군할 때 선두에 세우는 깃발. 행군의 앞을 치우라는 의미로 세웠음.

91 홍문(紅門) 한 쌍 : 붉은 색의 문기(門旗) 한 쌍. '문기'는 진문 밖에 세우던 군기로 동서남북과 중앙의 오방에 남색, 붉은색, 흰색, 검은색, 누른색을 각각 둘씩 세웠다. 깃발 바탕에는 날개 돋친 호랑이를 그렸다. 원문의 '한 쌍' 다음에 '주작(朱雀)'이 빠졌음.

92 남동각(南東角) : 남동쪽을 알려주는 각기(角旗). '각기'는 진중에서 방위를 표시하던 깃발. 이 아래에 여러 가지 각기가 나옴.

93 홍초(紅招) : 홍초기(紅招旗). 붉은색 고초기(高招旗). '고초기'는 군기의 하나로, 동서남북과 중앙의 다섯 방위에 나누어 그 방위에 따라 파란색, 흰색, 붉은색, 검은색, 누런색으로 나타내고 팔괘(八卦)와 불꽃무늬를 그렸음.

94 청룡(靑龍) : 청룡기(靑龍旗). 대오방기(大五方旗) 가운데 진영(陣營)의 왼편에 세워 좌군(左軍)을 지휘하는 데에 쓰던 군기(軍旗). 대오방기는 청룡기(靑龍旗), 백호기(白虎旗), 주작기(朱雀旗), 등사기(騰蛇旗), 현무기(玄武旗) 등 다섯 가지임.

95 원문의 '황문 한 쌍' 다음에 "등사 순시 한 쌍 황초 백문 한 쌍"이 빠졌음.

96 백호(白虎) : 백호기(白虎旗).

角) 븍셔각(北西角), 흑쵸긔(黑招旗). 관원슈(關元帥), 마원슈(馬元帥), 왕영관(王靈官), 은원슈(溫元帥), 됴현관(趙玄壇).[98] 표미(豹尾).[99] 금고(金鼓)[100] 한 **쌍**. 호츄(號銃)[101] 한 **쌍**, 나발(喇叭) 한 **쌍**, 바라(哱囉)[102] 셰악슈(細樂手)[103] 두 **쌍**, 고(鼓) 두 **쌍**, 져[104] 한 **쌍**, 슌시(巡視)[105] 한 **쌍**, 영긔(令旗)[106] 두 **쌍**, 즁ㅅ명(中司命),[107] 좌관이(左貫耳),[108] 우영젼(右令箭),[109] 집ㅅ(執事)[110] 한 **쌍**, 긔픠관(旗牌官)[111] 두 **쌍**, 군노(軍奴) 직영(直列)[112] 두 **쌍**, 좌마(座馬),[113] 독(纛)[114]이오 난후친병(攔後親

---

97 현무(玄武) : 현무기(玄武旗).
98 관원수(關元帥), 마원수(馬元帥), 왕령관(王靈官), 온원수(溫元帥), 조현단(趙玄壇) : 중오방기(中五方旗)에 그리는 다섯 명의 신장(神將). 중오방기는 진을 칠 때 동서남북 그리고 중앙에 하나씩 세우던 군기로, 홍신기(紅神旗)·남신기(藍神旗)·황신기(黃神旗)·백신기(白神旗)·흑신기(黑神旗)의 다섯이며, 기의 뒷면에는 그 방위에 해당하는 신장(神將)의 화상을 그렸다. 관원수는 관우(關羽), 마원수는 마등(馬騰), 왕령관은 왕선(王善), 온원수는 온경(溫瓊), 조현단은 조공명(趙公明)이라고 하나, 다른 설도 있음.
99 표미(豹尾) : 표미기(豹尾旗). 표범의 꼬리가 그려진 군기. 이 기를 세워 놓은 곳에는 함부로 드나들지 못하도록 했음.
100 금고(金鼓) : 금고기(金鼓旗). 군대에서 취타수를 지휘할 때 쓰던 깃발.
101 호총(號銃) : 화전(火箭)을 쏘는 대포.
102 바라(哱囉) : 자바라. 놋쇠로 만든 타악기로 두 짝을 부딪쳐서 소리를 냄.
103 세악수(細樂手) : 세악을 연주하는 군사. '세악(細樂)'은 장구, 북, 피리, 저, 해금 등으로 구성된 소규모의 군악대.
104 저 : 적(笛). 피리.
105 순시(巡視) : 순시기.
106 영기(令旗) : '令'자를 쓴 깃발.
107 중사명(中司命) : 가운데는 사명기(司命旗). '사명기'는 군대에서 쓰던 깃발.
108 좌관이(左貫耳) : 왼편에는 관이전(貫耳箭). '관이전'은 전진(戰陣)에서 군률을 어긴 사형수의 두 귀에 꿰어 여러 사람에게 보이던 화살.
109 우영전(右令箭) : 오른편에는 영전(令箭). 영전은 군령(軍令)을 전하기 위해 쓰던 화살.
110 집사(執事) : 각 군영과 지방 관아의 군무에 종사하던 낮은 벼슬아치.
111 기패관(旗牌官) : 여러 군영에서 지방 출신 군사들의 훈련을 맡아보던 무관.
112 직렬(直列) : 열을 서서.
113 좌마(座馬) : 행군할 때 대장이 타려고 거느리고 가는 예비 말.
114 독(纛) : 둑. 임금이 타고 가던 가마나 군대의 대장 앞에 세우던 큰 깃발.

兵)¹¹⁵ 교亽(敎師)¹¹⁶ 당보슈(塘報手)¹¹⁷ 각 두 **빵**, 쥬라(朱螺),¹¹⁸ 나발(喇叭), 호적
(胡笛),¹¹⁹ 힝고(行鼓),¹²⁰ 디평슈(太平簫) 쳔아상(天鵝聲)¹²¹ '횔니 나누나 너너느
니 쾡쑤쌰 허〃' ᄒᄂᆫ 소리 텬지(天地) 진동ᄒᆫ디, 긔치금극(旗幟劍戟)은 츄상
(秋霜) 갓고 살긔(殺氣)ᄂᆫ 츙텬(衝天)이라. 일산(日傘)의 긴노마¹²²며 권마셩(勸馬
聲)¹²³이 더옥 죳타.

집亽(執事) 장교(將校) 힝열(行列)ᄒᆫ디, 그 밧게 별디마병(別隊馬兵)¹²⁴ 오십
빵, 디(隊) 젼비(前陪)¹²⁵ 훈련디장(訓練大將) 션상진(先廂陣)¹²⁶ 격(格)이오, 인신
통닌(印信通引),¹²⁷ 관노(官奴), 급장(及唱), 다모(茶母), 방자(房子)로다. 아희 기싱
(妓生) 녹의홍상(綠衣紅裳), 어른 기싱 착젼립(着戰笠),¹²⁸ 뉵각(六角)으로 취타(吹
打)ᄒᆞ고 삼현(三絃)¹²⁹으로 젼비(前陪)ᄒᆞᆯ시, 셩문(城門)의 닙셩포(入城砲)오 관문
(官門)의 하마포(下馬砲)라.

도님(到任) 삼일 좌긔(坐起)ᄒᆞᆯ시, 좌슈(座首) 별감(別監)¹³⁰ 현알(現謁)¹³¹ ᄒᆞ고

---

115 난후친병(攔後親兵) : 후방을 맡은 근위병.
116 교사(敎師) : 군사 교육과 훈련을 담당하는 군인.
117 당보수(塘報手) : 적의 정세를 살피는 군사.
118 주라(朱螺) : 붉은 칠을 한 소라껍데기로 만든 관악기.
119 호적(胡笛) : 날라리.
120 행고(行鼓) : 행군(行軍)할 때 치는 북.
121 태평소(太平簫) 천아성(天鵝聲) : 임금이 대궐을 나설 때 불던 날라리 소리. 여
   기서는 날라리 소리를 이렇게 말했음.
122 긴노마 : '긴경마'를 말하는 것으로 보임. '경마'는 말의 고삐.
123 권마성(勸馬聲) : 말이나 가마가 지나갈 때 위세를 더하기 위하여 그 앞에서
   하인들이 목청을 길게 빼어 부르는 소리.
124 별대마병(別隊馬兵) : 본대와 별도로 가는 기마병.
125 전배(前陪) : 벼슬아치가 행차할 때나 상관을 배견할 때에 앞을 인도하던 관
   리나 하인.
126 선상진(先廂陣) : 임금이 거둥할 때 앞장을 서던 호위대. 이 호위대를 훈련도
   감의 으뜸벼슬인 훈련대장이 맡았다.
127 인신통인(印信通引) : 도장이나 관인(官印) 등을 가지고 가는 종.
128 착전립(着戰笠) : 전립을 씀. 기생이 춤을 출 때 군복을 입고 추기도 함.
129 삼현(三絃) : 거문고, 가야금, 향비파의 세 가지 현악기.
130 좌수(座首) 별감(別監) : 좌수는 지방의 자치 기구인 향청(鄕廳)의 우두머리이

제(諸) 장교(將校) 군례(軍禮) 밧고, 뉵방아젼(六房衙前) 현신(現身)ᄒ고 기싱(妓生)
통인(通引) 문안(問安) 후, 신연유리(新延由吏) 블너 분부ᄒ디,

"네 고을의 디소ᄉ(大小事)ᄂ 네 응당 알 거시니 바른디로 알외여라."

신연율리(新延由吏) 분부 듯고, 환상민폐(還上民弊),[132] 젼결복슈(田結卜數),[133]
죄슈도안(罪囚都案),[134] 디소읍ᄉ(大小邑事) 디강 〃 〃 고과(告課)[135]ᄒ니, ᄉ되
골을 너여,

"네 고을의 유명ᄒ 것 드런지 오러거든 여긔 아니 닛ᄂ냐? 무삼 '양'이
라 ᄒ더구나."

유리(由吏) 막지기고(莫知其故)[136]ᄒ여 겁(怯)결의 디답ᄒ디,

"양이라 ᄒᆞᆸ시니, 창고(倉庫)의 군량(軍糧)이오, 육고(肉庫)의 우양(牛羊)이
오, 공고(工庫)의 잘양[137]이오, 마구(馬廐)의 외양[138]이오, 감ᄉ(監司) 정비(定配)
귀양이오, 기싱(妓生) 관비(官婢) 속양(贖良),[139]이오, 여염(閭閻)집 괴양[140]이오,
블가(佛家)의 공양(供養)이오, 청빅(淸白)ᄒ 놈 사양(辭讓)이오, 슈줍은 놈 겸양
(謙讓)이오, 시너가의 슈양(垂楊)이오, 고리결은 평양(平壤)[141]이오, ᄉ정(射亭)
의 한양(閑良)[142]이오, 흉ᄒᆞᆫ 놈 블량(不良)이오, 히 다 져셔 셕양(夕陽)이오, 남

고, 별감은 좌수의 다음 자리.

131 현알(現謁) : 알현(謁見). 지체 높은 사람을 찾아가 뵘.

132 환상민폐(還上民弊) : 백성에게 곡식을 빌려 주었다가 받아들일 때에 생기는
폐해.

133 전결복수(田結卜數) : 논밭에 대하여 물리는 세금의 액수.

134 죄수도안(罪囚都案) : 죄수의 이름을 적은 명부.

135 고과(告課) : 하급 관리가 윗사람에게 고함.

136 막지기고(莫知其故) : 그 까닭을 알지 못함.

137 공고(工庫)에 잘량 : 각 관청의 기구를 넣어 두던 창고에 있는 개잘량. '개잘
량'은 털이 붙은 채로 만든 개가죽 방석.

138 마구(馬廐)에 외양 : 마구간과 외양간.

139 속량(贖良) : 몸값을 받고 노비의 신분을 풀어 주어서 양민이 되게 함.

140 괴양 : 고양이.

141 고리결은 평양(平壤) : 미상.

142 사정(射亭)에 한량(閑良) : 활터 정자에서 노는 한량.

녀(男女)간 음양(陰陽)이오, 엄동셜한(嚴冬雪寒) 휘양[143]이오, 허다(許多)흔 양이 무슈(無數)흐디 〃강 이러흐외다."

"업다 〃〃, 다 아니로다."

"졋사오디 스룸 못된 거슨 잘양이라 흐옵닉다."

"그도 아니라."

9   좌쉬(座首ㅣ) 듯다가 민망(憫惘)흐여 꾸러 안즈,

"알외옵기 황숑(惶悚)흐오니, 민(民)의 고을의 소산(所産)으로 물 만은 시양[144]이 만스외다."

스되 증을 너여[145] 흐는 말이,

"유리(由吏)라 흐는 거슨 관장(官長)의 니목(耳目)이니 변동부〃지간(便同夫婦之間)[146]이라. 그런고로 유리라 흐거늘, 디슈리 참예(參預)흐는다?[147] 다 삭은 바자 틈의 노랑기 쥬둥이갓치[148] 말깃[149]시 고이흐고?"

통인(通引) 블너 좌슈(座首)를 구츌(驅出)[150]흔 후,

"여보아라, 삼방관속(三班官屬)드리 날을 지영(祗迎)흐노라 갓부게[151] 드러왓시니, 다른 졈고(點考)[152]는 다 졔폐(除廢)흐고, 졈고를 너모 아니는 것도 무미흐니, 그 편(便)이 잇는 기싱(妓生) 졈고나 흐게 흐라. 네 고을이 디모관(大廡官) 식향(色鄕)[153]이라흐니, 기싱이 모도 몃 마리나 되는니?"

---

143 휘양 : 휘항(揮項). 방한용 모자의 하나.
144 물 많은 새양 : 물기가 많은 생강.
145 증을 내어 : 짜증을 내어.
146 변동부부지간(便同夫婦之間) : 남이지만 부부 사이처럼 아주 가까운 사이.
147 대수리 참예(參預)하는다 : '대수리'는 '대수롭게'로 중요하게 여긴다는 의미이나, 이 대목에서는 대수롭지 않게 생각하고 끼어든다는 뜻으로 보아야 함.
148 다 삭은 바자 틈에 노란 개 주둥이같이 : 당치 않은 일에 뛰어들어 주제넘게 말참견하는 것을 욕하는 말. '바자'는 대나 수수깡 또는 싸리로 엮어 만든 발로 울타리를 만들 때 쓴다.
149 말깃 : 말결. 남의 말에 덩달아 참견하는 것.
150 구출(驅出) : 쫓아 냄.
151 가쁘게 : 몹시 숨이 차게.
152 점고(點考) : 명부에 일일이 점을 찍어 가면서 사람을 조사함.

형방이 알외옵,[154]

"원기(原妓)[155] 속비(屬婢)[156]와 디비정속비(代婢定屬婢)[157] 합(合)호오면 한 오십 슈(首)나 되옵ᄂ이다."

"미오 맛듕호고나.[158] 기싱위명(妓生爲名)[159]호는 거슨 하나토 유루(遺漏)치 말고 톡〃 쩌러셔 졈고(點考)의 다 현신(現身)호게 호라."

니방(吏房)이 나와 모든 기싱 지휘(知委)[160]호고 슈곤슈곤 공논(公論)호디,

"이 ᄉ도 알아보깃다. ᄉ도가 아니라 빅셜(白雪)이 풀〃 훗날닐 지 쌀고 안는 잘양의 아들[161]이 나려왓고나."

호고, 공논(公論)이 분〃(紛紛)호고, 창빗 아전(衙前)은 곳 형방(刑房)[162]이라.
슈로(首奴) 블너 기싱도안(妓生都案)[163] 드려놋코 ᄎ례로 졈고홀시, 남원 명기(名妓) 다 모혓다.

ᄉ도논 ᄎ례로 간품(看品)[164]호고, 형방(刑房) 아전(衙前)이 강셩(講聲) 놉혀[165] 호명(呼名)홀시,

"즁츄팔월(中秋八月) 십오야(十五夜)의 광명(光明) 죳투, 츄월(秋月)이 나오.[166]

10

---

153 대무관(大廡官) 색향(色鄉) : 큰 고을로 아름다운 기생이 많은 곳.
154 알외옵 : 아뢰옵되. '되'가 빠졌음.
155 원기(原妓) : 원래 기생명부에 이름이 있는 기생.
156 속비(屬婢) : 정속비(定屬婢)를 말하는 것으로 보임. '정속비'는 죄를 짓고 종이 된 사람.
157 대비정속비(代婢定屬婢) : 다른 사람 대신 종으로 들어온 사람.
158 마뜩하구나 : 마음에 제법 드는구나.
159 기생위명(妓生爲名) : 기생이라고 이름이 붙은 것.
160 지위(知委) : 명령을 내려 알려 줌.
161 잘량의 아들 : '개새끼'라는 욕설.
162 창빗 아전(衙前)은 곧 형방(刑房) : 창고 담당 아전은 바로 형방. '창빗[倉色]'은 관아의 창고를 보살피는 창고지기.
163 기생도안(妓生都案) : 기생명부.
164 대간품(對看品) : 자세히 살피고. 여기서는 사또가 기생을 살펴본다는 의미.
165 강성(講聲) 높여 : 부르는 소리를 높여. '강성'은 글을 외우는 소리이나 여기서는 기생명부를 보고 부른다는 뜻.
166 나오 : 나왔습니다.

분벽亽창(粉壁紗窓) 요젹(寥寂)혼더 한가(閑暇)흐다, 향심이(香心) 나오.

오동(梧桐) 복판(腹板)[167] 거문고롤 트고 노니, 탄금(彈琴)[168]이 나오.

녹양이월삼월츈(綠楊二月三月春)흐니 만화방창(萬化方暢) 츈단(春丹)이 나오.

亽마상여(司馬相如) 쥴소리의 탁문군(卓文君)의 츈졍(春情)이라, 오동월하(梧桐月下) 봉금(鳳琴)[169]이 나오.

여슈(麗水)[170]의 황금(黃金)이오 남젼(藍田)[171]의 미옥(美玉)이라, 냥국(兩國) 보픠(寶貝) 금옥(金玉)이 나오.

도원심쳐(桃源深處) 츳져가니 무릉츈식(武陵春色) 담되(淡桃ㅣ)로다 나오.

동방亽창(洞房紗窓)[172] 빗췬 달을 억조창싱(億兆蒼生) 亽랑흐니, 이월(愛月)이 ᄂ오.

강남치련금이뫼(江南採蓮今已暮ㅣ)[173]라 슈즁옥여(水中玉女) 부용(芙蓉)이 나오.

원앙금니(鴛鴦衾裏)의 츈몽난(春夢爛)[174]흐니 네가 일졍(一定) 영이(永愛)로다. 어셔 〃〃 나오너라.

옥토다약항아궁(玉兎搗藥姮娥宮)[175]의 빗겨 셧는 계월(桂月)이 나오.

쳔향국식(天香國色)[176] 너롤 보니 셜부화용(雪膚花容) 농옥(弄玉)이. 너도 져

---

167 오동(梧桐) 복판(腹板) : 오동나무로 만든 울림통.

168 탄금(彈琴) : 거문고를 탐.

169 봉금(鳳琴) : 사마상여와 탁문군의 연애 이야기와 관련된 이름. 사마상여가 연주한 곡의 제목이 봉구황(鳳求凰)임.

170 여수(麗水) : 중국 운남성(雲南省) 영창부(永昌府)의 여수는 금이 나는 것으로 유명함.

171 남전(藍田) : 중국 섬서성(陝西省) 서안시(西安市) 동남방에 있는 현(縣)의 이름. 좋은 옥(玉)의 산지.

172 동방사창(洞房紗窓) : 침실의 비단 창문.

173 강남채련금이모(江南採蓮今已暮) : 강남에서 연밥 따는데 날은 이제 이미 저물었네. 왕발(王勃) 「채련곡(採蓮曲)」의 한 구절.

174 원앙금리(鴛鴦衾裏)에 춘몽란(春夢爛) : 원앙을 수놓은 이불 속에서 봄꿈이 난만하다.

175 옥토도약항아궁(玉兎搗藥姮娥宮) : 옥토끼가 약을 찧는 달나라 궁전.

176 천향국색(天香國色) : 가장 아름다운 미인. 모란을 말하기도 함.

맛치 셔 닛거라.

　영명亽(永明寺)[177] 츠져가니 명亽십니(明沙十里) 히당츈(海棠春)이.

　낙빈왕(駱賓王)의 영안월(詠玩月)가?[178] 우후동명(雨後東明) 〃월(明月)이. 　　　11

　셔덕언(徐德言)의 거울[179]인가? 명식(明色) 좃트, 월식(月色)이 나오.

　셰우동풍향난간(細雨東風向欄干)[180]의 화즁부귀(花中富貴) 목단(牡丹)이.

　상엽(霜葉)이 홍어니월화(紅於二月花)[181]의 부귀강산(富貴江山) 츈외츈(春外春)

이 ᄂᆞ오.

　낙〃장숑군ᄌᆞ절(落落長松君子節)[182]의 亽시장쳥(四時長青) 송졀(松節)이.

　송하(松下)의 문동자(問童子)ᄒᆞ니 치약부지(採藥不知) 운심(雲深)[183]이 나오.

　도화유슈묘연거(桃花流水杳然去)[184]의 별유텬지(別有天地) 션월(仙月)이.

　셔졍강상월(西亭江上月)의 동각(東閣) 셜즁미(雪中梅)[185]도 나오.

　은하슈변오작교(銀河水邊烏鵲橋)의 칠월칠셕(七月七夕) 강션(降仙)이.

　요하(腰下)의 츠인 환도(環刀) 쌔혀넌니 용쳔금(龍泉劍)[186]이 나오너라.

　반야암향미인닉(半夜暗香美人來)라 합니츈광(閣裏春光) 미화(梅花)[187]로다.

---

177 영명사(永明寺) : 평양에 있는 절.
178 낙빈왕(駱賓王)의 영완월(詠玩月)가 : 낙빈왕의 달구경 읊은 것인가. '낙빈왕'
　　은 당(唐)나라의 시인.
179 서덕언(徐德言)의 거울 : 중국 진(陳)나라 서덕언이 난리 때문에 아내와 헤어지
　　게 되자 신표(信標)로 거울을 반씩 나눠 가졌다가 후에 다시 만나게 되었다.
180 세우동풍향난간(細雨東風向欄干) : 가는 비가 봄바람에 난간으로 불어옴.
181 상엽홍어이월화(霜葉紅於二月花) : 서리 맞은 단풍은 이월의 꽃보다 더 붉다.
　　두목(杜牧)의 시 「산행(山行)」의 한 구절.
182 낙락장송군자절(落落長松君子節) : 낙락장송은 군자의 절개.
183 운심(雲深) : 구름이 깊음. 당나라 시인 가도(賈島)의 시 「심은자불우(尋隱者不
　　遇)」에서 한두 구절을 따왔음. 이 시의 전문은, "松下問童子, 言師採藥去, 只在此
　　山中, 雲深不知處."
184 도화유수묘연거(桃花流水杳然去) : 복사꽃 떠가는 물이 아득히 흘러가니. 당나
　　라 시인 이태백의 「산중문답(山中問答)」의 한 구절.
185 서정강상월(西亭江上月) 동각설중매(東閣雪中梅) : 서쪽 정자에는 강위로 달이
　　뜨고, 동쪽 누각에는 눈속에 매화로다.
186 용천검(龍泉劍) : 좋은 칼의 이름.

츠화기진깅무화(此花開盡更無花)[188]라 능상오한(凌霜傲寒)[189] 국향(菊香)이.

의의취죽열녀정(猗猗翠竹烈女精)[190]의 셜니청〃(雪裏靑靑) 죽엽(竹葉)이 나오.

영상회상(靈山會上)[191] 긴 단장[192]의 츔 잘 츄는 능선(綾仙)이.

공문한강쳔니외(共間寒江千里外)[193]의 남포상봉(南浦相逢) 홍년(紅蓮)이.

선인십오이취싱(仙人十五愛吹笙)의 학득곤구(學得崑丘) 치봉(彩鳳)이.[194]

양금(洋琴) 난쵸(蘭草) 거문고의 쳥가묘무(淸歌妙舞) 혜란(蕙蘭)이.

화용월틱(花容月態) 고은 양자(樣子) 빙호일편(氷壺一片)[195] 명심(明心)이.

나는 곳츨 져기[196] 츠니 화당츈풍(華堂春風) 연〃(燕燕)이.

면면이〃(綿綿蠻蠻)[197] 유정(有情)ᄒᆞ니 녹슈심쳐(綠樹深處) 잉〃(鶯鶯)이.

삼월동풍(三月東風) 난만(爛漫)ᄒᆞᆫ디 만강후우(滿江紅雨)[198] 금낭(錦浪)이.

아양곡(峨洋曲)[199]을 그 뉘 알니, 벽ᄒᆡ쳥산(碧海靑山) 금션(琴仙)이.

12

---

187 반야암향미인래(半夜暗香美人來) 합리춘광매화(閤裏春光梅花) : 한밤중 그윽한 향기 속에 미인이 오니 침실의 봄빛에 매화로구나.

188 차화개진갱무화(此花開盡更無花) : 이 꽃 다 지고나면 다시 꽃 없으리. 당나라 원진(元稹)의 「국화(菊花)」의 한 구절.

189 능상오한(凌霜傲寒) : 서리를 능멸하고 추위를 업신여김.

190 의의취죽열녀정(猗猗翠竹烈女精) : 무성한 푸른 대나무는 열녀의 정기.

191 영산회상(靈山會上) : 영산회상곡(靈山會相曲). 석가여래가 설법하던 영산회(靈山會)의 불보살(佛菩薩)을 노래한 악곡.

192 단장 : '장단'의 잘못으로 보임.

193 공문한강천리외(共間寒江千里外) : 찬 강가에서 천리 밖 소식을 서로 묻네. 왕발(王勃)의 「채련곡(採蓮曲)」의 한 구절.

194 선인십오애취생(仙人十五愛吹笙)의 학득곤구(學得崑丘) 채봉(彩鳳)이 : 이백(李白)의 「봉생편(鳳笙篇)」의 "仙人十五愛吹笙 學得崑丘彩鳳鳴(신선은 열다섯에 피리불기를 좋아하여 곤구의 봉황새 울음을 배웠네)"라는 구절에서 '鳴'을 뺀 것임.

195 빙호일편(氷壺一片) : 아주 맑고 깨끗한 한 조각 마음.

196 져기 : 제기.

197 면면이이 : 면면만만(綿綿蠻蠻)의 잘못. '면면만만'은 쉬지 않고 우는 새의 울음소리를 말함. 당(唐)나라 위응물(韋應物)의 「청앵곡(聽鶯曲)」에 '綿綿蠻蠻如有情'이라는 구절이 있음.

198 만강홍우(滿江紅雨) : 붉은 꽃잎이 비 오듯 떨어져 강에 가득함.

징강〃〃 맑근 소리 형산빅옥(荊山白玉)[200] 보픠(寶貝)로다.

만고소식(麻古消息) 드럿는냐 동니션인(洞裏仙人) 벽옥(碧玉)이.[201]

동파학스(東坡學士)[202] 긴〃 사랑 젼징명긔(錢塘名妓) 계향(桂香)이.

니화도화(梨花桃花) 만발흔디 빅화총즁(百花叢中) 향염(香艷)이.

화향월식(花香月色) 조흘시고 강님녹슈(江南綠水) 연엽(蓮葉)이.

무릉션원(武陵仙園) 츠즈가니 만졍츈식(滿庭春色) 홍도(紅桃)로다.

쥬홍당스(朱紅唐絲) 벌믹듭[203]의 츠고느니 금낭(錦囊)이.

만쳥산(萬疊靑山)[204] 드러가니 어부 염다[205] 범덕이. 어셔〃〃 나오너라.”

한창 이리 졈고(點考)홀 지, 스되 참지 못ᄒᆞ여,

“아셔라. 졈고 그만 ᄒᆞ여라. 조기 조 딕강이.[206] 닐곱지 션 조 년. 나히 몃 살이니?”

“셜흔한 살이올시다.”

“아셔라. 계집이 삼십이 너머시니 단물이 다 낫다.[207] 너도 져만콤 밧쥴[208]노 셔 잇거라. 져긔 져 얼골 허연 년. 일홈이 무어시니?”

“영익(永愛)올시다.”

---

199 아양곡(峨洋曲) : 중국 춘추시대 거문고의 명수 백아(伯牙)가 종자기(鍾子期) 앞에서 연주한 곡.

200 형산백옥(荊山白玉) : 중국 형산에서 나는 흰 옥.

201 마고소식(麻古消息) 들었느냐 동리선인(洞裏仙人) 벽옥(碧玉)이 : 당나라 고황(顧況)의 「제섭도사산방(題葉道士山房)」의 한 구절인 ‘洞裏仙人碧玉簫 近得麻姑音信否’의 순서를 바꿔서 만들었음.

202 동파학사(東坡學士) : 중국 북송(北宋)의 문인 소식(蘇軾).

203 벌매듭 : 벌 모양으로 만든 매듭.

204 만첩청산(萬疊靑山) : 겹겹이 둘러싸인 푸른 산. 원문에는 ‘첩’이 빠졌음.

205 에비 없다 : 무서운 것이 없다. ‘에비’는 무서운 것.

206 대강이 : 대가리. 머리를 속되게 말하는 것인데, 여기서는 사람을 가리키는 말로 썼음.

207 단물이 다 나다 : 옷 같은 것이 오래되어 물이 빠지고 그 바탕이 해지게 되는 것.

208 밧줄 : 바깥 줄.

"나흔 몃 살이니?"

영이 싱각ᄒ디, '셜흔한 살의 단물이 다 낫다구 퇴(退)ᄒ여시니, 날낭 쥬
13 려 보리라.' ᄒ고, 스십이나 거의 된 년이 염치업시 밧삭 주려 알외티,

"열셰 살이올시다."

ᄉ되 호령ᄒ디,

"조 년 쌤 치라."

영이 겁닉여 ᄯᅩ 알외티,

"소인(小人)이 티강 몬져 알윌²⁰⁹ 나히올시다."

"그리면 왼통 나흔 얼마니?"

겁(怯)결의 과(過)히 늘치여²¹⁰ 알외티,

"슈인셰 살이올시다."

ᄉ되 골 닉여 ᄒᄂ 말이,

"한셔붓터²¹¹ 쥬리홀 년들. 더벙머리 당긔 치레ᄒ듯,²¹² 파련 강아지 쏭
지 치레ᄒ듯,²¹³ 쏠 어지런 것드리 일홈은 '무어시 〃 〃 〃, 나오 〃 〃', 거
원 무엇드리 〃. 하나토 쓸 거시 업고나. 앗가 영이(永愛), 긴 영자(永字) 스랑
이즈(愛字). 어허 구어 다닐 년²¹⁴ 갓흐니, 니마 압 짓ᄂ다구²¹⁵ 뒤쭉지가지
뒤버스러지게²¹⁶ 머리롤 싱으로 다 ᄲᅡ히고,²¹⁷ 밀기롬 바른다고 쳥어(靑魚)
굽ᄂ 디 된장 칠ᄒ듯 ᄒ고,²¹⁸ 연지(臙脂)롤 뒤벌거케 왼 쌤의다 칠ᄒ고, 분

---

209 알윌 : '아뢴'의 잘못.
210 과(過)히 늘채어 : 지나치게 많이 늘려.
211 한서부터 : 미상.
212 더벅머리 댕기 치레하듯 : 더벅머리에 댕기를 매는 것처럼 당치도 않은 겉치
레를 한 모습.
213 파리한 강아지 꽁지 치레하듯 : 빼빼 마른 강아지가 꼬리만 다듬고 있다는
뜻으로, 본바탕이 좋지 않은 것은 헤아리지 않고 지엽적인 것을 요란히 꾸미
는 어리석은 행동.
214 구워 다힐 년 : 구워 죽일 년. '다히다'는 짐승을 잡는다는 뜻.
215 짓는다고 : 꾸민다고.
216 뒤버스러지게 : 뒤로 훨씬 벗어지게. '버스러지다'는 벗겨지다.
217 빠히고 : 뽑고.

(粉)칠을 회칠흐듯 흐고, 눈셥 지닌다 흐고[219] 냥편의 쪽 셋식만 남기고 다 쏩고, 어허 쥬리 알머리롤 쏩을[220] 년 갓흐니, 뉘 쇠[221]롤 먹오려고 열셰 살 이오. 눈꼬알[222] 흐고, 닭도젹년 갓흐니. 이 년 목을 휘여 다휠 년.[223] 네 다 모라니치라. 윈 기싱이란 거슨 그 쓴이냐?"

형방(刑房)이 눈치 알고 디여 부르더,

"젼비(前婢)의 츈향(春香)이 쉬오."

스되 역정(逆情) 니여 흐는 말이,

"츈향이가 쎙녜[224] 아리란 말이냐."

"예. 아직 나희 어린고로 츠례가 그러흐외다."

"그리면 무엇〃〃 여러슬 부르지 말고 것구로 그 하나만 부르면 그만이 지. 그러나 그는 웨 '나오' 말은 업고 '쉬오'흐니 윈말인고?"

"예 알외옵기 황숑흐오더, 기싱 즁 디비(代婢) 밧치고 면쳔(免賤)흔 츈향이 올시다."

스되 졍신이 쇄락(灑落)흐여 흐는 말이,

"니가 셔울셔붓터 드르니 향명(香名)이 유명흐시다고나. 그 스이 평안흐 시냐?"

"예 아직 무스흐외다."

"쪼 그 디부인(大夫人) 월미(月梅)씨라든지 안령(安寧)흐시냐?"

"예 아직 무고(無故)흔 줄노 알외오."

---

218 밀기름 바른다고 쳥어(靑魚) 굽는 데 된장 칠하듯 하고 : 밀기름을 덕지덕지 바른 것을 형용한 것. '밀기름'은 머릿기름의 한 가지로, 벌의 밀과 기름을 섞어서 만든 머릿기름.

219 눈썹 지인다 하고 : 눈썹 꾸민다 하고.

220 주리 알머리를 뽑을 : 미상. 주리를 틀고 머리칼을 다 뽑는다는 의미인 것 같음.

221 쇠 : 돈.

222 눈꼬알 : 눈꼴. 눈의 생김새나 움직이는 모양을 낮잡아 이르는 말.

223 휘어 다휠 년 : 부러뜨려 죽일 년.

224 쎙예 : 기생의 이름. 향목동본에는 빠졌으나, 다른 본에는 기생 점고할 때 마지막으로 부르는 이름이 쎙예임.

스되 연(連)ᄒ여 다그어 안지며 이러틋 경계(經界)의 반〃ᄒ게²²⁵ 무른 후, 다시 분부ᄒ되,

"츈향을 일시라도 지체(遲滯)치 말고 속히 블너 디령ᄒ라."

형방이 엿자오되,

15 　"제 몸이 무병(無病)ᄒ오되 구관(舊官) 스도 도임 후의 칙방(冊房) 도련님이 빅년히로(百年偕老) 언약ᄒ고 디비정쇽(代婢定屬)ᄒ고 지금 슈절(守節)ᄒ나이다."

스되 이 말 듯고,

"허〃 셰상의 변괴(變怪)로다. 구상유취(口尙乳臭)²²⁶ 아히드리 쳡(妾), 쳡, 〃이라니. ᄯᅩ 본디 기싱년이 슈절 말이 가쇼(可笑)롭다. 가마괴 학(鶴)이 되며 각관(各官) 기싱 열녀(烈女)되랴? 이지로 밧비 블너 현신(現身)시기라."

형방이 쳥녕(聽令)ᄒ고 방울이 '덜녕',²²⁷

"스령(使令)."

"여이."

"츈향 밧비 부르라."

"걸이엿다, 〃〃〃〃. 뉘가, 〃〃. 츈향이가."

김번수(金番首)²²⁸야, 이번슈(李番首)야, 두 거룹의 밧비 나가 츈향이롤 부르라 갈 지, 츈향 본디 스지고 도고(道高)ᄒ여²²⁹ 미몰ᄒ고 도쓴지라.²³⁰ 관쇽(官屬)드리 혐의(嫌疑)터니,²³¹ 팔쳑장신(八尺長身) 군노(軍奴) 스령(使令) 나가는 거동 볼작시면, 산슈(山獸)털벙거지²³² 쳥니광단(靑二光緞) 안을 올녀²³³ 충 증

---

225 경계(經界)에 반반하게 : 경오에 맞게 반듯하게.

226 구상유취(口尙乳臭) : 입에서 아직 젖내가 난다는 뜻으로, 말이나 행동이 어리고 유치함을 뜻함.

227 방울이 덜렁 : 미상.

228 김번수(金番首) : 김씨 성의 번수. '번수'는 제 차례에 근무하는 사령을 말함.

229 사재고 도고(道高)하여 : 성질이 사박스러우며 높은 체하고 교만함.

230 매몰하고 도뜬지라 : 인정 없이 쌀쌀하며 말씨나 하는 짓이 정도가 높은지라.

231 혐의(嫌疑)터니 : 마음에 꺼리고 싫어하더니.

232 산수(山獸)털벙거지 : 짐승의 털가죽으로 만든 벙거지. '벙거지'는 전립(戰笠)

지(鑞子) 굴독 상모(象毛),[234] 눈 고은 공작미(孔雀尾)[235]롤 당亽(唐絲)실노 역거 달고, 셩〃젼(猩猩氈) 징도리 조밀화(造蜜花) 귀돈,[236] 은영즈(銀纓子)의 너분 쓴[237]의 날닐 용자(勇字)[238] 쩍 붓치고, 아청(鴉靑) 쾌슈,[239] 단목 쾌즈(快子)[240] 남슈화쥬(藍水禾紬) 젼듸(戰帶)[241] 씌고, 환도(環刀) 사슬 거러 츠고[242] 화류장도 (樺榴粧刀)[243] 시 쓴 다라 흉복(胸腹)통의 빗기 츠고, 셔피(黍皮)[244] 보션 귀힝 젼[245] 편슉마(片熟麻)[246] 메투리롤 낙곡지로 휘〃 감아 곡거러셔[247] 동혀미고, 탄〃 디로상(坦坦大路上)으로 족블이지(足不履地)[248] 밧비 가며 니롤 갈며 벼로

16

을 말하나, 일반적으로는 머리에 쓰는 모자를 말한다.

233 청이광단(靑二光緞) 안을 올려 : 벙거지의 안쪽을 남빛 구름무늬 비단으로 꾸민 안올린벙거지를 말함.

234 총 증자(鑞子) 굴뚝 상모(象毛) : 말의 갈기나 꼬리털로 만든 증자와 우뚝 솟은 상모. 증자와 상모는 벙거지의 끝에 다는 장식. '증자'는 전립(戰笠) 따위의 위에 꼭지처럼 만든 꾸밈새. '상모'는 벙거지의 꼭지에 단 장식.

235 눈 고운 공작미(孔雀尾) : 무늬가 고운 공작새의 꼬리털. 벙거지 장식.

236 성성전(猩猩氈) 징두리 조밀화(造蜜花) 귓돈 : 붉은 천으로 전립(戰笠)의 아래를 대고, 인조 밀화로 만든 장식을 붙인 것. '성성전'은 성성이(오랑우탄)의 핏빛처럼 붉은 빛의 모직. '징두리'는 전립의 아랫부분. '귓돈'은 전립에 붙이는 장식.

237 은영자(銀纓子)에 넓은 끈 : '은영자'는 갓끈을 매는 고리인 구영자(鉤纓子)를 은으로 만든 것이다. 여기서는 벙거지 끈을 매는 고리를 말했음. 넓은 끈은 고리에 매는 끈이 넓다는 의미.

238 날랠 용자(勇字) : 안올린벙거지 앞에 '勇'자를 붙인 것.

239 아청(鴉靑) 쾌수 : 검푸른 색의 쾌수. '쾌수'는 미상.

240 단목 쾌자(快子) : 무명으로 만든 쾌자를 말하는 것으로 보임. '쾌자'는 소매가 없는 군복의 하나로 다른 옷 위에 입는다.

241 남수화주(藍水禾紬) 전대(戰帶) : 남색의 품질 좋은 비단으로 만든 군복에 띠는 띠.

242 환도(環刀) 사슬 걸어 차고 : 장식으로 칼을 쇠사슬에 걸어서 차고.

243 화류장도(樺榴粧刀) : 칼집과 손잡이를 화류로 만든 작은 칼. '화류'는 자단(紫檀)의 목재.

244 서피(黍皮) : 돈피(獤皮). 담비 종류 동물의 털가죽.

245 귀행전(行纏) : 군대에서 병사가 치던 행전. '행전'은 아랫도리를 가든하게 하려고 발목에서 무릎 아래 바지 위에 감거나 둘러싸는 물건.

246 편숙마(片熟麻) : 잿물에 삶아 희고 부드럽게 만든 삼 껍질.

247 곱걸어서 : 두 번 겹치게 얽어서.

면셔 〃로 의논ᄒᄂ 말이,

"여보아라 여슉아. 니가 틀닌 말을 ᄒ거든 아모리 동관(同官)이라도 곳
욕(辱)ᄒ여라. 이 아희 년이 니도령ᄒ고 한창 이러틋 홀 지, 하로는 도령 아
희 보라 드러가더라. 너가 맛참 문(門)을 보다가, 틀닌 말이나 ᄒ엿느냐. '이
이 츈향아. 너모 마라. 도련님 보고 나오는 길의 비장쳥(裨將廳)²⁴⁹의 드러가
셔 〃쵸(西草)²⁵⁰ 좀 어더 가지고 나오려무나. 네 덕의 발강담비²⁵¹ 맛 좀 보
자.' 이리 ᄒ엿지. 이 아희 년이 말ᄒᄂ 거슬 긔방귀로 알고 눈을 거들떠도
아니 보고, 홈치고 감치고 더치고 뒤치고 쌩당그릇치고²⁵² 드러가니, 말ᄒ
니 쏠 엇지 되엿ᄂ니. 너면 엇더케 분(忿)ᄒ깃느니. 고희훈 말이다마는 헌다
ᄒᄂ²⁵³ 토포힝슈(討捕行首)²⁵⁴ 병방군관(兵房軍官) 뉵방아젼(六房衙前) 삼번관속
(三班官屬)이라도 상히는²⁵⁵ 셜 〃 긔ᄂ 쳬 ᄒ거니와, 무산 일의 속혐의(嫌疑)²⁵⁶
닛는 니는 앙심(怏心)을 잔득 먹어두엇다가, 집장(執杖) 곳 ᄒ량이면 엄지가
락을 진득 눌너 속으로 골케 엉이롤 쓴ᄂ²⁵⁷ 슈가 닛거든. 허믈며 져지음
이.²⁵⁸ 어허 졀통(切痛)이 삼긴 년 갓흐니. 이 말 곳 ᄒ려ᄒ면 넉시 오르더
라.²⁵⁹ 졔 니도령(李道令)이란 거시 무어시니? '강유셕부젼(江流石不轉)²⁶⁰이라.'

---

248 족불이지(足不履地) : 발이 땅에 닿지 않을 만큼 빠르게 걸어감.

249 비장청(裨將廳) : 비장들이 사무를 보던 곳. '비장'은 지방 장관과 사신(使臣)을
    따라다니며 일을 돕던 무관 벼슬.

250 서초(西草) : 평안도에서 나는 질이 좋은 담배.

251 발강담배 : 미상. 질 좋은 담배를 말하는 것으로 보임.

252 홈치고 감치고 대치고 뒤치고 쌩당그르치고 : 온갖 젠체하는 모양을 말한 것
    임. '쌩당그리다'는 고개를 비틀고 싫다는 뜻을 나타낸다는 의미임.

253 한다하는 : 상당하다고 인정을 하거나 자처하는.

254 토포행수(討捕行首) : 각 진영의 도둑을 잡는 아전 가운데 우두머리.

255 상애는 : 평상시에는.

256 속혐의(嫌疑) : 속으로 싫어함.

257 엉이를 끊다 : 엉덩이를 곤장으로 친다.

258 저쯔음이 : 저쯤이. 저 같은 게.

259 넋이 오르더라 : 열이 나더라. 흥분하여 성이 나다.

260 강류석부전(江流石不轉) : 강물은 흘러가지만 강물 속의 돌은 움직이지 않는
    다. 여기서는 관장은 바뀌어도 아전은 바뀌지 않는다는 의미로 썼음.

우리네는 민양(每樣)이지. 이번의 블너다가 미가 만일 나리거든 너도 사정
(私情) 두는 놈은 니 아들놈이라. 이런 찌의 셜치(雪恥)롤 못ᄒ면 즘싱의 아들
놈이라."

ᄒ고 츈향의 집 드러간다.

이놈의 심슐들은 연화(煙花) 쳔병의 화승(火繩)테 ᄭ오이듯 ᄒ고,[261] 동풍(東
風) 안긔 속의 슈〃닙 ᄭ오이듯 ᄒ고,[262] 망근(網巾) 뒤희 부등깃시 벗지 아니
ᄒ고,[263] 슈의 틀니면 찰시루 ᄲ여 놋코 밤낫 보름을 비러도 니가 아니 드는
놈[264]이라. 셩화갓치 달녀드러 디문(大門) 즁문(中門) 박츠면셔 벌쩨갓치 쮜
여드러, 츈향이 부ᄅ기롤 반공즁(半空中)의 ᄶ러케 블너,[265] 원근산쳔(遠近山川)
ᄶ더럿다.[266]

"일이 낫다. 〃 〃〃. 이놈의 죄(罪)의 져놈이 죽고. 져놈의 죄의 이놈
이 죽고. 네 죄의 니 죽어 뭇 죽엄[267]이 다 나깃구나."

이 찌의 츈향이는 니도령만 싱각ᄒ고 츈풍도리화긔야(春風桃李花開夜)와
츄우오동염낙시(秋雨梧桐葉落時)[268]의 눈물 셕거 한슘지고, 식블감(食不甘) 침

18

---

261 연화(煙火) 쳔병에 화승(火繩)테 꼬이듯 하고 : 마음이 꼬여서 성질이 좋지 않
    음을 이름. '연화'는 총. '쳔병'은 미상. '화승'은 화승총의 도화선. '테'는 실
    같은 것을 서려 놓은 것.
262 동풍(東風) 안개 속에 수숫잎 꼬이듯 하고 : 먹은 마음이 잘 뒤집히는 것을
    말함.
263 망건(網巾)뒤에 부등깃이 벗지 아니하고 : 미상. 좋지 않은 성격을 말하고 있
    음. '망건뒤'는 상투가 흐트러지지 않게 머리에 두르는 망건의 양끝을 말함.
264 수에 틀리면 찰시루를 쪄 놓고 밤낮 보름을 빌어도 이가 아니 드는 놈 : 수틀리
    면 찰시루떡을 쪄놓고 밤낮으로 보름 동안 빌어도 이가 들어가지 않을 정도로
    독한 놈. 이가 들어가지 않는다는 말은 먹혀들지 않는다는 뜻.
265 반공즁(半空中)에 뜨게 불러 : 부르는 소리에 놀라 몸이 공중에 뜰 정도로 크
    게 불러.
266 원근산천(遠近山川) 떠들렸다 : 근처의 산천이 떠서 들렸다. 소리가 컸다는 것
    을 말함.
267 뭇 주검 : 여러 주검.
268 춘풍도리화개야(春風桃李花開夜)와 추우오동엽락시(秋雨梧桐葉落時) : 봄바람에
    복사꽃 배꽃 만발한 밤과 가을비에 오동잎이 떨어지는 때. 백거이(白居易)의

블안(寢不安)[269]호니 옥빈홍안(玉鬢紅顔)[270] 쵸췌(憔悴)호고, 자연이 의딕완(衣帶緩)호니[271] 쵸당(草堂)의 견월상심식(見月傷心色)이오 야우문령단장성(夜雨聞鈴斷腸聲)이라.[272] 빅스(百事)의 뜻이 업고 만스(萬事)의 경(景)이 업셔[273] 옥보방신(玉步芳身)을 바려다가 침셕(枕席)의 더져두고 일편단심(一片丹心) 님 싱각이 죽어지라 원(願)을 호고 실음업시 누엇더니, 이 쇼릭의 쌈작 놀나 벌덕 이러 안지면셔 유리(琉璃) 궁그로 여어보니,[274] 직젼(在前)[275]의 혐의(嫌疑) 잇는 놈이 모도 골나 나왓고나. 마음의 솜々 헤아리니,[276] '분명(分明) 관가(官家)의 즁병(中病)[277] 낫다. 엇지호여 올탄 말가. 터히[278] 이리 되어시니 익걸(哀乞)이나 호여보자.' 훨젹 쮜여 니다르며 단순호치(丹脣皓齒)[279] 반기(年開)호고 함쇼함틴(含笑含態)[280] 손벽치며,

"이고나, 져 숀님 보완지 오릭더니 반갑기도 긔지업고 깃부기도 측양(測量)업네. 최픽두(崔牌頭)[281] 오라버니 그 스이 평안호오. 니픽두(李牌頭) 아자버니 그 사이 평안호오. 형님닉[282] 아자머니닉 다 평안호고 집안의도 연고(緣

「장한가(長恨歌)」의 한 구절.

269 식불감침불안(食不甘寢不安) : 근심걱정으로 음식을 먹어도 맛이 없고 잠을 자도 편안히 자지 못함.

270 옥빈홍안(玉鬢紅顔) : 옥같이 아름다운 귀밑머리와 붉은 얼굴.

271 의대완(衣帶緩)하니 : 옷과 띠를 느슨히 하니.

272 초당(草堂)에 견월상심색(見月傷心色)이요 야우문령단장성(夜雨聞鈴斷腸聲)이라 : 초당에서 바라보는 달은 근심스런 빛이요, 비 내리는 밤에 듣는 방울소리는 애끊는 소리라. 백거이 「장한가(長恨歌)」에는 '行宮見月傷心色 夜雨聞鈴斷腸聲'이라는 구절이 있음.

273 경(景)이 없어 : 경황없어.

274 유리(琉璃) 굼긔로 여어보니 : 유리 구멍으로 엿보니.

275 재전(在前) : 이전. 앞서.

276 솜솜 헤아리니 : 곰곰이 헤아려보니.

277 중병(中病) : 일의 중도에 의외로 생기는 다른 탈.

278 터히 : 상황이. 처지가.

279 단순호치(丹脣皓齒) : 붉은 입술에 흰 이빨.

280 함소함태(含笑含態) : 웃음을 머금고 교태를 부림.

281 최패두(崔牌頭) : 최씨 성을 가진 패두. '패두'는 죄인의 볼기를 치던 사령.

282 형님네 : 형님 집안 전체. '네'는 가족 전체를 말함.

故) 업쇼? 어린 아희들 잘 자라오? 뎨시(弟氏)네도 평안ᄒ고 종시(從氏)²⁸³네   **19**
도 잘 다니오? 구실이나 다ᄉ(多事)치 아니ᄒ고, 이번의 신연(新延) 뫼시라 셔
울은 평안이 단녀와서 노독(路毒)이나 아니 낫쇼? 그 졍²⁸⁴ 우리게셔 가져간
강아지 요사이 밥 잘 먹고 미오 컷지오? 그 사이 관가(官家) 구실의 다ᄉ(多
事)ᄒ여 한번도 못 오든가? 지닐 길이 업셔 놀면셔도 못 오든가? ᄉ롭들도
무정홀ᄉ 엇지 그리들 발을 ᄯᆞᆫ노. 니 몸 하나 병이 드러 젹막강산(寂寞江山)
누어시니, 와병(臥病)ᄒ면 인ᄉ졀(人事絶)이라.²⁸⁵ 한번이나 와 보더면 무삼
하날 별악칠가? 셰상의 야쇽들도 ᄒ오. 니퓌도(李牌頭) 아지 니 말 드러보오.
한번 그ᄶᅵ의 아지가 문(門)을 볼 지,²⁸⁶ 너가 안으로 드러 갈 머디²⁸⁷ 셔쵸(西
草) 말ᄒ기의 디답도 아니ᄒ고 드러가기는, 고 바로 젼의 나ᄒ고 마조 셔 〃
말ᄒᆫ ᄉ롭을 뒤 염문(廉間)²⁸⁸ᄒ여ᄃᆞ가 뒤 디쳥좌기(大廳坐起)²⁸⁹를 은근(慇懃)
이ᄒ고 비밀이 잡아드려 몹쓸 악형(惡刑)ᄒᄂᆞᆫ 것슬 목도(目睹)ᄒ여 보앗기의,
아지도 그러케 힉(害)로올가ᄒ여 들을만 ᄒ고²⁹⁰ 드러가니, 그ᄶᅵ의 그런 잔
속은 모로고 응당(應當) 엇더케 아라지오.²⁹¹ 나는 마음 먹고 드러가셔, 도련   **20**
님 보고 나오는 길의 비장쳥(裨將廳)의 드러가 셔쵸(西草) 어더 슈지(休紙)의
ᄡ 허리츰의 너코 아지롤 쥬ᄌᆞᄒ고 삼문간(三門間)의 나와 보니, 아지는 어
디 가고 다른 퓌두(牌頭) 문(門) 보기의 집으로 가셔 보고 이런 말 ᄒᄌᆞ ᄒ엿
더니, 도련님이 뒤흘 ᄯᆞ라 어니 ᄉ이의 나오기의, 바로 집으로 도라와셔 그

---

283 종씨(從氏) : 남을 높이여 그의 사촌 형제를 이르는 말.

284 그 졍 : 그 졍께. 그 때.

285 와병(臥病)하면 인사절(人事絶)이라 : 병들어 누워 있으니 사람의 왕래가 끊어
    진다. 당나라 송지문(宋之問)의 「별두심언(別杜審言)」의 한 구절.

286 아재가 문(門)을 볼 제 : 아저씨가 문 지킬 때.

287 머대 : 마디. 때.

288 뒤 염문(廉間) : 남몰래 사정이나 형편 따위를 살펴 조사함.

289 뒤 대청좌기(大廳坐起) : '좌기(坐起)'는 관리가 공무를 시작하는 것으로, 대청
    좌기는 공식적으로 일을 한다는 의미임. 여기서 '뒤 대청좌기'라고 한 것은,
    염탐한 후에 비공식적으로 일을 처리한다는 말인 것 같음.

290 들을만 하고 : 듣기만 하고.

291 어떻게 알았지요 : 내 마음과는 다르게 알았겠지요.

리져리 틈이 업셔 우리 어머니다려 부탁ᄒ디, '아지집으로 가셔 보고 그 사연을 ᄒ라.' ᄒ엿더니, 어머니도 건망(健忘) 잇셔 진작 가지 못ᄒ엿고, 도련님 올나간 후 어늬 날 한번 가니, 아자머니는 혼자 닛고 아지는 셔울 갓다 ᄒ기의, 그렁져렁 이ᄶᅥ가지 한번도 못 맛나 이런 졍담(情談) 못ᄒ엿네."

섬섬옥슈(纖纖玉手)롤 느리여셔 니퓌두의 손을 잡고 ᄯᅩ 한 손 드러다가 최퓌두의 숀을 잡아 방안으로 인도ᄒ며,

"하 오러게야²⁹² 맛나시니 술이나 먹고 노사이다. 관령(官令) 뫼온 구실길²⁹³인가? 심〃ᄒ여 날 보려 왓나? 귀흔 긱(客)이 오날 왓네. 스롭 그리워 못 살네라."

21

져 퓌두 놈의 거동 보쇼. 이젼(以前) 일 싱각ᄒ니 그날 일이 의외로다. 이젼의 츄보기²⁹⁴롤 도솔궁(兜率宮) 닉(內)의 션녀(仙女)라.²⁹⁵ 오날〃 속는 줄 졍녕(丁寧)이 알건마는, 분(粉)길갓흔 고은 숀으로 븍두갈고랑이²⁹⁶ 갓흔 졔 손을 잡는지라. 고기롤 슉여 나려다보니 져두리ᄲᅧ²⁹⁷가 시근〃〃. 돌갓치 구든 마음 츄풍강상(春風江上)의 살어롭갓치 뉵쳔골졀(六千骨節)²⁹⁸이 다 녹는구나. 져희 두리 셔로 보며,

"이 의, 여슉아. 스롭의 마음이 물노 이룬 마음이라²⁹⁹ 이 아희 형샹(形狀)을 잠간 보니 닉 마음이 간디업다."

여슉이 디답ᄒ디,

---

292 오래게야 : 오래간만에야. '께'는 때를 나타내는 일부 명사에 붙어서 그것을 중심으로 한 무렵을 말함.

293 구실길 : 공무(公務)로 다니는 일.

294 추보기 : 치보기. 올려다보기.

295 도솔궁(兜率宮) 내(內)의 선녀(仙女)라 : 천상의 선녀처럼 한없이 높은 곳에 있는 사람이라. '도솔궁'은 미륵보살이 산다는 궁전.

296 북두갈고랑이 : 북두갈고리. 말이나 소에 짐을 실을 때 매는 밧줄인 북두의 끝에 달린 고리. 여기서는 거친 손의 비유로 쓰였음.

297 졔두리뼈 : 미상.

298 육천골절(六千骨節) : 온몸의 모든 뼈마디.

299 물로 이룬 마음이라 : 물로 이루어진 마음이라. 변하기 쉽다는 뜻임.

"그런 쥴을 몰낫더니 너는 미오 모질구나."

니픠두 이른 말이,

"엇지훈 말이니."

최픠두 ᄒᆞᄂᆞᆫ 말이,

"나는 그 형상 보기 젼의 이 일 일만 ᄉᆡᆼ각ᄒᆞ여도 아질〃〃ᄒᆞ여 마음이 바아지는300 듯ᄒᆞ더니, 앗가 이 집의 드러오니 잔ᄲᅧᄂᆞᆫ 다 녹는 듯ᄒᆞ고, 굴근ᄲᅧᄂᆞᆫ 쵸 친 무럼301의 아들이 되고, 공연이 왼 몸이 져려오니 도모지 이러니 져러니 ᄒᆞ고 말ᄒᆞ기 슬트마ᄂᆞᆫ, 앗가 네가 그 말을 ᄒᆞ기의, '아셔라 마라.' ᄒᆞᄂᆞᆫ 거슨 동관(同官)의 녕(令)을 썩는 듯ᄒᆞ여 말을 아니ᄒᆞ고 들을만 ᄒᆞ엿다마ᄂᆞᆫ, 도모지 그 일이 디단치 아닌 일인디 그리 깁히 협(狹)ᄒᆞ여 ᄒᆞ줄 것도 업고, ᄯᅩᄂᆞᆫ '밤 잔 원슈(怨讐) 업다.'302ᄒᆞ니, 발셔 언지 일의 글노 져를 이ᄶᅥ가지 엇더이 아는 거슨 우리가 도로혀 격지303 못훈 모양ᄀᆞᆺ고, ᄯᅩ 졔 말을 드르니 졍녕(丁寧)이 그러훈 일이니, 영낙이 아니면 송낙304인 쥴 아ᄂᆞ냐."

니픠두 디답ᄒᆞ디,

"여보아라. 우리네가 고이훈 말이다마ᄂᆞᆫ 악(惡)ᄒᆞ려ᄒᆞ면 악ᄒᆞ고, 션(善)ᄒᆞ려ᄒᆞ면 션ᄒᆞ거든, 그만 일노 영ᄉᆞ(寧死)언졍305 져룰 협(狹)히 아단 말이 되는 말이냐? 한번 ᄒᆞ고 파의(破意)ᄒᆞ고 닛잔 말이지. 이지 우리네가 져룰 엇지 알아 혐의(嫌疑)ᄒᆞᄂᆞᆫ 거시 ᄉᆞ즁습장306이오 노승발검(怒蠅拔劍)307이라."

이러틋시 슈작(酬酌)ᄒᆞ며 방안으로 드러가니 츈향이 삼등(三登) 양쵸(兩

---

300 바아지는 : 부서지는.

301 초 친 무럼 : 초 친 해파리. 흐늘흐늘해진 것을 말함.

302 밤 잔 원수(怨讐) 없다 : 시간이 지나면 원한을 잊게 된다.

303 겪지 : 대접하지.

304 영락 아니면 송낙 : 분명함. 영락없다는 말의 말장난인 것으로 보임. '송낙'은 여승이 쓰던 모자.

305 영사(寧死)언정 : 차라리 죽을지언정.

306 사즁습장 : 사승습장(死僧習杖). 죽은 중의 볼기를 친다는 뜻으로, 저항할 힘이 없는 사람에게 폭행을 가하거나 위엄을 부림을 이르는 말.

307 노승발검(怒蠅拔劍) : 파리를 보고 화가 나서 칼을 뽑음. 사소한 일에 화를 냄.

草)³⁰⁸ 한 듸 써혀 빅통듸³⁰⁹의 붓쳐 니퓌두 쥬고, 쏘 한 듸 붓쳐다가 최퓌두 쥬고 돈 한 냥(兩) 빠혀 상단이 쥬며,

"김풍원(金風憲)집³¹⁰ 밧비 가셔 황소쥬(還燒酒)³¹¹의 쓸을 트고 양지머리 츠돌박이³¹² 이지 밧비 스오너라. 콩팟 천엽(千葉)³¹³ 겻간³¹⁴ 양회(胖膾)³¹⁵ 겻 드려셔 스오너라."

반건듸구(半乾大口)³¹⁶ 각관(各官) 포육(脯肉) 문어 전복 셧박지³¹⁷ 게졋 쥬안 상(酒案床) 츠려 놋코, 술을 부어 권홀 적의 한 잔 두 잔 셔너 잔의 스오비(四五杯)롤 거후르니, 아조 마음드리 되는디로 풀니여,

"이 이 무슉아.³¹⁸ 우리가 츈향이와 발셔 언졔 적 친구냐. 스귄 정분(情分)이 엇더흐니. 거지 분부는 되더라마는,³¹⁹ 우리네가 이만 일을 에둘너 묵쥬머니롤 못 믄드단 말이냐?³²⁰ '발셔 죽어 영장(永葬)흐고 졔 노모(老母)만 잇셔 참아 설워 우더라.' 흐고 쳔연(天然)이 흐여보자."

최퓌두 흐는 말이,

"져롤 보니 그 일이 잔잉도 흐고,³²¹ 일롤 뼈 구지 잡아가자 홀 것도 업

---

308 삼등(三登) 양초(兩草) : 평양 근방의 삼등에서 나는 좋은 담배. '양초'는 담배를 말함.

309 백통대 : 대통과 물부리를 백통으로 만든 담뱃대.

310 김풍헌(金風憲)집 : 김씨 성을 가진 풍헌의 집. '풍헌'은 유향소(留鄕所)의 직책이나, 여기서는 실제로 풍헌의 직을 갖고 있는 것이 아니라 김씨가 하는 술집을 이렇게 부르는 것임.

311 환소주(還燒酒) : 두 번 내린 독한 소주.

312 양지머리 차돌박이 : 소의 가슴에 붙은 뼈와 살을 통틀어 양지머리라고 하는데, 차돌박이는 이 양지머리의 복판에 붙은 희고 단단한 기름진 고기.

313 천엽(千葉) : 처녑. 소의 되새김질하는 밥통을 음식으로 이르는 말.

314 곁간 : 소의 간 곁에 붙어 있는 작은 간 조각. 횟감으로 씀.

315 양회(胖膾) : 소의 밥통을 썰어서 회로 먹는 음식.

316 반건대구(半乾大口) : 반쯤만 말린 대구.

317 섞박지 : 배추와 무를 큼직큼직하게 썰어서 양념과 함께 버무려 담근 김치.

318 무슉아 : 여숙의 잘못임. 또는 뒤의 최패두가 이패두의 잘못임.

319 거지 분부는 되더라마는 : 분부를 거역한다는 의미로 보임.

320 에둘러 묵주머니를 못 만든단 말이냐 : 둘러대어 말썽이 일어나지 않게 하는 것.

스되, 만일 염아리흐여[322] 날나리가 나는 판[323]의는, 우리게 죄 나는 거슨 시들부들[324] 흐다마는, 붓석[325] 잡아드리라흐면 네 어미나 디신 밧치려 흐 는냐?"

츈향이 무른 말이,

"디져(大抵) 이거시 어닌 곡졀(曲折)인가 소관신(所關事)[326]나 알고 가신."

니퓌두 니른 말이,

"통인(通引)의 윤득이가 방정맛고 입바른 쥴 너도 자셔이 알거니와, 네 말을 톡〃 쩌러다가 스도 귀궁게다 알외고, 스도라도 아는 법(法)니 모진 바롬벽 뚤코 나온 즁방 밋 귀쏘롭이[327] 아들이라. 셔울셔붓터 네 쇼문을 윈 통으로 역〃(歷歷)히 알고, 기싱졈고(妓生點考)홀 썬, 형방집니(刑房執吏)가 슈 쇄(收刷)흐려 흐다가 못흐여, 그여이 블너드리라만 한亽(限死)흐니, 우리 탓 슨 팔결이라.[328] 너도 우리네는 염여는 아조 노하라."

츈향이 〃 말을 드른니 슈청(守廳) 면(免)키 어렵도다.

"이고, 이룰 엇지흘고. 혹 이런 일이 닛셔도[329] 만단亽졍(萬端事情)을 원졍 (原情)[330] 지어 두엇더니."

원졍 니여 품고 돈 닷 냥을 니여다가 퓌두(牌頭) 쥬며 흐는 말이,

"〃거시 비록 약쇼(弱小)흐나 쳥즁(廳中)의 동관(同官)님니 일시(一時) 쥬비

24

---

321 자닝도 하고 : '자닝하다'는 애처롭고 불쌍하여 차마 보기 어렵다는 의미.
322 염알이하여 : 탄로가 나서. '염알이'는 남의 사정을 몰래 알아내는 것.
323 날나리가 나는 판 : 난리가 나는 판이라는 뜻. '날라리'는 태평소이므로 날라 리 부는 판이라는 말로 보이는데, 큰 일이 난다는 의미로 썼음. 염알이에 대 해 날라리로 대구(對句)를 만든 것으로 보임.
324 시들부들 : 시들한 모양. 대수롭지 않음.
325 부썩 : 외곬으로 우기는 모양.
326 소관사(所關事) : 관계되는 일.
327 중방(中枋) 밑 귀뚜라미 : 무엇이고 잘 아는 체 하는 사람을 말함. '중방'은 벽 의 중간을 가로지른 막대.
328 팔결이라 : 팔팔결이라. 어긋난 것을 말함.
329 있어도 하고 : 있을 것을 예상하고. 원문에는 '하고'가 빠졌음.
330 원정(原情) : 사정을 하소연하는 글.

(酒杯)나 지니시오."

여슉이 왼숀으로 바다 츠며,

"이거슬 밧는 거슨 네 졍(情)을 아니 막는 거시오, 쏘 실노이 바다가야 나는 일푼 간셥(干涉)이 업다마는, 네게 무어슬 밧는 거시 닉 얼골이 뜻〃ᄒ다.331 엇더ᄒ던지 우리네가 드러가면 잘 쑤며 볼 거시니, 너는 아모케나 잘 닛거라. 셜마 곤장(棍杖)의 딕갈332 박아 치며, 티장(笞杖)의 바늘 박아 치랴."

두 놈이 셔로 딕츄(大醉)ᄒ여 두리 마조 붓들고 비쳑〃〃 관졍(官庭)의 드러갈 지, 미오 졍신을 찰히디 아조 익츄(泥醉)ᄒ여333 겨유 드러가 고과(告課)ᄒ디, 말을 되치지334 못ᄒ여,

"츄양이 잡으라 갓던 픠두 연진335 알외오."

ᄉ되 분부ᄒ디,

"츈향 블너 딕령ᄒ다?"

두 놈이 고박〃〃ᄒ며336 업듸여 알외디,

"츄양이오 죽어요. 엇지ᄒ여 죽어요."

"이놈. 엇지ᄒ여 쥬어다고?"

"그리ᄒ라오."

"뉘가 그리ᄒ라드니."

"글셰올시다. 츄양이가 술잔이나 먹이고 쏘 돈냥인지 쥬며."

"쉬. 이놈. 그 말은 웨 알외느니."

니퍼되 쏘 알외디,

"여봅시오, 이놈 보시오. 그 말을낭 말나구 역구리롤 콱〃 지르옵늬다.

---

331 얼굴이 뜨듯하다 : 부끄럽다. 무안하여 얼굴을 들지 못함.
332 대갈 : 말굽에 편자를 박을 때 쓰는 징. 대가리가 크고 짧은 쇠못.
333 이취(泥醉)하다 : 술이 곤드레만드레로 취함.
334 되채다 : 혀를 제대로 놀려 말을 또렷하게 하다.
335 연진 : 현신(現身)의 잘못으로 보임.
336 꼬빡꼬빡하다 : 머리나 몸을 자꾸 앞으로 조금씩 숙였다가 들다.

둘이 술잔인지 스먹고 지젼(在錢)³³⁷이 다만 냥³³⁸ 한 돈 오 푼이오니, 이 돈이나 스되 쓰시고 소인(小人)의 부탁을 그만져만 마옵쇼셔."

스되 분부ᄒᆞ되,

"이놈, 너는 무슨 말 〃나고 그놈을 지르ᄂᆞ니."

니펴뒤 알외되,

"아니올시다. 급히 드러오옵노라 궁둥의의 진쌈이 나셔 가렵스옵기의 극노라 ᄒᆞ오니, 팔노 그놈을 건더렵스외다."

스되 그놈을 다 모라 니치고,

"그즁의 녕니(怜悧)ᄒᆞᆫ 스령(使令)놈 부르라."

뇌정(雷霆)갓치³³⁹ 호령ᄒᆞ되,

"네 이지로 밧비 잡아 디령(待令)ᄒᆞ라."

긴 디답 한마듸의 군노스령(軍奴使令) 쳥녕(聽令)ᄒᆞ고 셩화(星火)갓치 밧비 나와 츈향다려 ᄒᆞᄂᆞᆫ 말이,   26

"스름 죽깃다. 밧비 가자."

츈향이 디답ᄒᆞ되,

"이고 이거시 윈 말이오. 일이나 ᄌᆞ셔이 아옵시다."

"말이나 졀이나 가면셔 ᄒᆞ량으로 어셔 슈히 나셔거라."

"나는 식도 움작여야 ᄂᆞ니, 술이나 한잔 먹사이다."

"관술이나 요술이나³⁴⁰ 가다가 먹으량으로 어셔 급히 나셔거라."

츈향이 홀일업셔 돈 닷 냥 니여다가 스령 쥬며 ᄒᆞᄂᆞᆫ 말이,

"츠물(此物)이 비록 약쇼(略少)ᄒᆞ나 일시(一時) 쥬(酒)츠³⁴¹나 보티시오."

군노스령(軍奴使令) 돈 바다 츠며 ᄒᆞᄂᆞᆫ 말이,

"네 졍(情)을 막는 거슨 의(義)가 아닌 고로 바다는 가거니와 마음의 겸연

---

337 재전(在錢) : 셈을 하고 남은 돈.
338 냥 : 한 냥(兩)을 말함.
339 뇌정(雷霆)같이 : 우레처럼.
340 관술이나 요술이나 : 술에 대한 언어유희임. 관술과 요술의 뜻은 미상.
341 일시(一時) 주(酒)차 : 한 번의 술값.

(慊然)ᄒ다.”³⁴²

춘향이ᄂᆞᆫ 압흘 셔고, 군노 ᄉᆞ령 뒤흘 ᄯᆞ라 ᄀᆡᆨᄉᆞ(客舍) 압흐로 도라올 ᄉᆡ, 져 춘향의 거동 보쇼.

헛튼머리³⁴³ 집어 ᄭᅩᆺ고, ᄯᅥ 무든 헌 져고리 의복 형상 검게 ᄒᆞ고,³⁴⁴ 집신 ᄶᅡᆨ을 감발ᄒᆞ고³⁴⁵ 바롬 마진 병신(病身)ᄀᆞᆺ치³⁴⁶ 죽으라 가ᄂᆞᆫ 양(羊)의 거롬으로 원포셕양냥〃비(遠浦夕陽兩兩飛)³⁴⁷의 ᄶᅡᆨ 닐흔 원앙(鴛鴦)이오, 일난츈풍화쵸간(日暖春風花草間)³⁴⁸의 ᄭᅩᆺ츨 닐흔 나비로다. 십오야(十五夜) 밝은 달이 졔구롬의 ᄲᅡ혔ᄂᆞᆫ 듯, 금분(金盆)의 고은 ᄭᅩᆺ치 모진 광풍(狂風) 맛ᄂᆞᆫ〃 듯, 슈심(愁心)이 쳡〃(疊疊)ᄒᆞ여 정신업시 도라들 지, 관문(官門) 압흘 바라보니 군노 ᄉᆞ령 거동 보쇼. 구롬갓치 모혓다가 밧비 오라 ᄌᆡ촉 소리 셩화갓치 지르니, 뒤히 오ᄂᆞᆫ 군노 사령 손을 드러 먼니 뵈며,

“디먹쥬롤 말 식혓다.³⁴⁹ 요란스러이 구지 말나.”

군노 ᄉᆞ령 이 말 듯고,

“이 이 만일 그러ᄒᆞ면 중병(中病)을낭 너 당(當)ᄒᆞ마. 희가 아직 머러시니 희젼의만 드러가면 엇더ᄒᆞ든지 그만일다.”

춘향을 다려다가 동헌(東軒)의 드러가셔,

“블너 디령ᄒᆞ엿쇼.”

“갓가이 블너 드리라.”

“춘향이 현신(現身) 알외오.”

ᄉᆞ되 다그어 안자 얼골 형상 자셔이 보니, 원산아미(遠山蛾眉)³⁵⁰의 실음ᄒᆞ

---

342 겸연(慊然)하다 : 겸연쩍다. 쑥스럽거나 미안하여 면목이 없다.

343 허튼머리 : 머리에 장식으로 얹던 가발의 하나.

344 검게 하고 : 더럽게 하고.

345 짚신짝을 감발하고 : 짚신을 신고 감발을 했음. ‘감발’은 천으로 발을 감싸는 것.

346 바람맞은 병신(病身)같이 : 중풍에 걸려 몸을 가누지 못하는 병자처럼.

347 원포석양양양비(遠浦夕陽兩兩飛) : 저녁나절 먼 포구에 짝지어 나는.

348 일난춘풍화초간(日暖春風花草間) : 따뜻한 날에 봄바람은 화초 사이로 부는데.

349 대먹주를 말 시켰다 : 미상.

350 원산아미(遠山蛾眉) : 원산과 아미는 모두 미인의 눈썹이라는 뜻.

는 티도록 먹음어시니 원(怨)ᄒ는듯 늣기는듯 이원(哀怨)ᄒ는 형용이 스롬의 간장(肝腸)을 다 녹닌다. 서울서븟터 디쇼ᄉ(大小事)롤 다 칙방(冊房) 졍낭쳥(鄭郎廳)[351]ᄒ고 의논ᄒ는지라.

"이 스룸 졍낭쳥. 츈향의 소문이 고명(高名)ᄒ더니 즉금(卽今) 보니 유명무실(有名無實)이로셰."

졍낭쳥 디답은, 콩을 팟치라 ᄒ여도 고지 듯는 터이오. 쏘 평싱 디답이 평싱의 ᄉ면츈풍(四面春風) 두로마리[352]라.

"글셰 그러ᄒ오마는, 바히[353] 유명무실이라 홀 길도 업고, 쏘 이지 유명무실 아니라 홀 길도 업쇼."

"이 사룸. 모ᆢ이[354] 쓰더 보아야 한 곳 별노이 취홀 것 업네."

"글셰 그러ᄒ오마는, 취홀 곳이 뼈 닛다 홀 길도 업고, 쏘 바히 취홀 곳이 업다 홀 길도 업고."

이러틋 슈작(酬酌)홀 지, 통인(通引)의 윤득이 알외더,

"의복이 남누(襤褸)ᄒ고 단장(丹粧)을 아니ᄒ여 그러ᄒ옵지, 의복 단장을 션명이 쑤미면 짝이 업는 일식(一色)이오니 용셔(容恕)치 마옵쇼셔."

ᄉ되 윤득이의 말을 듯고, 쏘 역ᆢ(歷歷)히 자셔이 보다가 ᄒ는 말이,

"과연 듯던 말과 ᄀ다. 이 스룸 졍낭쳥. 져런 힝챵(行娼)ᄒ는 것[355]드리 씌뭇고 바라지고[356] 간악(奸惡)ᄒ고 요괴(妖怪)롭고 예ᄉ롭지 아니ᄒ것마는, 이거시나 진짓 여염(閭閻)ᄉ리 홀 지어미[357]로셰."

---

351 졍낭쳥(鄭郎廳) : 졍씨 성을 가진 낭쳥. '낭쳥'은 조선시대 임시 기구에서 실무를 맡아보던 당하관 벼슬이나, 여기서 졍낭쳥은 실제 낭쳥벼슬을 하는 사람이 아니라 서울에서 같이 온 사또의 친구를 그냥 높여서 부른 것이다.
352 사면춘풍(四面春風) 두루마리 : 누구에게나 두루두루 좋게 대함. '사면춘풍'은 누구에게나 좋게 대하는 것을 말함.
353 바이 : 전혀.
354 모모이 : 구석구석이.
355 행창(行娼)하는 것 : 창녀 노릇을 하는 여자.
356 때묻고 바라지고 : 세상살이에 때가 묻고, 순진한 데가 없음.
357 여염(閭閻)살이 할 지어미 : 집안에서 살림살이 할 여자.

"글셰 그러ᄒ오마는 여염ᄉ리 홀 지어미라 홀 길도 업고, ᄯ또 졍녕(丁寧)
이 여염ᄉ리 못홀 지어미라 홀 길도 업쇼."

29

"이 사름. 졔 의복이 비록 허술ᄒ나 형산빅옥(荊山白玉)이 틧글의 뭇치고
즁츄명월(中秋明月)이 구롬의 든듯, 아모리 일식(一色)이라도 눈 각〃 코 각〃
ᄊ더보면 한 곳 험홀 곳시[358] 닛건마는, 이거슨 일혼바 텬향국식(天香國色)이
로셰. 앗가 삼문간(三門間)의 드러올 머듸[359] 잠간 쌩긋ᄒ는 거동 나도 쌀니
보앗지. 니속이 션 슈박씨[360]롤 쥬홍당ᄉ(朱紅唐絲)로 조롱〃〃 역거 쥬홍 징
반의 셰운 듯ᄒ고, 두 눈셥은 슈나뷔[361]가 마조 안진 듯ᄒ데. 졔가 날을 속
이랴구 의복을 남누(襤褸)ᄒ게 ᄒ고, 얼골 단장 아니ᄒ여도 그거시 더 조커
든. 오리알의 졔 똥 무드니 ᄀᄉ하여,[362] 어슈록혼 줄 아는가?"

"글셰 그러ᄒ오마는, 나 보기의는 어슈록ᄒ다 홀 길도 업고, 바히 어슈
록지 아니타 홀 길도 업슬 듯ᄒ오."

"이 스름. '쳥텬빅일(靑天白日)은 소경이라도 밝게 알고, 뇌졍벽역(雷霆霹靂)
은 즁쳥(重聽)[363]이라도 듯는다.'ᄒ니, 져 ᄯᄯ는 묘(妙)ᄒ고 ᄊ닌 계집[364]이니,
과연 말이지 명블허젼(名不虛傳)이로셰."

"글셰 그러ᄒ지오마는, 말삼이 하 그러ᄒ시니 묘혼가 보오마는, 쎡 쒸여
나게 묘ᄒ다 홀 길도 업고, 아조 묘치 아니타 말은 못ᄒ깃사온즉, 명블허젼
고히치 아니ᄒ오마는 쎡 드러잡아 명블허젼이라 홀 길도 업슬 듯ᄒ오."

30

"이 스름. 자네 말더답은 평싱 넝츌지고[365] 둥글게, 물의 물타 니 갓ᄒ니,

---

358 험할 곳이 : 흠할 곳이. 흠잡을 곳이.

359 들어올 마디 : 들어올 때.

360 잇속이 션 수박씨 : 이의 생긴 모양이 덜 익은 수박씨처럼 희고 고르다는 의미.

361 수나비 : 수컷 나비. 여인의 아름다운 눈썹을 누에나방의 더듬이[蛾眉]에 비
유함.

362 오리알에 제 똥 묻은 것 같다 : 제 본색에 과히 어긋나지 아니한 것이어서
별로 드러나 보이지 아니하고 그저 수수함.

363 즁쳥(重聽) : 귀가 어두워서 소리를 잘 듣지 못하는 증상.

364 제 딴은 묘(妙)하고 짜인 계집 : 제 딴에는 묘하고 잘 짜여진 계집.

365 넌출지고 : 길게 늘어지고.

엇지혼 말인고? 허 답〃혼 사롬이로고."

춘향 블너,

"네가 춘향이라 ᄒ는냐? 봄 춘자(春字) 향긔 향자(香字), 일홈이 묘ᄒ다. 네 나히 몃 살이니?"

춘향이 동문셔답(東問西答) 짠전으로 디답ᄒ디,

"닉일 몃츨 키여 원두한(園頭漢)³⁶⁶의 집으로 디령(待令)ᄒ올지?

"어허 졍낭쳥 요 산드러진³⁶⁷ 말이 더 조희. 네 본디 본부(本府) 기성으로 니 도임시(到任時)의 현신(現身)도 아니ᄒ고, 방즈(放恣)이 집의 닛셔 언연(偃然)이³⁶⁸ 블너야 드러오단 말이냐? 너가 이곳의 목민지장(牧民之長)³⁶⁹으로 나려 왓더니, 너롤 보니 쾌 견딀만ᄒ다.³⁷⁰ 금일노붓터 슈쳥(守廳)으로 작졍(作定)ᄒ는 거시니 밧비 나가 소셰(梳洗)³⁷¹ᄒ고 방슈츠(房守次)³⁷²로 디령ᄒ라."

춘향이 엿즈오디,

"일신(一身)의 병이 드러 말삼으로 못ᄒ옵고 원졍(原情)으로 알외오니, ᄉ연(事緣)을 보옵시면 곡졀(曲折)을 통쵹(洞燭)ᄒ옵쇼셔."

ᄒ더라

세(歲) 신희(辛亥)³⁷³ ᄉ월일 향목동 셔(書)

---

366 원두한(園頭漢) : 원두한이. 원두를 가꾸는 사람. '원두'는 밭에 심어서 가꾸는 오이, 참외, 수박 따위를 통틀어 이르는 말.
367 산드러진 : 간드러진.
368 언연(偃然)히 : 거만하게.
369 목민지장(牧民之長) : 고을의 원님을 이르는 말.
370 쾌 견딀만하다 : 지방에 왔지만, 춘향을 보니 있을만하다는 의미로 보임.
371 소세(梳洗) : 머리를 빗고 얼굴을 씻음.
372 방수차(房守次)로 : 수청차로.
373 신해(辛亥) : 1911년.

츠셜(且說). 츈향이 엿ᄌ오디,

"일신(一身)의 병이 드러 말ᄉᆞᆷ으로 못ᄒᆞᆸ고 원졍(原情)으로 알외오니, 스연(事緣) 보옵시면 곡졀(曲折)을 통쵹(洞燭)ᄒᆞ시리니, 의원시힝(依願施行) 젹이시면[1] 화봉인(華封人)의 본(本)을 바다 빅셰츅슈(百歲祝壽)[2]ᄒᆞ오리다."

"어허 고히ᄒᆞ다. 어닌 스이의 무산 원졍이니. 니게 졍(呈)ᄒᆞᄂᆞᆫ 거슨 신낭(新郞) 마두(馬頭)의 빅활(白活)이오,[3] 조마(調馬)거동의 격징(擊錚)이라.[4] 동셔간

---

1 의원시행(依願施行) 제기시면 : 원하는 대로 해준다는 제사(題辭)를 써 주시면. '제기다'는 백성의 소장(訴狀)이나 원서(願書)에 관청의 판결인 제사를 적는 것.

2 화봉인(華封人)의 본(本)을 받아 백세축수(百歲祝壽) : 요(堯)임금이 화(華) 지방을 방문했을 때, 이곳의 봉인(封人)이 요임금에게 수(壽), 부(富), 다남자(多男子)의 세 가지로 축하한 고사.

3 신랑(新郞) 마두(馬頭)에 백활(白活)이요 : 신랑 마두에 발괄이요. 신랑을 높은 벼슬아치로 착각하여 신랑이 탄 말의 머리에 대고 억울한 사정을 하소연한다는 뜻으로, 경우에 어긋나는 망측한 행동을 말함.

4 조마(調馬)거동에 격쟁(擊錚)이라 : 조마거동을 진짜 임금의 행차인 줄 알고 격쟁하듯, 경우를 모르고 어리석은 짓을 함을 이르는 말. '조마거동'은 거동의

(東西間)의⁵ 쳐결(處決)이야 아니ᄒᆞ랴."

형방(刑房)이 고과(告課)⁶ᄒᆞ되,

퇴기(退妓) 츈향 빅활(白活)⁷이라. 우근진졍유ᄉᆞᄯᅡᆫ(右謹陳情由事段)은⁸ 쇼
네(少女ㅣ) 본시(本是) 창가지엽(娼家之葉)⁹이오나 강기(慷慨)ᄂᆞᆫ 산죽지심(山
竹之心)¹⁰으로 춘블기(春不改) 츄블낙(秋不落)¹¹이옵더니, 년젼(年前) 니등좌
졍시(李等坐定時)¹²의 ᄉᆞ도 ᄌᆞ뎨(子弟)로 일견(一見) 광한누(廣寒樓)ᄒᆞ여 빅년
동쥬지의(百年同住之意)로 이슈금셕지문(已受金石之文)ᄒᆞ고,¹³ 질정허신(質定
許身)¹⁴ᄒᆞ여 우금습지(于今三載)의 완연(宛然) 부〃지의(夫婦之義)가 여산약
히(如山若海)¹⁵오. 금번(今番) 쳬등시(遞等時)¹⁶ 부득이솔권상경(不得以率眷上
京)은 셰고ᄌᆞ연(世故自然)¹⁷이나, 일편단심(一片丹心)이 오미블망(寤寐不忘)¹⁸
이오, 남북상니(南北相離)의 심담(心膽)이 구열(俱裂)이라. 일구월심(日久月
深)의 단댱쇼원(斷腸消魂)ᄒᆞ니¹⁹ 빅골(白骨)이 셩진(成塵)ᄒᆞ고 혼빅(魂魄)이

2

절차에 따라 한 달에 몇 차례씩 임금이 타는 말을 미리 훈련시키던 일이고,
'격쟁'은 임금의 거둥에 꽹과리를 쳐서 하소연 하던 일.

5 동서간(東西間)에 : 어떻게 되던 지 간에.
6 고과(告課) : 하급관리가 상관에게 고함.
7 백활(白活) : '발괄'의 이두식 표기. 관청에 억울한 사정을 하소연함.
8 우근진정유사단(右謹陳情由事段)은 : 위의 삼가 사정을 진술하옵는 일은. 소지
(所志)의 첫머리에 쓰는 상투적인 문구.
9 창가지엽(娼家之葉) : 기생의 자식.
10 강개(慷慨)는 산죽지심(山竹之心) : 강개한 마음은 산의 대나무와 같음.
11 춘불개(春不改) 추불락(秋不落) : 절개가 변치 않음.
12 이등좌정시(李等坐定時) : 이(李)씨 사또가 재임할 때.
13 이수금석지문(已受金石之文)하고 : 이미 굳은 맹서의 글을 받고.
14 질정허신(質定許身) : 헤아려 작정하고 몸을 허락함.
15 여산약해(如山若海) : 바다와 산처럼 굳다는 뜻.
16 체등시(遞等時) : 구관과 신관이 바뀌는 때.
17 부득이솔권상경(不得以率眷上京)은 세고자연(世故自然)이라 : 함께 데리고 서울
로 가지 못한 것은 세상풍습으로 자연히 그렇게 된 것이라.
18 오매불망(寤寐不忘) : 자나 깨나 잊지 못함.

미산젼(未散前)은 만무실졀(萬無失節)이오 평싱미망(平生未忘)이오니,[20] 금일 분부는 셩시상시(誠是常事)오나 하졍(下情)이 여츠고(如此故)로 부득봉승(不得奉承)[21]이온 바, 동시스부지쳬모(同是士夫之體貌)요 통쵹스졍지간측(洞燭事情之懇惻)이온즉 만무여츠하문지(萬無如此下問之)오며,[22] 우황면쳔(又況免賤)의 이슉디비(已贖代婢)이온 줄로 즈감구유앙쇼어일월명졍지ㅎ(玆敢具有仰訴於日月明政之下)ㅎ옵느니,[23] 참상이시후[僉商教是後]의 특위방숑지〃(特爲放送之地)를[24] 쳔망망냥ㅎ 술지위[千萬望良爲白只爲] 힝하향이시스[行下向教是事]라. 스도쥬(使道主) 쳐분(處分)[25]이라. 연월일(年月日) 쇼지(所志)[26]라.

ㅎ여더라

형방이 취즁(醉中)이라. 고과 후 쇼지(所志) 노코 필흥(筆興) 니여 졔스(題

---

19 일구월심(日久月深)에 단장소혼(斷腸消魂)하니 : 세월이 갈수록 생각하는 마음
 이 깊어지고 슬픔으로 창자가 끊어지고 근심으로 넋이 나가니. '단장소원'은
 '단장소혼'의 잘못임.

20 백골(白骨)이 성진(成塵)하고 혼백(魂魄)이 미산전(未散前)은 만무실절(萬無失節)
 이요 평생미망(平生未忘)이오니 : 백골이 먼지가 되고 혼백이 흩어지지 않기
 전에는 절개를 잃을 리 없고 평생 잊을 수 없으니.

21 성시상사(誠是常事)이오나 하정(下情)이 여차고(如此故)로 부득봉승(不得奉承) : 진
 실로 당연한 일이나, 제 사정이 이러하므로 따르지 못함.

22 동시사부지체모(同是士夫之體貌)로 통촉사정지간측(洞燭事情之懇惻)이온즉 만무
 여차하문지(萬無如此下問之)오며 : 같은 사대부의 체모로 딱한 사정을 깊이 헤아
 리시온즉 이와 같이 물어볼 리 없으며.

23 우황면천(又況免賤)에 이속대비(已贖代婢)이온 줄로 자감구유앙소어일월명정지
 하(玆敢具有仰訴於日月明政之下)하옵나니 : 또 하물며 대신 종을 들여놓고 천인
 에서 벗어난 줄로 감히 해와 달처럼 밝은 다스림 아래 갖추어 아뢰옵나니.

24 僉商教是後의 特爲放送之地를 : 깊이 살피신 후에 특별히 놓아 주시기를. '教是'
 는 이두로 '하시고'라는 뜻.

25 천만망량하살지위[千萬望良爲白只爲] 행하향이시사[行下向教是事]라. 사도주(使
 道主) 처분(處分) : 명령을 내려 사또님께서 처분해주시옵기를 천만 바라나이
 다. 소지(所志)의 마지막에 쓰는 상투적인 문구. '望良爲白只爲'는 이두로 '바라
 옵기로', '向教是事'는 '하실 일'이라는 의미임.

26 소지(所志) : 청원이 있을 때에 관아에 내던 서면의 소장(訴狀).

辭)²⁷ ᄒ되,

> 건곤(乾坤)이 블노월장지(不老月長在)ᄒ니 젹막강산(寂寞江山)이 금빅년
> (今百年)이라.²⁸

쓰고, 츈향 블너,

"졔스 〃연 듯즈왜라."²⁹

고셩(高聲)ᄒ여 읇플 젹의, 스되 이 모양 보고 모가지를 길게 ᄲᅡ혀 황시쳐
로 비틀면셔 긔(氣)가막혀 쇼리 질너,

"졍낭쳥, 여보쇼. 져놈 보쇼. 져놈을 잡아 싱(生)으로 발길가? 왼통으로
쥬리롤 헐가? 셰상텬지(世上天地) 간썽이의 져런 놈도 ᄯᅩ 잇ᄂᆞᆫ가?"

상토 꼿가지 골을 닉여 딕강이를 흔들거늘, 뎡낭쳥 딕답ᄒ되,

"셰상의 져런 놈이 어딕 잇스오리잇가마는, 바른디로 말삼이지, 셰상의
져런 놈이 바히 업다 홀 길인들 잇스오리잇가?"

뇌졍(雷霆)갓치 셩닌 스도 벽녁(霹靂)갓치 호령ᄒ더,

"이놈을 밧비 잡아 즁계(中階) 아리 나리오라."

벌쎄갓튼 스령드리 갓 버셔 후리치고³⁰ 동당이 쳐 ᄯᅳ어나려 즁게(中階)
아리 꿀니거늘, 스되 여셩(勵聲) 호령(號令)³¹ᄒ되,

"그놈을 한 미의 쳐 죽이라."

형방이 취즁(醉中)이나 혼블부쳬(魂不附體)³² 알외오더,

---

27 졔사(題辭) : 백성의 소장(訴狀)이나 원서(願書)에 대해 관청에서 내린 판결이나
   지령(指令).
28 건곤(乾坤)이 불로월장재(不老月長在)하니 적막강산금백년(寂寞江山今百年)이라 :
   너와 내가 늙지 말고, 저 한없는 달과 같이, 적막한 강산에서 평생을 지내고
   저. 12가사의 하나인 「죽지사(竹枝詞)」의 한 구절.
29 듣자왜라 : 들어보라.
30 갓 버셔 후리치고 : 갓을 벗겨 팽개치고.
31 여셩(勵聲) 호령(號令) : 성이 나서 큰 소리로 호령함.
32 혼블부쳬(魂不附體) : 너무 놀라 혼이 몸에서 떨어짐.

"쇼인(小人)의 죄가 무슴 죄온지 죄명(罪名)이나 아라지다."

스되 분부호디,

"명정기죄(明正其罪)호여 스무원심(死無怨心)이라.[33] 그 쇼지짠(所志段)은 여타즈별(與他自別)호여 별(別)노이 졔스(題辭)헐 거시여늘,[34] 관가(官家)이 기구전(開口前)의 즈단(自斷)호여 쳐결(處決)호미 요마쇼리(幺麼小吏)의 만스무셕지죄(萬死無惜之罪)라."[35]

좌우 나졸(羅卒) 엄포호고,

"분부 듯즈와라."

형방이 능갈혼[36] 아젼이라. 언정니슌(言正理順)[37]이 알외오디,

"츈향의 원정 스연 지스위한(至死爲限)[38]호와 블변취죽지졀(不變翠竹之節)[39]이옵기의, 상의(上意)를 봉승(奉承)호와 냥셩화미(兩相和賣)[40]오 션악상반(善惡相半)[41]혼 졔스(題辭)오니, 열네 즈 뜻을 알외오리이다. 건쯔(乾字)는 하눌 건쯔(乾字)니 스쏘는 건(乾)이 되옵시고, 곤쯔(坤字)는 쌌 곤쯔(坤字)니 츈향이는 곤(坤)이 되어, 늙지 말고 한 곳의 잇셔, 달과 갓치 길게 잇셔, 젹막강산(寂寞江山) 집을 짓고 이지붓터 빅년(百年)가지 히로(偕老)호즈 뜻이오니, 스도 졔스(題辭)호옵셔도 막과어츳(莫過於此)[42]호올이다." 4

---

33 명정기죄(明正其罪)하여 사무원심(死無怨心)이라 : 그 죄를 명백히 밝혀 죽어도 원망하는 마음이 없도록 하라.

34 그 소지단(所志段)은 여타자별(與他自別)하여 별(別)로이 제사(題辭)할 것이어늘 : 그 소지의 일은 다른 것과 달라서 별도로 제사할 것이어늘.

35 관가(官家)이 개구전(開口前)에 자단(自斷)하여 처결(處決)함이 요마소리(幺麼小吏)의 만사무석지죄(萬死無惜之罪)라 : 원님이 입을 열기 전에 아전이 스스로 결정한 것은 하잘 것 없는 아전의 만 번 죽어도 아까울 것이 없는 죄라. '관가'는 '관장(官長)'이라는 의미임.

36 능갈한 : 능청맞게 잘 둘러대는.

37 언정리순(言正理順) : 말이나 이치가 바르고 옳음.

38 지사위한(至死爲限) : 죽기를 한하고.

39 불변취죽지절(不變翠竹之節) : 푸른 대나무 같은 변치 않는 절개.

40 양상화매(兩相和賣) : 물건을 사고파는 사람이 모두 만족하게 함.

41 선악상반(善惡相半) : 선과 악이 반반씩임.

ᄉᄃᆡ 이 말 듯고 ᄉ리(事理)를 솜″ 마련ᄒ니,[43] 과약기언(果若其言)[44]이오 영낙부절(符節)[45]이라. 근본은 쏙″ᄒ여 마음의 곳 들면 앗기는 거시 업ᄂ지라. 다시 분부ᄒ되,

"져 아젼 아즉 분간(分揀)[46]ᄒ고 관쳥빗[47] 부르라. 목포(木布)는 각 일필(一疋), 빅미(白米)는 일셕(一石)이오, 젼문(錢文)[48] 니냥(二兩), 남초(南草) 셔 근(斤), 장지(壯紙) 셰 권(卷) 이제로 츠하[49]ᄒ라. 긔특ᄒ다 긔야방가위지아젼(其也方可謂之衙前)[50]일다."

마음의 상쾌ᄒ여 풀갓ᄭᆫ 뒤짐지고[51] 딕쳥으로 건닐면셔,

"츈향아. 네 그 졔ᄉ″연(題辭事緣) 드러ᄂ냐? 블간(不緊)ᄒᆫ 원졍(原情)이라. □이야 고히ᄒ랴?[52] 다시는 잔말″고 밧비 올나 슈쳥(守廳)ᄒ라. 관쳥으로 의논ᄒ면 네 집 찬장(饌欌) 될 거시오, 운향고(運餉庫)[53]는 네 고(庫)히오, 목젼고(木錢庫)[54]도 네 고(庫) 되고, 일읍쥬관(一邑主管)[55]이 네 장즁(掌中)이라. 이런

---

42 막과어차(莫過於此) : 이것보다 낫지는 못함.

43 사리(事理)를 솜″ 마련ᄒ니 : 이치를 곰곰이 따져보니.

44 약과기언(果若其言) : 과연 그 말과 같음.

45 영락부절(符節) : 부절이 맞듯이 영락없다. 영락없다와 여합부절(如合符節)을 합쳐서 재미있게 쓴 말임. '여합부절'은 부절(符節)이 꼭 맞듯이 일이 꼭 들어맞는 것을 말함. '부절'은 옥이나 대나무 같은 것을 둘로 나누어 신표로 가지고 다니던 것.

46 분간(分揀) : 죄지은 형편을 보아서 용서함.

47 관청빗 : 관청색(官廳色). 수령의 음식물을 맡아보던 아전.

48 전문(錢文) : 돈.

49 차하 : 관청에서 백성에게 지불한다는 의미. 한자로 '上下'라고 쓰고 '차하'라고 읽음.

50 기야방가위지아전(其也方可謂之衙前) : 그야말로 가히 아전이라고 할만하다.

51 풀갓끈 뒷짐지고 : 미상.

52 이 대목의 한 글자가 보이지 않는데, 다른 이본에는 "훈번이면이야고이ᄒ랴"(남원고사), "훈번이면이야고히ᄒ랴"(도남본), "한이야고히ᄒ랴"(동경대학본)라고 되어 있다. 향목동본의 보이지 않는 글자는 '훈'으로 추정되는데, '한 번이면'의 잘못으로 보인다.

53 운향고(運餉庫) : 군량을 임시로 두던 창고.

54 목전고(木錢庫) : 세금으로 바친 무명이나 돈을 넣어두는 창고.

씨판[56]니 쏘 잇는냐?"

츈향이 엿즈오되,

"원정(原情)의 알왼 말슴 분간(分揀)은 업스옵고 다시 분부 이러ᄒ시나, 디비정속(代婢定屬) 면천후(免賤後)는 관기(官妓)가 아니옵고, 도련님 가신 후로 두문불츌(杜門不出) 슈졀(守節)ᄒ여 만분의 일이라도 녈녀(烈女)의 본을 밧즈마음의 삭여습기의 분부 거힝은 과연 못ᄒᄂ이다."

ᄉ쇠 뎡낭쳥(鄭郎廳) 블너 ᄒ는 말이,

"계집의 한두 번 티(態)ᄒᄂ[57] 거슨 응당 전례(傳例)판[58]인쥴 아는가? 업스면 무(無)맛시니."

"글셰 그러ᄒ외다마는, 분명 전례판이라 홀 길도 업고, 졍녕(丁寧)이 전례판 아니랄 길도 업술 듯ᄒ오."

ᄉ쇠 츈향 달닉는 말이,

"네가 기시(其時)의 아희들길이 만나 살고, 쏠기 맛 보듯ᄒ여 시근ᄒ 맛시 그러ᄒ나보다마는, 하로비들기가 지를 넘ᄂ냐?[59] 그러ᄒ기로 져런 셜음을 보는구나. 네 이 어륙의 우거지국의 쇠옹도리쎠[60] 너흔 듯ᄒ 웅심(雄深)ᄒ 맛[61]슬 보면 무궁(無窮)ᄒ 즈미의 쌈짝 반ᄒ리라. 이 ᄉ람 뎡낭쳥. 너가 평양셔윤(平壤庶尹) 갓실 졔, 져런 어엿쑨 아희 보고 한 손의 돈 셔 푼도 쥬고, 쏘 금졀(金節)이 년 슈쳥 드려 슈쳔 냥 힝하(行下)[62]ᄒ고, 영변부ᄉ(寧邊府使) 갓실 젹의 관옥(冠玉)이 년 슈쳥 드려 쑬 쳔 셕 힝하ᄒ고, 기외(其外)의 전후 기싱 쥰 것시 블가승쉰(不可勝數ㄹ) 쥴 아는가? 나는 엇지ᄒ 셩품(性稟)

6

---

55 일읍주관(一邑主管) : 한 고을을 맡아서 관리함.

56 깨판 : 신나는 판.

57 태(態)하다 : 일부러 어떤 행동이나 태도를 나타냄.

58 전례(傳例)판 : 전해 내려오는 판에 박은 내용.

59 하룻비둘기가 재를 넘느냐 : 실력과 경험이 없이 자만심만으로는 일을 이룰 수가 없다는 말.

60 쇠옹도리뼈 : 쇠옹두리뼈. 소의 정강이뼈.

61 웅심(雄深)한 맛 : 깊은 맛.

62 행하(行下) : 아랫사람이나 하인에게 내려주는 돈이나 물건.

인지 기성들을 그리 쥬고 시부데."

덩낭쳥 디답흐되,

"글셰 그러흐외다. 亽쏘게셔 디동찰방(大同察訪)⁶³ 갓실 졔, 관비(官婢) 한 년 다리고 자고 그 년의 빈혀⁶⁴가지 쎄앗고 돈 한 푼 아니 쥬엇지오. 운산 현감(雲山縣監) 갓실 졔, 슈거비⁶⁵ 한 년 셕 달이나 슈쳥 드리고 쇠쳔⁶⁶ 흔 푼 아니 쥬고, 그 년의 은가락지 취식(取色)⁶⁷흐여쥬마고 셔울 보니여 며느라기 네물(禮物) 쥬어지오. 언졔 쥬져너믄⁶⁸ 평양셔눈(平壤庶尹) 영변부亽(寧邊府使) 가셔 기성 힝하(行下)를 그리 후(厚)히 흐엿쇼?"

亽쐬 긔가 막히나 농쳐⁶⁹ 흐는 말이,

"〃 亽롬 긔롱(譏弄) 마쇼. 져런 아희 고지듯네.⁷⁰ 여보아라 져 말 고지듯 지 마라. 그럴 니가 잇기느냐? 날을 亽괴여만 보아라. 아라 듯느냐? 싱각 흐여 보아라. 노류댱화(路柳墻花)는 인긔가졀(人皆可折)이라.⁷¹ 쳔만의외(千萬意外) 너만 년이 졍졀(貞節), 슈졀(守節), 셩졀(聖節), 덕졀(德節)흐니 그런 잔 졀을 말고 큼즉흔 희쥬(海州) 신광졀⁷²이나 흐여라. 네가 슈졀을 흐면 우리 디부 인(大夫人)은 긔졀(氣絶)을 흐시랴? 요망(妖妄)흔 말 다시 말고 밧비 올나 슈 쳥흐라."

---

63 대동찰방(大同察訪) : '찰방'은 조선 때 각 도의 역(驛)에서 말에 관계되는 일을 맡아보던 종6품의 외직 문관 벼슬. '대동'은 평안도의 지명.

64 비녀 : 여자의 쪽 찐 머리가 풀어지지 않도록 꽂는 장신구.

65 수거비 : 수급비(水汲婢). 관아에 속하여 물 긷는 일을 하던 여자 종. 기생의 일 도 대신하였음.

66 쇠쳔 : 청나라 엽전인 소전(小錢)을 속되게 이르는 말.

67 취색(取色) : 낡은 것을 닦고 매만져서 윤이 나게 함.

68 주제넘다 : 제 분수에 넘는 말이나 행동을 함.

69 농쳐 : 좋은 말로 언짢았던 마음을 풀어서 누그러지게 함.

70 곧이듣다. 남의 말을 그대로 믿다.

71 노류장화(路柳墻花)는 인개가절(人皆可折)이라 : 길가의 버들과 담 밑의 꽃은 누 구나 꺾을 수 있음. 창녀는 누구나 상대할 수 있음을 말함.

72 해주(海州) 신광절 : 황해도 해주의 신광사(神光寺). 고려 말기 원(元)나라 순제 (順帝)가 세웠다고 함.

츈향이 엿ᄌ오ᄃᆡ,

"ᄌ고(自古)로 렬ᄉ(烈士) 쳘뷔(哲婦 ㅣ) 하더무지(何代無之)[73]릿가? 양구조어(羊裘釣魚) 엄ᄌ릉(嚴子陵)[74]은 간의ᄐᆡ우(諫議大夫) 마다ᄒ고, 슈양산(首陽山)의 빅이(伯夷) 슉졔(叔齊)[75] 블식쥬속(不食周粟)ᄒ여 잇고, 텬하진인(天下眞人) 진도람(陳圖南)[76] 화산셕실(華山石室) 슈도(修道)ᄒ고, ᄃᆡ슌(大舜)의 아황(娥皇)·녀영(女英) 혈누유항(血淚留篁)[77] ᄯᅡ라 잇고, 낙양(洛陽)의 계셤월(桂蟾月)[78]도 텬진누(天津樓)의 글을 읇허 평싱슈절(平生守節)ᄒ다가 양쇼유(楊少游)를 ᄯᅡ라가고, ᄐᆡ원(太原)의 홍블기(紅拂妓)[79]는 난셰(亂世)의 입지(立志)ᄒ여 마리종군(萬里從軍) 니졍(李靖)을 좃ᄎ시니, 몸은 비록 쳔(賤)ᄒ오나 졀기(節槩)는 막는 법이 업스오니, 물밋히 빗ᄎᆈ 달은 잡아ᄂᆡ여 보려니와 쇼녀(少女)의 졍(定)ᄒ 뜻은 ᄎ싱(此生)의 앗지 못ᄒ리이다. 일단혈심통촉긍이(一端血心洞燭矜哀)[80]ᄒ옵쇼셔."

"이 스람 뎡낭쳥. 요스이 힝챵(行娼)ᄒᄂᆞᆫ 계집ᄃᆞ리 오르라 ᄒ기가 무셥지. 에ᄲᅮ지 아닌 거시 에분 쳬ᄒ고 분(粉) 바르고 연지(臙脂) ᄶᅵᆨ고 궁둥이를 뒤흔

8

---

73 하대무지(何代無之) : 어느 때인들 없으리오.

74 양구조어(羊裘釣魚) 엄자릉(嚴子陵) : 동한(東漢) 사람 엄자릉이 황제로부터 간의대부 벼슬을 받았으나 사양하고 숨어서 양가죽 옷을 입고 낚시질하며 지냈다는 고사.

75 수양산(首陽山)의 백이(伯夷) 숙제(叔齊) : 백이와 숙제는 고죽국(孤竹國)의 왕자인데, 이들은 주(周)나라가 은(殷)나라를 없앤 것을 보고는 주나라 곡식을 먹지 않겠다고[不食周粟] 수양산에 들어가 고사리를 먹다가 죽었다.

76 진도남(陳都南) : 송(宋)나라 초기의 인물 진단(陳摶). 희이(希夷)선생이라고 부름. 화산에 은거하여 도를 닦았음.

77 대순(大舜)의 아황(娥皇)·여영(女英) 혈루류황(血淚留篁) : 순임금의 두 부인인 아황과 여영은 순임금이 죽자 같이 따라 죽었는데, 죽을 때 뿌린 피눈물이 대나무에 묻어 반죽(斑竹)이 되었다고 한다.

78 계섬월(桂蟾月) : 『구운몽』의 팔선녀 중 한 사람이 속세에 왔을 때의 이름.

79 태원(太原)의 홍불기(紅拂妓) : 수(隋)나라의 명기(名妓) 장출진(張出塵)이 이정(李靖)을 만난 고사. 장출진이 붉은색 먼지떨이[紅拂]를 들고 있었기 때문에 홍불기라고 부름.

80 일단혈심통촉긍애(一端血心洞燭矜哀) : 한 가닥 이 진심을 널리 헤아려 불쌍히 여겨.

들고, 장마 기고리 호박닙히 쒸여오르듯 신발 시는 치 마련업시[81] 더벅 〃 〃
오르건마는, 이 거슨 제법 반 〃 호 계집의 경계(經界)로셰."

뎡낭쳥 디답호되,

"〃기는 되깃쇼. 나 보기의는 뼈 드러잡아 경계 반 〃 호 계집이라 홀 길
도 업술 듯호고, 쏘 바른 말슴이지, 하 무식(無識)히 경계 업단 말 홀 길도
업쇼."

"이 스룸. 즈네 말 디답을 한 골스로[82] 호는 일이 업고 흑각(黑角) 가로박
이[83]로 거기즁(居其中)[84]호여 뭉그러지게 야릇호게 흐리마리[85]호니, 그 어인
말 디답인고? 〃히호 인스(人事)로셰. 그 무어시 당(當)호 말인고? 허 〃, 그
졍."[86]

뎡낭쳥 디답 디밧쳐[87] 호디,

"이지 뼈 넘녀 업시 고히호 인스라 호고 드러잡아 홀 길이야 잇습난닛
가마는, 쏘 바히 고히호 인스라 헐 길도 바른 말슴이옵지 어려울 듯호오마
는, 쏘 이직 고히호 인스라 호면 그러 헐 듯홀 거시오, 그러치 아니호오면
쏘 고히호 인스라 호올 길이 잇습는잇가?"

스되 눈살 찌푸리고,

"즈네는 웨 이리 씨양이질[88] 호노."

호고,

"〃히호 손[89]이로고."

---

81 마련없이 : 아무런 생각이나 준비도 없이.
82 한 골사로 : 한 곬로. 한 방향으로.
83 흑각(黑角) 가로보기 : 어느 쪽이 이로울까 이리저리 따져 보는 것을 말함. 흑
   각은 물소의 뿔.
84 거기중(居其中)하여 : 중간쯤에 있어.
85 흐리마리 : 똑똑치 않고 흐릿한 모양을 나타내는 말.
86 허허 거정 : 허허 거참. 허허 그것 참.
87 대받쳐 : 대미쳐. 그 즉시로.
88 씨양이질 : 남이 한창 바쁠 때 쓸데없는 일로 귀찮게 함.
89 고이한 손 : 이상한 사람. '손'은 '사람'보다는 낮고 '놈'보다는 대접해서 쓰는 말.

골김의 우루져혀[90] 진지[91] 호령호되,

"요 년. 츈향이란 년의 쏠년아. '오르라' 호면 뼈 오를 거시지, 무삼 잔말을 고디지 즈리감스러이[92] 당치 아닌 말노 속살〃〃 무슈히 호노, 티(態)라도 한번 두 번이지 얼마 〃지면 스릴고?[93] 어셔 뼈 이리 오르고지고."

게집아희가 싱각호디, '져 거동을 보아호니 방송(放送)홀 니 만무(萬無)호다. 졔 아모리 져리혼들 빙옥(氷玉) 가튼 니 마음이 빅골(白骨)이 진퇴(塵土ㅣ)된들 슈쳥 들며, 금셕(金石)갓치 구든 뜻지 혼빅(魂魄)인들 훼졀(毀節)호랴.' 악을 뼈셔 호는 말이,

"영쳔슈(潁川水)[94] 믈을 쩌셔 니 두 귀를 씻고지고. 스도게셔 국녹지신(國祿之臣)[95] 되어나셔 츌장입상(出將入相)[96]호시다가 타루지변(墮陋之變) 당호오면 귀(貴)호 일명(一命) 살냐호고 도젹(盜賊)의게 투항(投降)호여 두 님군을 셤기랴호오. 츙블스이군(忠不事二君)이오 열블경이부(烈不更二夫)[97]어눌 블경이뷔(不更二夫ㅣ) 죄(罪)라호고 위력(威力)으로 겁탈(劫奪)호니 스도의 츙졀유무(忠節有無)는 일노좃ᄎ 아느이다. 역심(逆心) 품은 스도 압희 무슴 말삼 호오릿가? 쇼녀(少女)를 범상죄(犯上罪)[98]로 이지 밧비 죽이시디 원(願)디로나 죽여쥬오.

습진녕(習陣令)[99]을 노호시고 동방(東方)의는 쳥긔(靑旗) 꼿고, 셔방(西方)의는 빅긔(白旗) 꼿고, 남방(南方)의는 홍긔(紅旗) 꼿고, 북방(北方)의는 흑긔(黑旗) 꼿고, 중앙의는 황신긔(黃神旗)[100]를 둥두려시[101] 니여 꼿고, 슉졍픽(肅靜牌)[102]

10

---

90 우루져혀 : 으르다. 상대를 위협하다.

91 진지 : 짐짓. 일부러.

92 자리감스러이 : 미상.

93 스루다 : 부드럽게 하다. 풀기를 죽이다.

94 영천수(潁川水) : 영천의 시냇물. 소부(巢父)와 허유(許由)의 고사.

95 국록지신(國祿之臣) : 나라의 녹봉을 받는 신하.

96 출장입상(出將入相) : 전쟁에 나가서는 장수가 되고 조정에 들어와서는 재상이 됨. 곧 문무(文武)를 함께 갖춤.

97 충불사이군(忠不事二君)이오 열불경이부(烈不更二夫) : 충신은 두 임금을 섬기지 않고, 열녀는 두 남편을 섬기지 않음.

98 범상죄(犯上罪) : 아랫사람이 윗사람에게 해서는 안될 짓을 한 죄.

99 습진령(習陣令) : 진법(陣法)을 연습하는 명령.

를 니여 꼿고 좌둑긔(坐纛旗)[103]를 압히 꼿고, 취타(吹打), 증,[104] 북 울니면셔
빅신긔(白神旗)를 두루다가, 거궐(巨闕)·촉누(屬鏤)·틱아검(太阿劍)의 용천검(龍
泉劍)[105] 드는 칼노 스되 친히 버히시되, 별덕마병(別隊馬兵) 평군 치듯,[106] 빅
숑고리 싱치(生雉) 츠듯,[107] '덩그렁' 버혀 죽이시고, 신쳬(身體)랑은 니여쥬고
목을낭은 드려다가 옹진(甕津) 쇼곰[108]의 쓰게 져려 목함(木函) 속의 너흔 후
의 다홍보(茶紅褓)의 쓰 두어다가 한양(漢陽)가지 올녀다가 스도 조상게 졔
(祭) 지닐 졔 〃물(祭物)노나 쓰옵쇼셔."

    져 스도의 거동 보쇼. 밍호(猛虎)갓치 셩닌 스도 '은쩍' 움치면셔[109] 벽녁
(霹靂)굿치 쇼리흐여,

    "뎡낭쳥 여보쇼 도 년의 말을 보쇼 곳 날다려 역젹(逆賊)놈이라 흐네그려."
    졍낭쳥 디답흐디,

    "그 일이 글셰 과연 말숨이지 어렵스외다. 녁젹이라 홀 길이야 싱심(生
心)이나 잇스오릿가마는, 쏘는 졔 말훈[110]니 안니란 말은 아닌 듯 시부오마
는, 역신(逆臣)이란 말이야 되는 말이오잇가마는, 쏘 졔 쇼견(所見) 짠은 금부
(禁府) 죄인(罪人)[111] 될이란 말인듯도 흐고, 쏘 졔 싱각이 분명흐리란 말인

---

100 황신기(黃神旗) : 중오방기(中五方旗)의 하나. '중오방기'는 동서남북과 중앙에
    각각 그 방위에 맞춘 색으로 세우는 군기(軍旗).
101 등두렷이 : 덩두렷이. 높고 분명하게.
102 숙정패(肅靜牌) : 사형을 집행할 때 떠들지 못하게 하기 위하여 '肅靜'이라고
    써서 세우던 나무패.
103 좌독기(坐纛旗) : 군기(軍旗)의 하나. 행진할 때는 주장(主將)의 뒤에 세우고, 멈
    출 때에는 장대(將臺)의 앞 왼편에 세움.
104 징 : 꽹과리보다 큰 타악기.
105 거궐(巨闕) 촉루(屬鏤) 태아검(太阿劍)에 용천검(龍泉劍) : 거궐, 촉루, 태아, 용천
    검은 모두 옛날 중국에 있던 이름난 칼.
106 별대마병(別隊馬兵) 평군 치듯 : 훈련도감(訓練都監)의 마병들이 격구(擊毬)하듯
    이 날랜 몸짓으로 내리침. '평군'은 편구(鞭球)로 격구를 말함.
107 백송골이 생치(生雉) 채듯 : 흰 송골매가 꿩을 잡듯.
108 옹진(甕津) 소금 : 황해도 옹진에서 나는 소금.
109 움치면서 : 움츠리면서. 여기서는 목을 움츠린다는 뜻으로 썼음.
110 말훈 : 어훈(語訓). 말하는 투나 태도.

듯ᄒ오이다. 되지 아닌 망상훈[112] 말인듯 ᄒ옵고, ᄯ 그러홀 길이 바히 업다 홀 길도 셩언(形言)홀 길 업슬 듯ᄒ고, 일이 고 년의 쇼견(所見)디로 그러ᄒ리라 홀 길인들 참아 그리훈들 잇스올잇가?"

"이 스람. 썩 드러가쇼. 꼴 보기 슬히. 긱업슨[113] 스셜(辭說)을 기다라케 너츌지게[114] 뒤슝〃이 어늬 ᄯᅳᆺ치 엇지 되눈지 모르게 말ᄒᄂ 지긱(知覺)이 왼 지각인고? 어허, 고히훈 인스(人事)로셰."

나졸(羅卒) 블너 분부ᄒ되,

"조 년 밧비 나리오라."

벌쎄갓흔 나졸드리 왈학 쒸여 달녀드러 츈향의 머리치를 션젼시정(縉塵市井) 통비단 감듯[115], 상젼시정(床塵市井) 년줄 감듯,[116] 졔쥬(濟州) 메역 머리 감듯, 감쳐 풀쳐 〃〃 감쳐 휘〃츤〃 감아쥐고, 길이 나문[117] 즁게(中階) 아리 동당이쳐 ᄯ어어나려[118] 형틀 우히 올녀미고, 형방(刑房)이 다즘[119] 쓴다.

살등 너의 신니[120] 본시(本是) 창녀지비(娼女之輩)로 블고스쳬(不顧事體)ᄒ고[121] 슈졀(守節) 명졀(名節)이 하위곡졀(何爲曲折)이며,[122] 우즁신졍지초

---

111 금부(禁府) 죄인(罪人) : '금부'는 '의금부(義禁府)'로 반역죄 등의 무거운 범죄를 다루는 기관이므로 여기서 '금부 죄인'이라고 한 것은 역적이라는 의미임.

112 망상한 : 망상스러운. 요망하고 깜찍한.

113 객없다 : 객쩍다. 행동이나 말, 생각이 쓸데없고 싱겁다.

114 넌출지다 : 길게 치렁치렁 늘어지다.

115 선전시정(縉塵市井) 통비단 감듯 : 비단 가게 상인이 비단을 잘 감는 것을 이름. '선전'은 서울의 비단 가게. '시정'은 상인.

116 상전시정(床塵市井) 연줄 감듯 : 상전 상인이 연줄을 잘 감는 것을 형용. '상전'은 서울에서 잡화를 팔던 가게.

117 길이 넘는 : 한 길이 넘는.

118 끄어내리다 : 꺼내리다. 아래로 내리다.

119 다짐 : 다짐기(記). 다짐을 하는 글.

120 살등 너의 신이 : '아뢰옵나이다, 너의 몸이'라는 뜻의 이두. 이두로는 '白等汝矣身是'라고 씀.

121 불고사체(不顧事體)하고 : 사태를 돌아보지 않고. 여기서는 춘향이 자신의 신분을 돌아보지 않는다는 의미임.

12

(尤中新政之初)[123]의 관령(官令) 거역(拒逆) 샌더러 관정(官庭) 발악(發惡)의 능
욕관장(凌辱官長)ᄒ니 ᄉ극히연(事極駭然)이 막ᄎ위심(莫此爲甚)[124]이오, 죄
당만ᄉ(罪當萬死)니 엄형중치(嚴刑重治)ᄒᄂ 다즘이니 빅ᄍ(白字) 아리 슈촌
(手寸) 두라.[125]

좌우 나졸 엄포헐 졔,

"올녀 믜여쏘."

ᄉ쏘 분부ᄒ디,

"가진 믹[126] 디령(待令)ᄒ라."

집장뇌ᄌ(執杖牢子)[127] 볼작시면, 키 갓튼 곤장(棍杖)[128]이오, 길 나문 쥬장
(朱杖)[129]이라. 형장(刑杖)[130] 티장(笞杖)[131] 한 아롬을 안아다가 좌우로 솰〃 버
려노코,

"가진 믹 디령ᄒ엿쑈."

ᄉ쏘 분부ᄒ디,

13   "만닐 져 년을 ᄉ졍(私情) 두ᄂ 폐(弊) 잇스면, 너희를 곤장 모흐로[132] 압졍

---

122 수절(守節) 명절(名節)이 하위곡절(何爲曲折)이며 : 수절이니 명절이니 하는 것
    이 어찌된 곡절이며. '절'자로 운을 맞췄음.

123 우중신정지초(尤中新政之初) : 더구나 신관사또 도임 초에.

124 사극해연(事極駭然)이 막차위심(莫此爲甚) : 해괴한 일이 이보다 심할 수 없음.

125 백자(白字) 아래 수촌(手寸) 두라 : 여기서 '白'은 자백한다는 뜻인데, 이 글자
    밑에 서명을 하라는 의미임. '수촌'은 수결(手決)의 하나로 왼손 가운뎃손가
    락의 첫째와 둘째 마디 사이의 길이를 재어 그림으로 그려 놓은 것으로 도장
    대신 썼음.

126 갖은 매 : 온갖 종류의 매. '매'는 사람이나 짐승을 때리는 막대기나 몽둥이.

127 집장군뢰(執杖牢子) : 매를 치는 군졸.

128 키 같은 곤장(棍杖) : 넓적한 곤장. '키'는 쌀겨를 날리기 위해 쓰는 기구. '곤장'
    은 죄인의 볼기를 때리던 형구(刑具)로 나무로 넓적하고 길게 만들었음.

129 길 남은 주장(朱杖) : 한 길이 넘는 붉은 칠을 한 몽둥이.

130 형장(刑杖) : 죄인을 신문할 때 쓰는 몽둥이.

131 태장(笞杖) : 죄인의 볼기를 치던 형구.

강이롤 칠 거시니, 첫 미의 두 다리 장치를 쓴어 골이 드러나게[133] 각별이 미오 치라."

청녕집스(聽令執事)[134] 압희 셔 〃,

"미오 치라치."[135]

집장뇌즈(執杖牢子) 거동 보쇼. 형틀 압희 나아가셔 츈향을 나려다 보니, 마음이 녹는 듯 쪄쏫치 져리고 두 팔이 무긔(無氣)ᄒ니, 젼 혼즈 ᄒ는 말이, '거힝(擧行)을 아니ᄒ면 응당(應當) 구실 틱거(汰去)[136]ᄒ지. 구실은 못 단녀도 참아 못홀 거힝이라.' 쥬져(躊躇)홀 제, '밧비 치라.' 호령(號令) 쇼리 북풍한셜(北風寒雪) 된셔리라. 한 뇌즈(牢子)놈 달녀드러 두 팔을 쏨니면셔, 형장(刑杖) 틱장(笞杖) ᄉ모 진 도리미[137]롤 좌르 〃 〃 헤쳐 놋코, 이놈도 고르고 져놈도 고르며 등심 잇고 쎗 〃 혼 놈 갈히여[138] 들고, 형틀 압희 썩 나셔며,

"ᄉ도 분부 져러트시 지엄(至嚴)ᄒ신딕 져룰 엇지 용셔ᄒ여 ᄉ졍 두리잇가. 한 미의 물고(物故)롤 너오리다."[139]

두 눈을 부릅쓰고 검장(檢杖)쇼리[140] 발 맛쵸아 하나롤 '샹',

"잇고 이 리롤 엇지홀고."

번기갓치 후리치니, 하우씨(夏禹氏) 졔강(濟江)홀 졔 부쥬(負舟)ᄒ든 져 황뇽(黃龍)[141]이 구뷔롤 펼쳐다가 벽희(碧海)롤 쓰리는듯, 여름날 급(急)혼 비의 벽녁(霹靂) 치는 쇼리로다.

14

---

132 모흐로 : 모로. 모서리로.
133 졍치를 끊어 골이 드러나게 : 정강이를 곤장으로 쳐서 뼛골이 드러나게.
134 쳥령집사(聽令執事) : 명령을 전하는 사령.
135 '치라치'는 '치라'에 '치'가 잘못 더 들어간 것임.
136 구실 태거(汰去) : 집장뇌자 구실에서 쫓겨남.
137 사모 진 도리매 : 네모 난 곤장(棍杖).
138 갈히다 : 가리다. 분별하다.
139 물고(物故)를 내다 : 죽이다.
140 검장(檢杖)소리 : 매를 칠 때 붙이는 구령.
141 하우씨(夏禹氏) 제강(濟江)할 제 부주(負舟)하던 저 황룡(黃龍) : 하(夏)나라 우(禹)임금이 강을 건널 때, 황룡이 배를 등에 얹어 건넸다고 함.

하나롤 '상'. 츈향의 흐는 말이,

"일광노(日光老)[142] 갓튼 우리 도련님 일됴(一朝) 니별 써난 후의 일졈고등(一點孤燈) 벗즐 삼아 일촌간장(一寸肝腸) 츈셜(春雪) 스듯, 일별음용양묘망(一別音容兩渺茫)[143]의 일편단심폐부즁(一片丹心肺腑中)의 일심스군(一心事君) 구든 마음 일쳔년(一千年)인들 변흐오며, 일부당관(一夫當關)의 만부막긔(萬夫莫開)오, 일부함원(一婦含寃)의 오월비상(五月飛霜)[144]이라 흐오."

둘을[145]

"이군불스(二君不事) 빅이(伯夷) 슉졔(叔齊), 이월한식(二月寒食) 긔즈츄(介子推)라.[146] 이셩지합(二姓之合) 빅년긔약(百年期約) 이부불경(二夫不更) 죄(罪)를 삼아 이츠엄형(以此嚴刑)흐오신들 이심(二心)을 엇지 두오릿가. 이경숨경두견셩(二更三更杜鵑聲)의 이비고졀죽상누(二妃高節竹上淚)[147]롤 이 몸이 죽어 조츠려흐오."

셋슬 '삭'.

"삼쳥동(三淸洞) 니승지딕(李承旨宅) 삼한갑족(三韓甲族)[148] 우리 도련님 삼성연분(三生緣分) 셔로 만나 삼종지의(三從之義) 구든 밍셰, 삼황오졔(三皇五帝) 지으신 법 삼강오상(三綱五常) 발가시니, 삼경옥누쵀은젼(三更玉漏催銀箭)[149]의 삼

---

142 일광로(日光老) : 일광노인(日光老人)을 말하는 것으로 보임.

143 일별음용양묘망(一別音容兩渺茫) : 한번 이별하니 소리와 얼굴 모습 흐릿한데. 당(唐) 백거이(白居易)의 「장한가(長恨歌)」의 한 구절.

144 일부당관(一夫當關)에 만부막개(萬夫莫開)요, 일부함원(一婦含寃)에 오월비상(五月飛霜)이라 : 한 사람이 관문을 막으면 만 사람이 열 수 없으며, 한 여자가 원한을 품으면 오월에 서리가 내림이라.

145 '둘을' 다음에 곧장 치는 소리인 '딱'이 빠졌음.

146 이월한식(二月寒食) 개자추(介子推)라 : 춘추시대 진(晉)나라 사람 개자추는 벼슬을 마다하고 산에 들어갔는데, 그를 불러내기 위해 산에 불을 놓았으나 오히려 나오지 않고 불에 타 죽었다. 한식은 그를 위로하기 위해 하루는 불을 피우지 않았던 데서 유래했다고 함.

147 이비고절죽상루(二妃高節竹上淚) : 순(舜)임금의 두 부인인 아황(娥黃)과 여영(女英)의 눈물 자국이 대나무의 무늬가 되었음.

148 삼한갑족(三韓甲族) : 대대로 지체가 높은 집안.

시출망무쇼식(三時出望無消息)[150]이라. 삼호칠빅(三魂七魄)[151] 넉시라도 삼쳔니약슈(三千里弱水)[152]라도 가려호오.”

넷살 ‘쏙’.

“사빅년(四百年) 동방녜의지국(東方禮儀之國)[153]의 스긔(史記)롤 박람(博覽)호오시니, 스히팔방(四海八方) 텬지간(天地間)의 스디부(士大夫)의 슈힝(修行)이시나, 스족부녀(士族婦女) 슈졀(守節)이나 스셔인(士庶人)과 쳔기(賤妓)라도 스졍(私情)이 업셔 블굴(不屈)호면, 텬왕(天王)의 위엄인들 스군블견(思君不見) 나의 진졍(眞情) 스지(死地)롤 엇지 두리〃가.”

다섯살 ‘쏙’.

“오류션싱(五柳先生) 도쳐스(陶處士)도 오두미(五斗米)롤 벽쇼호고,[154] 오즈셔(伍子胥)의 쵹누한(屬鏤恨)[155]니 오슈(吳水) 쵸산(楚山)의 깁허시니, 오동쇼우낙엽시(梧桐踈雨落葉時)[156]와 오경옥누(五更玉漏) 잠 못 들 졔 오미불망(寤寐不忘) 밋친 한(恨)니 오월남텬셜상비(五月南天雪霜飛)라.[157] 오츠(五車)[158] 오형(五刑)을 갓

15

---

149 삼경옥루최은전(三更玉漏催銀箭) : 한밤중에 물시계는 시계바늘을 재촉하는데. ‘은전(銀箭)’은 은으로 장식한 시간을 표시하는 화살같이 생긴 침.

150 삼시출망무소식(三時出望無消息) : 하루 세 번을 나가보아도 소식은 없네. 당나라 최호(崔顥)의 「대규인답경박소년(代閨人答輕迫少年)」의 한 구절.

151 삼혼칠백(三魂七魄) : 사람의 혼백을 통틀어 하는 말.

152 삼천리약수(三千里弱水) : 약수는 그 길이가 삼천리인데, 부력이 약해 기러기털도 가라앉는다고 한다.

153 사백년(四百年) 동방예의지국(東方禮儀之國) : 조선은 개국한지 400년이 된 동방예의지국이라는 의미.

154 오류선생(五柳先生) 도처사(陶處士)도 오두미(五斗米)를 벽소하고 : 도연명(陶淵明)이 적은 봉급 때문에 허리를 굽힐 수는 없다고 하고 벼슬을 버린 고사. ‘오류선생(五柳先生)’은 도연명이 집 앞에 다섯 그루의 버드나무를 심었다는 데서 유래함. ‘오두미(五斗米)’는 적은 봉급을 말함. ‘벽소’는 미상.

155 촉루한(屬鏤恨) : 오자서가 촉루검으로 자살한 한을 말함.

156 오동소우낙엽시(梧桐踈雨落葉時) : 오동잎에 성근 비 내려 낙엽 지는 때.

157 오매불망(寤寐不忘) 맺힌 한(恨)이 오월남천설상비(五月南天雪霜飛)라 : 자나 깨나 잊지 못하여 맺힌 한이 오월 남쪽 하늘에 서리를 날린다.

158 오차(五車) : 수레로 죄인을 찢어 죽이는 형벌을 말하는 것으로 보임.

쵸시고 오리 〃 〃 오리시오."

　여섯살 '쑥'.

　"뉵월염텬디셔졀(六月炎天大暑節)과 뉵화분 〃 엄동시(六花紛紛嚴冬時)[159]의 뉵신(肉身)을 바려 슈졀흐믈 뉵방관속(六房官屬) 네 알니이라. 뉵츌긔계(六出奇計) 진평(陳平)[160]의 꾀와 뉵츌긔산(六出祁山) 와룡(臥龍)[161]의 지혜, 뉵졍뉵갑(六丁六甲) 금강신(金剛神)[162] 위풍(威風)으로 뉵쳔골졀(六千骨節)을 다 녹이오. 뉵니광음[163] 혯 분부는 뉵니쳥산(六里靑山)[164]의 뜬구름이오."

　일곱을 '짝'.

　"칠보픠옥(七寶佩玉) 다 바리니 칠현금(七絃琴)을 빗기안고 칠월칠셕(七月七夕) 댱싱뎐(長生殿)과 칠 〃 가긔(七七佳期) 은하슈롤 칠셩단(七星壇)의 바람 부듯,[165] 칠년디한(七年大旱) 비 바라듯, 칠니탄(七里灘)[166]의 더진 마음 칠종칠금(七縱七擒)[167] 헐지라도, 칠산(七山)바다의 가치노을[168]이오, 칠빅니(七百里) 동졍호(洞庭湖)의 쵸혼됴(招魂鳥)[169]나 되오리다."

　여덜을 '짝'.

---

159 육화분분엄동시(六花紛紛嚴冬時) : 눈이 펄펄 내리는 아주 추운 겨울. '육화(六花)'는 여섯 모가 난 꽃이라는 의미로 눈을 말함.

160 육출기계(六出奇計) 진평(陳平) : 한(漢)나라 진평은 여섯 번이나 기이한 계책을 내었음.

161 육출기산(六出祁山) 와룡(臥龍) : 제갈량(諸葛亮)이 기산으로 여섯 번 출병하여 위(魏)와 싸운 일.

162 금강신(金剛神) : 금강역사(金剛力士). 불법(佛法)을 수호하는 두 신.

163 육리광음 : 미상.

164 육리청산(六里靑山) : 유리청산(陸里靑山). 주인 없는 땅.

165 칠성단(七星壇)에 바람 비듯 : 제갈공명이 칠성단 쌓아놓고 동남풍을 빌듯.

166 칠리탄(七里灘) : 중국 동한(東漢)의 엄자릉(嚴子陵)이 벼슬을 사양하고 낚시질하며 세월을 보낸 곳.

167 칠종칠금(七縱七擒) : 제갈공명이 맹획을 일곱 번 사로잡았다가 일곱 번 놓아주었다는 고사.

168 까치노을 : 까치놀. 석양을 받은 먼 바다의 수평선에서 번득거리는 노을.

169 칠백리(七百里) 동정호(洞庭湖)에 초혼조(招魂鳥) : 동정호는 둘레가 칠백 리인데, 이곳에서 우는 두견새. 초혼조는 죽은 사람의 혼을 부른다는 두견새.

"팔원팔기(八元八愷)[170] 남훈전(南薰殿)의 팔려 거북졈이나 치즈. 팔쳔졔즈(八千弟子) 강동호걸(江東豪傑)도 팔년풍진(八年風塵) 간괘(干戈)만 분 〃 (紛紛)ᄒ고,[171] 팔진도(八陣圖) 어복포(魚腹浦)[172]의 팔공산(八公山) 쵸목(草木)[173]이 다 진병(晉兵)이라. 팔즈(八字) 긔박(奇薄) 텬기(賤妓) 되야 팔즁귀혼(八中歸魂)[174] 오날이니 팔결의 분부는 빙탄(氷炭)이오."[175]

아홉을 '짝'.

"구만니(九萬里) 장쳔(長天)의 오르거나 구룡쇼(九龍沼)의 싸지거나 구곡강당(九曲肝腸)이 마디 〃 〃 다 석으니, 구쳔지하(九泉地下)의 도라갈지라도 구월구일망향디(九月九日望鄕臺)[176]의 구강(九江)[177]의 슈셕(水石)이 쳐량(凄凉)ᄒ다. 구츄상풍(九秋霜風)의 놀난 홍안(鴻雁) 구리산(九里山)즁으로 도라든다. 구류손(拘留孫)[178] 갓흔 나의 도련님을 구년지슈(九年之水)의 희빗 바라듯 ᄒ오."

열을 '짝'.

"십월광풍(十月狂風)의 낙엽(落葉)이 풀 〃 쩌나간다. 십니ᄉ장(十里沙場)의 히당화(海棠花)ᄂ 난만(爛漫)니 퓌여 잇고, 십오야(十五夜) 쎄구름의 십장싱(十長生)의 학(鶴)이 되야 두 나리롤 활젹 날나 십왕젼(十王殿)을 츠져가셔, 십지(十指)

---

170 팔원팔개(八元八愷) : 여덟 명의 얌전한 사람과 여덟 명의 선량한 사람을 아울러 이르는 말. 고대 중국 전설에 나오는 전욱(顓頊) 고양씨(高陽氏)의 여덟 재자(才子)와 제곡(帝嚳) 고신씨(高辛氏)의 여덟 재자(才子)를 이르던 말.

171 간과(干戈)만 분분(紛紛)하고 : 전쟁이 요란하고.

172 어복포(魚腹浦) : 오나라 장수 육손(陸遜)이 어복포에서 제갈공명의 팔진도에 들어갔다가 곤욕을 치른다는 내용이 「삼국지연의」에 나옴.

173 팔공산(八公山) 초목(草木) : 전진(前秦)의 왕 부견(苻堅)이 진(晉)나라와 싸울 때, 팔공산의 초목이 모두 진(晉)나라 병사로 보였다는 고사.

174 팔중귀혼(八中歸魂) : 그날의 운수를 보는 생기법(生氣法)의 한 괘.

175 팔결의 분부는 빙탄(氷炭)이오 : 아주 잘못된 분부라는 의미. '팔결'은 '팔팔결'의 준말로 엄청나게 잘못된 것을 말하고, '빙탄'도 얼음과 숯이라는 말로 서로 용납할 수 없는 관계를 말함.

176 구월구일망향대(九月九日望鄕臺) : 9월 9일(중양절) 망향대에 올라. 왕발(王勃)의 「촉중구일(蜀中九日)」의 한 구절.

177 구강(九江) : 중국 강서성의 지명.

178 구류손(拘留孫) : 석가모니 이전의 부처 중 하나.

롤 씨무러셔 십폭화젼(十幅華箋) 펼쳐노코 십니(十里)의 미친 셔름 셰〃(細細) 그 려닉여, 십악대죄(十惡大罪)[179] 면(免)ᄒᆞᆫ 후의 십ᄉᆡᆼ구ᄉᆞ(十生九死) 홀지라도 십년 ᄉᆡᆼ취(十年成就)의 와신상담(臥薪嘗膽)[180] ᄒᆞ오리라."

17

빅옥(白玉) 갓튼 고은 다리 쇄골(碎骨)ᄒᆞ여 갈나지니 홍혈(紅血)이 쇼ᄉᆞ난 다. 츈향이 일신(一身)을 광풍(狂風)의 ᄉᆞ시나무 닙쳐로 발〃 떨며, 독(毒)을 닉여 니를 갈며,

"죽여쥬오 〃〃〃. 어셔 밧비 죽이시면 혼(魂)이라도 나라가셔 우리 도련님 츠ᄌᆞ리니, 그는 ᄉᆞ도 덕이올시다. 슈졀(守節)을 죄라ᄒᆞ면 식칼 형문 (刑問)[181]을 치옵쇼셔."

그만 고기 ᄲᅡ지오니,[182] 옥결빙심(玉潔氷心) 난초긔질(蘭草氣質) 셜부화티(雪 膚花態) 일ᄀᆡᆨ(一刻)의 변용(變容)ᄒᆞ여 찬 ᄌᆡ 갓고,[183] 살점이 느러지고 빅골(白 骨)이 드러나며 믹운(脈運)[184]니 ᄯᅳᆫ어지니 살기를 바란쇼냐?

좌우 관광인(觀光人)이 가슴이 타는 듯, 눈물을 다 먹여[185] 더신(代身) 맛고 ᄌᆞ ᄒᆞ 리 가장 만하 셔로 닷토아 드러가려홀 지(者 ㅣ) 만터라. ᄉᆞ도의 마음 인즉 뒤가 믈너[186] 이 형상(形狀)을 보고 인믈(人物)을 아조 구긔이고 혀를 ᄎᆞ 며 쇽으로 ᄒᆞ는 말이, '아무리 무지ᄒᆞᆫ 시골놈인들 쥬리로 죽일 놈이로다. 스람의 아들놈이 인졍(人情)이 져리[187] 고은 겨집을 그리 몹시 박아칠 놈 심

18

---

179 십악대죄(十惡大罪) : 조선시대 사용한 대명률(大明律)에서 정한 열 가지 큰 죄. 모반(謀反), 모대역(謀大逆), 모반(謀叛), 악역(惡逆), 부도(不道), 대불경(大不敬), 불효(不孝), 불목(不睦), 불의(不義), 내란(內亂) 등 열 가지이다.

180 십년성취(十年成就) 와신상담(臥薪嘗膽) : 중국 전국시대 월왕 구천(句踐)은 이 웃나라 오왕(吳王) 부차(夫差)에게 대패하였는데, 십년 동안 힘을 모아 원수를 갚고 대업을 달성했음. '와신상담'은 나뭇단 위에서 잠을 자고, 쓸개를 맛본 다는 의미로, 원수를 갚기 위해 자기 몸을 편안하게 하지 않는 것을 말함.

181 식칼 형문(刑問) : 식칼로 정강이를 침. 가혹한 형벌.

182 ᄲᅡ지오니 : 빼서 늘어뜨리니.

183 찬 재 같고 : 싸늘하게 식은 재 같고.

184 맥운(脈運) : 맥이 뛰는 것.

185 눈물을 다 먹어 : 눈물을 다 머금어.

186 뒤가 물러 : 막상 일은 시작했으나 뒷마무리를 잘 못함.

슐(心術) 블양(不良)훈 망난의 아들놈이 또 어더 잇스리. 속이 부젹〃〃 죄
야 못 보깃다. 인믈이 조만흐니 마음인들 게 구드랴. 고더지 아득흐여 씨
닷지를 못흐는고?' 이러트시 앗기면셔 실업시 치는 거시, 열다셧시 너머
스믈이 너머 셜흔을 쳐셔 삼십도(三十度)의 밍타(猛打)흐니, 말이 못된 경(景)
이로다.

"이 스람 뎡낭쳥. 고 년이 그런 쥴 몰나더니 곳 고초로셰. 종시(終是) 풀
이 아니 죽네그려. 너가 신졍지초(新政之初)의 살인(殺人)흐기는 엇더흐지?"

"글셰 그러흐외다."

"아니 이 스람. 져만 년을 슴쳔(三千)을 죽이기로 관겨(關係)흘가?"

"글셰 그례흐오."

믹(脈) 노코 디답흐네.

"옥스장이[188] 부르라."

"네."

"한 팔십여근(八十餘斤) 되는 젼목(全木)칼[189] 드리라."

"겻스오디 팔십 근 칼은 업스오되, 살옥죄슈(殺獄罪囚) 쓰이는 젼목칼이
미오 육중흐외다."

"그리면 살옥죄인(殺獄罪人)은 져근 칼을 쓰이고, 그 칼은 벗겨짜 져놈의
모가지 다핫든 되는 다 살〃 고히 싹가셔 드려다가 져 년을 쓰여 후일 다
시 치량으로 하옥흐되, 힝혀 관속(官屬)이나 촌민(村民) 중이나 심지어 타읍
(他邑) 빅셩이라도 져를 만일 갓가이 살손 붓쳐[190] 칼머리를 들거느 짜라가
는 놈 잇거든, 그놈을 니 분부로 가로 짠쥭을 툭 쳐서, 덜걱 잣바지거든 비
쓰기를 드듸고 호픽(號牌)를 다 써혀 밧치고, 또 져를 가도는 디라도 다른
죄슈는 하나토 두지 말고 져 하나만 쏙 가도와 착실이 엄슈(嚴囚)흐라."

19

---

187 '져리' 뒤에 '업어'가 빠졌음.
188 옥사장이 : 옥쇄장(獄鎖匠). 옥에 간힌 사람을 지키는 형리(刑吏).
189 젼목(全木)칼 : 두꺼운 널빤지로 된 칼. 칼은 중죄인(重罪人)의 목에 씌우던 형
구(刑具).
190 살손 붙여 : 힘껏 정성을 다하여. '살손'은 일을 정성껏 하는 손.

옥ᄉ장이 분부 듯고 미오 착실이 뵈려ᄒ고,

"졋ᄉ오디, 져를 칼 씌워 쇼인(小人)이 한가지로 나려가셔 쇼인의 집의 긔별(寄別)ᄒ여 밥을 ᄒ여다가 먹습고, 안지나 누으나 한 착고[191]의셔 밤낫으로 맛붓들고 독상직(獨上直)[192]ᄒ오리다."

"이놈. 웃간의셔 직희되 바로 보지도 말고 도라안져셔 각별(各別)이 슈직(守直)ᄒ라."

ᄉ장이 분부 듯고 큰아큰 젼목칼을 츈향의 가는 목의 션봉디댱(先鋒大將) 투고 쓰듯, 숀디셩(孫大聖)의 금슈파 쓰듯[193] 홈쎡 쓰인 후의, 칼머리의 닌봉(印封)ᄒ고 거멀못슬 슈쇄(收刷)ᄒ고[194] 옥즁(獄中)으로 느려갈시, 연〃 약질(軟軟弱質) 져 츈향이 밍장(猛杖) 숨십(三十)을 마즈시니 제가 어이 깅긔(更起)ᄒ리, 겨유 부지(扶持) 촌〃(寸寸) 거러 관문 밧게 나올 젹의, 한 거롬의 더지고 두 거롬의 쁘러질 시, 가는 쇼리 연(軟)ᄒ 간졍(肝腸)이 다 녹는다. 칼머리를 츄혀들고 앙텬탄식(仰天歎息) 우는 말이,

"나의 죄가 무슴 죈고? 국곡투식(國穀偸食)[195] ᄒ야는가 엄형즁치(嚴刑重治)[196] 무슴 일고? 싱피통간(相避通姦)[197] ᄒ여는가 옥즁엄슈(獄中嚴囚)는 어인 일고? 살인죄인(殺人罪人) 아니어든 항쇄(項鎖) 족쇄(足鎖)[198] 웬닐인고? 익고〃〃 셜운지고. 이를 엇지 ᄒ잔말가? 죄가 잇셔 이러ᄒ가 죄가 업고 이러ᄒ가? 유〃 창텬(悠悠蒼天)[199] 증인(證人)되야 한 말슴만 ᄒ여쥬오."

---

191 차꼬 : 죄수를 가두어 둘 때 쓰는 형구의 하나로 기다란 두 개의 토막나무 사이에 두 구멍을 파서 죄인의 두 발목을 끼워 자물쇠로 채우게 되어 있음.

192 독상직(獨上直) : 혼자 지키고 있음.

193 손대성(孫大聖)의 금슈파 쓰듯 : 푹 뒤집어 쓴다는 의미. '손대성'은 『서유기(西遊記)』의 주인공인 손오공(孫悟空). '금슈파'는 삼장법사가 손오공의 머리에 씌운 테를 말함.

194 거멀못을 수쇄(收刷)하고 : 틈이 벌어지지 않도록 거멀못으로 잘 박고. '거멀못'은 사개가 물러나지 않도록 잡아주는 못.

195 국곡투식(國穀偸食) : 나라의 곡식을 도둑질하여 먹음.

196 엄형중치(嚴刑重治) : 엄한 형벌로 무겁게 다스림.

197 상피통간(相避通姦) : 가까운 친척 사이의 남녀가 성관계를 갖는 것.

198 항쇄(項鎖) 족쇄(足鎖) : 항쇄는 목에 씌우는 칼이고, 족쇄는 발에 채우는 차꼬.

이러트시 슬피 울며 관문 밧게 니다르니, 월민씨 거동 보쇼. 셰머리를 펴바리고[200] 두 숀벽을 척〃치며,

"이고 이 거시 웬 닐인고? 신관ᄉ도 나려와셔 치민션졍(治民善政) 아니ᄒ고 싱(生)사람을 죽이려 왓니. 싱금(生金) 갓튼 나의 쫄을 무슴 죄로 져리 쳣누?"

칼머리를 바다 들고 데굴데굴 구을면셔,

"이고 〃 셜운지고. 남을 엇지 원망ᄒ리. 이거시 다 네 탓시라. 네 아모리 그리ᄒ들 닭의 삭기 봉(鳳)이 되며,[201] 각관기싱(各官妓生) 열녀(烈女)되랴?[202] ᄉ도 분부 드러드면 이런 미도 아니 맛고 작히 조흘 ᄭ판이랴. 돈 쓸 디 돈을 쓰고, ᄲᆞᆯ 쓸 디 ᄊᆞᆯ을 쓰고, ᄭᅮᆯ병(餅)[203] 기름 염셕어(鹽石魚)[204]를 늙은 어미 잘 먹일지니, 진졍(眞正) 송구영신(送舊迎新) 기싱 되고 아니ᄒ랴? 나도 졀머실 졔 친구를 상죵(相從)홀 졔,[205] 치〃면 감·병·슈ᄉ(監兵水使),[206] 나리치치면[207] 각읍슈령(各邑守令) 무슈히 격글 젹의, 쇠 곳 만히 쥬 량이면[208] 일싱 잇지 못홀네라. 심난(心亂)ᄒ다. 슈졀(守節) 〃〃ᄒ고 남졀이 슈졀이냐? 후일 만닐 쏘 뭇거든 잔말 말고 슈쳥(守廳) 드러 실살귀[209]나 ᄒ려무나. 너 죽으면 나도 죽고 바라ᄂ니 너 ᄲᅮᆫ일다."

벌쩍〃〃 잣바지며 하눌〃〃 ᄶᅱᄂᆞᆯ 젹의, 이ᄶᅥ의 남원 일읍(一邑) ᄉ십팔

---

199 유유창천(悠悠蒼天) : 끝없이 멀고 푸른 하늘.
200 셴머리를 펴버리고 : 흰 머리를 풀어헤치고.
201 닭의 새끼 봉(鳳)이 되며 : 아무리 하여도 신분은 바꿀 수 없다는 말.
202 각관기생(各官妓生) 열녀(烈女)되랴? : 각 관아에 있는 기생이 열녀가 될 수 있으랴?
203 꿀병(餅) : 꿀떡.
204 염석어(鹽石魚) : 굴비. 소금에 절여 말린 조기. 석어(石魚)는 조기.
205 친구를 상종(相從)할 제 : 여기서 친구는 기생이 상대하는 남자라는 의미인 것 같음.
206 치치면 감·병·수사(監兵水使) : 높은 사람으로는 감사나 병사 또는 수사 등이고.
207 '나리치면'에 '치'가 한 번 더 들어갔음.
208 쇠 곧 많이 줄 양이면 : 돈만 많이 줄 것 같으면.
209 실살귀 : 실살. 겉으로 드러나지 아니한 알짜 이익.

면(四十八面) 한량(閑良)[210] 왈즈[211]드리 츈향이가 신관(新官)이 슈쳥 들나니가
22   듯지 안코 관졍바락(官庭發惡)[212]혼 죄로 민 맛고 하옥(下獄)혼단 말을 풍편(風
便)의 넌짓 듯고, 셔로 통문(通文) 업시[213] 구름가치 모혀들 졔, 누고 〃〃 모
얏든구?

    한슉이, 팀슉이, 무슉이, 티평이, 걸보, 쩌즁이, 도질이, 부듸치기, 털풍
원, 쥼반니, 희근이, 거절이, 싹졍의 아들놈드리 그져 뭉게 〃〃 모혀드려
겹 〃 빳고 스면으로 둘너셔 〃 져의 각 〃 인스ᄒᆞ고, 츈향이를 위로홀시, 한
량 하나히 드려다 보고 슘을 아조 헐덕이며 늣겨가며 목이 메여 ᄒᆞᄂᆞᆫ 말이,
    "업다.[214] 마졋거든."

    모든 한량드리 ᄒᆞᄂᆞᆫ 말이,
    "네가 뉘 집의 갓다가 뉘헌테 마져나냐?"
    "너가 마즈시면 뉘 아들놈이 긔탄(忌憚)ᄒᆞ랴? 업다. 곳 몹시 마져거든."
    "업다. 졔미홀 아히 쯤즉이 비밀ᄒᆞ다. 뉘가 마져단 말이니?"
23   "너의들은 움쇽의 잇더냐? 마진 줄도 모로고 누고니 〃〃 스람 셩화ᄒᆞ
깃다."
    "글셰 무어시 마졋단 말이니."
    "허, 글셰 녀편네가 마잣단다."
    한 〃량 ᄒᆞᄂᆞᆫ 말이,
    "감투가 커도 귀가 짐작이라[215]니, 드르니 알깃다. 신관 스쐬 츈향 블너

---

210 한량(閑良) : 원래는 무과에 합격하고 직을 받지 못한 사람을 이르는 말이었
    으나, 일정한 직업 없이 잘 노는 사람을 일컫는 말로 많이 쓰임.
211 왈짜 : 말이나 행동이 단정치 못하고 수선스러운 사람.
212 관정발악(官庭發惡) : 관가에서 심문이나 취조할 때 심문을 받는 사람이 관원
    들에게 반항하던 일.
213 통문(通文) 없이 : 서로 연락하지 않고. '통문'은 여러 사람에게 무엇을 알리는
    문서.
214 어따 : 무슨 일이 몹시 못마땅하게 여겨질 때 내는 말.
215 감투가 커도 귀가 짐작이라 : 귀를 가늠하여 감투의 크기를 짐작할 수 있다
    는 뜻으로, 어떤 사물의 내용을 어느 정도 자신 있게 짐작할 수 있음을 비유

슈청드린다 ᄒ더니, 그 아희가 다마[216]를 올녀서 마졋나보다."

그 한량 디답ᄒ디,

"영낙업다."

모든 한량 디경(大驚)ᄒ여,

"이 익 운빈아, 블상ᄒ다."

"이 익 셩빈아 어셔 가즈. 우리네가 아니 가며 뉘가 〃리. 아니 가든 못ᄒ리라."

"갓 메여라, 옷 닙어라."

편젼(片箭)갓치, 가는 디갓치[217] 족불이지(足不履地)[218] 한 거름의 나려와셔 한 모흘 헷치고 달여드러 일변(一邊)으로 붓쳬질ᄒ며 일변으로 칼머리 들며,

"업다. 이 아희들 좀 물너셔거라. 스람 슘막히깃다."

한 왈자 니다르며 붓쳬질ᄒ는 왈즈를 칙망(責望)ᄒ되,

"이 년의 즈식. 네가 군칠이집[219] 더부스리 살 지 산젹(散炙) 굽든 붓쳬질[220]노 스람을 긔가 막히게 붓치ᄂ냐?"

"너는 붓쳬질을 엇더케 ᄒ나냐?"

그 왈즈 붓쳬 펴들고 모흐로 가마니 나려오며,

"즈 보쇼. 츈향의 머리털 하나히 쌋딕 ᄒ나."

엇던 왈즈 니다르며,

"이 아희 츈향의 얼골을 보니 눈쳥[221]이 쎠지고 얼골의 쳥기(靑氣)가 잇시니 아마도 막혓나보다. 이지 돈 셔 돈만 가지고 곳 한 다롬의 구리기 병문

24

적으로 이르는 말.

216 다마 : 미상.

217 가는 대같이 : 날아가는 화살같이. 빨리 가는 것을 묘사한 말.

218 족불리지(足不履地) : 발이 땅에 닿지 않을 정도로 급히 가는 모양.

219 군치리집 : 개고기를 안주로 하여 술을 파는 집.

220 산적(散炙) 굽던 부채질 : 부채질을 세게 빨리 하는 모양. '산적'은 쇠고기 등을 길쭉하게 썰어 양념한 것을 꼬챙이에 꿰어 구운 음식.

221 눈청 : 눈망울.

(屏門)[222] 드러가서, 복츠다리 너머 남편 셋지 딕음 약게(藥契)[223] 모롱이 건너
편 박쥬부(朴主簿) 약국(藥局)의 가셔 시로 지은 쳥심환(淸心丸)[224] 한 기만 나
눈 드시 스오너라. 오느냐. 동변강집(童便薑汁)[225]의 타 먹여보즈."

25   한 왈즈 니다르며,

"업다. 이런 즈식들 쇼견(所見) 보아라. 이제 언제 구리기를 가셔 스오기
느냐. 고히훈 말이다마는 너게 쳥심환 한 기 잇스니 몬져 쓰즈."

한 왈지 ᄒ눈 말이,

"너 쥬져넘의 아들놈이 쳥심환이 어디셔 나단 말이냐? 그런 거즛부리[226]
놀니지 말나."

그 왈지 딕답ᄒ되,

"제 것 업는 즈식이 남을 업슈이이만[227] 넉이고 막셰기[228]야 잘 ᄒ지."

"이 익. 잔말 〃고 썩 니여라."

"제미헐 아희들, 제 것 업는 즈식드리 지쵹이야 잘하지. 강집(薑汁) 갈 스
이의 쳥심환 엇든 이야기ᄒ게 드러보아라. 간밤의 우리 어루신닉게옵셔
급작스러이 젼근곽난(轉筋霍亂)[229]의 막혀 만분위즁(萬分危重)[230]ᄒ시기의 닉가
몽촌의 들면 이부치의 단니기가 거북ᄒ고[231] 악즉거지는 살녀두즈는 본졍

---

222 구리개 병문(屏門) : '구리개[銅峴]'는 현재 서울 을지로 입구 부근으로 조선후
   기 약방의 밀집지역임. '병문'은 골목어귀의 길가를 말함.
223 약계(藥契) : 약국. 한약을 지어 파는 약방.
224 쳥심환(淸心丸) : 환약의 하나. 혈액순환과 관련된 병에 특히 효과가 있음.
225 동변강즙(童便薑汁) : 사내아이의 오줌에 생강즙을 넣은 것. '동변'은 열두 살
   이하 사내아이의 오줌을 약재로 이르는 말.
226 거짓부리 : 거짓말.
227 업수이이만 : '업수이만'에 '이'가 더 들어갔음. '업수이여기다'는 '업신여기
   다'와 같은 의미임.
228 막서다 : 어려워하는 기색이 없이 대들다.
229 젼근곽란(轉筋霍亂) : 심한 곽란으로 근육이 뒤틀리는 병. '곽란'은 갑자기 토
   하고 설사가 나며 고통이 심한 급성 위장병.
230 만분위즁(萬分危重) : 병세가 거의 죽을 정도로 매우 중하다.
231 몽촌에 들면 이부치에 다니기가 거북하고 : 미상.

(本情)이 잇기의 아닌 밤중의 약국의 가셔 너 손씨의 엇지 혼동[232]을 ᄒ여든지 냑계봉ᄉ(藥契奉事)[233]가 잠결의 혼이 ᄶᅥ셔[234] 두 환(丸)을 집어쥬기의, 과연 말이지 검칙〃ᄒᆫ 마음의 얼는 바다가지고 오며 싱각ᄒ니, 어루니의셔 더ᄒᆫ 인들 갑셰치의셔야 덕이는 거슨[235] 의(義)가 아니기로 몽틱ᄒ여[236] 너 허더니. 업다. 이런 ᄶᅵ는 고비의 인삼(人蔘)[237]이오, 계란(鷄卵)의 유골(有骨)[238]이오, 마듸의 옹이[239]오, 기침의 지치기[240]오, 하피음의 쌀각집[241]이오, 업친 디 덥치고 지친 디 뒤치는 셰음[242]이로다."[243]

하문(下文)을 분석(分析)ᄒ라.

세(歲) 갑지(甲辰)[244] 뉵월 향목동 셔(書)

---

232 혼동 : 큰 소리로 꾸짖음. 소란스럽게 재촉함.

233 약계봉사(藥契奉事) : 약국을 내어 약을 지어 파는 사람.

234 혼이 뜨다 : 혼나다. 몹시 놀라서 정신이 없음.

235 어루니의셔 더ᄒᆫ 인들 갑셰치의셔야 덕이는 거슨 : 어르신네보다 더한 사람이라도 값어치에서 더 먹이는 것은. 이 대목에는 글자가 빠졌는데, 다음의 7권 첫머리를 보면 제대로 되어 있다.

236 몽틱하여 : 몽태치어. 슬그머니 훔쳐 가져.

237 고비에 인삼(人蔘) : 일이 매우 공교롭게 되어 난처하게 되었음을 이르는 말.

238 계란(鷄卵)에 유골(有骨) : 계란에 뼈가 있다. 일이 잘 안 되는 사람에게 모처럼 좋은 일이 생겼으나 그도 잘 안 됨을 말함.

239 마디에 옹이 : 마디에 옹이가 박혔다는 뜻으로, 곤란이 겹쳐 생긴 경우를 비유적으로 이르는 말.

240 기침에 재채기 : 좋지 않은 일이 공교롭게 겹치는 것.

241 하품에 딸꾹질 : 좋지 않은 일이 공교롭게 겹치는 것.

242 잦힌 데 뒤치는 셈 : 자빠진 것을 다시 뒤집은 셈.

243 고비의 인삼부터의 몇 가지 말은 모두 나쁜 일이 겹치는 것을 비유한 것이지만, 이 대목에서는 유용하게 쓰이게 되었다는 뜻으로 썼다.

244 갑진(甲辰) : 1904년.

화셜(話說). 그 왈지 닐오디,

"니 싱각ᄒ니 어루신니의셔 더흔 닌들 갑시치의셔 더 먹이ᄂ 거슨 의(義)가 아닌 고로 몽티ᄒ여 너헛더니. 업다. 이런 ᄶᄂ 고비의 인숨이오, 계란의 유골이오, 마듸의 옹이오, 기침의 지치약이오, 하ᄑ이음의 ᄯᆯ각질이오, 업친 디 덥치고 지친 디 뒤치ᄂ 셰음이로다."

"이 자식, 즌말 ″ 고 어셔 갈아라."

"업다. 닙으로 말ᄒ고 손으로 가ᄂ구나."

"자 보아라. 오고가ᄂ 슈밧게 더 급히 엇지 ᄒᄂ니."

"즈, 츈향아. 정신 찰희여 마셔라."

발닥 ″ ″ ᄶᅩ로록 ᄶᅩ로록 잘 마셧다.

"누고 닙가심¹ᄒᆯ 것 가졋ᄂ냐?"

한 왈즈 니다르며,

"자, 민강(閩薑)ᄉ탕² 예 닛다. 이번 짐³의 시로 나온 것 품(品)⁴이 죳터라."

---

1 입가심 : 무엇을 조금 먹거나 마시거나 하여 입안을 개운하게 하는 일.

"아셔라. 변속의 단것 먹으면 회(蛔) 성(盛)혼다."[5]

한 왈즈,

"이것 먹어라."

"그 거시 무어시니?"

"전복(全鰒)일다."

"아셔라. 이 아히가 송곳이롤 방셕니[6]가 되도록 갈아시니 쓸희가 다 솟삿다."

한 왈즈,

"이것 먹어라."

"그 거시 무어시니?"

2

"홍합(紅蛤)일다?"

"아셔라. 홍합[7]은 졔게도 잇다."

한 왈자,

"즈 셕유(石榴) 먹어라."

"아셔라. 셕유랑은 쥬지 마라. 쉰 거실니[8] 병(病)이 낫다."

한 왈자,

"즈 이것 먹어라."

"그 거시 무어시니?"

그 왈지 옷사미 속을 드려다 보며,

"이런 졔미홀 것들 어디로 간노?"

호고 셩화 발광(發狂)호여 엇거늘,[9]

---

2 민강(閩薑)사탕 : 생강을 설탕물에 조려 만든 과자.

3 짐 : 중국에 갔다 온 사신 일행의 짐. 조선시대 중국 사신 행차는 중요한 대외 무역의 창구였음.

4 품(品) : 품질.

5 회(蛔) 성(盛)한다 : 단 것을 먹으면 뱃속의 회충이 더욱 심하게 움직인다.

6 방셕니 : 송곳니의 바로 다음에 있는 첫 어금니.

7 홍합 : 여자의 성기를 홍합에 비함.

8 신 것일레 : 신 것으로. '신 것'은 성적인 표현임.

"그 거시 무어시니?"

"무어시라니? 졔미홀 아희들. 다 니여셔 슬컷 먹고 모로는 쳬 ᄒ고 무어시니 무어시라니? 어졔 져역의 이 너머 도당(都堂)굿[10] 보라 갓다가 도릭쩍[11] 좀 어더 너 온 거슬 엇지들 알고 다 니여 먹엇느니? 먹을 쩌들은 귀신(鬼神)일다."

한 왈지 한 사미의 물을 쑥〃 듯고[12] 김이 무롱〃〃 나는 거슬 축 쳐지우고 드러오며,

"자, 에라[13] 〃〃."

한 왈자,

"그 거시 무어시니?"

"무어시라니? 졔미홀 ᄌ식들. '쩍' ᄒ면[14] 왈학들 달녀드는 쏠 보기 슬 틋."

한 왈지 억지로 잡고 드려다 보고 앙텬딕쇼(仰天大笑)ᄒ는 말이,

"이런 츳든 발길[15] 망신(妄身)홀 자식 보앗느냐? 뉘 집 마구(馬廐)의 가셔 마구죵(馬驅從) 업는 사이의 말콩[16] 살믄 거슬 퍼 가지고 오는고나."

그 왈자 셩을 니여 ᄒ는 말이,

"너희들 눈을 한듸 뭇거셔 뾰아 드려다가 보아라. 말콩인 놈의 할미롤 ᄒ깃다. 십상 메쥬콩[17]이라. 졔미홀 자식들, 아지도 못ᄒ고 아론 쳬가 왼일이니?"

3

---

9 엇거늘 : '찾거늘'의 잘못임.
10 도당(都堂)굿 : 동네 사람들이 도당에 모여 그 마을의 수호신에게 복을 비는 굿.
11 도래떡 : 큼직하고 둥글넓적한 흰떡.
12 듣고 : 방울져 떨어지고.
13 에라 : 비키라고 할 때 내는 소리.
14 쩍 하면 : 입맛 다시는 소리를 내면.
15 치뜬 발길 : '치뜨다'는 성질이 더럽거나 인색한 것이고, '발길'은 찢어발긴다 는 의미임.
16 말콩 : 말 먹이는 콩.
17 십상 메주콩 : 메주 쑤기 위해 삶은 아주 좋은 콩.

이러투시 닷토면셔 여러 한량 왈즈드리 칼머리롤 바다 메고 구롬갓치 옹위(擁衛)ᄒ여 옥즁(獄中)으로 느려갈 지, 칼 멘 왈지 션소릭[18] ᄒᆫ다.

어 너 네화 〃 〃 네화 〃 〃
남문(南門)을 열고 바라[19] 첫다 계명셩(啓明星)이 도다온다
션후(先後) 쵸[20]가 쩌져가니 발등거리[21] 블 밝혀라
어 너 〃화 〃 〃 너화 〃 〃
요령(鐃鈴) 징징[22] 셔쇼문(西小門)[23]이오
만장(輓章) 폭포(飄飄)[24] 모화관(慕華館)[25]이라
치마바회[26] 도라드니 담졔(禫祭)군[27]이 발 부릇고

---

18 션소리 : 서울을 중심으로 경기도와 서도(西道)에서 부르는 속가(俗歌)의 하나. 대여섯 사람이 둘러서서 주고받거나, 또는 한 사람이 먼저 메기고 나머지 사람이 받아서 부른다. 서서 부른다고 하여 앉은소리[坐唱]에 대가 되게 션소리[立唱]라고 한다.

19 바라 : 파루(罷漏). 서울 도성(都城)에서 통행금지를 풀 때인 오경삼점(五更三點)에 큰 종을 치던 일.

20 션후(先後) 초 : 앞뒷집 촛불.

21 발등거리 : 거칠게 만든 허름한 초롱의 하나. 싸리를 네 쪽으로 쪼개서 테를 만들고 종이를 씌운다. 주로 초상집에서 썼음.

22 요령(鐃鈴) 쟁쟁 : 요령은 쟁쟁 울리고. 상여가 나갈 때 요령잡이가 요령을 흔들어 상여꾼을 지휘한다. '요령'은 놋쇠로 만든 작은 종.

23 셔쇼문(西小門) : 소의문(昭義門). 서울의 사소문(四小門) 중의 하나로 서남쪽에 있었음.

24 만장(輓章) 표표(飄飄) : 만장은 가볍게 날리고. '만장'은 죽은 이를 슬퍼하여 지은 글을 비단이나 종이에 적어 깃발처럼 만든 것으로, 주검을 산소로 옮길 때에 이 만장을 들고 상여 뒤에 따라간다. '폭포'는 표표(飄飄)의 잘못임.

25 모화관(慕華館) : 조선시대 중국의 사신을 영접하던 곳. 서대문 밖 북서쪽의 지금 독립문 자리 근처에 있었음.

26 치마바위 : 서울 인왕산(仁王山)에 있는 바위 이름.

27 담졔(禫祭)꾼 : 담졔인(禫祭人). 담졔인은 상중(喪中)에 있는 사람이 대상(大祥)을 치른 뒤부터 담졔(禫祭)를 지내기까지 사이에 자기를 이르는 말. '담졔'는 대상을 치른 그 다음다음 달에 지내는 제사. 여기서는 그냥 상제를 말하고 있음.

힝쟈(行者) 곡비(哭婢)²⁸ 목이 멘다

어 너 〃 화, 어 너 〃 화

한 왈즈 니다르며 쌤짝귀롤 짝 붓치니,

"엑구 이거시 왼일이니?"

"에구라니. 요 방졍의 아들놈²⁹아. 슨 사롬을 메고 가며 상두군의 소리³⁰
는 웬일이니?"

"니가 무심코 잘못슨 ㅎ엿다마는 조인광좌(稠人廣座)³¹의 무안져이³² 쌤은
졔미롤 붓게 그리 치느니? 그 것도 가셰(加勢)로들 메여 먹느냐? 너희들이
나 잘 메여 먹어라. 도모지 말을 아니ㅎ려 ㅎ기의 망졍 그 거슬 메여 먹쟈
ㅎ는 너가 열업슨 바삭의 아들³³이지. 그 말 ㅎ여 무엇ㅎ리?"

ㅎ고, 탁 니여더지니, 뒤히 쓰르던 왈지 혼(魂)이 쎠셔³⁴ ㅎ는 말이,

"이 이 져 목 보아라. 그 짓시 쌈느고 열(熱)의 오른 짓³⁵시냐? 쥬리홀 자
식들도 만타."

"쥬리홀 자식이라 ㅎ니, 너희는 뒤히셔 부촉ㅎ고 오는 쳬ㅎ고 등의 숀도
너허보고 졋가슴도 만져보고, 쌤도 엇지 다혀보고 손도 틈 〃이 쥐여보고,
온갖 맛잇는 간 〃훈³⁶ 즈미 은근(慇懃)훈 농창 다 치며, 우리는 두 돈 오 푼
밧고 모군(募軍) 셧 놈의 아들³⁷이냐? 비지쌈 베흘니고³⁸ 널조각만 둘너메고

---

28 힝쟈(行者) 곡비(哭婢) : '힝쟈'는 상졔를 모시고 가던 사내종이고, '곡비'는 울
    며 따라가던 여자종.

29 방졍의 아들놈 : 방졍맞은 놈.

30 상두군의 소리 : 상엿소리. 상여꾼들이 상여를 메고 가면서 부르는 구슬픈 소리.

31 조인광좌(稠人廣座) : 여러 사람이 꽉 차게 모인 자리.

32 무안쩍다 : 무안한 마음이 있다. 계면쩍고 볼 낯이 없다.

33 열없는 바사기 아들 : 자기 이익을 챙기지 못하는 똑똑치 못한 놈. '바사기'는
    팔삭동이로 똑똑하지 못한 사람을 조롱하는 말.

34 혼(魂)이 뜨다 : 혼이 나다. 놀라서 정신이 없음.

35 땀내고 열(熱)에 오른 짓 : 성에 관련되는 말인 것으로 보임.

36 간간한 : 기쁘고 즐거운.

37 두 돈 오 푼 받고 모군(募軍) 선 놈의 아들 : 돈은 조금 받고 일은 많이 한다는

열업의 아들놈[39]처럼 가면 조흔 줄만 알고 간단 말이냐? 다른 사롬은 아희 롤 살오고 티(胎)만 기른 줄노 아노냐?"[40]

이러틋시 작난ᄒ며 그렁져렁 옥(獄)의 나려 옥즁의 엄슈(嚴囚)[41]ᄒ니, 모 든 왈자 버려 안자 위로ᄒ여 소일(消日)홀 지, 한 왈즈 ᄒ는 말이,

"우리 가스나 ᄒ즈."

츈면곡(春眠曲)[42] ᄒ니, ᄯᅩ 한 왈자 상ᄉ별곡(相思別曲) ᄒ고, ᄯᅩ 한 왈즈 쳐 ᄉ가(處士歌) ᄒ고, ᄯᅩ 한 왈자 황계타령(黃鷄打令) ᄒ고, 엇던 왈자 시조도 ᄒ 고 ᄯᅩ 한 왈자 언문칙(諺文册)[43] 본다.

이 날 강즁(江中)의 화광(光)이 츙텬(衝天)ᄒ고 함셩(喊聲)이 진동ᄒᄃᆞ, 좌편(左便)은 한당(韓當)·장흠(蔣欽) 냥노군(兩路軍)이 젹벽(赤壁) 셔(西)ᄒ로 짓쳐오고, 우편(右便)은 쥬티(周泰)·진무(陳武) 냥노군이 젹벽 동(東)으로 즛쳐오고, 쥬유(周瑜)·정보(程普)·셔셩(徐盛)·정봉(丁奉)[44]은 디〃 션쳑(大隊 船隻)[45]이 화셰(火勢)롤 ᄶᅥ 삼강구(三江口)[46]로 일시(一時)의 즛쳐 드러오니, 이〃른바 삼강슈젼(三江水戰)이오 젹벽오병(赤壁鏖兵)이라.[47] 북군(北軍)[48]

뜻. '모군'은 공사판에서 돈을 받고 일하는 사람. '모군을 서다'는 모군이 되어 일을 하는 것.

38 비지땀 베흘리고 : 비지땀을 흘린다는 의미로 보이나, '베흘리다'의 정확한 뜻 은 미상.

39 열업의 아들놈 : 열없쟁이. 열없는 사람. '아들놈'은 욕으로 붙인 말.

40 아이를 사르고 태(胎)만 기른 줄로 아느냐 : 애를 낳으면 태를 태우는데, 반대로 아이를 태우고 태를 기른다는 말로 어리석은 사람을 조롱하는 표현.

41 엄수(嚴囚) : 엄중하게 가둠.

42 춘면곡(春眠曲) : 12가사의 하나. 이 아래 상사별곡, 처사가, 황계타령도 12가사 의 하나임.

43 언문책(諺文册) : 한글로 된 책을 말하는데, 여기서 읽는 대목은 적벽대전(赤壁 大戰)으로 120회본 『삼국지연의(三國志演義)』 제50회의 한 부분이다.

44 한당 장흠 진무 주태 주유 정보 서성 정봉 : 모두 오나라 장수의 이름.

45 대대선척(大隊船隻) : 대규모의 부대와 수군.

46 삼강구(三江口) : 지명(地名).

47 삼강수전(三江水戰)이요 적벽오병(赤壁鏖兵)이라 : 적벽대전을 삼강수전이나 적

이 살 마지 니 창 마지 니 블의 틔며 물의 빠져 죽는 지 부지기쉬(不知其
數)러라.

한 편의셔는 노름[49]흔다.
"일셩옹쥬(日星翁主)의 덩쏙지 〃고 삼년젹니(三年笛裏)의 관산월(關山月)이
라. 장님 슈풀의 범 긴다. 세 목 죽엿는 디 네 목지 간다."
한 편의셔는,[50]
"빅ᄉ(百四) 아솝(亞三) 오륙(五六)흐고, 쥐부리 ᄉ오(四五) 삼뉵(三六)흐고, 졔
칠(第七) 삼오(三五) 졔팔(第八) 관이 묘흐다. 열여덜식 드리쇼."
쏘 한편의셔는,[51]
"너 디갈슈야 오구일셩 어렵다 조장(鳥將)[52]이로구나. 반식 흐즈."
"셕뉴 먹든 시나 그만 잇쇼."
"쳑 〃 셕거 쥐여라."
"셕조하공졍이로구나."
"바닥 둘지 닙흘 너쇼. 너여 놋쇼."
"어딘 갈가?"
"이 이 흐즈던 반이나 흐즈."
쏘 한 편의셔는,[53]
"삼십삼쳔(三十三天) 바루 쳣다 믠동이롤 드리고, 당 〃 홍의(堂堂紅衣) 졍쵸
립이 건양지로 넘나든다. 쇠벌거튼 이ᄉ칠(二四七)을 드리쇼."

벽오전이라고도 함. '오병'은 '오전(鏖戰)'으로 상대편을 다 죽일 때까지 하는
매우 심한 싸움.
48 북군(北軍) : 조조(曹操)의 군대.
49 노름 : 이 노름은 투전(鬪牋)이다. 이 뒤에 나오는 말은 투전할 때 쓰는 말이나
정확한 뜻을 알 수 없음.
50 여기서 하는 노름은 골패(骨牌)이다. 이 아래 나오는 말은 골패에서 쓰는 말임.
51 이 아래에 나오는 말도 모두 노름에서 쓰는 말임.
52 조장(鳥將) : 투전에서 쓰는 용어.
53 이 아래 나오는 말도 모두 노름에서 쓰는 말임.

6

한편의셔,[54] 소상강중셰우시(瀟湘江中細雨時)의 ᄌ셩(子聲)이 졍〃(丁丁)이라.[55]

"츅[56]을 몰니여 이 말은 죽네."

"거믄 이 안말이 오공도화십ᄉ슈(五宮桃花十四數)[57]로 죽을 쥴노 아랏더니 젼마(戰馬) 몹시 ᄒ엿다."

"올ᄐ. 여긔 한 구멍 닛고나."

"그러치."

ᄯ 한편의셔는,[58] 졈〃홍(點點紅)이오 목난간(木欄干)이오, 셜한풍(雪寒風)이오 학졍홍(鶴頂紅)이라. 오륙쥰륙(五六重六).

ᄯ 한편의셔는,[59] 장군엽이야귀(將軍獵而夜歸)ᄒ니 셕위호이즁슈(石爲虎於中藪)로다.[60]

"장(將)이야, 군(軍)이야."[61]

"말 ᄯ 궁(宮) 빗최고,[62] 차(車) 올나 장(將)이야."[63]

"이 이 아셔라. 그 거슨 외통[64]일다."

ᄯ 한편의셔는,[65] 펄〃 상쥐, 덜걱 희쥐, 연딕(煙臺) 남산, 진동장군 돌통 황뎨 호위군관 과쳔 동작이 쑥셤 뒤들 도라나온다.

---

54 여기서 하는 놀이는 바둑이다.

55 소상강중셰우시(瀟湘江中細雨時)에 자성(子聲)이 정정(丁丁)이라 : 소상강 가는 빗속에 바둑알 놓는 소리 '딱딱' 나네.

56 축(逐) : 바둑의 수 가운데 하나.

57 오궁도화십사수(五宮桃花十四數) : 바둑에서 수의 하나.

58 이 놀음은 쌍륙(雙六)이다.

59 이 놀이는 장기(將棋)이다.

60 장군엽이야귀(將軍獵而夜歸)하니 석위호어중수(石爲虎於中藪)로다 : 장군이 밤에 사냥에서 돌아오니 숲 속의 돌이 호랑이가 되었네.

61 장(將)이야 군(軍)이야 : 장기에서 상대편 궁을 잡으려고 '장군'을 부를 때 하는 말.

62 말 떠 궁(宮) 비취고 : 장기에서 마(馬)를 움직여 상대방 궁(宮)을 궁지에 몰아넣음.

63 차(車) 올라 장(將)이야 : 장기짝 차(車)를 움직여서 장(將)을 부름.

64 외통 : 장기에서 한 편이 부른 장군으로 상대편의 궁(宮)이 잡히는 수.

65 이 놀이는 윷놀이로 보임.

"낫고 〃〃 낫고나. 팔왕산쵸도 옥호뎡장의 녀산 칠십니 도라나온다."

한 편의셔는, 탁견,[66] 씨롬, 긔롱(譏弄), 주정(酒酊), 쓰흠흔다.

이러트시 분란(紛亂)홀 지, 옥사장이 흐는 말이,

"여보 이리 구시다가 ᄉ도 염문(廉問)[67]의 들니면 우리 등이 다 죽깃소."

한 왈자 니다르며,

"여보아라. ᄉ도 말고 오도[68]라도, 염문 말고 소금문[69]을 흐면 눌을 날노 육포(肉脯)롤 하랴?[70] 기싱 슈금(囚禁)[71]흐면 우리네가 츌닙(出入)이 응당이지 네 걱정이 무어시니?"

한 왈자 흐는 말이,

"그럴 말이 아니라, 우리네가 졔 소일(消日)흐려다가 졔게 희롭게 흐는 거시 의(義)가 아닐다."

흐고 져의길이 즁병(中病)[72] 니여 그렁져렁 흣터지니, 츈향이 정신 겨유 찰혀 눈을 드러 살펴보니, 옥즁(獄中) 형상(形狀) 가이업다.[73]

압문은 온 살[74]이 업고, 뒤벽(壁)은 외(椳)[75]만 남아, 시졀이 납월(臘月)[76]이라 삭풍(朔風)은 쪄롤 불고, 스뮈약이[77] 흣날니니 골졀(骨節)이 져려온다. 북풍한셜(北風寒雪) 찬 바롬이 살 쏘드시[78] 드러오니 머리낏히 셔리 치고 슈족

---

66 태견 : 무술의 하나.
67 염문(廉問) : 사정이나 형편 따위를 몰래 물어봄.
68 오또 : 사또의 '사'를 '오'로 바꾸어 비아냥거림.
69 소금문 : 염문(廉問)의 '염'을 소금 '염(鹽)'자로 쓰면 소금문이 됨. 말장난.
70 눌을 날로 육포(肉脯)를 하랴 : 누구를 생으로 육포를 만드느냐. 죽인다는 의미.
71 수금(囚禁) : 감옥에 갇힘.
72 중병(中病) : 일의 중도에서 의외로 생기는 다른 탈.
73 가이없다 : 가없다. 헤아릴 수 없다.
74 온 살 : 온전한 문살.
75 외(椳) : 흙벽을 바르기 위해 나뭇가지나 수수깡 같은 것으로 얼기설기 엮어놓은 것.
76 납월(臘月) : 음력 12월.
77 사뮈약이 : 새매기. 눈송이.
78 살 쏘듯이 : 화살을 쏘듯이.

(手足)이 어룸이라. 겨을 가고 봄 지나고 하뉵월(夏六月) 다〃르니 완연(宛然)
이 구슈(久囚)[79]가 되엿구나. 헌 자리의 벼록 빈디 여윈 등을 파종(播種)ᄒ
고,[80] 풀쪄 업는 쌀닥모긔[81] 비가족을 침질[82]홀 지, 텬음우습(天陰雨濕)[83] 구진
날의 귀곡셩(鬼哭聲)이 더옥 셜다. 이팔청츈(二八靑春) 졀디미인(絶對美人) 가련
이도 되엿구나. 향긔로온 샹산(商山) 난쵸(蘭草)[84] 잡풀 속의 뭇쳣는 듯, 말
잘ᄒ는 잉무시가 농(籠) 가온디 갓첫는 듯, 청계슈(淸溪水)의 노던 고기 어망
(魚網) 속의 드럿는 듯, 문치(文彩) 조흔 형산빅옥(荊山白玉) 진토즁(塵土中)의 뭇
쳣는 듯, 벽오동(碧梧桐)의 노든 봉황(鳳凰) 형극즁(荊棘中)의 드럿는 듯, 십오
야(十五夜) 밝근 달이 찌구롬의 쓰혓는 듯, 쵸창젹막(悄愴寂寞)[85] 혼자 안즈 쥬
야장탄(晝夜長嘆) 우는 말이,

　　　하로 이틀 한 달 두 달 이룰 엇지ᄒ잔 말고
　　　북히(北海)의 소무졀(蘇武節)은 안족셔신(雁足書信) 노혀 오고[86]
　　　붕당금고(朋黨禁錮) 니응(李膺)이도 이제 하죵 노혓시니[87]
　　　무죄구슈(無罪拘囚) 나의 몸이 하시졀(何時節)의 노혀보리

---

79 구수(久囚) : 판결을 받지 못하여 오랫동안 옥에 갇혀 있는 살인범.

80 여윈 등을 파종(播種)하고 : 벼룩과 빈대 등이 여윈 등에 붙어 피를 빨음. 파종
　은 씨뿌리기.

81 깔딱모기 : 깔따구.

82 침질 : 모기가 피를 빠는 것을 침놓는 것에 비유했음.

83 천음우습(天陰雨濕) : 흐리고 비가 내려 습기가 참.

84 상산(商山) 난초(蘭草) : 상산의 사호(四皓)가 뜯었다는 약초.

85 초창적막(悄愴寂寞) : 근심스럽고 슬프며 쓸쓸함.

86 북해(北海)의 소무절(蘇武節)은 안족서신(雁足書信) 놓여 오고 : 중국 한(漢)나라
　때 소무(蘇武)가 흉노(匈奴)의 북해(北海)에 잡혀 있을 때, 기러기 다리에 편지를
　묶어서 날려 보냈다. 황제가 상림원(上林苑)에서 우연히 활로 잡은 기러기가
　바로 이 기러기여서 편지가 전해져 마침내 소무는 풀려났다는 고사.

87 붕당금고(朋黨禁錮) 이응(李膺)이도 이제 하종 놓였으니 : 붕당으로 금고 되어
　있던 이응도 이제 놓여났으니. 후한(後漢) 이응(李膺)이 붕당을 만들었다고 금
　고되었다가 풀려난 고사. '하종'은 미상.

청텬(靑天)의 쩌는 구롬 놉흠도 놉흘시고

져 구롬의 올나셔면 임 계신 디 보련마는

만경창파(萬頃滄波) 져 물결은 쥬야장텬(晝夜長川) 흘너가니

져 물갓치 가량이면 님 계신디 가련마는

일거월졔(日居月諸)[88] 오리 간들 은〃 일염(隱隱一念) 니질소냐

옥즁명월(獄中明月) 긴〃 밤의 독의셔창(獨依西窓)[89] 빗기 안즈

산운희월(山雲海月) 바라보니 속졀업시 긋는 간장(肝腸)[90]

우러 예는[91] 기러기롤 츠마 듯지 못흐리라

밤의 깁히 못 든 잠을 낫 벼기의 잠을 드니   9

몽니희우(夢裏邂逅) 셔로 맛나 피츠상수(彼此相思) 일을 젹의

경박(輕薄)흐손 일쌍호졉(一雙胡蝶) 두견셩(杜鵑聲)의 흣터지니

여견블견(如見不見)[92] 황홀흐다 스몽비몽(似夢非夢)의 분별[93]흘 지

헛트러진 십이운발(十二雲髮) 빈혀 곳기 니졋도다[94]

츄월츈풍(秋月春風) 스시졀(四時節)이 뵈오리 북 지나듯[95]

젹〃무인(寂寂無人) 흘노 안자 싱각느니 님 쑨이로다

쇼〃낙엽(蕭蕭落葉)[96] 부는 바롬 나붓기는 의상(衣裳)이라

향혼옥골(香魂玉骨)[97] 스라질 지 쥬루만면(珠淚滿面)[98] 흐는구나

---

88 일거월저(日居月諸) : 세월.

89 독의서창(獨依西窓) : 홀로 서창을 의지하여.

90 속절없이 끊는 간장(肝腸) : 애를 태우는 수밖에는 다른 도리가 없음.

91 울어 예는 : 울고 가는.

92 여견불견(如見不見) : 본 것 같기도 하고, 보지 못한 것 같기도 하다.

93 분별 : 시름이나 걱정.

94 십이운발(十二雲髮) 비녀 꽂기 잊었도다 : 탐스러운 긴 머리에 비녀 꽂는 것도
  잊었구나. 몸단장을 할 여유가 없음.

95 베오리에 북 지나듯 : 베를 짤 때, 베올에 북이 지나가듯. 세월이 흐르는 것의
  비유.

96 소소낙엽(蕭蕭落葉) : 쓸쓸이 떨어지는 낙엽.

97 향혼옥골(香魂玉骨) : 아름답고 고결한 여자를 표현하는 말.

98 주루만면(珠淚滿面) : 옥구슬 같은 눈물이 두 뺨에 가득함.

보고지고 우리 낭군 엇지 그리 못 오는고

춘슈만스퇵(春水滿四澤)[99]하니 물이 막혀 못 오시나

텬한빅옥빈(天寒白屋貧)[100]의 하날이 츳 못 오시나

싀문〃견폐(柴門聞犬吠)의 기 지져셔 못 오시나

오날이나 편지 올가? 너일이나 소식 알가

응당 님이 한 번 올가? 이러홀 니 만무ᄒ다

바라보니 아득ᄒ고 싱각ᄒ니 목이 멘다

공방미인독상스(空房美人獨相思)[101]는 날을 일은 말이로다

동원도리편시춘(東園桃李片時春)의   삼월모춘(三月暮春)   슈심(愁心)[102]이오

공산낙목우쇼〃(空山落木雨蕭蕭)[103]ᄒ니 풍우셩(風雨聲)이 슈심(愁心)이라

오동야우(梧桐夜雨) 잠 씬 후의 실솔셩(蟋蟀聲)[104]이 슈심(愁心)이오

겨을 가고 봄이 오니 송구녕신(送舊迎新) 슈심(愁心)이라

비취금(翡翠衾) 원앙침(鴛鴦枕) 공작병(孔雀屛) 합환션(合歡扇)[105]이

호스(豪奢)라도 ᄒ려니와 연분(緣分)을 위훈 뜻이어니

이지로 보아ᄒ니 〃별이 조심이라

니별의 셜운 뜻을 눌다려 닐을손냐

10

---

99 춘수만사택(春水滿四澤) : 봄철의 물은 사방의 못에 가득함. 도잠(陶潛)의 시
「사시(四時)」의 한 구절. 이 시는 고개지(顧愷之)가 지은 것이라고도 한다. 이
시의 전문은, "春水滿四澤, 夏雲多奇峯, 秋月揚明輝, 冬嶺秀孤松"

100 천한백옥빈(天寒白屋貧) 시문문견폐(柴門聞犬吠) : 날씨가 추우니 초라한 집이
더욱 곤궁한데, 사립문에 들리는 개짖는 소리. 유장경(劉長卿)의 「봉설숙부용
산(逢雪宿芙蓉山)」의 한 구절. 전문은 "日暮蒼山遠 天寒白屋貧 柴門聞犬吠 風雪
夜歸人"이다.

101 공방미인독상사(空房美人獨相思) : 빈 방에서 아름다운 여인이 홀로 그리워하다.

102 동원도리편시춘(東園桃李片時春)에 삼월모춘(三月暮春) 수심(愁心) : 동쪽 정원
에 복숭아꽃 배꽃이 피는 잠깐 사이의 봄날에, 삼월 늦은 봄의 쓸쓸한 마음.

103 공산낙목우소소(空山落木雨蕭蕭) : 비인 산에 낙엽지고 쓸쓸히 비 오는데.

104 실솔셩(蟋蟀聲) : 귀뚜라미 소리.

105 합환선(合歡扇) : 비단으로 만든 부채.

가슴이 다 트오니 님 그리는 화열(火熱)이오

눈섭의 밋친 한이 님 그리는 슈심(愁心)이라

혈육(血肉)으로 숨긴 몸이 이리 셜고 엇지 살니

나 죽고 님 죽으면 그계야 원슈 되어

나 좃코 님 조흐면 그 아니 연분인가

니정(李靖)의 홍블기(紅拂妓)¹⁰⁶는 남북(南北)으로 종군(從軍)ᄒ고

탁문군(卓文君)의 봉구황(鳳求凰)¹⁰⁷이 고금(古今)이 다른지언졍 인심(人

心)이야 다른쇼냐

왕소군(王昭君) 반쳡녀(班婕妤)는 스람은 고금(古今)이나¹⁰⁸

상스일염(相思一念) 원(願)ᄒ기야 마음은 한가지라

셔왕모(西王母)의 쳥조(靑鳥)어나¹⁰⁹ 소즁낭(蘇中郎)의 흰기러기¹¹⁰

이런 쎄의 닛실진¹¹¹ 소식이나 젼ᄒ 거슬

화월(花月)갓치 맑근 얼을¹¹² 표〃(表表)ᄒ여 눈의 암〃

건곤(乾坤)은 유의(有意)ᄒ여 우리 둘을 삼겼는디¹¹³

---

106 이정(李靖)의 홍불기(紅拂妓) : 수(隋)나라의 명기(名妓) 장출진(張出塵)이 이정
   (李靖)을 만난 고사. 장출진이 붉은 색 먼지떨이[紅拂]을 들고 있었기 때문에
   홍불기라고 했음.

107 탁문군(卓文君)의 봉구황(鳳求凰) : 탁문군이 사마상여(司馬相如)의 「봉구황곡
   (鳳求凰曲)」에 반하여 그와 인연을 맺었음.

108 왕소군(王昭君) 반첩여(班婕妤)는 사람은 고금(古今)이나 : 왕소군과 반첩여는
   같은 시대의 사람은 아니지만. 왕소군은 전한(前漢) 때 흉노로 보낸 후궁(後
   宮)이고, 반첩여는 한(漢)나라 성제(成帝)의 후궁임.

109 서왕모(西王母)의 청조(靑鳥)거나 : 선녀인 서왕모가 올 때면 언제나 청조가 와
   서 소식을 알렸음.

110 소중랑(蘇中郎)의 흰기러기 : 소무(蘇武)가 흰기러기 다리에 편지를 묶어서 보
   낸 고사. 소무의 벼슬이 중랑장(中郎將)이었음.

111 '있을진대'의 '대'가 빠졌음.

112 얼을 : '얼굴'의 잘못.

113 삼겼는데 : 만들었는데.

셰월은 무졍ᄒ여 옥빈홍안(玉鬢紅顏)이 공노(空老)[114]로다

공문한강쳔니외(共間寒江千里外)의 졍긱관산노긔즁(征客關山路幾重)[115]을
날노 이른 말이로다

나며들며 오락가락 님 가는 길 바라보니 ᄂ의 상시(相思ㅣ) 허ᄉ(虛事)
로다

11

무졍(無情) 셰월은 물 흐르듯 도라가고

유졍(有情)ᄒ 우리 인싱 니별의 다 늙엇다

여관한등(旅舘寒燈)의 긱회(客懷)[116]도 슬푸거든

벽창공방(壁窓空房)의 님 니별을 니룰쇼냐

공산야월(空山夜月) 져믄 날과 텬음오경우습(天陰五更雨濕)[117]홀 지

집을 둘너 초혼(招魂)[118]ᄒ면 영니별(永離別)이 〃 씨로다

춘풍도리화긔졀(春風桃李花開節)의 울며 잡고 니별ᄒ 님

져근듯[119] 가미(假寐)[120]ᄒ여 꿈의나 보ᄌ하나 슈심(愁心) 겨워 잠 못
닐 지

타긔황잉(打起黃鶯) 져 ᄭ고리 막교지상(莫敎枝上) 우지 마라[121]

---

114 옥빈홍안(玉鬢紅顏)이 공로(空老) : 아름다운 젊은이가 헛되이 늙음. 옥빈홍안
은 옥 같은 귀밑머리와 혈색이 좋은 얼굴.

115 공문한강천리외(共間寒江千里外)에 정객관산노기중(征客關山路幾重) : 차가운
강에서 서로 묻노니 천리 밖 관산에 계신 님은 머나먼 길이 얼마던고. 왕발
(王勃)의 「채련곡(採蓮曲)」의 한 구절.

116 여관한등(旅舘寒燈)에 객회(客懷) : 객지 여관방의 쓸쓸한 등불 아래서 느끼는
외로운 심정.

117 천음오경우습(天陰五更雨濕) : 새벽녘에 흐리고 비가 내려 축축함.

118 집을 둘러 초혼(招魂) : 사람이 죽으면 지붕에 올라가 그 사람이 입던 옷을
휘둘러 혼을 부름. 이렇게 혼을 불러본 후에 장례 절차를 시작함.

119 져근덧 : 잠깐 동안.

120 가매(假寐) : 잠자리를 펴지 않고 잠깐 잠이 듦.

121 타기황앵(打起黃鶯) 저 꾀꼬리 막교지상(莫敎枝上) 우지 마라 : 당나라 개가운
(蓋嘉運)의 시 「이주가(伊州歌)」의 첫 연. 이 시는 변방에 가 있는 남편을 꿈에
서라도 만나겠다는 내용임.
打起黃鶯兒 꾀꼬리를 깨워

네 우롬의 잠을 끼니 님의 곳의 못 갈노라[122]

신무우익(身無羽翼)ᄒ니[123] 바라본들 어이ᄒ리

셰류츈풍(細柳春風) 져믄 날과 오동청풍츄월아(梧桐清風秋月夜)[124]의 요리 그려 엇지 살니

달은 밝고 바롬 찬디 밤은 길고 잠 업셰라

고ᄉ(故事)롤 솜〃 싱각ᄒ니 엇지 아니 셜울쇼냐

덕금〃슈(德及禽獸) 은왕(殷王) 셩탕(成湯)[125] 하디옥(夏臺獄)의 가쳣다가 노혀가셔 셩쥐(聖主)되고

만고셩인(萬古聖人) 공부자(孔夫子)[126]도 광(匡) ᄯᆞ의셔 욕(辱)보시고 도로 노혀 셩인(聖人)되고

졍츙디졀(精忠大節) 소즁낭(蘇中郞)[127]도 북희상(北海上)의 가쳣다가 고국으로 도라오니

이런 일노 보아셔는 나의 몸도 향혀나 노혀 옥의 나 셰상 구경 드시 홀가

이이 답〃 셜운지고

쥬야쟝쳔(晝夜長川) 우롬 인들[128] 속졀 츈광(春光) 젼혀 업다

12

莫敎枝上啼 가지 위에서 울게 하지 말아요.
啼時驚妾夢 그 소리에 내 꿈 깨면
不得到遼西 요서에 못 가나니.

122 못 갈로다 : 못 가겠도다.
123 신무우익(身無羽翼)하니 : 몸에 날개가 없으니.
124 오동청풍추월야(梧桐清風秋月夜) : 오동잎에 맑은 바람 부는 가을날 저녁.
125 덕급금수(德及禽獸) 은왕(殷王) 셩탕(成湯) : 덕이 짐승에게까지 미쳤다는 은나라 탕임금도 하(夏)나라 걸왕의 포학함으로 하대(夏臺)에 갇혔던 일이 있음.
126 만고성인(萬古聖人) 공부자(孔夫子) : 공자(孔子)가 광(匡)이라는 지방을 지나는데, 그 지방 사람들이 공자를 일찍이 자신들에게 포악한 짓을 했던 양호(陽虎)로 알고 붙잡아 두었던 일이 있었음.
127 소중랑(蘇中郞) : 소무(蘇武)가 흉노에 잡혀 있다 돌아온 고사. 소무의 벼슬이 중랑장(中郞將)이었으므로 소중랑이라고 함.
128 우름 인들 : 우름 운들의 잘못.

오날이나 방숑(放送)홀가? 니일(來日)이나 디스(大赦)홀가

쥬〃야〃(晝書夜夜) 기다리나 용셔홀 뜻 젼혀 업고

취중(醉中)의 쥬스(酒邪) 나면 씨〃 올녀¹²⁹ 중장(重杖)ᄒ며

월삼동쵸(月三同推) 좌긔(坐起)마다¹³⁰ 지만(遲晩)ᄒ라 슈죄(數罪)ᄒᆫ들¹³¹

송뵉(松柏)갓치 구든 졀긔(節介) 북풍한셜(北風寒雪) 두려ᄒ랴

잇고, 이롤 엇지 ᄒ리. 죽을밧게 홀일업다. 뵉병(百病)이 침싱(層生)ᄒ
니¹³² 속졀업시 나 죽깃네. 어머니 나 죽깃쇼. 잇고, 나의 도련님 한번만
보고〃디 죽어도 한이 업고, 즉시 죽어도 원이 업고, 고 자리의 죽어도
탓시 업네. 이 몸이 죽기 젼의 아모조록 보고지고. 알푸기도 그지업고
치웁기도 가이업네.¹³³ 마듸〃〃 셕은 간댱(肝腸) 드는 칼노 졈여닉여 산
호상(珊瑚箱) 벽옥함(碧玉函)의 졈〃이 담아드가 님의 눈의 뵈고지고. 보
신 후의 셕어진들 관겨ᄒ랴.

철영(鐵嶺) 놉흔 봉(峰)의 자고가는 져 구름아

나의 슬푼 눈물 비 삼아 품어드가 님 계신 옥창(玉窓) 밧긔 쑤려나 쥬
려무나

요러틋 알푼 몸이 님을 보면 나흐리라

니 몸이 녀직(女子ㅣ) 되여 군자(君子)룰 사모(思慕)ᄒ나

뵉일(白日)이 무졍ᄒ여 셰월이 깁허시니

젼〃반측(輾轉反側) 오미블망(寤寐不忘) ᄂᆞ의 청츈(靑春) 가셕(可惜)이라

---

129 때때 올려 : 때때로 형틀에 올려.

130 월삼동추(月三同推) 좌기(坐起)마다 : 한 달에 세 번 죄수들을 함께 심문할 때
마다.

131 지만(遲晩)하라 수죄(數罪)한들 : '지만'은 옛날 죄인이 심문을 받을 때, 자신의
죄를 자백하는 것이 너무 늦었다는 뜻으로 쓴 말이다. '지만하라'는 자백하
라는 것과 같은 뜻이고, '수죄'는 낱낱이 죄를 따진다는 뜻.

132 백병(百病)이 층생(層生)하니 : 많은 병이 차례로 생겨나니. '침생'은 '층생'의 잘못.

133 치웁기도 가이 없네 : 춥기도 한이 없네.

몽외(夢外)의 풍유남즈(風流男子) 우연이 맛나보고

호치단슌(皓齒丹脣) 드러니여 빅년긔약(百年期約) 허락혼 후

장부일언(丈夫一言)이 쳔년블기(千年不改)라

오식운(五色雲) 깁흔 곳의 틱을션군(太乙仙君) 나리신 듯

심신(心身)이 황홀ㅎ여 만스(萬事)롤 니졋더니

인간의 일이 만코 조물(造物)죳츠 싀긔(猜忌)ㅎ여

일야광풍(一夜狂風)의 호접(胡蝶)이 분비(紛霏)[134]ㅎ니

삼츈(三春)의 깁히 든 병이 골슈(骨髓)의 통닙(痛入)ㅎ여

가슴의 셕은 피롤 편작(扁鵲)[135]인들 어이ㅎ리

문젼뉴(門前柳) 창의미(窓外梅)[136]는 가지마다 츈식(春色)이니

금자(金字)로 삭여시며 빅옥(白玉)으로 다듬엇다

무한츈광(無限春光) 니 회포(懷抱)롤 도〃눈디

인싱부득깅소년(人生不得更少年)[137]은 나도 잠간 알건마는

동원도리편시츈(東園桃李片時春)은 님은 어이 모로눈고

탁문군(卓文君)의 거문고[138]롤 남산(南山)의 송빅슈(松柏樹)로

월노승(月老繩)[139]을 미자니여 우리 인연(因緣) 닛고 지고[140]

쥭지스(竹枝詞)[141] 민화곡(梅花曲)[142]을 님의 일홈 삼아두고

무인셩(無人聲) 월황혼(月黃昏)[143]의 한숨으로 일삼으나

---

134 분비(紛霏) : 꽃이나 잎 따위가 펄펄 날리며 어지럽게 많이 떨어짐.

135 편작(扁鵲) : 중국 전국시대의 뛰어난 의사.

136 문전류(門前柳) 창외매(窓外梅) : 문 앞의 버드나무와 창밖의 매화.

137 인생부득갱소년(人生不得更少年) : 사람이 다시 소년이 될 수는 없음.

138 탁문군(卓文君)의 거문고 : 탁문군이 사마상여(司馬相如)의 거문고 소리에 반한 고사.

139 월노승(月老繩) : 월하노인(月下老人)이 가지고 다니는 붉은 끈으로 남녀의 인연을 맺어 줌.

140 잇고 지고 : 계속 이어가고 싶다.

141 죽지사(竹枝詞) : 12가사의 하나.

142 매화곡(梅花曲) : 매화타령. 12가사의 하나.

143 무인성(無人聲) 월황혼(月黃昏) : 사람 소리 들리지 않는 저녁에.

창텬(蒼天)이 무심ㅎ여 야식(夜色)이 쳐량홀 지

상ᄉ(相思)롤 못 니긔여 북창(北窓)을 의지ㅎ니

시벽 셔리 찬 바롬의 슬피 우는 져 홍안(鴻雁)아

요량(嘹喨)흔 찬 쇼러의 남은 간장(肝腸) 다 셕는다

나의 회포(懷抱)롤 그려너여 님 계신디 보너고즈

ᄉ룸이 쳘셕(鐵石)이 아니어든 감동치 아니ㅎ랴

어우화¹⁴⁴ 너 일이야 삼춘싴(三春色)이 느껴진다

약슈삼쳔니(弱水三千里)의 쳥조(靑鳥)롤 바라거눌¹⁴⁵

동풍작야우(東風昨夜雨)의¹⁴⁶ 몽혼(夢魂)이 날거구나

쳥ᄉ(靑蛇)·빅녹(白鹿) 야류원(冶遊園)의 길을 그릇 인도(引導)ㅎ여

님의 곳의 아니 가고 거뮈줄의 걸여시니

가셕(可惜)ㅎ다 나의 신셰 홍안(紅顏)이 박명(薄命)일다

ᄎ싱(此生)의 품은 한(恨)을 후싱(後生)ㅎ여 즐기려니

일월셩신후토신령(日月星辰后土神靈)¹⁴⁷ 어엿비나 너기쇼셔

너가 만일 죽거들낭 ᄉ루(砂樓) 옥쳔(玉泉) 미인믹(美人脈)의 영풍 과협(過峽)¹⁴⁸ 귀낙(歸落) 박환(剝換) 너외명당(內外明堂), 뇽호(龍虎)¹⁴⁹ 안표(案標) 근마(健馬) 사각(砂閣) 뇽고(龍高) 홍아(虎堝) 이런 산지(山地) 구(求)치 말고, 뉵진장포(六鎭長布)¹⁵⁰로 즐근 동혀 한냥셩너(漢陽城內) 올너다가 디로변(大路邊)의 무더시

---

144 어우화 : 어우와. 감탄사.

145 약슈삼쳔리(弱水三千里)에 쳥조(靑鳥)를 바라거늘 : 소식을 기다리고 있음.

146 동풍작야우(東風昨夜雨)에 : 봄바람 불던 어젯밤 비에.

147 일월셩신후토신령(日月星辰后土神靈) : 해와 달, 온갖 별과 땅의 신. 이 세상의 정령을 지닌 모든 것.

148 과협(過峽) : 풍수지리에서, 내려오던 산줄기가 주산(主山)을 만들어 다시 일어나려 할 때에 안장처럼 잘록하게 된 부분을 이르는 말.

149 용호(龍虎) : 풍수지리에서, 묏자리나 집터의 왼쪽과 오른쪽의 지형을 이르는 말.

150 육진장포(六鎭長布) : 함경도(咸鏡道) 북쪽의 육진(六鎭) 지방에서 나던 베. 장포는 한 필의 길이가 다른 곳의 베보다 길어서 붙여진 이름. 육진은, 경원(慶

면 도련님 왕니시(往來時)의 음성이나 드러보시.”

춘향모(春香母) ㅎ 는 말이,

“경(景)업슨 소리[151] 마라. 허 〃, 그경[152] 가쇼(可笑)롭다. 도련님이야 꿈의나 너롤 싱각ㅎ랴? 소견(所見) 업는 싱각 말고 미음이나 먹으려무나. 네 병세(病勢)롤 요량(料量)ㅎ니 회츈(回春)ㅎ기 망연(茫然)ㅎ다. 님을 그려 상ᄉ병(相思病), 미롤 마진 장독병(杖毒病), 음식을 전폐(全廢)ㅎ고 산 귀신이 되엿구나.”

15

춘향모 우롬으로 의원(醫員)의게 문병(問病)ㅎ고, 무녀(巫女)의게 문젼(問占)[153]ㅎ여 집안 즙물(什物) 다 팔아서 살이기로 이롤 쓸 지, 협도(鋏刀)[154] 자철[155] 막자[156] 깁체[157] 포쵸ㅎ며 쥬이홀 제,[158] 즁원당ᄌ(中原唐材)[159] 조션쵸지(朝鮮草材)[160] 근량(斤量) 전분(錢分)[161] 다라가며, 일변 보음(補陰) 보긔(補氣)ㅎ고 왼잣 약을 다 드린다.

부자(附子)[162] 연ᄌ(蓮子)[163] 향부ᄌ(香附子)[164] 소ᄌ(蘇子)[165] 치ᄌ(梔子)[166] 나복ᄌ(蘿葍子),[167]

源), 경흥(慶興), 부녕(富寧), 온셩(穩城), 죵셩(鍾城), 회녕(會寧).

151 경없는 소리 : 경황(景況)없는 소리.

152 허허 거정 : 허허 그거 참.

153 문점(問占) : 무꾸리. 무당이나 판수에게 길흉을 점치는 일.

154 협도(鋏刀) : 한약재를 써는 작두.

155 자철 : 미상

156 막자 : 약을 가는 데 쓰는 사기로 만든 작은 방망이.

157 깁체 : 고운 체. 비단으로 쳇바퀴를 씌웠음.

158 포초하며 주애할 제 : 미상.

159 중원당재(中原唐材) : 중국에서 들여온 약재.

160 조선초재(朝鮮草材) : 조선에서 나는 약재.

161 근량(斤量) 전분(錢分) : 무게를 말함. 1전(錢)은 10분(分).

162 부자(附子) : 바꽃의 지난해에 생긴 기본뿌리와 구별하여 새로 생긴 곁뿌리를 약재로 이르는 말. 독성이 심한 약재임.

163 연자(蓮子) : 연밥.

164 향부자(香附子) : 향부자의 땅속줄기를 약재로 이르는 말. 부인병에 많이 씀.

165 소자(蘇子) : 차조기의 씨를 약재로 이르는 말.

166 치자(梔子) : 치자나무의 열매. 열을 내리는 작용이 있음.

167 나복자(蘿葍子) : 무씨. 체한 데 또는 담을 다스리는 데 씀.

스인(砂仁)[168] 감인(芡仁)[169] 웅이인(郁李仁)[170] 힝인(杏仁)[171] 도인(桃仁)[172] 익지인(益智仁)[173] 하날타리 가루인(瓜蔞仁)[174] 뫼히 나는 산조인(山棗仁),[175]

홍화(紅花)[176] 갈화(葛花)[177] 션복화(旋覆花)[178] 송화(松花)[179] 국화(菊花)[180] 금은화(金銀花),[181]

감쵸(甘草)[182] 통쵸(通草)[183] 하고쵸(夏枯草)[184] 파쵸(芭蕉)[185] 자쵸(紫草)[186] 익모쵸(益母草),[187]

진피(秦皮)[188] 쳥피(青皮)[189] 히동피(海桐皮)[190] 귤피(橘皮)[191] 상피(桑皮)[192] 디복피(大腹皮),[193]

---

168 사인(砂仁) : 축사(縮沙)의 씨. 소화불량에 씀.
169 감인(芡仁) : 가시연밥의 알맹이.
170 욱리인(郁李仁) : 산앵두의 씨. 소독약이나 수종병(水腫病)에 씀.
171 행인(杏仁) : 살구씨. 기침, 천식, 변비 등에 씀.
172 도인(桃仁) : 복숭아씨. 기침, 변비, 어혈 등에 씀.
173 익지인(益智仁) : 말린 익지의 열매. 유정(遺精), 빈뇨(頻尿) 증상에 씀.
174 과루인(瓜蔞仁) : 한방에서 하눌타리의 씨를 이르는 말.
175 산조인(酸棗仁) : 멧대추의 씨. 원기를 돕는 데 씀.
176 홍화(紅花) : 말린 잇꽃. 어혈을 없애는 데 씀.
177 갈화(葛花) : 칡꽃. 술독을 푸는 데 씀.
178 선복화(旋覆花) : 금불초의 꽃을 말린 것.
179 송화(松花) : 소나무 꽃가루.
180 국화(菊花) : 감기 두통 현기증에 씀.
181 금은화(金銀花) : 인동덩굴의 꽃. 해열과 해독 작용을 함.
182 감초(甘草) : 감초의 뿌리. 다른 약의 작용을 부드럽게 하므로 모든 처방에 널리 씀.
183 통초(通草) : 말린 으름나무의 뿌리와 줄기를 약재로 이르는 말.
184 하고초(夏枯草) : 말린 꿀풀의 이삭. 피부병, 부인병, 황달 등에 씀.
185 파초(芭蕉) : 파초의 줄기, 잎, 뿌리를 소갈이나 황달의 치료에 씀.
186 자초(紫草) : 말린 지치의 뿌리. 이뇨제 등으로 씀.
187 익모초(益母草) : 두해살이 풀인데, 전체를 말려서 약으로 씀.
188 진피(秦皮) : 물푸레나무의 껍질. 열을 내리고, 독을 푸는 작용을 함.
189 청피(青皮) : 말린 청귤의 껍질. 기를 잘 통하게 하는 효과가 있음.
190 해동피(海桐皮) : 엄나무 껍질. 허리와 다리 저린 데 씀.
191 귤피(橘皮) : 귤의 껍질. 소화를 돕고, 기침이나 설사에 효과가 있음.
192 상피(桑皮) : 상백피(桑白皮). 상근백피(桑根白皮). 뽕나무 뿌리의 속껍질.

갈근(葛根)[194] 연근(蓮根)[195] 고련근(苦楝根)[196] 져근(樗根)[197] 포근(茅根)[198] 호장근(虎杖根),[199]

쇼엽(蘇葉)[200] 하엽(荷葉)[201] 파쵸엽(芭蕉葉)[202] 죽엽(竹葉)[203] 익엽(艾葉)[204] 측빅엽(側柏葉),[205]

디황(大黃)[206] 포황(蒲黃)[207] 셕웅황(石雄黃)[208] 강황(薑黃)[209] 마황(麻黃)[210] 슉지황(熟地黃),[211]

회향(茴香)[212] 정향(丁香)[213] 삼능향(三稜香)[214] 침향(沈香)[215] 곽향(藿香)[216] 감송

---

193 대복피(大腹皮) : 빈랑나무의 익은 열매껍질을 말린 것.
194 갈근(葛根) : 칡뿌리. 갈증, 두통, 요통 등에 씀.
195 연근(蓮根) : 연꽃의 뿌리.
196 고련근(苦楝根) : 소태나무의 뿌리. 구충제, 지혈제, 위장약 따위로 씀.
197 저근(紵根) : 모시풀의 뿌리. 해열 해독 작용을 함.
198 모근(茅根) : 띠의 뿌리. 열병으로 인한 황달 등에 씀.
199 호장근(虎杖根) : 감제풀의 뿌리. 이뇨작용 등을 함.
200 소엽(蘇葉) : 차조기의 잎. 땀을 내며 속을 조화시키는 효과가 있음.
201 하엽(荷葉) : 연잎.
202 파초엽(芭蕉葉) : 파초잎
203 죽엽(竹葉) : 대나무 잎.
204 애엽(艾葉) : 약쑥. 배가 찬 데 씀.
205 측백엽(側柏葉) : 측백나무의 잎. 여러 가지 출혈증과 만성기관지염에 씀.
206 대황(大黃) : 대황의 뿌리를 약재로 이르는 말. 대소변 불통, 헛소리, 잠꼬대 등에 씀.
207 포황(蒲黃) : 부들의 꽃가루. 지혈제로 씀.
208 석웅황(石雄黃) : 천연의 광석. 독이 있음.
209 강황(薑黃) : 강황의 뿌리. 어혈을 없애는데 씀.
210 마황(麻黃) : 마황의 줄기. 오한, 두통, 기침 등에 씀.
211 숙지황(熟地黃) : 지황의 뿌리를 술에 담갔다가 여러 번 쪄서 말린 것. 보혈(補血)과 보음(補陰)의 효능이 있음.
212 회향(茴香) : 회향의 익은 열매. 요통, 월경통 등에 씀.
213 정향(丁香) : 정향나무의 꽃봉오리를 말린 것. 구토, 설사 따위의 치료제.
214 삼릉향(三稜香) : 삼릉(三稜)을 말하는 것으로 보임.
215 침향(沈香) : 침향나무의 목재에 함유된 수지(樹脂). 천식이나 구토, 복통 등에 씀.
216 곽향(藿香) : 곽향의 잎. 곽란을 다스리고 비위를 돕는 데 씀.

향(甘松香),[217]

창츌(蒼朮)[218] 백츌(白朮)[219] 당귀(當歸)[220] 텬궁(川芎)[221] 오약(烏藥)[222] 산약(山藥)[223] 황연(黃蓮)[224] 황금(黃芩)[225] 싀호(柴胡)[226] 전호(前胡)[227] 형기(荊芥)[228] 방풍(防風)[229] 강활(羌活)[230] 독활(獨活)[231] 남셩(南星)[232] 반하(半夏),[233]

사슴(沙蔘)[234] 현슴(玄蔘)[235] 져령(豬令)[236] 틱스(澤瀉)[237] 삼능(三稜)[238] 봉츌(蓬朮)[239] 신곡(神曲)[240] 믹아(麥芽),[241]

쥬스(朱砂)[242] 우황(牛黃)[243] 농뇌(龍腦)[244] 스향(麝香)[245] 젹·빅작약(赤白芍藥)[246]

---

217 감송향(甘松香) : 중국에서 나는 향기로운 풀. 심복통(心腹痛)에 씀.
218 창출(蒼朮) : 당삽주의 뿌리. 소화불량, 설사 등에 씀.
219 백출(白朮) : 삽주의 덩이줄기를 말린 것. 소화를 돕고 이뇨 작용을 함.
220 당귀(當歸) : 승검초의 뿌리. 강장제 진정제로 씀.
221 천궁(川芎) : 궁궁이의 뿌리. 혈액순환이 잘 안 되는 모든 병에 좋음.
222 오약(烏藥) : 천태(天台)오약의 뿌리. 곽란이나 토사에 효과가 있음.
223 산약(山藥) : 마의 뿌리. 강장제로 씀.
224 황연(黃蓮) : 깽깽이풀의 뿌리. 눈병, 설사 등에 씀.
225 황금(黃芩) : 속서근풀의 뿌리. 위장병, 폐렴 등에 씀.
226 시호(柴胡) : 시호의 뿌리. 열 내리는 데 씀.
227 전호(前胡) : 바디나물의 뿌리. 두통, 해소, 담, 해열 따위에 씀.
228 형개(荊芥) : 정가의 잎과 줄기. 감기나 두통에 씀.
229 방풍(防風) : 방풍의 뿌리. 감기, 두통, 발한 따위에 씀.
230 강활(羌活) : 강활의 뿌리. 해열제와 진통제로 씀.
231 독활(獨活) : 땅두릅의 뿌리. 편두통에 효과가 있음.
232 남성(南星) : 천남성(天南星)의 뿌리.
233 반하(半夏) : 끼무릇의 뿌리. 담, 구토, 습증, 기침 등에 씀.
234 사삼(沙蔘) : 더덕의 뿌리. 기침과 담 제거에 씀.
235 현삼(玄蔘) : 현삼의 뿌리 말린 것. 홍역, 소갈증 등에 씀.
236 저령(豬令) : 참나무의 뿌리에 생기는 버섯을 말린 것. 오줌을 잘 나오게 함.
237 택사(澤瀉) : 택사의 덩이줄기. 이뇨 작용과 열 내리는 작용을 함.
238 삼릉(三稜) : 매자기의 뿌리. 어혈을 풀거나 원기를 돋우는데 씀.
239 봉출(蓬朮) : 봉술(蓬茂)의 뿌리줄기. 소화에 씀.
240 신곡(神曲) : 밀가루에 몇 가지 생약재를 섞어서 발효시킨 것. 소화를 도움.
241 맥아(麥芽) : 엿기름. 비위를 튼튼하게 함.
242 주사(朱砂) : 붉은색의 광물. 경련을 가라앉히는 데 씀.
243 우황(牛黃) : 소의 쓸개 속에 병으로 생긴 덩어리. 열을 없애고 독을 풀어줌.

텬·밍문동(天麥門冬)[247] 합기(蛤蚧)[248] 인슴(人蔘)[249] 황모(黃毛)[250] 구피(狗皮)[251] 16

녹용(鹿茸)[252] 관계(官桂)[253] 육종용(肉從蓉)[254] 이런 약재(藥材) 다 드려셔 탕·

산·환·원(湯散丸元)[255] 민들 격의,

치담(治痰)[256]으로 약(藥)을 쓰니 도담탕(導痰湯) 반하탕(半夏湯) 삼화탕(三和

湯) 이진탕(二陣湯).

칠정(七情)[257]으로 약(藥)을 쓰니 종옥탕(種玉湯) 상긔산(生肌散) 죽엽탕(竹葉

湯) 셩비음(醒脾飮).

회츔(蛔蟲)[258]으로 약(藥)을 쓰니 화츔탕(化蟲湯) 영반산(靈礬散) 벽금단(辟金丹).

풍병(風病)[259]으로 약(藥)을 쓰니 슌긔산(順氣散) 강활탕(羌活湯) 통셩산(通聖

散) 방풍산(防風散).

비병(病)[260]으로 약을 쓰니 사물탕(四物湯) 이즁탕(理中湯) 군자탕(君子湯) 평

위산(平胃散).

---

244 용뇌(龍腦) : 용뇌수의 줄기에서 받아낸 수액. 방향제로 씀.
245 사향(麝香) : 사향노루의 사향샘을 건조하여 얻는 향료. 강심제, 각성제 등으로 씀.
246 적·백작약(赤白芍藥) : 붉은 작약과 흰 작약. 작약의 뿌리는 보혈, 진정의 효과가 있음.
247 천·맥문동(天麥門冬) : 천문동(天門冬)과 맥문동(麥門冬)의 뿌리. 강장제로 씀.
248 합개(蛤蚧) : 도마뱀을 말린 것. 신장을 안정시킴.
249 인삼(人蔘) : 강장 효과가 있음.
250 황모(黃毛) : 족제비 털.
251 구피(狗皮) : 개 가죽.
252 녹용(鹿茸) : 사슴의 뿔.
253 관계(官桂) : 계수나무 껍질. 건위(健胃) 강장의 효과가 있음.
254 육종용(肉從蓉) : 오리나무 뿌리에서 자라는 기생식물. 신장의 기운을 도와줌.
255 탕산환원(湯散丸元) : '탕'은 달여서 먹는 약, '산'은 가루약, '환'과 '원'은 가
     루를 반죽하여 작고 동글동글하게 빚은 약.
256 치담(治痰) : 도담탕, 반하탕, 삼화탕, 이진탕은 담(痰)으로 인하여 생긴 병을
     치료하는 약.
257 칠정(七情) : 여성은 칠정에 민감하여 병이 생기기 쉬움. 종옥탕, 생기산, 죽엽
     탕, 성비음은 부인병에 쓰는 약.
258 회충(蛔蟲) : 화충탕, 영반산, 벽금단은 기생충을 없애는 약.
259 풍병(風病) : 순기산, 강활탕, 통성산, 방풍산은 중풍(中風) 등의 병에 쓰는 약.
260 배병(病) : 사물탕, 이중탕, 군자탕, 평위산은 배에 탈이 났을 때 쓰는 약.

냉병(冷病)²⁶¹으로 약을 쓰니 향쇼산(香蘇散) 삼쇼음(蔘蘇飮) 반총산(蟠葱散) 오령산(五苓散).

서병(暑病)²⁶²으로 약을 쓰니 향유산(香薷散) 이향산(二香散) 익원산(益元散) 뉵화탕(六和湯).

허로병(虛勞病)²⁶³으로 약을 쓰니 계부탕(桂附湯) 보허탕(補虛湯) 쌍화탕(雙和湯) 심신환(心神丸).

울화병(鬱火病)²⁶⁴으로 약을 쓰니 뉵울탕(六鬱湯) 활혈탕(活血湯) 쳥양산(清凉散) 삼화탕(三黃湯).

보(補)ᄒ기로²⁶⁵ 약을 쓰니 팔물탕(八物湯) 디보탕(大補湯) 익긔탕(益氣湯) 신역탕(腎瀝湯).

환약(丸藥)으로 치료하니 쳥심환(清心丸) 보명단(保命丹) 티화환(太和丸) 광제환(廣濟丸). 이런 약을 다 뼈보니,

황쇄(項鎖) 족쇄(足鎖)의 셔경탕(舒經湯).

이고 답답 희울탕(解鬱湯).

님 그려셔 발광(發狂)ᄒ디 영노화담(永怒化痰)²⁶⁶ 온담탕(溫膽湯).

17　아모랴도 하릴업다. 님 그리는 상ᄉ병(相思病)의 일분(一分) 효험(效驗) 잇실쇼냐? 아셔라, 다 바리고, 동인경(銅人經)²⁶⁷의 빠른 거시 침구(鍼灸)밧긔 업느니라. 티양(太陽) 티음(太陰) 쇼양(少陽) 쇼음(少陰) 양명(陽明) 궐음(厥陰)²⁶⁸ 진

---

261 냉병(冷病) : 향소산, 삼소음, 반총산, 오령산은 찬 기운을 만나서 생기는 감기 같은 병에 쓰는 약.

262 서병(暑病) : 향유산, 이향산, 익원산, 육화탕은 더위를 먹어서 생긴 병에 쓰는 약.

263 허로병(虛勞病) : 계부탕, 보허탕, 쌍화탕, 심신환은 허약한 증상이 있을 때 쓰는 약.

264 울화병(鬱火病) : 육울탕, 활혈탕, 청량산, 삼화탕은 분한 마음을 삭이지 못하여 생기는 화병에 쓰는 약.

265 보(補)하기로 : 팔물탕, 대보탕, 익기탕, 신력탕은 허약해진 몸의 기력을 돕는 약.

266 영노화담(永怒化痰) : 화를 식히고 담을 삭힘.

267 동인경(銅人經) : 침술을 배우는 책.

268 태양(太陽) 태음(太陰) 소양(少陽) 소음(少陰) 양명(陽明) 궐음(厥陰) : 체질을 여섯 가지로 나눈 것.

믹(診脈)ᄒ고, 태흉(太衝)²⁶⁹ 합곡(合谷)²⁷⁰ ᄉ관(四關)ᄒ며,²⁷¹ 긔혈(氣血) 허로(虛勞) 보ᄉ(補瀉)²⁷²ᄒ되 삼빅뉵십오혈중(三百六十五穴中)의 님믹(任脈)²⁷³을 침구(鍼灸)ᄒ라. 턱 아리 장슈혈(長壽穴)은 침슴분(鍼三分) 구칠장(灸七壯)²⁷⁴ᄒ고, 결후상(結喉上) 겸텬혈²⁷⁵은 침삼분(鍼三分) 구오장(灸五壯)이라. 포궁혈(胞宮穴) ᄌ오혈(子午穴)과 통텬혈(通天穴) 긔문혈(期門穴)을 아모리 뜨고 쥰들,²⁷⁶ 님 그린 상ᄉ병(相思病)의 천방만약(千方萬藥)²⁷⁷ 허ᄉ(虛事)로다.

"아모 것도 나는 슬희. 우리 도련님만 보고지고. 니 몸이 죽어셔 님을 니져야 올탄말가? 혈육(血肉)으로 삼긴 몸이 〃리 셥고 엇지 살니. 죽자ᄒ니 청춘이오 ᄉ자ᄒ니 고싱이라. 젼싱죄악(前生罪惡) 아닐진딕 가중동토(家中動土)²⁷⁸ 졍영(丁寧)ᄒ다. 획죄어텬(獲罪於天)이면 무쇼도지(無所禱之)²⁷⁹라 ᄒ여시니, 지셩(至誠)으로 긔도ᄒ면 관지구셜(官災口舌)²⁸⁰ 소멸(消滅)홀가?"

틱일독경(擇日讀經)²⁸¹ᄒ려 ᄒ고 왼갓 경(經)을 츅원(祝願)ᄒ다. 블셜텬지팔양경(佛說天地八陽經)²⁸²과 삼귀삼지(三鬼三地) 삼지경(三災經)²⁸³과 금강경(金剛

---

269 태충(太衝) : 침을 놓는 자리. 엄지발가락과 집게발가락 사이로부터 발등 위로 두 치 자리에 있다. 원문의 '태흉'은 '태충'의 잘못.
270 합곡(合谷) : 침을 놓는 자리. 엄지손가락과 둘째손가락을 벌릴 때 뼈가 갈라진 오목한 곳.
271 사관(四關)하다 : 곽란 따위와 같이 급하거나 중한 병일 때에 좌우측의 합곡(合谷)과 태충(太衝) 네 곳의 혈(穴)에 침을 놓는 것.
272 보사(補瀉) : 원기(元氣)를 돕는 치료법과 나쁜 기운을 내보내는 치료법을 통틀어 이르는 말.
273 임맥(任脈) : 배꼽 밑에서 턱 밑까지의 맥.
274 침삼분(鍼三分) 구칠장(灸七壯) : 침은 3푼을 놓고 뜸은 다섯 번을 뜬다.
275 겸천혈 : 염천혈(廉泉穴)의 잘못.
276 뜨고 쥰들 : 뜸을 뜨고 침을 놓은들.
277 천방만약(千方萬藥) : 수없이 많은 약재(藥材)를 조제하는 일.
278 가중동토(家中動土) : 집안에 동티가 나다. 동티는, 땅을 파거나 돌이나 나무 따위를 잘못 건드려 지신(地神)을 화나게 하여 재앙을 받는 일.
279 획죄어천(獲罪於天) 무소도지(無所禱之) : 하늘에 죄를 짓게 되면, 용서를 빌 곳이 없다. 『논어』 팔일(八佾)에 '獲罪於天 無所禱也'라는 구절이 있음.
280 관재구설(官災口舌) : 관청의 일 때문에 생기는 시비나 헐뜯는 말.
281 택일독경(擇日讀經) : 좋은 날을 가려 경(經)을 읽음.

經),²⁸⁴ 티을경(太乙經), 공작경(孔雀經),²⁸⁵ 반야경(般若經),²⁸⁶ 산신경(山神經), 조왕경(竈王經),²⁸⁷ 텬슈경(千手經),²⁸⁸ 도익경(度厄經)²⁸⁹을 다 닑으며 안퇵경(安宅經)²⁹⁰도 닑으리라.

"여시아문(如是我聞) 일시(一時) 블(佛)²⁹¹ 허공작보살(虛空藏菩薩),²⁹² 관세음보살(觀世音菩薩)."

왼갓 경(經)을 다 닑으며, 무당 드려 굿슬 흐디,

"야학산조는 삼천쥭졀노 풍덩 드리쳐 쏫구경 가자."²⁹³

이러틋시 굿슬 흐디 반졈(半點) 효험(效驗) 업셔시니,

"이룰 엇지 흐잔말가? 속졀업시 나는 죽네."

츈향 어미 슬피 울며,

---

282 불설천지팔양경(佛說天地八陽經) : 미신을 없애려는 내용의 불경. 보통 '팔양경'이라고 함.

283 삼귀삼지(三鬼三地) 삼재경(三災經) : 삼재를 없애기 위해 읽는 경. 삼재는 귀신에 의한 세 가지 재앙이니, 곧 물, 불, 바람에 의한 재앙이나, 전쟁, 질병, 기근을 말함.

284 금강경(金剛經) : 금강반야바라밀경(金剛般若波羅密經)을 말하는데, 금강과 같이 견고하고 능히 일체를 끊어 없애는 진리의 말씀이라는 뜻이다. 금강경은 대승불교의 근본인 공(空)을 중심 사상으로 하고 있다.

285 공작경(孔雀經) : 공작명왕(孔雀明王)의 주문을 써 놓은 불경.

286 반야경(般若經) : 반야(般若)를 설명한 여러 경전을 모아놓은 책. '반야'는 대승불교의 근본사상으로 만물의 참다운 실상을 깨닫고 불법을 꿰뚫는 지혜를 말함.

287 조왕경(竈王經) : 조왕의 공덕을 말한 경. '조왕'은 부엌을 맡은 신.

288 천수경(千手經) : 천수천안관음보살(千手天眼觀音菩薩)의 공덕을 말한 불경. 천수천안관음보살은 과거세(過去世) 중생을 구제할 수 있는 천 개의 눈과 천 개의 손을 갖기를 발원하여 이루어진 관음.

289 도액경(度厄經) : 가정이나 개인에게 닥칠 액을 미리 막기 위해 읽는 경.

290 안택경(安宅經) : 무당이나 판수를 불러 집안에 탈이 없도록 복을 빌 때 읽는 경.

291 여시아문(如是我聞) 일시(一時) 불(佛) : "나는 이와 같이 들었다. 이때에 부처님께서"라는 의미. 부처님의 말씀을 그 제자가 직접 들었다는 뜻으로 불경의 첫머리에 나오는 말.

292 허공장보살(虛空藏菩薩) : 보살의 이름.

293 야학산조는 삼천쥭졀로 풍덩 들이쳐 꽃구경 가자 : 무당이 하는 말임. 의미는 미상.

"이고 〃 〃 셜운지고. 나의 팔지(八字) 긔박(奇薄)ᄒ여 삼종의탁(三從依託)[294] 다 바렷다. 조상부〃[295] 자라ᄂᆞ셔 즁년(中年)의 상부(喪夫)ᄒ고 말년(末年)의 너롤 두엇더니 져 지경이 되어시니 눌 바라고 ᄉᆞᄌᆞᄂᆞ니. 한군ᄉᆞ(漢軍師) 졔갈량(諸葛亮)[296]도 갈츔보국(竭忠報國) ᄒ려다가 오장원(五丈原) 츄야월(秋夜月)의 장셩(將星)이 쩌러지고, 등피셔산(登彼西山) 빅이(伯夷) 슉졔(叔齊)[297] 블ᄉᆞ이군(不事二君) ᄒ려다가 슈양산즁(首陽山中) 아ᄉᆞ(餓死)ᄒ고, 쥬루텬하(周流天下) 기ᄌᆞ츄(介子推)[298]도 활고ᄉᆞ군(割股食君) ᄒ엿다가 명상(綿山) 산즁(山中) 블ᄐᆞ 죽고, 삼녀퇴우(三閭大夫) 굴원(屈原)[299]이도 위국진츙(爲國盡忠) 잇쓰다가 명나슈(汨羅水)의 쌔져넛다. 너도 열녀(烈女) 되려거든 기쳔 궁게나[300] 쌔지려무나. 너롤 비고 조심홀 지, 셕부정부좌(席不正不座)[301]ᄒ고 활부정블식(割不正不食)[302]ᄒ고 목블시흉예(目不視凶穢)[303]ᄒ고 족부답경위(足不踏傾危)[304]ᄒ고 십식(十

---

294 삼종의탁(三從依託) : 아버지, 남편, 아들에게 의탁함. '삼종'은 삼종지의(三從之義)로 봉건시대에 여자가 따라야 하는 세 가지 길로, 어려서는 아버지를 따르고, 결혼한 후는 남편을 따르며, 남편이 죽은 후는 그 아들을 따르는 것.

295 조상부부 : 조상부모(早喪父母)의 잘못.

296 한군사(漢軍師) 제갈량(諸葛亮) : 삼국시대 촉(蜀)나라 제갈공명이 오장원에서 죽은 일을 말함.

297 백이(伯夷) 숙제(叔齊) : 백이와 숙제가 주(周)나라의 곡식을 먹지 않겠다고 수양산에 들어가 고사리만 캐먹다가 죽은 일. '등피서산(登彼西山)'은 '저 서산에 올라'라는 의미로『사기(史記)』「백이열전(伯夷列傳)」에 나오는 말임.

298 개자추(介子推) : 춘추시대 진문공(晉文公)의 신하 개자추는, 진문공이 이 나라 저 나라를 다니던 어려운 시절에 자기의 허벅다리 살을 베어 먹일 정도로 그를 보살폈다. 진문공이 권력을 잡은 후 개자추는 면산(綿山)으로 들어가 세상을 잊고자 했다. 진문공은 개자추를 불러내려고 면산에 불을 질렀으나, 개자추는 산에서 나오지 않고 불에 타 죽었음. '할고사군(割股食君)'은 허벅지 살을 베어서 임금을 먹였다는 의미임.

299 삼려대부(三閭大夫) 굴원(屈原) : 초(楚)나라 삼려대부였던 굴원은 모함을 입고는 멱라수에 뛰어들어 죽었다.

300 궁게나 : 구멍에나.

301 석부정부좌(席不正不座) : 자리가 바르지 않으면 앉지 않음.

302 할부정불식(割不正不食) : 바르게 자른 것이 아니면 먹지 않음. 먹는 것도 가려먹는다는 의미.

朔) 몸을 조히 가져 너룰 나하 길을 젹의, 진자리의 너가 눕고 마른ㅈ리 너룰 누여 부즁싱남즁싱녀(不重生男重生女)³⁰⁵룰 너룰 두고 일으미라. 치단(綵緞)으로 몸을 쓰고 보옥(寶玉)갓치 귀히 길너 홍안박명(紅顏薄命)³⁰⁶ 되엿구나. 금블(金佛)³⁰⁷ 갓흔 나의 쌀이 져리 될 쥴 어이 알니?"

이러틋시 쵸조(焦燥)혼들 경셩(京城) 소식 묘연(杳然)흐듸.

츠시(此時) 니도령은 경셩으로 올나와셔 은근이 져룰 위혼 졍이 가삼의 못시 되어 운산(雲山)을 창명(悵望)³⁰⁸흐니 신무우익(身無羽翼)³⁰⁹ 한탄흐고, 몽혼(夢魂)이 경〃(耿耿)³¹⁰흐여 밤마다 관산(關山)을 넘나드니, 꿈의 단니던 길이 자최 곳 잇시 량이면 님의 긱창(客窓) 밧게 셕노(石路)라도 다룰 거술,³¹¹ 공밍안증(孔孟顏曾)³¹² 죽은 후(後)의 도덕인의(道德仁義) 뉘 젼(傳)흐며, 강졀션싱(康節先生)³¹³ 죽은 후의 길흉화복(吉凶禍福) 뉘가 알며, 니도령 죽은 후의 춘향의 낭군(郎君)이 뉘가 되리? 아모리 싱각흐여도, '니 몸이 병이 들면 부모의 블효(不孝)되고 춘향으로 언약(言約)혼 일 헷 곳으로 도라가리니, 학업을 힘뼈 공명(功名)을 닐우면 부모긔 영효(榮孝) 뵈고 문호(門戶)룰 빗닐진듸, 이 가온듸 츈ㅈ³¹⁴는 니 물건이 되리로다.' 흐고, 쥬야블쳘(晝夜不徹) 공부홀 지,

---

303 목불시흉예(目不視凶穢) : 더러운 것은 보지 않음.
304 족부답경위(足不踏傾危) : 위험한 곳을 밟지 않음. 이상의 네 가지는 아이를 가진 여자가 조심하는 일.
305 부중생남중생녀(不重生男重生女) : 아들 낳은 것보다 딸 낳은 것을 중히 여김. 백거이(白居易) 「장한가(長恨歌)」의 한 구절.
306 홍안박명(紅顏薄命) : 아름다운 여인은 팔자가 사나움.
307 금불(金佛) : 금으로 된 부처. 지극히 귀한 것을 말함.
308 운산(雲山)을 창망(悵望) : 구름 낀 먼 산을 시름없이 바라봄.
309 신무우익(身無羽翼) : 몸에 날개가 없음.
310 몽혼(夢魂)이 경경(耿耿) : 꿈속에서라도 잊지 못하고 염려함.
311 석로(石路)라도 달을 것을 : 자주 다녀서 돌로 된 길이라도 다 달아 없어진다는 의미임. "꿈에 다니는 길이"부터는 시조의 초장과 중장임.
312 공맹안증(孔孟顏曾) : 유학(儒學)의 네 성현(聖賢)인 공자(孔子), 맹자(孟子), 안회(顏回), 증삼(曾參).
313 강절선생(康節先生) : 소강절(邵康節). 중국 북송(北宋)의 학자 소옹(邵雍). '강절'은 그의 시호(諡號)임.

일남첩긔(一覽輒記)[315] 지스(才士)어든 쥬마가편(走馬加鞭) 무려(無慮)ㅎ다. 시중 턴즈지상(詩中天子氣像)이오, 당시문장풍치(唐時文章風采)로다.[316]

> 가련퇴지하쳐지(可憐退之何處在)[317]오
> 유〃밍동야쵸향(惟有孟東野草香)[318]이라
> 황산곡니밍쳔츄(黃山谷裡梅千樹)[319]오
> 빅낙쳔안일힝(白樂天邊雁一行)[320]이라
> 두자미인금젹막(杜子美人今寂寞)[321]ㅎ니
> 도연명월구황양(陶淵明月俱荒凉)[322]이라[323]

이런 문장(文章) 가쇼(可笑)ㅎ다. 당시의 문장긔지(文章奇才)로 한묵(翰墨)[324]의 독보(獨步)ㅎ니, 국티민안(國泰民安)ㅎ고 시화셰풍(時和歲豊)이라. 강구(康衢)의 격양가(擊壤歌)는 연월(煙月)이 곳〃이라.[325] 방경누흡(邦慶累洽)[326]ㅎ여 격양

---

314 춘자 : 춘향.
315 일람첩기(一覽輒記) : 한번 보면 바로 기억하는 좋은 머리.
316 시중천자기상(詩中天子氣像)이요 당시문장풍채(唐時文章風采)로다 : 시중천자(이백을 말함)의 기상이요, 당나라 때 문장의 풍채로다.
317 가련퇴지하처재(可憐退之何處在) : 가련한 한퇴지는 어디 있는가. 당나라 시인 한유(韓愈)의 자(字)가 퇴지(退之)임.
318 유유맹동야초향(惟有孟東野草香) : 오직 맹교(孟郊)의 풀 향기가 있을 뿐이로다. 당(唐)나라 시인 맹교의 자가 동야(東野)임.
319 황산곡리매천수(黃山谷裡梅千樹) : 황산곡에 매화가 천 그루. 산곡(山谷)은 송(宋)나라 시인 황정견(黃庭堅)의 호. 시인 황산곡의 이름으로 지명 황산곡을 쓴 언어유희.
320 백락천변안일항(白樂天邊雁一行) : 백락의 하늘가에 기러기 한 줄. 백락천(白樂天)의 이름을 이용한 언어유희. 원문에는 '변'이 빠졌음.
321 두자미인금적막(杜子美人今寂寞) : 두자 미인은 이제는 적막함. 자미(子美)는 두보(杜甫)의 자. 두자미의 '美'자를 이용하여 '美人'으로 글귀를 만들었음.
322 도연명월구황량(陶淵明月俱荒凉) : 도연(陶淵)과 명월(明月)이 모두 황량함. 도연명(陶淵明)의 이름으로 재미있는 시구를 만들었음.
323 중국 시인의 이름을 이용해서 재미있게 만든 시가 조선후기에 여러 가지 있었음.
324 한묵(翰墨) : 문한(文翰)과 필묵(筆墨). 글을 짓거나 쓰는 것.

가³²⁷롤 뵈시거눌, 시지(試紙)롤 폼고 츈당더(春塘臺)³²⁸의 드러가셔 현제판(懸題板)³²⁹을 바라보니, '츈당츈식(春塘春色)이 고금동(古今同)이라.'³³⁰ 둥두려 시³³¹ 거럿거눌, 금슈간장(錦繡肝腸) 창희문장(滄海文章)³³² 희제(解題)롤 싱각호고 용미년(龍尾硯)³³³의 한님풍월(翰林風月)³³⁴ 순황모필(純黃毛筆)³³⁵ 반중등³³⁶ 흠셕 푸러 왕희지(王羲之)의 필법(筆法)으로 조밍보(趙孟頫) 체(體)³³⁷롤 바다 일필휘지(一筆揮之)호니, 문블가졈(文不加點)³³⁸ 조흘시고. 일쳔(一天)의 션장(先場)³³⁹호니 상시관(上試官)³⁴⁰이 글을 보고 칭찬호여,

"글시 용스비등(龍蛇飛騰)³⁴¹호고 글귀 귀신(鬼神) 곡읍(哭泣)이라. 체격(體格) 굴원(屈原)이오, 문법(文法) 한유(韓愈)라."³⁴²

---

325 강구(康衢)에 격양가(擊壤歌)는 연월(煙月)이 곳곳이라 : '강구연월(康衢煙月)에 격양가'는 세상이 매우 태평함을 이르는 말. 강구연월은 태평한 시대의 번화한 거리의 모습. 격양가는 요임금 때, 늙은 농부가 땅을 두드리며 불렀다는 노래로 천하가 태평함을 말함.

326 방경누흡(邦慶累洽) : 나라에 기쁜 일이 있고 태평한 시절이 계속됨.

327 격양가 : '알성과'를 잘못 썼음. 알성과(謁聖科)는 임금이 성균관에 가서 문묘(文廟)에 참배하고 나서 실시하던 비정기적인 과거.

328 춘당대(春塘臺) : 과거를 실시하던 곳. 창덕궁 영화당(暎花堂) 앞 넓은 터.

329 현제판(懸題板) : 과거 때 문제를 내거는 널빤지.

330 춘당춘색(春塘春色)이 고금동(古今同)이라 : 창덕궁에 있는 춘당대(春塘臺)의 봄 빛은 옛날이나 지금이나 같다.

331 둥두렷하다 : 덩두렷하다. 높고 뚜렷하다.

332 금수간장(錦繡肝腸) 창해문장(滄海文章) : 수놓은 비단과 같은 아름다운 마음과 바다처럼 넓은 지식을 바탕으로 한 글 솜씨.

333 용미연(龍尾硯) : 중국 용미계(龍尾溪)에서 나는 돌로 만든 벼루.

334 한림풍월(翰林風月) : 황해도 해주에서 나던 먹의 이름.

335 순황모필(純黃毛筆) : 족제비의 꼬리털로만 만든 붓.

336 반중동 : 중간이라는 의미의 중동에 반(半)이 더 붙은 말.

337 조맹부(趙孟頫)의 체(體) : 중국 원(元)나라 서예가 조맹부의 글씨체.

338 문불가점(文不加點) : 문장에 점 하나 더할 수 없을 정도로 잘 되었음.

339 일천(一天)에 선장(先場) : 일천과 선장은 모두 과거 시험에서 첫 번째로 답안지를 내는 것을 말함.

340 상시관(上試官) : 과거 때 수석 시험관.

341 용사비등(龍蛇飛騰) : 용이 나는 것처럼 활기찬 필세(筆勢).

ᄌ〃(字字) 비졈(批點)[343]이오, 귀〃(句句) 관쥬(貫珠).[344] 상시샹(上之上) 등(等)

을 막혀[345] 장원급졔(壯元及第) 금방(金榜)[346] 일홈 쓰고, 텬은ᄉ비(天恩四拜)[347]

어쥬삼비(御酒三杯)[348] 마신 후의 몸의 쳥슘(靑衫)[349]이오, 머리의 어ᄉ화(御史

花)[350]라. 쳔금쥰마(千金駿馬) 빗기 트고 장안디도(長安大道) 화류즁(花柳中)의 헌

거로이 도라올 졔, 금의화동(錦衣花童)[351] 쌍져[352]룰 빗기 부니, 단산츄월(丹山

秋月)의 치봉(彩鳳)의 노릭[353]로다. 쳥운낙교샹(靑雲洛橋上)[354]의 시졀(時節)이 티

평이라. 노류장화(路柳墻花) 욱어지고 강구(康衢)의 문동요(聞童謠)[355]라. 고당

(高堂)의 영화(榮華)오 죵죡(宗族)의 치하(致賀)로다. 인간의 조흔 거시 급졔(及

第)밧 ᄯᅩ 닛는가?

삼일유과(三日遊街)[356] 션산(先山)의 소분(掃墳)[357]ᄒᆞᆫ 후 인견(引見) 슉비(肅

---

342 체격(體格) 굴원(屈原) 문법(文法) 한유(韓愈)라 : 글의 형식과 격조는 굴원이요,
    문장을 짓는 법은 한유와 같다. 굴원은 전국시대의 시인이고, 한유는 당나라
    문장가임.

343 비점(批點) : 시나 문장이 아주 잘된 곳에 찍는 점.

344 관주(貫珠) : 시나 문장이 잘된 곳에 붉은 색으로 치는 동그라미.

345 상지상(上之上) 등(等)을 매겨 : 최상으로 등급을 매겨. 상지상에서 하지하(下
    之下)까지 아홉 등급이 있었음.

346 금방(金榜) : 과거에 급제한 사람의 이름을 써 붙인 방.

347 천은사배(天恩四拜) : 임금의 은혜에 감사하며 네 번 절함.

348 어주삼배(御酒三盃) : 임금이 신하에게 내리는 세 잔의 술.

349 청삼(靑衫) : 조복(朝服) 안에 받쳐 입던 옷.

350 어사화(御史花) : 임금이 과거에 합격한 사람에게 주던 종이로 만든 꽃.

351 금의화동(錦衣花童) : 비단옷 입은 화동. 과거 급제자가 삼일유가(三日遊街)할
    때 행렬 앞에서 흥을 돋우던 사람.

352 쌍저 : 쌍피리. 대롱 두 개를 묶어 만든 피리.

353 단산추월(丹山秋月)에 채봉(彩鳳)의 노래 : 단산의 가을 달밤에 아름다운 봉황
    의 울음소리. '단산'은 봉황의 산지(産地).

354 청운낙수교(靑雲洛水橋) : 푸른 구름은 낙수의 다리에 걸려 있도다. 당나라 송
    지문(宋之問)의 「조발소주(早發韶州)의 한 구절.

355 강구(康衢)에 문동요(聞童謠) : 요(堯)임금이 길거리에서 아이들의 노래를 들었
    다는 고사로, 태평한 시절을 말함.

356 삼일유가(三日遊街) : 과거에 급제한 사람이 사흘 동안 시험관과 선배 급제자
    그리고 친척을 찾아보던 일.

拜)³⁵⁸ 드러가셔 계하(階下)의 복지(伏地)ㅎ니, 성상(聖上)이 하교(下敎)ㅎ샤,

"너룰 블ᄎ(不次)³⁵⁹로 쓰려ㅎ니 니외직(內外職)의 무삼 벼슬 네 소원을 닐너라."

니도령이 고두ᄉ은(叩頭謝恩)³⁶⁰ㅎ고 쥬왈(奏日),

"소신(小臣)이 년쇼미직(年少微才)로 텬은(天恩)이 망극(罔極)ㅎ와 소년급졔(少年及第)룰 쥬시니 알윌 바룰 모로오나, 구중궁궐(九重宮闕) 은심(隱深)ㅎ고 ᄉ히팔황(四海八荒)의 왕화블급(王化不及)ㅎ여 원방(遠方)의 탐관오리(貪官汚吏) 슈지곡법(受財曲法)³⁶¹ 환과고독(鰥寡孤獨)³⁶² 민간질고(民間疾苦) 아올 길이 업ᄉ오며, ᄉ직지분(社稷之本) 싱민디졔(生民大制)³⁶³는 보국디신(輔國大臣)과 어ᄉ(御使)오니 어ᄉ룰 졔슈(除授)ㅎ옵시면 민간의 각식(各色) 간난(艱難) 각읍(各邑)의 탐관오리(貪官汚吏) 역〃(歷歷)히 살펴다가 탑하(榻下)의 알외리이다."

성상(聖上)이 드르시고,

"인직(人才)로다 긔특ㅎ다. 놉흔 벼슬 다 바리고 암힝어ᄉ(暗行御史) 구ㅎ 는 뜻이 보국츙신(輔國忠臣) 네로구나."

젼나어ᄉ(全羅御使)룰 특ᄎ(特差)ㅎ시니, 평싱의 소원이라. 엇지 아니 황감(惶感)ㅎ리. 당일(當日)노 발힝(發行)홀시, 어젼(御前)의 하직(下直)ㅎ고 금의(錦衣)룰 다 썰치고 젼쳑³⁶⁴ 슈의(繡衣) 삼마퓌(三馬牌)³⁶⁵룰 고두리쎠의 단〃이 ᄎ 고, 군관비장(軍官裨將) 셔리반당(胥吏伴倘)³⁶⁶ 퇵츌(擇出)ㅎ여 변복(變服)ㅎ여 션 송(先送)³⁶⁷ㅎ고, 삼방하인 귀속ㅎ여³⁶⁸ 남모르게 장을 두고³⁶⁹ 암힝(暗行)으로

357 선산(先山)에 소분(掃墳) : 좋은 일이 있을 때, 조상의 무덤에 성묘하는 일.
358 궐하(闕下)에 숙배(肅拜) : 임금께 절하는 것.
359 불차(不次) : 순서를 따지지 않고 특별히 벼슬을 주는 것.
360 고두사은(叩頭謝恩) : 머리를 조아리며 은혜에 감사함.
361 수재곡법(受財曲法) : 백성에게서 재물을 받고 법을 제멋대로 어김.
362 환과고독(鰥寡孤獨) : 늙어서 아내 없는 사람, 젊어서 남편 없는 사람, 어려서 어버이 없는 사람, 늙어서 자식 없는 사람을 아울러 이르는 말.
363 사직지본(社稷之本) 생민대제(生民大制) : 나라의 근본과 백성의 큰 원칙.
364 전척(田尺) : 논밭을 재는 데 쓰이는 자. 여기서 전척이라고 한 것은 유척(鍮尺)의 잘못으로 보임. '유척'은 암행어사 등이 가지고 다니는 자를 말함.
365 삼마패(三馬牌) : 말 세 마리가 그려진 마패.
366 서리반당(胥吏伴倘) : 데리고 가는 서리.

느려갈시, 첩디 업슨 헌 파립(破笠)[370]의 무명실노 끈을 흐고, 당만 남은 헌 망근(網巾)[371]의 갓풀 관ᄌ(貫子)[372] 조희 당줄[373] 다 ᄯᅥ러진 베 도포(道袍)롤 모양 업시 걸쳐 닙고, 칠분(七分)자리 목통디[374]의 다 히여진 맛붓치[375]롤 웃다 님[376] 즐근 미고, 변죽 업손 붓치[377] 들고 고ᄉ당(告祠堂)[378]의 하직흐고 젼나 도(全羅道)로 느려갈 지, 청파역졸(青坡驛卒)[379] 분부흐고 슉예문(崇禮門)[380] 밧ᄭᅵ다라셔 칠픠(七牌) 팔픠(八牌)[381] 이문동(里門洞)[382] 도져골[383] 쪽다리[384] 지나, 청픠(青坡), 비다리[385] 돌모로[386] 밥젼거리[387] 모리톱[388] 지나 동작(銅雀)이[389]

23

---

367 선송(先送) : 미리 보냄.

368 삼방하인 귀속하여 : 삼방하인에게 귓속말하여. '삼방하인'은 '삼반하인(三班下人)'을 말하는 것으로 보임. '삼반하인'은 지방 관아의 향리(鄕史), 군졸, 관노(官奴)를 일컷는 말.

369 장을 두다 : 미상.

370 철대 없는 헌 파립(破笠) : 갓철대가 없는 못 쓰게 된 헌 갓. '갓철대'는 갓양태의 테두리 부분.

371 당만 남은 헌 망건(網巾) : 윗부분만 남은 헌 망건. '망건'은 상투를 할 때 머리털을 가지런히 하기 위해 쓰던 그물 같이 생긴 것. '당'은 망건당으로 망건의 윗부분을 말함.

372 갓풀 관자(貫子) : 아교로 된 관자. 싸구려 관자라는 의미. '관자'는 갓을 망건에 매어 고정시키는 줄을 매기 위해 망건에 다는 단추 같은 것. 관자를 만드는 재료로는 금, 옥, 마노 같은 것을 썼다.

373 종이 당줄 : 종이로 꼬아 만든 망건당줄.

374 칠푼(七分)짜리 목통대 : 싸구려 담뱃대. '목통대'는 담뱃대의 하나.

375 맞붙이 : 솜옷을 입어야 할 철에 입은 겹옷. 허름한 차림을 말함. '겹옷'은 솜을 두지 않고 겹으로 지은 옷.

376 웃대님 : 중대님. 무릎 바로 아래에 매는 대님.

377 변죽 없는 부채 : 테두리가 다 떨어져나간 부채.

378 고사당(告祠堂) : 사당에 고함.

379 청파역졸(青坡驛卒) : 청파역의 역졸. '청파'는 현재 서울 청파동 근처의 지명임.

380 숭례문(崇禮門); 서울의 남대문.

381 칠패(七牌) 팔패(八牌) : 현재 서울 염천교 부근의 지명.

382 이문동(里門洞) : 현재 서울역 근처.

383 도저골 : 도저동(桃楮洞). 현재 서울역 앞의 지명.

384 쪽다리 : 염천교 아래쪽에 있던 다리.

385 배다리 : 주교(舟橋). 청파동 근처에 있던 다리.

밧비 건너, 승방(僧房)들[390] 남티령(南泰嶺)[391] 인덕원(仁德院)[392] 과천(果川) 즁화
(中火)[393] 후고, 갈미[394] ᄉ근니[395] 군포니[396] 미럭당(彌勒堂)[397] 지나 오봉산(五峯
山)[398] 바라보고 지〃디(遲遲臺)[399]룰 올나셔〃, 참나무졍이[400] 얼는 지나 교
구졍(交龜亭)[401] 도라드러 팔달문(八達門)[402] 니다라, 샹뉴쳔(上柳川) 하뉴쳔(下柳
川)[403] 디황교(大皇橋)[404] 진기울[405] 쩍젼거리[406] 즁하(中火)후고, 즁밋[407] 오뮈[408]
진위(振威)[409] 칠원[410] 소시(素沙)[411] 비트리[412] 텬안(天安)삼거리[413] 김졔(金蹄)[414]

---

386 돌모로 : 석우(石隅). 이태원 어구의 지명.
387 밥전거리 : 현재 삼각지 부근의 지명.
388 모래톱 : 동작나루 반대편의 백사장을 말하는 것으로 보임.
389 동작(銅雀)이 : 동재기 나루. 현재의 동작동. 옛날에 나루가 있었음.
390 승방(僧房)뜰 : 승방평(僧房坪). 현재 동작구 우면동 지역에 있던 지명.
391 남태령(南泰嶺) : 지금의 동작구에서 과천시로 넘어가는 고개.
392 인덕원(仁德院) : 과천 근처의 원(院)이 있던 곳. 현재 지하철역 인덕원이 있음.
393 중화(中火) : 길을 가다가 도중에 점심을 먹는 것.
394 갈미 : 갈뫼. 갈산(葛山). 현재 안양시 평촌동에 있던 지명.
395 사근내 : 사근천(沙斤川). 현재 의왕시 고촌동에 있는 내.
396 군포내 : 군포천(軍浦川). 지금의 군포(軍浦)시에 있는 내.
397 미륵당(彌勒堂) : 수원(水原) 북쪽 지지대고개 너머에 있던 당(堂)으로 지명이
   기도 하다.
398 오봉산(五峯山) : 수원 북쪽에 있는 산.
399 지지대(遲遲臺) : 수원 북쪽의 고개 이름. 정조(正祖)가 아버지 묘를 다녀올 때
   머물렀다는 고개.
400 참나무졍이 : 수원 북쪽의 참나무고개를 말하는 것으로 보임.
401 교구정(交龜亭) : 수원 북문에서 북쪽으로 5리쯤 떨어진 곳에 있는 지명.
402 팔달문(八達門) : 수원성의 남문.
403 상류천(上柳川) 하류천(下柳川) : 현재 수원시 권선구(勸善區) 세류동(細柳洞)의
   마을 이름.
404 대황교(大皇橋) : 현재 수원시 권선구 대황교동에 있던 다리.
405 진개울 : 현재 경기도 화성시 향남읍 증거리(增巨里)에 있던 지명.
406 떡전거리 : 병점(餠店).
407 중밋 : 중미(中彌). 현재 오산시 내삼미동.
408 오뮈 : 오뫼. 오산(烏山).
409 진위(振威) : 현재 평택시 진위면 봉남리.
410 칠원 : 갈원(葛院). 진위 남쪽 20리에 있던 지명. 현재 평택시 칠원동.

역마(驛馬) 가라트고, 덕정[415] 원터[416] 광정(廣程)[417] 활원[418] 몰원[419] 시슛막[420]
공쥬(公州) 금강(錦江) 획근 지나, 경천(敬天)[421] 노셩(魯城)[422] 황하정(皇華亭)
이[423] 은진(恩津) 닥다리[424] 능기울[425] 삼예(參禮) 지나 여산관(礪山館)[426] 슉쇼
(宿所)ᄒ고, 삼녜(參禮) 역졸(驛卒) 분부ᄒ고 고산(高山)[427] 지나 젼쥬(全州) 드러
한벽누(寒碧樓)[428] 구경ᄒ고, 남창교(南川橋)[429] 도라드러 반슈역(半石驛)[430]의
군호(軍號)ᄒ고, 조분목[431] 만마동(萬馬洞)[432] 노구바희[433] 임실관(任實館)[434] 슉
쇼ᄒ고, 오슈참(獒樹站)[435] 즁화ᄒ고 나려올 지, 슈의어ᄉ(繡衣御使)[436] 쳘관풍

---

411 소사(素沙) : 현재 평택시 소사동.
412 비트리 : 현재 천안시 부대동(富垈洞).
413 천안(天安) 삼거리 : 현재 천안시 삼룡동. 전라도와 경상도로 가는 길이 갈라
　　지는 곳이었음.
414 김제(金蹄) : 김제역(金蹄驛). 천안 남쪽 23리에 있던 역. 현재 충청남도 연기군
　　소정면 대곡리 역말마을.
415 덕정 : 덕평(德坪)의 잘못. 현재 천안시 광덕면 행정리.
416 원터 : 원기(院基). 천안시 광덕면 원덕리 원기마을.
417 광정(廣程) : 공주시 정안면 광정리 역말(장터)마을.
418 활원 : 궁원(弓院). 공주시 정안면 장원리.
419 몰원 : 모로원(毛老院). 공주시 정안면 상용리 양달마을.
420 새숫막 : 신주막(新酒幕). 공주 북쪽에 있던 지명.
421 경천(敬天) : 공주군 계룡면 경천리.
422 노성(魯城) : 논산시 노성면 읍내리.
423 황화정(皇華亭)이 : 논산시 연무읍 황화정.
424 닭다리 : 은진 북쪽의 사교(沙橋).
425 능기울 : 현재 익산시 동룡리(東龍里) 왕궁저수지의 수몰지역에 있던 마을.
426 여산관(礪山館) : 여산에 있던 객사.
427 고산(高山) : 현재 전라북도 완주군 고산면. 여산과 전주 사이의 지명.
428 한벽누(寒碧樓) : 전주 한벽당(寒碧堂)을 말함.
429 남천교(南川橋) : 전주 남천에 놓인 다리.
430 반석역(半石驛) : 전주 남쪽의 역 이름.
431 좁은목 : 전주 남쪽의 좁은 길목.
432 만마동(萬馬洞) : 만마관(萬馬關). 상관(上關)이라고도 함.
433 노구바위 : 전주와 임실(任實)의 경계에 있는 지명. 남관(南關)이라고도 함.
434 임실관(任實館) : 임실의 객사.
435 오수참(獒樹站) : 오수(獒樹) 역참(驛站).

24 치(鐵冠風采)⁴³⁷ 심산(深山)의 밍호(猛虎)로다.

　　젼나(全羅) 일경(一境) 염탐(廉探)홀 지, 일도(一道) 각읍(各邑) 슈령(守令)드리 어스(御使) 쩌단 말 풍편(風便)의 어더 듯고, 옛 공스(公事) 다 바리고 시 공스 닥글 젹의 뇌졍(雷霆)의 벽역(霹靂)⁴³⁸이오 셜상(雪上)의 가상(加霜)이라. 관속(官屬)드리 송구(悚懼)ᄒ니 관청빗⁴³⁹춘 가슴 치고, 니방(吏房) 아젼(衙前) 속이 탄다. 관젼(官錢) 목포(木布),⁴⁴⁰ 환상(還上) 결젼(結錢),⁴⁴¹ 복슈(卜數)⁴⁴² 문셔(文書) 닥글⁴⁴³ 젹의, 동창(東倉) 셔창(西倉) 미젼(米錢) 목포(木布) 무턱으로 너닙(內入)이라.⁴⁴⁴ 니방(吏房)은 부릭거니 호방(戶房)은 쓰거니 한창 이리 쓸을 젹의, 부모블효(父母不孝)ᄒ는 놈과 형뎨블목(兄弟不睦)ᄒ는 놈과 탐관오리(貪官汚吏) 염탐(廉探)ᄒ여 이리져리 단니면서 열읍(列邑) 소문 드른 후의, 노구바회 지나 임실(任實)을 달녀드니, 이 씨는 모츈(暮春)이라.

　　한 곳을 살펴보니 상하평젼(上下平田)⁴⁴⁵의 농부(農夫)드리 갈거니 심으거니 탁쥬병(濁酒瓶)의 졈심고리⁴⁴⁶ 담비 먹고 쉬는 참의, 그 겻히 안즈 담비 붓치며 남의 소문 듯노라니, 모다 모혀 돌녀안즈 우슴거리 민들 젹의,

　　"이 분네⁴⁴⁷야. 어디 삼나?"

　　"요런 민시⁴⁴⁸ 구경ᄒ쇼."

---

436 수의어사(繡衣御使) : 어사또의 다른 말. '수의'는 수를 놓은 옷.

437 철관풍채(鐵冠風采) : 어사의 풍채. 철관은 어사의 관을 말함.

438 뇌정(雷霆)에 벽력(霹靂) : 천둥치며 벼락까지 침.

439 관청빗 : 관청색(官廳色). 관아(官衙)에서 수령(守令)의 음식물을 맡아보던 구실아치.

440 관전(官錢) 목포(木布) : 관가의 창고에 있는 돈과 포목.

441 환상(還上) 결전(結錢) : 환곡(還穀)과 결작전(結作錢). '결작전'은 전결(田結)에 덧붙여 거두던 세금.

442 복수(卜數) : 세금을 매기기 위해 논과 밭에서 나는 곡식의 양을 정해 놓은 문서.

443 닦다 : 글을 지어 다듬는 것.

444 무턱으로 내입(內入)이라 : 잘 헤아려 보지도 않고 관아에 들여 놓았다고 마구 기록하는 것.

445 상하평전(上下平田) : 높은 곳에 있는 밭과 낮은 곳에 있는 밭.

446 점심고리 : 점심도시락. '고리'는 고리버들이나 대나무로 엮은 상자.

447 분네 : '분'을 덜 친근하게 부르는 말. 사람을 부를 때 약간 낮춰서 하는 말.

"실을 팔나 단니시오?"

"망건 압흔 덜쩐는가?"[449]

"〃만 두쇼. 이 스룸들. 입은 도포 보아ᄒ니 그리ᄒ여도 쇠끗닐시."[450]

25

"긔롱(譏弄) 마쇼. 갓 상ᄒ네. 보아ᄒ니 당쵸의는 션(善)이 노던 왈자로세."[451]

"의복 꼴을 보아ᄒ니 그리ᄒ여도 옷거리[452]가 졔법일셰."

"ᄌ시는 담비더 정장(呈狀)을 몃 번 맛난ᄂ오?"[453]

"이 사룸들 가만두쇼. 져런 사룸 무셔오니. 아닌 밤즁 단니드가 블지르기 일슈[454]니라."

"꼴이 져리 되엿거든 진작 낙향(落鄕)ᄒ려무나."

"이 인 이것 구경ᄒ라."

역구리롤 쑥 지르고,

"이 인 보오. 마다 ᄒ오."

어스도 어이업셔 무삼 말을 ᄒ랴홀 지, 또 한 놈 너다르며,

"에라 〃〃, 가만 두어라. 모양 거록ᄒ옵시다. 영종조(英宗朝)[455] 시졀(時節)의 낫더면 인물당상(人物堂上)[456] 어디 가며, 남원 짜히 드러가면 츈향의 셔방 되리로다."

여러 농부 골을 니여 쌤을 치며 ᄒ는 말이,

"빅옥(白玉) 갓흔 츈향이롤 졔 아모리 업다 ᄒ고 뉘게다가 비ᄒᄂ니. 밋

---

448 맵시 : 맵시.

449 덜쩠는가 : 왜 들떠 있는가. 왜 떨어진 망건을 쓰고 다니느냐는 야유.

450 쇠끗일세 : '쇠'는 돈을 속되게 말하는 것이므로, 옛날에는 잘 살던 사람이라는 뜻으로 보임.

451 선(善)이 놀던 왈짜로세 : 잘 놀던 왈짜로세.

452 옷거리 : 옷을 입은 맵시.

453 자시는 담뱃대 정장(呈狀)을 몇 번 만났나요? : 피우는 담뱃대가 고소를 몇 번이나 당했나요? 이런 저런 일을 많이 겪었을 것이란 의미. '정장'은 관청에 고소하는 소장을 내는 일.

454 일쑤 : 흔히 그런 일이 많은 것.

455 영종조(英宗朝) : 조선조 영조(英祖) 임금 때.

456 인물당상(人物堂上) : 얼굴이나 풍채가 잘나서 당상관이 될 만한 인물.

친 몹쓸 놈이로다."

져희기리 쏫호거늘, 그 곳을 후리치고[457] 한 곳의 다〃르니, 괴셕총님(怪石叢林) 유벽(幽僻)호딕[458] 은근유흥(慇懃幽興) 시로왜라.

26 시흥(詩興)을 못 니긔여 졀귀(絶句) 풍월(風月) 음영(吟詠)호니,

> 유계(有溪)의 무셕계환야(無石溪還野)오
> 유셕무셕겸유셕(有石無石兼有石)호니
> 텬위조화아위시(天爲造化我爲詩)라[459]

제필(題筆)호고 도라셔니 갈 길이 희미호다. 연계노젼심(緣谿路轉深)호니 유흥(幽興)을 하시이(何時已)오.[460]

풍편(風便)의 종경(鐘磬)[461] 소리 한 곳을 바라보니 산간(山間)의 블당(佛堂)이라. 판두방(板道房)[462]의 드러가니 승속(僧俗) 업시[463] 거동(擧動) 보고 걸인(乞人)으로 딕졉혼다. 밤을 겨유 지닐 젹의 소년 션비 공부긱(工夫客)을[464] 어

---

457 후리치고 : 후려치고. 그만 두고.

458 괴셕총림(怪石叢林) 유벽(幽僻)한데 : 기이한 돌이 빽빽하고 한적한데.

459 이 시는 절구(絶句)라고 했으니 네 구(句)가 되어야 하나 세 구밖에 없다. 조선 후기에 작자가 알려지지 않은 다음과 같은 시가 있다.
유계무셕계환야(有溪無石溪還野) 시냇물은 흐르는데 돌이 없으면 오히려 속되고
유셕무계셕불기(有石無溪石不奇) 돌은 있는데 시내가 없으면 돌이 기이하지 못하네.
차처유계겸유셕(此處有溪兼有石) 이곳은 시내도 있고 돌도 있으니
천위조화아위시(天爲造化我爲詩) 하늘은 조화를 부렸고 나는 시를 짓노라.

460 연계로젼심(緣溪路轉深)하니 유흥(幽興)을 하시이(何時已)오 : 시냇물 따라 난 길을 깊이 들어가니, 그윽한 흥이 어느 때에 다하리오.

461 종경(鐘磬) : 종과 경쇠. 절에서 쓰는 경쇠는, 놋으로 주발과 같이 만들어 복판에 구멍을 뚫고 자루를 달아 노루 뿔 따위로 쳐 소리를 내는 것임.

462 판도방(板道房) : 절방 가운데 가장 크고 넓은 방으로 중들이 모여서 공부하는 방.

463 승속(僧俗) 없이 : 중이고 중이 아닌 사람이고 할 것 없이 모두.

464 소년 선배 공부객(工夫客)들 : 소년 선비 공부객들. '공부객'은 공부하러 절에 와 있는 손님이라는 의미. 원문의 '을'은 '들'의 잘못.

ᄉ 보고 박장디쇼(拍掌大笑) 온가지로 보치거눌, 어시 졍쇠(正色) ᄒ는 말이,
"상업시들 실체(失體)ᄒ니[465] 션비 도리 희연(駭然)ᄒ오."

여러 션비 의논ᄒ디,

"졔가 만일 냥반이면 밥ᄌ이[466]나 홀 거시니, 운ᄌ(韻字)[467] 블너 글 짓거든
우리 져룰 경디(敬待)ᄒ고, 글을 만일 못 짓거든 타둔방츅(打臀放逐)[468] 맛당ᄒ다."

강운(江韻)[469]으로 부룰 젹의 창〃 강양 칠율(七律) 운(韻)[470]을 너여쥬니, 응
구쳡디(應口輒對) 지엇ᄉ디,

우연위긱도만창(偶然爲客到卍窓)ᄒ니 약포(藥圃)의 츈싱구졀창(春生九節菖)을
ᄉ외옥봉(寺外玉峯)은 연븍극(連北極)이오 불젼금엽(佛前金葉)은 ᄌ셔강
(自西羌)을

신여야학(身如野鶴)ᄒ니 영슈복(寧受鶩)이라 심ᄉ한션블션당(心似寒蟬不
羨螗)을   27

산당죵파인진반(山堂鐘罷因進飯)ᄒ니 등반션치쵹쵸량(登盤鮮菜促炊粱)을[471]

---

465 상업이들 실체(失體)하니 : 막되고 상스러운 짓으로 체면을 잃으니.
466 밥자이 : 미상.
467 운자(韻字) : 한시(漢詩)를 지을 때 운으로 쓰는 글자.
468 타둔방축(打臀放逐) : 볼기를 쳐서 내쫓음.
469 강운(江韻) : '江'자에 딸린 운(韻). 이 운으로는 한시를 짓기 어려움.
470 창창강양 칠율(七律) 운(韻) : 칠언율시(七言律詩)는 1, 2, 4, 6, 8구에 같은 운자
   (韻字)를 써야 하므로 '창창강당양(窓菖羌螗粱)'이 되어야 함.
471 우연위객도만창(偶然爲客到卍窓) 우연이 객이 되어 절에 오니
   약포춘생구절창(藥圃春生九節菖) 약포에 봄이 와 구절창포를 피우네.
   사외옥봉련북극(寺外玉峯連北極) 절 밖의 옥봉은 북극에 닿았고
   불전금엽자서강(佛前金葉自西羌) 부처님 앞의 금엽(金葉)은 서강(西羌)에서 왔네.
   신여야학영수목(身如野鶴寧受鶩) 몸은 학 같으니 어찌 오리를 받아들이랴
   심사한선불선당(心似寒蟬不羨螗) 마음은 가을매미 같아도 씽씽매미는 부럽지
                                않네.
   산당종파인진반(山堂鐘罷因進飯) 산사에 종소리 그치고 밥을 올리니
   등반선채촉취량(登盤鮮菜促炊粱) 상에 신선한 채소를 올리며 기장밥 짓기를
                                재촉하네.

여러 션비 글을 보고 빅비ᄉ과(百拜謝過) 흠앙(欽仰)ᄒ여 종야(終夜)토록 문
답(問答)ᄒ고, 각읍(各邑) 소문 탐지ᄒ며 션비다려 뭇는 말이,

"남원 읍닉(邑內) ᄉ롬의게 츄심ᄎ(推尋次)로⁴⁷² 정변(呈卞)⁴⁷³코자ᄒᄂ니 공
ᄉ(公事)나 분변⁴⁷⁴ᄒ지오?"

한 션비 니다르며 니른 말이,

"남원부ᄉ(南原府使) 말을 마오. 탐지호식(貪財好色)⁴⁷⁵ᄒ며 빅셩이 소룰 닐코
도적 잡아 고과(告課)ᄒ니, 냥척(兩隻)⁴⁷⁶을 블너드려 원척(元隻)⁴⁷⁷의게 분부ᄒ디,

'너는 소가 몃 필(匹)이니?'

'황우(黃牛) 한 필 암쇼 한 필 다만 두 필 두엇더니, 황우 한 짝을 닐헛나이다.'

'져 소도격놈은 소가 몃 필이니?'

'소인(小人)은 격빈(赤貧)ᄒ와 소 한 필도 업나이다.'

'소 님자놈 드러보라. 너는 무삼 복(福)으로 두 필 탐(貪)이 소룰 두고,⁴⁷⁸
쏘 져놈은 무삼 죄(罪)로 소 한 필도 업단 말가? 어츠어피(於此於彼)⁴⁷⁹의 한
필식 난화시면 ᄉ면(四面)이 무탈(無頉)ᄒ고 송니(訟理)⁴⁸⁰가 공평이라.'

ᄒ고, 소 님자의 소룰 아ᄉ 도격놈을 쥬어시니 니런 공ᄉ(公事) 쏘 닛시
며, 빅옥(白玉) 갓흔 춘향이룰 억지 억지 겁탈(劫奪)ᄒ려ᄃ가 도로혀 욕(辱)을
보고 엄형즁치(嚴刑重治) 하옥(下獄)ᄒ여, 병이 든지 히포⁴⁸¹만의 거월(去月) 쵸
싱(初生) 신ᄉ(身死)ᄒ여 이 산 너머 져 뫼 압히 쵸빙⁴⁸²ᄒ여 무더시니, 귄들

472 추심차(推尋次)로 : 추심하려고. '추심'은 주로 빚 따위를 받아내는 것임.
473 정변(呈卞) : 사실의 전말이나 이유를 들어 관에 호소하여 시비곡직을 밝힘.
474 분변 : 분명(分明)의 잘못.
475 탐재호색(貪財好色) : 재물을 탐하고 색을 좋아함.
476 양척(兩隻) : 원고와 피고.
477 원척(元隻) : 원고.
478 탐(貪)이 소를 두고 : 욕심껏 소를 갖고.
479 어차어피(於此於彼) : 어차피. 이렇게 하든지 저렇게 하든지.
480 송리(訟理) : 소송의 이유.
481 해포 : 한 해가 조금 더되는 시간.
482 초빙 : 초빈(草殯). 장사를 치르지 못해 송장을 집안에 오래 놓아둘 수 없을 때,
관을 밖에 내어놓고 이엉 같은 것으로 덮어놓는 것.

아니 젹악(積惡)인가.”

어시 이 말을 듯고 츈향이 쥭은 쥴 게셔야 분명이 알니로다. 졍신이 어
득ᄒᆞ여 셜른 마음 븍밧쳐 닙시울기 비쥭〃〃 눈물이 그렁〃〃ᄒᆞ니, 그 션
비 밧게 나와 즁을 블너 니른 말이,

“츈향이 쥭은 말노 원(員)을 훼방(毁謗)ᄒᆞᆫ ᄉᆞ연의, 그 걸인의 형상을 보니
블승비감(不勝悲感) 블금유체(不禁流涕)[483] 그 아니 고희ᄒᆞ냐? 픠(牌) ᄒᆞ나흘 깍
가듯가 아모 쵸빙ᄒᆞᆫ 터라도 무덤 압희 쏘즈노코 먼니 셔〃 구경 보ᄌᆞ.”

그 픠의 글을 쓰ᄃᆡ, 「본부기ᄉᆡᆼ슈졀원ᄉ춘향지묘(本府妓生守節冤死春香之墓)」[484]
라 ᄒᆞ여 즁놈 쥬어 보ᄂᆞ니라.

어시 쳔만몽ᄆᆡ(千萬夢寐) 밧긔 츈향 흉음(凶音)[485] 드른 후, 남 우일 쥴[486] 젼
혀 닛고 츈향의 쵸빙 ᄎᆞ즈가니, 모골(毛骨)이 송연(悚然)[487]ᄒᆞ고 졍신이 황망
(遑忙)ᄒᆞ여 통곡ᄒᆞ며 ᄒᆞᄂᆞᆫ 말이,

“이구 츈향아. 너 이거시 윈일이니. 우리 두리 빅년긔약(百年期約) 이지ᄂᆞᆫ
모도 허ᄉᆞ(虛事ㅣ)로다. 발셥쳔니(跋涉千里)[488] 나 오기ᄂᆞᆫ 너만 보려 ᄒᆞ엿더니,
쥭단 말이 윈 말이니. 공산야월(空山夜月) 젹막ᄒᆞ듸 누엇ᄂᆞ냐 잠ᄌᆞᄂᆞ냐? 니
가 여긔 왓건마ᄂᆞᆫ 모로ᄂᆞᆫ 듯 누엇구나. 안홍고이총쳥(雁鴻高而塚青)ᄒᆞ니 시월
감이장ᄃᆡ(塞月減而將臺)로다. 산쵸야화연〃ᄀᆡ(山草野花年年開)나 옥골향혼귀블
귀라.(玉骨香魂歸不歸)[489] 이고 〃〃 셜운지고.”

---

483 블승비감(不勝悲感) 블금유체(不禁流涕) : 슬픈 감회를 이기지 못하고 흐르는 눈
물을 금치 못함.
484 본부기생수절원사춘향지묘(本府妓生守節冤死春香之墓) : 수절하다 원통하게 죽은
남원읍의 기생 춘향의 묘.
485 흉음(凶音) : 흉한 소식. 죽었다는 소식.
486 남 우일 쥴 : 남의 웃음거리가 될 줄.
487 모골(毛骨)이 송연(悚然) : 끔찍해서 몸이 으쓱하고 털끝이 모두 섬.
488 발섭천리(跋涉千里) : 산을 넘고 물을 건너 천리 길을 감.
489 안홍고이총청(雁鴻高而塚青) 기러기 높고 무덤 푸른데
새월감이장대(塞月減而將臺) 변방의 달은 장대에 지네.
산초야화년년개(山草野花年年開) 산의 풀과 들의 꽃은 해마다 피나
옥골향혼귀불귀(玉骨香魂歸不歸) 아름다운 사람은 가서 돌아오지 못하네.

두 죽먹괴[490] 쥐여다가 무덤을 쾅〃 두다리며,

"츈향아! 츈향아! 얼골이나 잠간 보즈. 음셩이나 드러보즈. 너롤 어디 가 다시 보리. 보고 시버 엇지라느니. 참아 셜워 못 살깃다. 즉금 날 다려가거라."

이연(哀然)이 슬피 우니, 슈운(愁雲)이 참담(慘憺)ᄒ고 일월(日月)이 무광(無光)이라. 쵸목(草木)이 슬허ᄒ고 금슈(禽獸)도 우름 운다.

한창 이리 슬허 울 졔, 건너 마을 강좌슈(姜座首)가 우는 형상 바라보고,

"일이 미오 고이ᄒ다. 여보 마누라. 우리 아기 사라실 직 싀집 못 간 쳐녀여든, 져 엇던 걸긱(乞客)놈이 빅년긔약(百年期約) 허ᄉ(虛事ㅣ)라구 두다리며 우름 우니, 이런 요변(妖變) 또 잇는가? 남 드르면 망상이라.[491] 이놈, 여보아라 고도쇠[492]야. 몽치[493] ᄎ고 건너가셔 아기씨 무덤의 우는 놈을 난졍결치(亂杖決治)[494] 박살(撲殺)ᄒ라."

30 고도쇠놈 건너가며 질욕(叱辱)[495]ᄒ고 달녀드니, 어시 착급(着急) 혼(魂)이 써셔 삼십뉵계(三十六計) 즁(中) 졔일칙(第一策)이 쥬힝낭이 웃듬이라.[496] 쳔방지방(天方地方) 져ᄉ(抵死)[497]ᄒ고 셩화갓치 도쥬(逃走)ᄒ니라.

세(歲) 신희(辛亥) 〃월일 향목동 셔(書)

'옥골'은 고결한 사람. '향혼'은 여자의 혼.
490 두 죽먹괴 : 두 주먹.
491 망상이라 : 망상스럽다. 요망하고 깜찍하다.
492 고도쇠 : 하인의 이름.
493 몽치 : 짤막하고 단단한 몽둥이.
494 난장결치(亂杖決治) : 몽둥이로 아무 데나 마구 때림.
495 질욕(叱辱) : 꾸짖으며 욕함.
496 삼십육계중(三十六計中) 제일책(第一策)이 줄행랑이 으뜸이라 : 위험할 때는 싸우기보다 우선 도망치는 것이 가장 좋은 방법이라는 뜻. '삼십육계'는 병법(兵法)에 있는 서른여섯 가지 계책.
497 저사(抵死) : 저사위한(抵死爲限). 죽기를 한을 함.

츠시 고도쇠놈 건너가셔 즐욕(叱辱)ᄒ고 달녀드니 어시 착급(着急)ᄒ여 혼(魂)이 쩌셔 삼십뉵계(三十六計) 졔일칰(第一策)이 쥴ᄒᆡᆼ낭이 웃듬이라. 쳔방지방(天方地方) 져ᄉᆞ(抵死)ᄒ고 셩화ᄀᆞᆺ치 도쥬(逃走)ᄒ야 ᄒᆞᆫ 곳의 다〃르니, 긔암층〃졀벽간(奇巖層層絶壁間)의 폭포창파(瀑布滄波) 쩌러지고 계변좌우(溪邊左右) 반셕(盤石)인ᄃᆡ 각셕졔명(刻石題名)[1] 무슈(無數)ᄒ다. 씀 드려셔 셰슈ᄒ고 오언졀귀(五言絶句) 지어시니, 그 글에 ᄒᆞ여시ᄃᆡ,

보월(步月)ᄒ니 담화영(擔花影)이오 등교(登橋)ᄒ니 답슈셩(踏水聲)을
산즁(山中)의 다진상(多宰相)ᄒ니 셕면(石面)의 만죠졍(滿朝廷)이라[2]

---

1 각셕졔명(刻石題名) : 시냇가 좌우 넓은 바위 위에 사람의 이름을 새겨 놓은 것.
2 보월담화영(步月擔花影) 꽃그림자 등에 지고 달빛 아래 걷고
   등교답수성(登橋踏水聲) 다리에 올라 물소리를 밟는다.
   산중다재상(山中多宰相) 산중에 재상이 많으니
   석면만조정(石面滿朝廷) 바위 위에는 조정이 가득하다.

제필(題筆)ᄒ여 붓친 후의 강상풍경(江上風景) 완상(玩賞)터니, 그 곳이 별유
텬지(別有天地) 노리쳐라. 쇼인묵긱(騷人墨客)드리 미쥬가효(美酒佳肴) 너여 놋
코 운(韻)을 너여 풍월(風月)홀 제, 무론(毋論) 모인(某人)ᄒ여 션착편(先着鞭)ᄒ
는 니면³ 좌간쥬안(座間酒案) 님자 되기 구지 언약(言約) 작정(作定)ᄒ니, 어ᄉ
도 이 말 듯고 운ᄌ(韻字)롤 살펴보니, 넉 ᄌ 졀귀(絶句) 강운(強韻)이라. 좌즁
(座中)의 나와 뭇고 삽시간의 지어 너니,

2

> 권마강산호(倦馬看山好)요 슈편고블가(垂鞭故不加)라
> 암간ᄌ일노(巖間纔一路)오 연쳐혹삼기(烟處或三家ㅣ)라
> 화식(花色)은 츈ᄂᆡ의(春來矣)오 계셩(溪聲)은 우과야(雨過耶)라
> 동방귀거로(頓忘歸去路)ᄒ니 노왈셕양시(奴曰夕陽斜ㅣ)라⁴

좌즁(座中)이 글을 보고 만구칭찬(萬口稱讚)⁵ᄒ며 쥬량(酒量)디로 작쥬(酌酒)
ᄒ니, 여러날 쥬린 창ᄌ 술 게걸을 ᄶᅦᄂ는구나.⁶ 통셩명(通姓名) 슈작(酬酌)ᄒ며
디쇼(大小) 탐지(探知)ᄒ 연후(然後)의 인ᄉᄒ고 도로 나와 ᄯᅩ 한 곳을 다〃ᄅ
니, 단발(短髮) 쵸동(樵童) 목동(牧童)드리 쇠시랑⁷의 홈의⁸ 들고 산유화(山有

---

3 무론(毋論) 모인(某人)하여 선착편(先着鞭)하는 이면 : 누구를 막론하고 먼저 시
　를 제출하는 사람이면.
4 이 시는 당시에 많이 알려진 시임.
　권마간산호(倦馬看山好) 게으른 말을 타니 산 구경하기 더 좋아
　수편고불가(垂鞭故不加) 채찍 늘어뜨리고 굳이 채찍질 않네.
　암간재일로(巖間纔一路) 바위 사이로 겨우 오솔길 하나
　연처혹삼가(煙處或三家) 연기 나는 곳엔 두세 집 있네.
　화색춘래의(花色春來矣) 봄이 와 꽃은 아름답고
　계성우과야(溪聲雨過耶) 비 온 뒤에 시냇물 소리 들리네.
　돈망귀거로(頓忘歸去路) 돌아갈 길 까맣게 잊었더니
　노왈석양사(奴曰夕陽斜) 하인은 날 저문다 하네.
5 만구칭찬(萬口稱讚) : 많은 사람이 모두 칭찬함.
6 게걸을 떼다 : 마음껏 먹어서 더 먹고 싶은 마음이 없어짐.
7 쇠시랑 : 쇠스랑. 갈퀴 모양의 농사짓는 기구.

花)⁹ 쇼리ᄒ며 나올 지,

　　엇던 ᄉ룸은 팔ᄌ(八字) 조화 호의호식(好衣好食) 염녀 업고
　　쏘 엇던 ᄉ룸은 팔지 긔험(崎險)ᄒ여 일신(一身)이 난쳐(難處)ᄒ니
　　아마도 빈환고락(貧寒苦樂)을 돌녀볼가

쏘 한 아희 쇼리ᄒ디,

　　이 마을 총각(總角) 져 마을 쳐녀(處女) 남가녀혼(男嫁女婚) 졔법일다
　　공번된¹⁰ 하날 아러 셰상 일이 경오지도다¹¹

　어시 셔〃 듯고 혼ᄌ말노, '조 아희 연셕은 의붓어미긔 밥 어더먹ᄂ 놈
이오, 조 아희놈은 장가 못 가셔 잇쓰는 연셕이로고나.'
　쏘 ᄒ 곳에 다ᄃ르니, 농부들이 가릭질에 붓침ᄒ며¹² 션소릭¹³ᄒ다.

　　텬황꾀(天皇氏)¹⁴가 나신 후(後)에 인황꾀(人皇氏)도 나시도다
　　얼널〃 상ᄉ되야
　　슈인꾀(燧人氏)¹⁵가 나신 후에 교인화식(敎人火食) ᄒ단 말가

3

---

8 홈의 : 호미.
9 산유화(山有花) : 메나리의 한 가지. 경상도, 전라도, 충청도 지방에 전해 오는 농부
　가의 하나. 노랫말은 지방마다 조금씩 다르나 슬프고 처량한 음조를 띤다.
10 공번된 : 공변된. 어느 한 쪽으로 치우치거나 사사롭지 않고 공평함.
11 경오지도다 : 경오가 있다. 옳고 그름을 가리는 것이 매우 엄격하다.
12 가래질에 부침하며 : 가래로 흙을 퍼서 떠 옮기면서 일을 하며. '가래'는 삽처럼
　생긴 농기구로, 한 사람은 자루를 잡고 두 사람은 삽날 양편에 구멍을 뚫고 맨
　끈을 잡고 흙을 퍼서 옮기게 되어 있음. '부침'은 농사짓는 일.
13 선소리 : 입창(立唱). 한 사람이 먼저 메기면, 여러 사람이 따라서 부르는 노래.
14 천황씨(天皇氏) : 중국 태고 시대의 전설적 인물. 지황씨(地皇氏), 인황씨(人皇氏)
　와 함께 삼황(三皇)의 하나로 그 가운데 으뜸임. '삼황'은 여러 가지 설이 있음.
15 수인씨(燧人氏) : 중국 태고의 복희(伏羲), 신농(神農)과 함께 삼황(三皇)의 하나.

하우씨(夏禹氏)[16]가 나신 후에 착산통도(鑿山通道) ᄒ단 말가

신농씨(神農氏)[17]가 나신 후에 상빅초(嘗百草)롤 ᄒ단 말가

은왕셩탕(殷王成湯)[18] 나신 후에 대한칠년(大旱七年) 만나시니

젼조단발(剪爪斷髮) ᄒ온 후에 상님(上林) 뜰에 긔우(祈雨)ᄒ다

시화셰풍태평시(時和歲豊泰平時)[19]에 평원광야(平原廣野) 농부들아

강구연월(康衢煙月) 동요(童謠) 듯던[20] 뇨(堯)님군에 버금이라

갈쳔시(葛天氏)[21] 적 빅셩인가, 우리 아니 슌민(順民)이냐

함포고복(含哺鼓腹)[22] 우리 농부 쳔츄만셰(千秋萬歲) 즐기리라

승평연월(昇平年月)[23] 이 셰계가 오왕셩덕(吾王盛德) 아니신가

슌(舜)님군의 민단 장긔[24] 역산(歷山)에 밧츨 갈고

신농씨(神農氏)가 민든 따뷔[25] 쳔만셰(千萬歲)롤 유젼(遺傳)ᄒ다

4

남양능즁(南陽隆中) 제갈션싱(諸葛先生)[26] 불구문달(不求聞達)ᄒ올 적에

불 다루는 법과 조리법을 사람들에게 가르쳐 주었음[敎人火食].

16 하우씨(夏禹氏) : 하(夏)왕조의 시조라고 하는 전설상의 인물. 대규모의 치수공사(治水工事)를 했는데, 이 과정에서 산을 뚫고 길을 냈음[鑿山通道].

17 신농씨(神農氏) : 중국 태고의 삼황의 하나로 농사법을 가르쳤음. 신농씨는 여러 가지 풀의 맛을 보아[嘗百草] 약으로 쓸 수 있는 풀을 골라냈다고 함.

18 은왕성탕(殷王成湯) : 중국 은(殷)나라의 첫 번째 임금인 탕(湯)왕. 7년 동안 가뭄이 들었을 때, 기우제를 지내기 위해 손톱을 깎고 머리카락을 자른[剪爪斷髮] 후 상림 뜰에서 기도했다고 함.

19 시화세풍태평시(時和歲豊泰平時) : 나라가 태평하고 풍년이 든 좋은 시절.

20 강구연월(康衢煙月) 동요(童謠) 듣던 : 요(堯)임금이 거리에 나가 아이들이 부르는 노래를 듣고 나라가 잘 다스려지는 것을 알았다는 고사. '강구연월'은 태평한 세상의 평화스러운 풍경을 이르는 말.

21 갈천씨(葛天氏) : 중국 신화에 나오는 임금. 갈천씨는 백성들의 교화에 힘써서 세상이 태평했다고 함.

22 함포고복(含哺鼓腹) : 잔뜩 먹고 배를 두드린다는 뜻으로 안락한 생활을 말함.

23 승평연월(昇平年月) : 나라가 태평한 시절.

24 쟁기 : 논밭을 가는 농기구.

25 따비 : 쟁기보다 작은 밭을 가는 농기구.

26 남양융중(南陽隆中) 제갈선생(諸葛先生) : 유비(劉備)가 제갈공명(諸葛孔明)을 하남성(河南省) 남양의 융중으로 세 번이나 찾아갔을 때, 제갈공명은 세상에 이

양보음(梁甫吟)을 읇흔 후는 궁경산전(躬耕山田) ㅎ여 잇다

싀샹오류(柴桑五柳) 도쳐스(陶處士)[27]도 쳥운환로(靑雲宦路) 마다ㅎ고

오두미(五斗米)롤 벽소ㅎ야 젼원쟝무(田園將無) 가라 잇다

어화 우리 농부들아! 스월남풍(四月南風) 보리타작(打作)

구십월(九十月)에 물벼[28] 타작 어셔 속히 ㅎ여보세

오곡빅곡(五穀百穀) ㅎ여너여 샹감님긔 공(供)을 ㅎ고

남은 곡식 잇거들낭 부모봉양(父母奉養) ㅎ여봅시

봉양ㅎ고 남거들낭 쳐즈권쇽(妻子眷屬) 먹이옵세

남은 곡식 잇거들낭 일가친쳑(一家親戚) 구졔(救濟)ㅎ세

어화 우리 농부드라! 농스ㅎ고 드러가셔

힛곡식에 비 불니고 기직쟝스나 달니봅세[29]

스승 갓흔 혀[30]롤 물고 디졉 굿튼 졋[31]슬 쥐고

굽닐″″ 굽닐어셔 돌슝이 ㅎ나 거취(去就)ㅎ세[32]

우리 농부 드러보쇼. 불샹ㅎ고 가련ㅎ다

남원 기싱 츈향이눈 비명원스(非命冤死)[33] ㅎ단 말가

무거불측(無據不測)[34] 니도령은 영졀(永絶) 소식 업단 말가

름이 나기를 구하지 않고[不求聞達] 몸소 밭을 갈고[躬耕山田] 지냈음. '양보음'
은 유비가 찾아왔을 때 제갈공명이 전해준 시.

27 시상오류(柴桑五柳) 도처사(陶處士) : 도연명(陶淵明)은 쌀 다섯 말의 급료를 받
는 벼슬자리를 그만두고 고향 시상(柴桑)에 돌아와 다섯 그루의 버드나무를
심고 농사를 지으며 지냈음.

28 물벼 : 논벼. 논에 심어 가꾼 벼.

29 기직장사나 달래보세 : 기직은 왕골껍질이나 부들잎으로 짚을 싸서 엮은 돗자
리인데, 기직장사를 달래보겠다는 말은, 성관계를 갖는다는 의미인 것 같음.

30 산승 같은 혀 : 웃기떡 같은 혀. 혀의 모양이 산승 같기도 하고, 맛이 달콤한
것이 산승 같기도 함.

31 대접 같은 젖 : 유방이 대접처럼 탐스럽게 생겼음. '대접'은 국을 담는 그릇.

32 돌송이 하나 거취(去就)하세 : 남자의 성기를 송이버섯에 비하기도 함. '거취'
는 들락날락한다는 뜻이므로 여기서는 성교를 의미함.

33 비명원사(非命冤死) : 제 명에 죽지 못하고 원통히 죽음.

얼널널 상스듸야

5   니런 소리 다 드룬 후에 무슴 핑계로 말 무룰 졔,

"져 농군 여봄시.³⁵ 거문 쇼로 밧츨 가니 컴〃흐지 아니흔지?"³⁶

농뷔 디답흐디,

"그러키의 밝으라고 볏³⁷ 다랏지오."

"볏 다라시면 응당 더우려니?"

"덥기의 셩의장³⁸ 붓쳐지오."

"셩의장 붓쳐시니 응당 츠지?"

"츠기의 쇠게 양지머리³⁹ 잇지오."

이러틋시 슈작홀 졔, 한 농뷔 니다르며 닐오디,

"우슈은 자식 다 보깃다. 어더먹는 비렁방이 연셕이 반말지거리가 원일인고? 져런 연셕은 근즁(斤重)⁴⁰을 알게 혀롤 슌비지⁴¹ 쌔힐가보다."

그 즁의 늙은 농뷔 니다라며 왈,

"아셔라 이 인. 그 말 마라. 그 분을 숌〃 쓰더보니, 쥬졔는 비록 허슐흐나 손길을 보아흐니 양반일시 젹실흐고, 셰폭즈락이 바히 밍물은 아니로셰.⁴² 져런 거시 어스(御使) 굿흐여 무어오니라."⁴³

---

34 무거불측(無據不測) : 성질이 말할 수 없이 흉측함.

35 여봄시 : 여보시오.

36 이 아래는 음이 같은 단어로 말장난을 하는 것이다.

37 볏 : 보습 위에 단 둥근 쇳조각. 볏과 볕의 발음이 같은 것을 이용한 말장난.

38 셩엣장 : '성에'는 쟁기의 몸통인 쟁깃술에 붙은 나무인데, 이 성에와 물위에 떠서 흘러가는 얼음덩이인 성엣장의 음이 같은 것으로 만든 언어유희.

39 소에 양지머리 : 소의 가슴에 붙은 뼈와 살을 통틀어 양지머리라고 하는데, 이 소의 양지머리와 양지(陽地)의 음이 같은 것에서 착안하여 재미있는 말을 만들었음.

40 근즁(斤重) : 저울로 단 무게.

41 슴베째 : 뿌리째. '슴베'는 칼이나 호미처럼 날이 있는 물건의 자루에 들어간 뿌리 부분.

42 세폭자락이 하 맹물은 아니로세 : 양반으로 그렇게 아무 것도 모르는 사람은

한 농군 ᄒᄂᆞᆫ 말이,

"영감, 너무 아ᄂᆞᆫ 체 마오. 손길이 희면 다 양반인 기요? 나ᄂᆞᆫ 이놈을[44] 쓰더보니 거어지즁 상거어지요, 손길을 보니 움쏙의셔 숑곳질만 ᄒᆞ던 갓밧치 아들놈[45]이 분명ᄒᆞ오."

늘근 농부 뭇ᄂᆞᆫ 말이,

"어듸셔 살며 어듸로 가시오?"

어ᄉᆞ 디답ᄒᆞ듸,

"셔울셔 살더니 능광쥬(綾光州)다이로[46] 젼당(眷黨)[47] ᄎᆞ져 가더니, 마참 회량(回糧)[48]이 업고 공교(工巧)이 졈심(點心)쩌니 요긔(療飢)[49]나 할가 ᄒᆞ고 안잣지."

여러 농부 공논(公論)ᄒᆞ고 열의 ᄒᆞᆫ 술 밥[50]으로 ᄒᆞᆫ 그르슬 두둑이 쥬니, 어ᄉᆞ 포식(飽食)ᄒᆞ고 치ᄉᆞ(致謝)ᄒᆞᆫ 후,

"다시 보자고."

ᄒᆞ직ᄒᆞ고 ᄒᆞᆫ 곳을 다다르니, 길가의 쥬막 짓고 영감이 안져셔 막걸니 팔며 쳥울치[51] ᄭᅩ며 반남아[52] 부루거늘, 어ᄉᆞ 보션목 쥬머니를 쩌러[53] 돈 ᄒᆞᆫ

6

아니다. 세폭자락은 뒷자락에 딴 폭을 대어 세 폭으로 된 옷을 말하는데, 이런 옷을 입고 다니는 양반이나 구실아치를 말하기도 함.
43 무어오니라 : 무서우니라.
44 제6장이 낙장이므로 동경대학 소장본의 해당 부분으로 보충함.
45 갓바치 아들놈 : 갖바치를 상스럽게 이르는 말. '갖바치'는 가죽신을 만드는 일을 직업으로 하던 사람.
46 능광쥬(綾光州)다이로 : 전라도의 능주와 광주 쪽으로. '능주'는 현재 전라남도 화순군 능주면. '다이'는 쪽이라는 의미.
47 권당(眷黨) : 일가 친척.
48 회량(回糧) : 목적지에 갔다가 돌아가는데 드는 비용.
49 요기(療飢) : 시장기를 면할 정도로 조금 먹는 것.
50 열의 한술 밥 : 열 사람이 한 숟갈씩 주어서 한 그릇을 만듦. 십시일반(十匙一飯).
51 청울치 : 칡의 겉껍질을 벗겨낸 후 이를 물에 불리면 다시 속껍질이 나오는데 이것을 말함. 이것을 꼬아서 노끈을 만듦.
52 반나마 : 시조의 제목. 아래에 가사가 있다.
53 버선목 주머니를 털어 : 가지고 있는 것을 다 꺼낸다는 의미. '버선목'은 버선

푼 니여 쥐고,

"슐 호 잔 니라잇가."

영감이 어스의 꼴을 보고,

"돈 몬져 니시오."

쥐엿던 돈 니여쥬고 호 푼의치를 졸나 바다먹고 닙 씻고 ᄒ는 말이,

"녕감도 호 잔 먹으란잇가."

녕감이 디답ᄒ디,

7 "아스시오. 그만 두오. 지나가는 힝인(行人)의게 무슨 돈이 넉〃ᄒ여 날
을 한 잔 먹니려시오."

어시 디답ᄒ디,

"니가 무슨 돈이 잇셔 남을 엇지 슐 먹일가? 영감의 슐이니 쵤〃한디
한 잔이나 먹으란 말이지."

영감이 골을 니여 ᄒ는 말이,

"니 슐을 니가 먹던지 마던지 인역⁵⁴은 엇던 스롬이완디 먹으라 말아라
춍집(總執)⁵⁵을 ᄒ옵노?"

어시 니른 말이,

"긔야 졍 먹기 슬커든 공연이 남과 싸호려 말고 먹지 말나잇가. 그 말은
다 웃노라 말이어니와, 남원 기싱 츈향이가 셔울셔 드르니 창기(娼妓) 즁 졍
졀(貞節)이 잇셔 긔특ᄒ다 니르더니, 이곳의 와셔 드르니, 셔방질이 막창(娼
娼)⁵⁶이오, 본관(本官) 원(員)의 슈쳥(守廳) 드러 쥬야(晝夜) 농창ᄒ다 ᄒ니, 그러
홀시 분명ᄒ지?"

이 영감의 결은 헌능(獻陵) 장작이라.⁵⁷ 이 말을 듯고 펄젹 쒸여 니러셔며

이 발목에 닿는 부분인데, 여기에 넣었던 돈을 꺼낸다는 뜻인 것 같음.

54 이녁 : 마주 대한 상대방을 좀 낮추어 이르는 말.

55 총집(總執) : 모든 일을 다 관할하는 것.

56 막창(娼) : 몸을 함부로 파는 여자.

57 결은 헌릉(獻陵) 장작이라 : 성격이 장작 쪼개지듯 곧다는 의미로 당시에 통용되
던 말로 보임. 헌릉은 조선 태종의 묘로 서울 강남구 내곡동에 있음.

상토갖가지 골을 너여 두 눈을 부릅쓰고 두 팔독을 씀니면서 넉시 올나[58] 8
ᄒᄂᆫ 말이,

"빅옥(白玉) ᄀᆞᆺᄒᆞᆫ 츈향이롤 더러올 말노 욕ᄒᆞᄂᆫ 그놈을 너가 맛나더면 그
놈의 다리롤 무김치 쎠흐듯 뭇독 〃 〃 ᄌᆞ롤 거술. 통분(痛忿)ᄒᆞ고 절통(絶痛)
ᄒᆞ외. 인역도 다시 그런 말을 ᄒᆞ닷가는 누더기롤 평싱의 못 버셔보고 비령
방이로 늙어 쥭을 거시니, 그런 앙급ᄌᆞ손(殃及子孫)[59]홀 쇼리는 다시 옴기지
도 마옵쇼."

어시 디답ᄒᆞ디,

"영감은 악담(惡談)을 말고 말을 ᄌᆞ셔이 ᄒᆞ라잇가. 츈향의 얼골이 빅옥(白
玉) ᄀᆞᆺ던지 ᄒᆡᆼ실이 쳥옥(靑玉) ᄀᆞᆺ던지 알 슈 잇나?"

셩닌 영감 ᄒᆞᄂᆫ 말이,

"젼등(前等)ᄉᆞ도[60] ᄌᆞ졔(子弟) 니도령인지 ᄒᆞᄂᆫ 아ᄒᆡ 연셕이 츈향 작첩(作
妾)ᄒᆞ여 빅연긔약(百年期約) 밍셰ᄒᆞ고 올나갈 졔 금셕뇌약(金石牢約)ᄒᆞ고 간
후, 신관ᄉᆞ도 호ᄉᆡᆨ(好色)ᄒᆞ여 츈향의 향명(香名) 듯고 셩화ᄀᆞᆺ치 불너드려 슈
쳥으로 작첩[61]ᄒᆞ니, 츈향의 빙옥졀긔(氷玉節槪) 한ᄉᆞ블쳥(限死不聽)ᄒᆞ니, ᄉᆞ되
골을 너여 한ᄉᆞ즁장(限死重杖)[62] 옥방(獄房) 엄슈(嚴囚)ᄒᆞᆫ 지 올졋ᄎᆞ 삼년이라. 9
쎠 〃 올녀 즁장(重杖)ᄒᆞ며 '지만(遲晚)ᄒᆞ라'[63] 분부ᄒᆞ디, 그런 고초(苦楚) 격그
면셔 우리(琉璃) 슈졍(水晶) 몱은 졀(節)이 츄호(秋毫) 쌋덕을 아니ᄒᆞ니,[64] 쳔고
(千古)의 창기(娼妓) 졀ᄒᆡᆼ(節行) 니럿튼 말 드럿습나? 니러ᄒᆞᆫ 렬녀(烈女) 첩(妾)
을 외방(外方)에다 바려두고 편지 ᄒᆞᆫ 장 아니ᄒᆞ고 소식조ᄎᆞ 영졀(永絶)ᄒᆞ니,
그 아ᄒᆡ 년셕이 신ᄉᆞ년(辛巳年) 팔월(八月)통에 쩌러졋시면[65] 모르거니와, ᄉᆞ

---

58 넋이 올라 : 열이 올라.
59 앙급자손(殃及子孫) : 재앙이 자손에게 미침.
60 전등(前等)사또 : 이전 사또
61 작첩 : 작정(作定)의 잘못으로 보임.
62 한사중장(限死重杖) : 죽기를 한하고 매우 때림.
63 지만(遲晚)하라 : 죄인이 자신의 죄를 자백하면서 늦게 자백하여 잘못했다고 하
   는 말.
64 추호(秋毫) 까딱을 아니하니 : 조금도 움직이지 않으니.

라 잇고 니러ᄒ면 그런 밉고 독ᄒ고 모질고 단〃ᄒ고 무정 밍낭혼 제 할미 홀[66] 아히 년석이 잇겟습나?"

어시 욕을 듯고 홀 말이 업셔 혼 곳에 다〃ᄅ니, 엇던 아히 신셰타령ᄒ디,

"엇던 ᄉ람 팔ᄌ 조아 대광보국(大匡輔國) 슝록대부(崇祿大夫) 팔도방빅(八道方伯) 각읍슈령(各邑首領) ᄒ여 가고, 요 늬 신셰 엇더ᄒ여 십셰(十歲) 안에 냥친구몰(兩親俱沒)ᄒ고 길품으로 나셔시니, 단 십니를 못 다 와셔 열 발가락 다 부릇고, 잔약(孱弱)혼 요 늬 다리 몃날 거러 셔울 가며 동지장야(冬至長夜) 긴〃 밤에 몃 밤 ᄌ고 한양(漢陽) 가리. 됴ᄌ룡(趙子龍)의 쳥총마(靑驄馬)면 이졔 잠간 가련마ᄂ, 어이〃〃 셜운지고 뉵빅여리(六百餘里) 어이 가리."

어시 블너,

"〃 셔울 어디 가나냐?"

그 아히 디답ᄒ디,

"남원 츈향이란 아히 옥즁에서 편지ᄒᄂ 거슬 마타 가는 길이오."

어시 반겨,

"그 편지 이리 다구. 너 공교(工巧)히 나 아니 만낫더면 허힝(虛行)홀 번ᄒ엿다."

"그 어인 말삼이오?"

어시 디답ᄒ디,

"너 그 니도령과 격린(隔隣)ᄒ여 스더니 그 집이 문질(門疾)[67]이 나셔 씨아 돌도 다 업ᄂ니라."

그 아히 침음(沈吟)ᄒ다가,

"분명 그러ᄒ오?"

"〃냐, 넘녀 말고 니리 다구."

---

65 신사년(辛巳年) 팔월(八月) 통에 떨어졌으면 : 신사(1821)년 8월에 크게 전염병이 돌아서 많은 사람이 죽었음. 여기서는 그 전염병에 걸려 죽었다면이라는 의미.

66 제 할미할 : 제 할머니와 붙을.

67 문질(門疾) : 한 집안에 대대로 전해 내려오는 병.

"그러면 편지롤 누롤 주엇다고 흐라오?"

"니가 그리 간다."

"그리면 반삯[68] 밧은 것슨 엇지흔단 말이오?"

"글낭 그만 두어라. 니 말 흐마. 양반이 두말흐랴."

그 아히,

"녯소."

어시 편지 밧아보니, 피봉의 '삼쳥동(三淸洞) 니셕스(李碩士) 몽농叫(夢龍氏) 탑하(榻下)라. 남원 셩싱(成生)[69] 상셔(上書)라.' 흐엿더라. 흉식(胸塞) 안온(眼昏) 흐여[70] 쩌혀 보니,

리별(離別) 후 광음(光陰)이 우금삼지(于今三載)[71]의 쳑셔홍안(尺書鴻雁)이 혼연 단조흐니[72] 약슈삼쳔니(弱水三千里)의 쳥조(靑鳥)가 쓴쳣고[73] 북히만니(北海萬里)의 백안(白雁)이 무로(無路)흐니,[74] 쳔이(天涯)롤 바라보니 망안(望眼)이 욕쳔(欲穿)이오,[75] 운산(雲山)이 격졀(隔絶)흐니 심담(心膽)이 구월(俱裂)이라. 니화(梨花)의 두견졔(杜鵑啼)흐고, 오동(梧桐)의 야우(夜雨) 올 졔, 격막독좌(寂寞獨坐)흐여 상스일염(相思一念)이 지황텬뇌(地篁天籟)[76]라도 차

11

---

68 반삯 : 반전(盤纏)과 같은 뜻으로 보임. '반전'은 노자(路資).

69 셩생(成生) : 처음 춘향이 이도령을 만났을 때는 성을 김씨라고 했는데, 여기서는 성씨라고 했음.

70 흉색(胸塞) 안혼(眼昏)하여 : 가슴이 막히고 눈이 침침하여.

71 별후광음(別後光陰)이 우금삼재(于今三載) : 이별한 후 세월이 지금까지 삼년이 되었습니다.

72 척서홍안(尺書鴻雁)이 혼연 단조하니 : 편지가 끊어졌음을 말함. '혼연 단조'는 '돈연(頓然) 단절(斷絶)'이 잘못된 것으로 보임.

73 청조(靑鳥)가 끊쳤고 : 소식이 끊어졌고. 청조는 소식을 전하는 새.

74 북해만리(北海萬里)에 백안(白雁)이 무로(無路)하니 : 소식이 오래 끊어졌음을 비유함. 소무(蘇武)가 북해에 갇혀 있을 때, 흰 기러기의 발에 편지를 묶어 보냈다는 고사가 있음.

75 천애(天涯)를 바라보니 망안(望眼)이 욕천(欲穿)이요 : 아득히 먼 곳을 시름없이 바라보니 바라보는 눈이 뚫어질 것 같고.

한(此恨)을 난셜(難說)이라. 무심(無心)흔 호접몽(胡蝶夢)⁷⁷은 쳔니(千里)의 오
락가락. 졍블자억(情不自抑)ᄒ고 비블자승(悲不自勝)이라.⁷⁸ 긴 한숨 피눈물
노 화조월셕(花朝月夕)⁷⁹을 보너더니, 신관(新官)의 슈쳥 분뷔(分付ㅣ) 상셜
(霜雪)을 능모(陵侮)ᄒ며⁸⁰ 뇌졍(雷霆)의 된벼락이 신상(身上)의 나리니 편신
(遍身)이 분쇄(分碎)ᄒ고 심장(心腸)이 다 사회니,⁸¹ 미견낭군(未見郎君)의 일
명(一命)이 진(盡)ᄒ오면⁸² 쳔고원혼(千古冤魂)이 되어 군(君)을 평싱의 쪼을
지니, 다쇼(多少) 셜화(說話)롤 혈셔(血書)로 난긔(難記)오, 함비흉식(含悲胸
塞)⁸³ᄒ고 혼빅비월(魂魄飛越)ᄒ여 만(萬)의 일(一)을 쓰나이다.

연월일(年月日) 춘향 샹셔(上書)라.

12 ᄒ엿더라. 어시 보고 일희일비(一喜一悲)ᄒ여 그 아히 보너고, 도라셔〃 심
신이 황황(遑遑)ᄒ여, 죽은 쥴 아랏더니 산 글시롤 보앗구나.

쏘 한 곳 다〃르니, 면쥬인(面主人)⁸⁴이 걸틱⁸⁵ 젼령(傳令)ᄒ라 가고, 풍원
(風憲)·약장(約正)·면임(面任)⁸⁶드리 답닌(踏印) 슈결(手決) 발다⁸⁷ 들고 민간슈렴

---

76 지황쳔뢰(地簧天籟) : 이 세상의 온갖 소리. 뛰어난 문장.

77 호접몽(胡蝶夢) : '호접몽'은 『장자(莊子)』에 나오는 나비의 꿈이지만, 여기서는
그런 의미와 관계없이 그저 꿈이라는 의미로 썼음.

78 졍불자억(情不自抑)하고 비불자승(悲不自勝)이라 : 정은 스스로 억제하기 어렵
고, 슬픔은 견디기 어렵다.

79 화조월석(花朝月夕) : 꽃 피는 아침과 달 뜨는 저녁으로 경치가 좋은 시절을 이
르는 말.

80 상설(霜雪)을 능모(陵侮)하며 : 춘향의 서리와 눈처럼 맑고 찬 마음을 능멸한다
는 의미.

81 사위니 : 사그라져 재가 되니.

82 미견낭군(未見郎君)에 일명(一命)이 진(盡)하오면 : 낭군을 만나보지 못하고 죽
게 되면.

83 함비흉색(含悲胸塞) : 슬픔을 머금어 가슴이 막힘.

84 면주인(面主人) : 조선시대 지방 관아에서 각 면(面)과 연락을 맡아보던 사람.

85 걸틱 : 걸태질. 탐욕스럽게 마구 재물을 긁어모으는 짓.

86 풍헌(風憲) 약정(約定) 면임(面任) : 풍헌, 약정, 면임은 모두 지방의 향약(鄉約)이
나 관아에서 사무를 맡아보는 사람. '풍헌'은 유향소(留鄉所)에서 면(面)이나 이

(民間收斂)⁸⁸ ᄒᆞᄂᆞᆫ구나. 이 달 이십칠 일이면 본관(本官) 원(員)님 싱진(生辰)이
라. 디즁쇼호(大中小戶) 분등(分等)ᄒᆞ여 돈과 ᄡᆞᆯ을 회계(會計)ᄒᆞ니, 민원(民怨)이
쳘텬(徹天)ᄒᆞ여⁸⁹ 집〃이 우룸일다. 노변(路邊)의 상인(喪人) 하나 울고 가며
ᄒᆞᆫ 말이,

"니런 관장(官長) 보앗ᄂᆞᆫ가? 살인(殺人) 고장(告狀) 졍쇼(呈訴)ᄒᆞ니,⁹⁰ 원님 졔
ᄉᆞ(題辭)⁹¹의 '슈쇼(數少) 민호즁(民戶中)의 일기(一個) 물고(物故)도 어렵거든 쏘
하나흘 디살(代殺)ᄒᆞ면 두 빅셩을 닐넛구나.'⁹² 밧비 모라 니치라 ᄒᆞ니, 이런
공ᄉᆞ(公事) 보앗ᄂᆞᆫ가?"

ᄒᆞ고 울고 가더니, 쏘 한 쵸뷔(樵夫ㅣ) 시졀가(時節歌)⁹³ ᄒᆞ며 가니,

불상코 가련ᄒᆞ다 닌들 아니 불상ᄒᆞᆫ가
크나큰 옥방(獄房) 안의 ᄭᅩᆺ치 이울고 향(香)이 ᄉᆞ라지니
일거(一去)의 무쇼식(無消息)ᄒᆞ니 이 ᄭᅳᆺᄂᆞᆫ 듯⁹⁴

(里)의 일을 맡아보는 사람이고, '약정'은 향약(鄕約)의 임원이며, '면임'은 동리
의 사무를 보는 사람임.

87 답인(踏印) 수결(手決) 발기 : 직접 서명이 되어 있는 명단. '답인'과 '수결'은 모
두 서명을 말하고, '발기'는 사람이나 물건의 이름을 죽 적어놓은 문건. 원문
'발다'는 '발기'의 잘못임.

88 민간수렴(民間收斂) : 백성들한테 거두어들임. 여기서는 원님의 생일에 바칠 물
건을 거둬들이기 위해 백성들의 이름을 죽 적은 문서를 들고 다니면서 할당된
물건을 거두고 있음을 말함.

89 민원(民怨)이 철천(徹天)하여 : 백성들의 원한이 하늘에 사무치어.

90 살인(殺人) 고장(告狀) 정소(呈訴)하니 : 사람을 죽였다는 소장(訴狀)을 관가에 제출
하니.

91 제사(題辭) : 관청에 낸 고소장에 그 판결의 내용을 기록한 것.

92 수소(數少)~ : 백성의 인구가 적어 한 사람이 죽은 것도 곤란한데, 살인죄를
적용하여 또 한 사람을 더 죽인다면 백성 두 사람이 죽는다는 의미. 일의 처리
를 잘못하는 것을 풍자한 말임.

93 시절가(時節歌) : 시조.

94 애끊는 듯 : 시조를 부를 때, 마지막 세 글자는 부르지 않으므로 '애끊는 듯'
다음에 '하노라' 같은 말이 생략되었음.

13 　어시 감누(感淚)룰 머금고 남원지경(南原地境) 드러셔 〃 쳔 〃 이 완보(緩步)
ㅎ여 박셕틔룰 올나셔 〃 좌우 산쳔 바라보니, 산쳔도 예 보던 산쳔이오, 물
도 예 보던 물이로다. 위셩조우읍경진(渭城朝雨浥輕塵)ㅎ니 긱ᄉ쳥 〃 유식신
(客舍青青柳色新)[95]은 나귀 미던 버들이오, 디동문(大東門) 밧긔 헌원ᄉ(禪院寺)[96]
는 야반종셩(夜半鐘聲)[97]이 반갑도다. 좌편은 교룡산(蛟龍山)이오, 우편은 영쥬
고기. 광한루(廣寒樓)야 잘 잇더냐? 오작교(烏鵲橋)야 반갑도다.

　츈향고틱(春香故宅) 츠져가셔 문젼을 바라보니 옛 형상이 젼혀 업다. 숑빅
냥뉴(松柏楊柳) 고목(枯木) 되고 연못 쵸당(草堂) 문허지고, 문젼(門前)이 닝낙(冷
落) 안마희(鞍馬稀)ㅎ니[98] 블견당노권쥬인(不見當壚勸酒人)[99] 긘들 아니 가련ᄒ
가? 디문짝은 파락(破落)ᄒ디, 울지경덕(蔚遲敬德) 진슉보(秦叔寶)[100]는 투고 상
모(象毛) 부월(斧鉞) 머리만 붓터 잇고, 디문(大門) 우희 츈도문젼징부귀(春到門
前增富貴)[101]룰 닌 글시로 붓쳐더니, 풍마우셰(風磨雨洗)[102] 다 써러지고 귀휼
귀짜(貴字)쑨이로다. 힝낭치 니글어지고 즁문간(中門間)은 흔어지고,[103] 안치
14 　는 쓸니 〃고 압뒤벽 잣바지고, 면회(面灰)ᄒ[104] 압뒤 담은 간 〃히 문허지고,
셕가리 고의 벗고[105] ᄉ면(四面) 기둥 파락(破落)ᄒ고, 디문간 드러셔 〃 츈향

---

95 위셩조우읍경진(渭城朝雨浥輕塵)하니 객사청청유색신(客舍青青柳色新) : 위성에 내
　리는 아침비가 촉촉이 먼지를 적시니, 객사의 파릇파릇한 버들 빛깔이 더욱 새
　롭다. 왕유(王維)의 시 「송원이사안서(送元二使安西)」의 첫 두 구.

96 선원사(禪院寺) : 현재 남원시 도통동(道通洞)에 있는 절.

97 야반종성(夜半鐘聲) : 한밤중에 들리는 종소리. 장계(張繼)의 시 「풍교야박(楓橋
　夜泊)」의 한 구절.

98 문전냉락안마희(門前冷落鞍馬稀)하니 : 문 앞이 쓸쓸하여 말 타고 오는 사람 없
　으니. 백거이(白居易) 「비파행(琵琶行)」의 한 구절.

99 불견당로권주인(不見當壚勸酒人) : 주막에서 술 권하던 사람은 보이지 않네.

100 울지경덕(蔚遲敬德) 진숙보(秦叔寶) : 중국 당나라의 장수. 악귀가 집안으로 들
　어오지 못하게 이들의 화상을 대문에 붙였음.

101 츈도문젼증부귀(春到門前增富貴) : 봄이 문 앞에 와서 부귀를 더해주네. 입춘
　때 대문에 써붙이던 글귀.

102 풍마우세(風磨雨洗) : 바람에 갈리고 비에 씻김.

103 흐너지다 : 무너져 흩어지다.

104 면회(面灰)하다 : 담이나 벽에 횟가루를 칠함.

즈던 방압흘 여허보니, 상산수호(商山四皓)[106] 붓친 그림 네 노인(老人)은 어디
가고 바독판만 희미ᄒ고, 두루미 한 雙 노핫든 것 한 짝은 간디업고 한 짝
만 나마 잇셔, 죽지[107]는 상ᄒ고 한 다리는 졀며 외나리롤 펼쳐들고 '두루
쪽 두루쪽' ᄒ는구나. 니변(籬邊)의 누른 국화 오상고졀(傲霜孤節)[108] 즈랑ᄒ고
창젼(窓前)의 푸른 디는 블기쳥음디아귀(不改淸陰待我歸)라.[109] 폐창젼(弊窓前)의
누른 기는 긔운업시 조을다가 구면긱(舊面客)을 몰나보고 컹〃 짓고 니닷는
다. 황(荒)셤의[110] 거친 풀은 옛 즈최 희미ᄒ고, 창외(窓外)의 옛 졀긔(節槪)는
녹쥭창숑(綠竹蒼松) 쑌이로다. 방안의는 하날 뵈고 마당의 꼴을 븨고,[111] 아
궁의 톳기 즈고 붓두막의 다롭이 컨다. 물두멍의 쌍벌의 집, 밥슷히는 가야
미[112] 집, 압뒤 연못 다 메이고, 화쵸밧히 잡풀 나고, 셕가산(石假山)도 훗허
졋다. 화쵸분도 쬐여지고 홍도(紅桃) 벽도(碧桃) 부러지고, 큰 기는 비루먹
고[113] 즈근 기는 도랑이[114] 먹어 옛 모양이 바히 업다. 어시 블승쵸창(不勝悄
悵) 쳐량ᄒ여 한슘지며 ᄒ는 말이,

"졔 집 꼴이 〃러ᄒ니 졔 일은 블문가지(不問可知)로다."

황혼(黃昏)을 기다려 중문안의 드려셔 〃 드ᄅ니, 츈향모(春香母)가 목욕지계

---

105 고의 벗다 : 꾀벗다. 발가벗다.
106 상산사호(商山四皓) : 중국 진시황 때 세상의 어지러움을 피해 상산에 숨어살
  던 네 사람.
107 죽지 : 새의 날개가 몸에 붙은 부분.
108 오상고절(傲霜孤節) : 서릿발 속에서도 굽히지 아니하고 홀로 지키는 절개. 국
  화를 비유하는 말.
109 불개청음대아귀(不改淸陰待我歸)라 : 맑은 그늘은 여전히 나 돌아오기를 기다
  리는구나. 당나라 시인 전기(錢起)의 「모춘귀고산초당(暮春歸故山草堂)」의 한
  구절.
110 황(荒)셤에 : 황폐한 섬돌에.
111 마당에 꼴을 베고 : 소나 말에게 먹이로 주는 풀을 벨 정도로 마당에 풀이
  많음.
112 가야미 : 개미.
113 비루먹고 : 개나 말의 피부가 헐고 털이 빠지는 병에 걸림.
114 도랑이 : 옴 비슷한 개의 피부병.

(沐浴齋戒) 졍(淨)히 ᄒ고, 시 소반의 시 그릇시 졍한슈¹¹⁵ 졍(精)히 노코,

"비나이다 하나님긔 비나이다. 명텬(明天)이 감동ᄒ샤 셔울 계신 니몽뇽씨 젼나감ᄉ(全羅監司)롤 ᄒ옵거나 젼나어ᄉ(全羅御史)롤 ᄒ여 ᄂ려와셔 우리 츈향 살녀쥬게 ᄒ옵쇼셔."

어시 듯고 감탄ᄒ여 싱각ᄒ되, '나의 벼슬이 션음(先蔭)으로 아라더니, 샹풍¹¹⁶ 츈향 어미 졍셩이로다.' 기침ᄒ고,

"츈향 어미 계 잇ᄂ가?"

츈향모 빌기롤 다ᄒ 후의, 노랑머리 비켜 꼿고¹¹⁷ 몽당치마 두루치고 질탕관(湯罐)¹¹⁸의 쥭(粥)을 쑤니, 져진 남게 불을 불며 눈물 흘녀 셩화ᄒ며 한숨도 나리 쉬고 가슴도 두다리며, 머리도 쓰드며 부지디¹¹⁹로 두다리며,

"날 잡아갈 귀신은 어디 간노? 곳 ᄌ쳐(自處)¹²⁰라도 ᄒ련마는 져롤 두고 엇지ᄒ리. ᄌ는 드시 쥭고지고, 쳔산지산¹²¹ 홀것업시 니가(李哥)놈이¹²² 니 원슈라."

한창 이리ᄒ다가 부르는 쇼리롤 듯고 니다라며,

"계 누고 와 계시오."

"니로셰."

"니라니, 동편(東便) 굴둑의 아들인가? 걸긱(乞客)도 눈이 잇지. 집 모양을 보아ᄒ니 무어슬 쥬리라고 어두온디 드러완노? 옥(獄)의 갓친 ᄯᆯ 먹니라고 ᄇᆰ아기쥭¹²³ 한 쥼 쓰리옵니."

---

115 졍한수 : 졍화수(井華水). 이른 새벽에 처음 길어온 우물물.
116 샹풍 : 본래.
117 비껴 꼿다 : 비스듬히 꽂다.
118 질탕관(湯罐) : 질그릇 탕관. '탕관'은 국을 끓이거나 약을 달이는 그릇으로 손잡이가 있음.
119 부짓대 : 부지깽이. 아궁이에 불을 땔 때 쓰는 막대기.
120 자쳐(自處) : 자결(自決).
121 쳔산지산 : 이런 말 저런 말로 많은 핑계를 늘어놓는 모양.
122 이가(李哥)놈이 : 이도령이 얄미워서 욕으로 하는 말. '哥'는 성에 붙여 낮게 부르는 말.

"이 스룸 니로셰."

"오호, 김풍원(金風憲)님 와 계시오. 돈 두 돈 쑤어온 것 슈히 가져가오리니 너모 지쵹ᄒᆞ지 마오. 셜운 말을 드러보오. 금산(金山) 亽ᄂᆞᆫ 졈옥(點玉)이ᄂᆞᆫ 신관(新官)亽도 슈쳥(守廳)드러 쥬야(晝夜) 농창 힝낙(行樂)ᄒᆞ며 남원 읍니(邑內) 디쇼亽(大小事)의 졔게 몬져 쳥(請)을 ᄒᆞ면 빅발빅즁(百發百中) 영낙업고, 亽또가 디혹(大惑)ᄒᆞ여 져의 아밤 힝슈군관(行首軍官),[124] 졔 오라비 셔창고ᄌᆞ(西倉庫子),[125] 읍니 논 열셤직기,[126] 군쳥(郡廳) 뒤밧 보름가리,[127] 모도 치면 오오 륙쳔금(五六千金)[128] 어치 되야시니, 요런 거슬 마다ᄒᆞ고, 츈향의 즛슬 보오."

"이 스룸 니로셰."

"오호, 지 너머 니풍원(李風憲)의 ᄌᆞ졘(子弟ㄴ)가?"

"아니로셰."

"올희. 이졔야 알깃네. ᄌᆞ네가 봉우지 亽ᄂᆞᆫ 어린돌인가? 이 스룸 향니(向來)[129]의 먹고 간 죽(粥)갑 칠 푼 쥬고 가쇼. 요亽이 어려워 못 견디긴네."

"이 스룸, 니가 츈향의 셔방 니도령일셰."

"익고, 이놈의 ᄌᆞ셕, 어디셔 난 놈의 아들이니. 완구호 장슈의 아들놈이로다.[130] 늙은 거시 고지 듯고 불너드려 ᄌᆞ이거든[131] 쌉잘호 것 도젹질ᄒᆞ여 가랴ᄂᆞ냐? 히롤 곱다케 지이다가[132] ᄀᆞᆺ지아닌[133] ᄌᆞ식 다 보깃다."

---

123 싸라기죽 : 싸라기로 만든 죽.

124 행수군관(行首軍官) : 군관의 우두머리.

125 서창고자(西倉庫子) : 서쪽 창고를 담당한 사람.

126 열섬지기 : 벼 열 섬을 심을 수 있는 넓이의 논.

127 뒷밭 보름갈이 : '뒷밭'은 뒤쪽에 있는 밭. '보름갈이'는 소 한 마리가 보름 동안 갈아야 할 넓이.

128 원문에는 '오'가 한 번 더 들어갔음.

129 향래(向來) : 접때. 지난번.

130 장사의 아들놈이로다 : 장사꾼을 욕으로 하는 말.

131 자이거든 : 재우거든. 재워주면.

132 해를 곱다랗게 지우다가 : 하루를 온전히 잘 보내다가. '해를 지우다'는 하루를 보낸다는 뜻임.

133 같지않은 : 같잖은. 하는 짓이나 꼴이 어이없음.

등 미러 니치거눌, 어시 어히업셔,

"이 스룸 망녕(妄靈)일세. 나의 스정 드러보쇼. 문운(門運)이 블힝(不幸)ᄒ여
18   과거도 못 맛치고, 벼술도 쓴어져셔 가산(家産)을 탕퓌(蕩敗)ᄒ고 뉴리걸식
(流離乞食) 단니더니, 우연이 예롤 와셔 쇼문을 드러니, ᄌ네 쭐이 날노ᄒ여
엄형즁치(嚴刑重治)¹³⁴ 옥의 드러 죽을 고성혼다 ᄒ니, 져 볼 낫치 업것마ᄂ,
옛 졍니(情理)롤 싱각ᄒ고 혼번 보랴ᄒ고 추져왓네. 임의 너가 예 왓시니,
졔나 즘간 보고 가세."

춘향 어미 말을 듯고, 안질(眼疾) 알ᄂ 뱝시눈¹³⁵을 요리 씻고 조리 씻고
역〃(歷歷)히 치여다 보니 역낙업ᄂ 네로구나. 쌈작 놀나 솜쎡 치며 강동강
동 쒸놀면셔,

"의고, 이거시 원일인고? 이 노릇 미오 잘 되엿다. 디한칠연(大旱七年) 비
바라듯,¹³⁶ 구연지슈(九年之水) 히 바라듯,¹³⁷ 식연동당(式年東堂) 가는 디 바라
듯¹³⁸ 하날ᄀᆺ치 바라고 밋더니, 이룰 엇지 ᄒ준 말고? 이이 〃〃 셜운지고."

셴머리롤 퍼버리고,¹³⁹ 옷ᄌ락을 트러잡고 복장(腹臟)을 픽〃 치밧치며
일신(一身)을 두루로 쥐여쓷고, 악을 쓰며 ᄒᄂ 말이,

"날 쳐죽이시오. 너가 스라 무엇ᄒ랴오?"

19   어시 긔가 막히ᄂ 즁 힝혀 찜을 알가 넘녀ᄒ여 은근이 숀을 너허 마퓌
(馬牌)롤 단〃이 쥔 연후의, 빌미 잇게 셜지롤 틔디,¹⁴⁰

"너모 과(過)히 ᄒ지 마쇼. 젼스(前事)ᄂ 이룰도 말고, 도시(都是) 스룸의 일

---

134 엄형즁치(嚴刑重治) : 엄한 형벌로 처벌함.
135 뱝새눈 : 작으면서 가늘게 째진 눈.
136 대한칠년(大旱七年) 비 바라듯 : 7년 동안의 큰 가뭄에서 비를 기다리듯 몹시
    간절히 바람. '칠년대한'은 중국 은(殷)나라 탕(湯)왕 때에 있었던 큰 가뭄.
137 구년지수(九年之水) 해 바라듯 : 9년 동안이나 계속된 큰 홍수에 해 나기를 기다
    리듯 간절히 바람. '구년지수'는 요(堯)임금 때의 9년 동안 계속된 홍수.
138 식년동당(式年東堂) 가는 대 바라듯 : 식년과(式年科)의 무과(武科)에서 쏜 화살
    이 과녁에 맞기를 바라듯. '가는 대'는 날아가는 화살.
139 셴머리를 퍼버리고 : 흰머리를 풀어헤치고.
140 빌미 있게 설지를 트되 : 미상.

은 모를 거시니 너모 괄시(恝視)ᄒ네."

그려도 날근 거시 먹은 갑시 잇ᄂᆞᆫ 고로 스스로 마음을 풀쳐 닐은 말이,

"여봅셰. 니 말 듯기요. 너가 모도 화뎡이[141]오. 늙은니 망녕 노야 마오.[142] 져리 되기도 팔즈(八字)오. 그려 져룰 옥즁(獄中)의 너흔 후의 가장지물(家藏之物) 진미(盡賣)ᄒ여 옥바라지ᄒᄂᆞᆫ 즁의 이 집인들 니 집인가. 환상(還上) 관치(官債) 틱산(泰山)이라.[143] 홀일업시 집을 파라 환상 관치 수쇄(收刷)ᄒ고 집도 업ᄂᆞᆫ 거어지오."

"그리면 즈네 웨 예 왓노?"

"탕관(湯罐)의 쥭 쑤러 왓지오."

"그리면 어디셔 즈나?"

"읍니(邑內) 과부집 홀어미집 두로 즈지오."

이럿틋 슈작홀 졔, 상단이 니다르며,

"마누라님 그리 마오. 우리 앗시가 그 셔방님을 엇더케 아옵더잇가?"

어ᄉᆞ룰 보고 목이 메여 말을 못ᄒ고 식은밥을 더여 노코,

20

"셔방님 시장ᄒ신 디 어셔 잡슈. 아씨 말슴이야 한 닙으로 엇지 다 ᄒᄋᆞ릿가?"

어ᄉᆞ 긔특이 넉겨 요긔(療飢)룰 달게 ᄒ고, 져른 밤 길게 쉴 졔, 츈향모의 잔말은 ᄉᆞ룸의 아비ᄂᆞᆫ 못 듯깃다.

ᄎᆞ시(此時) 츈향이 옥즁의 홀노 안져 삼경(三更)의 못 든 잠을 ᄉᆞ오경(四五更)의 계우 드러 ᄉᆞ몽비몽(似夢非夢) 꿈을 쑤니, 상희[144] 보던 쳬경(體鏡) 복판 ᄭᅵ여지고, 뒤동산의 잉도화(櫻桃花) 빅셜(白雪) ᄀᆞᆺ치 흔날니고, 즈던 방 문얼골[145] 우희 허슈아비 다라 뵈고, 틱산은 문허지고 벽히(碧海)ᄂᆞᆫ 말나 뵌다.

---

141 내가 모두 홧뎡이오 : 대단히 화가 났다는 의미.

142 노야 마오 : 노여워 마오.

143 환상(還上) 관채(官債) 태산(泰山)이라 : 환상 밀린 것과 관가에 진 빚을 갚아야 할 것이 많다.

144 상애 : 평상시.

145 문얼굴 : 문틀. 문짝을 달거나 끼우는 네모난 틀.

이 꿈 아니 슈상(殊常)ᄒ냐? 남가(南柯)의 일몽(一夢)[146]인가? 화셔몽(華胥夢),[147] 구운몽(九雲夢)[148]가? 쵸당(草堂)의 츈슈족(春睡足)ᄒ니 졔갈무후(諸葛武侯) 와룡몽(臥龍夢)[149]가? 힝진강남슈쳔니(行盡江南數千里)의 한단침상(邯鄲枕上) 황양몽(黃粱夢)[150]가? 꿈을 쌈작 놀나 씨여 한숨지며 ᄒ는 말이,

"일죠(一朝) 낭군(郎君) 니별 후의 쇼식죳ᄎ 영졀(永絶)ᄒ니, 급쥬(急走)[151] 셔간(書簡)도 회보(回報) 업고, 수삼츈츄(數三春秋)[152] 되야시디 편지 한 번 아니ᄒ네. 봄졀(節)은 유신(有信)ᄒ여 오던 쩨의 도라오디, 님은 어이 무정ᄒ여 도라올 쥴 모로는고. 님 죽을 꿈인가? 나 죽을 꿈인가? 이 몸은 죽을지라도 님을낭 죽지 말고 너 셜치(雪恥)롤 ᄒ여쥬쇼. 죽은 혼이라도 님을 아니 〃 즈리라."

칼머리롤 베고 누어 가므니 싱각ᄒ디,

"날 ᄉ랑ᄒ던 도련님이 경셩(京城)의 득달(得達)혼 후 날을 그리워 병이 든가? 날보다 나흔 님을 어더 두고 ᄉ랑 겨워 못 오는가? 쇼연금방괘명(少年金榜掛名)ᄒ여[153] 벼슬의 올낫다가 쇼인(小人)의 참쇼(讒訴) 입어 쳔니원젹(千里遠謫)[154] ᄒ엿는가? 날 ᄎᄌ오다가 비명참ᄉ(非命慘死)[155] ᄒ엿는가? 요조슉녀(窈

---

146 남가(南柯)의 일몽(一夢) : 남가일몽(南柯一夢). 덧없이 지나간 한 때의 부귀와 영화. 중국 당나라 전기(傳奇)소설 『남가기(南柯記)』의 주인공이 평생의 부귀 영화를 잠깐 사이의 꿈에서 겪은 것에서 나온 말.

147 화서몽(華胥夢) : 중국의 황제(黃帝)가 낮잠을 자다가 꿈에서 화서(華胥)라는 나라에 가서 그 나라의 정치가 잘 되는 것을 보았는데, 잠에서 깬 후 깊이 깨달았다는 고사에서 나온 말.

148 구운몽(九雲夢) : 조선시대 소설.

149 와룡몽(臥龍夢) : 제갈공명(諸葛孔明)의 꿈. 유비(劉備)가 제갈공명을 남양의 초당으로 찾아갔을 때 공명은 낮잠을 자고 있었음.

150 한단침상(邯鄲枕上) 황량몽(黃粱夢) : 『침중기(枕中記)』의 주인공 노생(盧生)이 한단의 여관에서 잠깐 사이에 꾼 꿈. 인생의 덧없음을 비유한 말.

151 급쥬(急走) : 걸어서 급한 심부름을 하는 사람.

152 수삼춘추(數三春秋) : 2~3년, 또는 몇 년.

153 소년금방괘명(少年金榜掛名)하여 : 어린 나이에 과거에 급제하여 합격자 명단에 들어.

154 천리원적(千里遠謫) : 천리나 되는 먼 곳으로 귀양을 감.

窈淑女) 정실(正室) 어더¹⁵⁶ 유ᄌ싱녀(有子生女)ᄒ야 금슬종고(琴瑟鐘鼓)¹⁵⁷ 즐기
눈가? 남닌북쵼(南隣北村) 쳥누쥬ᄉ(靑樓酒肆)로 유협긱(遊俠客)¹⁵⁸이 되엿눈가?
이런 연고(緣故) 다 업ᄉ면 일졍(一定) 한 번 오련마ᄂ, 오시지ᄂ 못ᄒ여도 일
장셔신(一張書信) 붓쳐시면 나의 쇼식 알엿마ᄂ, 피눈물이 반쥭(斑竹) 되니 아
황(娥皇) 녀녕(女英) 셔름이오, 장신궁(長信宮)의 낙화(洛花)ᄒ니 반쳡녀(班婕
妤)¹⁵⁹의 셔름이오, 엄누ᄉ단봉(掩淚辭丹鳳)ᄒ고 함비향빅뇽(含悲向白龍)ᄒ니¹⁶⁰
왕쇼군(王昭君)의 셔름이오, 마외파하(馬嵬坡下)¹⁶¹ 져믄 날의 양퇴진(楊太眞)의
셔름이오, 허다흔 셔름 다 바리고 남원 옥즁(獄中) 젹막(寂寞)흔디 나의 셔름
쳣지로다."

혼ᄌ ᄉ셜(辭說) 눈물 셧거 한슘질 시, 외촌(外村) ᄉᄂ 허(許)판ᄉ¹⁶² 문복
(問卜) 도부 웨며 가니,¹⁶³ 셔울 판ᄉ와 달나 쇼리롤 아조 푹 쥐여지ᄅᄂ 다
시, '문슈(問數)홉쇼 〃〃〃〃' 거드러거려 짓너다가¹⁶⁴ 물근똥을 드디고 밋

---

155 비명참사(非命慘死) : 제 명대로 살지 못하고 참혹하게 죽음.
156 요조숙녀(窈窕淑女) 정실(正室) 얻어 : 정숙하고 품위가 있는 여자를 정실부인
　　으로 맞아들여.
157 유자생녀(有子生女) 금슬종고(琴瑟鐘鼓) : 아들 딸 자식을 낳고 부부 사이의 정
　　이 화목함. 금(琴)과 슬(瑟)은 서로 화합해서 좋은 소리가 나는 악기이고, 종
　　(鐘)과 고(鼓)도 서로 화합하여 좋은 소리를 내는 것에서 부부 사이의 화목한
　　정을 얘기함.
158 유협객(遊俠客) : 원래 유협객은 호방하고 의리 있는 사람을 말하나, 여기서는
　　술집이나 기생집에 놀러다니는 한량을 말함.
159 반첩여(班婕妤) : 중국 한성제(漢成帝)의 후궁. 처음에는 총애를 받았으나 후에
　　조비연(趙飛燕)에게 미움을 받아 장신궁(長信宮)으로 물러나 있으면서 태후(太
　　后)의 시중을 들며 시를 지었음.
160 엄루사단봉(掩淚辭丹鳳)하고 함비향백룡(含悲向白龍)하니 : 눈물은 앞을 가리는
　　데 단봉을 떠나, 서글픔을 머금고 백룡으로 향하니. 동방규(東方虯)의 「소군원
　　(昭君怨)」의 한 구절. '단봉'은 한(漢)나라의 궁궐이고, '백룡'은 흉노의 지명.
161 마외파하(馬嵬坡下) : '마외파'는 양귀비가 죽은 곳임.
162 허(許)판사 : 허씨 성의 판수. '판수'는 점치는 것을 업으로 삼는 맹인.
163 문복(問卜) 도부 외며 가니 : 점치라고 외치면서 가니. '도부'는 돌아다니며 물
　　건을 파는 것.
164 거드럭거려 짓내다가 : 거만스럽게 잘난 체하며 흥에 겨워 멋을 내다가.

그러져 안성장(安城場)의 풋송아지처롬[165] 왼통으로 나뒤쳐지며 철퍼덕거려 니러날 시, 두 손으로 쏭 쥐무르기롤 왕심이(往十里) 어멈 풋나물 쥐무르 듯[166] 쏭 무든 손을 뿌리다가 돌부리의 부디치니 급히 알파 닙의 손을 너허 부니 젼(全) 구린니 촉비(觸鼻)[167]ᄒ다.

"에퓌, 이 어니 연셕의 쏭이 곳 세 벌 썩은 쏭니로다."

뷔〃 썰고 옥문 압흘 지날 젹의 왼 옷슬 거두쳐 안고 눈을 희번득이며 코살을 찡그리고 막디롤 휘져으며 쉬파롬 불며 더듬어 오거눌, 츈향이 ᄉ 장이 블너 판ᄉ 부르라니, 옥(獄) 안으로 드러오거눌,

"김판ᄉ님[168] 쉬여 가시오."

"거 누고가 부르ᄂᆞᆫ구? 음셩이 귀의 익다."

"나요. 그 ᄉ이 평안ᄒ시오. 딕의 연고(緣故)나 업고 ᄉ망[169]이나 만히 잇 쇼?"

판ᄉ놈 한번 길게 쎄기이고,

"이 이 무안(無顏)ᄒ다. 원슈(怨讐) 싱이(生涯)[170]의 골몰(汨沒)ᄒ여 요사이 어 룬 윤감(輪感),[171] 아히들 역질(疫疾) 비숑(拜送)[172]도 ᄒ고, 푸닥거리,[173] 방슈보

---

165 안성장(安城場)의 풋송아지처럼 : 경기도 안성 소시장의 어린 송아지처럼. 몸 을 가누지 못하고 쓰러지는 것을 말함.

166 왕십리(往十里) 어멈 풋나물 주무르듯 : 서울 왕십리에서 나물이 많이 났는데, 이곳 나물장사 여자가 풋나물을 벌여놓고 자주 주무르며 손님을 청하듯이 되는대로 마구 주무른다는 의미. 서울 노래 건드렁타령에, "왕십리 처녀는 풋나물 장사로 나간다지"라는 내용이 있음.

167 촉비(觸鼻) : 코를 찌름.

168 김판사님 : 위에서는 '허판사'라고 했는데, 여기서는 '김판사'라고 했다. 이 아래에서도 김판사와 허판사가 섞여 있다.

169 사망 : 장사에서 이익을 많이 얻는 운수.

170 생애(生涯) : 생계(生計).

171 윤감(輪感) : 돌림감기. 전염되어 돌아가며 앓는 감기.

172 역질(疫疾) 배송(拜送) : 천연두에 걸려 병을 앓을 때, 열사흘 뒤에 마마(천연 두)신을 전송하던 일. 이 일을 무당이나 판수들이 맡아서 했음.

173 푸닥거리 : 부정을 타거나 살이 끼었을 때, 이것을 풀기 위해 무당이나 판수 가 하는 작은 규모의 굿.

기,[174] 즁병(重病)의 손경[175] 넓기, 이스(移徙)의 안틱경(安宅經),[176] 밍쳥(盲廳)의
계회(契會) 참예(參預),[177] 의합(意合) 동관(同官)기리[178] 투젼(鬪牋) 장긔(將棋) 쇼
일(消日)ᄒ노라고 네 말을 드런지 오리건마는 한번도 와셔 정다이 뭇지 못
ᄒ고 이리 맛ᄂ니 헐 말이 슌젼(純全) 업다. 그랴 요스이 즁장(重杖)을 연(連)
ᄒ여 당ᄒ엿다 ᄒ니 상쳐나 만져보즈."

얼골붓터 나리 만져 졋가슴의셔 미오 지쳬(遲滯)ᄒ니,

"게는 다 관겨(關係)치 안쇼."

츳〃 나려가다가 불가불 쥬졉(住接)홀 디[179] 또 잇다 ᄒ고, 나리 만지며,

"어불스. 못시 쳣다. 바로 학치[180]롤 곳 픠엿구나. 졔 아비 쳐 죽닌 원슈   24
라드가?"

ᄒ며 삼[181]을 만지려고 몸을 굽실ᄒ니,

"장님 두로 만져쥬오. 만지는 디 마다 싀원ᄒ오."

판스놈 이 말 듯고 손을 ᄲᅦ혀 바지츔을 ᄲᅬ히고 쓸어 안즈 졔구(諸具) 츠
려 거취(去就)롤 ᄒ려ᄒ니,[182] 밍열훈 셩품의 쌤을 긔쌤 치듯 ᄒ련마는,[183] 분
(憤)을 늙키여,[184]

---

174 방수보기 : 방위(方位)보기. 방향과 결부시켜 사람의 길흉화복(吉凶禍福)을 점
　　치는 것.
175 산경 : 미상.
176 안택경(安宅經) : 무당이나 소경을 불러다가 집안의 액을 막고 복이 있기를 터
　　주(집터를 지키는 신)에게 빌 때 읽는 경문.
177 맹청(盲廳)에 계회(契會) 참예(參預) : 장님들이 모이는 계에 참석하는 일.
178 의합(意合) 동관(同官)끼리 : 뜻이 맞는 친구끼리. '동관'은 같은 등급의 관리를
　　말하나, 여기에서는 친구의 의미로 썼음.
179 주접(住接)할 데 : 머무를 데.
180 학치 : '정강이'의 낮은 말.
181 삼 : 다른 책에는 '삼사미'라고 했음. '삼사미'는 세 갈래로 갈라진 곳. 여자의
　　성기를 비유함.
182 제구(諸具) 차려 거취(去就)를 하려하니 : 성관계를 하려는 준비를 차리니.
183 개뺨 치듯 하련마는 : 사정없이 뺨을 때리련마는.
184 분(憤)을 늘키어 : 분을 참아.

"쟝님, 여보. 니 말 들루. 옛 일을 숌〃 싱각ᄒ니 셜운 마음 시암 솟듯ᄒ
오. 쟝님 쇼시(少時) 젹의 압뒤집의 이웃ᄒ여 우리 어루신네와 여형약뎨(如兄
若弟) 좃ᄎᄒ며 쥬붕(酒朋) 되야 단니실 지, 돈이 단 너 푼만 삼겨도 쟝님 우
리집의 와셔 어루신니 불너 니여, '우리 오날 희졍(解酲)[185]ᄒᄌ.' 어루신니
디답ᄒ고 날을 안고 나가시면, 쟝님이 날을 보고 머리롤 살〃 쓰다듬어,
'니 쌀 이리 오너라. 안아보ᄌ.' ᄒ고, 안고 슐집의 가셔 안쥬 바다쥬며 달
니던 일이 어졔런듯 ᄒ오마ᄂ, 즉금(即今)의 싱각ᄒ니 어루신니ᄂ 븍망산쳔
(北邙山川)의 도라가시고, 쟝님은 이리 오셔시니 어루신니롤 다시 뵈온 듯ᄒ
오, '고인지ᄌ(故人之子)ᄂ 즉오ᄌ(即吾子)라,'[186] ᄒ엿시니, 니가 곳 쟝님의 쌀
이오. 나ᄂ 쟝님을 곳 아버지로 아옵ᄂ니 두로〃〃 만겨쥬오."

판ᄉ놈이 〃 말을 듯더니 믹시 스스로 푸러져 한편 모흐로 슬며시 쩌러
지며 열업셔[187] ᄒᄂ 말이,

"고 년의셕[188] 니 아들이야. 졍신도 좃투. 과연 그리ᄒ 법(法) ᄒ거니, 그
ᄂ 그리ᄒ거이와 김픠두(金牌頭)[189]가 치드냐, 니픠두(李牌頭)가 치드냐? 집쟝
픠두(執杖牌頭) 쏙바로 닐러라. 너 믹질ᄒ던 놈 셜치(雪恥)ᄂ 니 ᄒ여쥬마. 형
방(刑房) 픠두놈이 오일(五日) 〃〃 날 바드라[190] 니게로 오니, 이후의 퇵일(擇
日)ᄒ라 오거든 곳 졀명일(絶命日)을 바다쥬어 싱급살(生急煞)을 맛쳐 된탑삭
이롤 먹이리라.[191] ᄉ룹놈이 믹질을 흔들 그리 몹시 박아 쳣시랴. 아모커
나[192] 신슈졈(身數占)[193]이나 쳐 보아라. 니 어듸 식젼(食前) 졍신의 잘 쳐쥬

---

185 해정(解酲) : 해장. 술기운을 풀기 위해 해장국과 술을 조금 마시는 것.
186 고인지자(故人之子)는 즉오자(即吾子)라 : 옛 친구의 자식은 바로 내 자식이다.
187 열없다 : 좀 겸연쩍고 부끄럽다.
188 고 년의셕 : 고 녀석.
189 김패두(金牌頭) : 김씨 성의 패두. 패두는 죄인의 볼기를 치는 형방의 사령(使令).
190 오일(五日) 오일 날 받으러 : 오일, 십오일, 이십오일이면 좋은 날이 언젠가
   날짜를 받으려고. 또는 오일마다.
191 된탑새기를 먹이리라 : '탑새기주다'는 남의 일을 방해하여 망친다는 의미.
   '된탑새기'는 탑새기의 의미를 더 강하게 한 말임.
192 아무커나 : 어쨌든.

마."

춘향이 꿈꾼 ᄉ연을 다 역々히 니ᄅ며,   26

"ᄯᅩ 고이ᄒᆞᆫ 일이 옥담 우희 가마귀가 날을 보고 '가옥 々々' ᄒᆞ니 아마
도 날 잡아갈 가마귄가 보오."

판시 디답ᄒᆞ디,

"그는 그러치 아냐 '가옥 々々' ᄒᆞ는 ᄯᅳᆺ은 아롬다올 가ᄯᅡ(佳字)오 집 옥ᄯᅡ
(屋字)라. 경ᄉ(慶事) 잇실 증죄(徵兆ㅣ)로다."

춘향이 반신반의(半信半疑)ᄒᆞ여 쥬머니ᄭᅥᆫ의 돈 너 푼 글너너니, 호텬호지
호월호일(昊天昊地昊月昊日) 합(合)ᄒᆞ면 텬지일월(天地日月)이라.[194]

"가진 돈이 々뿐이니, 복ᄎᆞ(卜債)롤 젹다 말고 희몽졈(解夢占)을 명々(明明)
이 잘 쳐쥬오."

ᄒᆞ더라

세(歲) 경ᄌᆞ(庚子)[195] 구월일 향목동셔

---

193 신수점(身數占) : 사람이 지닌 운수를 보는 점.

194 호천호지호월호일(昊天昊地昊月昊日) 합(合)하면 천지일월(天地日月)이라 : 네
   푼을 재미있게 한 말인 것으로 보임. 옛날에 숫자를 셀 때, 둘은 건곤(乾坤),
   셋은 천지인(天地人), 넷은 춘하추동(春夏秋冬) 등으로 쓰는 일이 많았음.

195 경자(庚子) : 1900년

　츳시(此時)의 허판시 ᄒᆞᄂᆞᆫ 말이,

　"아모케나 신슈졈(身數占)이나 쳐 보아라. 너 어듸 식젼(食前) 졍신의 잘 쳐쥬마."

　츈향이 꿈 꾼 사연을 역〃히 다 니르며,

　"ᄯᅩ 고희ᄒᆞᆫ 일이 옥담 우희 가마괴가 날을 보고 '가옥 가옥' ᄒᆞ니, 아마도 날 잡아갈 가마귄가 보오."

　판시 디답ᄒᆞ되,

　"그ᄂᆞᆫ 그러치 아니ᄒᆞ여 가옥〃〃 ᄒᆞᄂᆞᆫ ᄯᅳᆺ은 아롬다올 가(佳)자 집 옥(屋)ᄌᆞ니, 경ᄉᆞ(慶事) 잇실 징죄(徵兆ㅣ)로다."

　츈향이 반신반의(半信半疑)ᄒᆞ여 쥬머니 솟히 돈 셔 푼[1] 글너니니, 호텬호지호일호월(昊天昊地昊日昊月) 합ᄒᆞ면 텬지일월(天地日月)이라.

　"가진 거시 이 쑨이니 복츠(卜債)가 젹다 말고 히몽졈(解夢占)을 명〃(明明)이 잘 쳐 쥬오."

---

1 셔 푼 : 너 푼의 잘못임.

허판스 코홀 치쩌스며 졈 치려 홀 지, 쥬머니롤 어로 만져 산통(算筒)[2]을 녀여 손의 들고 눈 우희 번듯 드러 솰솰 흔들면서,

"텬하언지(天下言哉)아 고지쥬응(叩之則應)ᄒ나니[3] 신긔명의(神旣靈矣)시니 감이순통(感而順通)[4] 감이순통(感而順通). 복걸(伏乞) 텬지신명(天地神明) 일월셩신(日月星辰) 조림하토(照臨下土) 민지화복(民之禍福)[5] 팔〃뉵십ᄉ괘(八八六十四卦) 삼빅뉵십ᄉ효(三百六十四爻) 괘블난상(卦不亂狀) 효블난동(爻不亂動),[6] 여텬지(與天地)로 합기덕(合其德),[7] 여일월(與日月)노 합기명(合其明),[8] 여ᄉ시(與四時)로 합기셔(合其序),[9] 여귀신(與鬼神)으로 합기길흉(合其吉凶)[10] 획괘찬역(畫卦贊易) 포괄만상(包括萬象).[11] 쳥향일쥬(淸香一炷) 건셩복쳥(虔誠伏請) 고션스(告先師)[12] 복희

2 산통(算筒) : 장님이 점을 칠 때에 쓰는 산(算)가지를 넣는 조그만 통. 산가지는 대나무를 쪼개 젓가락 모양으로 만든 작은 막대로, 이 산가지 49개를 산통에 넣고 흔들다가 이를 갈라 쥐면서 점을 시작한다.

3 천하언재(天下言哉)야 고지즉응(叩之則應)하나니 : 하늘이 무엇을 말씀하시리오 두드리면 곧 응답하나니. 점 칠 때 시작하는 말.

4 신기영의(神旣靈矣) 감이순통(感而順通) : 귀신이 이미 신령스러우니, 감응하시 어 순조롭게 통하게 하십시오.

5 복걸(伏乞) 천지신명(天地神明) 일월성신(日月星辰) 조림하토(照臨下土) 민지화복 (民之禍福) : 엎드려 천지의 신명께 비옵나니, 해와 달과 별과 같은 밝음으로 이 세상을 비추시어 인간의 화복을 밝혀주십시오.

6 팔팔육십사괘(八八六十四卦) 삼백육십사효(三百六十四爻) 괘불난상(卦不亂狀) 효불 난동(爻不亂動) : 64괘와 364효는 괘의 모양이 어지럽지 않고 효의 움직임이 어지 럽지 않으니. 『주역(周易)』의 괘(卦)는 64개가 있고, 각 괘는 6개의 효(爻)가 있으므 로 전체는 384효가 된다. 본문의 364효는 384효의 잘못임.

7 여천지(與天地)로 합기덕(合其德) : 하늘과 땅으로 그 덕을 합함.

8 여일월(與日月)로 합기명(合其明) : 해와 달로 그 밝음을 합함.

9 여사시(與四時)로 합기서(合其序) : 사계절로 그 순서를 합함.

10 여귀신(與鬼神)으로 합기길흉(合其吉凶) : 귀신으로 더불어 그 길흉을 합함.

11 획괘찬역(畫卦贊易) 포괄만상(包括萬象) : 괘를 그리고 해설을 붙여 우주의 모든 것을 포괄함.

12 청향일주(淸香一炷) 건성복청(虔誠伏請) 고선사(告先師) : 맑은 향을 피우고 엎드 려 경건하게 돌아가신 스승들께 고함. 이 아래 복희부터 주회암(朱晦庵)까지는 역사상의 유명한 인물인데, 이들의 영험함을 빌리고자 점치는 사람이 이들에 게 고하는 것임.

(伏義), 신롱(神農), 황뎨(黃帝), 요(堯), 슌(舜), 우(禹), 탕(湯), 문왕(文王), 무왕(武王), 쥬공(周公), 소공(召公), 뎌셩지셩문셩왕(大聖至聖文宣王),[13] 귀곡(鬼谷),[14] 손빈(孫賓),[15] 황셕공(黃石公),[16] 뎌셩지셩문셩왕,[17] 강틱공(姜太公), 장자방(張子房),[18] 엄군평(嚴君平),[19] 왕보스(王輔嗣),[20] 제갈무후(諸葛武候),[21] 관뇌(管輅),[22] 곽박(郭璞),[23] 원텬강(袁天綱),[24] 니슌풍(李淳風),[25] 소강졀(邵康節),[26] 정명도(程明道),[27] 정이쳔(程伊川), 쥬희암(朱晦庵),[28] 뉵상산(陸象山),[29] 진희이(陳希夷),[30] 마의도스(麻衣道士),[31] 옥문장[32] 졔위션싱(諸位先生). 비괘동지(排卦童子) 쳑괘동지(擲卦童子)[33]

---

13 대성지성문선왕(大聖至聖文宣王) : 공자(孔子). '문선왕'은 공자의 시호임.

14 귀곡(鬼谷) : 중국 전국시대의 종횡가(縱橫家).

15 손빈(孫賓) : 전국시대 병법가(兵法家)로 귀곡선생에게 병법을 배웠다고 함.

16 황석공(黃石公) : 중국 진(秦)나라 말기 은사(隱士)이며 병법가. 장량(張良)에게 병서(兵書)를 전해 주었다고 함.

17 필사자의 잘못으로 한 번 더 썼음.

18 장자방(張子房) : 장량(張良). 자방은 그의 자(字). 중국 한(漢)나라의 창업 공신.

19 엄군평(嚴君平) : 중국 서한(西漢) 때 점치던 사람.

20 왕보사(王輔嗣) : 왕필(王弼). 그의 자(字)가 보사. 중국 삼국시대 위(魏)나라 사람. 『주역주(周易注)』, 『노자주(老子注)』 등의 저서가 있음.

21 제갈무후(諸葛武候) : 제갈공명(諸葛孔明).

22 관로(管輅) : 중국 삼국시대 위(魏)나라 사람으로 천문을 잘 보았음.

23 곽박(郭璞) : 중국 진(晉)나라 사람으로 천문을 잘 보았음.

24 원천강(袁天綱) : 중국 당(唐)나라 때의 점쟁이.

25 이순풍(李淳風) : 당나라 사람으로 여러 가지 수학책을 지었음.

26 소강절(邵康節) : 중국 송(宋)나라의 도학자 소옹(邵雍, 1001~1077). 강절은 그의 시호(諡號).

27 정명도(程明道) : 송나라의 도학자 정호(程顥, 1032~1085). 명도는 그의 호.

28 주회암(朱晦庵) : 중국 송(宋)나라의 유학자 주희(朱熹, 1130~1200). 회암은 그의 호. 그를 높여 주자(朱子)라고 부름.

29 육상산(陸象山) : 육구연(陸九淵). 상산은 그의 호(號). 중국 남송(南宋)의 학자.

30 진희이(陳希夷) : 진단(陳摶). 중국 송나라의 역학자(易學者).

31 마의도사(麻衣道士). 마의상법(麻衣相法)의 저자로 알려져 있음.

32 옥문장 : 미상.

33 배괘동자(排卦童子) 척괘동자(擲卦童子) : 괘(卦)를 뿌려 놓는 동자와 괘를 던지는 동자.

허공유감(虛空有感) 원ᄉ강임(願使降臨)[34] 상지텬문(上至天文) 하달지리(下達地理).
금우티셰(今于太歲)[35] 갑ᄌ(甲子) 삼월(三月) 긔히삭(己亥朔) 십일 〃(十一日) 갑술
(甲戌)의 히동(海東) 조션국(朝鮮國) 팔도즁(八道中)의 젼나도(全羅道) 남원부(南原
府) ᄉ십팔면즁(四十八面中) 부닉면(府內面) 향교(鄉校)[36]의 거(居)ᄒ옵ᄂ 곤명(坤
命) 셩시(成氏) 츈향(春香) 갑진싱(甲辰生) 신(身)을[37] ᄉ복ᄌ(使卜者)로 근복문(謹
伏問)ᄒ오디,[38] 년젼분(年前分)의[39] 신관(新官)ᄉ도 〃임(到任) 신졍지쵸(新政之初)
의 횡피쥬장(橫被重杖)ᄒ고 인위슈금(因爲囚禁)ᄒ니[40] 지금 삼년의 빅병(百病)
이 칭츌(層出)ᄒ고 ᄉ싱(死生)을 미판즁(未判中),[41] 거야일몽(去夜一夢)이 여
ᄎ 〃〃(如此如此) ᄒ옵기의 지셩감복문(至誠敢伏問)ᄒ오니,[42] 유하쇼흉(有何所凶)
이온지 이상ᄉ노변손긔여혈이야아[43] 유희하관지(有何官災)아 텬나지망이연야
(天羅地網而然耶)〃?[44] 복걸신명(伏乞神明)은 물비소시(勿秘昭示),[45] 〃〃ᄒ옵쇼셔."

산통(算筒)을 왈각 〃〃 흔드러셔 것구로 잡아 산(算)디[46] ᄲ혀 셰여보고
붓치롤 두다리며 졈괘(占卦)롤 푸러닐 지, 닉외효(內外爻)롤 작괘(作卦)ᄒ니 가

---

34 허공유감(虛空有感) 원사강림(願使降臨) : 빈 가운데에도 느낌이 있으니 원컨대
강림하소서.
35 금우태세(今于太歲) : 올해의 간지(干支).
36 향교(鄉校) : 향교리(鄉校里)의 잘못임.
37 갑진생(甲辰生) 신(身)을 : 갑진 년에 태어난 사람을.
38 사복자(使卜者)로 근복문(謹伏問)하오되 : 점쟁이로 하여금 삼가 물어보게 하오되.
39 연전분(年前分)에 : 몇 해 전에. '分'은 이두로 즈음의 의미임.
40 횡피중장(橫被重杖)하고 인위수금(因爲囚禁)하니 : 잘못 죄에 걸려 심한 매를 맞
고 죄인이 되어 갇혀 있으니.
41 사생(死生)을 미판중(未判中) : 죽고 사는 것이 아직 결정되지 않은 중.
42 거야일몽(去夜一夢) 여차여차(如此如此)하옵기 지성감복문(至誠敢伏問)하오니 :
지난 밤 꿈이 이와 같기에 지성으로 감히 묻자오니.
43 이상ᄉ노변손긔여혈이야아 : 미상.
44 천라지망이연야(天羅地網而然耶)아? : 갇히게 된 까닭은 무엇인지? '천라지망(天
羅地網)'은 하늘과 땅에 쳐진 그물이란 뜻으로 빠져나갈 수 없는 재앙을 말함.
45 복걸신명(伏乞神明)은 물비소시(勿秘昭示) : 엎드려 밝은 귀신께 비옵나니, 삼가
감추지 말고 밝게 알려주십시오.
46 산(算)대 : 산가지. 젓가락 모양의 셈을 할 때 쓰는 막대기. 산통에 산가지를
넣고 흔든 후 산가지를 뽑아 점을 친다.

인지분(家人之賁)[47] 되엿구나. 쵸효(初爻)는 소양(少陽) 구진(句陳)[48]인디 묘(卯) 형데텬녹(兄弟天祿)이오, 이효(二爻)는 소음(少陰) 등ᄉ(螣蛇)로다. 츅(丑) 지텬을 지셰신(才天乙持世身)이오, 삼효(三爻)는 소양(少陽) 빅호(白虎)로다. 희(亥) 문서 안졍(文書安靜)이오, ᄉ효(四爻)는 소음(少陰) 현무(玄武)로다. 미(未) 형뎨텬을(兄 弟天乙)이오, 오효(五爻)는 노양(老陽)이니 청뇽(靑龍)이 발동(發動)이라. 긔손(己 巽) 신관응명(新官應命)되고, 뉵효(六爻)는 소양(少陽) 쥬작(朱雀)이라. 묘(卯) 형 뎨텬녹(兄弟天祿)되고 입히구쥬지괘(入海求珠之卦)오, 기화결실지상(開花結實之 象)이라.[49] 갑술슌즁(甲戌旬中) 신유공(辛酉空)[50] 방광공[51]은 아니엿다. 오효(五 爻)의 역마(驛馬)가 발동(發動)ᄒ니 이 ᄌ손(子孫)이 삼형살(三刑煞).[52]

"이 의. 춘향아!"

"예."

"그 졈괘(占卦) 미오 묘리(妙理) 잇다. 텬을귀인(天乙貴人)이 지시(持世)ᄒ더 응(應)이 세(世)롤 싱(生)ᄒ엿다.[53] 니도령이 과거(科擧)ᄒ여[54] 청포(靑袍)롤 닙 을 격(格)이오. 텬복귀인셩(天福貴人星)[55]의 역마(驛馬) 발동(發動)ᄒ여시니 분명 외임(外任)ᄒ여 나가는 형상(形狀)이라. 연ᄌ괘(鳶子卦)[56] 빗최여시니 둥실〃〃

4

---

47 가인지비(家人之賁) : 가인괘(家人卦)는 가정을 상징하는 괘이다. 위는 손(巽), 아 래는 이(離)로 바람이 불에서 나오는 것이 이 괘의 괘상(卦象)이다. 이 아래 초 효(初爻)에서 육효(六爻)까지는 괘의 형상을 풀이한 것임.

48 구진(句陳) : 오방(五方)을 지키는 육신(六神)의 하나. '육신'은 동서남북을 지키 는 청룡, 백호, 주작, 현무와 중앙을 지키는 등사(螣蛇)와 구진을 말함.

49 입해구주지괘(入海求珠之卦)요 개화결실지상(開花結實之象)이라 : 바다에 들어 가 구슬을 구하는 괘요, 꽃이 되어 열매가 맺는 형상이라.

50 갑술순중(甲戌旬中) 신유공(辛酉空) : 육십갑자 가운데 갑술(甲戌)에서 계미(癸未) 까지의 열 갑자에 신(申)과 유(酉)가 들어가지 않는 것을 말함. 이것을 사주(四 柱)를 볼 때 이용함.

51 방광공 : 미상. 공망(空亡)의 하나인 것 같음.

52 삼형살(三刑煞) : 좋지 않은 작용을 하는 기운.

53 응(應)이 세(世)를 생(生)하였다 : 육효점(六爻占)에서 '응(應)'은 상대방을 말하 고, '세(世)'는 나를 말함.

54 과거(科擧)하여 : 과거에 급제하여.

55 천복귀인성(天福貴人星) : 하늘이 내리는 복록과 귀인다운 고상한 성질의 별자리.

쩌단니는 솔긔벼슬[57]이〃, 즈손(子孫)이라 ᄒᆞ는 거슨 공명(功名)의는 화약(火藥)이라. 삼형살(三刑煞)이 쯰여시니 이 아니 고희ᄒᆞ냐? 응효(應爻)는 논지(論之)컨더 모도지남이엿다.[58] 올컷다, 아니로다. 열읍(列邑) 슈령(守令) 관속(官屬)들을 형츄파직(刑推罷職)[59]ᄒᆞᆯ 거시니 암힝슈의(暗行繡衣) 분명ᄒᆞ다.

화락(花落)ᄒᆞ니 능셩실(能成實)이오 파경(破鏡)ᄒᆞ니 긔무셩(豈無聲)가
문샹현허인(門上懸虛人)은 만인(萬人)이 기앙시(皆仰視)라
난봉(山崩)ᄒᆞ니 작평지(作平地)오 히갈(海竭)ᄒᆞ니 셩농안(見龍顏)이라[60]

이 이 츈향아!"

"의고, 예."

"네 부디 〃〃 조셥(調攝)[61]ᄒᆞ여 염여말고 두고보라. 평싱의 미망(未忘) 낭군(郎君) 블구(不久)의 올 거시니 두고보라."

츈향이 디답ᄒᆞ디,

"일이 졈(占)과 갓흘진디 무삼 한이 닛시릿가? 밍낭ᄒᆞᆫ 말 듯기 슬쇼."

김판스 골을 니여 구지 밍셰 ᄒᆞ는 말이,

"졔 할미를 ᄒᆞ엿다구[62] 헷부리를 놀닐넌가?[63] 고롬 밋고 너기ᄒᆞ즈.[64] 아

---

56 연자괘(鳶子卦) : 하늘을 나는 종이연의 괘로 좋은 괘.
57 솔개벼슬 : 여기저기 돌아다니는 높은 벼슬을 말하는 것으로 보임.
58 모도지남이었다 : '도무지 남이었다'의 잘못인 것 같음.
59 형추파직(刑推罷職) : 형장(刑杖)으로 때리고 파직시킴.
60 화락능성실(花落能成實) 꽃이 떨어지니 능히 열매가 열릴 것이요,
   파경기무성(破鏡豈無聲) 거울이 깨어지니 어찌 소리 없으랴?
   문상현허인(門上懸虛人) 문 위에 허수아비 달렸으니
   만인개앙시(萬人皆仰視) 모든 사람이 다 우러러 보리로다.
   산붕작평지(山崩作平地) 산이 무너지니 평지 될 것이요,
   해갈현용안(海竭見龍顏) 바다가 마르니 용(龍)의 얼굴을 보리로다.
61 조섭(調攝) : 쇠약해진 몸을 보살펴 다스림.
62 제 할미를 하였다고 : 욕설. 자기 할머니와 붙는다는 의미.
63 헛부리를 놀릴런가 : 헛소리를 하겠는가.

모커나 디길(大吉)ᄒ니 의혹 말고 두고보라."

말말끗희[65] 싱각ᄒ니 복츄(卜債) 달나기 어렵도다. 의몽스러이[66] 셜지 트
디,[67]

"이 이 츈향아! 이 스이는 너가 스망이 업고 살기가 극난〃〃(極難極難)ᄒ
여 밥맛 보안지 오날좃ᄎ 몃칠인지. 어지 아참밥 못 짓고, 어졔 져역 건너
쒸고, 오날 아참 졔입이오.[68] 오날 져역 홀일업다. 허고(許久)ᄒ 날 난쳐ᄒ다.
거번(去番)의는 동문밧 장의 갓ᄃ가 쇠쑐참외[69]는 한 푼의 일곱식, 슈박은
한 푼의 둘식 외디,[70] 돈 한 푼이 업셔 못 사먹고 장바닥을 어로만지니 참
외 쩝질 슈박 쩝질이 늘비ᄒ기의[71] 함부로 집어 비닥이의 씨셔 훔치고[72] 오
며 싱각ᄒ니, 조인광좌(稠人廣座)[73]의 그런 꼴이 잇ᄂ냐? 허 시장ᄒ고 속쓰리
다니."

츈향이 〃 말 듯고 금츄(金釵)롤 쌔혀쥬며,[74]

"블상ᄒ오 김판스님. 이거시 비록 약쇼ᄒ나 파라 일시(一時)나 보틱시
오."

김판시 두부자로 터지듯 속으로 드리 쎄긔이고[75] 이면으로 ᄒ는 말[76]이,

---

64 고름 맺고 내기하자 : 단단히 약속을 하고 내기를 하자. 고름은 옷고름. 단단
히 약속할 때 옷고름을 맺고 약속한다고 함.
65 말말 끝에 : 이런저런 말을 하던 끝에.
66 의몽스러이 : 겉으로는 어리석은 것 같으면서도 마음속은 엉큼하게.
67 설지 트되 : '말문을 열되'라는 의미로 보임.
68 제입이오 : 굶었다는 의미임.
69 쇠뿔참외 : 꼭지 부분이 길쭉하고 굽어 있어서 소의 뿔처럼 생긴 참외.
70 외되 : 외치되. 소리치되.
71 늘비하기에 : 여기저기 널려있기에.
72 배때기에 씻어 훔치고 : 배에 씻어서 깨끗하게 하고.
73 조인광좌(稠人廣座) : 여러 사람이 빽빽하게 모인 자리.
74 금차(金釵)를 빠혀주며 : 금비녀를 뽑아주며.
75 두부자루 터지듯 속으로 들이 뻐기이고 : 매우 뻐기면서. 두부자루 터진다는
표현은, 뻐기는 것을 묘사한 것으로 터질 듯이 빵빵한 두부자루의 모양을 말
한 것으로 보임.
76 이면으로 하는 말 : 겉치레로 하는 말. '이면'은 낯.

6 　"아모리 무물블셩(無物不成)[77]이라 ᄒ엿신들 져기나ᄒ면[78] 봇틱여 줄 터이
의 네 졈을 치고 무어슬 바드랴? 남이 드릭면 날을 무어스로 알니? 아셔리
그만 두어라. ᄉ룸의 인스도 용열(庸劣)ᄒ다."

　　말홀 사이의 왼손으로 바다 스민의 슈싀(收刷)ᄒ고[79] 열업셔 ᄒ는 말이,

　　"〃 이, 니런 말을 ᄒ면 슬희여는[80] ᄒ더라마는, 옛말이니 혼다. 너의 어
머니 소시(少時)젹의[81] 소일(消日)ᄒ기 조터니라. 한창 등양(騰揚)ᄒ여 친구 볼
지, 압쁠의도 하나희오[82] 뒤쁠의 하나희오, 딕쳥의도 가득ᄒ고 방안의 담복
홀 지,[83] 돈이 두어 푼만 ᄒ여 하로 밤 슈싀(收刷)ᄒ기는 쉽더니라마는, 너는
긔쳔의도 뇽(龍) 난 셈이라. 그 쇽으로 나셔 너의 어머니 계젹(繼蹟)은 업고.
너모 과히 스지니라[84] 시장ᄒ니 드시 보자."

　　"이고, 평안이 가오."

　　인스ᄒ여 보닌 후의 쳔스만탁(千思萬度)[85] 헤아리며, 오경누셩(五更漏聲) 잔
(殘)토록[86] 잠 못 드러 안즈더니, 이 쩌의 어스는 츈향모(春香母)와 슈작(酬酌)
ᄒ며 상단(香丹)이 쵸롱 들녀 압셰오고 옥즁으로 츳즈올 시, 츈향어미 옥문
(獄門)의 와,

7 　"츈향아 츈향아. 자는냐 끼엿는냐?"

　　져 츈향 거동 보쇼. 혼〃침〃(昏昏沈沈)[87] 안졋드가, 부릭는 소리 듯고 니
러 나오다가 형장(刑杖) 마진 정강이롤 옥문턱의 부듸이고, '이고' 소리롤

---

77 무물블셩(無物不成) : 돈이 없이는 아무 일도 이루어지지 아니한다.
78 적이나하면 : 형편이 어지간하면.
79 소매에 수쇄(收刷)하고 : 소매 속에 집어넣고.
80 슬히여는 : 싫어는.
81 소시(少時)적 : 소싯적. 젊었을 때.
82 하나희오 : 한가득이오.
83 담복할 제 : 담뿍할 제. '담뿍'은 가득하게 소복한 모양을 말함.
84 사지니라 : 미상.
85 천사만탁(千思萬度) : 천 번 생각하고, 만 번을 헤아림. 여러 가지 생각을 함.
86 오경누셩(五更漏聲) 잔(殘)토록 : 새벽까지. 새벽 오경(五更)에 통행금지를 해제
　　하는 쇠북 소리가 다 끝나도록.
87 혼혼침침(昏昏沈沈) : 정신이 가물가물하여 흐릿함.

크게 ᄒ면 어머니가 놀닉깃다. 목안 소릭 겨유 ᄒ여, '이고오〃.' 진정(鎭定)
ᄒ여 겨유 나와,

"이고, 어머니. 이 아닌 밤중의 쥬무시지 아니ᄒ고 쏘 웨 왓쇼? 밤이나
제발 평안이 쉬오. 무어시나 잡슈왓쇼? 밤낫 져리 익쓰다가 어머니마자 병
이 나면 날 구ᄒ 니 뉘가 잇쇼? 임의 보라 와 계시니, 니 솟것[88]슐 가져다가
압닉물의 솰〃 ᄲᅡ라 양지(陽地) 바른 너러쥬쇼. 참마 가려워 못 살깃네."

  츈향 어미 딕답ᄒ디,

"니 아모리 자려ᄒᆫ들 네 싱각 곳 왈학 나면, 누엇다가도 벌덕 니러나 눈
이 반〃ᄒ고[89] 정신이 산난(散亂)ᄒ여 담빈더나 물고 안자 왼갓 싱각ᄒ면셔
셜고 쏘 담고, 셜고 쏘 담아, 쉬나니 한슘이오, 눈물은 시암 솟듯, 셔바닥이
터지는 듯,[90] 왼몸의 진짬이오, 눈의 블이 나게 되면 너룰 보라 오느구나.
엣다, 이 미음이나 좀 마셔라."

  츈향이 바다 마시드가 한 먹음의 구역 나셔 왈학 모도 토ᄒ면셔,

"이고, 슬쇼."

  츈향 어미 소(小)접시[91]의 암치[92] 기름 발나 구어 봇푸르고,[93] 한편의 약
포육(藥脯肉)[94] 구어 보푸르고, 한편의 가조기[95] 쓰더 노흔 것,

"엣다, ᄲᅵ버 물만 닙가심ᄒ고 비앗ᄐ라."[96]

"아모 것도 나는 슬쇼."

8

---

88 속곳 : 여자의 속옷인 속속곳과 단속곳의 총칭.
89 반반하고 : 잠이 오지 않아 눈이 말똥말똥하고.
90 혓바닥이 터지는 듯 : 혓바닥이 갈라진다는 의미.
91 소(小)접시 : 작은 접시.
92 암치 : 암컷 민어의 배를 갈라 소금을 뿌리고 말린 것.
93 보풀리고 : 거죽에 보풀이 일어나게 하고.
94 약포육(藥脯肉) : 쇠고기를 얇게 저미어 진간장, 기름, 설탕, 후춧가루 따위를
   넣고 주물러서 채반에 펴서 말린 포.
95 가조기 : 배를 짜개어 넓적하게 펴서 말린 조기.
96 입가심하고 배알아라 : 입가심하고 뱉아라. '입가심'은 무엇을 조금 먹거나 마
   시거나 하여 입안을 개운하게 하는 일.

"그리면 흰쥭이나 뿌어 쥬랴?"

"이고, 아니쏘아 나는 슬쇼."

"그리면 쥭(鬻) 원미(元味)[97]나 뿌어 쥬랴?"

"이고, 구역 나〃는 슬쇼."

"그리면 무슨 의이(薏苡)[98]나 뿌어 쥬랴?"

"이고, 싱목쏘아[99] 나는 슬쇼."

"그리면 무어슬 먹고 시부냐?"

"아모 것도 나는 슬쇼. 그만흐여 도라가고."[100]

춘향 어미 춘향의 손목 드립써 잡고 디셩통곡(大聲痛哭) 우롬 울며,

"이롤 엇지 흐즈느니. 아장(我葬)을 여장(汝葬)홀 지 여장(汝葬)을 아장(我葬)흐게 되니 아장(我葬)을 슈장(誰葬)고?[101] 이고 〃〃 셜움이야. 여곡(汝哭)을 아곡(我哭)흐니 아곡(我哭)을 슈곡(誰哭)고?"[102]

모네(母女ㅣ) 셔로 우롬 울며,

"져 뒤희 누고 셧쇼?"

"지 너머 니풍원(李風憲)이 즈리 갑 밧드러 왓단다."

"그리면 어더 드리지오. 이 밤의 웨 여긔가지 뫼시고 왓쇼? 날 보고 가실나요. 니풍원 이리 오고. 그 사이 평안흐옵시고 안악 문안(問安)[103]도 안녕흐옵시오? 디스(大事)로이[104] 〃 밤중의 보라 와 계시니 감격흐오."

---

97 원미(元味) : 쌀을 굵게 갈아서 쑨 죽.

98 의이(薏苡) : 율무.

99 생목꼽다 : 생목이 오르다. '생목'은 제대로 소화되지 아니하여 위에서 입으로 올라오는 음식물이나 위액.

100 돌아가고 : '돌아가오'의 잘못.

101 아장(我葬)을 여장(汝葬)할 제 여장(汝葬)을 아장(我葬)하게 되니 아장(我葬)을 수장(誰葬)고? : 내가 죽으면 장례를 네가 치러야 할 텐데, 네 장례를 내가 치르게 되었으니, 내 장례는 누가 치른단 말이냐?

102 여곡(汝哭)을 아곡(我哭)흐니 아곡(我哭)을 수곡(誰哭)고? : 너 죽은 곡을 내가 하게 되었으니, 나 죽은 뒤 곡은 누가 할까?

103 아낙 문안(問安) : 부인의 안부.

104 대사(大事)로이 : 대수로이. 중요하게 여길 만하게.

춘향 어미 ᄒᆞ는 말이,

"ᄌᆞ셔이 보아라. 이놈의 져셕[105] 꼴 된 거슬. 쎤〃의 아들놈 너롤 보라 ᄎᆞᄌ왓단다."

춘향이 울면셔 ᄒᆞ는 말이,

"긔 뉘라셔 날 찻는고? 날 ᄎᆞ지 리 업건마는 이곳이 흉한 옥중(獄中)이니 형장 마ᄌ 죽은 귀신, 결항(結項)ᄒᆞ여[106] 죽은 귀신, 익미ᄒᆞ게[107] 죽은 귀신, 시 드러셔 죽은 귀신이 날 찻는고? 진언(眞言)[108]이나 ᄒᆞ여보자. 뉵자딕명왕진언 (六字大明王眞言)[109] 옴급〃여율녕ᄉ파햐(唵急急如律令娑婆訶)."[110]

윌발을 '닥' 구르면셔,

"원양산 속거쳔니(速去千里) 썩〃.[111] 상산ᄉ오(商山四皓)[112] 바둑 두자 날 찻 는가? 위수변(渭水邊)의 강션싱(姜先生)[113]이 날 찻는가? 슈양산(首陽山)의 빅이 (伯夷)·슉졔(叔齊)[114] 고사리 키ᄌ 날 찻는가? 면상산(綿山上)의 긔자츄(介子

---

105 져셕 : '자석'의 잘못. 자식.

106 결항(結項)하여 : 목을 매어 달아.

107 애매하게 : 억울하게.

108 진언(眞言) : 진실하여 거짓이 없는 말이라는 뜻으로, 산스크리트어 불경을 번 역하지 않고 그대로 음(音)으로 읽는 것.

109 육자대명왕진언(六字大明王眞言) : 관세음보살 본심미묘 육자대명왕진언(觀世 音菩薩 本心微妙 六字大明王眞言)인 '옴마니반메훔'을 말함. 관세음보살의 광대 원만한 자비심을 소리로 형상화한 진언.

110 옴급급여율령사바하(唵急急如律令娑婆訶) : 빨리 소원을 들어주라는 주문. '唵' 은 산스크리트어 '옴'의 한자어로 주문의 발어사이고, '娑婆訶'는 산스크리트 어 '사바하'로 원만한 성취라는 뜻으로 진언의 끝에 붙여 그 내용이 이루어 지기를 구하는 말. '급급여율령(急急如律令)'은 '율령처럼 빠르게'라는 의미임.

111 왼발을 딱 구르면서 원양산 속거천리(速去千里) 썩썩 : 왼발을 '딱' 소리가 나 게 구르면서, "원양산 속거천리 썩썩"이라고 말함. 사위스러운 것을 막기 위 해 간단한 주문인 "원양산 속거천리 썩썩"을 말하면서 왼발을 세게 구르는 것을 말함. '속거천리'는 빨리 천리 밖으로 가라는 말. '원양산'은 미상.

112 상산사호(商山四皓) : 중국 진시황 때 세상의 어지러움을 피하여 상산에 들어 가 숨은 네 사람. 동원공(東園公), 기리계(綺里季), 하황공(夏黃公), 녹리(甪里).

113 강선생(姜先生) : 강태공(姜太公).

114 백이(伯夷) 숙제(叔齊) : 백이와 숙제는 고죽국(孤竹國)의 왕자였다. 두 사람은 주

推)¹¹⁵가 블틱 죽즈 날 찻논가? 황능묘(黃陵墓)의 아황(蛾皇)·여영(女英)¹¹⁶ 시녀
(侍女) 업셔 날 찻논가? 남학(南岳)의 위부인(魏夫人)¹¹⁷이 션녀(仙女) 업셔 날 찻
논가? 날 츠즈 리 뉘 잇시리?"

춘향 어미 ᄒ논 말이,

"네 셔방님 니도령이 너롤 보려 왓단다. 너와 닉 바라고 밋더니 잘 되엿
다. 네 셔방도 조흠도 좃틱."

춘향이 이 말 듯고 움죽 놀나 블 빗최여 먼니 바라보니, 팔도(八道)의 비
(比)치 못홀 상〃(上上) 걸인(乞人) 졍녕(丁寧)ᄒ다.

"어머니도 망녕이오. 눈이 어두어도 마련이 업쇼.¹¹⁸ 만져본들 모로단 말
이오?"

"날다려 눈 어둡다 나무라커니와 밝은 네 눈의 즈셔이 보아라. 이가(李
哥)놈이 아니오 엇던 역젹(逆賊)의 아들놈이니."

어시 나와,

"등 들쇼. 졔 얼골이나 보고가시."

옥문 틈으로 드려다 보니, 화용월틱(花容月態) 완연(宛然)이 변ᄒ여 뼈만 남
고, 옥보방신(玉膚芳身)¹¹⁹이 피 흔젹(痕迹)이 난만(爛漫)ᄒ고 난쵸긔질(蘭草氣質)
이 거의 진(盡)케 되엿구나.

나라 무왕이 은나라를 치는 것의 부당함을 얘기했으나 무왕이 이를 듣지 않자,
주나라 곡식을 먹을 수 없다며 수양산에 들어가 고사리를 먹다가 죽었음.

115 개자추(介子推) : 중국 춘추시대 은사. 진문공(晉文公)이 젊은 시절 망명할 때 개
자추는 19년을 지극히 모셨다. 진문공이 왕위에 오른 후 그를 소홀히 대하자,
개자추는 면산에 들어가 숨었다. 진문공이 잘못을 깨닫고 그를 불렀지만 나오
지 않았다. 그 산에 불을 지르면 나오리라고 생각하고 불을 질렀으나 나오지 않
고 타 죽었다고 한다. 한식(寒食)이 여기서 유래함.

116 아황(蛾皇) 여영(女英) : 요(堯)임금의 딸로 둘 모두 순(舜)임금에게 시집갔다.
순임금이 죽은 뒤에 둘은 상강(湘江)에 몸을 던져 죽었다.

117 남악(南岳)의 위부인(魏夫人) :『구운몽』에 나오는 선녀. 육관대사에게 팔선녀
를 보내어 사례했음.

118 마련이 없다 : 생각이 없다.

119 옥부방신(玉膚芳身) : 옥같이 고운 피부와 꽃다운 몸.

"어디 보자. 져 형상 왼일이니. 빅옥(白玉) 갓흔 고은 양즈(樣子) 쵹누(髑髏)
갓치 되어시며, 선녀 갓흔 네 모양이 산 귀신이 되엿구나. 녹의홍상(綠衣紅
裳) 흐던 몸[120]의 몽당치마가 왼일이며, 비단 당혀(唐鞋)[121] 신든 발의 헌 집
신이 왼일이니, 반가온 즁 선겁도다.[122] 나도 가운(家運)이 블힝흐여 과거(科
擧)도 못흐고 가산(家產)이 탕진(蕩盡)흐여 누연걸식(累年乞食)흐노라니, 진시
(趁時)[123] 한 번도 못 와보고 풍년(豐年) 든 듸만 찾노라니, 이 곳을 지나다가
공교(工巧)이 네 편지도 보고 쏘 네 소문도 드르니, 날노흐여 져렷틋 고싱흔
다 흐니 너롤 볼 낫치 업건마는, 옛 졍니(情理)롤 싱각흐여 보라 오기는 온
모양이다마는, 반가온 즁 무안(無顏)도 흐고 아니 보니만 못흐다. 니 모양이
〃리 될 지 너 츠질 결을이 젼혀 업고, 금년(今年)으로 니롤진더 우도(右道)가
시졀이 방블흐미[124] 동양의의[125] 골몰(汩沒)흐여 진작 오지 못흐엿다. 우리
두리 당쵸(當初) 언약(言約)이 아모리 즁(重)흐여도 도금(到今)흐여 홀일업다.
니 쏠을 본들 모로랴? 날을 바라고 엇지 흐리."

춘향이 〃 말 듯고 다시 보니 영낙이 업고나. 말쇼리와 흐는 거동 미망
(未忘) 낭군(郎君)이 졍녕(丁寧)흐다. 상시(常時)냐? 꿈이로다. 만일 꿈 곳 아니
면 이 몸이 죽엇도다. 죽은 혼일망졍 님을 보니 반갑도다. 삼혼칠빅(三魂七
魄)[126] 나라느니 목이 믯쳐 우는 말이,

"〃 거시 웬 일이오. 하날노셔 쩌러진가, 쏘흐로셔 소삿는가? 바롬결의
불녀 왓나, 쩨구롬의 쓰혀왓나? 무릉도화(武陵桃花) 범나뷘가, 오류문젼(五柳
門前) 쇠고린가? 환희풍파(宦海風波)[127]의 벼술흐여 못 오든가, 쥬마(走馬) 투계
(鬪鷄)[128] 쥬식(酒色)흐여 못 오든가? 산고슈심(山高水深) 못 오든가? 산이어든

120 녹의홍상(綠衣紅裳) 하던 몸 : 연두저고리에 다홍치마로 곱게 차려입던 몸.
121 당혜(唐鞋) : 앞뒤로 당초무늬를 새긴 가죽신.
122 선겁도다 : 놀랄 만 하도다.
123 진시(趁時) : 진작.
124 시절이 방불하매 : 형편이 괜찮다는 의미인 것으로 보임.
125 동양의의 : 동냥에. 원문에 '의'가 한 번 더 들어갔음.
126 삼혼칠백(三魂七魄) : 사람의 넋을 통틀어 말함.
127 환해풍파(宦海風波) : 벼슬살이에서 겪는 온갖 풍파.

11

12

도라오고 물이어든 건너오지 엇지 그리 알드리[129] 못 오든가? 츄월양명휘
(秋月揚明輝)[130]의 달이 밝아 못 오든가? 일낙장스츄싴원(日落長沙秋色遠)[131]의
날이 져무러 못 오든가? 촉도지난(蜀道之難)이 난어상쳥쳔(難於上靑天)ᄒ니[132]
길이 험ᄒ여 못 오든가? 한슈븍히안셔지(還羞北海雁書遲)ᄒ니[133] 소식 몰나 나
죽깃네. 오쵸건곤일야부(吳楚乾坤日夜浮)[134]의 물이 널너 못 오든가? 단원장취
블원셩(但願長醉不願醒)[135]이 술 취ᄒ여 못 오든가? 호구블난금 〃 박(狐裘不暖錦
衾薄)[136]의 날이 치워서 그디지 못 오든가? 회두일소빅미싱(回頭一笑百媚生)[137]
의 사랑 앗겨 못 오든가? 이 몸 죽어 후싱(後生)[138]ᄒ여 보랴더니 금일(今日)
상봉(相逢) 황홀ᄒ다. 칠년디한(七年大旱) 단비 오고 구년지슈(九年之水) 희 돗
눈가? 그랴 그 사이 일안(一安)ᄒ시고 원노(遠路) 힝녁(行歷)의 발병이나 아니
낫쇼? 상젼벽히슈유기(桑田碧海須臾改)[139]라ᄒᆞᆫ들 엇지 져리 변ᄒ얏쇼? 무졍도

128 주마(走馬) 투계(鬪鷄) : 말달리기, 닭싸움시키기. 놀이의 일종.
129 알뜰히 : 전혀.
130 추월양명휘(秋月揚明輝) : 가을 달이 밝게 비추니. 도잠(陶潛)의 시 「사시(四時)」
　　의 한 구절.
131 일락장사추색원(日落長沙秋色遠) : 해는 장사로 지고 가을빛은 머니. 이백(李
　　白)의 「유동정(遊洞庭)」의 한 구절.
132 촉도지난(蜀道之難)이 난어상청천(難於上靑天)하니 : 촉나라 길의 험난함은 푸
　　른 하늘 오르기보다 어려우니. 이백의 「촉도난(蜀道難)」의 한 구절.
133 환수북해안서지(還羞北海雁書遲)하니 : 도리어 북해에서 편지 늦은 것에 부끄
　　럽네. 왕발(王勃)의 「채련곡(採蓮曲)」의 한 구절.
134 오초건곤일야부(吳楚乾坤日夜浮) : 두보(杜甫)의 시 「등악양루(登岳陽樓)」의 '吳
　　楚東南坼 乾坤日夜浮(오나라와 초나라는 동남쪽으로 갈라졌고, 하늘과 땅은
　　밤낮으로 떠 있네)'를 변용시켰음.
135 단원장취불원성(但願長醉不願醒) : 다만 원하는 것은 길이 취하여 깨지 않는
　　것이니. 이태백의 「장진주(將進酒)」의 한 구절.
136 호구불난금구박(狐裘不暖錦衾薄) : 여우 갖옷이 따뜻하지 않고 비단 이불은 얇
　　으니. 잠삼(岑參)의 「백설가송무판관귀경(白雪歌送武判官歸京)」의 한 구절.
137 회두일소백미생(回頭一笑百媚生) : 고개 돌려 한번 웃으면 백가지 교태가 생겨
　　나니. 백낙천(白樂天)의 「장한가(長恨歌)」에는 '回眸一笑百媚生'임. 양귀비의 아
　　름다움을 표현한 말.
138 후생(後生) : 죽은 후 다시 태어나서 사는 일생.

ᄒ고 야쇽도 ᄒ오. 엇지 참아 그리ᄒ오? 귀쳔궁달(貴賤窮達)이 슈레박회[140]니 혈마[141] 엇지 ᄒ리잇가? 엇더ᄒ던지 날붓터 살녀니오[142] 말 ᄒ옵시다. 항쇄(項鎖) 족쇄(足鎖)[143]롤 벗겨쥬오. 거름이나 시훤이 거러보시. 옥문(獄門) 밧게만 니여쥬쇼. 셰상 구경 다시 ᄒ세. 반갑고도 깃부기는 셔방님을 보니 만스무심(萬事無心) 즉금(卽今) 스러져도 한이 업소. 진졍으로 셔방님 밋기롤 남졍북벌(南征北伐)의 명장(名將) 밋듯 쳘옹셩(鐵甕城)으로 밋어더니, 이지는 셜치(雪恥)는 판드럿쇼마는,[144] 져 모양으로 단니면 남의 쳔디(賤待) 고스ᄒ고 긔한(飢寒)을 엇지 ᄒ오릿가?”

“이 인. 글낭은 염여 마라. 참외가계의 안즈시면 벗겨 먹고 버린 쩌풀 비부르게 먹ᄂ니라.”

“져 갓시 허술ᄒ오.”

“어허, 이거시마나 너 거시냐? 밍숑이[145] 바롬으로 단니다가 임실(任實) 읍니(邑內) 오려논[146]의 막디 메여 셰웟거늘, 압뒤 스롬 업슬 젹의 얼는 벗겨 쓰고나와 블이낫케 솟츨 나셔[147] 스롬 만흔 디 가기 슬터라. 님즈 낙가보아.”[148]

츈향이 모(母)롤 블너,

“여보 어머니. 져 셔방님이 유리걸식(流離乞食)을 홀지라도 관망의복(冠網

---

139 상전벽해수유개(桑田碧海須臾改) : 뽕나무밭이 변하여 푸른 바다가 되듯 잠깐 사이에 세상은 변한다. 노조린(盧照隣)의 「장안고의(長安古意)」의 한 구절.

140 귀천궁달(貴賤窮達)이 수레바퀴 : 사람의 운수는 수레바퀴처럼 돌고 돈다는 의미.

141 혈마 : 설마.

142 살려내오 : '살려내고'의 잘못.

143 항쇄(項鎖) 족쇄(足鎖) : 죄인의 목에 씌우는 칼과 발에 채우는 차꼬.

144 판들었소마는 : '판들다'는 가진 재산을 다 써서 없앤다는 의미이나, 여기서는 '더 이상 할 수 없다'는 의미로 쓰였음.

145 맹송이 : 갓을 쓰지 않은 모양을 말하는 것임.

146 오려논 : 올벼를 심은 논.

147 솟을 나서 : 달아나서.

148 임자 날까보아 : 임자가 나타날까봐.

14

衣服)[149] 선명(鮮明)ㅎ면 남이 쳔디(賤待) 아니ㅎ고 졍(精)호 음식을 먹이깃쇼그
려. 셔방님이 날 다려갈 쩌의 쓰려ㅎ고 장만ㅎ엿든 픠물(佩物), 의복, 쵸록디
단(草綠大緞) 겻막기,[150] 황셩슈단(皇城繡緞) 것져고리,[151] 보라디단(大緞) 속져고
리,[152] 진홍(眞紅) 도류블슈(桃榴佛手) 핫치마,[153] 남부 항나(亢羅) 디스치마, 도
홍(桃紅) 갑스(甲紗) ᄌ양치마들과 빅방(白紡) 슈하쥬 고장바지,[154] 디셜후릉(大
雪厚綾) 너른바지,[155] 돈피(獤皮) 자알 갓져고리,[156] 진홍셩〃젼(眞紅猩猩氈) 두
루막기,[157] 븍돈피 만션 휘항(揮項),[158] 양피(羊皮) 볼기,[159] 갓져고리 갓토슈[160]
롤 갓농[161] 속의 너허시니, 그것 모도 드러내고, 젼의 츠던 노리기[162]는 금

---

149 관망의복(冠網衣服) : 갓, 망건, 의복.
150 초록대단(草綠大緞) 겹마기 : 초록색 중국 비단으로 만든 겹마기. 겹마기는 여
   자의 예복용 저고리의 하나.
151 황성수단(皇城繡緞) 겉저고리 : 중국 비단으로 만든 겉저고리. '황성'은 중국
   의 서울을 말하고, '수단'은 수를 놓은 것처럼 무늬가 두드러져보이게 짠 비
   단임.
152 보라대단(大緞) 속저고리 : 보라색 중국 비단으로 만든 속저고리. '속저고리'
   는 속옷의 하나.
153 도류불수(桃榴佛手) 핫치마 : 도류불수 무늬의 겉감에 솜을 두어 지은 치마.
   '도류불수'는 복숭아, 석류, 불수감.
154 백방(白紡) 수아주 고장바지 : 고급 흰색 비단으로 만든 고쟁이. '수아주'는 고
   급 비단. '고장바지'는 여자 아랫도리 속옷의 한 가지인 고쟁이를 말함.
155 대설후릉(大雪厚綾) 너른바지 : 흰빛의 두꺼운 비단으로 만든 넓은 바지.
156 돈피(獤皮)자알 갓저고리 : 담비의 모피로 안을 대어 지은 저고리. '자알'은
   '잘'로 담비의 털가죽을 말함.
157 진홍성성전(眞紅猩猩氈) 두루마기 : 진한 빨간색 모직 두루마기. '성성전'은 성
   성이의 핏빛처럼 붉은 색의 모직.
158 북돈피 만선 휘항(揮項) : 담비의 모피로 만든 만선두리와 휘항. 만선두리와
   휘항은 모두 방한모자. '북돈피'는 북쪽에서 나는 돈피라는 의미로 보임.
159 양피(羊皮)볼끼 : 양가죽으로 만든 볼끼. 볼끼는 털가죽이나 헝겊으로 양 볼을
   싸서 머리 위로 묶는 방한구.
160 갓토수 : 갓토시. 모피로 만든 토시. 토시는 추위를 막기 위해 팔뚝에 끼는 것.
161 갓농 : 모피 물건을 넣어둔 농을 말하는 것으로 보임.
162 노리개 : 여자들이 몸치장으로 한복 저고리의 고름이나 치마허리 따위에 다
   는 물건.

봉차(金鳳釵)¹⁶³와 옥농잠(玉龍簪)과 밀화잠(蜜花簪)¹⁶⁴ 상히¹⁶⁵ 쏫던 은죽절(銀竹
節)¹⁶⁶ 셕유잠(石榴簪) 쩌는 잠(簪),¹⁶⁷ 진쥬투심(眞珠套心)¹⁶⁸ 월긔탄¹⁶⁹ 셕우황(石
雄黃)¹⁷⁰과 쏜머리¹⁷¹와 순금지환(純金指環) 옥지환(玉指環) 밀화지환(蜜花指環)
금픠지환(錦貝指環),¹⁷² 산호슈(珊瑚樹)¹⁷³와 삼쳔쥬(三千珠)¹⁷⁴ 밀화장도(蜜花粧刀)
쳥강셕(靑剛石) 진쥬(眞珠) 월픠(月佩)¹⁷⁵ 밀화블슈(蜜花佛手),¹⁷⁶ 쳔은쳘병(天銀鐵
瓶)¹⁷⁷ 금스(金絲)오리¹⁷⁸ 쌍귀우기¹⁷⁹ 별깍정이¹⁸⁰ 금별(金鱉)¹⁸¹ 옥픠(玉佩) 순
금(純金)팔쇠,¹⁸² 즈계항의 이궁젼¹⁸³이 왜(倭)각계수리¹⁸⁴의 드러시니, 휩쓰

15

---

163 금봉차(金鳳釵) : 머리 부분에 봉황의 모양을 새겨서 만든 금비녀.
164 옥룡잠(玉龍簪)과 밀화잠(蜜花簪) : 옥에 용을 새긴 머리장식과 밀화에 꽃을 새
　기고 은을 붙인 머리 장식.
165 상애 : 평상시에.
166 은죽절(銀竹節) : 대나무 마디 모양으로 만든 은비녀.
167 떠는 잠(簪) : 철사에 나비나 벌 모양의 장식을 붙인 머리 장식.
168 진주투심(眞珠套心) : 머리에 다는 진주 장식.
169 월기탄 : 귀고리의 하나.
170 석웅황(石雄黃) : 누른빛의 보석.
171 똔머리 : 가발의 하나. 밑머리에 덧대어 땋거나 얹는 머리털.
172 금패지환(錦貝指環) : 금패로 만든 가락지. '금패'는 호박(琥珀)의 한 종류.
173 산호수(珊瑚樹) : 산호(珊瑚)가지. 산호로 만든 나뭇가지 모양의 노리개.
174 삼천주(三千珠) : 큰 진주 세 개를 끼운 노리개.
175 월패(月佩) : 허리나 가슴에 차는 옥으로 만든 장식.
176 밀화불수(蜜花佛手) : 밀화로 만든 부처님 손 모양의 노리개. '노리개'는 여자
　들이 저고리에 다는 패물. 노리개의 형태에는 박쥐·거북·나비 등 동물형태
　와, 가지·고추·포도·천도 등의 식물형태, 호로병·종·표주박·도끼·불수(佛
　手)·염주(念珠) 등이 있다.
177 천은철병(天銀鐵瓶) : 좋은 은으로 만든 호리병. 노리개.
178 금사(金絲)오리 : 금실로 만든 오리 모양. 노리개. 노리개.
179 쌍귀우개 : 쌍귀이개. 귀이개 모양의 뒤꽂이 한 쌍.
180 별 깍정이 : 여러 가지 깍정이. '깍정이'는 도토리 밑의 종지 모양의 받침인
　데, 여기서는 이런 모양의 장식을 말하는 것으로 보임.
181 금별(金鱉) : 금으로 만든 자라. 노리개.
182 순금(純金)팔쇠 : 순금으로 된 팔찌.
183 자개향에 이궁전 : '자개향'과 '이궁전'은 모두 향(香)의 이름.

러 모도 닉여다가 반갑시라도 탕〃 파라[185] 셔방님 갓 망건 도포 즁치막 긴옷 속옷 속〃 드리 장만ᄒᆞ디, 고은 나의 밧고와셔[186] 안은 모도 면쥬로 ᄒᆞ고, 졔일 다듬이롤 곱게 ᄒᆞ여 슈품(手品)을 곱게 지어두가 셔방님을 닙혀쥬고, 셔방님 보션본[187]은 닉 실쳡[188] 속의 드러시니 몽고삼승(蒙古三升)[189] 고 희ᄒᆞ고, 안팟 보션코히 너모 놉지 말게 발의 맛게 고이 지어 셔방님을 신게 ᄒᆞ고, 윤돌이 집 갓방[190]의 가 닷 냥 쥬고 갓 맛쵸디, 〃 우[191]랑은 맑게 ᄒᆞ고 증밋[192] 쳘디[193] 굴게 말고 은각[194]을낭 부디 놋코 칠(漆) 광(光) 잇게 ᄒᆞ여 오고, 신(申)꼽츄[195]의게 망건을 스디 압히 맑고 당[196] 고은 것 냥반(兩半)[197]을 부디 넘겨쥬고, 용홍 궁쵸(宮綃) 한 치 팔 푼 갓끈 츳(次)로 쓰[198] 연후(然後)의 양문(陽紋) 갑스(甲紗) 씌 가음[199]을 셰 치 닷 푼 예 즈 길희[200] 한듸 쩌셔 가져오고, 남식 고은 밀양(密陽) 디즈(帶子),[201] 츄라(秋羅) 낭자(囊子) 팔스

---

184 왜(倭)가께수리 : 일본제 가께수리. '가께수리'는 여닫이 문 안에 여러 개의 서랍이 있는 장.
185 반값이라도 탕탕 팔아 : 값을 반만 받더라도 모두 팔아.
186 고은 나이 바꿔와서 : 고은 무명을 사와서. '바꾸다'는 곡식이나 피륙을 사는 것을 말함. '나이'는 무명을 말함.
187 버선본 : 버선을 만들기 위해 만들어놓은 종이로 만든 본.
188 실첩 : 실이나 헝겊 같은 것을 담는 종이로 만든 그릇.
189 몽고삼승(蒙古三升) 고이 하고 : 몽고삼승으로 곱게 하고. '몽고삼승'은 굵은 베를 말함.
190 갓방 : 갓을 만들거나 고치는 집.
191 대우 : 갓모자. 갓양태의 위로 솟은 부분.
192 징밑 : 땀두리. 모자의 아래에 천 따위로 덧댄 부분. 땀받이 구실을 함.
193 철대 : 갓철대. 갓양태의 테두리에 댄 테.
194 은각 : 갓모자 밑 부분에 장식으로 두른 테.
195 신(申)꼽추 : 성이 신씨인 꼽추.
196 당 : 망건당. 망건의 윗부분.
197 양반(兩半) : 한 냥 닷 돈.
198 갓끈 차(次)로 뜨다 : 갓끈으로 쓸 감을 끊어서 사다. 원문의 '뜨'는 '뜬'의 잘못.
199 가음 : 감. 옷감.
200 세 치 닷 푼 예 자 길이 : 폭은 세 치 다섯 푼이고, 길이는 여섯 자.
201 대자(帶子) : 꼰 실로 좁고 두껍게 짜서 만든 허리띠.

(八絲)끈²⁰²의 져스(紵紗) 슈건(手巾),²⁰³ 옷졉션(摺扇) 왜션(倭扇) 일병(一柄)²⁰⁴ 비

혀궤(樻)²⁰⁵의 드러시니 너외(內外) 각 광변션(廣邊扇)²⁰⁶ 붓치고, 한편의는   16

음 〃화목젼황녀(陰陰夏木囀黃鸝)²⁰⁷ 한 쌍 그리고, 한편의는 막 〃수변비빅노

(漠漠水田飛白鷺)²⁰⁸ 한 쌍 그려시니 날 본다시 쥐게 드리고, 밀화(蜜花) 동곳²⁰⁹

디모장도(玳瑁粧刀)²¹⁰ 물형(物形) 좃코 터진 것 스고, 진쇠²¹¹ 솜시의 당혀(唐

鞋)롤 조출호게 평양(平壤)본²¹²으로 뉵푼창²¹³을 싹가 맛붓치고, 울이 너모

깁게 말게 쇽히 쇽히 차즈다가 셔방님을 신게 호고, 셔방님을 뫼셔드가 조

셕공궤(朝夕供饋)롤 호여쥬오. 진지롤 지어도 츅 〃이 짓고, 등골을 스다가 탕

(湯)을 호고 좃치보아²¹⁴는 부디 놋코, 염통산젹 양복기²¹⁵의 졔육쵸(猪肉

炒)²¹⁶도 호여 놋코, 맛잇는 암치²¹⁷롤 참기롬 발나 구어셔 보푸르고, 한 엽

히 약포육(藥脯肉) 놋코, 고 엽히 어란(魚卵)을 좀 버혀 놋코, 편포(片脯)나 좀

---

202 추라(秋羅) 낭자(囊子) 팔사(八絲)끈 : 비단주머니에 여덟 가닥의 실로 꼰 끈.
　　‘추라’는 중국 절강(浙江)에서 나는 고급 비단.

203 저사(紵紗) 수건(手巾) : 모시 수건.

204 옷접선(摺扇) 왜선(倭扇) 일병(一柄) : 옻칠한 일본 쥘부채 한 자루.

205 비녀궤(樻) : 비녀를 넣어두는 상자.

206 광변선(廣邊扇) : 부채살이 넓게 퍼지는 부채.

207 음음하목전황리(陰陰夏木囀黃鸝) : 짙푸른 큰 나무에서 꾀꼬리 지저귀네. 왕유
　　(王維)의 시 「적우망천장작(積雨輞川莊作)」의 한 구절.

208 막막수전비백로(漠漠水田飛白鷺) : 넓은 논 위에 해오라기 날고. 왕유의 「적우망
　　천장작」의 한 구절.

209 밀화(蜜花) 동곳 : 밀화로 만든 동곳. ‘동곳’은 상투를 튼 뒤에 그것이 다시 풀
　　어지지 않게 꽂는 물건.

210 대모장도(玳瑁粧刀) : 칼집과 칼자루를 거북이 껍데기로 장식한 장도.

211 진쇠 : 당혜를 만드는 사람의 이름을 말한 것으로 보임.

212 평양(平壤)본 : 평양식.

213 육푼[六分]창 : 신발창의 높이가 육푼인 것. ‘푼’은 한 치의 십분의 일임.

214 조칫보아 : 조칫보. 조치를 담은 그릇이나 또는 그 음식. ‘조치’는 국물을 바
　　특하게 끓인 갖가지 찌개. ‘보아’는 보시기를 말함.

215 양볶기 : 소의 밥통을 볶은 음식.

216 제육초[猪肉炒] : 돼지고기 볶음.

217 암치 : 민어 암컷의 내장을 빼고 소금에 절여 말린 것.

오려 놋코, 육쇼 너흔 쟝침치[218]롤 부디 담아 노흔 후의 평싱의 즐기시는 약쥬는 반듀(飯酒) 겸ᄒ여 부디 닛지 말고 만히 드리오. 진지롤 막 잡슈거든

17 젼의 날쳐로 담비롤 붓쳐드리고, 담비롤 막 썰거든, 츠관(茶罐)의 싱강 좀 졈여 넛코 황다(黃茶) 좀 집어 넛코 귤병(橘餠) 좀 쪄혀 너혀 미음달금[219] 향긔롭게 빗츨 곱게 맛치[220] 다려다가 드려쥬오. 나 자든 방 셔ᄅ져놋코[221] 셔방님을 편히 뫼셔 문방사우(文房四友) 셔칙(書冊) ᄉ셔 글공부롤 식여쥬오. 여보 어머니, 니 말디로 부디 ᄒ오."

춘향 어미 이 말 듯고 독을 니여 ᄒᆞ는 말니,

"나는 네 슈죵(隨從)[222]만 밤낫즈로 들건마는 젼혀 말션물(膳物)[223] 샌이지, 모쥬(母酒) 한 잔 ᄉ먹으라 ᄒ고 돈 한 푼을 쥬는 일이 〃 씨가지 업더구나마는, 이 원슈(怨讐)의 놈은 보든마듯,[224] 옷 파라 〃, 노리기 파라 〃, 호ᄉ(豪奢) 식여라, 잘 먹여라, 잘 자여라, 엇지흔 곡졀(曲折)이니 즈셔이 아자. 니 마음디로 ᄒᆞ량이면 단단 참나무 몽치로 동혀믹고 쥬리롤 한참 ᄒ면 가삼이 싀훤홀 듯ᄒ다."

춘향이 울며 ᄒᆞ는 말이,

18 "익고, 이거시 무삼 말이오. 셔방님이 칙방(冊房)의 계실 젹의 엇더ᄒ게 지닉엿쇼. 어미니 마음 져러ᄒ면 니 몸 하나 스러져셔 출하리 블효(不孝)는 될지언졍 마음은 곳치지 못ᄒ깃쇼."

춘향 어미 이 말 듯고 ᄒᆞ는 말이,

"속업는 말 듯기 슬타. 나 ᄒᆞ는 말이 졍말이냐? 닌들 혈마 분슈(分數)업ᄉ랴? 요망(妖妄)흔 말 다시 마라. 너 ᄒ란디로 다 ᄒ면 그만이지."

---

218 육수 넣은 장김치 : 장김치를 만들 때 육수까지 넣은 것. '장김치'는 무와 배추를 간장에 절여 만든 것인데, 고명을 많이 넣는다.

219 매음달금 : 매콤달콤.

220 마치 : 마침맞다. 꼭 알맞다.

221 서릇어놓고 : 치워놓고. '서릇다'는 쓸어치운다는 뜻.

222 수종(隨從) : 시중.

223 말선물 : 말로만 선물을 하겠다고 함.

224 보든마듯 : 보자마자.

"어머니 그리면 나는 아조 마음 놋코 미음 잘 먹지. 여보 셔방님, 니 말 듯쇼. 니일이 본관(本官) 싱일잔치니, 취호 중의 쥬망(酒妄) 나면²²⁵ 응당(應當) 날을 잡아 올녀 지만(遲晩)ᄒ라²²⁶ 칠 거시니, 오날을낭 집의 가셔 나 즈든 방 슈쇄(收刷)ᄒ고 나 싸든 요롤 펴고 나 덥든 니블 덥고 나 베든 벼기 베고 평안이 쉬신 후의, 니일을낭 일작이 나와 날 치랴구 올닐 적의 칼머리나 드러 쥬쇼."

어시 니른 말이,

" 〃 이. 그는 과연 중난(重難)ᄒ다. 니가 아모리 죽게 된 들 칼머리롤 엇지 들며, 본관(本官)이 만일 날을 알면 필연(必然) 슈욕(羞辱) 뵐 거시니 긘들 아니 위퇴ᄒ랴. 그쩌롤 보고 홀 말일다."

"여보 셔방님. 니가 한 번만 더 마자면, 븍두칠셩(北斗七星)²²⁷ 일곱 분과 삼티뉵셩(三台六星)²²⁸ 여섯 분이 닷토아 명(命)을 쥬어도 살 가망(可望)이 업스리니, 나 죽기도 셜거니와 죽는 모양 보시는 셔방님 마음이 오작홀가? 젹막고혼(寂寞孤魂) 니 신체(身體)롤 삼문(三門) 밧그로 쓰어닐 거시니, 셔방님 맛치 셧다가 신체가 나오거든 드립더 흠셕 안고 우리집으로 나와 나 자든 방의 니 금침(衾枕) 펴고 벼기 놋코 날을 벗겨 누인 후의, 셔방님도 활작 벗고 두 몸이 한 몸 되어 두 닙을 한듸 다혀 셔방님 더운 침을 흘녀 너코, 쌤을 다혀 안고 닛셔 한 식경(食頃)을 누어실 지, 셔방님이 말을 ᄒ듸, '츈향아 무삼 잠을 이리 깁히 드러ᄂ니.' ᄒ신들, 죽은 니가 디답ᄒ짓쇼. 쳔호만환(千呼萬喚)²²⁹ 블너보고 영결죵텬(永訣終天)²³⁰ 홀일업다. 하귀황텬(下歸黃泉)²³¹

225 쥬망(酒妄) 나면 : 술주정을 부리면.
226 지만(遲晩)하라 : '지만(遲晩)'은 옛날 죄인이 심문을 받을 때, 자신의 죄를 자백하는 것이 너무 늦었다는 뜻으로 쓴 말이다. '지만하라'는 '자백하라'는 것과 같은 뜻임.
227 북두칠성(北斗七星) : 옛날에는 북두칠성을 인간의 수명을 관장하는 별이라고 생각했음.
228 삼태육성(三台六星) : 삼태성(三台星)은 상·중·하 각각 두 개씩 여섯 개의 별로 되어 있음. 삼태성은 천제(天帝)를 상징함.
229 천호만환(千呼萬喚) : 천만번을 부름.

잘 가거라. 귀의 다혀 아미타블(阿彌陀佛)²³² 염블(念佛)ᄒ고, 니 몸이 쾌히 식어 구든 후의, 셔방님이 그졔야 니러나셔 슈시(收屍)ᄒ여 홋니블을 보기 좃케 덥허놋코, 나 닙던 속격삼을 밧그로 니여다가 집붕말노²³³의 올나셔 〃 니 혼빅(魂魄) 부롤 젹의,²³⁴ 셔방님 쵸셩(聲)²³⁵ 가다듬어, '힝동(海東) 조션국(朝鮮國) 젼나좌도(全羅左道) 남원부(南原府) 〃 니면(府內面) 향교(鄕校) 곤명(坤命) 갑ᄌ싱(甲子生) 셩시(成氏) 츈향 혼빅(魂魄) 셔왕셰계(西往世界)²³⁶로나 극낙셰계(極樂世界)로나 텬슈경(千手經) 법화경(法華經)을 시니라. 보오 〃 〃.'²³⁷ 혼빅을 블너 드러와셔 우리 어머니ᄒ고 한참 통곡(痛哭)ᄒ신 후의 어머니롤 부디 블상이 너겨 주오. 그 형상이 오즉 ᄒ깃쇼. 디렴(大殮) 쇼렴(小殮)²³⁸ 홀자라도 면쥬(綿紬) 비단 ᄒ지 말고 뉵진장포(六鎭長布)로 미롤 ᄒ고,²³⁹ 치관(治棺) ᄒ여 닙관(入棺) 말고 칠셩판(七星版)²⁴⁰의 밧쳐다가 뒤동산 송단하(松壇下)의 솔집 쵸빙(草殯)²⁴¹ᄒ여 두면, 슈삼삭(數三朔)이 지난 후의 츄혼 물²⁴²이 다 쌔

---

230 영결종천(永訣終天) : 죽어서 영원히 이별함.
231 하귀황천(下歸黃泉) : 황천으로 돌아감.
232 아미타불(阿彌陀佛) : 서방정토(西方淨土)에 있는 부처로, 이 부처를 외우면 죽은 뒤에 극락에 간다고 함.
233 지붕마루 : 용마루. 지붕의 꼭대기.
234 혼백(魂魄) 부를 적에 : 사람이 죽으면 죽은 사람의 옷을 가지고 지붕 위로 올라가서 죽은 사람의 혼을 세 번 부르는데, 이렇게 세 번을 불러도 혼이 돌아오지 않으면 분명히 죽은 것을 알게 되어 그때부터 장례 절차를 시작함.
235 초성(聲) : 목청.
236 서왕세계(西往世界) : 서방세계(西方世界). 서방극락.
237 새내라 보오 보오 : 혼을 부를 때 하는 소리. '보오'는 '복(復)'을 길게 소리내는 것임.
238 대렴(大斂) 소렴(小殮) : '소렴'은 시체에 새로 지은 옷을 입히고 이불로 싸는 것이고, '대렴'은 소렴을 치룬 다음날 옷을 거듭 입히고 이불로 싸서 베로 묶는 일.
239 육진장포(六鎭長布)로 매를 하고 : 함경도 육진 지방에서 나는 베로 매를 하고. '매'는 소렴 때 수의(壽衣)를 입히고 그 위를 매는 끈.
240 칠성판(七星板) : 관 바닥에 까는 얇은 널빤지. 북두칠성을 본떠서 일곱 개의 구멍을 뚫어 놓았음.
241 솔집 초빈(草殯) : 시체를 임시로 소나무로 덮어두는 것.

지고 피골(皮骨)만 상연(相連)ᄒ여 감작갓치[243] 견강(堅剛)ᄒ거든, 소금정(小金井)[244]의 아기상두[245] 앙장(仰帳) 치고 셔방님 친히 슈상(隨喪)ᄒ여 올나가며, 영(嶺)이나 고기나 맛나거든 셔방님 올나셔 〃 손조[246] 니 젹슘 둘너 쵸혼(招魂)ᄒ디, '네 신체(身體)롤 너가 다려가ᄂ니 네 혼빅(魂魄)도 무쥬고혼(無主孤魂) 되지 말고 날 ᄯ라오너라. 조양쵸로(朝陽草露) 빗긴 날의[247] 앙장(仰帳)은 풀 〃 흔날닐 지, 넉시라도 네 오너라.' 쵸혼셩(招魂聲)이 참담(慘憺)ᄒ면 너가 혼빅(魂魄)이라도 즐겁고 조화 허공중텬(虛空中天) 음 〃중(陰陰中)[248]의 너 훌 〃〃 츔을 츄며 셔울가지 올나가셔, 딕 산쇼 묘하(墓下) 희자(塚字) 안의 만[249] 아모 디나 무더쥬오. 부탁홀 말 부디 닛쇼. 글자 여덜 자만 방츄돌[250] 갓치 돌비[石碑] 삭여 묘젼(墓前)의 셰우고, 여덜 자롤 삭이디, '슈절원ᄉ춘향지묘(守節冤死春香之墓),'[251]라 ᄒ여 두고, 뎡월(正月) 보름, 이월 한식(寒食), 삼월 삼질, 사월 시제(時祭), 오월 단오(端午), 뉵월 뉴두(流頭), 칠월 빅중(百中), 팔월 츄셕(秋夕), 구월 구일(九日), 십월 시제(時祭), 동지(冬至), 납향(臘享)[252]거지라도 셔방님 산쇼(山所) 츌납(出入)ᄒ시거든 제ᄉ(祭祀) 퇴션(退膳)[253]이라도 니 무덤의 놋코, 셔방님 닙안으로, '츈향아, 흠향(歆饗)[254]이나 잘 ᄒ여라.' 이리ᄒᄂ

22

---

242 추한 물 : 추깃물을 말함. '추깃물'은 시체가 썩어서 흐르는 물.

243 감작같이 : 감쪽같이.

244 소금정(小金井) : 관을 덧씌우거나 시체를 덮는 제구(祭具).

245 아기상두 : 아기상여(喪輿). 제대로 꾸미지 않은 작은 상여.

246 손조 : 손수.

247 조양초로(朝陽草露) 비긴 날에 : 아침 햇살이 풀끝의 이슬에 비치는 날에.

248 음음중(陰陰中) : 어두운 가운데. 혼백이 머무는 곳은 어두운 곳임.

249 해자(塚字) 안에만 : 묘(墓)의 경계 안쪽에만.

250 방칫돌 : 다듬잇돌.

251 수절원사춘향지묘(守節冤死春香之墓) : 수절을 하다가 원통하게 죽은 춘향의 무덤.

252 정월(正月) 보름, 이월 한식(寒食), 삼월 삼질, 사월 시제(時祭), 오월 단오(端午), 유월 유두(流頭), 칠월 백중(百中), 팔월 추석(秋夕), 구월 구일(九日), 시월 시제(時祭), 동지(冬至), 납향(臘享) : 모두 세시(歲時) 명절(名節)임. '시제'는 조상의 산소에서 지내는 제사. '납향'은 12월에 여러 신에게 지내는 제사.

253 퇴선(退膳) : 제사를 지내고 물린 음식.

양을 너 비록 명〃즁(冥冥中)이나 희〃낙낙(喜喜樂樂) 비부르게 운감(殞感)[255]ᄒ
고 만슈무강(萬壽無疆) 츅슈(祝手)ᄒ며 셔방님 왕ᄂᆡ(往來)ᄒ시ᄂᆞᆫ 즈최 소리나
말ᄒ시ᄂᆞᆫ 음셩(音聲)이나 드러보시. 이이〃〃 셜운지고. 나 죽어 업다 말고
글공부나 부듸 찰실(着實)이ᄒ여 아모조록 급졔(及第)ᄒ여 이 지원(至冤) 한
(恨)[256] 셜치(雪恥)ᄅᆞᆯ ᄒ여쥬오. 이이〃〃 셜움이냐. 이 셜음을 엇지ᄒ고?"

어ᄉᆡ 긔가 막희고 목의 츔이 밧삭 말나 ᄒᄂᆞᆫ 말이,

"옛말의 니ᄅᆞ기를, '극셩(極盛)이면 필픽(必敗)라.'[257]ᄒ니, 본관(本官)이 네
게 너모 긔승(氣勝)을 픠여시니 무삼 픽(敗) 볼 일[258]이 잇슬 쥴 뉘 알니."

긴 한슘 장탄식(長歎息)의 옥문 틈으로 손을 너허 츈향의 손을 만져 쥐고,

"너모 셜워 우지 말고 닙이나 좀 다혀보ᄌ."

옥문 틈으로 맛쵸려ᄒ니 그림 속의 ᄯᅩᆺ치로다. 이런 ᄶᅦᄂᆞᆫ 황시부리나 되
더면 조흘 번 ᄒᆞᆯ엿다. 홀슈업시 물너셔〃 니를 갈며 닙안의 말노, '이놈아.
너 일 싱일잔치 ᄒ량이면 더옥 좃탓. 너 솜시로 츌도ᄅᆞᆯ ᄒ량이면[259] 급경풍
(急驚風)을 모라다가 만경창파(萬頃蒼波)의 되강오리[260]ᄅᆞᆯ 민들리라. 심신(心身)
이 썰니고 골절(骨節)이 다 져리다. 돌졀구도 밋 ᄲᅡ지고[261] 마루 구멍의 볏치
들거든,[262] 이놈이 미양(每樣) 긔승ᄒ랴? 아조커나[263] 견듸여 보아라.' 강긔
(慷慨) 탄식ᄒ며 ᄒᄂᆞᆫ 말이,

---

254 흠향(歆饗) : 신명(神明)이 제물을 받아서 먹음.
255 운감(殞感) : 제사 때에 차려 놓은 음식을 귀신이 맛보는 것.
256 지원(至冤) 한(恨) : 지극히 원통한 한.
257 극셩(極盛)이면 필픽(必敗)라 : 무슨 일이나 극도로 성(盛)하면, 반드시 패하게 됨.
258 패(敗) 볼 일 : 실패를 당할 일.
259 츌또를 할 양이면 : 어사출또를 할 모양이면. '출또'는 암행어사가 지방 관아에
　　나가 신분을 밝히고 중요한 사건을 처리하기 위하여 일을 시작하는 것.
260 만경창파(萬頃蒼波)에 되강오리 : 한 없이 넓고 넓은 바다에 떠 있는 농병아리.
261 돌졀구도 밋 ᄲᅡ지고 : 아무리 튼튼한 것이라도 언젠가는 못쓰게 되는 날이
　　온다.
262 마루 구멍에 볕이 들거든 : 마루에 뚫린 구멍으로 햇빛이 비친다. 어두운 곳
　　에도 햇빛이 비치듯 이 세상에 고정불변한 것은 없다.
263 아모커나 : 어쨌거나. 원문의 '조'는 '모'의 잘못임.

"져무도록²⁶⁴ 보아도 심장(心腸)만 상(傷)ᄒ고 엇지 홀 슈 업스니 나는 간 다. 고셩이나 착실(着實)이 잘 ᄒ여라. 곳쳐 보기 조련(猝然)치 아니ᄒ다²⁶⁵마 는 그도 몰나."

ᄒ고 도라셔 보니, 스라지ᄃ시 울고 드러갈 지, 장부(丈夫) 심장(心腸)이 다 녹는다. 어시 한참 오다가 셩각ᄒ니, '졔가 니 몰골²⁶⁶ 된 거슬 보고 여 망(餘望)이 아조 업는 쥴노 아라 일편(一偏)된 회곡(回曲)ᄒ 마음²⁶⁷의 스라 무 엇ᄒ리ᄒ고 밤의 자슈(自手)²⁶⁸ᄒ기가 여반장(如反掌)이라. 어허 못ᄒ깃다.' ∥시 도라와셔,

"이 익, 츈향아. 그러치 아니ᄒ 일 닛다."

츈향이 ᄃ답ᄒᄃ,

"엇지ᄒ여 가시다가 도로 왓쇼."

"듯거라. 네 앗가 날다려 유언(遺言)쳐로 만 번이나 부탁(付託) 닛거니와, 그러ᄒ기의 나도 네게 부탁홀 말 닛다. 너일이어니 모러어니 니 얼골을 다 시 보고 쥭어야 네 부탁더로 역낙업시 ᄒ려니와, 만일 다시 날을 아니 보 고 쥭으면 네 소원(所願)더로는시로이²⁶⁹ 네 송장이 길가의 너머져 기쳔 궁 그로 드러가²⁷⁰ 지 도야지가 손목 발목을 무러 뜻고, 가막가치²⁷¹가 디강이 의 올나 안자 두 눈을 칵∥쏘아도 모로는 쳬ᄒ고 쫏지도 아니ᄒ고 악착(齷 齪)ᄒ 원슈(怨讎)로 알니라. 그러ᄒ미 부디 날을 잠간이라도 보고 쥭고 살기 룰 결단(決斷)ᄒ여라."

츈향이 ᄃ답ᄒᄃ,

264 져무도록 : 그치지 않고 내내.
265 고쳐 보기 졸연(猝然)치 아니하다 : 금방 다시 보기는 어렵다.
266 몰골 : 모양.
267 일편(一偏)된 회곡(回曲)한 마음 : 한쪽으로 치우친 비뚤어진 마음.
268 자수(自手) : 자살(自殺).
269 소원(所願)대로는새로이 : 소원대로는커녕. '새로이'는 '새로에'로, '고사하고', '커녕'이라는 뜻임.
270 궁그로 들어가 : 구멍으로 들어가.
271 까막까치 : 까마귀와 까치.

"익고 글낭은 그리 흐오리이다."

어시 만 번이나 부탁흐고 츈향 어미 쓰라오니, 츈향이 보는듸는 쳔연(天然)스러이 다리고 오더니, 한 모롱이룰 도라셔 〃 싱짠전²⁷²으로 흐는 말이,

"셔방님, 어듸로 가려 흐오?"

어시 듸답흐듸,

"집으로 가지."

츈향 어미 흐는 말이,

"이거시 츠소위(此所謂) 드레질²⁷³이오. 집 업는 줄 번연이 알고 집이란 말이 원 말이오. 그 사이 과연 관치(官債)와 환즈(還子)룰 쓰고 못 밧쳐더니, 한 정일(定日) 두 정일²⁷⁴이 지나 여러 정일이 지느가니, 약졍(約正)과 면님(面任)²⁷⁵이 나와 관작지쥬(官作財主)²⁷⁶흐여 파라 드려간 거술 어듸로 가자 흐오."

"즈네 그 집의 닛기는 웬 일인고?"

"경신년(庚申年) 글강 외듯²⁷⁷ 흐라 흐오? 그긔 씌여진 노고²⁷⁸ 추지라 갓다가 공교(工巧)이 쏙 맛나지요."

"그러흐면 즈네는 어듸로 가 즈노?"

"글셰, 읍늬(邑內) 과부(寡婦)집 홀어미집다희로²⁷⁹ 단니며 블시나 거두어

---

272 생짠전 : 생판 딴전을 부리는 것. '딴전'은 그 일과 관계없는 딴일이나 딴짓을 말함.
273 드레질 : 떠보는 일.
274 한 정일(定日) 두 정일 : 약속 기일이 한 번 두 번.
275 약정(約正)과 면임(面任) : '약정'은 향약 단체의 임원. '면임'은 동리의 호적 등 공공사무를 보는 사람.
276 관작재주(官作財主) : 유서 없이 죽은 사람의 재물을 관청에서 개입하여 자손에게 나누어주던 일. 여기서는 관청에서 빌린 돈을 갚지 못하여 관가에서 재산을 처분했다는 의미로 썼음.
277 경신년(庚申年) 글강 외듯 : 하지 않아도 될 말을 거듭 되풀이함. '글강'은 배운 것을 선생 앞에서 외우는 것.
278 노구 : 노구솥. 놋쇠나 구리로 만든 작은 솥.
279 집다히로 : 집쪽으로.

쥬고[280] 누른밥 술이나[281] 어더먹지오."

"이 스룸, 그러ᄒ면 자네 가 자는 ᄃ 나도 한가지로 가 즈셰."

"난졍(亂杖)[282] 맛고 발가락 씹희고, 날가지 쪽기여 노즁(路中)의셔 즈게 ᄒ려는가? 실업슨 말[283] ᄃ시 말고 여각(旅閣)다히로나[284] 가셔 보지."

어시 어희 갈횔쇼냐.[285] 뒤쩌희여[286] 도라셔〃 긱ᄉ(客舍) 공쳥(空廳)[287] 츠져간다.

시벽의 문을 ᄂ셔 군관(軍官) 셔리(胥吏) 반당(伴倘)[288]들을 닙짓으로 뒤흘ᄯ라 쳥운ᄉ(靑雲寺)로 드러가니, 각읍(各邑)의 퍼진 염탐(廉探)[289] 각〃 변복(變服) 다 모혓다. 담비장ᄉ, 메육장ᄉ,[290] 망건(網巾)장ᄉ, 파립(破笠)장ᄉ, 황오장ᄉ,[291] 걸긱(乞客)이라. 밤즁의 짠방 잡아 블을 혀고 모혀 안자 오십삼관(五十三官) 염문긔(廉問記)[292]ᄅ 각황조목(各項條目) 상고(詳考)ᄒ여 모일모역모장(某日某驛某場)으로 뇌졍긔약(牢定期約)[293] 헷쳐 놋코,

"금일 오후 본부(本府) 동헌(東軒) 싱일잔치 부치 펴셔 들거들낭 츌도ᄒ고 드러오라. 실긔(失期) 부디 말나."

---

280 불씨나 거두어주고 : 부엌의 뒤치다꺼리나 해주고. '불씨'는 불을 옮겨 붙일 수 있게 묻어두는 불덩어리.

281 눌은밥 술이나 : 누룽지 몇 숟갈 정도나.

282 난장(亂杖) : 매를 칠 때 가리지 않고 마구 때리는 매.

283 실없는 말 : 실속 없이 미덥지 않은 말.

284 여각(旅閣)다히로나 : 여관쪽으로나.

285 어이 가룰쏘냐 : 어이 맞설쏘냐.

286 뒤쩌희여 : 뒤쪽으로.

287 공청(空廳) : 헛간.

288 반당(伴倘) : 고위관리의 신변을 보호하는 병졸.

289 각읍(各邑)에 펴인 염탐(廉探) : 각 고을에 퍼져서 남모르게 사정이나 형편을 조사하는 염탐꾼.

290 메육장사 : 미역장사.

291 황아장사 : 끈목, 담배쌈지, 바늘, 실 등의 잡화를 지고 집집이 찾아다니며 파는 사람.

292 염문기(廉問記) : 염탐한 내용을 적은 것.

293 뇌정기약(牢定期約) : 확실하게 정해서 약속함.

ᄒ고, 약쇽을 정혼 후의, 그 잇튼날 평명시(平明時)[294]의, 빅 번이나 당부(當付)[295] 옥문(獄門) 밧근 아니가고, 관문(官門) 근쳐(近處)로 단니면서 잔치 김시[296]롤 살피더니, 싱일잔치 젹실(的實)ᄒ다.

빅셜(白雪) 갓흔 구름차일(遮日)[297] 보계판(補階板)[298]이 놉흘시고, 왜병풍(倭屏風)의 모란병(牡丹屏)[299]을 후면(後面)으로 둘너치고, 화문지의(花紋地衣)[300] 홍등미[301]며 만화방석(滿花方席)[302] 총젼(氈)보료[303] 몽고젼(蒙古氈)[304]의 담요로다. 스(紗)쵸롱의 양각등(羊角燈)의 유리등(琉璃燈)과 셰옥쥬등(細玉珠燈)[305] 홍목(紅木)[306]으로 줄을 ᄒ여 휘황(輝煌)ᄒ게 그러놋코, 스쵸롱은 셕가리 슈(數)롤 셰여 총〃이 거러놋코, 시별 갓흔 요강(尿鋼), 타구(唾具)[307]와 룡(龍)초더룰 여긔져긔 버려놋코, 인근읍(隣近邑) 슈령(守令)드리 츠〃 모혀 드러올시, 인마(人馬)가 낙역부졀(絡繹不絶)ᄒ여[308] 당상(堂上)의는 부스(府使) 현감(縣監), 당하(堂下)의는 만호(萬戶) 별장(別將). 임실현감(任實縣監), 구례현감(求禮縣監), 고부현

28

294 평명시(平明時) : 해가 돋아 밝아올 무렵.

295 '하던'이 빠졌음.

296 낌새 : 무엇을 알아차릴 수 있는 눈치.

297 구름차일(遮日) : 햇빛을 가리기 위해 공중에 높이 치는 포장.

298 보계판(補階板) : 사람을 많이 앉히기 위해 마루에 잇대어 놓은 좌판.

299 모란병(牡丹屏) : 모란꽃을 그린 병풍.

300 화문지의(花紋地衣) : 꽃무늬 돗자리.

301 홍등메 : 붉은 등메. '등메'는 돗자리의 한 가지.

302 만화방석(滿花方席) : 갖가지 꽃무늬를 가득 수놓은 방석.

303 총전(氈)보료 : 총전으로 만든 보료. '총전'은 말갈기나 꼬리털을 넣은 모직을 말하는 것으로 보임.

304 몽고전(蒙古氈) : 짐승의 털로 짠 두꺼운 피륙. 몽고인의 이동식 천막을 만드는 펠트.

305 사(紗)초롱에 양각등(羊角燈)에 유리등(琉璃燈)과 세옥주등(細玉珠燈) : '사초롱'은 비단으로 겉을 싼 등, '양각등'은 양의 뿔을 고아 얇고 투명한 껍질로 겉을 씌운 등, '유리등'은 유리로 만든 등, '세옥주등'은 가는 구슬로 장식한 등을 말함.

306 홍목(紅木) : 붉은 물을 들인 무명.

307 타구(唾具) : 가래나 침을 뱉는 그릇.

308 역락부절(絡繹不絶)하여 : 왕래가 끊이지 않아.

감(古阜縣監), 운봉영장(雲峯營將) 쳥텬(靑天)의 구름 못듯, 뇽문산(龍門山)의 안기
못듯,[309] 영쳔의 호걸(豪傑) 못듯,[310] 쵹즁(蜀中)의[311] 명장(名將) 못듯, 스면(四面)
으로 모혀드러 위풍(威風)이 엄슉(嚴肅)ᄒ고 호령(號令)이 셔리 ᄀᆺ다.

츠례로 버려 안ᄌ 아희 기싱(妓生) 녹의홍상(綠衣紅裳) 어른 기싱 쾌ᄌ(快子)
젼립(戰笠).[312] 거복 갓흔 거문고[313]룰 무릅 우희 언져 놋코, 뜻ᄂᆞ니 거문고오
부르ᄂᆞ니 후졍화(後庭花)라. 풍뉴(風流) 소리 거문고 기약고,[314] 양금(洋琴), 싱
황(笙簧),[315] 숨현(三絃)[316] 소리 반공즁(半空中)의 어리엿다. 남창(男唱)의 거문
고오 녀창(女唱)의 뉵각(六角)[317]이라. 즁안닙[318] 삭더엽(數大葉)은 요(堯)·슌(舜)·
우(禹)·탕(湯)·문(文)·무(武) 되고, 후졍화(後庭花) 낙시조(樂時調)ᄂᆞ 한(漢)·당(唐)·
숑(宋) 되어 닛고, 쇼용이[319] 편낙(編樂)[320]은 젼국(戰國)이 되어 닛셔 각〃 등
용(騰踊)ᄒ여 관현셩(管絃聲)이 어리엿다.[321] 노리 일 편 더밧침의[322] 잡가(雜歌)
시조(時調) 다 부르고, 슈팔연(水波蓮)[323] 다담상(茶啖床)의 장진쥬(將進酒) 순비
(巡杯)술[324] 퇴상(退床) 후의 닙(立)츔[325] 보고 검무(劍舞)츔은 연풍디(燕風臺).[326]

---

309 용문산(龍門山)에 안개 모이듯 : 사람이 사방에서 모이는 것을 말함.
310 영천에 호걸(豪傑) 모이듯 :『삼국지연의』에 황건적을 토벌하기 위해 유비 등
이 영천(潁川)으로 가는 것을 말하는 것으로 보임.
311 촉중(蜀中)에 : 촉한(蜀漢)에. '촉한'은 유비가 세운 나라. '촉중명장(蜀中名將)'
은 뛰어난 인재를 말함.
312 쾌자(快子) 전립(戰笠) : 기생이 춤을 출 때 군복을 입은 것을 말함. '쾌자'는
소매 없는 군복의 하나이고, '전립'은 무관이 쓰는 모자.
313 거북 같은 거문고 : 거문고의 모양이 거북이처럼 생겼다는 의미.
314 가얏고 : 가야금.
315 생황(笙簧) : 많은 대나무 관을 둥근 나무통에 둥글게 돌려 꽂아 놓은 관악기.
316 삼현(三絃) : 거문고, 가야금, 향비파(鄕琵琶)의 세 현악기.
317 육각(六角) : 북, 장구, 해금, 피리 및 태평소 한 쌍으로 이루어진 악기 편성.
318 중한잎 : 중대엽(中大葉). 옛 가곡(歌曲)의 곡조 이름.
319 소용이 : 남창(男唱) 가곡(歌曲)의 하나.
320 편락(編樂) : 낙시조(樂時調)를 엮은 가곡(歌曲)의 한 가지.
321 남창(男唱)에 거문고요~ : 음악의 곡조를 중국의 각 시대에 비긴 이 대목은
당시 유행하던 노래의 가사임.
322 노래 일 편 대받침에 : 노래 한 편이 끝나자 바로.
323 수파련(水波蓮) : 잔치나 굿할 때 장식으로 쓰는 종이로 만든 연꽃.

니리 한창 노닐 젹의 져 걸인(乞人)의 거동 보쇼. 얼골을 검게 ᄒ고 쥬젹 쥬젹 드러가며,

"여보아라 ᄉ령(使令)드라. 먼니 닛ᄂ 걸긱(乞客)으로 조흔 잔치 맛나시니 술잔이나 어더 먹자."

진퇴(進退)³²⁷ᄒ여 드러가니, 좌샹(座上)의 안진 슈령(守令)드리 호령ᄒ여 분부ᄒ디,

"거 원 무어시니. 밧비 집어 닉더리라."³²⁸

뭇 ᄉ령드리 달녀드러 등 밀거니 빅 밀거니 팔도 잡고 다리도 잡아,

"소리 맙쇼 이 분니³²⁹야. 요란ᄒ외 이 분니야."

오둠지진상 단지거롬으로³³⁰ 비쵸밧ᄒ 기똥쳐로 문 밧그로 닉더리니, 어시(御使 ㅣ) 가로쩌러져 분긔팅즁(忿氣撑中)³³¹ 돌츌(突出)ᄒ여 두로 도라단니며셔 혼자 말노, '이 노롬이 고름이 되리로다. 이놈의 자셕들 호광훈다. 슬컷 노라〃. 얼마 놀니. 미오 잘 노는구나. 잇다 가만 보아라.' 뒤문으로 도라가 보니 게도 혼검(閻禁)³³² 엄금(嚴禁)ᄒ더라.

셰(歲) 신희(辛亥) ᄉ월일 향목동 셔(書)

---

324 순배(巡杯)술 : 술잔을 차례로 돌리며 먹는 술.

325 입(立)춤 : 보통 옷을 입은 채 둘이 마주서서 단순한 동작으로 추는 기생 춤의 하나.

326 연풍대(燕風臺) : 기생이 추는 칼춤의 한 가지.

327 진퇴(進退) : 걸음걸이의 하나.

328 내뜨리다 : 사정없이 냅다 던져버리다.

329 분네 : '분'을 좀 데면데면하게 이르는 말.

330 오둠지진상 단지걸음으로 : 번쩍 들려 끌려 나감. '오둠지진상'은 상투나 멱살 따위를 잡고 번쩍 들어 올리는 것이고, '단지걸음'은 남에게 들려서 끌려 가는 걸음걸이를 말함.

331 분기탱중(忿氣撑中) : 분한 마음이 가슴속에 가득함.

332 혼금(閻禁) : 관청에서 잡인(雜人)의 출입을 금지하던 일.

츠시(此時) 어시 홀일업셔 뒤문으로 도라가보니 게도 혼금(閽禁)이 엄금(嚴禁)ᄒ다. 한 모통이의 지쳐 안즌 노인다려,

"이 ᄉ도 소문 드르니 치민션졍(治民善政) 유명ᄒ여 빅셩드리 만셰블망션졍비(萬世不忘善政碑)[1]룰 셰운다 ᄒ니 그럴 시 분명훈지?"

노인 디답ᄒ되,

"이 ᄉ도요. 원(員)님은 노망(老妄)이오 좌슈(座首)는 쥬망(酒妄)이오, 아젼(衙前)은 도망(逃亡)이오 빅셩(百姓)은 원망(怨望)이오, ᄉ망[2]이 물미듯 ᄒ고, 공ᄉ(公事)는 잘 ᄒ는지 못ᄒ는지 모로오나 참나무 마듸 휘는 듯ᄒ지오."

"그 공ᄉ는 무삼 공ᄉ라 ᄒ나?"

---

1 만셰불망션졍비(萬世不忘善政碑) : 그 고을을 잘 다스린 관장의 공덕을 영원히 잊지 않기 위해 세운 비석.
2 사망 : 장사에서 이익이 많이 남는 것.

노인이 앙텬디소(仰天大笑) 왈,

"그 공亽는 쇠코두리 공亽³라지오. 원님이 욕심이 닛던지 업던지 모로거니와 미젼(米錢) 목포(木布) 다 고미릭질ᄒ여 드리니⁴ 엇덜지오? 싴(色)의는 아귀(餓鬼)오 졍亽(政事)의는 분낭(糞囊)⁵이오, 아모디 가도 바닥 쳣지는 될만ᄒ지오. 亽빅년늬(四百年來)의 소문(所聞)도 못 듯고, 븍등그림의도 업지오.⁶ 이번 잔치의도 亽십팔면(四十八面)의 가〃호〃(家家戶戶)이 빅미(白米) 삼승(三升), 돈 칠푼, 계란 삼기(三個) 거두어시니 거록ᄒ고 무던ᄒ지오."

어亽 드룰만ᄒ고 안졋더니, 문(門)을 보는⁷ 하인(下人)드리 어亽다려 ᄒ는 말이,

"우리 잠간 닙시⁸ᄒ고 올 亽이의 아모라도 드러가려ᄒ거던 이 칙쥭으로 먹여쥬오.⁹ 문을 착실이 보아쥬면 잔치 파(罷)ᄒ 후 술잔이나 먹이리이다."

어亽 다힝(多幸)ᄒ여,

"글낭 염녀(念慮)롤 아조 놋코 가라닛가."

하인드리 닙시 간 亽이의 한 亽롭이 드러가랴ᄒ고 기웃〃〃ᄒ거눌, 어亽 ᄒ는 말이,

"〃분, 씸 조흔 판¹⁰의 아니 드러가랴시오? 져긔 셧는 져 분들도 아니

---

3 쇠코뚜레 공사 : 멋대로 하는 공사. '쇠코뚜레'는 조금 자란 송아지의 코청을 뚫어 여기에 끼우는 고리처럼 만든 나무이다. 이 쇠코뚜레에 고삐를 매어 소를 마음대로 부릴 수 있음에 비겨서 고을 원이 공사를 제멋대로 하는 것을 말하였음.

4 미전목포(米錢木布)를 다 고무래질하여 들이니 : 쌀과 돈 그리고 베를 고무래로 그러모으듯이 다 빼앗아 가니. '고무래'는 넓적한 나무판에 자루를 박아 흙이나 곡식 등을 펴거나 그러모을 때 쓰는 농기구.

5 분낭(糞囊) : 똥주머니.

6 북등그림에도 없지요 : 어디에도 없다는 의미. '북등'은 초를 넣을 수 있게 만든 북 모양의 조그만 등.

7 문(門)을 보다 : 문을 지키다.

8 입시 : 하인이나 종이 먹는 밥을 낮춰서 이르는 말.

9 채찍으로 먹여주오 : 채찍으로 때려주오. '먹이다'는 친다는 의미.

10 낌 좋은 판 : 좋은 기회.

드러가랴시오? 져긔 잇는 아희들아 너 알거시니 모도 드러가 구경ᄒ라."

마음더로 터노흐니, 부문(赴門)ᄒ는 션비쳐로[11] 뭉게〃〃 뒤그러셔[12] 함부로 디여 드러갈 지, 어ᄉ도 셧겨 드러가며,

"졋ᄐ. 잘 드러온다. 에라, 한 모통이 치여라."[13]

죽칭교(竹層橋)[14] 보계판(補階板)으로 부젹〃〃 올나가니, 좌즁(座中) 슈령(守令)드리 하인 블너 호령ᄒ디,

"밧비 모라 너치라."

운봉영장(雲峯營將)[15] 겻눈으로 어ᄉ롤 잠간 살펴보니,[16]

면방인활(面方印濶)ᄒ고[17] 안담하파(眼淡寒波)ᄒ여 흑빅(黑白)이 쳥슈(淸秀)ᄒ고,[18] 미관츄월(眉彎秋月)ᄒ여[19] 속담미쟝ᄒ디,[20] 윤낭이 하모ᄒ고[21] ᄉ비(獅鼻)는 융긔(隆起)로다.[22] 소블노치(笑不露齒)ᄒ며[23] 복미이견ᄒ여[24] 요원비편이

---

11 부문(赴門)하는 선비처럼 : 과거를 보러 과장(科場) 안으로 들어가는 선비들처럼. 많은 사람이 몰려듦.

12 뒤끓어서 : 들끓어서. 많은 사람이 섞여 움직여서.

13 치여라 : 치열어라. 위를 열어라.

14 죽층교(竹層橋) : 대나무로 만든 사다리.

15 운봉영장(雲峯營將) : 운봉 진영(鎭營)의 으뜸 장관(將官). 영장은 진영장(鎭營將)을 말함.

16 이 아래 관상(觀相)에 관한 것은, 중국의 상(相)보는 책인『신상전편(神相全篇)』의 내용을 기본으로 하고 있다.

17 면방인활(面方印濶)하고 : 얼굴이 네모나고 눈썹 사이가 넓고.

18 안담한파(眼淡寒波)하여 흑백(黑白)이 청수(淸秀)하고 : 눈이 맑고 차며 눈알의 흑백이 분명하고.

19 미란추월(眉彎秋月)하여 : 눈썹이 고움.

20 속담미장한데 :『신상전편』에는 '소담수장(疏淡秀長, 너무 많지 않고 긺)'이라고 되어 있음.

21 윤낭이 하모하고 :『신상전편』에는 '수이하수(獸耳下垂, 짐승의 귀처럼 처졌음)'라고 되어 있음.

22 사비(獅鼻)는 융기(隆起)로다 : 코는 사자코처럼 솟았도다.

23 소불로치(笑不露齒)하며 : 웃어도 이가 드러나지 아니하며.

24 복미이견하여 :『신상전편』에는 '복수이요후(腹垂而腰厚, 배가 늘어지고 허리가 굵음)'라고 했음.

라.[25] 인중장(人中長) 정부윤[26]의 산근후(山根厚) 창고만(倉庫滿)이라.[27] 삼정(三停)이 균정(均平)ᄒᆞ고[28] 오악(五嶽)이 구전(俱全)이라.[29] 언간청원(言簡淸越)ᄒᆞ고 좌단침전(坐端沈靜)ᄒᆞ여[30] 법녕엄장(法令嚴壯)ᄒᆞ고[31] 장벽방후(牆壁方厚)로다.[32] 연견(鳶肩)의 화식(火色)ᄒᆞ니[33] 무빵영걸(無雙英傑)이라. 삼십승상(三十丞相)이오 명쥬츌ᄒᆡ(明珠出海)ᄒᆞ니[34] 팔십틱시(八十太師ㅣ)로다.

본관(本官)긔 청(請)ᄒᆞ는 말이,

"좌즁(座中)의 여보시오. 그 분을 보아ᄒᆞ니 의복이 비록 남누(襤褸)ᄒᆞ나 냥반(兩班)인가 시부오니, 시속(時俗)의 상한(常漢)드리 냥반을 셰옵ᄂᆞ닛가?[35] 우리네가 냥반 뒤졉을 아니ᄒᆞ고 뉘가 ᄒᆞ단 말이오?"

말셕(末席)의 좌(座)롤 쥬며,

"이 냥반 이리 안즈시오."

어ᄉᆡ 이 말 듯고,

"긔야(其也) 냥반(兩班)이로고. 동시(同是) 냥반[36]을 앗기니 운봉(雲峯)[37]이

---

25 요원비편이라 : 『신상전편』에는 '견원이배평(肩圓而背平, 어깨가 둥글고 등이 평평함)'임.

26 인중장(人中長) 정부윤 : 『신상전편』에는 '인중장이정조명(人中長而井灶明, 인중이 길고 콧구멍이 분명함)'이라고 했음. '인중'은 코밑의 오목한 곳.

27 산근후(山根厚) 창고만(倉庫滿) : 산근(山根)이 두텁고 창고가 참. '산근'은 콧마루와 두 눈썹 사이이고, '창고'는 콧방울을 가리킴.

28 삼정(三停)이 균평(均平)하고 : 삼정(이마, 코, 턱)이 균형을 이루고.

29 오악(五嶽)이 구전(俱全)이라 : 오악(이마, 코, 턱, 좌우 광대뼈)이 갖추어졌음.

30 언간청월(言簡淸越)하고 좌단침정(坐端沈靜)하여 : 말은 간단하며 맑고, 행동거지와 앉은 모습은 침착하고 조용하여.

31 법령엄장(法令嚴壯)하고 : 법령(法令)이 바르고. '법령'은 입 좌우로 오목하게 골이 생긴 부분.

32 장벽방후(牆壁方厚)로다 : 울타리와 벽이 견고하다.

33 연견(鳶肩)에 화색(火色)하니 : 어깨가 치올라가고, 얼굴에 붉은 빛이 도니.

34 명주출해(明珠出海)하니 : 구슬이 바다에서 나온다는 의미로, 재주 있는 사람이 세상에 나오는 것을 말함.

35 시속(時俗)의 상한(常漢)들이 양반을 세웁나이까? : 지금 상놈들이 양반을 높여 줍니까?

진짓 스롬을 아는고.”

부젹 〃 〃 상좌(上座)로 올나가셔 본관의 겻히 끼여 안주, 즌똥 무친 두 다리롤 그 압히 펴바리니, 본관이 혀롤 츠며,

“게도 눈이 잇지. 다리롤 썻는닥? 게 도로 오고리라닛가. 허 〃 운봉은 야릇ᄒ깃다.”

어시 디답ᄒ디,

“여복ᄒ여[38] 그러ᄒ오. 니 다리는 썻기는 용이(容易)ᄒ여도 오고리기는 과연 극난(極難)ᄒ오.”

그디로 안주시니 운봉이 겻 좌(座)로 쳥ᄒ여 말슴ᄒ더니, 좌즁(座中)의 큰 상(床) 든다. 슈팔연(水波蓮)[39]의 가진 긔화(奇花) 가식지물(可食之物) 츠담상(茶啖床)[40]이 츠례로 드리는 디, 어시 공복(空腹)의 음식 보고 시장이 디츌(大出)이라.[41] 좌즁(座中)의 통(通)ᄒ는 말이,

“좌상(座上)의 말슴 올나가오.[42] 지나가는 걸긱(乞客)으로 복공(腹空)이 주심(滋甚)ᄒ니[43] 요긔(療飢)롤 식여 보니시오.”

운봉영장 하인 블너,

“상(床) 하나 이 냥반긔 밧주오라.”

귀신 다 된 아희놈이 상 하나흘 들고와셔 눈고알을 구롤니며,[44]

“팔 압푸니 어셔 밧자.”

어시 상 바다들고 눈 드러 살펴보니, 모조라진 상쇼반(床小盤)[45]의 쓰더먹

5

---

36 동시(同是) 양반 : 같은 양반.
37 운봉(雲峯) : 운봉영장. 고을 원을 말할 때, 고을의 이름으로 말하는 것.
38 여북하여 : 그 얼마나 심했기에.
39 수파련(水波蓮) : 잔치나 굿할 때 장식으로 쓰던 종이로 만든 연꽃.
40 다담상(茶啖床) : 손님을 대접하기 위해 차린 음식상.
41 시장이 대출(大出)이라 : 시장기가 크게 일어나. ‘시장’은 배고픔의 점잖은 표현.
42 좌상(座上)에 말씀 올라가오 : 직접 말하는 것이 아니라 하인을 통해서 의사를 전달하므로 이런 식의 표현을 씀.
43 복공(腹空)이 자심(滋甚)하니 : 배가 빈 것이 매우 심하니. 매우 배고픔.
44 눈고알을 구롤니며 : 눈깔을 굴리며.

은 가리[46] 한 되, 디쵸 셰 기 밤 두 낫, 소곰 한 쥼, 장종자(醬鍾子)[47]의 져리침 치 한 보사기,[48] 박〃(薄薄) 탁쥬(濁酒) 한 스발을 덩그러게 노핫거눌, 남의 상(床) 보고 니 상 보니 업던 심상(心情)[49] 졀노 난다. 가장[50] 실슈(失手)ᄒ여 업 지는 체ᄒ고 한복판을 뒤집어놋코,

"앗ᄎ, 이 노릇 보아라. 먹을 복(福)이 못 되나보다."

두 사미 옷자락으로 업친 모쥬(母酒)롤 뭇쳐다가 좌우벽(左右壁)의 쑤리는 체ᄒ고 만좌(滿座) 수령(守令)의게 함부로 디고 쑤리니, 모든 슈령드리 ᄒ는 말이,

"어허, 이거시 무삼 짓시란 말고? 밋친 손[51]이로고."

어시 디답ᄒ디,

"왼통으로 뭇친 니 옷도 닛쇼. 약간 쮜는 거시야 글노 관겨ᄒ오."

무진〃〃(無盡無盡) 쑤리거눌, 운봉영장 바든 상 미러놋코 권ᄒ거눌, 어시 ᄒ는 말이,

"〃거시 왼 일이오."

운봉 ᄒ는 말이,

"염녀 말고 어셔 자시오. 니 상은 이지 ᄯ오 나오."

어시 상 바다 〃그어 놋코[52] 트집 잡을 젹의,

"통인(通引),[53] 여보아라. '상좌(上座)의 말슴 한 마듸 올나가오.' ᄒ여라. 니 가마니 보니 엇던 디는 기싱(妓生) ᄒ여 권쥬가(勸酒歌)로 술을 드리고, ᄯ

---

45 모조라진 상소반(床小盤) : 모서리가 다 떨어져나간 작은 밥상.
46 가리 : 갈비.
47 장종자(醬鍾子) : 장종지. 간장 등을 담는 작은 그릇.
48 절이김치 한 보시기 : 겉절이 한 사발. '보시기'는 김치 등을 담는 작은 사발.
49 심정(心情) : 좋지 않은 심사. '심정이 나다'는 화가 난다는 의미. '심상'은 '심 정'의 잘못.
50 가장 : 자못.
51 손 : 손님.
52 다그어 놓고 : 다가놓고.
53 통인(通引) : 지방 관아에서 원님의 잔심부름을 하던 사람.

엇던 되는 기싱 권쥬가롤 이쏘흐고⁵⁴ 떡거머리 아희놈⁵⁵ 흐여 얼녕〃〃흐
니 엇지흔 일인지? 술이라 흐는 거슨 권쥬가 업스면 무(無)맛시니 그 기싱
즁 쏙〃흔 거술 좀 나려보니시면 술 한 잔 부어 먹습시다."

본관(本官)이 칙망(責望)흐딕,

"그만흐면 어량(於良)의 족의(足矣)어든⁵⁶ 쏘 기싱(妓生) 암쥬로.⁵⁷ 허, 고희
흔 손이로고."

운봉영장 기싱 블너

"술 부어드리라."

어시 보고,

"묘(妙)흐다. 권쥬가 홀 쥴 알거든 하나 흐여 날을 호스(豪奢)시기려무나."

그 기싱 술 부어들고 외면(外面)흐여 흐는 말이,

"기싱 노릇슨 못흐깃다. 비렁방이도 슐부어라, 권쥬가〃 왼 일인고? 권
쥬가 업스면 쥴닥기⁵⁸의 술이 드러가나?"⁵⁹

셔롤 츠며⁶⁰ 권쥬가 흐딕,

"먹우 〃〃 먹우시오. 이 술 한 잔 먹으시오."

"여보아라. 요 연. 네 권쥬가 본(本)이 그러흐냐? 힝하(行下) 권쥬가(勸酒
歌)⁶¹는 응당(應當) 그러흐냐? 잡슈시오 말은 성심(生心)도 못흐느냐?"

7

---

54 애짜하고 : 미상.
55 떠꺼머리 아이놈 : 나이가 좀 든 남자아이. '떠꺼머리'는 장가나 시집 갈 나이
　 가 넘은 총각이나 처녀가 땋아 늘인 머리. 또는 그런 머리를 한 사람.
56 어량(於良)에 족의(足矣)어든 : 어량족의(於良足矣)어든. 만족할 일이어든.
57 기생(妓生) 암쥬로 : 기생까지 더하고. '암쥬로'는 '암지르고'인 것으로 보임.
　 '암지르다'는 원래의 것에 무엇을 하나 더하는 것.
58 줄때기 : 목줄띠. '목줄띠'는 목구멍에 있는 힘줄. 여기서는 목구멍이라는 의미
　 로 썼음.
59 술이 들어가나 : "술이 아니 들어가나"에서 '아니'가 빠졌음.
60 혀를 차며 : 불만이나 유감, 탄복 등의 뜻을 나타낼 때, 혀끝으로 입천장을 차
　 는 소리를 낸다.
61 행하(行下) 권주가(勸酒歌) : '행하'는 수고한 사람이나 아랫사람에게 주던 돈이
　 나 물건을 말함. 여기서 행하 권주가라고 한 것은, 이어사에게 남원부사가 내

기싱이 독(毒)을 너여 종아리며,[62]

"익구, 망측(罔測)ᄒ여라. 셩가시지 아니ᄒ오. 잘ᄒ여 쥬오리다. 쳐박이시오 〃〃〃〃, 이 술 한 잔 쳐박이시면 장명부동(長命不動)[63]홀 거시니 어셔〃〃 드릭지릭시오."[64]

고 년의 얼골 낫 익이고,

"에라, 요 년. 아셔라."

술 마시고 음식상(飮食床) 다그어 놋코 하나흘 남기지 아니ᄒ고 쥬린 판의 비위(脾胃)가 열열녀[65] 슌식간(瞬息間)의 다 후무릭쩌리고,[66] ᄯᅩ 상좌(上座)의 통(通)ᄒ기롤,

"ᄉ월팔일(四月八日)의 등(燈) 올나가듯[67] 상좌(上座)의 말슴 올나가오. 음식을 잘 먹엇쇼마는 ᄯᅩ 괘심혼 닙이 쇠여 못ᄒ깃쇼. 져 쵸록져고리의 다홍치마 닙은 동기(童妓) 좀 나려보닉오면 호ᄉ(豪奢)ᄒ는 판의 담비가지 붓쳐 먹기얏쇼."

운봉영장 기싱 블너,

"붓쳐드리라."

그 기싱 나려오며,

"그릭ᄉ나 슷거시라[68] 졔반(諸般) 악증(惡症)의 소릭롤 다 ᄒ네. 운봉안젼(雲峯案前)[69]은 분부(分付) 한 목을 맛탄나보다. 담비더 닉시오."

려준 기생이 부르는 권주가라는 의미.

62 독(毒)을 내어 종아리며 : 약이 올라 불평스럽게 혼잣말을 하며.

63 장명부동(長命不動) : 틀림없이 오래오래 삶.

64 들어지르시오 : 들어부으시오.

65 비위(脾胃)가 열려 : 먹고 싶은 생각이 나서. 원문에는 '열'이 한 번 더 들어갔음.

66 후물어떠이고 : 음식을 씹지 않고 대강대강 먹는 모습.

67 사월파일(四月八日)에 등(燈) 올라가듯 : 부처님 오신 날 다는 등을 올려 보내는 것처럼 계속 보냄.

68 그러사나 수컷이라 : 그나저나 남자라고.

69 운봉안전(雲峯案前) : 운봉 원님. '안전'은 존귀한 사람의 앞이라는 의미이나,

어시 돌통더[70]룰 니여쥬니, 고 기싱이 셔쵸(西草)[71]의 말똥을 쓰셔 붓쳐 오니, 어시 더 밧고,

"이리오너라. 졀묘ᄒ다. 게 안ᄌ다가 한 듸 더 붓쳐라."

손목을 쥐고 안ᄌ더니, 이윽ᄒ여 비속의셔 별안간의 이류좌긔(二六坐起)[72] ᄒᄂᆞᆫ 소리쳐로 '쏭쌍 쥬루룩 탁〃' 별〃 쇼리가 다 나더니, 비속이 굼틀ᄒ 며 방긔가 나오려ᄒ고 밋궁을[73] 쑬ᄂᆞᆫ지라. 발 뒤츅을 잔득 괴얏던 거술 슬며시 터노ᄒ니, '부ᄉᆡ〃' ᄒ고 그져 뭇더여[74] 연속히 나오ᄂᆞᆫ 방긔가 왼 동헌 (東軒)의 다 퍼지니, 그 니가 엇지 독ᄒ던지 곳 코흘 쏘ᄂᆞᆫ지라. 좌즁(座中)이 져마다 코롤 가리오고, '응' 쇼리가 연속(連續)ᄒ다. 본관(本官)이 호령ᄒ디,

"이거시 필시(必是) 통인(通引)놈의 조화(造化)로다. 밧비 모라 닉치라."

어시 통ᄒ디,

"통인은 이미ᄒ오.[75] 너가 과연 방긔자론지 쮜엿쇼."

ᄒ고, 한 번 통훈 후ᄂᆞᆫ 그져 무한이 슬〃 퉁〃 쮜여버리니, 왼 동헌이 모다 구린니라. 모든 슈령 혀롤 ᄎ츠며 운봉의 탓만 ᄒ더니, 본관이 취흥(醉興)을 겨워 쥬담(酒談)[76]으로 ᄒᄂᆞᆫ 말이, 9

"여보, 임실(任實).[77] 나는 묘리(妙理) 닛ᄂᆞᆫ 일 잇쇼. 심〃훈 ᄶᅵ면 니방(吏房) 놈과 묵은 은결(隱結) 뒤여닉여[78] 단 둘이만 쏙반(半)ᄒ니[79] 그런 자미 또 닛

지방관아의 아전이 고을의 원을 부르는 말로 쓰였음.

70 돌통대 : 나무나 흙으로 만든 담배대.

71 서초(西草) : 평안도에서 나는 질 좋은 담배.

72 이류좌기(二六坐起) : 장악원(掌樂院)에서 악공(樂工)을 가르칠 때, 그들의 생업 을 고려하여 한 달에 2, 6, 12, 16, 22, 26일의 6일만 나와 배우게 하던 일.

73 밋궁을 : 밑구멍을.

74 뭇대어 : 자꾸 뒤를 이어.

75 애매하다 : 억울하다.

76 주담(酒談) : 술기운에 지껄이는 객쩍은 말.

77 임실(任實) : 임실 원(員).

78 은결(隱結) 뒤어내어 : 은결을 뒤져내어. '은결'은 세금을 내지 않으려고 일부 러 등록하지 않은 토지.

79 쪽반(半)하니 : 반씩 나눈다는 의미인 것으로 보임.

눈가? 여보, 함혈(咸悅).[80] 쥰민고퇵(浚民膏澤)[81]을 마ᄌ여더니,[82] 홀밧게는 업
는 거시, 젼(前)의 업숀 별봉(別封)[83]이 근ᄂᆡ(近來)의 무슈(無數)ᄒ고, 궁교빈족
(窮交貧族)[84] 걸퇴[85]들은 ᄯᅩᆺ칠 젹이 바희 업고, 원천강(袁天綱) 예봉(例封)[86]으로
도 젼(前)보다 비(倍)나 되니 실삭귀는 홀 일 업셔.[87] 쥬야경윤(晝夜經綸) 싱각
ᄒ니 환자요리(還子要利)[88]도 홀만ᄒ고 ᄯᅩ ᄉ십팔면(四十八面) 부민(富民)들을
낫 ″ 치 츄려ᄂᆡ여 좌슈츠졉(座首差帖) 풍원츠졉(風憲差帖)[89] ᄂᆡ여쥬면 묘리(妙理)
가 닛고, 민촌(民村)의 봄이면 계란(鷄卵) 한 ᄭᅵ 식 가 ″ 호호(家家戶戶)이 ᄂᆡ여
쥬고 가룰이면 연계일슈(軟鷄一首)[90] 바다드려 슈합(收合)ᄒ면 여러 쳔슈(千首)
맛듦ᄒ고,[91] 빅골증표(白骨徵布)[92] 황구츙정(黃口充丁),[93] 과포(官布) 밧고 헐가
(歇價) 쥬기,[94] 이런 노룻 아니ᄒ면 지팅(支撑)홀 길 과연 업쇼."

---

80 함열(咸悅) : 함열현감(咸悅縣監).

81 쥰민고퇵(浚民膏澤) : 백성의 재물을 몹시 착취함.

82 마자엿더니 : 마다하려 했더니. 하지 않으려 했더니.

83 별봉(別封) : 외직에 있는 벼슬아치가 서울의 각 관아에 토산물을 바칠 때 정해
진 것 이외에 더 보태어 보내는 것.

84 궁교빈족(窮交貧族) : 생활이 어려운 친구와 가난에 쪼들리는 친족.

85 걸태 : 재물을 뜯어가는 사람.

86 원천강(袁天綱) 예봉(例封) : 꼭 보내야 하는 선물. '원천강'은 점을 잘 보던 중
국 사람인데, 전하여서 일이 확실하고 의심이 없음을 일컫는 말이 되었음. '예
봉'은 각 지방의 수령들이 그 지방의 특산물을 정례적으로 중앙의 고관에게
선사하던 일.

87 실살귀는 할 일 없어 : 실속을 차릴 수 없어. '실살귀'는 겉으로 드러나지 않는
알짜 이익을 말함.

88 환자요리(還子要利) : 환곡을 거둬들일 때 이자를 붙여서 받는 일.

89 좌수차첩(座首差帖) 풍헌차첩(風憲差帖) : 좌수와 풍헌을 임명하는 사령장. '차
첩'은 사령장.

90 연계일수(軟鷄一首) : 병아리보다 조금 큰 닭 한 마리. '연계'는 영계.

91 마뜩하다 : 마음에 제법 들어 좋다.

92 백골징포(白骨徵布) : 죽은 사람의 이름을 군적(軍籍)과 세금 대장에 올려놓고
군포(軍布)를 받던 일.

93 황구충정(黃口充丁) : 황구첨정(黃口簽丁). 군정(軍政)이 문란해져서 어린아이를
군적(軍籍)에 올려 군포를 징수하던 일.

94 관포(官布) 받고 헐가(歇價) 주기 : 포목을 거둬들이고는 값을 제대로 주지 않고

운봉영장 ᄒᆞᄂᆞᆫ 말이,

"여보 본관. 긱담(客談) 마오. 여ᄎᆞ성연(如此盛宴)의 풍월귀(風月句)[95]나 ᄒᆞ옵시다."

좌우 슈령(守令) 죳ᄐᆞᄒᆞ고, 시축지(詩軸紙)[96]롤 너여놋코 운(韻)을 너여 글 지롤 지, 어ᄉᆞ ᄯᅩ 통ᄒᆞ디,

"상좌(上座)의 말삼 올나가오. 나도 비록 걸긱(乞客)이나 오날 조흔 잔치의 비부르게 어더먹고 그져 가기 셥〃ᄒᆞ니, 지필(紙筆)이나 빌니시면 ᄎᆞ운(次韻)[97] ᄒᆞ나 ᄒᆞ오리다."

좌우 슈령 묵쇼(默笑)ᄒᆞ고,

"져 쏠의 글이라니?"

운봉이 말유(挽留)ᄒᆞ디,

"문무귀쳔(文無貴賤) 상시(常事)로다."[98]

문방사우(文房四友)[99] 가져다가 어ᄉᆞ 압히 노하쥬니, 어ᄉᆞ 운ᄌᆞ(韻字)롤 살펴본 즉 기롬 고ᄌᆞ(膏字) 놉흘 고자(高字) 졀귀(絶句) 운(韻)을 너엿거늘, 슌식간(瞬息間)의 다라시니,

　　금쥰미쥬(金樽美酒)ᄂᆞᆫ 쳔인혈(千人血)이오

　　옥반가효(玉盤佳肴)ᄂᆞᆫ 만셩고(萬姓膏)라

　　쵹누낙시(燭淚落時)의 민누락(民淚落)ᄒᆞ니

　　가셩고쳐(歌聲高處)의 원셩고(怨聲高)라[100]

　조금만 주는 것을 말하는 것으로 보임.

95 풍월구(風月句) : 시구(詩句). 풍월은 맑은 바람과 밝은 달을 대상으로 시를 짓고 흥취를 자아내어 즐겁게 노는 것.

96 시축지(詩軸紙) : 시를 지을 때 사용하는 두루마리 종이.

97 차운(次韻) : 다른 사람이 지은 시의 운자(韻字)에 맞춰 시를 짓는 일.

98 문무귀천(文無貴賤) 상사(常事)로다 : 글에 귀하고 천함이 없음은 예사로운 일이다.

99 문방사우(文房四友) : 종이, 붓, 먹, 벼루.

100 금준미주천인혈(金樽美酒千人血) 금잔의 좋은 술은 일천 사람의 피요
　　옥반가효만성고(玉盤佳肴萬姓膏) 옥쟁반의 맛있는 안주는 만백성의 기름이라.

11   어시 이 글 지어 모든 슈령 아니 뵈고 운봉영장을 넌즈시 뵈고,

"노형(老兄)은 몬져 가시고."

운봉이 눈치 알고, 본관의게 통(通)ᄒᄂᆞᆫ 말이,

"나는 빅셩의 환즈(還子) 쥬기롤 금일(今日)노 츌녕(出令)ᄒᄋᆞᆻ기로 몬져 가오."

젼쥬판관(全州判官) ᄯᅩ 통ᄒᄃᆡ,

"나는 미진(未盡)ᄒᆫ 급ᄒᆫ 공ᄉᆞ(公事ㅣ) 잇셔 몬져 도라가오."

고부현감(古阜縣監) ᄯᅩ 통ᄒᄃᆡ,

"하관(下官)은 하로거리[101]롤 어더 쩌가 되어시니 몬져 가오."

본관(本官)이 취흥(醉興)이 도〃ᄒᆞ여 ᄒᄂᆞᆫ 말이,

"낙극진환(樂極盡歡)[102]이라니, 죵일(終日) 노지 안코 공연이들 몬져 쎡〃 가니 남의 잔치의 파흥(破興)이라. 고희ᄒᆫ 쟈(者)들 실삭귀롤 못 니져셔. 좌즁(座中)의 여보시오, 가는 니는 가거니와 우리나 셰잔깅쟉(洗盞更酌)[103]ᄒᆞ여 훗토시 노옵시다."[104]

이러틋이 언간의[105] 가는 니는 다 솟는다.[106]

ᄎᆞ시(此時) 삼방하인(三班下人)[107] 맛츤 쩌가 다하시니, 관문(官門) 건쳐(近處) 골목마다 파립(破笠)쟝ᄉᆞ, 망건(網巾)쟝ᄉᆞ, 메욕쟝ᄉᆞ, 황오쟝ᄉᆞ 각〃 웨며 도
12   라단녀 부치 군호(軍號) 살피더니, 어ᄉᆞ사ᄯᅩ의 거동 보쇼. 부치롤 드러 삼방하인 손을 치니, 군관(軍官) 셔리(胥吏) 역졸(驛卒)드리 쳥젼디(青戰帶)롤 둘너

촉루락시민루락(燭淚落時民淚落)   촛농 떨어질 때 백성의 눈물 떨어지고
가셩고쳐원셩고(歌聲高處怨聲高)   노래 소리 높은 곳에 원망소리 높았도다.
101 하루거리 : 학질은 이틀에 한번 씩 아프므로 하루거리라고 함.
102 낙극진환(樂極盡歡) : 기쁨과 즐거움을 그 끝까지 다 맛봄.
103 세잔갱작(洗盞更酌) : 술잔을 씻어 다시 술을 부어 마심. 연회의 흥취를 계속 이어나간다는 뜻. 중국 송(宋)나라 소식(蘇軾)의 「적벽부(赤壁賦)」에 나오는 말.
104 훗훗이 노옵시다 : 딸린 사람이 적으니 홀가분하게 놉시다.
105 언간에 : 어언간(於焉間)에. 어느 사이에. '어'자가 빠졌음.
106 다 솟는다 : 다 달아난다.
107 삼반하인(三班下人) : 지방 관청의 하인.

씌고[108] 홍전닙(紅戰笠)을 졋게 쓰고,[109] 쳥파역(靑坡驛)놈 달녀드러 달 갓흔 마푀(馬牌)롤 희갓치 번듯 드러 삼문(三門)을 두다리며,

"이 고을 아젼(衙前)놈아. 암힝어스(暗行御史) 츌도로다. 큰문을 밧비 열나."

한편으로 봉고(封庫)[110]호고, '우직근' 두다리며 급히 즛쳐 드러오며, '암힝어스 츌도호오.' 이 소릭 한 마듸의 틱산(泰山)의 범이 울고 쳥텬(晴天)의 벽역(霹靂)이라.[111] 기와골이 터지는 듯,[112] 노롭이 고롭이오 풍악(風樂)이 별악이라. 노릭가 고리오 비반(杯盤)이 현반(懸盤)[113]이라. 좌간(座間)[114] 슈령 겁닌 거동 언어슈작(言語酬酌) 뒤셕근다.

"갓 니여라 신고 가자. 목화(木靴)[115] 니여라 쓰고 가자."

"나귀 니여라 닙고 가자. 창의(氅衣)[116] 잡아라 틱고 가자."

"물 마르니 목을 다구."

임실현감(任實縣監) 갓모자롤 뒤켜 쓰고,[117]

"갓구멍을 막아구나."

칼집 잡고 오좀 누니, 오좀 마진 하인드리 겁(怯)결의 호는 말이,

"요사이 하날이 비롤 쓰려셔 나리나보다."

구례현감(求禮縣監) 것구로 말을 틱고,

---

108 쳥전대(靑戰帶)를 둘러 띠고 : 군복에 띠던 푸른 빛깔의 띠를 두르고.
109 홍전립(紅戰笠)을 제켜 쓰고 : 붉은 벙거지를 뒤로 젖혀 쓰고.
110 봉고(封庫) : 봉고파직(封庫罷職). 고을의 원을 파면하고 고을의 창고를 잠그고 봉하는 일.
111 청천(晴天)에 벽력(霹靂)이라 : 맑은 하늘에서 치는 벼락. 뜻밖에 일어난 큰 변고.
112 『남원고사』에는 "기왓골이 떨어지고 동헌(東軒)이 터지는 듯"으로 되어 있음.
113 현반(懸盤) : 선반.
114 좌간(座間) : 좌중(座中).
115 목화(木靴) : 사모관대에 신던 신. 바닥은 나무나 가죽으로 만든 장화같이 생긴 신.
116 창의(氅衣) : 벼슬아치가 평상시에 입던 옷.
117 갓모자를 뒤켜 쓰고 : 갓을 거꾸로 쓰고.

"여보아라. 이 말이 목이 본디 업느냐?"

여산부시(礪山府使 ㅣ) 쥐구멍의 상투롤 박고,

"문 드러오니 바롬 닷쳐라."

말이 빠져 니가 훗는다. 굴독 뒤히 슙엇다가 줄힝낭이 기가쥭이라.[118] 기궁그로[119] 끗다는다.[120]

이러투시 덤벙일 지, 본관 원이 디변(大便) 쓰고 니댱(內堂)으로 다라날 지, 계집 죵년 니다르며,

"디부인(大夫人) 마누라 뒤[121]롤 쓰고, 실너부인(室內夫人)[122] 찌[123]롤 쓰고, 셔방님도 소마[124] 쓰고, 도련님도 밋슬 쓰고, 소인네도 쑝을 쓰고 왼 집안이 쑝빗치니 이롤 엇지호오리가?"

남원부스 분부호디,

14

"발진 죵놈 밧비 블너 왕십니(往十里)롤 급히 가셔 거롬장스[125] 잇는디로 셩화갓치 착니(捉來)[126]호라."

비반(杯盤)이 낭즈(狼藉)[127]호디 몽치 찬 놈 슈상(殊常)호다. 이리 치고 져리 치고 뉵방관속(六房官屬) 결치(決治)혼다. 장구통도 씨여지고 무고(舞鼓)통도 씨여지고, 필이 져딘 즛밟피고,[128] 히금(奚琴)디도 부러지고, 거문고도 씨여지고, 양금(洋琴)줄도 써러지고, 교자상(交子床)도 부러지고, 쥰화츙항(樽花沖缸)[129] 화치츙항(花菜沖缸) 즉근 〃〃 다 부이고, 다담상(茶啖床)이 열파(裂破)혼

118 줄행랑이 개가죽이라 : 체면 차릴 것 없이 도망간다는 의미인 것 같음.
119 개궁그로 : 개구멍으로.
120 끗닫는다 : 달아난다.
121 뒤 : 똥.
122 실내부인(室內婦人) : 남의 부인을 높여서 일컫는 말.
123 찌 : 똥.
124 소마 : 오줌을 점잖게 이르는 말.
125 거름장사 : 변소를 쳐주는 사람. 옛날에 서울 왕십리에 밭이 많아서 여기 사는 사람들이 도성(都城) 안의 변소를 쳐 갔음.
126 착래(捉來) : 사람을 붙잡아 옴.
127 배반(杯盤)이 낭자(狼藉) : 술잔과 접시가 어지럽게 널려 있는 모양.
128 피리 젓대 짓밟히고 : '젓대'는 대금(大笒)을 말함.

다. 쥰화(樽花)못츤 흔날이고 화긔(畫器) 조각 편〃(片片)이라. 양각등(羊角燈)도
으스러지고 스(紗)쵸롱도 뮈여지고,¹³⁰ 그런 디연(大宴)이 다 파(破)ᄒ여 동헌
(東軒)이 그만 일공(一空)ᄒ엿구나.

좌슈(座首) 니방(吏房) 곡경(曲境)으로 발광(發狂)ᄒ여 덤벙이고,¹³¹ 숨번관속
(三班官屬)¹³² 뉵방아젼(六房衙前) 급(急)ᄒ 별악을 마자구나. 니외아스(內外衙舍)
상하(上下) 업시 황겁(惶怯)ᄒ여 다라날 지, 삼공형(三公兄) 삼향쇼(三鄕所)¹³³롤
위션(爲先) 형츄거조(刑推擧措)ᄒ며,¹³⁴ 본관(本官)은 봉고파츌(封庫罷黜)¹³⁵ᄒ여
지경(地境) 밧긔 니친 후의 어스〃도 거동 보쇼.

동헌디쳥(東軒大廳) 독좌(獨坐)ᄒ여 삼방하인 분부ᄒ여 좌긔절츠(坐起節
次)¹³⁶ 밧비홀 지, 디긔치(大旗幟)ᄂᆫ 나열(羅列)ᄒ고 슉졍픽(肅靜牌) 니여 못고,
삼공형 블너드려 읍폐(邑弊)롤 뭇고, 도셔원(都書員)¹³⁷ 블너드려 젼결(田結)¹³⁸
롤 뭇고, 사창빗¹³⁹ 블너 곡부(穀簿)롤 뭇고, 군긔빗¹⁴⁰ 블너 군장복식(軍裝服
色) 집착ᄒ고,¹⁴¹ 젼셰(田稅)빗 블너드려 셰미난봉(稅米難捧)¹⁴²ᄒ라ᄒ여 형츄

---

129 쥰화충항(樽花沖缸) : 쥰화(樽花)를 꽂는 충항아리. '쥰화'는 잔치에 쓰는 조화
　　(造花). '충항아리'는 길쭉한 꽃병.
130 사(紗)초롱도 미어지고 : 비단으로 겉을 싼 초롱도 구멍이 나고.
131 곡경(曲境)으로 발광(發狂)하여 덤벙이고 : 몹시 견디기 힘든 상황 때문에 덤
　　벙거리며 정신없이 날뛰고.
132 삼반관속(三班官屬) : 지방 관아의 향리(鄕吏), 장교, 관노, 사령 등.
133 삼공형(三公兄) 삼향소(三鄕所) : '삼공형'은 각 고을의 이방(吏房), 호방(戶房),
　　수형리(首刑吏)의 세 관속이고, '삼향소'는 각 고을의 자치 기구인 향소(鄕所)
　　의 좌수(座首)와 좌우(左右) 별감(別監)을 말함.
134 형추거조(刑推擧措)하며 : 죄인의 정강이를 때리는 형벌을 할 채비를 갖추며.
135 봉고파출(封庫罷黜) : 어사나 감사가 한 고을의 원을 파면하고 관가의 창고를
　　봉하여 잠그던 일.
136 좌기절차(坐起節次) : 업무의 절차. 여기서는 어사가 출또한 후의 사무절차.
137 도서원(都書員) : 각 고을의 세금을 받던 아전의 우두머리.
138 전결(田結) : 논밭에 대하여 물리는 세금.
139 사창빗 : 사창색(社倉色). 각 고을의 환곡(還穀)을 저장해 두던 창고를 맡은 아전.
140 군기빗 : 군기색(軍器色). 군대에 관한 물건을 담당하던 아전.
141 집착하고 : 미상. 점검한다는 의미로 보임.
142 세미난봉(稅米難捧) : 조세로 바친 쌀을 빌려주어 되돌려 받기 어렵게 된 것을

(形推) 일치(一次) 밍타(猛打)ᄒ여[143] 방송(放送)ᄒ고, 녜방(禮房) 블너 블효강상
죄인(不孝綱常罪人)[144] 츠즈 원찬(遠竄)ᄒ고,[145] 형방(刑房) 블너 살옥(殺獄) 뭇고,
즉직(卽刻)의 분부ᄒ여 옥ᄉ장이[146] 밧비 블너,

"옥의 가친 츈향이롤 사장이 손 다희지 말고 모든 기싱(妓生) 안동[147]ᄒ여
디령(待令)ᄒ라."

사장이 녕(令)을 듯고 옥문(獄門) 열쇠 손의 들고 스면(四面) 츠즈 발광홀
지, 성화 독촉ᄒ니, 발노 박츠 옥문을 씨치고 손을 치며 덥어놋코,

"어셔 이리 나오너라."

희포 묵은 구슈(久囚)드리[148] 공논(公論)ᄒ디,

"국가(國家)의 경ᄉ(慶事) 닛셔 통기옥문(洞開獄門)[149]ᄒ고 죄인방숑(罪人放送)
ᄒ나부다."

16

그져 함부로 쑤역〃〃 다 나오니, 옥즁(獄中)이 훨젹 일공(一쏘)이라. ᄉ장
이 발광(發狂)하여,

"업다. 나오지 말고 너만 이리 나오너라. 츈향이만."

츈향이 〃 말 듯고 혼(魂)이 업시 나오며 옥문(獄門) 밧글 겨유 나니, 월미
시(月梅氏)가 드립더 잡고,

"익구 이 인. 다라랏다. 져도 염치가 스룹이지 붓그러워 다라낫다. 일졍

추궁함.

143 형추(形推) 일차(一次) 맹타(猛打)하여 : 한차례 곤장을 세게 쳐서.

144 불효강상죄인(不孝綱常罪人) : 불효와 강상의 죄를 지은 사람. '강상죄인(綱常
罪人)'은 삼강오상(三綱五常)에 어긋나는 행위를 한 죄인을 이르던 말로, 부모
나 남편을 죽인 자, 노비로서 주인을 죽인 자, 또는 관노(官奴)로서 관장(官長)
을 죽인 자 등을 말한다.

145 원찬(遠竄)하고 : 먼 곳으로 귀양을 보내고.

146 옥사장이 : 옥사쟁이. 감옥에 갇힌 사람을 맡아 지키는 사람. 줄여서 '사장이'
라고도 함.

147 안동 : 따르게 함.

148 해포 묵은 구수(久囚)들이 : 오래 동안 옥(獄)에 갇혀 있던 죄수들이. '해포'는
1년이 조금 더 되는 시간.

149 통개옥문(洞開獄門) : 죄의 경중을 가리지 않고 감옥의 모든 죄인을 풀어줌.

(一定) 소식 업셔시니 아조 갓다. 반졈(半點)도[150] 싱각 마라. 밥을 미오 만이 쥬니 마파롬의 괴눈이라.[151] 익구, 그 의 잠을 잘 지 동양군이 쓰엿더라.[152] 돌겻잠[153]의 이롤 갈며 기지기의 잠고더로, '밥 한 술 먹이시오. 돈 한 푼 죤일ᄒ오.'[154] 한두 번이 아닐너라. 만일 읍즁(邑中) 스롭드리 궐즈(厥者)[155] 쥴 알 양이면 손가락 지목(指目)ᄒ여 '츈향의 셔방 츈향의 셔방.'ᄒ면, 그런 망신 잇느냐? 아셔라. 싱각마라. 졉지[156]롤 보아ᄒ니 소도젹놈이 다 되엿더라. 이 집 져 집 단니면셔 남의 거슬 자리니면[157] 그런 우환(憂患) 쏘 닛시며, 물밧긔 슈 잇느냐?[158] 만일 다시 오거들낭 밥합(半合)의 허락ᄒ면[159] 엇지 아니 조킷느니?[160] 물나는 쥐나 무지[161] 슈절(守節)이 무어시니?"

츈향이 울며,

"그 말 그만ᄒ오. 참마 듯기 슬쇼. 죽을밧게는 홀일업쇼."

좌우롤 살펴보니 셔방님 간더업다.

"익고 이롤 엇지훌고? 니롤 갈며 엄형(嚴刑) 바다 부모유체(父母遺體)롤 앗

---

17

150 반졈(半點)도 : 조금도.

151 마파람의 게눈이라 : 마파람에 게눈 감추듯이. 음식을 매우 빨리 먹는 모습. '마파람'은 남풍을 말함.

152 동냥꾼이 짜였더라 : 동냥꾼이 딱 어울리더라.

153 돌겻잠 : 이리저리 굴러다니며 자는 잠.

154 조닐하오 : 제발 주십시오. 남에게 사정사정할 때 '제발 빈다'는 뜻으로 하는 말.

155 궐자(厥者) : 그 자(者). 그 사람을 낮춰서 하는 말.

156 졉지 : 미상.

157 남의 것을 자리내면 : 남의 것을 슬쩍 훔치면. '자리내다'는 흔적을 남긴다는 의미.

158 물밖에 수 있느냐? : 물어줄 수밖에 다른 수가 있느냐?

159 반합(半合)에 허락하면 : 바로 허락하면. '합(合)'은 칼이나 창이 부딪치는 횟수를 말함.

160 이 대목은 내용이 빠졌음. 『남원고사』에는, "만일 다시 오거들랑 왕손만이 깍지손하고, 금일(今日) 좌기(坐起)에 묻거든 반합(半合)에 허락하면 어찌 아니 좋을쏘냐?"라고 되어 있음.

161 물라는 쥐나 물지 : 물라는 쥐는 안 물고 씨암탉을 문다. 시키는 일은 하지 않고 해서는 안 될 짓을 하는 것을 욕하는 말.

기지 아냐 형장(刑杖) 맛히 다 셕어바려 뼈만 남도록 슈졀ㅎ더니, 건곤텬지(乾坤天地) 우쥬간(宇宙間)의 이런 일도 쏘 닛는가? 셔방 어디로 가고 나 죽는 줄 모로는고? 죽도록 그리다가 명텬(明天)이 감동ㅎ여 겨유 간신이 맛나시민 나 죽는 양 친(親)히 보고 남의 손 빌지 말고 감장(監葬)[162]이나 ㅎ여달나 ㅎ고 신〃부탁(申申付託)ㅎ엿더니, 끗〃치 니 마음과 갓지 아냐 속이기도 측양(測量)업네. 셔방님마자 날을 져바리니 누를 밋고 사잔말가? 어디로 가 계신고? 죽을 밧긔 홀일업다."

18 칼머리를 압흐로 왈학 쎄치면셔 뒤흐로 벌덕 쥬져 안자 두 다리를 퍼바리고 디셩통곡(大聲痛哭) 우는 말이,

"이지야 참으로 나는 죽네. 텬지일월셩신(天地日月星辰)님긔, 오날〃의 나는 죽쇼. 황텬후토산신(皇天后土山神)님긔, 오날〃의 나는 죽쇼. 동셔남븍오방신(東西南北五方神)긔, 오날〃의 나는 죽쇼. 산쳔쵸목(山川草木) 금슈(禽獸)드라 오날〃의 나 죽는다. 오작교(烏鵲橋)야 나 죽는다. 당쵸(當初)의 널노 ㅎ여 도련님을 맛나더니 오날〃의 영결(永訣)ㅎ니 나의 죽는 시졀이라. 광한루(廣寒樓)야 못 보깃다. 너는 만팔쳔셰(萬八千歲)를 누리려니와 니 인싱은 오날날 쓴이로구나. 상단(香丹)아, 나 죽거든 몹쓸 상젼(上典) 날 싱각말고 마누라님 뫼시고 부디 잘 잇거라. 니 셰〃(細細)훈 말삼 셔방님긔 다 ㅎ여다구."

상단이 목이 메여,

"그 말 마오 듯기 슬쇼. 아시[163] 상亽(喪事) 맛느면 쉰네는 잘 살깃쇼?"

춘향이 울며,

19 "좌우의 셧는 마누라님[164]게 엿자올 말삼 닛쇼. 나 죽은 후의 우리 어머니 부디 블상이 너겨쥬오. 오날이라도 니 몸 죽어지면 어머니 허손허동[165] 발광(發狂)ㅎ여, '춘향아!' 부르지져 왼 동니(洞內)로 오며가며 우짐버리면

---

162 감장(監葬) : 장사 지내는 일을 보살핌.
163 아시 : 아씨.
164 마누라님 : '마누라'는 나이를 좀 먹은 여자를 일컫는 말.
165 허손허동 : 허둥거리는 모양. '허손(虛損)'은 사물에 허기를 느껴 줄 때까지 기다리지 못하고 가지려고 덤비는 것.

셔[166] 니 연갑(年甲)과 갓흔 사롬 니 모양과 갓흔 사롬, 날과 갓치 노든 사롬 날과 동관(同官)ᄒ던 사롬 맛나보면, '우리 츈향 어디 갓쇼? 졔 소리가 어디셔 나는 듯 눈결의 엇득 뵈희는 듯, 바로 보려ᄒ면 그림자도 업ᄉ니 보앗거든 닐너쥬시오.'ᄒ고, 슙을 길게 니여 쉬고 이리 밋쳐 단니올 졔, 여러 마누라님네, '이리 오옵쇼.' 블너다가 기유(開諭)ᄒ여 말삼ᄒ디, '죽은 ᄌ식 싱각맙쇼. ᄌ식 갓흐면 죽깃습나? 이물[167]이기의 죽엇습니. 원혼(冤魂)으로 삼겨시니 다시 셜워 싱각 말고 밥이나 좀 먹어봅쇼. 죽은 자식 ᄯ라갑나?' 이러틋시 ᄒ시면셔 잡슈던 밥 한술만 국말국[168]의 마라다가 여러분이 권ᄒ시면, 어머니가 권ᄒ는 디 못 니긔여 한술을 ᄯ셔 닙의 너허 삼키려ᄒ다가, 목이 메여 슛가락을 탁 니여놋코 목을 노하 우는 말이, '이구, 니가 이 밥 먹고 사라 무엇ᄒ리?'ᄒ고, 가삼을 치며, '이고 이고' 울거들낭, 그 밥을낭 니여오고 술이나 한 잔 권ᄒ신 후, 찬밥 한술 더운 슝융의 잠간 쓰려 그 우룸이 긋치거든 다시곰 자시도록 부디부디 권ᄒ시고 위로ᄒ여 쥬옵쇼셔. 니가 죽은 혼이라도 여러 마누림니[169] 슈부강영(壽富康寧) 축슈(祝手)ᄒ고 후셰(後世)의는 셔왕셰계(西往世界)로나 극낙셰계(極樂世界)로나 가시게 발원(發願)ᄒ여 드리오리이다. 이고 〃 〃 셜운지고. 어머니 어머니, 나 죽은 후의 엇지 살녀ᄒ오?"

인ᄒ여 혼졀(昏絶)ᄒ여 칼머리롤 안고 것구러지니, 뭇 기싱(妓生)드리 달녀드러 써드러다가 동헌(東軒) 뜰의 나려놋코 츈향이 긔졀ᄒ믈 어스쏘긔 알외니, ᄉ되 기싱의게 분부ᄒ디,

"앗가 노롬 노던 기싱을 다 잡아드가 츈향의 쓴 칼을 져의 니로 무러ᄯ더 즉긱니(卽刻內)로 벗기라."

그는 앗가 괘심이 본 죄라. 기싱드리 져믄 년은 니로 ᄯ고, 늙은 년은 혀로 할타 침만 바르거늘,

---

166 우짐버리면셔 : 미상.
167 애물 : 몹시 애를 먹이거나 성가시게 구는 물건이나 사람.
168 국말국 : 국물.
169 마누라님네 : 원문에 '라'가 빠졌음.

"조 년은 웨 쑷는 거시 업느니?"

"예. 소인은 니가 업셔 침만 발나쥬면 부롤 사이의 져믄 것드리 쑷기가
쉽ㅅ외다."

이러투시 쓰드면서 어림 아는 약은 년은[170] 소곤소곤 ㅎ는 말이,

"츈향아. 니 거번(去番)의 산삼(山蔘)으로 속미음(粟米飮)[171]ㅎ여 보니엿더[172]
먹엇느냐?"

한 년은,

"일젼(日前)의 실빅ㅈ쥭(實栢子鬻)[173] 쑤어 보니엿더니 먹엇느냐?"

한 년은,

"슈일젼(數日前)의 편강(片薑)[174] 한 봉(封) 보니엿더니 보앗느냐?"

또 한 년은,

"져 거시기 밤콩 좀 복가 보니엿더니 보앗느냐?"

또 한 년은,

"져 무어시 냥쵸(兩草) 한 궤(櫃)[175] 보니엿더니 보앗느냐?"

이러투시 요공(要功)ㅎ니,[176] 어시 호령ㅎ디,

"요괴(妖怪)로온 요 년드라 무삼 잔말을 ㅎ느니. 칼을 밧비 벗기라."

호령(號令)이 싱풍(生風)ㅎ니,[177] 기싱(妓生)드리 겁을 너여 망ㅅ(忘死)ㅎ고
쓰들 젹의, 뭇 기드리 쩌롤 쑷듯 쓰더닐 지, 니쌔리도 싸지는 년, 닙시욱[178]
도 터지는 년, 볼타기도 쑤러진 년, 턱아리도 버셔진 년, 죽을힘을 다 드려
서 즉긱니(卽刻內)의 칼 벗기니, 불상ㅎ다 져 츈향이 긔졀(氣絶)홀시 분명ㅎ다.

---

170 어림 아는 약은 년은 : 대강 짐작하여 알아차린 눈치 빠른 기생은.

171 속미음(粟米飮) : 좁쌀로 쑨 미음.

172 원문에는 '니'가 빠졌음.

173 실백자죽(實栢子鬻) : 잣을 넣어 쑨 죽.

174 편강(片薑) : 생강을 얇게 저며서 설탕에 조려 말린 것.

175 양초 한 궤 : 양초 한 통.

176 요공(要功)하다 : 자기의 공을 스스로 드러내어 남이 칭찬해 주기를 바라다.

177 호령(號令)이 생풍(生風)하니 : 호령이 바람 일어나듯 하니.

178 입시울 : 입술.

어시 황홀망조(恍惚罔措)[179] ᄒ여 의원(醫員) 블너 명약(命藥)[180] ᄒᆞᆯ 시,

"김쥬부(金主簿)[181] 살녀쥬쇼. 니쥬부(李主簿) 약명(藥名) 니쇼."

무삼 약을 쓰려ᄒᆞ노. 져 심약(審藥)[182]들의 거동 보쇼. 두로마리 펼쳐 들고 의논ᄒᆞᄒ여[183] 명약(命藥)ᄒᆞᆯ 시, 싱ᄆᆡᆨ산(生脈散),[184] 통셩산(通聖散),[185] 회싱산(回生散),[186] 픽독산(敗毒散)[187] 함부로 약명 니여 밧비 달여 약을 쓰니, 만고열녀(萬古烈女) 츈향이가 회싱(回生)ᄒ여 니러느니, 어스ᄯᅩ 마음이 샹쾌(爽快)ᄒᆞ고 졍신(精神)이 쇄락(灑落)ᄒ여 희블자승(喜不自勝)[188]이라.

즉긱(即刻)의 나려가 붓들고 시부나, 한번 속여보려ᄒᆞ고 음셩(音聲)을 변ᄒᆞ여 분부ᄒᆞ되,

"노류장화(路柳墻花)ᄂᆞᆫ 인기가졀(人皆可折)이라.[189] 드르니 너만[190] 창기(娼妓)년이 슈졀(守節)을 ᄒᆞᆫ다ᄂᆞ냐? 네 본관(本官)ᄉᆞ도 분부ᄂᆞᆫ 아니 드러거니와, 오날 니 분부 시힝도 못 ᄒᆞ깃ᄂᆞ냐? 너롤 이지로 방셕(放釋)ᄒ여 슈쳥(守廳)으로 졍(定)ᄒᆞᄂᆞᆫ 거시니 밧비 나가 소셰(梳洗)[191]ᄒᆞ고 이지 올나 슈쳥ᄒᆞ라."

츈향이 〃 말 듯고 옴즉 소 〃로쳐 ᄒᆞᄂᆞᆫ 말이,

"이고, 이 말이 왼 말이오. 조약돌을 면(免)ᄒᆞ엿더니 슈마셕(水磨石)을 맛

23

---

179 황홀망조(恍惚罔措) : 정신없이 갈팡질팡하여 어찌할 바를 모름.

180 명약(命藥) : 약방문을 내는 것을 말하는 것으로 보임.

181 주부(主簿) : 한약방을 차리고 있는 사람.

182 심약(審藥) : 궁중에 바치는 약재를 살피게 하기 위하여 각 도에 파견한 종9품 벼슬.

183 'ᄒ'가 한 번 더 들어갔음.

184 생맥산(生脈散) : 땀을 많이 흘려 원기가 부족하고 진액(津液)이 소모되어 전신이 나른한 데에 쓰는 약.

185 통성산(通聖散) : 열을 내리고 변비에 효과가 있는 약.

186 회생산(回生散) : 체해서 토할 때 쓰는 약.

187 패독산(敗毒散) : 감기와 몸살에 쓰는 약.

188 희불자승(喜不自勝) : 매우 기뻐서 어찌할 바를 모름.

189 노류장화(路柳墻花)는 인개가절(人皆可折)이라 : 길가의 버들과 담 밑의 꽃은 누구나 꺾을 수 있다. 창녀는 누구나 건드릴 수 있다는 말.

190 너만 : 너 정도 되는. 얕잡아 보는 말.

191 소세(梳洗) : 낯을 씻고 머리를 빗음.

낫고나.[192] 궤상육(机上肉)[193]이 되어시니 칼을 엇지 두리닛가?[194] 용천금(龍泉劍) 드는 칼노 버희려시거든 버희시고, 거렬이슌(車裂而徇)[195] 슈레 쑤며 발기려시거든 발기시고,[196] 울산(蔚山) 전복(全鰒) 봉(鳳) 오리듯[197] 오리려시거든 오리시고, 동양디지(棟梁大材) 작벌(斫伐)ᄒᆞ듯[198] 싹그려시거든 싹그시고, 뇽가마[199]의 기름 쓰려 살무려시거든 살무시고, 가진 양염 쥐물너셔 장이려거든 장이시고,[200] 구리기동[201]의 ᄉᆞ룰 달화 지〃려거든 지〃시고, 셕탄(石炭)의 블을 픠여 구으려거든 구으시고, 조롱(嘲弄) 말고 뼈 쥬여쥬시오."

이러트시 악을 쓰니, 어스도 이 말 듯고 박장디쇼(拍掌大笑)ᄒᆞ며[202] 칭찬ᄒᆞ디,

"열녀(烈女)로다 열녀로다, 〃〃〃〃 열녀로다. 춘향의 구든 절(節)은 천고(千古)의 무ᄡᅡᆼ(無雙)이오, 아롬다온 의긔(義氣)ᄂᆞᆫ 고금(古今)의 일인(一人)이라."

셔안(書案)을 치며 디쇼(大笑)ᄒᆞ고,

192 조약돌을 면(免)하였더니 수마석(水磨石)을 만났구나 : 작은 어려움을 피하고 나니 그보다도 더 큰 난관이 닥침을 이르는 말. '수마석'은 물결에 씻겨 반들반들한 바위.
193 궤상육(机上肉) : 도마에 오른 고기.
194 어찌 두리리까 : 어찌 두려워하리오.
195 거열이순(車裂而徇) : 사지(四肢)를 수레에 매어 찢어 죽인 다음 이를 모두가 볼 수 있게 하는 형벌.
196 발기려거든 발기시고 : 찢어 죽이려거든 찢어 죽이시고.
197 봉(鳳) 오리듯 : 제사상이나 잔칫상에 마른 전복을 오려 장식으로 봉황새 모양을 만드는 것.
198 동량대재(棟梁大材) 작벌(斫伐)하듯 : 대들보로 쓸 나무를 도끼로 찍어서 베어 내듯.
199 용가마 : 큰 가마솥.
200 갖은 양념 주물러서 쟁이려거든 쟁이시고 : 고기를 온갖 양념장에 버무려 차곡차곡 쌓아두려거든 쌓아두고.
201 구리기둥 : 은(殷)나라 주(紂)왕 때 구리로 만든 기둥에 기름을 바르고 이를 커다란 화로 위에 놓아 달군 다음 이 기둥 위를 걷게 하는 형벌이 있었음.
202 박장대소(拍掌大笑)하며 : 손바닥을 치고 크게 웃으며.

"졀기(節槪) 잇고 아롭답다. 긔특(奇特)ᄒ고 신통(神通)ᄒ다. 아리쌉고 어엿부다. 졀묘(絶妙)ᄒ고 향긔(香氣)롭다. 네 눈을 잠간 드러 날을 보아라."

춘향이 혼망즁(昏忘中)의 음셩(音聲)이 귀의 익다. 눈을 드러 치여다보니, 쳘관풍치(鐵冠風采) 슈의어스(繡衣御史) 미망낭군(未忘郞君)이 졍녕(丁寧)ᄒ다.[203] 쳔근(千斤) 갓흔 무겁던 몸이 우화이등션(羽化而登仙)[204]이라. 한번 쮜여올나 드립써 덥셕 셔로 안고 여산폭포(廬山瀑布)[205]의 돌 구롤듯 데굴〃〃 구롤면셔,

　　이거시 쑴이오닛가
　　후싱(後生)인가, 츠싱(此生)인가? 아모리 ᄒ여도 모로긴네
　　조화옹(造化翁)의 작법(作法)인가, 텬우신조(天佑神助) ᄒ엿는가
　　조흘〃〃 조흘시고, 어스셔방(御使書房)이 조흘시고
　　셰상 사롭 다 듯거라
　　쳥춘 금방(金榜) 괘명(掛名)ᄒ니[206] 소년등과(少年登科) 즐거온 일
　　동방화쵹(洞房華燭) 노도령(老道令)이 슉녀(淑女) 맛나[207] 즐거온 일
　　쳔니타향(千里他鄕) 고인(故人) 맛나[208] 반가와셔 즐거온 일
　　삼츈고한(三春枯旱) 가물 젹의 감우(甘雨) 오니[209] 즐거온 일
　　칠십노인(七十老人) 구디독자(九代獨子) 싱남(生男)ᄒ여 즐거온 일 만컷

25

203 수의어사(繡衣御史) 미망낭군(未忘郞君)이 졍녕(丁寧)하다 : 어사또가 그리워 잊지 못하던 낭군임이 분명하다. '수의어사'는 수 놓은 옷을 입은 사또라는 의미로 어사또를 말함.
204 우화이등선(羽化而登仙) : 날개가 돋아 하늘로 올라가 신선이 됨.
205 여산폭포(廬山瀑布) : 중국 강서성(江西省) 여산에 있는 폭포. 이태백의 시 「망여산폭포(望廬山瀑布)」의 '곧바로 떨어지는 폭포가 삼천척이네(飛流直下三千尺)'라는 구절로 유명함.
206 청춘 금방(金榜) 괘명(掛名)하니 : 젊은 나이에 과거 급제하니.
207 동방화촉(洞房華燭) 노도령(老道令)이 숙녀(淑女) 만나 : 나이 먹은 총각이 첫날밤에 신부를 만나.
208 천리타향(千里他鄕) 고인(故人) 만나 : 멀리 떨어진 타향에서 오랜 친구를 만나.
209 삼춘고한(三春枯旱) 가물 적에 감우(甘雨) 오니 : 봄 석 달 내내 가물어 초목이 마를 때 단비 오니.

　마는 이런 일도 쏘 닛는가
　　실낫 갓흔 니 목슘을 어스낭군(御使郎君)이 날 살녓다
　　조흘 〃 〃 조흘시고, 어스낭군이 조흘시고

　어스 〃 쏘 화답(和答)ᄒ디,

　　　무릉도화(武陵桃花) 〃류즁(花柳中)의 호졉(蝴蝶) 오기 졔격(格)이오²¹⁰
　　　영쥬(瀛州) 봉닉(蓬萊) 삼신산(三神山)의 신션(神仙) 오기²¹¹ 졔격이오
　　　쇼상강(瀟湘江) 동졍호(洞庭湖)의 홍안(鴻雁) 오기²¹² 졔격이오
　　　악양누(岳陽樓) 등왕각(滕王閣)의 소긱(騷客) 오기²¹³ 졔격이오
　　　텬등블ᄉ(千燈佛事) 졔(齋) 지닐 졔²¹⁴ 산승(山僧) 오기 졔격이오
　　　빅호뎡(白虎亭) 풍쇼디(風蕭臺)의 한량(閑良) 오기 졔 격이라
　　　빙옥열녀(氷玉烈女)²¹⁵ 츈향의긔 어스 낭군이 졔격이라

　이러틋시 즐겨홀 졔, 츠시(此時) 츈향의 어미는 츈향의 형상(形狀) 보기 슬
희여 집으로 도라오니, 마음이 산란(散亂)ᄒ여 도로마(麻)²¹⁶ 히남포(海南布),
당븨²¹⁷ 쌀나 닉가의 갓다가 이 소문 어더듯고 아모리 된 쥴 모로고 즐겁기

---

210 무릉도화(武陵桃花) 화류즁(花柳中)에 호졉(蝴蝶) 오기 제격이요 : 무릉도원의
　　꽃과 버들에 나비가 날아오는 것은 격에 어울리는 일이요.
211 삼신산(三神山)에 신선(神仙) 오기 : 신선이 산다는 세 산인 영주, 봉래, 방장(方
　　丈)에 신선이 오는 것.
212 소상강(瀟湘江) 동정호(洞庭湖)에 홍안(鴻雁) 오기 : 소수(瀟水)와 상강(湘江)은
　　중국 호남성(湖南省) 남쪽에 있고, 이 근처에 동정호가 있음. 소수와 상강의
　　유명한 경치 여덟 가지를 소상팔경(瀟湘八景)이라고 하는데, 그 가운데 기러
　　기가 백사장에 날아와 앉는 것이 들어 있다.
213 악양루(岳陽樓) 등왕각(滕王閣)에 소객(騷客) 오기 : 악양루나 등왕각처럼 좋은
　　누각에 시인과 문사(文士)가 오는 것.
214 천등불사(千燈佛事) 재(齋) 지낼 제 : 등을 천 개나 달아놓고 큰 재(齋)를 올릴 때.
215 빙옥열녀(氷玉烈女) : 맑고 깨끗하여 아무 티가 없는 열녀.
216 도로마(麻) : 도루마(麻). 여름 옷감으로 쓰는 중국에서 나던 베의 한 가지.

만 측냥(測量) 업셔 쌜니 그릇시 물좃ㅊ 담아 이고,

"이고, 니 쌀 긔특ㅎ다. 이고, 니 쌀 착ㅎ지. 어스 〃회가 뜻밧길다."

강동〃〃²¹⁸ 쒸놀 젹의, 인 그릇시²¹⁹ 밋치 쌔져 물을 모도 나리쓰고 한
스(限死)ㅎ고 쒸놀 젹의,

"조흘〃〃 조흘시고. 어스 〃회가 조흘시고."

즐거오믈 못 니긔여 엇긔츔이 졀노 난다.

"강동의 범이 드니 길날아비가 훨〃 노쇼."²²⁰

소쥬(燒酒) 한 잔 먹엇더니 골더짓²²¹시 졀노 난다. 탁쥬(濁酒) 한 잔 먹엇
더니 엉덩츔이 졀노 난다. 위션(爲先) 관속(官屬)의게 힝악(行惡)혼다.²²²

"발가락을 모조릴 놈.²²³ 한서붓터 쥬리를 홀나.²²⁴ 삼번관속(三班官屬) 다
나오쇼. 주네〃들 싱심(生心)이나 니 돈 지고²²⁵ 아니 쥴가? 곳치려ㅎ여도 숀
이 쉽고,²²⁶ 속이려ㅎ여도 잠간이라."

관문(官門)으로 드러갈 시, 관속(官屬)드리 졀을 ㅎ며,

"아지머니 요스이 안령(安寧)ㅎ옵시오."

"이 스롬들. 요스이도 문(門)보는 스롬드리 그리 슈들 셴가?²²⁷ 그리들 마
쇼. 그러치 아니ㅎ니."

"업쇼, 망녕이오. 그럴 니가 잇습ᄂ잇가?"

---

217 해남포(海南布) 당베 : 해남포와 당베[唐布]는 모두 베의 종류임.
218 강동강동 : 짧은 다리로 가볍게 뛰는 모습.
219 인 그릇이 : 머리에 인 그릇이.
220 길날아비 훨훨 노소 : 어린애에게 새가 날갯짓 하듯 팔을 흔들라고 하면서
   하는 소리.
221 곤댓짓 : 뽐내어 우쭐거리며 하는 고갯짓.
222 행악(行惡)한다 : 포악하고 모진 짓을 한다.
223 발가락을 모조릴 놈 : 발가락을 다 잘라버릴 놈. '모조릴'은 '모지라지게 하
   다'라는 의미로 보임.
224 한서부터 주리를 할라 : 주리를 틀까 보다. '한서'는 미상.
225 생심(生心)이나 내 돈 지고 : 감히 내게 빚을 지고.
226 곳치려ㅎ여도 숀이 쉽고 : 미상
227 그리 수들 셴가 : 그렇게 힘을 쓰는가.

한 관로(官奴) ᄒᆞᄂᆞᆫ 말이,

27

"여보, 자치신늬.[228] 이 이 일을 그런 깃분 일이 업쇼."

"이 스롬 우셔〃 그리ᄒᆞᆫ 말인가. 이지야 말이지, 어졔 니셔방(李書房)이 우리 집을 ᄎᆞᄌᆞ왓ᄂᆞᆫ디, 그 쥬제 꼴을 보니 곳 슌젼이 그어지어든, 우리 아기ᄂᆞᆫ 그리ᄒᆞ여도 든 졍(情)이 나지 못ᄒᆞ여[229] 참아 박디(薄待)ᄅᆞᆯ 못ᄒᆞ여, 꼴이 하 보기의 슬커든. 곳 날노 ᄯᆞ셰이니,[230] 졔라도 염치업셔 그 길노 다라낫지. 아참의 아기다려 이 말을 ᄒᆞ며 다시 싱각말나 ᄒᆞ고, 두시 스도가 뭇거든 방슈(房守) 들나[231] ᄒᆞ엿더니, 져도 그 꼴 보고 어희업셔 살쥭[232]ᄒᆞ엿지. 만일 본관의게 허락 곳 ᄒᆞ엿드면 오고랑이[233] ᄯᅩ 되얏지. 요런 씨판이 ᄯᅩ 잇ᄂᆞᆫ가. 시방은 긔탄(忌憚)업시니 셔방이 온다ᄒᆞᆫ들 이런 소문 듯게 되면 무삼 낫치 말을 ᄒᆞᆯ가? 익고, 그런 흉(凶)한 놈을 이졔ᄂᆞᆫ 아조 비송(拜送)[234]일다."

아젼(衙前) 하나 ᄒᆞᄂᆞᆫ 말이,

"〃 어ᄉᆞ〃 도가 젼등칙방(前等冊房)[235] 도련님이라. 쳘도 모ᄅᆞᆫ고."

츈향어미 니른 말이,

28

"아니 〃〃 아니오. 쳔만의외(千萬意外)의 말슴이오. 셔울놈이 음흉(陰凶)ᄒᆞ여 가어ᄉᆞ(假御史)[236]로 단니나 보오."

이러틋시 슈작(酬酌)ᄒᆞ며 한갈갓치 츔을 츄며 동헌(東軒)으로 드리다라 어ᄉᆞ〃 도ᄅᆞᆯ 치여다보니, 어지 왓던 네로구나. 마른하날의 된 별악[237]이 어디

---

228 자치신늬 : 미상.
229 든 졍(情)이 나지 못하여 : 정이 든 것을 떨쳐버리지 못하여.
230 날로 따세이니 : 나로 하여금 따돌리게 하니.
231 방슈(房守) 들라 : 수청 들라.
232 샐쥭 : 마음에 차지 아니하여서 약간 고까워하는 태도를 드러내는 모양.
233 오그랑이 : 오그라진 물건.
234 배송(拜送) : 괴로움을 끼치거나 해를 주는 사람을 덧들이지 않고 공손히 보내는 것.
235 전등책방(前等冊房) : 전 사또의 책방 도령.
236 가어사(假御史) : 가짜어사.

로셔 나려온고. 긔가 막혀 벙〃ᄒ고[238] 그만 펄셕 쥬져 안자 아모 소리도 못ᄒ거늘, 어스〃도 나려다보고,

"이 스룸 츈향어미. 요사이도 집 팔기롤 잘 ᄒ는가?"

츈향어미 디답ᄒ디,

"이직야 그 말삼이지, 어스도 일을 발셔 그 씨 아랏지오. 그러ᄒ기의 도로마 한 필(疋), 희남포(海南布) 한 필 급히 쌔라다가 스도 옷슬 ᄒ려ᄒ고 오날노 쌜나 갓지오. 그러치가 아니 ᄒ면 무삼 경(景)[239]의 그것 쌜나 갓깃쇼? 져다려 무러보오. 모녀지간(母女之間)이언마는 그 다이[240] 말을 일언(一言)이나 ᄒ엿는가? 니 집의 쥬무시면 혹시 뉘가 눈치나 알가ᄒ여 아조 각지손이 한 거시지[241] 뉘가 몰나다구요? 날을 눌만 넉기오. 술나골 까마종이오.[242] 것친 퍼러ᄒ여도 속은 다 익엇지오."

"이 스룸, 얼골 들고 말ᄒ쇼."

"익고, 얼골이 쥐가 느뇨."[243]

츈향이 ᄒ는 말이,

"여보, 그만두오."

어시 디답ᄒ디,

"그만 두가? 그리 ᄒ지."

이러틋시 슈작(酬酌)ᄒ고, 본관(本官)은 봉고파츌(封庫罷黜).[244] 감영(監營)의 즉일보장(卽日報狀)ᄒ고, 본관의 미결공스(未決公事) 거울갓치 쳐결(處決)ᄒ고,

29

---

237 마른하늘에 된벼락 : 마른하늘에 날벼락. 갑작스러운 재앙.

238 벙벙하고 : 얼이 빠져 멍하다.

239 무삼 경(景) : 어느 경황에.

240 그 다이 : 그 쪽.

241 깍짓손 한 것이지 : 손깍지를 끼고 있던 것이지. 모른척한다는 의미로 보임.

242 순라골 까마종이오 : 무엇이나 모르는 것이 없는 사람. 까마종이는 가을에 까만 열매가 열리는 한해살이 풀.

243 얼굴에서 쥐가 나오 : 얼굴에 쥐가 나서 굳어진다는 말로 무안함을 나타냄.

244 봉고파츌(封庫罷黜) : 봉고파직(封庫罷職). 어사가 부정이 많은 고을 원을 파면시키고 관가의 창고를 잠그고 봉함.

니방(吏房) 블너 분부ᄒ디,

"너외고ᄉ(內外庫舍) 직물(財物)드리 다 모도 탐장(貪贓)이미,[245] 동헌(東軒)의 닛는 거슨 민고(民庫)로 집장ᄒ고,[246] 너아(內衙)의 닛는 거슨 모도 다 논미(論賣)ᄒ여[247] 금일너(今日內)로 관납(官納)ᄒ라."

니방(吏房)이 분부 듯고 공관즙물(空官什物)[248] 작젼(作錢)[249]홀시, 모든 거슬 방미(放賣)ᄒ니, 마누라 조흔 셔답[250] 네 귀의 쓴을 다라 갓거리[251]로 방미(放賣)ᄒ고, 칙방(冊房)의 쓰던 총관(冠) 말콩망퇴로[252] 방미ᄒ고, 가진 즙물(什物) 다 파라셔 관젼(官前)의 밧치오니, 봉고(封庫)ᄒ여 너흔 후의, 가마 독교(獨轎)[253] 션명(鮮明)이 츠려 춘향이 터와 압셰우고, 스립가마[254] 쑤며니여 월미 터여 뒤셰워 경셩(京城)으로 보닌 후의, 젼나도(全羅道) 오십칠관(五十七官) 좌우도(左右道)롤 다 도라셔, 승일상너(乘馹上來)[255] 닙경(入京)ᄒ여 탑젼(榻前)의 복명(復命)[256]ᄒ니, 셩샹(聖上)이 반기시며 귀(貴)희 너겨 집슈(執手)ᄒ고 원노 힝녁(遠路行役) 위로ᄒ며 인민지폐(人民之弊) 무르시니, 경역문셔(經歷文書) 힝즁일긔(行中日記)[257] 밧드러 드리온디, 뇽안(龍顏)[258]이 디열(大悅)ᄒ샤 칭찬ᄒ

---

245 다 모두 탐장(貪贓)이매 : 모두 다 부정한 방법으로 얻은 재물이매.
246 민고(民庫)로 집장하고 : 민고로 넣어두고. '민고'는 관청의 비용으로 쓰기 위해 백성에게서 거둬들인 재물을 보관하던 창고.
247 논매(論賣)하여 : 잘 팔아서.
248 공관집물(空官什物) : 파직당한 벼슬아치의 온갖 살림살이.
249 작전(作錢) : 물건을 팔아서 돈을 마련함.
250 서답 : 월경 때 쓰는 생리대.
251 갓걸이 : 갓을 걸어두는 물건.
252 총관(冠) 말콩망태로 : 말총으로 만든 머리에 쓰던 고급 관도 말콩 담는 망태로.
253 독교(獨轎) : 말 한 마리가 끄는 가마.
254 사립가마 : 삿갓가마. 삿갓을 씌운 것 같은 모양의 가마로 상제(喪制)가 타는 가마를 말하나, 여기서는 그런 조촐한 가마를 말함.
255 승일상래(乘馹上來) : 역마(驛馬)를 타고 서울로 올라감.
256 탑전(榻前)에 복명(復命) : 임금의 앞에 나아가 그 동안 처리한 일을 보고함.
257 경력문서(經歷文書) 행중일기(行中日記) : 겪은 일에 관계되는 서류와 그 동안의 기록.
258 용안(龍顏) : 임금의 얼굴. 용은 임금을 상징함.

여 위앗치며[259] 동벽응교(東壁應敎)[260] 제슈(除授)ᄒ여 밧비 나가 쉬라ᄒ시니, 응교(應敎ㅣ) 복지(伏地)ᄒ여 츈향 졍졀(貞節) 쥬달(奏達)ᄒ니, 셩샹(聖上)이 드르시고, 져의 졍졀(貞節)이 지귀(至貴)ᄒ다 니조(吏曹)의 하교(下敎)ᄒ샤 졍열부인(貞烈夫人) 직쳡(職牒)[261]을 나리오시니, 이런 영광(榮光)이 ᄯᅩ 닛ᄂᆫ가.

응교(應敎) 스은(謝恩) 퇴조(退朝)ᄒ여 북당(北堂)의 현알(現謁)ᄒ고 ᄉᆞ당(祠堂)의 허비(虛拜)[262]ᄒᆫ 후, 부모젼(父母前)의 면품(面稟)[263]ᄒ여 츈향ᄉᆞ(春香事)ᄅᆞᆯ 엿ᄌᆞ옵고, 즉일(卽日) 디연(大宴) 비셜(排設)ᄒ고 종족(宗族)을 디회(大會)ᄒᆫ 후의 남원(南原)집[264]을 부인(夫人)으로 승좌(陞座)ᄒ고 ᄇᆡᆨ년히로(百年偕老)ᄒᆞᆯ 젹의, 벼슬은 뉵경(六卿)이오 아들은 삼형뎨(三兄弟)라. 니외손(內外孫)이 번셩(繁盛)ᄒ니 곽분양(郭汾陽)[265]을 블월쇼냐? 아마도 쳔고(千古)의 긔ᄉᆞ(奇事)ᄂᆞᆫ 이쓴인가 ᄒ노라.

셰(歲) 신희(辛亥) ᄉᆞ월일 향목동 셔(書)

---

259 위왇치며 : 떠받들며.

260 동벽응교(東壁應敎) : '응교'는 홍문관(弘文館)이나 예문관(藝文館)의 벼슬. '동벽'은 벼슬아치가 모여 앉을 때, 좌석이 동쪽에 있는 벼슬을 말함.

261 정렬부인(貞烈夫人) 직첩(職牒) : 정조와 행실이 곧은 부인에게 조정에서 주는 임명장.

262 허배(虛拜) : 죽은 사람의 위패에 절하는 것.

263 면품(面稟) : 윗사람의 얼굴을 직접 대하여 말하는 것.

264 남원(南原)집 : 춘향을 말함. 결혼하면 여자의 시집이 있는 마을 이름에 '집'을 붙여 부름.

265 곽분양(郭汾陽) : 중국 당(唐)나라 장수 곽자의(郭子儀)는 공을 많이 세워 분양왕(汾陽王)에 봉해졌으므로 보통 곽분양이라고 부른다. '곽분양팔자'라는 말은 세상의 온갖 부귀와 영화를 한 몸에 지니고 있는 사람을 일컫는 말이 되었음.

부 록

· · ·

만화본 「춘향가」와 「광한루악부」의 원천

문학연구자들의 〈춘향전〉 간행 − 1950년대까지 −

『고본춘향전』 개작의 몇 가지 문제

· · ·

만화본 「춘향가」와 「광한루악부」의 원천

1. 문제의 제기

<춘향전> 연구에서 일찍부터 주목받은 한시 만화(晩華) 유진한(柳振漢)의 「춘향가(春香歌)」와 윤달선(尹達善)의 「광한루악부(廣寒樓樂府)」는 <춘향전> 형성에 중요한 단서를 제공하는 작품이다. 두 작품은 모두 약 3,000자 정도나 되는 긴 시이고, <춘향전>의 세부적인 묘사도 다양하게 들어 있으므로 많은 연구자들이 중요한 자료로 다뤄왔다. 그러나 이렇게 중요한 자료로 다루면서도 많은 연구자들이 별로 관심을 기울이지 않은 문제 가운데 하나는, 이들 한시가 바탕으로 삼은 것은 무엇인가 하는 점이다. 이 점은 <춘향전> 연구에서 매우 민감한 문제이다.

대부분의 연구자들은, 유진한이 호남 여행에서 돌아온 후 「춘향가」를 지었다는 대목을 해석할 때, 유진한이 호남지방에서 판소리로 불리는 <춘향가>를 듣고 돌아와서 지었다고 생각하고 있다. 여기에 대해서, 그렇게 긴 내용의 시를 여행하는 동안 들은 것만을 바탕으로 외워서 지을 수 있을까 하는 생각을 가진 연구자도 있으나, 이들의 목소리는 별로 학계의 관심을 끌지 못했다. 그러나 만약 유진한이 판소리를 듣고 「춘향가」를 지었다

면, 여기에 따르는 많은 의문점이 생길 수밖에 없다. 예를 들면, 유진한이 「춘향가」를 지은 1750년대 판소리 <춘향가>는 어느 정도 길이였을까, 그 때의 창법은 어떤 것이었나, 그 때 부르던 판소리 <춘향가>는 이후에 어떤 경로를 거쳐 현재까지 이르게 되었나, 등등의 여러 가지 문제가 있을 수 있다. 그러나 이런 문제에 대해서는 연구자들이 별로 관심을 갖지 않고 있다.

윤달선의 「광한루악부」도 판소리가 그 원천이라면, 유진한의 「춘향가」에서 생기는 의문이 마찬가지로 일어날 수 있다. 자주 인용되는 옥전산인(玉田山人)의 서문을 보기로 한다.

> 우리나라 창우의 놀이는 한 사람은 서고 한 사람은 앉아서 하는데, 선 사람은 노래하고, 앉은 사람은 북으로 반주를 한다. 대저 잡가 12곡 가운데 '향랑가'가 그 하나이다.(我國倡優之戱 一人立 一人坐 而立者唱 坐者以鼓節之 凡雜歌十二腔 香娘歌 卽其一也)

대다수의 연구자들은 이 대목을, 1850년대 판소리가 공연되는 상황을 잘 보여주는 것이라고 생각하고 있으며, '凡雜歌十二腔'은 판소리 열두마당이라고 단정 짓고 있다. 그러나 '凡雜歌十二腔'의 '잡가'를 현재의 판소리와 같은 것이라고 말할 수 있는 근거는 분명하지 않고, 또 '십이강'이 판소리 열두마당이라고 단정 지을 수도 없다.

「광한루악부」 마지막 첩은 다음과 같다.

> 淨丑場中十二腔　정축장 열두 곡은
> 人間快活更無雙　다시없는 인간사의 쾌활함이니
> 流來高宋廉牟唱　흘러내려온 고·송·염·모의 창이
> 共和春風畵鼓撞　봄바람에 북소리와 어울리지네

여기에서 '淨丑場'이 무엇인지 모르겠으나, '十二腔'과 관련이 있는 장소나 곡목인 것 같다. 옥전산인의 서문에서 얘기한 '십이강'과 마찬가지로 이 마지막 첩의 '십이강'도 판소리라고 할 수 있는 근거는 없다.

판소리를 얘기할 때 빼놓을 수 없는 高·宋·廉·牟 네 사람을 이 마지막 첩에서 언급했는데, 여기서 말하는 창이 현재 판소리 창자들이 부르는 창법과 같은 형태였는지에 대해서는 별로 알려진 것이 없다. 다만 이들 네 사람을 현재 판소리 창의 원조라고 말하는 것으로 보아서는, 이들에게서 현재의 판소리 창법이 나온 것일 가능성은 크다. 이렇게 볼 때, '流來高宋廉牟唱'은 새로운 창법에 관한 것이라고도 볼 수 있다. 그러니까 '잡가십이강'은 기왕에 있던 노래들이고, 이 노래를 새로운 창법으로 부른 것이 '고·송·염·모' 네 명창이 아닐까 하는 생각을 해볼 수 있다.

필자의 문제제기는 유진한의 「춘향가」나 윤달선의 「광한루악부」를 현재의 판소리와 연관 짓지 않고 생각해보자는 것이다. 판소리 <춘향가>를 부를 때, 현재는 완창이라고 해서 처음부터 끝까지 부르기도 하지만, 1750년대나 1850년대에 어떤 형태로 불렸는지 정확하게 모르고 있다. 그 근거가 명확하지 않은 정노식의 『조선창극사』나 '신재효본' 등을 근거로 해서 <춘향전>과 판소리의 관계를 설정할 것이 아니라, 현전하는 텍스트를 잘 분석해서 판소리와 <춘향전>의 문제를 풀어보자는 것이다.

최근 『남원고사』에 관한 몇몇 연구가 눈에 띈다.[1] 『남원고사』 원문이 영인되어 학계에 소개된 지 근 30년이 되었고, 상당수의 연구자들이 이 텍스트를 중심으로 <춘향전>에 접근했으나, 『남원고사』가 <춘향전> 연구에서 중요한 역할을 차지한 것은 아니었다. 많은 연구자들이 『남원고사』를 <춘향전> 연구에 있어서 매우 중요한 이본이라고 말했으면서도 이렇게

---

1 윤덕진, 임성래, 「남원고사 연구」 1, 2, 3, 『열상고전연구』 13, 15, 18, 2000, 2002, 2003.
　전상욱, 「세책계열 <춘향전>의 특성」, 『세책 고소설 연구』(서울 : 혜안, 2003. 8)
　이창헌, 『경판방각소설 춘향전과 필사본 남원고사의 독자층에 대한 연구』(서울 : 보고사, 2004. 4)

연구가 이루어지지 않은 것은, 그동안 학계에서『남원고사』의 의미를 제대로 파악하지 못했기 때문이라는 것이 필자의 생각이다.

　『남원고사』가 소개되던 처음부터 이 <춘향전> 이본은 세책과 관련이 있다는 점이 알려졌으나, 거기에 대해서는 연구자들이 별 관심이 없었다. 『남원고사』는 주로 판소리계소설의 범주에서 논의되었다. 이렇게 된 가장 큰 이유는, 이 본을 처음 소개한 김동욱 선생이 <춘향전> 형성의 기본틀을 근원설화 → 판소리 → 판소리계소설로 잡고 있었기 때문이다.『남원고사』가 소개되던 1970년대 말 쯤에는 김동욱 선생의 판소리계소설 이론이 학계에 거의 정설로 자리잡던 시점이었다. 그러나 필자는『남원고사』와 같은 세책 <춘향전>을 판소리계소설이라고 보는 것은 문제가 있다고 생각하고 있다. 왜냐하면 세책 <춘향전>은 현재 전승되고 있는 <춘향가> 판소리 창본이나 완판 84장본『열녀춘향수절가』와 그 내용을 비교해보면 매우 다르기 때문이다.

　아주 단순화시켜서 문제를 제기한다면,『남원고사』와 완판 84장본『열녀춘향수절가』로 대표되는 두 계열의 <춘향전> 가운데 어느 쪽이 선행하는가 하는 문제이다. 이 문제는 현재까지 전승된 판소리 <춘향가>는 소설을 바탕으로 이루어진 것인가, 그렇지 않으면 김동욱 선생의 주장대로 판소리에서 소설이 생긴 것인가 하는 문제로 돌아가게 된다. 이렇게 문제를 제기하면, 이제까지 적어도 20년 넘게 정설로 여겨졌던 '판소리계소설'의 문제를 다시 꺼내는 것 같은 인상을 줄 수 있으나, 이 문제는 단순히 판소리가 먼저냐 소설이 먼저냐 하는 문제만은 아니다. 이 문제는, 조선조에서 소설이 어떻게 만들어지고 유통되었는가, 그리고 소설을 조선후기 통속예술 전체의 맥락에서 어떻게 보아야 할 것인가 하는 문제와 연관되어 있다.

　필자는 최근 몇 년 동안 세책 고소설에 관심을 갖고 작업을 해오고 있다. 이 과정에서 세책으로 유통되었던 향목동본『춘향전』[2]을 읽으면서 이

---

2 향목동본 춘향전은 현재 일본 東洋文庫에 소장되어 있는 본이다. 일반적으로 이 본은 동양문고본『춘향전』이라고 하는데, 이 본은 세책으로 유통되던 본으

본과 『남원고사』의 관계를 생각해보고 있는 중이다. 『남원고사』의 필사시기는 1864년(1, 2, 3권)과 1869년(4, 5권)이고, 향목동본의 필사시기는 1900년부터 1911년까지 다양하다.[3] 약 40년 정도의 시간적 차이를 두고 필사된 두 본의 내용은 여러 곳에서 다른데, 같은 세책계열의 춘향전이면서 이렇게 내용에 차이가 나는 이유는 무엇일까를 생각해보고 있다. 또 『남원고사』와 향목동본 『춘향전』에 들어 있는 내용 가운데 어떤 것은 다른 <춘향전>이나 창본 <춘향가>에서 볼 수 없는 내용이 있는데, 이렇게 세책계열에만 들어 있는 내용이 어떤 의미를 갖는지도 다시 잘 따져보려고 한다.

필자는 이 글에서 유진한의 「춘향가」와 윤달선의 「광한루악부」의 내용 가운데 세책계열 <춘향전>과 관련이 있는 내용 몇 가지를 뽑아서 이 내용을 『남원고사』와 비교하려고 한다. 이런 비교를 통해 「춘향가」와 「광한루악부」의 원천이 현존하는 세책계열 <춘향전>과 가깝다는 것을 얘기하려고 한다. 한문본 <춘향전>은 작자와 창작시기가 밝혀져 있어서 <춘향전> 형성을 구체적으로 논증하는 데 좋은 자료이므로 한문본 <춘향전> 전체와 세책계열 <춘향전>의 내용을 비교하는 것이 필요하나, 여기서는 우선 두 본만을 다루기로 한다. 필자가 이 글을 쓰는 데는 최근에 나온 한문본 <춘향전>에 관한 글이 커다란 도움이 되었다.[4]

2. 유진한 「춘향가」의 원천

대부분의 연구자들은 유진한의 「춘향가」에 대해, 유진한이 호남지방을 유람할 때 판소리로 부르는 <춘향가>를 듣고 1754년 집에 돌아와 이를

로 향목동에서 필사한 본이므로 향목동본이라고 한 것이다.

3 이 문제에 대해서는 전상욱이 자세히 논의했다. 전상욱, 앞의 논문

4 정하영, 『춘향전의 탐구』(서울 : 집문당, 2003. 6)

유준경, 「한문본 <춘향전>의 작품세계와 문학사적 위상」, 서울대학교 박사학위 논문, 2003. 8

한시로 지은 것이라고 생각하고 있다. 그러나 이 문제는 잘 생각해보아야한다. 왜냐하면 이 문제는 <춘향전>만이 아닌, 판소리 전반에 걸친 문제이기 때문이다.

유진한의 「춘향가」는 7언 200구로 2,800자나 되는 장편이다. 만약 이 시가 기존의 설명처럼 호남지방을 유람할 때 판소리 부르는 것을 듣고 지은 것이라면, 이 시의 내용은 현재 전승되는 판소리 <춘향가>의 원형이 될 것이다. 그런데 유진한의 <춘향가>가 판소리를 듣고 지은 것이라면, 다음의 두 가지 의문이 생긴다. 하나는 18세기 중반의 판소리 <춘향가>에 현재의 판소리 완창 대본 정도로 완전히 정착된 가사가 있었을까 하는 점이고, 또 하나는 5~6시간이나 걸리는 이 <춘향가> 가사를 유진한이 거의 외우고 있었을까 하는 점이다.

필자는 유진한의 <춘향가>는 판소리를 듣고 지은 것이 아니라, 소설 <춘향전>을 바탕으로 지은 것이 아닐까 하는 생각을 하고 있다. 판소리를 듣고 지었다고 하기가 어려운 이유는, 앞에서 든 두 가지의 의문뿐만 아니라, 유진한이 『사씨남정기』를 바탕으로 「유한림영사부인고사당가(劉翰林迎謝夫人告祠堂歌)」를 지은 것이 있기 때문이다. 여기에 대해서는 다른 기회에 얘기하기로 하고, 이 글에서는 유진한의 「춘향가」 몇 대목과 『남원고사』를 비교해보기로 한다.

<춘향전>의 전체 이본을 내용상으로 나눌 때 기준이 되는 것 가운데하나가 불망기(不忘記)이다. 「춘향가」의 이 대목은 다음과 같다.

花牋書出不忘記　화전지에 불망기를 써 주니
好約丁寧娘拜跪　좋은 언약 분명하니 춘향은 절하고 꿇어앉네(28)[5]

---

5 유진한 「춘향가」는 이수봉 교수가 200구의 일련번호를 붙여놓은 것이 있어서
　그 번호를 쓰기로 한다.
　이수봉, 「만화의 춘향가 시역」, 『춘향전의 종합적 고찰』(서울 : 아세아문화사,
　1991. 9)

이 불망기는 세책계열에는 모두 들어 있고, 신재효의「남창 춘향가」에
도 들어 있는데, 세책 계열 <춘향전>의 불망기는 처음부터 끝까지 한문
투로 되어 있고 매우 긴 것이 특징이다.

춘향과 이도령이 이별하는 대목에서 서로 신물(信物)을 교환하는 내용은
세책계열뿐만 아니라『옥중화』나 창본에도 나온다.[6] 이 대목을『남원고사』
에서 보면,

> 남대단(藍大緞) 두리줌치 주황당사(朱黃唐絲) 끈을 끌러 화류(樺榴)집 사파
> 경을 집어내어 춘향 주며 이른 말이,
> "대장부의 굳은 마음 석경(石鏡) 빛과 같은지라. 진토중에 묻혀있어 천백
> 년이 지나간들 석경 빛이 쇠할소냐. 이걸로 신(信)을 삼아 두라."
> 춘향이 받아 손에 쥐고,
> "이것이 평생신물(平生信物)이라. 또한 대봉이 없으리이까."
> 하고, 보라대단 속저고리 명주고름 어루만져 옥지환(玉指環)을 끌러내어 이
> 도령 주며 하는 말이,
> "여자의 수행함이 옥환(玉環) 빛과 같을지라. 송죽같이 굳은 마음 이 옥같
> 이 단정하며 일월같이 맑은 뜻은 이 옥같이 청백하니, 상전이 벽해되고 벽해
> 가 상전된들 변할 바 없으리니, 반첩여(班婕妤)의 적막함은 효측(效則)할지언
> 정 진유자(陳儒子)의 첩(妾) 되기는 원치 아니 하오리니 이걸로 신(信)을 삼으
> 소서."(2권 34장)[7]

라고 하여 거울과 옥반지를 교환한다. 그러나 유진한의「춘향가」에는 이별
대목이 아니라 둘이 서로 즐길 때 정을 표하기 위해 거울과 비녀 등을 이
도령이 춘향에게 주는 것으로 되어 있다.

---

6 신재효 창본이나『옥중화』형성에 관한 정치한 논의가 필요하다. 특히 신재효
  창본은 판소리 연구 전반에 걸친 중요한 자료인데, 이 자료에 대한 문헌학적
  접근은 소홀한 편이다.
7『남원고사』의 인용은 권수와 장수를 표시한다. 인용문은 필자가 현대어로 옮
  기고 필요한 곳에 한자를 넣었다.

　　童年風度瀾手段　어린 나이지만 풍도가 너르고 수단이 있어
　　欲表深情何物以　깊은 정을 표하려니 무엇이 좋을까(33)
　　菱花玉鏡打撥金　능화무늬 옥거울 타발금[8]
　　竹節銀釵倭舘市　왜관에서 사온 죽절 은비녀(34)
　　烏銅鐵柄統營刀　오동으로 자루를 만든 통영 장도
　　紫紬雲頭平壤履　자주 비단으로 운두를 댄 평양 신발(35)

「춘향가」에는 이도령이 춘향에게 주는 물건이 많다. 이 이별 대목에서 춘향과 이도령이 신물을 교환하는 것에 대해, 한문본 『광한루기(廣寒樓記)』에는 다음과 같은 기술이 있다.

　　어떤 사람이 수산에게 물었다. "구본(舊本) <춘향전>에서는 화경이 금거
　　울을 내어 정을 남기고, 춘향이 옥가락지를 받들어 이별의 선물을 함으로써
　　나중에 서로 확인하는 징표로 삼습니다."(或問於水山日 舊本春香傳 花卿出金
　　鏡留情 春香奉玉環賑行 以爲他日相憑之跡(광한루기4회)[9]

이것을 보면, 『광한루기』를 지을 때 유행했던 소설에는 이 신물을 교환하는 내용이 들어 있음을 알 수 있다. 그리고 한문본 『춘향신설(春香新說)』[10]에도 이도령과 춘향이 석경과 옥지환을 서로 신물로 주고받는 내용이 들어 있다.

「춘향가」에서 춘향과 이도령이 이별하는 대목에 다음과 같은 내용이 나온다.

　　臨分更有惜別意　헤어지려니 다시 이별이 아쉬워
　　戲談層生南俗俚　쓸데없는 우스운 시골 얘기만 자꾸 하네(47)

---

8 타발금은 미상
9 『광한루기』는 다음 책을 참고했다.
　성현경·조융희·허용호, 『광한루기 역주 연구』(서울 : 박이정, 1997. 7)
10 『춘향신설』은 다음 책을 참고했다.
　허호구·강재철, 『역주 춘향신설·현토한문 춘향전』(서울 : 이회, 1998. 9)

方壺大海涸生塵　큰 바다가 말라 먼지가 나고
白頭高山平似砥　높은 산이 숫돌처럼 평평해지며(48)
屏風畫鷄拍翼鳴　병풍에 그린 닭이 날개를 치며 울면
公子歸船門外艤　도련님 돌아와 문밖에 닿으시려나(49)

이러한 내용은 『남원고사』를 보면, 대체로 그대로 나타난다.

　　춘향이 차마 손을 놓지 못하고 애연함을 이기지 못하여 왈,
　　"도련님이 이제 가시면 언제나 오시려 하오? 태산중악(泰山中岳) 만장봉
(萬丈峯)이 모진 광풍에 쓰러지거든 오려시오. 기암절벽(奇巖絶壁) 천층석(千
層石)이 눈비 맞아 썩어지거든 오려시오. 용마(龍馬) 갈기 두 사이에 뿔나거든
오려시오. 십리사장(十里沙場) 세(細)모래가 정(鉦) 맞거든 오려시오. 금강산
상상봉(上上峰)이 물 밀어 배가 둥둥 띄여 평지 되거든 오려시오. 병풍에 그
린 황계(黃鷄) 두 나래를 둥덩 치고 사오경(四五更) 늦은 후에 날 새라고 꼬끼
요 울거든 오려시오.(2권 32-33장)

　두 본에 나오는 이 내용은 돌아올 기약 없이 이별할 때 쓰는 상투적인
표현이므로 유독 두 본 사이의 연관성을 드러내는 것이라고 얘기하기는
어렵다. 그러나 이도령과 춘향의 이별 대목에서 『남원고사』와 같은 내용을
다른 이본에서는 보기 어렵기 때문에 두 본의 관련성은 얘기할 수 있다.
　「춘향가」에서 재미있는 대목 하나는, 어사출도 후 이도령이 기생들에게
춘향에게 씌워놓은 칼을 입으로 뜯어서 풀라고 명령하는 내용이다. 「춘향
가」의 이 대목은

桁楊接摺使齒決　목에 씌운 칼을 이로 풀라하니
衆妓尖脣穿似蘽　뭇 기생들이 달려들어 입으로 푸네(156)

라고 했다. 같은 대목을 『남원고사』에서 보면 다음과 같다.

어사 분부하되,

"너희들 바삐 가서 춘향의 쓴 칼머리를 이로 물어뜯어 즉각으로 다 벗기라."

하니, 이는 아까 괘씸히 본 연고러라.

기생들이 달려들어 젊은 년은 이로 뜯고 늙은 년은 혀로 핥아 침만 바르거늘,

"조년은 왜 뜯는 것이 없느뇨?"

"예, 소녀는 이가 없어 침만 발라 축여만 놓으면 불을 사이에 젊은 것들이 뜯기 더 쉽사외다."(5권 30장)

이상에서 간단히 유진한의 「춘향가」와 『남원고사』의 같은 내용 몇 군데를 보았다. 「춘향가」의 원천이 무엇인가를 설명하기 위해서는 앞으로 더욱 정밀한 이본 사이의 내용 비교가 필요할 것이다.

3. 윤달선 「광한루악부」의 원천

윤달선의 「광한루악부」는, 108첩 총 3,024자의 장편으로 1852년에 쓴 것으로 알려져 있다. 이 「광한루악부」에 대해서도 연구자들의 기본적인 시각은 판소리와 관련시켜서 생각하는 것이다. 앞에서 유진한의 「춘향가」 몇 대목을 『남원고사』와 비교해보았듯이 여기서도 「광한루악부」의 몇몇 대목을 『남원고사』와 비교해보기로 한다.

「광한루악부」 제8첩은 이도령이 춘향을 보면서 춘향을 묘사한 대목이다.

或持石子投溪上　혹 조약돌도 시냇물에 던져보고
旋折花枝插鬢邊　꽃가지 꺾어 머리에 꽂아보기도 하네
這裏可憎何物似　이렇게 얄미운 것은 무엇을 닮았나
非金非玉又非仙　금도 아니요 옥도 아니요 선녀도 아니네(8)[11]

---

11 「광한루악부」는 정하영 교수가 원문을 옮겨놓은 것을 대본으로 하고, 각 첩의 번호를 번역문 뒤에 붙였다. 정하영, 앞의 책.

『남원고사』에서 이도령이 처음 춘향을 보고 방자에게 누구냐고 묻는 대목을 보면, 조약돌을 던진다든가, 꽃을 꺾어 머리에 꽂는 「광한루악부』에 나오는 내용이 들어 있다. 『남원고사』의 이 대목을 보기로 한다.

섬섬옥수 흩날려서 모란꽃도 분질러 머리에도 꽂아 보고, 철쭉화도 분질러 입에도 담뿍 물어 보고, 녹음수양(綠陰垂楊) 버들잎도 주루룩 훑어다가 맑고 맑은 구곡수(九曲水)에 풍덩실 들이쳐도 보며, 도화유수묘연거(桃花流水渺然去)하니 점점낙화청계변(點點落花淸溪邊)에 조약돌도 쥐어다가 양류상(楊柳上)의 꾀꼬리도 '위여' 풀풀 날려 보고,(중략)
"나 보는 대로 자세히 보아라. 선녀가 하강하였나 보다."
"무산십이봉(巫山十二峰) 아니어든 선녀 어찌 있으리까?"
"그러면 숙낭자(淑娘子)냐?"
"이화정(梨花亭)이 아니어든 숙낭자가 웬 말이오?"
"그러면 서시(西施)로다."
"오왕궁중(吳王宮中) 아니어든 서시라 하오리까?"
"그러면 옥진(玉眞)이로다."
"장생전(長生殿)이 아니어든 양귀비(楊貴妃)가 왜 있사오리까?"
"그러면 옥(玉)이냐, 금(金)이냐?"
"영창 여수(麗水) 아니어든 금이 어찌 여기 있으며, 형산(荊山) 곤강(崑岡) 아니어든 옥이 어찌 이곳에 있으리까?(1권 14-15장)

조약돌을 던져본다든가 꽃을 머리에 꽂아보는 내용뿐 아니라 무엇을 닮았는가를 말하는 내용도 두 본은 흡사하다. 「광한루악부」는 어떤 <춘향전> 이본보다도 세책계열 <춘향전>과 같은 내용이 많다.
「광한루악부」 제43첩은 이도령과 헤어지게 된 춘향이 탄식하는 대목이다.

悄然獨倚欄干角   쓸쓸히 홀로 난간 모서리에 기대서서
六幅羅裙散不收   여섯 폭 비단 치마 흩어져도 거두지 않네
借問何人題別字   묻노니 어떤 사람이 이별 별자 만들었나
與吾眞結百年讐   나와는 정말로 백년 원수 되었도다(43)

이 대목에서 춘향이 '이별'이라는 두 글자를 누가 만들었느냐고 탄식을
하는데, 이 내용은 『남원고사』에 다음과 같이 나온다.

이별 말이 웬 말이오. 이별 이자(離字) 만든 사람 나와 백년 원수로다. 진시
황분시서(秦始皇焚詩書)할 때 이별 두 자 있었던가. 그때에나 살았다면 이 이
별이 있을쏘냐. 박랑사중(博浪沙中) 쓰고 남은 철퇴 천하장사 항우(項羽) 주어
힘껏 둘러메어 깨치고저 이별 두 자(2권 30장)

이렇게 『남원고사』에 비슷한 내용이 나오지만, 이 내용은 『남원고사』에
서 독창적으로 나타나는 것은 아니다. 이 내용은 이별대목에 나오는 상투
적인 구절로, 여러 노래에 나온다. 12잡가 가운데 하나인 <선유가(船遊歌)>
를 보면,

이별(離別)이야 이별이야 이별 이자(離字) 내인 사람 날과 백년 원수로다.
(중략) 박랑사중(博浪沙中) 쓰고 남은 철퇴(鐵槌) 천하장사(天下壯士) 항우(項
羽)를 주어, 깨치리라 깨치리라, 이별 두 자 깨치리라.(선유가)

라고 하여 거의 같은 내용이 나온다. 『남원고사』에는 당대에 유행한 많은
노래가 나오는 것으로 보아, 이 대목도 당시에 유행하던 노래의 한 대목을
차용한 것으로 보는 것이 좋을 것이다.[12]
「광한루악부」 제48첩도 이도령과 헤어지는 춘향이 말하는 대목이다.

不願双轎與獨轎　쌍교도 독교도 원치 않으니
半邊負擔馱纖腰　반부담지어 저를 데려 가세요(48)

---

12 정노식이 朴裕全의 더늠으로 소개한 대목도 이와 거의 같다. 이 대목은, "몹쓸
년의 팔자로다 二八靑春 젊문것이 님離別이 웬일이냐 이별別字 내인 사람 날과
百年怨讐로다 죽자하니 청춘이요 살자하니 님그리워 어찌하리"(정노식, 『조선
창극사』(서울 : 조선일보사, 1939) 44쪽)

이 대목과 같은 내용이 모흥갑(牟興甲)의 더늠이라고 소개되기도 하였는데, 그 내용은 다음과 같다.

여보 도련님 여보 도련님 날다려가오 날다려가오 나를 어찌고 가랴시오 쌍교도 싫고 독교도 싫네 어리렁 충청 거는단 말게 반부담 지여서 날다려가오 저건네 느러진 長松 깁 수건을 끌너내여 한끝은 낭기 끝끝에 매고 또 한끝은 내목 매여 그아래 뚝 떠러저 대롱대롱 내가 도련님 앞에서 자결을 하여 영이별을 하제 살여 두고는 못가느니[13]

모흥갑의 더늠과 「광한루악부」의 내용을 비교해보면, 두 본이 비슷한 내용임이 분명하기 때문에 두 본 사이의 영향관계를 생각할 수 있다. 그러나 여기에 『남원고사』의 같은 대목을 함께 살펴보면, 「광한루악부」의 이 대목이 판소리로부터 영향을 받은 것이라고 단정적으로 말하기가 어렵다는 것은 금방 알 수 있다. 『남원고사』의 이 대목을 보기로 한다.

"애고, 이 말이 웬 말이오? 이별 말이 웬 말이오?"

섬섬옥수(纖纖玉手) 불끈 쥐어 분통(粉桶) 같은 제 가슴을 법고(法鼓) 중이 법고 치듯 아조 쾅쾅 두드리며, 두 발을 동동 구르면서 삼단 같은 제 머리를 홍제원 나무장사 잔디풀을 뜯듯, 바드덩 바드덩 쥐어뜯으며,

"애고 애고 설운지고, 죽을 밖에 하릴없네. 날 속이려고 이리하나? 조르려고 기롱하나?"

깁수건을 끌러내어 한 끝을랑 나무에 매고 또 한 끝을랑 목에 매고,

"뚝 떨어져 죽고지고, 청청소(淸淸沼)에 풍덩 빠져 세상을 잊고지고. 아무래도 못살겠네. 잡말 말고 나도 가옵시다. 끼끽 푸드덕 장끼 갈 때 아로롱 까투리 따라가듯, 녹수 갈 때 원앙 가고, 수탉 갈 제 씨암탉 가고, 청개구리 갈 때 실뱀 가고, 운종룡풍종호(雲從龍風從虎)하고, 구름 갈 제 비 가고, 바늘 갈 제 실이 가고, 봉(鳳)이 갈 제 황(凰)이 가고, 송별낭군(送別郎君) 도련님 갈 제

---

13 정노식, 앞의 책, 28~29쪽.

청춘소첩(靑春小妾) 나도 가세. 쌍교는 과하니 말고, 독교는 슬프니 말고, 가마를 꾸미되 가마꼭지는 왜주홍(倭朱紅) 칠하고 가마뚜껑은 궁초(宮綃)로 싸고, 가마 청장대(靑帳臺)는 먹감나무로 하고 가마발은 순담양(順潭陽) 들어가서 왕대를 베어다가 철궁기 뽑아내어 당주홍(唐朱紅) 칠하여 색 고운 청면사(靑綿絲)로 거북문(紋)으로 얽어내어 당말액(唐抹額)실로 금전지(金箋紙) 달고, 휘장은 백설이 풀풀 흩날릴 제 돈피(獤皮)로 두르고, 가마얼기는 생면주(生綿紬)로 치고, 가마채 꼬는 놈이라도 꼭뒤는 세 뼘이요, 헌거(軒擧)한 건장한 놈으로 좋은 전립(氈笠) 천은영자(天銀纓子) 넓은 끈을 달아 쓰고, 외올망건 당사(唐絲)끈에 적대모(赤玳瑁) 고리 관자(貫子) 양 귀밑에 떡 붙이고, 자지(紫地) 숙한단(熟漢緞) 절구통저고리 톳명주(明紬) 당바지 삼승(三升)으로 물겹옷 지어 앞자락을 제쳐다가 뒤로 매고, 삼승(三升) 버선에 종이총 미투리 낙복지(落幅紙)로 곱거러 들메이고, 팔대에 힘을 올려 골 거두어 뒤채를 꼬늘 적에 월으렁충청 걷는 말에게 반부담(半負擔)하여 덩덩그렇게 날 데려가오.(2권 25-27장)

「광한루악부」에서 재미있는 대목으로 거론되는 것 가운데 하나가 <농부가>이다. 이 <농부가>는 소설 <춘향전>이나 창본 <춘향가>에 모두 나오는 것인데, 이 「광한루악부」에서는 다른 대목에 비해서 비중 있게 다뤘다. 제79첩은 '이생창'이라고 되어 있으나 이 대목부터 농부에 대한 언급이 있다. 그리고 제80첩부터 85첩까지가 '농부창'이라고 되어 있다. 조금 길지만 전체를 보기로 한다.

棗葉桐花四月天　대추잎 오동꽃 핀 사월
馬疲人困日如年　사람과 말 모두 피곤한 것이 하루가 한 해 같아
停鞭暫聽農家語　말채찍을 멈추고 잠시 농부들의 얘기를 들으려니
競道秧針出水田　논에 모가 싹이 났다고 다투어 얘기하네(79)

跣跣赤脚踏輕波　맨발로 논을 밟고
黃犢聲聲夜色多　누렁소 우는 소리에 날은 저무네
上下平田鳴土鼓　상평전 하평전에 장구소리 울리고

夕陽互唱勸農歌　석양에 서로 권농가 부르네(80)

伊昔神農始敎畊　옛날 신농씨 처음으로 밭갈이 가르치고
堯衢擊壤和昇平　요임금 때 강구의 격양가 부르는 태평시절
曁于后稷公劉業　후직과 공유에 이르러
七月豳堂進兕觥　칠월에 빈당에서 술잔 올리네(81)

紅腐相因漢倉溢　한나라 창고는 곡식이 넘쳐나고
靑苗新罷宋徭輕　청묘법 새로 혁파하니 송나라는 세금 가볍네
大明餘化流東土　명나라의 가르침은 우리나라에 흘러들어
春首絲綸下八紘　초봄에 임금의 명령 온 세상에 내렸네(82)

數間茅屋兩三畝　수간 초가에 두세 이랑 밭
白首閑蹤聖世氓　늙은이 한가한 발걸음은 태평성대 백성일세
布穀一聲山雨歇　뻐꾸기 한 울음에 산비 멈추고
田家處處勸春畊　시골 마을 곳곳에서 밭갈이 권하네(83)

西風吹送野雲黃　서풍 불어와 들판은 누런 구름
百穀初成共滌場　백곡이 갓 익으니 함께 추수하네
飽喫瓠羹新稻飯　햅쌀밥에 국 한 그릇 배불리 먹고
白茅薦裡笑琅琅　기직자리 속에서 깔깔거리네(84)

最憐此地春娘節　가엾도다 이곳의 춘향의 정절
獨守孤貞了一生　홀로 정절을 지켜 생을 마치네
李道令曾何許者　이도령은 어떤 놈인가
頓忘女子望夫情　님 그리는 여자의 정을 아주 잊었나(85)

　『남원고사』에는 <농부가>가 두 번 나오는데, 첫 번째는 어사또로 남원 지방에 내려간 이도령이 몸이 피곤해서 쉬는 동안 농부들의 <농부가>를 듣는 것이고, 두 번째는 산사에서 과거공부하는 선비들에게 속아 엉뚱한

묘에 가서 봉변을 당한 후 도망치다가 농부들을 만나 <농부가>를 듣는 것이다. 첫 번째 <농부가> 대목은 다음과 같다.

이때는 춘삼월 호시절이라. 만화방창(萬化方暢)하고 일난풍화(日暖風和)하며 산천경개(山川景槪) 거룩하여 외향물색(外鄕物色)이 또한 왕도(王都)에 승(勝)함이 많더라. 어사 마음이 어지럽고 몸이 곤비(困憊)한지라. 다리도 쉬며 경개도 구경하려 화류간(花柳間)에 앉아 사면을 살펴보니(중략),

이런 경개 다 본 후에 또 한 모롱이 지나가니, 상평전(上平田), 하평전(下平田) 농부들이 갈거니 심거니, 탁주병에 점심고리 곁에 놓고 격양가 노래하니, 그 노래에 하였으되,

"시화세풍 태평시에 평원광야 농부네야, 우리 아니 강구미복(康衢微服)으로 동요 듣던 요(堯)임금의 버금인가. 얼널널 상사대.

함포고복(含哺鼓腹) 우리 농부 천추만세 즐거워라. 얼널널 상사대.

순(舜)임금 만드신 쟁기 역산(歷山)에 밭을 갈고, 신농씨(神農氏) 만든 따비 천만세를 유전하니, 근들 농부 아니신가. 얼널널 상사대.

어서 갈고 들어가서 산승 같은 혀를 물고 잠을 든다. 얼널널 상사대.

거적자리 치켜 덮고 연적(硯滴)같은 젖을 쥐고. 얼널널 상사대.

밤든 후에 한번 올라 돌송이를 빚은 후에 자식 하나 만들리라. 얼널널 상사대."(4권 19-21장)

두 번째 <농부가> 대목을 보기로 한다.

또 한 곳 다다르니 농부들이 가래질 부침하고 선소리한다. 그 노래에 하였으되,

"천황씨(天皇氏)가 나신 후에, 인황씨(人皇氏)도 나시도다. 얼널 얼널 상사대.

수인씨(燧人氏) 나신 후에 교인화식(敎人火食) 하시도다. 얼널 얼널 상사대.

하우씨(夏禹氏) 나신 후에 착산통도(鑿山通途) 하단 말가. 얼널 얼널 상사대.

신농씨(神農氏) 나신 후에 상백초(嘗百草)를 하단 말가. 얼널 얼널 상사대.

은왕성탕(殷王成湯) 나신 후에 대한칠년(大旱七年) 만났으니 전조단발(剪爪斷髮)하온 후에 상림(上林)들에서 기우(祈雨)한다. 얼널 얼널 상사대.

시화세풍태평시(時和歲豊泰平時)에 평원광야(平原廣野) 농부들아, 승평연
월(昇平年月) 이 세계가 오왕성덕(五王盛德) 아니신가. 얼널 얼널 상사대.

갈천씨(葛天氏) 적 백성인가, 우리 아니 순민(順民)인가, 함포고복(含哺鼓
腹) 우리 농부 천추만세(千秋萬歲) 즐거워라. 얼널 얼널 상사대.

순(舜)임금이 만든 쟁기 역산(歷山)에서 밭을 갈고, 신농씨(神農氏) 만든 따
비 천만세를 유전한다. 얼널 얼널 상사대.

남양융중(南陽隆中) 제갈선생(諸葛先生) 불구문달(不求聞達) 하올 적에 양
보음(梁甫吟)을 읊은 후에 궁경산전(躬耕山田) 하였구나. 얼널 얼널 상사대.

시상오류(柴桑五柳) 도처사(陶處士)도 청운환로(靑雲宦路) 마다하고 오두미
(五斗米)를 벽소하여 전원장무(田園將蕪) 같아있다. 얼널 얼널 상사대.

어와 우리 농부들아, 사월남풍(四月南風) 보리타작 구시월 벼싸리를 우격
지걱 지어봅세. 얼널 얼널 상사대.

오곡백곡(五穀百穀) 하여내어 우리 임금께 공(供)을 하고 남은 곡식 있거들
랑 부모 봉양 하여봅세. 얼널 얼널 상사대.

봉양하고 남거들랑 처자권속(妻子眷屬) 먹여봅세. 얼널 얼널 상사대.

남은 곡식 있거들랑 일가친척 구제합세. 얼널 얼널 상사대.

어와 우리 농부들아, 농사하고 들어가서 햇곡식의 배 불리고 기직장사나
달래봅세. 산승 같은 혀를 물고 연적(硯滴) 같은 젖을 쥐고 굽닐굽닐 굽닐러
셔 돌송이나 거취(去就)합세. 얼널 얼널 상사대.

우리 농부 들어보소, 불쌍하고 가련하다, 남원 춘향이는 비명원사(非命冤
死) 하단 말가? 무거불측(無據不測) 이도령은 영절(永絶) 소식 없단 말가? 얼널
얼널 상사대.”(4권 26-28장)

『남원고사』의 두 <농부가>를 보면, 앞의 것은 뒤의 <농부가>를 축약
해놓은 것 같다. 두 번째 <농부가>가 일반적인 <농부가>라 아니라는 것
은 마지막에 춘향에 대한 얘기를 하며 이도령을 비난하는 대목이 들어 있
다는 점이다. 이것은 기존의 <농부가> 마지막에 이도령과 춘향의 얘기를
넣은 것으로 보인다.[14] 「광한루악부」의 <농부가>와 『남원고사』의 <농부

---

14 세책계열 <춘향전>에 나오는 노래 가운데 '바리가'가 있는데, 이 노래는 '짝
타령'이라고도 한다. 『남원고사』에 나오는 이 노래에도 원래 노래에는 없던

가> 내용을 비교해보면, 「광한루악부」의 내용은 모두 『남원고사』에 들어 있음을 알 수 있다.

이와 같이 「광한루악부」와 『남원고사』의 내용을 비교하면서, 다른 본에서는 볼 수 없는 내용이 두 본에 있는 대목은 많이 찾을 수 있다. 하나 더 예를 들어보면, 춘향이 옥에 갇혀 수심가를 부르는 대목에서, "보고지고 우리 낭군(郎君), 어찌 그리 못 오는고? 춘수만사택(春水滿四澤)하니 물이 막혀 못 오시나? 하운(夏雲)이 다기봉(多奇峰)하니 산이 높아 못 오시나?(4권 9장)" 라고 하는데, 「광한루악부」에는 다음과 같은 대목이 있다.

　　春深四澤夏雲多　봄 물은 사방의 못에 깊고 여름의 구름은 짙어
　　水滿峯高路遠何　물은 가득하고 산봉우리 높아 길이 그렇게 먼가(57)

「광한루악부」와 『남원고사』의 몇 대목을 비교해보았는데, 두 본 사이에 유사한 대목이 많이 있음을 알 수 있다.

4. 앞으로의 과제

이상으로 유진한의 「춘향가」와 윤달선의 「광한루악부」가 원천으로 삼은 것은 무엇이었을까 하는 점을 살펴보기 위해 두 작품을 『남원고사』와 간단히 비교해보았다.

필자가 이 두 시와 『남원고사』를 비교한 기본적인 의도는, 1750년대와 1850년대에 쓴 것으로 알려진 두 시는 판소리를 듣고 지은 것이 아니라는 점을 드러내기 위한 것이다. 이런 의도 때문에 다른 이본에서는 보기 어렵지만, 두 시와 『남원고사』에 함께 들어 있는 내용을 보았다. 그러나 필자의 이런 의도와 반대로 두 시와 판소리 창본의 친연성을 주장할 수도 있다.

춘향과 이도령의 내용을 마지막에 덧붙였다.

예를 들면, 춘향이 죽었다는 말을 듣고 이도령이 엉뚱한 무덤에 가서 통곡을 하는 대목이 「광한루악부」에는 다음과 같다.

一曲耘歌半是非　　한 곡조 농부가의 반은 시비니
分明野俗露天机　　풍속은 분명히 천기를 드러내네
居人更指阿娘墓　　그곳 사람 다시 아랑의 묘를 가리키니
宿草荒山慟哭歸　　거친 산 풀 덮인 무덤에서 통곡하고 돌아오네(86)

이 대목은 세책계열 <춘향전>에 모두 나오니까 「광한루악부」와 『남원고사』의 친연성을 얘기할 수 있지만, 완판 29장본과 완판 33장본에도 나타난다. 다만 완판 84장본에는 없다.

이밖에 이도령이 어사가 되어 옥에 갇힌 춘향을 불러내어 수청을 들라고 하는 대목에서, 이도령이 옥가락지를 보여주는 대목을 「광한루악부」에서 보면 다음과 같다.

故將威令試娘情　　짐짓 명령하여 춘향의 정을 시험하니
垂首無語但恨聲　　머리를 떨구고 말없이 다만 한탄하는 소리
一隻玉環能記否　　옥가락지 한 짝을 알겠느냐
別時留證是分明　　이별할 때 남긴 정표가 분명하구나(103)

옥가락지를 보여주는 내용은 『남원고사』에는 없지만, 장자백 창본에는 있다. 이런 식으로 얘기하면, 「광한루악부」는 판소리계통과의 관련이 더 깊은 것처럼 보일 수도 있다.

아직 작품 전체가 공개되지 않았지만, 부분적으로 알려진 『익부전』에 보면 다음과 같은 대목이 있다.

歌客廣大輩 至於此 春香曰 金郊萬頃外巖野 黑雌牛角鈴多浪. 道令曰 後寺鼓
鼕鼕 前寺鼓隆隆 春香曰吾死爲黃河水 汝死爲大廣船 不分晝夜泛泛長遊[15]

이 대목은 춘향과 이도령이 관계를 맺으면서 서로 노는 대목으로, 세책
계열 <춘향전> 가운데 『남원고사』에는 없고, 향목동본과 도남본에 나오
는 내용이다.[16] 향목동본에서 이 대목을 보기로 한다.

"네 정 별 슈지것기 하나 가르칠 것이니, 누가 자주 잘하나 내기하자. '김
제(金堤) 만경(萬頃) 위암들에 검은 암소 매방울이 달랑' 이 소리를 무림산중
(茂林山中) 수용성(水湧聲)에 진퇴(進退) 자주 할 적마다 영락없이 하여라. '앞
절 북이 둥둥, 뒷절 북이 둥둥' 이 소리를 내 맞추마, '둥둥' 소리를 내 하리
라."
한창 이리 노닐 적에,
"김제 만경 위암이들에 검은 암소 뿔에 매방울이 달랑."
"앞절 북이 둥둥, 뒷절 북이 둥둥."
점점 자주 진퇴하고, 오장마루에 올라갈 제, 말이 차차 감(減)하인다.
"김제 만경 위암이들에 달랑."
"앞절 북이 둥둥."
"김제 만경 달랑."
"앞절 북이 둥둥."
"김제 달낭."
"북이 둥둥."
"달랑."
"둥둥."
한창 이리 자조 갈 제, 호조(戶曹)도 두 돈 오 푼, 선혜청(宣惠廳)이 두 돈
오 푼, 양영청(兩營廳)은 한 돈 칠 푼, 하늘이 돈짝이오, 남대문이 게구멍이오,
종로 북이 매방울이오, 발가락이 육갑하고, 손가락이 셈을 놓고, 장딴지에 우
물 파고, 오금에 장마 지니, 월천군(越川軍)아 날 살려라. 인간지락(人間至樂)

15 유준경, 앞의 논문 121면에서 재인용.
16 여기에 대해서는 전상욱이 지적한 바 있다.
  전상욱, 「세책계열 <춘향전>의 특성」, 『세책고소설연구』(서울 : 혜안, 2003. 8)
  전상욱, 「홍윤표본 <춘향전>(154장본)에 대하여」, 『동방고전연구』 5집(동방
  고전문학회, 2003. 9)

이 이때로다. 사람의 골절이 다 녹는다.(향목동본 3권 21장)

이 대목은 『남원고사』에는 나오지 않고, 『남원고사』보다 약 40년 정도 후에 필사된 향목동본에 들어 있는 것으로 보아, 향목동본에 새로 첨가된 내용이라고 볼 수 있다.[17] 그런데 『익부전』의 이 대목에서 "歌客廣大輩至於此"라고 하여 "가객 광대들은 이 대목에서 다음과 같이 부른다"고 했다. 이 대목만으로 보면, 『익부전』의 이 대목은 가객 광대들의 노래에서 따온 것일 가능성이 크다. 그렇다면 향목동본의 이 대목은 어디서 왔을까? 향목동본의 이 대목도 가객 광대들의 노래에서 왔다고 할 수 있을까? 이런 문제에 대해 이제까지는 <춘향전>은 판소리계소설이므로 모든 원천을 판소리라고 생각해왔다. 그러나 그렇게 쉽게 결정적으로 얘기하기는 어렵다.

필자가 이 글의 처음에 문제를 제기하면서, '판소리계소설'의 문제를 전반적으로 검토할 필요가 있다는 지적을 했다. 기존의 논의를 전반적으로 검토할 때 가장 우선적으로 다시 보아야 할 것은, 판소리를 창(唱)이라는 관점에서 보아야한다는 점이다. 특히 창법(唱法)의 문제를 잘 따져볼 필요가 있다. 같은 가사를 여러 가지 창법으로 부르는 조선후기의 노래전통을 생각한다면, 판소리는 새로운 형태의 창법이었을 가능성이 매우 높다. 그러나 판소리 창법에 대해서는 현재까지 거의 논의가 되지 않았다. 지금 부르고 있는 판소리 창법은 언제부터 시작된 것인지에 대한 정확한 근거가 없이 대략 17세기니 18세기니 하는 식으로 판소리의 시작을 얘기하고 있는 것이 현 실정이다. 유진한의 「춘향가」가 만들어진 18세기는 물론이고, 「광한루악부」가 이루어진 19세기 중반에 판소리가 어떤 창법으로 또 어떤 식으로 불렸는지 정확한 고구가 반드시 필요하다.

이 문제와 관련시켜서 생각해보아야 할 것 가운데 하나가, 세책계열

---

17 『남원고사』보다 향목동본의 필사시기가 약 40년 정도 늦지만, 이 필사시기만으로 두 본의 형성시기의 선후를 단정적으로 말할 수는 없다. 왜냐하면 두 본이 각기 다른 세책집에서 만들어진 것이므로, 같은 세책계열이라고 하더라도 서로 다른 전승과정을 거쳐서 만들어졌을 가능성도 배제할 수 없다.

<춘향전>에 들어 있는 수많은 노래들이다. 그동안 '삽입가요'라고 지칭했던 이 노래들을 판소리에서 나온 것이라고 보았으나, 그렇게 간단히 얘기할 수는 없다. 왜냐하면 『남원고사』에는 정철의 「사미인곡」이나 이현보의 「어부사」 같은 노래를 비롯한 많은 노래가 들어 있기 때문이다. 현재 전승되고 있는 서울지역의 12잡가[18] 가운데 <춘향전>과 관련이 있는 노래는, 소춘향가(小春香歌), 집장가(執杖歌), 형장가(刑杖歌), 출인가(出引歌), 십장가(十杖歌), 방물가(房物歌) 등 여섯 곡인데, 이제까지 이 서울지역의 잡가를 판소리에서 나온 것으로 보았다. 그러나 조선후기 대중문화의 중심지는 서울이었다는 것을 생각해보면, 12잡가 중의 <춘향전>과 관련된 노래와 판소리 <춘향가> 가운데 어떤 노래가 먼저 불렸을까 하는 점은 쉽게 결정할 수 있는 문제는 아니다. 물론 판소리도 서울에서 크게 발전한 것은 당연한 일인데, 이 때 서울에서 불린 판소리 창법의 <춘향가>와 서울소리로 불린 여러 잡가 가운데 어떤 노래가 더 인기가 있었을까 하는 점도 흥미 있는 연구과제이다.

서울의 잡가 가운데 <춘향전>의 내용이 들어 있는 노래를 판소리에서 따온 것이라고 하는 것이 좋을지, 그렇지 않으면 당시에 유행한 소설의 가장 흥미 있는 대목을 노래로 부른 것이라고 하는 것이 좋을지는 잘 생각해 볼 문제이다. 그리고 현전하는 서울의 잡가는 소설의 흥미 있는 대목을 부르는 독립된 노래로 되어 있는데, 판소리는 왜 소설의 처음부터 끝까지를 모두 부르는 것일까 하는 점도 연구의 과제이다.

이 문제는 판소리가 언제부터 이야기 전체를 부르는 것이었나 하는 점과 관련이 있는 것 같다. 지금까지 판소리 연구를 보면, 판소리는 처음에 이 장르가 생길 때부터 완결된 서사 전체를 노래로 부르는 것으로 생각해 왔다. 그러나 이렇게 생각할 수 있는 근거는 희박하다. 필자는, 판소리가

---

18 서울의 12잡가는 아마도 이들 잡가를 무형문화재로 지정하던 시기에 정해진 것으로 보이지만, 이렇게 12잡가라는 이름으로 한데 묶이기 이전부터 이 노래들은 불리던 것이다.

한 편의 이야기를 처음부터 끝까지 부르게 된 것은 아마도 20세기 들어와서 창극이 유행하면서 시작된 것이 아닐까 하는 생각을 가지고 있다. 물론 이러한 가설을 증명하기 위해서는 앞으로 많은 연구가 필요할 것이다. 그렇지만 명확한 문헌적인 근거 없이, 판소리의 발생과 전개에 대해서 얘기해온 것은 재고해야 한다.

그동안 <춘향전> 뿐만 아니라 판소리 전반을 얘기할 때 중요한 근거로 논의되어온 유진한의 「춘향가」와 윤달선의 「광한루악부」가 판소리 <춘향가>보다는 세책계열 <춘향전>과 더 가깝다는 것을 얘기하기 위해 필자가 무리하게 논의를 진행시킨다는 혐의를 받을 수는 있다. 그러나 근원설화 → 판소리 → 판소리계소설이라는 도식으로는 설명할 수 없는 많은 문제가 <춘향전>을 비롯한 '판소리계소설'에는 있는 것 또한 사실이다. 앞으로 이 문제는 좀 더 개방적으로 논의되어야 할 것이다.

* 추기(追記) : 이 논문을 쓸 때는 「광한루악부」 마지막에 나오는 '淨丑場中 十二腔'의 '淨丑場'이 무엇인가 알 수 없었는데, 후에 생각해보니, 중국 경극(京劇)의 등장인물 생(生), 단(旦), 정(淨), 축(丑)과 관련이 있는 것 같기도 하다.

문학연구자들의 <춘향전> 간행

-1950년대까지 -

1. 서언

이 글은 1950년대까지 고전문학 연구자들에 의해 원문이 간행된 <춘향전>은 어떤 것이 있으며, 어떤 과정을 통해서 간행되었는가를 알아보기 위한 것이다. 시기를 1950년대까지로 한정하는 이유는, 1957년 이가원의 완판 84장본 주석서가 나오면서 완판 84장본 <춘향전> 주석은 일단 정리가 되었고, 한 동안 <춘향전> 연구는 완판 84장본을 중심으로 이루어지기 때문이다. 1970년대 들어와서 김동욱이 경판 30장본, 경판 35장본, 완판 33장본, 그리고『남원고사』같은 이본을 소개함으로써 <춘향전> 연구는 새로운 단계로 접어들게 된다. 이 글의 1차적 목표는, 1950년대까지 <춘향전> 텍스트에 대한 연구자들의 관심을 정리해보는 것이지만, 이런 정리를 통해 <춘향전>이 한국문학의 고전으로, 그리고 완판 84장본이 <춘향전>의 가장 중요한 이본으로 자리 잡아가는 과정의 기초적인 자료를 제공한다는 의미도 있다.

고소설의 역사는 매우 깊고, 현재 알려진 고소설은 모두 오래 전부터 전국적으로 읽혔던 것이라고 생각하는 경향이 있다. 그러나 고소설이 언제부

터 전국적으로 읽혔을까? 또 현재 대표적인 고소설로 꼽히고 있는 <춘향
전>이 전국적으로 같은 텍스트가 읽히게 되는 시기는 언제일까? 이와 같
은 문제를 해결하기 위해서는 철저한 자료 검토를 바탕으로 한 실증적 연
구가 필요하다. 특히 고소설 독자와 연관시켜 연구해야 할 과제이다. 필자
는 1910년대 활판본 고소설이 나온 시기가 되어야 비로소 전국적으로 고
소설이 읽히게 된다고 생각하는데, <춘향전>도 활판본이 나온 다음에야
전국적으로 같은 텍스트가 읽히는 소설이 되었다고 본다.[1]

  활판본 <춘향전>의 대표적인 작품으로 이해조의 『옥중화』와 최남선의 『고
본춘향전』을 들 수 있는데, 두 편의 <춘향전>은 전근대에 유통되던 두 계통
의 <춘향전>을 계승한 작품이다. 『옥중화』는 창작이라고 하지만 그 기본 구
조는 완판 84장본 <열녀춘향수절가> 계통이고, 『고본춘향전』은 서울의 세책
<춘향전>을 바탕으로 만든 작품이다. 두 종의 활판본 <춘향전> 가운데 『옥
중화』가 완판 84장본 <열녀춘향수절가>와 관련이 있다는 점은 초기 연구자
들도 알고 있었지만, 『고본춘향전』의 저본(底本)이 서울의 세책(貰冊) <춘향전>
이었다는 사실은 잘 알지 못했다. 『고본춘향전』의 저본을 알 수 없었던 초기

---

1 1910년대에 활판본 고소설이 나오기 전까지는 고소설이 전국적으로 읽혔다고
  보기 어렵다. 1890년대 서울을 방문한 외국인의 기록에 의하면, 소설을 빌려
  주던 세책집은 서울 이외의 지역에는 없었다고 한다. 그리고 서울과 전주에서
  간행된 방각본 한글소설도 그 지역을 넘어서 유통되지는 않았던 것으로 보인
  다. 이러한 사실을 증명할 수 있는 증거로, 현재 외국의 여러 기관에 소장된
  방각본 소설의 대부분이 경판본이라는 점을 들 수 있다. 이들 외국에 소장된
  방각본 소설은 서울에서 수집된 것인데, 만약 전주에서 간행된 것도 서울에서
  팔렸다면 완판본도 외국인 수집가의 눈에 띄었을 것이다. 또 19세기에 외국인
  이 수집해간 방각본 가운데는 국내에 없는 것이 상당수 있는데, 만약 간행된
  수량이 많았다면 이렇게까지 희귀해지지는 않았을 것이다.
  이와 같이 활판본 고소설 간행 이전의 필사본이나 방각본 고소설은 그 숫자도 적
  고, 읽히던 범위도 서울이나 전주의 경계를 벗어날 수 없었다고 보아야 한다. 그러
  므로 고소설이 전국적인 판매망을 갖춘 서적상에 의하여 보급된 활판본 고소설부
  터 비로소 전국적인 독자가 형성되었다고 할 수 있다. 이런 관점에서 보면, 초기
  고소설 연구는 바로 당대에 읽히고 있던 작품에 대한 연구였다고도 말할 수 있다.

〈춘향전〉 연구자들은『옥중화』와 관련이 있다고 생각한 완판 84장본 〈열녀춘향수절가〉를 〈춘향전〉 연구의 주된 텍스트로 쓸 수밖에 없었다.

1910년대 활판본 〈춘향전〉이 나오기 시작하면서 수많은 〈춘향전〉이 여러 가지 이름으로 간행되었다. 이 가운데 고전문학 연구자들이 간행에 간여한 〈춘향전〉은 아래와 같다. 편의상 주석을 붙인 것과 주석이 없는 것으로 나누어 보기로 한다.

> * 주석이 없는 것
> 최남선,『고본춘향전』(서울: 신문관, 1913)[2]
> 김태준 교열,『춘향전』,『소설집』1(『조선문학전집』5)(서울: 중앙인서관, 1936)
> 조선문고,『원본춘향전』(서울: 학예사, 1939)
> 이명선 소장본,『문장』1940. 12.
> 고본춘향전,『문장』1941. 1., 1941. 3.
> 고려대 소장본,『문장』1941. 4.
> 오한근 편,『열녀춘향수절가』(서울: 조선진서간행회, 1949)
>
> *주석이 있는 것
> 조윤제,『춘향전』(서울: 박문서관, 1939) /『교주 춘향전』(서울: 을유문화사, 1957)
> 김사엽,『춘향전』(대구: 대양출판사, 1952)
> 이가원,『춘향전』(서울: 정음사, 1957)

2. 주석이 없는 〈춘향전〉

1) 최남선의『고본춘향전』

『고본춘향전』은 서울의 향목동에서 빌려주던 세책(貰冊)을 저본으로 최

---

2 최남선을 문학연구자로 분류할 수 있을까 하는 의문은 있으나, 그의『고본춘향전』은 〈춘향전〉 연구에서 중요한 텍스트이므로 이 논문에서는 문학연구자에 포함시켰다.

남선이 개작한 것이다.『고본춘향전』의 저본인 세책 <춘향전>은 띄어쓰기나 단락 나누기가 전혀 없는 전통적인 필사본 고소설인데, 최남선은 개작을 하면서 단락을 나누었고, 또 대화 부분은 행을 나누었다. 비록 띄어쓰기는 안 되어 있지만, 당시에 나온 많은 활판본 고소설과 비교해보면 진일보한 편집이다. 세책본에는 오자와 탈자가 상당히 많은데, 최남선은 이런 오자와 탈자를 모두 교정하고, 또 한자를 붙일 수 있는 곳에는 모두 한자를 병기(併記)했다. 각 단어나 어구(語句)에 주석을 따로 붙이지는 않았지만, 글자를 교정하고, 한자를 병기한 것만으로도 세책 <춘향전>의 주석서라고 할 만하다. 그러나『고본춘향전』은 세책본을 그대로 옮긴 것이 아니다. 최남선은 일정한 기준을 갖고 세책 <춘향전>을『고본춘향전』으로 개작하였는데, 그 기준은 두 가지이다. 하나는 중국적인 것을 모두 조선적인 것으로 고친 것이고, 다른 하나는 성적(性的)인 묘사를 대부분 생략한 것이다. 고친 예를 하나 보기로 한다.[3]

　　잇쩌의 미오 이상ᄒ고 신통ᄒ고 거룩ᄒ고 긔특ᄒ고 픠려ᄒ고 밍낭ᄒ 일이 잇긋다. 한 노릭로 긴 밤 식랴? 이 문자는 그만 두고 말명 ᄒ나 쳥ᄒ리라. 젼나도 남원부ᄉ 니등사도 〃임시의 샷도 ᄌ뎨 니도령이 년광이 십뉵셰라. <u>녀동빈의 얼골이오, 두목지 풍취로다. 문장은 니빅이오, 필법은 왕희지라.</u> 샷도 사랑이 틱과ᄒ여 도임 초의(세책)

　　이째에 매오 이샹ᄒ고 신통ᄒ고 거룩ᄒ고 긔특ᄒ고 픠려ᄒ고 밍랑ᄒ 일이 이곳에서 생겻겟다. 한 노래로 긴 밤 새랴? 이 문ᄌᄂ 그만 두고 말명 한아 쳥ᄒ리라. 젼라도 남원부ᄉ 리등ᄉ도 도임시에 ᄉ도 ᄌ뎨 도령님이 년광이 십륙셰라. <u>김부식의 얼골이오, 리뎍형의 풍신이라. 문쟝은 최고운이오, 필법은 김성이라.</u> ᄉ도 사랑이 태과ᄒ여 도임초에(『고본춘향전』)

---

3 비교의 편의를 위해 띄어쓰기를 하고, 부호를 붙였다.『고본춘향전』에 병기된 한자는 넣지 않았다.

위의 예문은 서두 부분으로 세책계열 <춘향전> 이본에만 나오는 내용이다. 두 본이 밑줄 친 부분을 제외하고는 거의 같은 것으로 보아, 최남선이 세책을 그대로 옮겼음을 알 수 있다. 그러나 밑줄 친 부분을 두 본에서 보면,

여동빈(呂洞賓)의 얼굴→ 김부식(金富軾)의 얼굴
두목지(杜牧之)의 풍채→ 이덕형(李德馨)의 풍신
이백(李白)의 문장→ 최고운(崔孤雲)의 문장
왕희지(王羲之)의 필법→ 김생(金生)의 필법

으로 수정했다. 세책의 이도령 묘사는 고소설에서 주인공을 묘사할 때 쓰던 전형적인 수법인데, 최남선은 이를 모두 조선의 인물로 바꿨다. 이와 같은 수정과 삭제는 『고본춘향전』 전체에 걸쳐 이루어졌다.

세책 <춘향전>은 순 한글로 되어 있으므로 여기에 들어 있는 수많은 한시문(漢詩文)도 한글로만 쓰여 있다. 이 한시문은 전승 과정에서 와전(訛傳)되거나 빠진 글자가 많다. 최남선은 이를 교정하면서 한글로만 되어 있는 한시문에 모두 한자를 달았다. 최남선의 이와 같은 작업은, <춘향전>이 비록 한글로 쓰였지만, 풍부한 한시문이 들어 있다는 점을 드러내어 당대에도 계속 읽히는 고전으로 만들려는 의도였다고 하겠다. 최남선은 『고본춘향전』이 통속소설이 아닌 '고전소설'로 받아들여지기를 바란 것이었을 텐데, 이런 최남선의 의도가 당대 소설 독자들에게 어떻게 받아들여졌는지는 정확하게 알 수 없다.

그러나 대중적 인기에서 『고본춘향전』은 『옥중화』를 따라가지 못했다.[4] 『옥중화』는 식민지 시기 내내 수많은 아류를 만들어내면서 인기를 끌고 있었지만, 『고본춘향전』은 그렇지 못했다. 『고본춘향전』이 저본으로 삼은

---

4 1912년 8월 27일에 초판이 간행된 『옥중화』는 1914년 2월 5일에 6판을 발행했고, 이후에도 여러 출판사에서 수많은 판을 찍어냈다. 여기에 비해 『고본춘향전』은 신문관 이외에는 간행한 곳이 없고, 신문관에서도 그렇게 여러 판을 찍은 것 같지는 않다.

세책 <춘향전>은 1910년대에도 여전히 서울에서 빌려주던 책이었다. 그러나 최남선의 개작을 통해 새로 태어난 세책 <춘향전>은 이전만큼 인기를 유지하지는 못한 것으로 보인다. 『고본춘향전』이 인기가 없었던 이유는, 재미가 없었기 때문일 수도 있고, 가격이 비쌌기 때문일 수도 있으며, 이미 나와 있는 『옥중화』 때문이었을 수도 있다.[5] 그러나 그 이유가 무엇이었던 간에, 『고본춘향전』은 서울의 세책 <춘향전>을 전국의 독자에게 읽힐 수 있는 기회를 놓친 것만은 분명하다.

　『고본춘향전』은 20세기 초 '고전'에 대한 지식인의 생각을 볼 수 있는 좋은 자료이다.[6]

2) 김태준과 관련된 <춘향전>

　김태준이 관련된 것으로 알려진 <춘향전>은 두 가지가 있는데, 하나는 최남선의 『고본춘향전』을 현대 철자로 옮겨놓은 것이고, 또 하나는 완판 84장본의 원문을 떼어쓰기만 해서 그대로 활자로 옮긴 것이다.[7]

ㄱ. 중앙인서관본

　중앙인서관(中央印書館)에서 간행한 <조선문학전집> 제5권과 6권에는 고소설이 수록되어 있다.[8] 제5권에는 <춘향전> 외에 <사씨남정기>,

---

5 필자는 최남선의 개작이 독자들에게 받아들여지지 않았기 때문이라고 본다. 최남선의 개작은 세책 <춘향전>에 익숙한 서울의 독자들에게 외면당했을 가능성이 크다. 세책 <춘향전>에는 당시 서울에서 유행하던 노래가 많이 들어 있는데, 최남선은 이 노래의 가사를 모두 바꿔놓은 셈이다. 세책 <춘향전> 작자의 창작 전략이 독자들이 잘 알고 있는 익숙한 노래를 최대한 활용한 것이라면, 최남선의 개작은 그 익숙한 것을 오히려 낯설게 만들었다.

6 강진모, 「고본 춘향전의 성립과 그에 따른 고소설의 위상 변화」, 연세대 석사 학위논문, 2002. 12.

7 김태준이 직접 원문을 옮긴 것이라고 보기는 어렵다. 그러나 중앙인서관본은 김태준이 교열을 했고, 또 두 책에 모두 김태준의 연구업적을 해설에 싣고 있으므로 김태준이 두 책의 출판에 간여했음은 분명하다.

〈장화홍련전〉, 〈홍부전〉, 〈장끼전〉이 들어 있고, 제6권에는 〈창선감
의록〉, 〈홍길동전〉, 〈유충열전〉, 〈박씨전〉, 〈토끼전〉이 실려 있다.
이 책의 해설에서 〈춘향전〉에 대해서, "本書는 古本春香傳에 依한것임을
附言하여 둔다"라고 하여 최남선의 『고본춘향전』을 바탕으로 한 것임을
밝혔다. 그러나 『고본춘향전』을 그대로 옮긴 것은 아니고, 몇 가지 수정을
한 것이다. 수정의 내용은 다음과 같다.

첫째, 전체를 "서사(序詞), 이도령(李道令), 광한루(廣寒樓), 춘향(春香), 상사
(相思), 풍류(風流), 이별(離別), 신관사또(新官使道), 어사또(御使道)" 등 아홉 단으
로 나누었다.

둘째, 『고본춘향전』의 한자를 모두 뺐고, 한문 문장은 한글로 옮겼다.
예를 하나 보기로 한다.

고인(古人)이운(云)ᄒ되산천(山川)은수변(雖變)이나ᄎ심(此心)은난변(難變)
이졍유이애(正謂我也)라천고가인(千古佳人)을우연샹봉(偶然相逢)ᄒ니운간명
월(雲間明月)이오슈즁연화(水中蓮花)라(『고본춘향전』 29쪽)

고인이 일럿스되 「산천은 변할망졍 이마음 변할소냐」 하엿도다 천고가인을
우연히 만낫스니 구름사이 명월이오 물가온대 연꽃이라(중앙인서관본 20쪽)

셋째, 대화 부분에 발화자를 표시한 것이다. 한 예를 보면 다음과 같다.

마부 「어대로 이리가오」
이도령 도라보고
「이런 비갑의놈 보아라 그랴 네 아랑곳가」
일변 밧비 드러가니 상단이 몬저 반겨 내다르니

8 〈조선문학전집〉을 간행한 중앙인서관은 신명균(申明均)이 발행인이었다. 제5
권의 발행일은 1936년 10월이고 표제(表題)는 '小說集 上' 내제(內題)는 '小說集
(一)'이다. 제6권의 표제는 '小說集 下' 내제는 '小說集 (二)'라고 되어 있고, 1937
년 2월에 간행되었다.

이 「아씨 발서 나왓느냐」
상 「발서 나오섯소」
드러가 마조잡고 어안이 벙벙 마조 숙시 한참만에
이 「너 웨 또 여기까지 나왓느냐」
춘 「도련님 전별 나왓스니 마지막 이별배나 자브시오」(51쪽)

여기서 대사 앞에 붙인 "마부, 이, 상, 춘"은 각각 "마부, 이도령, 향단, 춘향"의 약자이다. 이와 같이 대화에 발화자를 표시하는 방식은 신소설에서 이미 쓰이던 기법이었다.

중앙인서관의 가장 큰 특징은 한자를 모두 없앴다는 점이다. 최남선은 순한글인 세책 <춘향전>을 개작하여 『고본춘향전』을 내면서 한자를 붙일 수 있는 데는 모두 붙였다. 그런데 중앙인서관본에서는 『고본춘향전』의 모든 한자를 빼고, 한문 문장은 될 수 있는 대로 한글로 풀어서 썼다. 한글 세책 <춘향전>이 최남선에 의해 한자와 한문이 병기된 『고본춘향전』으로 개작되었다가, 또 다시 한글본으로 바뀐 것이다. 세책본 → 『고본춘향전』 → 중앙인서관본의 변천과정은 소설의 표기방식에 대한 인식의 변화를 보여주는 것이기도 하다.

ㄴ. 학예사본 『원본춘향전』

학예사본은 1939년 1월 학예사(學藝社)에서 조선문고 제1부 제1책으로 간행한 『原本春香傳』이다. 조선문고는 간행사에서, "古典으로서 或은 그만한 價値가있는것을 嚴選하야 携帶에 便하고 價格이 低廉하야 購讀에 便하도록 맨드러 專혀 學藝普及에 寄與코자함에 그目的이있다."고 하여 조선문고 간행의 의의를 밝혔다.

『원본춘향전』은 서계서포의 완판 84장본 『열녀춘향수절가』를 띄어쓰기만 해서 활자화한 것이다. 그 띄어쓰기도 대개 7~8자를 한 단위로 한 것이므로, 활자화하는 데 특별히 전문가의 손을 빌릴 필요는 없었을 것이다. 이 책에는 김태준의 논문 "춘향전의 현대적 해석"[9]이 권두에 실려 있고, 권

말에는 윤달선(尹達善)의 「광한루악부(廣寒樓樂府)」가 부록으로 붙어 있다.

이 책의 예언(例言)은 임화(林和)[10]가 썼는데, 중요한 것은 다음과 같다.

> 一, 本 板本 表題名 「열여춘향수절가라」라는 句는 小說 序頭에붙은 題目을 그대로 부르는 것으로 恒稱 全州土板이라 하는것인데 流布本(寫本, 板本, 活字本) 中 最古의것이라 思惟되는것으로 專門家間에서 約八十年前後의것이 아닌가 推定한다.
>
> 吾人의 閱讀에 依하야도 木版本이 現行流布本中의雄인 「고본춘향전」 (新文舘)에比하야 훨씬前의것임은 그兩本中에나오는 衣食器玩, 其他 文章과引用歌詞, 形容句等 여러點으로보아 明白하다. 더욱이 「고본춘향전」 序章은 六堂崔南善氏 自身의 加筆임을 氏의입으로 明言한바있고 그外의 部分에도 潤色이 相當한 個所에 미쳤으리라고 보아진다.
>
> 一, 그리고 文中에 아모래도 風俗上 그대로 둘수없는部分은 우리가 미리얼마式을 自削했는데, 그部分은 亞剌比亞數字로 1, 2, 3等의 表를 했다.
>
> 一, 끝으로 本板本을 實際로보고 硏究할篤志家를爲하여 總督府圖書館에 이와 最後에 「完西溪書舖」란 五字가 없을뿐 完全히 同一한 一本이 있음을 들어둔다.

이 몇 가지 예언에서 알 수 있는 것은, 이 책이 나올 무렵에 고전문학 연구자들 사이에서는 완판 84장본이 〈춘향전〉 여러 이본 가운데 가장 선행본으로 알려졌다는 점이다. 그리고 내용 중에 외설적이라고 생각한 부분을 스스로 삭제한 것이다. 삭제한 대목은 열 군데인데, 길게는 150자, 짧게는 4자이다. 학예사본에서 성적인 내용을 삭제한 방식은, 최남선의 『고본춘향전』이나 이해조의 『옥중화』에서 '외설적'인 내용을 제거한 태도와는 다른 차원이다. 학예사본의 편집자는, 검열을 대비하여 성적인 내용을 삭

---

9 이 논문은 동아일보에 연재된 것인데, 후에 『증보조선소설사』에 옮겨 실었다. 김태준은 이 논문의 앞부분에서는 완판 84장본을 분석의 텍스트로 삼는다고 했으나, 뒷부분에서는 『고본춘향전』을 인용하기도 했다.

10 임화는 학예사의 문고 간행을 담당하고 있었다.

제한 것으로 보이는데, 삭제한 글자가 몇 자인가를 명시하여 독자들에게
이 책이 <춘향전>의 원본임을 강조하고 있다.

  3)『文章』에 활자화된 것

  잡지『문장』에는 세 편의 <춘향전>이 실려 있다. 1940년 12월호에는
이명선이 소장한 필사본을 '古寫本 春香傳'이라는 제목으로 실었고, 1941
년 1월호와 3월호에 '古本 春香傳'을 나눠 실었으며, 1941년 폐간호(4월호)
에 '普成專門學校藏本 春香傳'이 게재되었다.『문장』에 <춘향전>이 실리
게 된 과정은 이 잡지의 편집후기인 '여묵(餘墨)'을 보면 대체로 알 수 있다.

  다음號에는 우리 古典中에 가장 偉大하고, 가장 異本이 많은 春香傳中에서
  古典系權威들에게 맡겨 가장 代表될만한 版을 定해 紹介文과 함께 全載하려
  한다.(1940년 10월호) 이태준

  지난달 餘墨에서 이달호에 春香傳의 決定版을 골라 싯는다고 하였다. 그리
  고 決定版을 決定하려니까 더 異說이 많다. 그래서 어느 한版을 뽑는것은 第
  二段으로 미루고 于先春香傳이란 春香傳은 모다 한번 내여볼생각이다. 다음
  달부터 긴것은 한가지 짜른것은 두가지以上씩 내여, 되도록 短期間에「春香
  傳全集」을 이룰 작정이다. 讀者여러분도「모든春香傳」을 읽고나면 어느것이
  「代表春香傳」이되리란 짐작을 가질수 있을것이요, 研究家들도 이期會에 말만
  듣던 異本들을 모조리 讀破하여 宿題이던「春香傳審査」를 完成시킬수있을것
  이다.(1940년 11월호) 이태준

  春香傳이 이달부터 시작된다. 다음號에는「古本春香傳」을 全載한다. 이기
  회에 내自身부터 春香傳을 卒業할것을 기뻐한다.(1940년 12월호) 이태준

  「古本春香傳」이 半만 오르게 된것은 紙面 때문이다. 나는 校正을 보아가면
  서 前號「古寫本」과는 判異한것에 놀랐다. 같은 春香傳이 이처럼 다르
  다.(1941년 1월호) 조풍연

위의 글은 1940년 10월호부터 1941년 1월호까지 4호에 걸쳐『문장』의 주간 이태준(李泰俊)과 기자 조풍연(趙豊衍)이 〈춘향전〉 게재에 대해 언급한 내용이다. '여묵'을 통해 알 수 있는 점은, 〈춘향전〉의 결정판에 대해 고전문학 연구자들 사이에서 일치된 견해가 없었다는 것이다.[11] 1940년 10월호에서는 〈춘향전〉의 대표적인 이본을 전문가의 소개문과 함께 싣는다고 한 말은『문장』편집진 내부에서 정한 계획이었다고 볼 수 있고, 다음 달에 이 계획이 바뀐 이유는 전문가의 견해를 참고했기 때문일 것이다. 기획 단계에서는 소개문을 실으려고 했지만 여의치 않았던 것으로 보인다. 3종의 〈춘향전〉을 실으면서 짧은 소개라도 붙인 것은 맨 처음에 게재한 이명선 소장본뿐이다.

3종의 〈춘향전〉에 대해 간단히 살펴보기로 한다.

ㄱ. 이명선 소장본

『문장』1940년 12월호에 자신의 소장본이 활자화될 때, 이명선은 간단한 해설을 붙였다. 이 해설에는 자신이 이 이본을 소장하게 된 내력을 적고, 그 내용에 대해서는, 이미 발표된 조윤제의「춘향전 이본고」[12]에서 언급한 내용을 간단히 요약해서 실었다. 조윤제는 이명선본이 경판 16장본에서 완판 84장본으로 가는 중간에 위치한다고 했다. 조윤제는「춘향전 이본고」를 쓸 때 세책 〈춘향전〉에 대해서 모르고 있었기 때문에 이명선본과 서울의 세책을 연관시켜 생각하지 못했으나, 이명선본은 세책계열 〈춘향전〉[13]의 한 이본이다.

---

11 앞의 학예사본의 예언(例言)에서는 완판 84장본이 가장 오래된 것이라고 했는데, 여기서는 결정판에 대한 연구자들 사이에 일치된 견해가 없다고 했다. 임화와 이태준의 생각이 다른 것인지, 그들이 자문을 구한 연구자의 견해가 다른 것인지 분명치 않다.
12 조윤제,「춘향전 이본고」(1), (2),『진단학보』11집, 12집, 진단학회, 1939, 1940.
13 세책계열 〈춘향전〉은 서울에서 세책으로 유통되던 〈춘향전〉에서 파생된 이본을 말한다. 〈춘향전〉 연구에서 서울의 세책에 주목을 한 연구는 있었으나, 세책계열 〈춘향전〉이라는 용어를 구체적으로 쓰지는 않았다. 세책계열

『문장』편집부에서는 원문을 그대로 활자로 옮기면서 띄어쓰기를 하고 마침표를 붙였는데, 단락이나 행을 나누지는 않았다. 원문을 읽을 수 없는 곳은 'ㅡ行欠' 또는 '以下三字欠' 등의 표시를 했고, 외설적인 내용이라고 판단한 곳은 '×'로 복자(伏字) 표시를 했다.

이명선본은『문장』에 실린 이후에 원본의 소재가 알려지지 않아서,『문장』에 실린 것을 연구자들이 이용했다. 성현경은 상세한 주석을 붙여 단행본으로 간행하기도 했다.[14] 그런데 최근에 이명선의 자료를 정리하던 중 원본이 발견되어, 원문의 영인과 함께 정밀한 활자화가 이루어졌다.[15]

ㄴ. 고본춘향전

「고본춘향전」을『문장』에 실으면서 편집자가 어떠한 언급도 하지 않았기 때문에, 이 자료의 출처를 알 수 없었다. 다만 제목이 최남선의『고본춘향전』과 같기 때문에『고본춘향전』을 옮긴 것이라고 생각해왔다. 그러나 내용을 자세히 검토해보면, 그 저본이 최남선의『고본춘향전』이 아니라, 1936년 중앙인서관에서 간행한 조선문학전집 제5권에 들어 있는 <춘향전>이다. 중앙인서관본에는 줄바꾸기와 단락나누기가 잘 되어 있으나,『문장』에서는 줄바꾸기와 단락나누기를 하지 않았다. 다만 띄어쓰기와 대화를 표시한 겹낫표만 그대로 두었다. 아마도 페이지 수를 줄이기 위해 이렇게 편집한 것으로 보인다.

『문장』에 실린 <고본춘향전>은 중앙인서관본에 비해 잘못된 곳이 있다. 이것은『문장』의 원고를 교정한 사람이 <춘향전>의 내용을 정확하게 모르고 있었기 때문에 일어난 일이다. 한 예를 보기로 한다.

<춘향전>에 대해서는 전상욱의 연구가 있다.
전상욱, 「세책 계열 춘향전의 특성」(이윤석 외 편, 『세책 고소설 연구』, 혜안, 2003)
전상욱, 「방각본 춘향전의 성립과 변모에 대한 연구」, 연세대학교 박사학위논문, 2006. 06
14 성현경, 『이고본 춘향전』(서울: 열림원, 2001)
15 김준형, 『이명선 舊藏 춘향전』(서울: 보고사, 2008)

　　그러ᄒ기의도로마한필힌남포한필급히ᄲ라다가ᄉ도옷슬ᄒ려ᄒ고오날노
ᄲᆯ나갓지오(향목동 세책 10권 28장)

　　그러ᄒ기에도로마한필(疋)힌남포(海南布)한필(疋)급(急)히ᄲ라다가ᄉ도옷
을ᄒ려ᄒ고오늘로ᄲᆯ닉갓지오(최남선『고본춘향전』238쪽)

　　그러하기에 도로마한필 해남포한필 급히 빠라다가 사또 옷을 하려하고 오
늘로 빨래 갓지오(중앙인서관본 146쪽)

　　그러하기에 도로 마한필 해남포한필 급히 빠라다가 사또 옷을 하려하고
오늘로 빨래 갓지오(『문장』1941년 3월호 206쪽)

　　향목동 세책은 1910년 무렵 서울에서 빌려주던 세책인데 현재는 일본
동양문고에 소장되어 있다. 이 대목을 보면, 최남선의『고본춘향전』은 이
세책을 바탕으로 한자를 병기하고 'ᄲᆯ나갓지오'를 'ᄲᆯ닉갓지오'로 고쳤음
을 알 수 있다. 그리고 중앙인서관본은『고본춘향전』을 현대철자로 고치고
띄어쓰기를 했다.『문장』에 실린 것과 중앙인서관본의 철자는 완전히 같은
데 '도로마한필'이 '도로 마한필'로 되어 있어 띄어쓰기가 다르다. 이것은
『문장』의 편집자가 '도로마'라는 단어의 뜻을 몰랐기 때문에 '도로 마 한
필'이라고 생각한 것 같다. '도로마'는 사전에 '도루마'라는 표제어로 올라
있고, 뜻풀이는, "중국에서 나는 베의 한 가지"라고 되어 있다.

　　위의 간단한 예문만으로도 세책 〈춘향전〉 → 최남선『고본춘향전』→
중앙인서관본 〈춘향전〉 →『문장』〈고본춘향전〉의 계보가 드러난다.[16]

ㄷ. 고려대 소장본

　　이 이본은 조윤제의「춘향전 이본고」에 소개되어 알려졌다. 조윤제는
이 필사본에 대해서, "前半 卽 春香 李道令의 離別까지는 京版本에 가깝고,

---

16 박갑수는 최남선의『고본춘향전』과『문장』본이 선행하는 어떤 본을 보고 각
　기 개작한 것으로 보고 있고, 중앙인서관본은『문장』본을 저본으로 한 것이라
　는 견해를 피력했다. 박갑수,「두 古本春香傳의 표현과 위상」,『선청어문』35
　호, 2007.

後半은 完版本에 倣似한 點이 있으니"라고 하였다. 그러나 고려대본에는 세책계열 <춘향전>에만 들어 있는 내용이 있으므로 세책 <춘향전>에서 파생되었다고 보는 편이 좋겠다.

『문장』 편집부에서 활자로 옮기면서 원문을 읽을 수 없는 부분은 'O' 표시를 하고, "이 方面의 權威者에게 補充을 받으려는 생각"이라고 했다. 후에 구자균(具滋均)의 교주본[17]에서는 상당히 많은 부분을 해결했다.

이상 『문장』에 실린 3종의 <춘향전>에 대해 알아보았는데, 모두 서울의 세책 <춘향전>과 연관성이 있는 이본들이다. 중앙인서관본은 최남선의 『고본춘향전』을 쉽게 고친 것이고, 이명선본과 고려대 소장본은 세책계열 <춘향전>으로 분류할 수 있는 이본이다. 이명선본의 필사시기는 1910년이고, 고려대본은 1904년 이후에 필사된 것으로 보아, 1940년 무렵에는 이미 19세기 필사본은 구하기 어려웠음을 알 수 있다.

모든 <춘향전>을 수집하여 활자화한다는 『문장』 편집부의 계획은 1941년 4월호로 이 잡지가 폐간되는 바람에 3종을 수록하는데 그쳤다. 만약 <춘향전>의 활자화가 계속되어, "春香傳이란 春香傳은 모다 한번 내여"보았다면, 어떤 이본들이 실렸을까? 이 문제는 조윤제의 「춘향전 이본고」를 통해서 그 해답을 얻을 수 있을 것 같다. 조윤제는 2종의 방각본, 3종의 필사본, 16종의 활판본, 그리고 4종의 한문본을 이본고에서 다뤘는데, 『문장』에 실린 것은 3종의 필사본 가운데 2종과 『고본춘향전』이다. 『문장』 편집부에서 <춘향전>을 활자화하면서 참고한 것은, 당시로서는 조윤제의 「춘향전 이본고」가 가장 권위 있는 자료였음에 틀림없다. 이 3종의 <춘향전> 활자화 작업은 전문연구자에 의해 이루어진 것이 아니라 『문장』 편집부에서 한 것이기 때문에, 시간에 맞추어 간행해야하는 잡지의 속성상 정밀한 교정이 이루어지기는 어려웠을 것이다.[18] 그러나 원전을 구해보기 어

---

17 구자균, 『춘향전』(서울: 민중서관, 1970)
18 이명선본을 옮기면서 편집부에서 쓴 글에 보면, "古寫本 春香傳을 옮김에 際하여

렵던 시기에 이 세 편의 〈춘향전〉은 당시의 잡지 독자들에게는 좋은 읽을거리였고, 상당 기간 전문 연구자들에게도 요긴한 자료였다.[19]

4) 진서간행회본

진서간행회는 1948년 5월 『청구영언』을 내면서 책 말미의 '稀本 珍書의 刊行의 말씀'에서, "우리 나라에 관한 드문 책과 진귀한 책을 찾아 내어 이 것을 사진판 또는 본디모양 그대로 활자화하고 될쑤록 싼값으로 출판하여 써 이에 뜻두는 이들의 요구에 보답하여 우리 문화의 발전 보급에 한 홰잡이가 되고자 하는 바이다."[20]라고 하여, 연구자들에게 원전을 제공하려는 목적으로 고전을 간행하겠다는 취지를 밝혔다.

조선진서간행회에서 두 번째 낸 책이 바로 김삼불이 소장한 완판 84장본 판목(板木)으로 찍어낸 『열녀춘향수절가』이다. 여기에는 김삼불이 쓴 해제가 붙어 있다. 김삼불은, "解放 戰後를 通하여 갖가지 活字化를 하였으나, 그 板刻本은 比較的 稀本에 屬하여 通稱 春香傳을 科學하는데, 그 資料로써 貴하며"라고 하여 완판 84장본 『열녀춘향수절가』 원본을 연구자들이 이용할 수 있도록 이 자료를 낸다고 했다. 김삼불이 소장하고 있던 판목은 서계서포 판목이다. 서계서포본의 정확한 판각년도는 알 수 없으나, 대체로 1910년을 전후한 시기로 보고 있다. 그러므로 각판(刻板)한 지 약 40년 정도 시간이 지났으므로 1910년대에 나온 것과 비교해보면 획이 떨어져나간 곳이 있다.

진서간행회본은 50부 한정판으로 간행했으므로 흔한 책은 아니지만, 완판 84장본 원본을 〈춘향전〉 연구자들에게 보급시켰다는 큰 의미가 있다. 김삼불이 소장하고 있던 이 완판 한글소설 판목(板木)은 6.25의 와중에 모

가장 困難한것은 틀린 말이 많은것이었다. 그러나 될수있는대로 原本대로 가져오랴했으므로 번연히 틀린것을 알면서 大槪 그대로 두었다."라는 말이 있다.

19 참고로 당시 단행본과 잡지의 가격을 보면, 『문장』은 분량에 따라 다른데, 200쪽이면 50전, 400쪽이면 1원이었다. 학예사본은 1941년 3월에 3판을 발행했고, 박문서관본은 1942년 4월에 재판을 발행했는데, 두 본 모두 가격이 30전이었다.

20 오한근, 『청구영언』(서울: 조선진서간행회, 1948)

두 불에 타버렸다고 한다. 김삼불은 방각본 소설이 갖고 있는 의의에 대해서 분명하게 인식하고 있었던 것으로 보인다. 그는 이 책의 해제에서,

> 庶民文學의 板本化의 社會史的 意義는 兩班文學의 文集의 刻板과는 全然 그 뜻이 다른 것으로 곧 이는 貰册制度와 함께 文學의 商品化 過程의 한 現象으로 볼수 있으며 文學의 大衆(庶民)化의 振幅의 標識로써 그 文學의 本質을 標示하는 것이겠으나, 이 庶民의 文學으로서의 板刻本에는 두 줄기의 系統을 찾을 수 있는가 한다. 즉 完山板과 京城板이 그것이다.

라고 하여, 세책과 방각본을 '문학의 상품화'라는 관점에서 보고 있다.

진서간행회본에서 완판 84장본 『열녀춘향수절가』를 영인본이 아닌 목판인쇄로 간행했는지 그 이유는 알 수 없다. 간행에 드는 경비 때문이었는지, 또는 목판본으로 간행해서 원본을 보여주겠다는 의도였는지는 분명치 않다. 만약 경비 문제였다면, 영인본 간행이 목판인쇄보다 돈이 더 들었는지도 모르겠다. 그러나 목판으로 인쇄한 원문에 활자로 조판한 해제를 붙인 이 책의 체재는, 결과적으로 완판 84장본의 고전으로서의 권위를 더 높여주었다고 본다.[21]

3. 주석이 있는 〈춘향전〉

1) 조윤제 교주본

1939년에 발표된 조윤제의 「춘향전 이본고」는 〈춘향전〉 이본을 본격적으로 다룬 논문이다. 조윤제의 논문 이전에 〈춘향전〉의 이본에 대해 언급한 연구자는 김태준, 이재욱, 이명선 등이 있다. 김태준은 『조선소설사

---

21 목판과 활판을 섞어서 책을 만드는 것은, 활판인쇄가 도입된 초기에 쓰던 방식이다. 주로 목판에 새긴 그림과 활판으로 인쇄한 텍스트를 함께 묶는 형식이다.

』(1933년 초판)에서, "오늘날閭巷에 流傳하는 春香傳의種類는 甚히많어서"라고 하며 주로 1910년대 이후에 간행된 활판본과 한문본을 중심으로 20종의 제목을 열거했고, 이재욱은 「春香傳의 傳本에 대하여」[22]에서 목판본 3종, 필사본 1종, 한문본 2종, 일본어 번역본 1종, 영어 번역본 1종 외에 활판본 20여종을 소개했다. 이명선은 "春香傳과 異本問題"[23]에서 11종의 이본을 들고, <춘향전>은 이본에 따라 내용이 다르므로 정밀한 내용 분석을 위해서는 각 이본의 성격을 잘 파악해야 한다고 하고, 자신이 소장하고 있던 필사본과 중앙인서관본 두 본을 중심으로 <춘향전>을 분석했다.

<춘향전> 연구를 위해서는 이본에 대한 고찰이 필요하다는 연구자들의 생각은 조윤제의 「춘향전 이본고」에서 일단 정리가 된다. 그런데 조윤제가 「춘향전 이본고」에서 다룬 이본 25종 가운데 활판본이 나오기 이전의 한글본은, 목판본으로는 경판 16장본과 완판 84장본이 있고, 필사본은 고려대본과 이명선본뿐이다.

조윤제의 교주본은 1939년 1월 31일 박문서관에서 간행되었는데, 이때에 「춘향전 이본고」는 완성되었거나, 최소한도 그 전체적인 구상은 끝났을 것이다. 그러므로 이 교주본의 서문 격인 '校註者의 말'은 「춘향전 이본고」를 압축한 것이라고 할 수 있다. 여기에서 조윤제가 중요하게 언급한 이본은, 경판 16장본, 완판 84장본, 그리고 『옥중화』이다. 조윤제는 경판 16장본과 완판 84장본에 대해, 경판은 스토리를 주(主)로 하였고, 완판은 가곡(歌曲)을 주로 했는데, 완판은 경판을 저본으로 한 것일지도 모른다고 했다.

이와 같이 조윤제는 경판본이 완판본에 선행한다고 하면서도 교주의 저본으로 완판 84장본 『열녀춘향수절가』를 선택했는데, 그 이유를,

> 나의 校註本의 底本으로는 特히 完板本의 烈女春香守節歌를 擇하였다. 이 것은 앞에서도 말한 바와 같이 原本으로는 京板本 春香傳에 있어 도로혀 그

---

22 李在郁, 「春香傳의 傳本에 就て」, 『文獻報國』 2권 4호, 1936
23 이 글은 동아일보에 1938년 7월 16일, 22일, 23일, 그리고 8월 4~5일에 걸쳐 실렸다. 김준형 편, 『이명선전집』 2권(서울: 보고사, 2007)에 실려 있다.

價値를 볼수가 있을지 모르나, 春香傳의 春香傳다운點은 암만하여도 그 戱曲
的方面에 있는듯하고, 또 우리들 生活에 가장 깊이 浸潤하여 온 春香傳도 또
한 그것이 아닐까 하는 單純한 나의 愚感에서 나온것에 지나지 못하거니와(9
~10쪽)

라고 했다.

완판 84장본 <열녀춘향수절가>의 원문을 그대로 활자화한 것은 박문
서관본과 같은 달에 나온 학예사본이다. 학예사본이 원문을 그대로 옮기면
서 띄어쓰기만 한 데 비해, 박문서관본은 현대어로 옮기면서 한자를 넣었
고, 여기에 주석까지 붙여서 간행했다. 조윤제는 이 작업을 다음의 원칙에
따라 진행했다.

첫째, 원문의 순 한글을 국한문 혼용으로 고치면서, 한글은 현대 철자로
바꿨다. 그리고 띄어쓰기와 단락 나누기를 했다.

둘째, 상·하 두 권으로 된 원본을 6단으로 나누어 각 단에 제목을 붙였다.

셋째, 외설적인 내용을 빼고, 또 잘못 들어간 것이라고 판단되는 대목은
본문에서 제외하고 각주에 넣었다.[24]

이러한 기준에 따라 간행된 박문서관본에는 한자를 붙이지 못한 곳이라
든가 그 뜻을 설명하지 못한 곳이 매우 많지만, <춘향전>이 단순히 전래
의 이야기책이 아니라, 전문 학자가 주석을 붙여야 읽을 수 있는 고전소설
이라는 인상을 주기에는 충분했다. 그리고 조윤제는 활판본으로 간행된
<춘향전> 가운데 최고의 인기를 누린 『옥중화』에 대해서 "이것 亦是 完
板本 春香傳의 系統을 받아 多分히 그것을 飜出하여왔다"고 하여 완판 84
장본이 중요하다는 점을 강조했다.

---

24 조윤제가 외설적이라고 삭제한 대목은 학예사본에서 삭제한 곳과 완전히 일
치한다. 이렇게 두 책에서 삭제한 대목이 일치하는 것으로 보아, 일정한 삭제
기준이 있었던 것으로 보인다. 이 삭제 기준은 아마도 총독부의 검열 기준이
었을 것이다. 1957년 을유문화사본에서도 조윤제는 이 삭제한 것을 거의 그대
로 유지하는데, 이때의 삭제는 검열 때문은 아니다.

1957년에 을유문화사에서 박문서관본을 수정하고, 여기에 부록으로 「춘향전 이본고」를 실은 것이 간행되었다. 이 책의 서문에서 조윤제는, 박문서관본에 약간의 수정과 수보(修補)를 해서 다시 낸다고 했다. 저자는 박문서관본에서 잘못된 것을 상당수 바로잡았고, 또 각주도 보충했으나 해결하지 못한 것은 여전히 많이 있었다. 조윤제의 완판 84장본 교주본의 간행과 「춘향전 이본고」는 이후의 <춘향전> 연구에 지대한 영향을 미쳐서 완판 84장본이 <춘향전> 연구의 중심에 자리 잡게 된다.

2) 김사엽 교주본

1952년 10월 대양출판사에서 간행된 김사엽의 교주본 『춘향전』은, 완판 84장본 <열녀춘향수절가> 가운데 서계서포본을 저본으로 한 것이다. 편집 체재를 보면, 원문을 그대로 옮기면서 필요한 부분에 한자를 괄호 안에 넣고, 띄어쓰기와 단락나누기를 했다. 그리고 원문을 17단으로 나누고, 상당수의 주석을 붙였다.

김사엽이 원문을 현대어로 고치지 않고 그대로 옮기기만 한 것은, 대학에서 강독의 교재로 쓰일 것을 염두에 두고 이 책을 만들었기 때문일 것이다. 조윤제의 교주본은 원문의 철자를 현대어로 고치고 한자로 바꿀 수 있는 것은 모두 바꿨으므로 주석의 숫자가 적지만, 김사엽의 교주본은 원문을 그대로 옮겼기 때문에 주석의 숫자가 많아졌다. 저자는 식민지시기에 간행된 <춘향전>에서 외설적이라고 삭제했던 대목을 다 그대로 실었다. 원문 전체를 그대로 보여주는 교주본이 처음으로 나온 것이다.

이 주석서는 원문을 그대로 옮겼다고 했으나 원문을 옮긴 것에 오자(誤字)가 많다. 또 잘못된 주석도 있고, 내용을 잘못 이해해서 띄어쓰기가 틀린 곳도 많다. 그러나 선행 조윤제의 교주본에서 잘못된 곳을 수정한 것도 있다. 김사엽은 이 책에 '춘향전 해설'이라는 글을 뒤에 실었는데, 그 내용은 당시까지 <춘향전> 연구자들의 연구 내용을 충실하게 반영한 것이다.

3) 이가원 주석본

이미 조윤제와 김사엽의 완판 84장본 주석서가 나와 있었으므로, 두 책을 뛰어넘는 주석서를 내기 위해 저자는 상당히 애를 썼다. 이가원은 이 주석서의 대본이 서계서포본이고,[25] 52장회로 나누었으며, 원문을 그대로 옮기고 괄호 안에 한자를 넣었음을 밝혔는데, 이런 점은 이전의 두 교주본에서도 이미 해온 것이다. 이가원의 주석서가 선행 교주본과 다른 점은 두 가지인데, 하나는 주석의 대본인 서계서포본과 다가서포(多佳書舖)본의 다른 점을 일일이 밝힌 것이고, 다른 하나는 주석을 하지 못한 곳에는 반드시 '미상' 또는 '출전미상'이라는 표시를 했다는 점이다. 그러나 이와 같은 형식적인 면에 이가원 주석본의 가치가 있는 것은 아니다. 앞선 두 교주본이 완판 84장본의 정밀한 주석이라고 보기 어려운 면이 있었는데, 이가원의 주석서에 와서 비로소 학술적으로 평가를 받을 만한 주석을 했다고 볼 수 있다. 물론 이 주석서에도 많은 오류가 있다. 특히 전라도 방언에는 잘못된 것이 많다. 그러나 한자어나 한문 문장의 원전을 밝힌 주석은, 그 이전이나 이후에도 이 주석서를 능가할 만한 것이 없다고 해도 과언이 아니다.

한 군데 예를 보기로 한다.

> 관도성남너룬길의싱기잇게나갈졔취리양유흐던두목지의풍칠넌가시 〃 요부하던주관의고음이라상가자믹춘셩니요만셩곈자슈불이라(상권 5~6장)

이가원은 이 원문에 다음과 같이 한자를 넣었다.

> 『관도 셩남(官道城南)』너룬 길의 싱기 잇게 나갈 졔『취리 양유(醉來楊州)』흐던 두목지(杜牧之)의 풍칠(風采)넌가.『시 〃 요부(時時誤拂)』하던 주관(周郞)의 고음이라.『상가 자믹 춘셩니(香街紫陌春城內)』요『만셩 곈자슈불익(滿城見者誰不愛)』라.(39쪽)

이가원이 주석서의 대본으로 삼은 서계서포본은, 전주에서 간행해서 유통된 것이 아니라, 조선진서간행회에서 간행한 것이다.

그리고 다음과 같이 주를 붙였다.

官道城南 : 王勃의 [採蓮曲]에『官道城南把桑葉 何如江上採蓮花.』

醉來楊州 : 杜牧이 술이 醉해서 수레를 타고 楊州에 지나매 妓生들이 그의 風采를 戀慕하여 橘을 던져 수레에 가득 차게 되었다는 美話. 權以生의 [史要聚選 杜牧]에『醉過楊州橘滿車』

杜牧之 : 見前注三(3)

時時誤拂 : 李端의 [鳴箏詩]에『欲得朱郞顧 時時誤拂絃』. 陳壽의 [三國志 周瑜傳]에『瑜少精意于音樂 三爵之後 其有闕誤 瑜必知之 知之必顧 故時人 謠曰「曲有誤 周郞顧.」』

香街紫陌春城內 滿城見者誰不愛 :『화려하게 꾸민 시가의 봄이요, 이를 본 시민들은 사랑하지 않는 이가 없도다.』岑參의 [衛節度赤驃馬歌]에『香街紫陌春城內 滿城見者誰不愛 揚鞭驟急日汗流 弄影行驕碧蹄碎.』

두목지의 고사(故事)와 잠삼(岑參)의 시「위절도적표마가(衛節度赤驃馬歌)」는 이미 선행 두 교주본에서도 주석을 붙인 것이다. 그러나 선행 교주본에는 시의 번역이 없었는데, 이가원은 잠삼의 시에 번역을 붙였다. 이렇게 한시(漢詩)의 번역을 붙였으므로 독자들이 그 내용을 알기 쉽게 되었다.

그러나 무엇보다도 이가원의 주석에서 뛰어난 점은 그동안 알 수 없었던 내용을 찾아낸 것이다. "시 〃 요부하던주관의고음이라"는 선행 교주에서는 그 의미를 밝혀내지 못했다. 이 대목은 주유(周瑜)가 음악에 정통했다는 것과 그의 용모가 곱다는 두 가지를 말하는 것이다. 주유는 음악에 밝았기 때문에, 높은 벼슬을 한 후에도, 만약 누가 연주할 때 틀리면 반드시 돌아보았다고 한다. 그래서 때때로 기생들이 주유의 얼굴을 보려고 일부러 틀리게 연주했다는 고사가 있다. 이 고사를 "시 〃 요부하던주관의고음이라"와 연결시키기는 쉽지 않다. 당(唐)나라 이단(李端)의 시「명쟁(鳴箏)」에 "欲得朱郞顧 時時誤拂絃"이란 구절을 외우고 있어야 주유의 고사라는 것을 알 수 있다. 전승과 나 오자와 탈자가 있는 한글 텍스트의 원형을 복원하고 한시문의 전고를 찾아내는 일을 순전히 기억력에 의존할 수밖에 없었던 시기에,

이가원의 주석서는, 그 가장 높은 수준까지 갔다고 말할 수 있다.

4. 결언

이 글은, <춘향전> 연구사를 정리하기 위한 첫 단계로, 1950년대까지 고전문학 연구자가 간행한 또는 간행에 간여한 <춘향전>에 어떤 것이 있는가를 보려는 것이다. 초기 연구자들의 <춘향전>에 대한 인식은 <춘향전>을 고전으로 만드는 기초가 된다. 최남선이 "렬녀(烈女)의 거울(鑑)은 내 성춘향(成春香)에 보고 정랑(情郞)의 본(型)은 내 리몽룡(李夢龍)에 보앗도다"(1913, 『고본춘향전』 서문)라고 한 언급은 아직 <춘향전>을 고전의 반열에 올려놓은 것은 아니나, "우리 古典中에 가장 偉大하고, 가장 異本이 많은 春香傳"(1940. 10., 『문장』 여묵)에 오면 이미 <춘향전>은 '민족의 고전'이 된다. 앞에서 살펴본 <춘향전> 출판의 흐름을 보면, 대중적인 읽을거리로는 최남선의 『고본춘향전』이 연구자들의 시선을 끌었지만, 완판 84장본이 간행된 이후에는 완판 84장본이 <춘향전> 연구의 중심 텍스트로 자리 잡았음을 알 수 있다. 이 과정의 중심에는 조윤제의 「춘향전 이본고」와 그의 교주본이 있다고 하겠다. 김사엽과 이가원이 완판 84장본을 주석의 저본으로 선택한 것은 조윤제의 연구 성과를 수용하고 계승한 것이다.

1936년 중앙인서관에서 간행된 <춘향전>이 최남선의 『고본춘향전』을 저본으로 삼았다는 사실은, 이 책의 편찬자가 『고본춘향전』을 당시 알려진 <춘향전> 가운데 가장 뛰어난 작품으로 평가했음을 보여준다. 그리고 1939년 학예사에서 완판 84장본을 활자화하여 간행할 때, 편집을 담당했던 임화는 최남선의 『고본춘향전』을 "現行流布本中의雄"이라고 표현했다. 또 조윤제는 완판 84장본이 경판본보다 후대에 만들어졌다고 하면서도 완판 84장본을 저본으로 박문서관에서 교주본을 간행했다. 이와 같이 연구자들은 완판 84장본이 <춘향전> 이본 가운데 가장 오래된 것도 아니고, 가

장 뛰어난 것도 아니라는 생각을 갖고 있었다. 그런데도 완판 84장본이
〈춘향전〉의 결정판이 될 수 있었던 것은 『고본춘향전』의 원천을 알 수
없었기 때문으로 보인다.

조윤제는 최남선의 『고본춘향전』에 대해, "그런데 本書의 底本은 어떤것
이었던가. 一覽할 機會를 얻지 못하였고, 또 本書 卷頭 序文에도 何等 이에
言及함이 없어 나는 全然 알수없다."(「춘향전 이본고」)고 했고, 임화는, "「고
본춘향전」序章은 六堂崔南善氏 自身의 加筆임을 氏의입으로 明言한바있고
그外의 部分에도 潤色이 相當한 個所에 미쳤으리라고 보아진다."(학예사본
예문)고 했다. 조윤제나 임화는 『고본춘향전』의 저본이 있다는 사실은 분
명히 알고 있었으나, 그것이 무엇인지는 몰랐다.

최남선이 『고본춘향전』의 저본을 밝히지 않은 이유는 무엇일까? 특별히
밝히지 않아도 다 아는 사실이라고 생각했기 때문인지, 굳이 저본을 밝힐
필요를 느끼지 않았는지, 또는 그밖에 다른 이유가 있었는지 알 수 없다.
그러나 최남선이 스스로 『고본춘향전』의 저본을 밝히지 않았기 때문에 전
문적인 문학 연구자들도 『고본춘향전』의 저본을 알아낼 수 없었다는 점은
분명하다. 『고본춘향전』의 저본이 서울의 세책집에서 빌려주던 〈춘향
전〉이었다는 사실, 그리고 활판본 소설이 나오기 전까지는 서울의 세책집
에서 필사본 소설을 빌려주었다는 사실을 전문 연구자들은 모르고 있었다.

조윤제는 『고본춘향전』이, "完板本과는 別로히 關聯이 없고 京板本과 李
明善氏本에 가장 많은 影響을 받았으리라는 것만은 疑心할수 없"다는 점까
지는 알아냈지만, 『고본춘향전』과 경판 16장본 그리고 이명선본을 하나로
묶어낼 수 있는 공통점이 무엇인지를 밝혀내지는 못했다. 『고본춘향전』의
저본이 1910년대까지 서울에서 빌려주고 있던 세책 〈춘향전〉이라는 사
실은, 현재 일본 동양문고에 소장된 세책 〈춘향전〉이 소개되면서 비로소
가능해졌다.

1939년 1월 10일 학예사에서 조선문고 첫 번째 책으로 나온 『원본춘향
전』과 1939년 1월 31일 박문서관에서 박문문고의 첫 번째 책으로 간행한

조윤제의 교주본『춘향전』은 모두 완판 84장본 <열녀춘향수절가>를 저본으로 한 것이다. 완판 84장본 <열녀춘향수절가>는 두 문고본이 나오기 이전에는 활판인쇄로 간행된 일이 없었던 책으로, 주로 전주 지역에서 팔리던 목판본 소설이었다. 두 출판사에서 동시에 완판 84장본을 간행하게 되자, 완판 84장본은 한 지역에서 읽히던 소설에서 전국적으로 알려진 고전소설이 된다.

완판 84장본은 김태준의『조선소설사』에서 '렬녀춘향수절가(全州土版)'라고 처음 소개된 후, 조윤제의「춘향전 이본고」에서 본격적으로 다루어지고, 학예사와 박문서관에서 각기 단행본으로 간행되면서 <춘향전>의 중요한 텍스트로 정착된다. 그리고 진서간행회에서 목판으로 인쇄한 것이 나오고, 1950년대 들어와서 김사엽의 교주본과 이가원의 주석서가 간행됨으로써 완판 84장본의 위상은 더욱 높아진다. 여기에 판소리가 소설로 정착된다는 판소리계소설 논의에 힘입어 완판 84장본은 권위 있는 고전문학 작품이 된다.

학예사본과 박문서관본은 연구자를 위한 것이라고 볼 수는 없고, 일반 독자를 대상으로 간행한 것이다. 그러나 해방 후에 나온 진서간행회본이나, 김사엽, 이가원, 조윤제의 주석본은 일반 독자를 대상으로 한 것이 아니라, 대학에서 교재로 쓰려고 간행한 것이었다. 해방 이후 대학에서 교재로 쓸 수 있는 <춘향전>은 완판 84장본 <열녀춘향수절가> 이외에는 없다고 해도 과언이 아니었다. 수많은 대학이 생겨나면서 대학교재로서의 <춘향전>의 수요는 더욱 늘어나게 되고, <춘향전> 이본에서 완판 84장본이 차지하는 위치는 더욱 공고해졌다. 1950년대 라디오가 전국적으로 보급되고 영화산업이 활발해지면서 고소설은 대중오락의 자리를 이들에게 내주지만, 고소설 <춘향전>은 대학에서 고전문학으로 자리를 잡는다. 그리고 그 중심에 완판 84장본 <열녀춘향수절가>가 있게 된다.

『고본춘향전』 개작의 몇 가지 문제

1. 서언

최남선의 『고본춘향전』은 여러 방향에서 많은 얘깃거리를 갖고 있는 책이다. 식민지시기 인물 가운데 최남선만큼 많은 논란을 불러일으키는 사람은 없을 것이고, 또 고소설 가운데 <춘향전>만큼 다양한 방면의 연구가 이루어진 작품도 거의 없다. 『고본춘향전』은 최남선이 기존의 <춘향전>을 개작한 것이므로, 조금 통속적으로 얘기하자면, 조선의 근대를 설계해 본 인물이 고전을 만들어내는 과정을 엿볼 수 있는 자료라고도 할 수 있다. 1913년에 나온 『고본춘향전』은 상업적으로는 크게 성공하지 못해서 1920년대에는 시장에서 자취를 감췄던 것으로 보인다. 그렇지만 『고본춘향전』은 1936년 중앙인서관에서 김태준의 교열로 간행되었고, 1941년에는 잡지 『문장』에 실려서 지식인들 사이에서는 잘 알려진 <춘향전>의 한 이본(異本)이 되었다.

『고본춘향전』은 세책[1] <춘향전>을 저본으로 최남선이 개작한 것인데,

---

1 세책은 돈을 받고 빌려주는 책을 말한다. 이런 장사를 하는 가게를 세책집이

조윤제(趙潤濟)나 김태준(金台俊) 그리고 임화(林和) 같은 초창기 한국문학 연구자들도『고본춘향전』의 저본이 무엇인지 몰랐다.『고본춘향전』의 저본인 세책 <춘향전>은『고본춘향전』이 간행된 1910년대에도 여전히 서울의 세책집에서 빌려주고 있던 책이었음에도 불구하고 1930년대의 연구자들은 세책 <춘향전>의 존재를 모르고 있었다. 그리고 최남선은 자신이 살던 동네의 세책집에서 빌려주던 <춘향전>을 저본으로 해서『고본춘향전』을 개작했으면서도 이 사실을 어디서도 말하지 않았다. 세책 <춘향전>은 1970년대 후반에 프랑스에 있는『남원고사』[2]가 국내에 소개된 이후에야 비로소 연구자들에게 알려지게 된다. 그리고 경판 <춘향전>은 서울의 세책 <춘향전>을 축약한 것이라는 사실도 세책 <춘향전>이 알려진 후에야 비로소 연구자들이 정확히 알 수 있었다. 이와 같이 초기의 한국문학 연구자들이 서울의 세책 <춘향전>을 몰랐기 때문에 <춘향전> 연구는 완판84장본을 중심으로 이루어질 수밖에 없었다.

　최남선은 왜『고본춘향전』의 저본이 세책 <춘향전>이라는 말을 하지 않았을까? 필자가 최남선의『고본춘향전』에 대해서 무언가를 얘기해야만 할 것 같다는 생각을 갖게 된 것은, 바로 이 때문이다. 이 글을 준비하면서 앞으로 이 문제에 대해서 상당히 정치한 논의가 필요할 것이라는 생각을 했으나, 이 글에서는 세책 고소설과 판소리계소설에 대한 필자의 견해를 바탕으로『고본춘향전』의 원천과 최남선의 개작 양상을 간단히 살펴보기로 한다.

라고 하는데, 18세기 중엽쯤부터 상당히 유행했던 것으로 보인다. 세책집은 18, 19세기 유럽이나 일본에서도 대단히 성행하여, 전성기에는 이들 세책집이 작품의 내용이나 형식에도 영향을 미칠 정도였다. 일본이나 유럽에는 세책집이 전국적으로 분포되어 있었으나, 19세기말까지 조선에는 서울에만 세책집이 있었다.

2『남원고사』는 1860년대에 서울 누동에서 빌려주던 세책 <춘향전>을 필사한 것이다.

2. 『고본춘향전』 이해를 위한 전제

최남선의 『고본춘향전』은 서울의 세책 <춘향전>을 개작한 것이므로 『고본춘향전』의 이해를 위해서는 세책 <춘향전>에 대한 지식이 필요하다. 그러나 학계에서 세책 고소설에 대한 관심을 갖기 시작한 것이 최근의 일이므로 이 방면의 연구 성과가 별로 없다. 1930년대부터 시작된 <춘향전> 연구의 주된 자료는 완판84장본 『열녀춘향수절가』였다. 연구자들 가운데는 완판84장본을 <춘향전> 이본 가운데 가장 오래된 것으로 여기는 사람이 있을 정도였으므로, 1970년대까지는 완판84장본 이외의 다른 이본을 <춘향전> 분석의 대본으로 삼기 어려웠다. 이러한 완판84장본 일변도의 연구가 낳은 결과의 하나가 "근원설화 → 판소리 → 판소리계소설"의 도식이다. 이 판소리계소설 형성의 도식은 주로 완판계열 <춘향전>을 자료로써서 소설과 판소리의 관계를 설정한 것인데, 최남선의 『고본춘향전』은 완판 <춘향전>과는 아무 관련이 없으므로 『고본춘향전』을 판소리와 연관시킬 수 있는 근거는 없다. 그러나 현재는 <춘향전>을 판소리계소설로 분류하고 있으므로, 『고본춘향전』도 "근원설화 → 판소리 → 판소리계소설"의 도식에 맞춰서 설명하고 있다. 이렇게 판소리나 완판84장본과는 아무런 연관이 없는 『고본춘향전』까지도 판소리계소설의 도식에 맞춰서 설명하려고 하게 된 가장 큰 이유는, 초기 연구자들이 완판84장본을 <춘향전> 이본 가운데 가장 오래 된 것으로 본 것과 함께 "근원설화 → 판소리 → 판소리계소설"의 도식에 대한 반성이 없었기 때문이다. 아래에서 간단히 세책 <춘향전>과 판소리계소설에 대한 필자의 견해를 피력하기로 한다.

1) 세책 〈춘향전〉

조선시대 한글소설을 이해하는 데 있어서 간과하기 쉬운 것은, 소설은 시장에서 유통되는 상품이라는 사실이다. 이런 관점에서 소설을 이해하기 위해서는 소설의 작자와 독자 그리고 이들을 연결해주는 고리[3]에 대한 연구가 반드시 필요하지만, 학계에서 이런 연구에 관심을 갖고 있는 연구자는 드물었기 때문에 주로 작품의 내용에 대한 연구가 계속되어 왔다. 조선후기에 상업적으로 유통된 소설은 세책집에서 빌려주던 필사본과 목판으로 간행한 방각본을 들 수 있다. 잘 알려진 채제공(蔡濟恭)과 이덕무(李德懋)가 남긴 기록을 통해서 볼 때, 세책은 18세기 중반에는 상당히 성행했던 것으로 보인다. 그리고 방각본 한글소설은 19세기 중반이 되어야 활발하게 간행된다.[4]

소설 연구에서 세책과 방각본 같은 상업출판물은 대단히 중요하다. 기왕의 <춘향전> 연구에서 방각본은 중요한 자료로 다루어왔으나, 세책과 관련지은 연구는 이제 시작단계이다. 현재까지 알려진 세책 <춘향전>은 『남원고사』, 일본 동양문고 소장본, 일본 동경대학 소장본, 영남대학 소장본 등 4종인데, 이 가운데 『남원고사』에는 1864년에 필사했다는 간기가 있다. 『남원고사』의 필사간기는 세책 <춘향전>이 적어도 1864년 이전에 나왔다는 사실을 말한다. 세책 <춘향전>의 유행을 얘기해줄 수 있는 또 하나의 자료로 경판 35장본 『춘향전』이 있다. 경판 35장본은 세책 <춘향전>을 축약한 것으로, 지금까지 알려진 경판 <춘향전> 가운데 가장 빠른 시기인 1850년대에 간행된 것으로 보인다.[5] 『남원고사』의 필사간기나 경판 방각본 시장에 35장본이 나타난 시기 등을 종합해볼 때, 세책 <춘향전>은 19세기 중반 이전부터 유통되었음을 알 수 있다.

---

3 일반적으로 작자와 독자를 연결시켜주는 고리로는 출판사와 인쇄소, 그리고 책방을 들 수 있는데, 조선후기 출판사, 인쇄소, 책방에 대해서 언급한 자료가 거의 없다. 조선시대에 서점이 있었다는 기록이 없으므로 서점이 없었다고 보고 있으나, 중국에서 책을 수입한 기록이나 책거간꾼에 관한 기록을 통해 볼 때, 책이 매매되는 상품이었음은 분명하다.

4 최초의 방각본 한글소설이 언제 나왔는가 하는 문제에 대해서는 연구자마다 다른 의견이 있다. 그러나 현재 남아 있는 자료를 보면, 방각본 한글소설이 유행한 시기는 1830년대부터라고 볼 수 있다.

5 이창헌, 『경판방각소설 판본 연구』, 태학사, 2000, 565면.

세책 <춘향전>이 언제 어떻게 만들어졌는지는 알 수 없으나, 이 책에 들어 있는 많은 잡가, 시조, 서울의 놀이 등을 볼 때, 서울에서 서민의 유흥이 활발해진 이후의 작품인 것만은 틀림없다. 세책 <춘향전>에서 가장 궁금한 것은, 이 작품이 기존의 <춘향전> 이야기의 뼈대에 서울의 갖가지 유흥을 채워 넣은 것인가, 그렇지 않으면 처음부터 한 편의 완전한 창작인가 하는 문제이다. 기존의 판소리계소설의 도식에 따른다면 세책 <춘향전>은 <춘향전>의 한 이본에 불과하지만, 판소리계소설의 도식을 생각하지 않는다면, 세책 <춘향전>은 세책집에서 만든 새로운 작품일 가능성이 크다.

19세기 말까지 조선에서 세책집이 있던 곳은 서울뿐이었다는 사실은, 소설을 만들어서 유통시킬 수 있는 구조를 갖춘 곳은 서울의 세책집 이외에는 없었다는 의미이기도 하다.[6] 이런 관점에서 본다면 조선후기의 한글소설은 대부분 세책집에서 창작한 것이다. <춘향전>만 특별히 다른 방식으로 만들었다고 볼 이유가 없다면, <춘향전>도 세책집의 다른 작품과 같은 방식으로 만든 작품이라고 보는 것이 좋다.

2) 근원설화 → 판소리 → 판소리계소설

"근원설화 → 판소리 → 판소리계소설"의 도식에 따르면 최남선의 『고본춘향전』도 판소리계소설로 분류해야 한다. 그러나 『고본춘향전』은 완판 84장본과는 확연히 다른 내용일 뿐만 아니라 판소리와 연결시킬 수 있는 근거가 별로 없다. 1950년대 김동욱이 주장한 이래 정설이 되어 지금에 이르고 있고, 현재는 중등학교 교과서에도 실려 있는 이 "근원설화→판소리→판소리계소설"의 도식으로는 『고본춘향전』을 설명할 수 없다. 그럼에도 불구하고 현재 『고본춘향전』은 판소리계소설로 분류하고, 또 『고본춘향전』의 저본인 서울의 세책 <춘향전>도 판소리계소설의 도식으로 설명

---

6 방각본 한글소설은 창작 작품이 아니라 선행하는 소설을 축약한 것이 일반적이므로 방각본 간행소에서 소설을 창작했다고 보기는 어렵다.

하는 수밖에는 다른 도리가 없다.

세책 <춘향전>을 개작한 『고본춘향전』도 판소리계소설의 범주에서 논의하지 않을 수 없게 된 가장 큰 이유는, 세책 <춘향전>의 한 이본인 『남원고사』를 본격적으로 연구한 사람이 바로 "근원설화 → 판소리 → 판소리계소설"의 도식을 만들어낸 김동욱이었기 때문이다. 『남원고사』가 국내학계에 소개된 1970년대 말 쯤에는 판소리계소설의 도식이 학계에서 거의 정설로 자리 잡고 있던 시점이었다. 김동욱은 새로 발견된 <춘향전> 이본 몇 가지를 소개하면서 <춘향전> 이본의 계통에 대해, "最近 나온 新出資料 등에 의하여 이의 全面的인 改稿가 不可避하게 되었다. 그러나 '판소리 → 定着 → 판소리系 小說'이라는 圖式은 變하지 않았고, 오히려 더 공고히 되었다고 볼 수 있다."고 했으나, 『남원고사』를 언급하면서는, "이 民衆文學으로서의 春香傳의 最高의 傑作이 『南原古詞』이다. 우리는 이 『南原古詞』를 起點으로 하여 춘향전학을 다시 열어야 할 時點에 서 있다고 할 수 있다."고 했다.[7] 판소리계소설의 도식은 확고하지만, <춘향전> 연구는 다시 열어야 한다는 이 발언은 모순일 수밖에 없다. 왜냐하면 판소리계소설의 도식은 모든 <춘향전> 이본에 일관되게 적용될 수 있는 보편원리가 되지 않으면 안 되기 때문이다. 현재 판소리 <춘향가>의 가사는 완판84장본과 비슷한데 세책 <춘향전>의 내용은 판소리 <춘향가>의 가사와 거의 관련이 없다. 그리고 세책 <춘향전>은 적어도 1850년대에는 서울에서 유통되던 것인데, 완판84장본은 20세기의 판본으로 추정된다. 이와 같은 객관적 사실이 "판소리계소설의 도식은 확고하지만, <춘향전> 연구는 다시 열어야 한다."는 모순된 발언의 배경이라고 생각할 수 있다.

"근원설화 → 판소리 → 판소리계소설"의 도식을 다시 검토한다는 말은, 세책 <춘향전>과 완판 84장본으로 대표되는 두 계열의 <춘향전> 가운데 어느 쪽이 선행하는가, 현재의 판소리 <춘향가>는 소설을 바탕으로 이루어진 것인가 그렇지 않으면 판소리에서 소설이 생긴 것인가 하는 문

---

7 김동욱 외 편, 『春香傳寫本選集 一』, 명지대 출판부, 1977, 해설.

제로 돌아간다는 의미이다. 판소리계소설 도식의 요점은, 소설을 개인의 창작이 아닌 구비문학의 일종으로 보는 것인데, 이러한 시각은 소설이라는 장르의 생성에 대한 일반적인 원리와는 다르다. 또 판소리계소설 도식에는 지방에서 발달한 유흥이 서울로 전파된 것이라는 전제가 있는데, 여기에 대해서는 최근에 조심스럽게 문제가 제기되고 있다. 세책 <춘향전>을 개작한 최남선의 『고본춘향전』을 제대로 설명하기 위해서는, 이 소설을 판소리와 관련짓기보다는 19세기 서울의 유흥과 연관시켜서 논의를 해나가야 할 것이다. 이렇게 『고본춘향전』의 저본인 세책 <춘향전>이 판소리보다는 서울의 유흥과 훨씬 가깝다는 사실은 판소리계소설 도식을 근본적으로 다시 검토하지 않으면 안 된다는 것을 시사한다.

3. 최남선의 『고본춘향전』

1912년부터 고소설이 활판인쇄로 간행되기 시작한다. 필사본으로 유통되던 세책이나 목판으로 인쇄한 방각본에 비한다면, 활판본[8]은 쉽게 대량 인쇄가 가능해졌다. 그리고 그 유통의 범위도 어떤 특정 지역이 아니라 전국적이었다.[9] 비로소 전국적으로 동일한 텍스트의 고소설이 읽히는 시대가 된 것이다. 이미 신문과 잡지라는 근대 매체와 신소설이 전국적으로 판매되고 있었지만, 구시대의 산물이라고 여겨지던 고소설이 활판인쇄로 인쇄되어 전국적으로 유통되기 시작했다.[10]

---

8 새로운 인쇄기술인 활판인쇄로 간행된 책을 지칭하는 용어는, '구활자본', '신활자본', '활자본' 등 여러 가지가 있다. 필자는 '활판본'이라는 용어가 더 적합한 용어라고 생각해서 '활판본'이라고 쓰고 있다.

9 세책집은 19세기말까지 서울 이외의 지역에서는 볼 수 없었고, 방각본 고소설도 서울, 전주, 안성 이외의 지역에서는 간행된 것이 없다. 활판본 고소설 시대에 와서야 비로소 고소설의 전국적 유통이 가능해졌다고 보아야 한다.

10 활판인쇄로 대량의 고소설이 간행된 것에 대해, 식민지가 된 이후에 당국의 출판검열 때문에 이념적인 책을 출판하기 어려웠을 것이라는 견해도 있다. 그

활판본 고소설은 짧은 기간 동안 다수의 작품이 대량으로 간행되었는
데, 1912년부터 1918년 사이에 200종 이상의 고소설이 활판본으로 간행되
었다고 한다.[11] 이 가운데는 같은 제목이면서 각기 다른 내용의 이본을 간
행한 것도 많다.[12] 이렇게 많은 양의 고소설을 출간한 출판사들은 이 원고
를 어디서 어떻게 구했을까? 아래에서 세책과 방각본이 활판본 고소설의
원고로 사용된 예를 보고, 『고본춘향전』의 원천에 대해 간단히 살펴보기로
한다.

1) 활판본 고소설의 원고

신문관에서 처음 고소설을 간행한 때는 1912년인데, 이 해부터 여러 출
판사에서 활판본 고소설이 나오기 시작한다. 활판본 고소설이 대량으로 간
행될 수 있었던 조건은, 하나는 출판을 위한 충분한 원고가 준비되어 있었
다는 점이고, 다른 하나는 구매력을 갖춘 많은 고소설 독자가 있었다는 점
이다. 활판본 고소설이 나오기 이전에 조선에서 읽을 수 있었던 고소설은,
서울의 세책과 서울, 안성, 전주의 방각본이 전부라고 해도 과언이 아니다.
그렇다면 활판본 고소설의 원고로 우선 생각해볼 수 있는 것은 세책과 방
각본이다. 이 문제에 대한 답을 얻을 수 있는 두 가지 자료를 보기로 한다.
연세대학교 도서관에 소장된 자료 가운데 <금방울전>을 간행하기 위
해 총독부에 검열 허가를 받은 원고가 있다. 이 원고의 내용을 현재 남아

러나 출판의 속성은 상업적이므로 이렇게만 보기는 어려울 것 같다.
11 권순긍, 『활자본고소설의 편폭과 지향』, 보고사, 2000, 168면.
　이주영은 1912년에서 1930년 사이에 고소설이 1000여 회 간행되었다고 했다.
　이주영, 『구활자본 고전소설 연구』, 도서출판 월인, 1998, 191면.
　1928년 7월 17일자 동아일보에는 경무국 도서과의 발표를 토대로 합방 후 19
　년간의 출판물 추이를 보도한 기사가 있는데, "古代小說이 依然히 首位"라고
　하여 고소설이 가장 많이 간행되었음을 알 수 있다.
12 『창선감의록』은 한문본 1종과 한글본 2종이 있는데, 한글본 2종은 세부 내용
　이 상당히 다르다. 『창선감의록』만 보더라도 적어도 3종의 각기 다른 원천을
　갖고 있는 이본이 활판본으로 간행된 것이다.

있는 세책과 비교해보면, 그 체재와 내용이 거의 같다. 이를 통해 이 <금
방울전>은 세책을 그대로 원고지에 옮기고 그것을 활판인쇄를 위한 원고
로 썼음을 알 수 있다.[13] 또 다른 예로 신문관에서 간행한 고소설의 원고
가운데 방각본이 있다는 점이다. 이주영에 의하면, 고려대학교 육당문고에
들어 있는 방각본 『제마무전』에는 '出版許可', '檢閱' 따위의 도장이 찍혀
있고, 줄바꾸기와 내어 쓰기를 위한 표시도 있다고 한다.[14] 이와 같이 방각
본에 직접 교정 표시를 해서 출판 원고로 썼음을 알 수 있다.

위의 두 가지 예로 세책이나 방각본이 활판본 간행을 위한 원고로 쓰였
다는 사실을 확인할 수 있다. 활판본 고소설 가운데 완판본을 옮겨놓은 것
은 아직까지 알려진 것이 없는 것으로 보아, 활판본 고소설의 대본이 된
방각본은 모두 경판본이다. 현재까지 알려진 경판 방각본 소설은 50여종인
데, 이들 대부분은 분량이 많지 않다. 그러므로 활판본 고소설 가운데 분량
이 적은 것은 방각본을 저본으로 했고, 분량이 많은 것은 세책을 출판원고
로 썼음을 짐작할 수 있다.

최남선은 다음과 같은 글을 발표한 일이 있다.

대저 諺文小說이란 것도 그 골시 여럿이 잇서서, 그 가장 高級의 것은 宮中
에서 긔구 잇게 번역하야 보든 것으로 紅樓夢과 가튼 大部性의 것과 禪眞逸史
와 가튼 男女情愛 關係의 것까지 內外古今에 걸쳐 심히 多數의 種類를 包括하
야 잇스며, 그 가장 低級의 것은 一般民衆을 對手로 하야 손쉽게 팔기를 目的
으로 하야 아모조록 簡單短少한 것, 설사 원문이 긴 것이라도 긔어이 簡單短
少하게 만드러서 열 장 수므 장의 한 권으로 판각해 낸 것이니 이런 것은 아
마 京鄕을 합하여 不過 四五十種쯤 될 것이며, 이 두 가지의 중간을 타고 나간
것에 아마 京城에만 잇슨 듯한 貰冊이란 것이 있으니, 곧 大小長短을 勿論하
고 무릇 大衆의 興味를 끌만한 小說 種類를 謄寫하야 三四十張씩 한 卷을 만
드러 만혼 것은 數百卷 한 帙, 적은 것은 二三卷 한 帙로 하야 한두 푼의 貰錢

13 이윤석, 「『금방울전』 활판본 원고에 대하여」, 『열상고전연구』 26, 2007, 373~
402면.
14 이주영, 「신문관 간행 <육전소설> 연구」, 『고전문학연구』 11집, 1996, 434면.

을 밧고 빌려주어서 보고는 돌려보내고 도라온 것을 또 다른 사람에게 빌려
주는 組織으로 한참 盛時에는 그 種類가 數百種 累千卷을 超過하얏섯습니다.
數十年 前까지도 서울 香木洞이란 데 — 시방 黃金町 一丁目 사이ㅅ골 — 에
賃冊집 하나가 남아잇섯는데, 우리가 早晩間 업서질 것을 생각하고 그 目錄만
이라도 적어두려 하야 賃冊 目錄을 벗겨 둔 일이 잇는데 이째에도 實際로 賃
주든 것이 總一百二十種, 三千二百二十一冊(內에 同種이 十三種 四九一冊)을
算하얏습니다.[15]

최남선은 한글고소설을 첫째는 상층부에서 읽던 장편소설, 두 번째는
짧은 방각본, 그리고 세 번째는 그 중간의 세책으로 나누었는데, 이 가운데
세책과 방각본은 상업적인 책이다. 이 상업적인 책을 취급하던 사람들은
활판인쇄라는 새로운 인쇄방법이 들어왔을 때 자연스럽게 기존의 세책과
방각본을 활판본으로 간행할 생각을 할 수 있었을 것이다.[16]

현재 일본 동양문고(東洋文庫)에는 조선 말기의 세책 약 300책 정도가 있
는데, 이 가운데『춘향전』7권에는 본문의 여백에 '新文館'이라고 써놓은
것이 있다. 이것이 그냥 낙서인지 어떤 다른 이유가 있어서 써놓은 것인지
는 알 수 없으나, 이『춘향전』7권에는 "신희ㅅ월일향목동셔"라는 필사기
가 있어서 이 책이 1911년 향목동 세책집에서 필사한 것임을 알 수 있다.
최남선이 조사했다는 세책집이 향목동에 있던 것으로 보아, 현재 일본 동
양문고에 소장되어 있는 세책은 최남선이 조사한 향목동 세책집에서 빌려
주던 것이고, 이 세책집에서 빌려주던 <춘향전>이 바로『고본춘향전』의
저본이라는 추정이 가능하다.

최남선은 향목동 세책집의 책을 저본으로 고소설을 대량으로 간행할 계
획을 갖고 있었는지도 모른다. 신문관에서 발행한 한글고소설은『고본춘
향전』,『수호지』,『옥루몽』등과 '육전소설'이라는 이름으로 나온 것이 있

---

15 六堂學人,「朝鮮의 家庭文學」八 <各種小說類>,『每日新報』, 1938.7.30.
16 직업을 바꾸는 일은 쉬운 일이 아니다. 그러므로 근대 이전에 출판업을 하던
  사람들은 새로운 시대에도 출판업을 계속했을 가능성이 크다.

다. 이 가운데 앞의 셋처럼 장편소설은 세책이 저본이고, 육전소설은 대체로 방각본이 저본이었던 것으로 보인다. 위의 매일신보에 실린 글에서 최남선은 활판본 고소설에 대해서는 언급하지 않았으나, 향목동 세책집에 대한 조사가 활판본 소설의 원고를 확보하기 위한 것이었음을 짐작할 수 있다. 신문관 이외의 출판사도 한글 고소설의 원고를 확보한 방법은 마찬가지였다고 보아야 한다.

2) 『고본춘향전』의 원천

『고본춘향전』은 1913년 12월 20일 신문관에서 간행되었다. 편수 겸 발행인은 최창선(崔昌善)이지만, 서문에 남악주인(南岳主人)이 썼다고 했으므로 이 책의 저자는 최남선임을 알 수 있다. 최남선은 서문에 <춘향전>의 감상만을 적어놓았기 때문에 이 책에 대한 정보는 없다. 『고본춘향전』에 대한 정보는 잡지 『청춘』에 실린 『고본춘향전』의 광고 문안에서 확인할 수 있다. 『청춘』 1호(1914년 10월)에는 "春香傳의 唯一正本 古本春香傳"이라는 전면 광고가 실리는데, 그 내용은 아래와 같다.

春香傳은 朝鮮의 第一等 傳奇라. 坊間에 行ㅎ는 幾種本이 疏略과 失格이 多ㅎ기로, 今에 弊館이 古名唱의 有識한 辭說을 無漏筆錄한 珍本에 校正을 嚴加ㅎ야 江湖에 印布ㅎ오니, 凡春香傳의 眞意眞美를 知코져 ㅎ시는 君子는 반드시 新文館 發行 古本春香傳을 購讀ㅎ시오. 今에 그 內容을 約記ㅎ건대 開卷 第一에 白頭山 以下 八域 名勝을 周遊 吟賞한 滿 五面 長歌는 趣味津津한 中에 歷史 地理의 要識을 得홀 것이오, [思郎歌], [執杖家], [農夫歌], [春香名義], [千字解], [書冊解], [妓生點考] 等은 精詳奇妙가 獨特自別ㅎ며, [房子問答], [妓樓酬酌], [衙客言辭], [農夫問答], [酒翁問答], [官庭景況], [吏胥行惡], [御使出道] 等은 描寫가 入神에 筆筆活躍ㅎ며, [遊覽節次], [山川景槪], [舖陳設備], [擧行凡節], [驛站順路]며, [吏屬名位]와 [鳥獸草木], [器皿服飾]의 名稱과 [醫藥卜筮], [巫祝風水]의 辭說과 乃至 [노리경위], [노름불님]까지 無物不存ㅎ고 無事不備ㅎ야, 宛然히 舊社會 事物의 展覽場과 如ㅎ니, 系統的으로 一讀ㅎ면 趣味가 異

常훈 一篇 情史오, 部分的으로 各讀ᄒ면 實益이 無雙훈 百科事彙라. 더욱 文辭
가 雅麗ᄒ고 叙述이 巧妙훈 中, 自來 此種書의 通弊되던 淫亂훈 分子를 一竝
除去ᄒ야 淸新 適切ᄒ게 景物 情思를 委曲 示現ᄒ니, 此 好本이 出훈 後에는
何人이던지 春香傳을 愛讀홀지며, 春香傳이 何人에게든지 愛讀될지로다. (漢
字傍註印刷精美結冊堅固)[17]

이 광고를 통해서 『고본춘향전』의 간행 의도와 경위를 대략 알 수 있으
나, 최남선이 저본으로 사용한 것이 무엇인지는 알 수 없다. 이 광고에서
는, "옛날 명창의 유식한 사설을 빠짐없이 써놓은 진본"[18]이라고만 했지,
구체적으로 어떤 책을 바탕으로 한 것인지는 말하지 않았다.[19]
『고본춘향전』의 원천이 무엇인가에 대해서는 연구자들도 궁금하게 여
겼다. 조윤제는 「춘향전 이본고」[20]에서 『고본춘향전』을 다루면서 다음과
같이 말했다.

　　그 奧書엔 編修兼發行人이 崔昌善이라 되어있으나 其實은 崔南善氏의 改刪
本으로 相當히 廣範圍에 亘하여 改冊(刪)한 痕迹을 認證할수 있다. 그런데 本
書의 底本은 어떤것이었던가. 一覽할 機會를 얻지 못하였고, 또 本書 卷頭 序
文에도 何等 이에 言及함이 없어 나는全然 알수없다.(조윤제, 「춘향전이본고」
(1), 124면)

17 띄어쓰기와 문장부호 붙인 것은 필자가 한 것임. 1913년 12월 18일과 1914년
　 1월 3일에 발행된 매일신보에 『고본춘향전』을 광고한 것이 있는데, 『청춘』의
　 이 광고는 매일신보에 광고했던 내용을 바탕으로 한 것이다.
18 "古名唱의 有識훈 辭說을 無漏筆錄훈 珍本"이라는 표현에서 『고본춘향전』의 저
　 본이 판소리라고 지레 짐작할 수도 있겠으나, 여기서 말하는 '古名唱의 有識훈
　 辭說'은 주로 서울에서 유행한 노래이다.
19 최기숙이 이 광고에 대해 간단히 언급한 것이 있다. 최기숙, 「'옛 것'의 근대적
　 소환과 '옛 것'의 근대적 재배치」, 『민족문학사연구』 34, 민족문학사학회,
　 2007, 327~329면.
20 조윤제, 「춘향전 이본고」(1), 『진단학보』 11, 진단학회, 1939, 94~134면.
　 조윤제, 「춘향전 이본고」(2), 『진단학보』 12, 진단학회, 1940, 107~159면.

그 文章에 對하야 말하면 앞에서도 말한바와 같이 本書는 大幅的으로 崔南善氏의 손이 든듯하여 文章 文體에까지 큰 變化를 가지고 온듯 하다. 첫째 開卷 劈頭의 自一頁으로 至五頁의 글은 可히 本書의 序曲이라고도 할수있는데, 이것은 바로 三千里江山遊覽歌라 부를수 있는 大文으로서 (중략) 그 濛渾한 筆致는 崔南善氏가 아니면 쓰지 못할 名文으로 되어있다.(조윤제, 「춘향전이본고」(1), 126면)

그러면 끝으로 本書는 이름을 古本 春香傳이라하야 마치 古來의 傳來本을 複版한듯이 되어있지 마는 以上 說來하야 온바로 보아서도 알바와 같이 其實은 崔南善氏의 飜案編著라 하여서 可할 것이다. 다만 問題는 崔南善氏가 어느 程度까지 底本에서 飜案하였스며 改删하였는가 하는 것인데, 이것은 그 底本을 보지 못한 나로서는 무엇이라 지금말할수 없음을 遺憾으로 생각한다.(조윤제, 「춘향전이본고」(1), 128면)

조윤제가 「춘향전이본고」를 발표한 때는 1939년으로 최남선이 활발하게 활동하던 시기인데도, 조윤제는『고본춘향전』의 저본이 무엇인지 알 수 없다고 말했다.

임화도 최남선이 저본에 상당한 윤색을 가한 것이라는 사실을 알고 있었으나, 아래의 글을 보면,『고본춘향전』의 저본이 무엇인지는 몰랐던 것으로 보인다.

吾人의 閱讀에 依하야도 本版本이 現行流布本中의 雄인「고본춘향전」(新文舘)에比하야 훨씬前의것임은 그兩本中에나오는 衣食器玩, 그他 文章과引用歌詞, 形容句等 여러點으로보아 明白하다. 더욱이「고본춘향전」序章은 六堂崔南善氏 自身의 加筆임을 氏의입으로 明言한바있고 그外의 部分에도 潤色이 相當한 個所에 미쳤으리라고 보아진다.[21]

---

21 이 글은 완판84장본『열녀춘향수절가』를 간행하면서 붙인 임화의 '例言'에 나오는 내용이다. 최남주,『원본춘향전, 학예사, 1939, 7면. 이 글에서 '本版本'이라고 한 것은 완판84장본을 말한다.

1936년에 중앙인서관에서 김태준의 교열로 간행된『춘향전』은 최남선
의『고본춘향전』을 저본으로 한 것인데,[22] 이 책의 해설에도 "本書는 古本
春香傳에 依한것임을 附言하야 둔다"고만 했을 뿐, 원천에 대해서는 아무
런 언급이 없다. 김태준, 임화, 조윤제 같은 연구자들도 최남선의『고본춘
향전』이 서울에서 빌려주던 세책 <춘향전>을 바탕으로 개작한 작품이라
는 사실을 몰랐다.

　『고본춘향전』의 저본이 세책 <춘향전>이라는 것은 1980년대에 들어
와서 분명해졌다. 프랑스에 있는『남원고사』, 일본의 동양문고본, 동경대
학본, 그리고 영남대학 소장본 등이 학계에 알려지면서『고본춘향전』의 내
용이 세책 <춘향전>과 같다는 사실이 알려졌다.[23] 특히 박갑수는 동양문
고본과『고본춘향전』에 대한 논문을 여러 편 발표하면서 두 본의 면밀한
비교를 했다.[24] 필자는 단순히『고본춘향전』과 동양문고본의 비교만이 아

---

22 신명균 편,『小說集』上, 중앙인서관, 1936. 이 책에는 <춘향전> 이외에도 몇
　 편의 고소설이 수록되어 있다. 이 책에 수록된 <춘향전>은『고본춘향전』을
　 현대 철자로 옮기면서 상당 부분을 쉽게 풀어쓴 것이다. 이 <춘향전>은 후에
　 『문장』에 실린 <고본춘향전>의 저본이 된다.
23 설성경,「춘향전의 계통연구」, 연세대 박사학위논문, 1980, 138~140면.
24 박갑수는 동양문고 소장 세책 춘향전 3권까지 교주작업을 한 일이 있다. 박갑
　 수, "동양문고본 춘향전"(1),『어문연구』51호, 1986. ; 박갑수, "동양문고본 춘
　 향전"(2),『어문연구』53호, 1987. ; 박갑수, "동양문고본 춘향전"(3),『어문연구』
　 55·56합집, 1987. 그리고『정기호교수화갑기념논총』(1991),『선청어문』24(1996),
　 『선청어문』25(1997)에「고본춘향전의 위상과 표현」상, 중, 하를 발표했다.『고
　 본춘향전』의 위상과 표현에 관해서는 아래의 논문에 종합했다. 박갑수,「두 고
　 본춘향전의 위상과 표현」,『선청어문』35, 2007. 34~92면.
　 박갑수는 최남선의『고본춘향전』과『문장』1941년 1월호와 3월호에 실린 고
　 본춘향전의 관계에 대해서 두 본은 하나의 모본에서 각기 파생된 것으로 보았
　 다. 그래서 "두 고본춘향전의 장편 歌辭와 같은 웅대한 緖詞도 과연 누가 쓴
　 것이냐 하는 것이 문제가 된다. 지금까지는 일반적으로 최남선이 모본에서 개
　 작한 것으로 보고 있으나, 이는 속단으로, 앞으로 좀 더 고구해 보아야 할 것
　 이다."(『선청어문』35집, 87면)라고 했다. 그러나 이러한 박갑수의 견해는 잘못
　 된 것이다. 최남선의『고본춘향전』은 향목동 세책『춘향전』을 개작한 것이고,
　 이『고본춘향전』을 풀어쓴 것이 김태준이 교열한「춘향전」(『소설집』상, 중앙

니라, 1910년대에 나온 활판본 고소설 몇 작품을 세책 고소설과 비교해서 활판본 고소설의 저본이 세책이라는 것을 얘기한 바 있다.[25]

4. 『고본춘향전』의 개작 양상

『고본춘향전』과 동양문고에 소장되어 있는 세책 <춘향전>의 내용을 비교해보면, 최남선의 개작은 크게 세 가지로 나누어 볼 수 있다.

> 첫째, 서두에 들어 있는 여러 가지 긴 노래를 자신이 새로 쓴 것으로 교체한 것.
> 둘째, 중국에 관한 것이나 중국을 높게 평가한 것으로 보이는 표현을 없애거나 조선적으로 바꾼 것.
> 셋째, 외설적이거나 상스럽다고 생각한 내용을 모두 제거한 것.

이렇게 얘기하면 최남선이 개작한 내용이 상당히 많은 것처럼 보이지만, 실제로 다시 쓴 양은 그렇게 많지 않고, 개작의 대부분은 세책 <춘향전>의 내용을 삭제한 것이다.[26] 아래에서 이 세 가지의 내용을 구체적으로 보기로 한다.

1) 서두의 긴 노래 교체

『고본춘향전』에서 저본을 가장 크게 변개시킨 대목은 서두이다. 앞의

인서관, 1936.)이다. 『문장』에 실린 『고본춘향전』은 중앙인서관본을 옮긴 것이다. 이윤석, 「문학연구자들의 <춘향전> 간행」, 『열상고전연구』 30, 열상고전연구회, 2009, 133~161면.

25 이윤석·정명기, 『구활자본 야담의 변이양상』, 보고사, 2001, 104~162면.

26 조희웅은, "이희승 박사가 육당 최남선에게 들은 바에 의하면, 육당은 전래되는 사본에 다만 서두만 개작하였다고 술회하였다고 한다."고 했다. 조희웅, 「李古本 春香傳 硏究」, 『국어국문학』 58~60, 국어국문학회, 1972. 269면.

조윤제와 임화의 글에서도 이 서두에 대해서 언급하고 있고,『고본춘향전』
의 광고에서도 이 서두를, "開卷 第一에 白頭山 以下 八域 名勝을 周遊 吟賞
호 滿 五面 長歌는 趣味津津호 中에 歷史 地理의 要識을 得홀 것이오"라고
하여 이 노래를 통해 조선 8도의 역사와 지리의 요점을 알 수 있다고 했다.
그런데 이 서두에 붙인 5페이지에 달하는 '장가'는, 내용은 최남선의 창작
이지만 형식은『고본춘향전』의 저본인 세책 <춘향전>에 이미 있던 것이
다. 세책 <춘향전>에는 소설의 서사가 시작되기 전에 여러 개의 긴 노래
가 나열되어 있다. 향목동 세책보다 필사시기가 약 40년 정도 앞서는『남
원고사』(1864)에도 이 서두의 노래는 거의 그대로 실려 있다. 고소설 가운
데는 이런 식의 서두가 붙은 작품이 없기 때문에, 왜 이런 방식으로 소설
을 시작했는지 명확하게 그 이유를 알 수 없다. 그런데 세책 <춘향전> 서
두의 여러 가지 노래 가운데 가장 먼저 나오는 노래[27]는 현재도 전해지는
것으로 보아, 서두의 노래들은 당시에 아주 유행했던 노래이다. 이렇게 서
두에 당시 유행하던 노래 몇 개를 나열한 것은, 독자들의 흥취를 돋우거나
관심을 끌기 위한 것으로 보인다.

최남선의 '장가'는 <춘향전> 서사가 시작되는 남원에 도달하기까지의
여정을 그린 것이다. 몇 군데 지명에는 인물을 연관시켜놓았는데, 남이, 임
경업, 을지문덕, 최영, 삼장사 등 모두 무인(武人)이다. 노래에 나오는 중요
한 지명과 인물을 순서대로 보면 다음과 같다.

白頭山 → 豆滿江(南怡 장군) → 狼林山 → 鴨綠水 → 白馬山城(林將軍) →
淸川江 → 薩水(乙支公) → 妙香山 → 降仙樓 → 平壤 大同江 → 九月山 → 三
聖祠 唐莊京 → 海州 → 松都 → 德物山(崔瑩 장군) → 摩尼山 → 漢陽 → 金剛
山 → 關東八景 → 五臺山 → 淸泠浦 → 寒碧樓 → 俗離山 → 鷄龍山 → 秋風
嶺 → 八公山 → 鶲術嶺 → 慶州府 → 靈鷲山 → 海雲臺 → 閑山島 → 矗石樓
南江(三壯士) → 頭流山 → 靑鶴洞 → 湖南勝地 南原府

---

27 세책 <춘향전>의 첫머리에 나오는 노래는『구운몽』의 내용을 요약한 사설시
  조이다.

　　최근의 논의를 보면, 최남선의 지리에 대한 관심을 주로 그가 일본 유학을 하면서 지리역사를 전공으로 선택했던 것과 관련지어 논하고 있다. 『고본춘향전』 서두의 노래를 지명으로 꾸민 것을 이렇게 볼 수도 있으나, 이 노래는 오히려 고소설에 나오는 노정기(路程記)[28]와 같은 형식이라고 할 수 있다. 최남선 자신은 물론이고, 이후에 『고본춘향전』을 언급하는 사람들은 대부분 서두의 노래를 매우 잘된 것으로 여기고 있지만, 1910년대 고소설 독자들이 이 대목을 어떻게 평가했는지는 의문이다.

2) 중국과 관련된 내용의 제거

　　세책 <춘향전>은 서두의 노래가 끝나면 다음과 같은 내용이 나온다.

　　잇쩌의 미오 이샹ᄒ고 신통ᄒ고 거록ᄒ고 긔특ᄒ고 픠려ᄒ고 밍낭ᄒᆫ 일이 잇깃다. 한 노리로 긴 밤 시랴. 이 문자는 그만 두고 말명 ᄒ나 쳥ᄒ리라. 젼나도 남원부ᄉ 니등사도 〃임시의 샷도 ᄌ뎨 니도령이 년광이 십뉵셰라. 녀동빈의 얼골이오, 두목지 풍치로다. 문장은 니빅이오, 필법은 왕회지라. 샷도 사랑이 티과ᄒ여 도임 초의(세책 1권 5장)[29]

『고본춘향전』의 같은 대목은 다음과 같다.

　　이째에 매오 이샹(異常)ᄒ고 신통(神通)ᄒ고 거록ᄒ고 긔특(奇特)ᄒ고 픠려(悖戾)ᄒ고 밍량ᄒᆫ 일이 이곳에서 생겻겟다. 한 노래로 긴밤 새랴. 이 문ᄌ는 그만 두고 말명 한아 쳥ᄒ리라. 젼라도(全羅道) 남원부ᄉ(南原府使) 리등(李等) ᄉ도(使道) 도임시(到任時)에 ᄉ도(使道) ᄌ뎨(子弟) 도령(道令)님이 년광(年光)이 십뉵셰(十六歲)라. 김부식(金富軾)의 얼골이오 리덕형(李德馨)의 풍신(風神)

---

28 路程記는 서울를 기점으로 해서 각 지역으로 가는 길의 지명을 나열하는 것이다. 최남선의 지리에 대한 관심은 조선후기 실학자들의 국토에 대한 관심의 연장에서 생각할 수 있다.

29 세책과 『고본춘향전』의 원문을 인용할 때 띄어쓰기와 문장부호 붙인 것은 필자가 한 것이다. 동양문고 소장 세책 <춘향전>은 '세책'으로 표기한다.

이라. 문장(文章)은 최고운(崔孤雲)이오 필법(筆法)은 김싱(金生)이라. 수도 사랑이 태과(太過)ᄒ여 도임(到任) 초(初)에(『고본춘향전』 5~6면)[30]

세책의 '잇깃다'가 『고본춘향전』에서는 '이곳에서 생겼겟다'는 문어체로 바뀌었고, 세책에 등장하는 중국 인물은 다음과 같이 모두 조선의 인물로 바뀌었다.

呂洞賓 → 金富軾
杜牧之 → 李德馨
李白 → 崔孤雲
王羲之 → 金生

"여동빈의 얼굴이요, 두목지 풍채로다. 문장은 이백이요, 필법은 왕희지라."는 고소설에서 남자 주인공을 묘사할 때 쓰는 전형적인 표현인데, 최남선은 이러한 고소설의 관습을 무시하고, 이를 모두 조선 인물로 교체했다. 중국 인물을 조선 인물로 바꾸는 것은 남자에만 국한된 것은 아니었다. 예를 들면, 방자가 춘향을 말하면서, "츈향이라 ᄒ는 아히 츈광은 이팔이오, 인물은 일식이오, 힝실은 빅옥이이오, 풍월은 셜도오, 지질은 소양난이오, 가곡은 셤월이라."(세책 1권 22장)라는 대목을 "춘향(春香)이라 ᄒ는 아희 년광(年光)은 이팔(二八)이오, 인물(人物)은 일식(一色)이오, 힝실(行實)은 빅옥(白玉)이오, 풍월(風月)은 황진(黃眞)이오, 지질(才質)은 부용(芙蓉)이오, 가곡(歌曲)은 셤월(蟾月)이라."(『고본춘향전』 18면)고 하여, 세책의 설도(薛濤)나 소약란(蘇若蘭) 같은 중국 여자를 황진이와 부용으로 바꿔놓았다.

한 예를 더 보기로 한다.

소녀롤 천기라고 함부로 인연 밋ᄌ 마음디로 ᄒ시오나, 셔방을 구ᄒ기ᄂ

---

30 『고본춘향전』의 원문은 띄어쓰기 없이 한글로 쓰고 여기에 한자를 병기했으나, 여기서는 필자가 띄어쓰기를 하고 문장부호를 붙였으며, 한자는 괄호 안에 넣었다.

졔요도당시 젹 소부 허유 갓튼 사롬, 월나라 범소빅 갓혼 스롬, 한광무 젹 엄
자릉 갓혼 사롬, 당나라 니광필 갓튼 사롬, 진나라 사안셕 갓튼 사롬, 삼국
젹 쥬공근 갓튼 스롬, 송나라 문쳔상 갓튼 사롬, 이런 사롬 아니오면, 디원슈
닌을 츠고 금단의 놉희 안자 쳔병만마롤 지휘간의 너허 두고 좌작진퇴ᄒᆞᄂᆞᆫ
디장 낭군이 원이오니, 만일 그러치 못ᄒᆞ오면 빅골이 진퇴 되여도 독슈공방
ᄒᆞ오리다.(셰책 2권 4~5장)

이 대목은, 이도령이 춘향에게 빨리 백년가약을 맺자고 하자, 춘향이 자
신이 이상적으로 생각한 인물을 나열하는 장면이다. 여기에 등장하는 소부
(巢父), 허유(許由), 범소백(范少伯), 엄자릉(嚴子陵), 이광필(李光弼), 사안석(謝安
石), 주공근(周公謹), 문천상(文天祥) 등은 모두 중국 역사상 저명한 인물이다.
이 대목을 최남선은 다음과 같이 고쳤다.

져는 약간 작뎡이 잇서, 도고학박(道高學博)ᄒᆞ여 덕틱(德澤)이 만셰(萬世)에
씨치거나, 출장입상(出將入相)ᄒᆞ여 공업(功業)이 일딕(一代)에 덥힐만훈 셔방
님을 맛나 평싱을 바치려ᄒᆞ오니, 이 뜻은 아모라도 굽히지 못ᄒᆞ올지라. 여러
말솜 마시옵소셔.(『고본춘향전』 27면)

이렇게 중국적인 것을 없애거나 조선적인 것으로 교체했다고 하나, 중
국과 관련된 것을 모두 없애거나 교체할 수는 없으므로 대부분은 그대로
두었다. 아래는 춘향이 옥에 갇혀 탄식하는 대목이다.

피눈물이 반죽 되니 아황 녀녕 셔름이오, 장신궁의 낙화ᄒᆞ니 반쳡녀의 셔
름이오, 엄누스단봉ᄒᆞ고 함비향빅농ᄒᆞ니 왕쇼군의 셔름이오, 마외파하 져믄
날의 양틱진의 셔름이오, 허다훈 셔름 다 바리고 남원 옥중 격막훈디 나의
셔름 첫지로다.(셰책 8권 21~22장)

피눈물이 반죽 되니 아황(娥皇) 녀영(女英) 설음이오, 쟝신궁(長信宮)에 락
화(洛花)ᄒᆞ니 반쳡여(班婕妤)의 설음이오, 엄루스단봉(掩淚辭丹鳳)ᄒᆞ고 함비향
빅룡(含悲向白龍)ᄒᆞ니 왕쇼군(王昭君)의 설음이오, 마외파하(馬嵬坡下) 져믄

날에 양퇴진(楊太眞)의 셜음이오, 허다흔 셜음 다 버리고 남원(南原) 옥즁(獄中) 젹막(寂寞)흔더 나의 셜음 첫재로다.(『고본춘향전』187~188면)

이 대목의 아황, 여영, 반첩여, 왕소군, 양귀비 등은 모두 중국 여자이나 『고본춘향전』에서 고치거나 삭제하지 않았다.

춘향의 방에 들어가서 이도령이 술을 마시는 장면에서 여러 가지 기물이 나온다. 그 가운데 술이 나오는 대목을 보면 다음과 같다.

술병도 겻드렷다. 청피긔우 죽절병, 염낙금정 오동병, 야화 그린 왜화병, 금젼슈복 당화병, 조션보화 천은병, 즁원보화 유리병, 벽희슈궁 산호병, 문치조흔 디모병. 각식 술을 겻드렷다. 도쳐스의 국화쥬, 니한님의 포도쥬, 산님쳐스 죽엽쥬, 만고선녀의 연엽쥬, 안긔싱의 자하쥬, 감흥노, 계당고, 빅화쥬, 니강고, 죽녁고를 겻드리고(세책 3권 1장)

최남선은 이 대목을 다음과 같이 고쳤다.

술병도 겻드렷다. 쳠피긔욱(瞻彼淇奧) 죽절병(竹節甁), 영락금경(影落金井)³¹ 오동병(梧桐甁), 야와(野娃)³² 그린 왜화병(倭畵甁), 셔국보화(西國寶貨) 류리병(琉璃甁), 벽희슈궁(碧海水宮) 산호병(珊瑚甁), 문치(文彩) 조흔 디모병(玳瑁甁). 각식 술을 겻드렷다. 국화쥬(菊花酒), 포도쥬(葡萄酒), 죽엽쥬(竹葉酒), 연엽쥬(蓮葉酒), 감흥노(甘紅露), 계당(桂當), 빅화쥬(百花酒), 리강고(梨薑膏), 죽력고(竹瀝膏)를 겻드리고(『고본춘향전』50면)

세책 <춘향전>의 "금젼수복 당화병, 조션보화 천은병, 즁원보화"를 '서국보화'로 고치고, 중국 인물인 "도처사, 이한림, 산림처사, 마고선녀, 안기생"은 다 뺐다. 이와 같이 중국 것은 다 빼면서, "야화 그린 왜화병"은 빼지 않았고, 중국 것 대신 서양을 넣었다. 이것은 최남선이 갖고 있던 중

---

31 영락금정(影落金井)은 엽락금정(葉落金井)의 잘못이다.
32 야와(野娃)는 야화(野花)의 잘못으로 보인다.

국, 일본, 서양에 대한 생각을 보여주는 것이기도 하다.

중국에 관한 내용 가운데 최남선이 각별히 힘을 써서 수정한 대목은 주로 중국을 높이거나 칭송하는 내용이다. 그러나 그밖의 수많은 중국 관련 대목은 다 고치지는 않았는데, 고치지 않았다기보다는 고칠 수 없었던 것으로 보인다. 왜냐하면 소설에 나오는 전고(典故)나 고사(故事)는 대부분 중국 것인데, 만약 이들 중국 관련 내용을 모두 제거한다면 이야기 자체가 성립될 수 없고, 이를 모두 조선적인 것으로 교체하기는 현실적으로 불가능하기 때문이다. 그러므로 어느 정도까지는 저본 그대로 둘 수밖에 없는데, 중국 관련 내용을 수정하는 객관적 기준을 정하기는 어려우므로 그때그때 최남선의 판단에 의해서 수정의 범위가 결정되었으리라고 본다.

3) 외설적인 내용 삭제

『고본춘향전』의 광고 문안을 보면, "더욱 文辭가 雅麗ᄒ고 叙述이 巧妙ᄒ 中, 自來 此種書의 通弊되던 淫亂ᄒ 分子를 一竝 除去ᄒ야 淸新 適切ᄒ게 景物 情思를 委曲 示現ᄒ니"라고 하여, '음란한 내용을 전부 제거한 것'을 이 책의 자랑으로 내세웠다. 최남선은 외설적이거나 상스러운 내용은 철저히 제거했다. 아래에서 두 가지만 예를 보기로 한다.

춘향이 변사또의 수청을 거부하여 곤장을 맞은 후에 동네 왈짜들이 춘향을 메고 오는 대목이 세책에는,

> 너희는 뒤히서 부축ᄒ고 오는 체ᄒ고 등의 손도 너허보고 졋가슴도 만져보고, 쌤도 엇지 다혀보고 손도 틈〃이 쥐여보고, 온갖 맛잇는 간〃ᄒ 즈미 은근ᄒ 농창 다 치며, 우리는 두 돈 오 푼 밧고 모군 셧 놈의 아들이냐? 비지쌈 베흘니고 널조각만 둘너메고 열업의 아들놈쳐로 가면 조흔 줄만 알고 간단 말이냐? 다른 사롬은 아희롤 살오고 턱만 기른 줄노 아느냐?"(세책 7권 4장)

라고 되어 있는데, 『고본춘향전』에는 왈짜들이 춘향의 몸을 더듬는 대목을 제거하여 다음과 같이 되었다.

너의는 뒤에서 부축ᄒ고 오는 체ᄒ고 그 중에 ᄌ미 보며, 우리는 두 돈 오
푼 밧고 모군 선 놈의 아돌이냐? 비지쌈 베홀니고 널조각만 둘너메고 여럽의
아둘놈처로 가면 조흔 줄만 알고 간단 말이냐? 다른 사람은 아희를 살오고
팀만 기른 줄로 아느냐?(『고본춘향전』148~149면)

또 춘향이 옥중에서 불러온 판수가 꿈 얘기를 듣기 전에 먼저 춘
향의 상처를 보겠다며 몸을 만지는 대목이 있는데, 그 내용은 다음과
같다.

얼골붓터 나리 만져 졋가슴의셔 미오 지체ᄒ니, "게는 다 관겨치 안쇼."
ᄎ〃 나려가다가 불가불 쥬졉홀 디 쏘 잇다 ᄒ고, 나리 만지며, "어불스 못시
쳣다. 바로 학치롤 곳 픠엿구나. 졔 아비 쳐 죽닌 원슈라드가?" ᄒ며 삼을 만
지려고 몸을 굽실ᄒ니, "쟝님 두로 만져쥬오. 만지는 디 마다 싀원ᄒ오." 판스
놈 이 말 듯고 손을 쎄혀 바지춤을 쎅히고 쓸어 안ᄌ 졔구 쳐려 거쥐롤 ᄒ려
ᄒ니, 밍열ᄒ 셩품의 쌤을 기쌤 치듯 ᄒ려마는(세책 8권 23~24장)

『고본춘향전』에서는 판수가 춘향을 만지고 관계를 가지려고 하는 대목
을 다 뺏기 때문에 아래와 같이 되었다.

얼골부터 나리만지거늘 밍렬(猛烈)ᄒ 셩품(性稟)에 쌤을 기쌤 치듯 ᄒ려마
는(『고본춘향전』189면)

성적(性的) 내용을 철저히 없앤 것은 당국의 검열을 의식했기 때문이라
고 볼 수도 있으나, 그것보다는 최남선의 개인적인 의지가 반영된 것으로
보는 편이 낫다. 최남선은 설사 문맥이 이상해지더라도 외설적인 내용은
모두 제거했다.

5. 결언

최남선의『고본춘향전』은 1910년대 활판본 고소설이 대량으로 간행되던 시기에 나온 것이다. 최남선은『고본춘향전』을 간행한 이유를 말한 적이 없지만, 이 책의 광고를 통해 그 간행 의도를 추정해볼 수는 있다. 광고에서, "坊間에 行ᄒᆞᆫ 幾種本이 疏略과 失格이 多ᄒᆞ기로 수에 弊館이 古名唱의 有識ᄒᆞᆫ 辭說을 無漏筆錄ᄒᆞᆫ 珍本에 校正을 嚴加ᄒᆞ야 江湖에 印布ᄒᆞ오니"라고 했는데, 여기서 얘기하는 격이 떨어지는 몇 종의 <춘향전> 가운데는 이해조의『옥중화』도 포함될 수 있다. 1912년 8월에 초판이 발간된『옥중화』는 1년 반 만에 6판이 나올 정도였다. 그리고『옥중화』는 이후에 수많은 아류 <춘향전>을 만들어냈다.『옥중화』의 이런 유행이 최남선으로 하여금『옥중화』를 능가하는 <춘향전>을 만들어서 베스트셀러를 만들겠다는 꿈을 꾸게 했을지도 모른다. 고소설을 긍정적으로 보지 않았음에도 불구하고 최남선이 신문관에서 고소설을 간행한 것은, 소설이 많은 이익을 낼 수 있는 종목이었기 때문이었을 것이다. 최남선이 향목동 세책집에 대한 조사를 한 것은 고소설의 원고를 확보하기 위한 사전 조사였을 가능성이 크다.『고본춘향전』의 저본으로 향목동 세책을 사용했다는 사실이 이 가능성을 뒷받침한다.

『고본춘향전』은 최남선의 개작이라고 하나, 세책 <춘향전> 서두의 긴 노래를 자신이 새로 지은 노래로 교체한 대목 외에 새로 쓴 것은 별로 없다. 서두 이외에 개작이라고 할 만한 것은 중국적이거나 외설적인 내용을 제거한 것이므로 삭제 위주의 개작이라고 하겠다. 한 가지 눈여겨 볼 것은 문장을 쓰는 방식에 대해서 시험을 해보고 있다는 점이다.『고본춘향전』의 서문은 그 문장의 형식이 본문과 다르다. 본문은 한글을 띄어쓰기 없이 쓰고 줄만 바꾼 데 비해, 서문은 띄어쓰기를 했다. 그리고 본문에 한자를 붙일 때는 한자어에만 한자를 붙였으나, 서문에는 순한글 단어에도 한자를 붙였다. 이러한 한자 붙이기 방법은 이미 이인직의 소설에서도 시도된 바가 있는데, 이러한 시도에 대한 깊이 있는 연구는 앞으로 필요하다.

『고본춘향전』의 상업적 실패(?) 이유는, 당대 소설 독자의 기대지평을 고려하지 않았다는 점에 있을 것이다. <춘향전>의 이야기는 다 아는 내용이므로, <춘향전>을 읽는 재미는 그 줄거리가 아니라 사설에 있다. 그런데 이 사설을 조금씩 고쳐서 이상하게(또는 낯설게) 만들어 놓은 것이 『고본춘향전』이다. 이렇게 독자에게 익숙하지 않은 소설이 인기를 끌 수는 없다. 게다가 가장 재미있는 대목(최남선이 음란하거나 저속하다고 생각한 대목)은 모두 빼어버렸으니, 이 소설을 사서 볼 사람은 많지 않았을 것이다. 연세대학교 중앙도서관에 있는 『고본춘향전』 가운데 1914년 11월 15일에 구입했다는 구입날짜를 써놓은 것이 있는데, 이 책은 초판이다. 간행된 지 1년이 다 되어가는 데 아직도 초판이 팔리고 있었던 것을 보면, 『고본춘향전』은 많이 팔리지는 않았던 것으로 보인다. 필자가 확인한 몇몇 도서관이나 개인 소장본도 모두 초판인 것으로 보아 재판을 간행하지 못했을 가능성이 크다.

최남선은 세책이 조만간 없어질 것을 예상하고 세책 목록을 작성했다고 하나, 향목동 세책집에 대한 조사는 신문관의 고소설 출판과 관련이 있다고 보는 편이 나을 것 같다. 최남선은 서울 사람이므로 세책이 서울의 대중독자들에게 친숙하고 인기가 있다는 사실을 잘 알고 있었기 때문에 세책을 저본으로 『고본춘향전』을 만들었으리라고 본다. 그가 『고본춘향전』이 세책의 개작이라는 사실을 말하지 않았다는 점과 중국적이거나 저속하다고 생각한 내용의 제거에 그렇게 애를 쓴 문제는 앞으로 좀더 생각해볼 필요가 있다. 외설적인 내용을 없앤 것은 검열과도 관련이 있겠지만, 그것보다는 통속소설 <춘향전>을 훌륭한 고전소설로 만들어보겠다는 최남선의 의지가 더 크게 작용했다고 보아야 할 것이다. 그런데 최남선의 이런 생각은 어디에서 왔을까? 조선시대 소설에 대한 지식인의 통념을 이은 것인지, 그렇지 않으면 일본의 소설 논의에서 영향을 받은 것인지, 또는 다른 의도가 있는 것인지 잘 살펴볼 필요가 있다. 그리고 중국과 관련된 내용을 없애거나 조선적인 것으로 교체한 것은, 중국, 일본, 서양에 대한 최남선의 생각과 연결시켜서 생각해야 한다.

최남선의『고본춘향전』은 많은 얘깃거리가 있는 책이다. 세책집에서 빌려주는 저급한 내용의 <춘향전>을 깨끗하게 손을 봐서『고본춘향전』으로 만들겠다는 최남선의 생각은 매우 복합적이다. 신문관이라는 출판사를 운영하면서 이윤을 낼 수 있는 출판물을 간행해야하는 경영자, 사대적이거나 천박한 내용을 제거한 고전문학작품 <춘향전>을 만들어내겠다는 민족주의적 지식인, 화려한 필치를 자랑하는 문필가 등등의 다양한 모습의 최남선을『고본춘향전』에서 만날 수 있다. 이제『고본춘향전』은 원본을 개작한 <춘향전>의 한 이본으로서의 의미만이 남았다. 20세기 후반에 세책 <춘향전>이 알려지면서, 많은 연구자들은 원본을 개작한『고본춘향전』에는 관심이 없고『남원고사』나 동양문고본 또는 동경대학본 같은 세책 <춘향전>의 원본으로 연구를 진행하고 있다. 그리고 현대어로 풀어쓴 세책 <춘향전>에 현대 독자들이 흥미를 보이는 대목은, 아마도 19세기 독자와 마찬가지로, 최남선이 외설적이거나 저속하다고 생각하여 한사코 제거하려던 내용일지도 모른다. 천박한 내용을 건전한 것으로 바꾸고, 조선의 고유한 내용으로 가득 찬 고전문학을 만들어내려던 최남선의 노력은 상업적으로나 문학적으로 성공하지 못한 것으로 보인다. 앞으로 여기에 대한 정치한 분석이 필요할 것이다.